줄리엣의 로맨스를 위하여

안 테
장 편 소 설

줄리엣의 로맨스를 위하여

3

OULIM ROMANCE NOVEL

목차

1. 양면의 상처

민호는 피곤한 얼굴로 핸드폰과 마주하고 있었다. 아니, 정확하게 말하자면 수화기 너머의 인물과 씨름하고 있었다.

"됐다니까."

―되긴 뭐가 돼. 갑자기 약혼한다고 할 땐 언제고, 이제 와서 아닌 일 됐다고 하고. 매사가 어떻게 통보니, 엄마가 얼굴 한 번 보고 싶다고 한 게 그렇게 큰 잘못이야?

"그런 게 아니라. 잘 안 됐다고 말했잖아."

―그러니까 얼굴 한 번만 보자고. 우리 아들 걷어찬 애 궁금해서 그래. 넌 어쩜 무심드 하지, 어떻게 7년 동안 사귀면서 엄마한테 말 한 번 안 해? 집 한 번 안 데려오고. 진작 데려왔으면 이런 일도 없었잖아.

"……."

―아무튼. 엄만 얼굴 봐야겠으니까 그렇게 알아. 너네 형은 안 그러는데, 넌 어쩜 아빠 닮아서 그런지 일 처리하는 게 서투르니.

사업가 기질이 다분한 그녀의 말에 민호는 짙은 한숨을 내뱉었다. 대답이 없는 게 이상했는지 그새를 참지 못하고 수화기 너머로 닦달이다.

　알았어, 몰랐어?

　그 물음에 민호는 곧 촬영에 들어가야 한다는 거짓말로 전화를 끊었다.

　"…괜찮으세요?"

　옆에 앉아 있던 인영이 민호의 얼굴을 살피며 조심스레 물었다. 운전을 하고 있던 매니저가 백미러로 힐끔 인영에게 잘했다는 식의 눈빛을 보냈다. 아무리 비공개라지만 민호의 약혼 소식에 침울해 하던 회사는 무엇보다 지금 이 사태가 신이 났지만 겉으로 내색할 수 없는 노릇이었다. 지금처럼, 민호의 심정이 편치 않은 걸 아니 더더욱 그랬다.

　"안 괜찮아."

　민호는 입술을 잘근 깨물며 창밖으로 시선을 틀었다. 얼마 전 약혼에 대해 묻는 어머니의 전화에 대뜸 헤어졌다는 말을 한 게 화근이었다. 그녀는 어이가 없었는지 다음 날, 다짜고짜 민호에게 찾아와 열을 올렸었다.

　그녀의 속사정도 이해가 가지 않는 건 아니었다. 자식 하난 남부럽지 않게 잘 키웠다고 생각했는데 민호의 소식은 그녀의 자부심에 흠집을 내기엔 충분했다. 갑작스럽게 7년 사귄 여자와 약혼을 한다고 말했을 때에도 놀라긴 했지만 워낙 어려서부터 뭐 하나 그녀의 마음에 들지 않는 일을 하지 않았던 민호였기에 일단락, 허락을 한 그녀였다.

　얼마나 괜찮은 여자인가, 얼굴 좀 보자고 했더니 이제와 헤어졌단다. 그것도 여자 쪽에서 먼저. 그녀의 머리로는 도저히 납득하기 어려운 사안이었다.

　"자꾸만 얼굴 보자잖아."

　"헤어졌다고 말했는데도요?"

"그래."

"그럼… 한 번 정도는 봐도 괜찮지 않을까요?"

"니가 우리 엄마 몰라서 그래."

"……."

"아버지도 잡는 사람이야. 분명 무슨 소리 들을 게 뻔해."

거기다가 요즘 들어 마른 민호의 얼굴에도 바득 열을 낸 그녀였다. 형이 하나 있었지만 오래된 유학 생활에 이어 아예 그곳에서 가정을 꾸려 정착을 한 터라 그녀가 바쁜 일상에도 정붙이며 아껴 왔던 건 민호였다. 그런 민호가 얼굴이 상할 정도로 좋아했던 여자가 도대체 누구인지, 그녀는 궁금해 견딜 수 없는 것 같았다.

민호는 골치 아픈 듯 인상을 구기며 깍지를 꼈다. 무슨 일이 있어도 둘이 마주하는 상황만은 피하고 싶었다. 상황적인 면에서나, 시기나. 그녀의 평소 성격까지 따지고 봤을 때 결단코 좋은 만남이 될 수 없을 게 뻔했다.

"하지만 그렇게 고집 있으신데. 만나지 못하게 하면 알아서 찾아보시고 만날 것 같은데요."

"내 생각도 그래."

"어쨌든 일 이렇게 된 거, 피할 수도 없고. 재희 씨에게 부탁해서 한 번만……."

"좋은 소릭 안 나간다니까."

"그럼 어떡해요. 갑자기 마주치는 것보다 앞뒤 사정 다 듣고 만나는 게 재희 씨한텐 더 나을 것 같은데. 그래야 마음의 준비라도 하죠."

틀린 말이 아니라 딱히 할 말은 없는데, 그냥. 둘이 만나게 하고 싶지가 않다고.

후으.

묵직한 한숨을 내뱉은 민호가 고개를 돌려 인영을 마주했다. 마주친 시선에 인영의 눈이 두어 번 깜빡였다.

"너."

"……."

"이재희인 척해줄 수 있어?"

그 말에 인영은 놀라 크게 눈을 떴다.

"네, 네?"

"왜. 어려워?"

"아니, 갑자기 무슨……."

"재희, 분명 우리 엄마 만나면 상처 받아. 그런 성격이고."

"……."

"헤어졌어도 그런 건 싫어."

시기라는 게 참으로 불순했다. 다시 잘해볼 마음도 있고, 그러려고 노력하는데. 왜 그 잠깐의 시간조차 참지 못하고 이런 시련이 닥쳐오는 건지 알 수 없었다.

인영은 벌어진 입술을 다문 채 가만히 생각했다. 요즘 들어 힘들어 하는 민호의 모습을 가장 가까이에서 지켜봤던 인영은 어느 샌가 민호의 조력자 같은 역할이 되어 있었다. 고민이나, 심란한 마음에 하는 말 같은 걸 들어주다 보니 당연히 지금처럼 심란한 얼굴을 한 채 부탁하는 민호의 말을 거절할 수가 없었다.

"제가 뭘, 어떻게 해드리면 되는데요."

한숨처럼 쏟아진 인영의 말에 민호는 끼었던 깍지를 풀며 허리를 똑바로 세웠다.

"이재희인 척해. 우리 엄마가 하는 말에 그냥 대답만 잘하면 돼."

"……."

"대충 어떤 식으로 해야 하는지 알겠지."

눈치껏, 심기 안 거스리는 선에서 적당히. 민호가 내뱉는 말들은 모두 두루뭉술한 것들뿐이었지만 대충 어떤 느낌인진 알 수 있었다. 인영은 일단락, 알았다며 고개를 끄덕였다. 그녀에 대한 정보가 없어 자신은 없었지만, 임기응변에 대해서라면 또 얘기가 달랐다.

알아서, 적당히. 인영은 그 말들을 천천히 되새겼고, 민호는 곧바로 그녀에게 연락해 내일 집으로 오라는 말을 했다.

약속한 시간은 오후 4시, 다음 날부터 영화 촬영이라 하루 종일 대본을 보며 시간을 보낼 생각이었던 민호는 불안감에 좀처럼 대본을 들고 있으면서도 자꾸만 같은 부분을 읽고 또 읽었다. 그건 약속한 시간이 점점 더 가까워질수록 빈번하게 일어났다. 이래 가지곤 안 되겠다 싶어 펼쳐두었던 대본을 소파에 던지다시피 내려놓은 민호는 짙은 한숨과 함께 고개를 뒤로 젖혔다.

"그렇게 불안해요?"

3시부터 민호의 집에 와 있던 인영은 주방에서 간단한 주스를 꺼내 들고 와 민호의 앞에 내려놓았다.

마셔요.

민호는 그 말에 고개를 앞으로 당겨 잔에 담긴 주스를 가만히 바라보며 설핏 인상을 구겼다.

"넌 안 떨려?"

"떨리긴 한데 뭐, 그런다고 상황이 달라지는 것도 아니잖아요. 그냥 마음 편히 가져요. 어차피 내가 재희 씨도 아닌데, 걱정할 건 없잖아요."

"그래도."

"거짓말하는 것 때문에 그래요?"

"그것도 그렇고."

"부모님께 거짓말 한 번 안 하고 살았어요?"

"넌 많이 해?"

"뭐… 안 하는 건 아니죠."

인영은 손에 들린 주스를 한 모금 마시며 생각했다. 외국에서 생활할 때에도 옷에 욕심이 많았던 터라 생활비 대부분을 쇼핑으로 탕진했을 때에도 스트레스 때문에 그랬다며 뻔뻔하게 핑계를 대던 인영이었다.

그밖에 남자 친구와 함께 있다가 걸렸을 때에도 그를 게이라고 했던 적도 있었고, 차를 끌고 나가 거하게 사고를 냈을 때에도 어마어마하게 나온 견적비에 화살이 돌아올까 멀쩡한 몸 구석구석이 아프다며 엄살을 부린 적도 있었다. 그러고 보면 참, 거짓말을 많이도 하고 살았다.

"그리고 듣기론 어머니, 성격 셀 거 같으신데. 저 그런 거에 익숙해요."

인영은 마저 한 모금 마신 주스를 테이블에 내려놓으며 자신 있게 웃었다. 민호의 눈빛이 의아해졌다.

"어떻게?"

"어려서부터 기 센 사람들 옆에서 살았어요. 저희 엄마나 아빠, 친척들 죄다 한 성격 하시거든요."

"……."

"친할아버지 돌아가셨을 때도 다들 눈물 한 방울 안 흘린 사람들이에요. 다들 할아버지가 남기신 유언장에 혈안이 돼서는… 아, 장례식 때는 울었었다. 그땐 기자들이 많이 왔거든요."

"무슨 일 하셨는데."

"저희 할아버지 S기업…….”

인영은 의식의 흐름대로 말을 하다가 순간 아뿔싸 하는 마음에 서둘러 말을 뚝 자르고 어색하게 웃었다.

"아, 아니에요."

"S기업 뭐."

"아, S기업에서 일하셨다고요. 하하, 아. 덥다… 안 더워요?"

애써 기계적인 웃음을 흘리며 손부채질을 한 인영은 주변을 두리번거렸다.

"그나저나, 벌써 3시 30분인데. 언제쯤 오세요?"

민호가 느리게 소파에서 일어났다.

"이제 곧."

그 말이 끝나기가 무섭게 집안을 울리는 벨소리에 인영의 고개가 현관 쪽으로 향했다.

"약속한 시간보다 매번 30분 일찍 오거든."

민호는 걸음을 옮겨 현관으로 사라졌고, 인영은 그 뒷모습을 바라보다가 이내 서둘러 자신이 입고 있는 옷 이곳저곳을 체크했다. 고개를 들고 허리를 꼿꼿하게 세우고. 아, 아 소리를 내며 입술을 풀었다.

후우.

떨림 가득한 숨과 함께 인영은 자리에서 일어나 웃는 얼굴로 고개를 돌렸다. 그리고 시선이 닿은 곳에는 민호와 함께 나란히 들어오는 여자가 보였다.

"안녕하세요."

인영은 끌어 올린 입술 끝과 푹 파인 보조개가 매력적인 완벽한 미소를 구사해내고 있었다. 자리에 멈춰서 민호에게 들고 있던 가방을 건네준 그녀가 한쪽 입꼬리를 올리며 웃었다.

여자치곤 큰 키에 민호와 나란히 서 있음에도 불구하고 어색함이 없다. 머리는 차분하게 올렸고, 그 밑으로 자리 잡은 몸매 역시 평소 자기 관리가 철저한 건지 군살 하나 없이 쭉 빠져 있었다.

"니가 이재희니?"

"네. 이리 와서 앉으세요."

"그래. 앉아서 얘기해야지."

그녀는 차분한 발걸음으로 인영이 안내한 소파 앞까지 걸어왔다. 슬리퍼를 신었음에도 불구하고 바닥에 그 흔한 소리 한 번 안 난다. 그만큼 그녀의 온몸 곳곳에는 교양과 품위가 스며 있었다. 그런 부류를 인영은 너무나도 잘 알고 있었다.

뼛속부터 고고한 사람들, 인영이 눈동자가 빠르게 그녀의 전체적인 면을 스캔했다. 옷은 지춘희, 은은하게 풍기는 향수는 샤넬. 가방은 에르메스. 팔찌는 까르띠에. 귀걸이와 반지, 목걸이는 진주로 된 세트. 그것도 알이 꽤 큰 거.

민호에게 사전에 들어 알게 된 그녀가 소유하고 있는 갤러리는 인영도 잘 알고 있는 곳이었다. 어머니를 따라 몇 번 따라가본 적 있었지만 한 번도 관장을 직접 마주한 적은 없었다.

워낙 값비싼 옥션이 자주 열리는 갤러리였던 터라 어떤 사람이 운영하나 제법 궁금했는데, 이제 보니 평판이 좋을 수밖에 없을 거란 생각이 든다. 그만큼 그녀가 가지고 있는 느낌은 정갈하고, 섬세하며 완벽했다.

"어디서 많이 본 것 같은데……."

그 말에 인영은 애써 웃으며 머릿속으로는 기억을 더듬었다. 생각해보니, 엄마가 갤러리 관장과 친분이 있었던 것 같기도 하고. 그리고 안타깝게도 인영은 아빠보다야 엄마를 닮아 있었다.

"어머, 감사합니다. 친숙한 얼굴이라니 다행이네요. 어머니도 너무 아름다우세요."

"칭찬은 그쯤하고. 본론으로 넘어가볼까."

그녀는 대수롭지 않게 웃으며 민호를 한 번 쳐다보았다.

"왜 그러고 서 있니? 너도 앉아."

"……."

"우리 민호랑, 헤어졌다고 들었는데."

작은 한숨과 함께 옆자리에 앉은 민호를 확인한 그녀는 인영을 향해 물었다. 그 질문에 인영은 살며시 입술을 내리며 대답을 했다.

"네. 그렇게 됐어요."

"7년 동안 사귀었으면서 어떻게 얼굴 한 번 안 비칠 생각을 하니?"

"내가 싫다고 했어."

"난 지금 재희한테 물었는데."

"……."

"보통, 한 번쯤은 식사라도 한 번 하자고 말할 법한데 어쩜 말 한 번이 없어. 원래 민호 성격이 이런다지만, 너까지 그럴 필요는 없는 거잖니."

답답함에 일그러졌던 민호의 시선이 인영에게 닿았다. 그 시선에 인영은 다리 위로 가지런하게 올려두었던 손끝에 힘을 주며 말을 했다.

"저도 학생이라 바빴고, 민호도… 바쁘다 보니 사실 만난 시간에 비해 서로 교류가 많이 없었어요. 그러다 보니 거기까진 생각이 미치지 못했던 것 같습니다. 그 점은 정말 죄송하게 생각해요."

"약혼 얘기 나오면서 나한테 전화 한 통 정도는 올 줄 알았는데."

"그땐 저도 정신이 없었어요. 갑작스럽기도 했고… 이제 찾아봬야겠다 생각했는데, 그때… 저희 둘 사이가 잘못된 터라."

"헤어지자고 말했다고?"

"네."

"뭐, 다른 남자라도 생겼니?"

직접적인 물음에 인영의 말문이 그만 턱 하고 막혔다. 하지만 그건 잠깐일 뿐이었다. 다시금 웃으며 인영은 작게 고개를 내저었다.

"아니요. 그런 게 아니라… 제가 아직 약혼에 대해 준비도 덜 되어 있는 것 같고, 제 일이 더 중요하게 생각되고. 그러다보니 마음이 조금 멀어지게 되었어요."

"7년이나 사귀었으면서 마음 떠날 게 남아 있었니?"

"그게… 오래 사귀었다고 다 결혼으로 가는 건 아니잖아요. 저도 문득 그런 생각이 들었고, 저 하나 때문에 민호 연기 활동에 지장 가는 것도 그렇고."

"비공식으로 진행된다고 들었는데."

"비공식이라도 언제 누구에게 들킬까, 조바심 내야 하는 거잖아요. 만약 들키기라도 한다면 한창 연기 활동 중인 민호에게 분명 치명적일 테고요. 배우는 무엇보다 이미지가 중요하잖아요."

"그래서 지금, 민호 앞날 때문에 헤어진다고 말하는 거니?"

"그 이유가 전부는 아니지만, 어느 정도 영향이 없다고는 말씀 못 드려요."

"그럴 거면 진작 헤어졌었어야지, 안 그래?"

"사람 마음에 정도가 있나요. 좋으면 그저 끌리고, 저희는 아직 그저 좋으면 그만인 나이잖아요. 어릴 때 시작하기도 했고. 그래서 그 점에 대해선 깊게 생각해본 적이 없었어요."

한 치의 양보도 없이 이뤄지는 대화에 민호는 작게 숨을 토해냈다. 생각보다 잘해내고 있는 인영의 모습에 그나마 긴장이 느슨해진다. 앞에 놓인 주스 잔에 민호는 아직 그녀에게 음료를 내오지 않았다는 사실을 알고 자리에서 일어나 주방으로 느리게 걸음을 옮겼다.

그때였다. 귓가에 들려오는 자그마한 소리가 현관으로 이어지는 긴 복도에 드문드문 울려 퍼지고 있었다. 의아함에 민호의 걸음이 방향을 틀어 복도로 향했다. 현관에 다다랐을 때, 문을 열고 들어오는 인물에 민호의 눈가가 구겨졌다.

"어, 집에 있었네. 없는 줄 알고 온 건데."

"…왜."

"응?"

"왜 왔어?'

집에 민호가 있을 걸 예상하지 못했는지 어색하게 웃으며 말하는 재희의 얼굴에 민호는 순간 머리가 명해졌다. 항상 니가 찾아오길 바랐었지만, 오늘은 아니었다.

"아, 먹을 것 좀 들고 왔어. 너 요즘 입맛 없어 하는 것 같아서……."

민호의 표정이 좋지 않은 걸 안 재희가 손에 들고 있던 쇼핑백을 들어 올렸다.

"내가 한 김치전 좋아하잖아. 두고 그냥 가려고 했는데……."

오기 전 주고 받은 문자에 오늘 촬영이 있다고 말했던 민호가 왜 멀쩡히 집에 있는 건지 재희는 조금 당황스러웠다. 안 그래도 샵 오픈을 앞두고 있어 한창 바쁠 시기에 재희가 없는 시간을 쪼개가며 손이 많이 가는 음식까지 한 데에는 어제의 통화가 영향이 컸다.

말은 그렇게 했지만, 또 밥 안 먹었을 거 같아서.

요즘 들어 점점 빠져가는 민호의 체중엔 많은 이유가 있겠지만, 그중 가장 크게 자리 잡고 있을 자신의 존재에 재희는 힘주어 음식이 담긴 쇼핑백을 꼬옥 움켜쥐었다.

미안해서 그래, 넌… 아무것도 모르고 여전히 내 생각할 테니까.

떨리는 눈동자 너머로 재희의 네 번째 손가락에 끼워진 반지가 문득 무거워졌다.

"……."

그래서 더더욱 재희는 민호가 말라가는 걸 가만히 지켜보고만 있을 수 없었다. 죄책감이라도 좋다. 그건 재희가 지훈의 옆에 서기로 마음먹은 순간부터 감수하기로 한 문제였다.

친구로서, 음식 같은 거 해주면 이상한 걸까. 더 이상 사귀는 거 아닌데 집에 오는 것도 이상한 걸까. 재희는 친구와 연인의 모호한 경계선에서 지금 자신이 맞는 일을 한 건지 문득 걱정이 되었다.

재희는 여전히 대답이 없는 민호의 얼굴을 살피다가 이내 자신의 발아래에 자리 잡은 구두를 보고 상황을 파악한 건지 작게 한숨을 내쉬었다.

"아, 미안해. 손님 있었구나. 이거 받아, 나갈게."

"…그게 아니라."

무슨 말이라도 하려고 했는데, 그냥 보냈어야 했는데. 손을 뻗어 뒤돌아서는 재희를 잡자, 저 멀리서 민호를 부르는 그녀의 목소리가 들려왔다. 대답이 없는 민호가 이상했던 건지 그녀는 어느덧 복도를 지나 현관 앞까지 걸어오고 있었다. 그리고 마주한 둘의 모습에, 그녀의 표정이 제법 알싸하게 변했다.

"어머, 넌 누구니?"

재희는 민호를 한 번 바라보고, 그녀를 마주했다. 그리고 당황스러움에 무작정 허리를 숙여 인사를 했다.

"안녕하세요. 민호 친구 재희입니다."

하필이면 왜, 그 이름이 나와서는. 민호는 짙은 한숨과 함께 인상을 구기며 눈을 감았다. 그 모습을 하나도 빠짐없이 눈에 담은 그녀는 묘한 웃음을 지었다. 이상한 낌새를 눈치챘는지, 거실에 얌전히 앉아 있던 인영마저 현관으로 걸어왔고 그리고 마주한 상황들에 살며시 입술을 깨물었다.

"어머, 신기해라."

"……."

"얘도 재희라고 했는데, 너도 재희니?"

그녀는 자신의 등 뒤로 서 있는 인영을 한번 바라본 뒤, 다시 현관 앞에 서 있는 재희를 바라보았다. 그녀의 입술에 그려진 웃음이, 묘하게 싸늘해졌다.

"누가 진짜, 우리 아들 약혼 얹은 이재희야?"

내려앉은 목소리에, 셋은 서로를 바라보고만 있었다.

"내가 또 물어야 하니? 누가 이재희냐고 묻잖아."

재희는 지금 이 상황이 어떻게 된 건지 알기 위해 느리게 눈동자를 굴렸다. 민호와 인영이 있고, 그 사이에 난생처음 보는 여자가 서 있다. 인영을 보고 자신의 이름을 말한 걸로 보아, 인영이 지금 자신인 척 연기를 하고 있었다는 것 정도는 알 수 있었다.

"넌 일단 가."

"…저기, 민호야."

"어딜 가? 엄마 말이 말 같지 않니?"

어머니, 였구나.

재희는 자신의 어깨 위로 닿은 민호의 손길에 어렴풋하게 힘이 들어가는 걸 느꼈다.

"내가 설명할 테니까 그냥 좀 보내줘."

"쟤가 이재희야? 왜 이렇게 보내려고 안달이야?"

"엄마."

"…저한테, 무슨 하실 말씀 있으세요?"

재희는 짙은 한숨처럼 내려앉은 민호의 얼굴에 견딜 수가 없어 그만 툭 하고 말을 던졌다. 민호의 나지막한 목소리가 재희의 귓가를 파고들었다.

그냥, 가.

그 목소리에 재희는 애써 몸을 돌려 그녀를 마주했다.

"제가, 이재희예요."

"그래. 그렇게 말을 하면 되지."

그녀는 한결 나아진 얼굴로 입술을 열었다.

"서서 이러는 건 좀 아니니, 들어와 앉아서 얘기해요."

"……."

"이쪽 재희도 와서 좀 앉고."

그녀와 시선이 마주친 인영은 살며시 깨물고 있던 입술을 힘없이 놓았다. 진짜, 망했다.

하는 수 없이 셋은 거실로 가 나란히 자리에 앉았다. 한 명은 아무것도 알지 못하는 상황에 잔뜩 긴장을 하고 있었고, 한 명은 심각한 얼굴, 또 다른 하나는 앞으로 자신에게 닥칠 시련을 모두 다 겸허하게 받아들이겠다는 표정이었다. 그리고 가장 먼저 그녀의 시선이 닿은 건, 시련을 앞둔 인영에게로였다.

"그쪽 이름부터 다시 얘기해봐요."

"…조인영입니다. 민호 씨 코디…구요."

"그런데 왜 거짓말했어요? 이재희라고."

"…그게."

"내가 부탁했어."

가만히 앉아 있던 심각한 얼굴이 말을 했다.

"이럴 거, 뻔히 다 아니까."

민호의 말에 그녀는 코웃음을 쳤다.

"내가 뭘? 엄마가 7년 사귄 여자 얼굴 한 번 보겠다고 말한 게, 지금 니가 거짓말까지 해야 할 상황인 거니?"

"헤어졌는데 만나서 무슨 얘길해."

"그러니까 그게 만나서 할 얘기인 거야."

"……."

"왜 헤어진 건지, 엄마는 들어야겠어."

"내가 얘기해."

"괜찮아. 저한테, 듣고 싶으신 말 있으신 거죠."

재희는 민호의 말을 가로막고 그녀를 향해 말했다.

"하세요. 대답해 드릴게요."

"그래, 민호가 니 말은 잘 듣네. 앞으로 우리 대화에 못 끼어들게끔 해줘. 나 말 끊기는 거 별로 안 좋아하거든."

재희의 시선이 잠깐이나마 민호에게로 향했다. 얌전히 있어달라는 무언의 신호였다. 민호는 애써 고개를 돌리며 한숨을 내뱉었다.

"민호랑 7년 사귀었다고."

"네. 같은 고등학교였어요."

"그래, 최근까지 만났었고. 그쪽이 먼저 헤어지자고 말했고. 여기까지가 내가 알고 있는 사실인데, 틀린 거 없겠지?"

"네. 전부 다 맞습니다."

"우리 민호가 약혼 얘기하고 그쪽 부모님이랑은 만난 거 알고 있어. 그런데, 너도 준비하면서 느꼈을 거 아니야. 남자 쪽에서, 너무 조용하다 싶지 않았어?"

그녀는 어이가 없다는 듯 살며시 웃음을 터트렸다.

"세상천지에. 어느 부모가 아들이 전화로 7년 사귄 여자 친구가 있고, 그 여자랑 약혼을 하겠다는데 덜컥 허락을 하겠니?"

"……."

"그런데, 우린 했어. 워낙 어려서부터 말썽 한 번 안 부리고 제 일은 곧잘 하던 애였으니까. 원래는 아버지 사업하던 거 이어주려고 했는데 너도 알다시피 우리 민호가 어려서부터 연기 쪽으로 마음을 굳혔어. 그러면서도 제 할 일 다 해냈던 애야, 공부를 어수룩하게 한 것도 아니고 그동안 제 몫은 제대로 했기 때문에 민호의 결정에 이번에도 아무 말 없이 따라줬고. 한 번도 여자 친구에 대해 일절 얘기 한 번 한 적도 없던 게 혼자 7년을 사귀왔고, 약혼까지 마음먹었다는데 그 정도면 괜찮은 여자다 싶었으니까."

"……."

"애가 자기 행복 찾겠다는데 싫어할 부모 있니? 웬만해선 자기 인생, 어른이 나서서 터치하고 참견하는 거 참 맞지 않는 행동이라고 생각했는데 이번엔 좀 해야겠어. 도대체, 무슨 문제 때문에 이 약혼이 틀어지게 된 건지. 믿고, 기다려준 우리에게 민호가 왜 이렇게 된 건지. 니가 좀 설명해줄래?"

쉴 틈 없이 쏟아지는 그녀의 말에 재희는 가느다란 숨을 내뱉었다. 틀린 말 하나 없는 말에, 어떤 식으로 대답을 하던지 간에 빠져나갈 돌파구 같은 건 없어 보였다. 물론 조금이라도 나 자신을 위해 말을 꾸며낼 수도 있는 거였다. 대매한 대답들을 늘어놓으며, 피할 수도 있었지만 재희는 그러지 않기로 마음먹었다.

지금까지 자신을 위해 희생해 주었던 민호를 위해서라도, 이 순간만큼은 비난의 화살은 자신이 받아야 하는 게 맞았다.

"죄송합니다. 제가 먼저 찾아뵈었어야 했는데… 민호는 아무런 잘못 없어요. 모든 게 저 때문입니다. 제가… 민호에게 못할 짓을 했어요."

"……."

"물론, 좋아했던 마음이 없던 건 아닙니다. 많이, 좋아했어요. 그래서 약혼하자는 말에도 그러자고 했던 거구요. 민호와 함께할 마음도 있었어요. 그런데. 그런데…….."

재희는 좀처럼 떨어지지 않는 입술에, 힘주어 손을 꼭 움켜쥐었다.

"제가, 민호를 두고 다른 남자 때문에 흔들렸어요. 그래서… 민호에게 미안해서라도, 약혼을… 할 수 없게 되었어요."

그녀가 할 말을 잃었고, 재희는 불순하게 와 닿는 시선에도 꿋꿋하게 앉아 있었다.

"…일어나."

그 사이에서 견디지 못하고 일어선 건 민호였다. 소파에서 일어난 민호는 어느덧 재희의 손을 잡고 잡아당기고 있었다.

"일어나라고."

"정말… 결국, 우리 민호한테 문제가 있었던 건 아니구나. 여자 쪽이 문제였지."

"일어나, 저희야."

"그래서 너, 지금. 민호 말고 다른 남자가 생겼니?"

제발 좀.

"…네."

그냥, 일어나줘.

"지금… 사귀는 사람 있어요."

순간 민호의 손에 힘이 빠졌다. 미끄러지는 손가락 끝에 걸린 반지에 눈동자가 흔들렸다. 네 번째 손가락, 민호가 준 반지가 아니었다.

"그래. 그럼 다시 얼굴 볼 일 없겠구나."

그녀는 자그마한 숨을 내뱉으며 자리에서 일어나 옆에 두었던 가방을 챙겨 들었다.

"얼굴 보자고 했던 건 민호가 그토록 좋아했던 여자라기에, 엄마로서 해줄 수 있는 일이 없을까에서였어. 마른 얼굴 보는 게 속이 상해서 가만히 앉아 있을 수가 없더라고. 그저 감정 싸움이 문제였더라면 조언 같은 것도 해주면서, 어르고 달랠 생각이었어. 다시 한 번 잘해보라고."

"……."

"그런데… 그런 문제가 아닌 것 같구나."

"……."

"엄마 가, 아들."

그녀는 무심하게 그 말을 내뱉으며 걸음을 옮겼지만, 한편으로는 몇 번이고 등을 돌려 민호의 마른 뺨을 어루만져주고 싶었다. 하지만 그런 얼굴을 민호가 과연 보이고 싶을까 하는 생각이 들었다.

워낙 자존심이 강해, 그녀 앞에서 단 한 번도 운 적 없던 민호였다. 하지만 왠지 지금의 민호는 조금만 건드리면 울 듯한 얼굴이었다. 그래서 그녀는 뒤돌아설 수밖에 없었다. 못 본 척, 돌아서야만 했다.

"…조심히 들어가세요."

힘이 빠져, 한쪽 벽에 손을 짚고 구두를 신고 있던 그녀를 마중 나온 건 인영이었다. 그녀는 희미한 웃음을 지으며 나머지 한쪽 구두마저 신었다.

"민호 좀 수습해줘. 애가… 상처 받은 것 같네. 괜히 찾아왔다는 생각 고 들고."

"아니에요."

"원래 남자들은 저러면서 큰다지만, 애가 너무… 한 여자를 오래 만났던 게 걱정이네. 그게 결혼까지 갔으면 상관없는데."

그녀의 걱정에 인영은 딱히 위로할 말을 찾지 못했다. 모든 게 다 맞는 말이었다. 원래 쉽게 이별을 겪고, 다시 또 다른 사랑을 시작한다지만 민호는 너무나도 오랫동안 한곳에 정착해 있었다. 그런 사람들은 대부분 이별한 뒤에도 좀처럼 움직이지 못한다.

그저 다시 되돌아가고 싶어 하는 간절한 마음과 다시 시작할 수 있을 거라는 허황된 기대를 품기 마련이다. 그 자리, 그 순간으로. 되돌아가는 허황된 꿈을 몇 번이고 꾼다. 그것이 고작 바람일지라도, 그들에겐 깨지 않으면 그만일 뿐이다.

"이거. 최지훈이지."

하지만 지금 이 순간, 민호의 간절했던 꿈은 모조리 깨어져 있었다. 민호는 다시금 손에 힘을 주어 재희의 손을 잡았다. 손끝에 만져지는 낯선 감촉은 여전히 자희의 네 번째 손가락에 끼워져 있었다. 만지면 만질수록, 이질적인 느낌에 민호는 팔 안쪽에 작게 소름이 돋았다.

"…응."

"언제부터."

"…어제."

"내가 전화했을 때에도. 최지훈이랑 있었어?"

"응."

민호는 무게감이 느껴지는 눈꺼풀을 힘겹게 내려감았다.

어째서, 너는 늘. 이렇게 솔직한 걸까.

"결국, 이거야?"

짧게 웃음이 터졌다.

"나랑 헤어지고 니가 간 게, 고작 최지훈이야?"

민호는 되풀이 되는 상황들에 진절머리가 날 것만 같았다.

"그때랑 똑같은 상황 되풀이하고 싶어?"

니가 안전할 수 있는 건 내 품이라는 걸 왜 몰라. 그때와 마찬가지로, 달라진 게 아무것도 없다는 걸 왜 모르냐고.

"이번에도 똑같이 다치게 될 거야."

"……."

"그래도 상관없어?"

네가 피만 봤다 하면 쓰러지는 게, 누구 때문인데. 잠들지 못해 약을 먹고, 매 순간마다 악몽을 겪는 게 누구랑 붙어 있어서 그런 건데.

민호는 갑갑함에 무릎을 접었다. 고개를 들어 앉아 있는 재희의 얼굴을 가만히 올려다보았다. 잡고 있던 손에 힘을 더했다.

나는 그게 참 싫다. 아무런 죄 없는 니가, 고작 다른 누군가를 좋아한다는 이유 하나만으로 받지 않아도 될 상처를 받는 게.

"알아, 최율 때문에 그러는 거."

"……."

"그 여자 때문에 내가 받은 상처, 아직까지 짊어지고 사는 것도 알아. 여전히 그 여자가 지훈이 옆에 있고, 못 잊는 것도 알아."

차분하게 흘러나오는 재희의 목소리에 민호는 가만히 눈동자를 떨었다.

"그런데, 민호야."

"……."

"그래도… 옆에 있고 싶은 걸 어떡해."

재희는 달뜬 숨을 내뱉으며 입술을 꼭 깨물었다.

"7년이나… 떨어져 있어 봐서 알아."

"……."

"더 이상은, 못 하겠어. 너무… 힘들어서. 어차피 떨어져 있어도 힘들 거면. 그냥… 그냥 옆에 있을래."

드문드문, 서툴게 내뱉어지는 말들에 민호의 눈꺼풀이 두어 번 느리게 깜빡였다. 저희가 울고 있었다.

"그만큼 최지훈이 좋아?"

"으읍……."

"나로는 안 되겠어?"

달싹이던 입술은 끝끝내 대답을 하지 못했다. 뜨거운 숨결을 쏟아내다, 결국 견디지 못하고 아래로 무너진다. 민호는 그런 재희에게 자신의 어깨 한쪽을 내어주었다. 옷깃을 꼬옥 움켜잡는 손길이 눈물에 젖어 눅눅하기만 하다. 숨죽여 울고 있는 재희의 떨림이 고스란히 민호에게 느껴졌다.

민호의 커다란 손이 느리게 올라가 재희의 머리에 닿았다. 두어 번, 쓰다듬어 주다가 이내 내려가 재희의 허리를 끌어안았다. 민호는 젖은 목소리로 차분하게 말했다.

"난 니가."

"하아… 으을, 윽……."

"다치는 게 싫어."

공허해진 눈동자가 그 어디에도 닿지 못하고 허공을 맴돈다.

"아픈 것도 싫고. 힘들어하는 건 더 싫어."

달아오른 체온도, 네 감정도. 슬픔도. 모조리 내가 다 끌어안고 싶었는데. 그렇게 하고 싶어 시작했던 관계였는데.

"울지 마."

왜 나는 사랑이 되었음에도 불구하고, 여전히 너는 울고 있는 걸까. 어느덧 민호의 눈가에도 흐리게 무언가가 차올랐다. 뿌옇다, 세상이. 비온 날의 풍경처럼 온통 흐리기만 했다. 다짐했던 건 17살이었는데, 우린 어느덧 25살이 되어 있었다.

그때 내가 결심했던 건, 널 내 등 뒤에 숨겨주어 더 이상 다치지 않게 하는 것. 더 이상 울지도 않고, 상처 받지 않고. 쓰러지지 않게 손을 잡아주는 것. 지금 이 순간에도, 내가 너에게 할 수 있는 말은 딱 그거 하나.

"내가, 지켜줄게."

사랑 때문에 아파했던 네가, 더 이상 그 사랑으로 인해 울지 않게 하는 것. 이제는 내 곁에 아닌 그 사람 옆에서, 웃을 수 있게 해주는 것.

"그러니까 울지 마. 재희야."

나는 널 웃게 하고 싶어. 네가 그 누구보다 행복했으면 좋겠다. 내가 바랐던 꿈은 아마 그거였을지도 몰라. 니가 그 어디에 있던지, 아프지 않는 거. 그래서 무엇보다 내 품이 안전하다고 느꼈었다.

그래서 내 행복이, 너와 같을 거라는 착각을 했어. 너는 잊을 수 없어 매 순간 그리워했을 텐데 나는 점점 더 커가는 내 사랑에 너를 그 어디에도 못 가게 손에 꼭 쥐고 있었어. 지킨다는 표현보다, 많이 변질된 감정이다. 이제라도 늦지 않았지. 처음으로 돌아가자.

내가 널 처음, 지켜주고 싶어 했던 그때 그 순간으로.

"하고 싶은 대로 해."

원하는 곳에 있어.

"내가, 숨겨줄게."

방패막이는 내가 할게. 바람이 불면 기대도 되고, 비가 오면 우산이 될게. 이번에는 다치지 않게, 내가 한 번 잘해볼게.

그녀의 배웅을 마친 인영이 진이 빠진 얼굴로 걸어왔다. 때아닌 울음소리에 발걸음을 멈추었다가, 재희를 안고 있는 민호와 마주했다. 민호는 그 시선에 재희의 머리를 한 번 쓰다듬으며 품에서 조심스럽게 재희를 떼어냈다. 엉망이 된 얼굴을 한 번 보듬었다가, 그럼에도 불구하고 멈추지 않는 눈물에 자리에서 일어나 인영에게 말했다.

"물 좀 가져다줘."

"…아, 네."

"그리고… 젖은 수건도."

인영은 흐린 민호의 목소리에 한 번 당황했다가 젖어 있는 민호에 두 번. 가만히 눈을 깜빡였다.

이럴 때가 아니지.

뒤늦게 정신을 차린 인영이 서둘러 주방으로 발걸음을 옮기자 민호가 손등으로 대충 눈가를 눌러 담았다. 그리고 손을 뻗어 집어 든 건 다름 아닌 핸드폰이었다.

저장되어 있는 목록을 한 번 찾아보았다가, 번호도 저장해놓지 않았다는 사실에 짧게 한숨을 흘렸다. 그리고 허리를 숙여 재희의 가방 속에 있는 핸드폰을 꺼내들었다. 최근 통화목록에 들어가자 자신에겐 없었던 번호가 눈에 들어왔다. 통화 버튼을 누르고 귓가에 가져다대자 얼마 가지 않아 목소리가 들려왔다.

─안 그래도 전화하려고 했는데. 기특하게 먼저 전화하네.

밝게 흐르는 목소리에 민호는 눈동자를 굴려 재희를 한 번 바라보았다.

"나, 민호."

그러자 수화기 너머로 숨이 멎는다.

"성수동 갤러리아 포레. 기억할 수 있지."

―…….

"기억해, 못해."

―…….

"……."

―너 지금, 이재희랑 같이 있냐?

"전화 건 거 보면 몰라?"

민호는 겉돌고 있는 대화에 옅은 짜증이 밀려왔다. 정작 중요한 건 눈앞에 있었다.

"지금 울고 있으니까 빨리 와."

정확히 그 말과 함께, 통화는 끝이 났다. 먼저 끊어진 전화에 민호는 설핏 웃으며 핸드폰을 테이블 위로 올려두었다. 주방에서 온 인영이 물과 수건을 건네주었고 민호는 그것들로 재희를 달랬다.

옆에 앉아 있던 인영은 초조한 얼굴로 어쩔 줄 몰라 했지만 민호는 이런 상황들에 익숙한 편이었다. 발개진 눈가를 수건으로 닦아주고, 달싹거리는 입술 앞에 물을 가져가 마시게 하고. 그러다보면 어느 정도 진정이 되곤 했는데. 오늘따라 재희는 쉽사리 눈물을 그치지 않았다.

얼마나 시간이 지났을까, 울음소리가 전부였던 공간을 가로지르는 인터폰 소리에 민호가 인영에게 말했다.

"문 좀 열어줘."

"누구 오세요?"

"그냥 가서 열어줘."

인영은 작게 심호흡하며 자리에서 일어나 현관 앞에 붙어 있는 인터폰으로 다가갔다. 버튼을 눌러 문을 열어주고, 얌전히 벽에 기대어 시간을 보냈다. 얼마 가지 않아 울리는 벨소리에 인영은 걸음을 옮겨 문을 잡고 열었다. 그리고 마주한 얼굴에, 인영은 순간 얼떨떨한 표정을 지었다. 그런 인영을 바라보며 남자는 한쪽 눈썹을 일그러뜨리며 말했다.

"넌 또 뭐야?"

최지훈이었다.

'넌 또 뭔데'라고 맞받아치고 싶지만 워낙 유명하신 얼굴이라 차마 그럴 수도 없었다. 인영은 허무하게 잡고 있던 문고리에서 손을 떼었다. 민호와 친분이 있는 걸까, 하필이면 지금 이 순간에 지훈이 나타난 건지 알 수 없었다. 안 그래도 당황스러운데, 그 입에서 나온 이름이 더 가관이었다.

"됐고. 이자희는 어디 있어?"

도대체, 어떤 여자기에 이민호도 모자라 최지훈까지. 인영은 큰 눈을 두어 번 깜빡이다가 나지막하게 대답했다.

"…안에 있어요."

말이 끝나기가 무섭게 안으로 들어선 지훈은 곧장 거실로 향했다. 그리고 마주한 풍경에 바짝 주고 있던 턱에 힘이 절로 빠졌다.

"왜, 울어."

"왔어?"

"…니가 울렸냐?"

지훈의 시선이 재희에게 닿았다가 순식간에 민호에게로 흘렀다. 민호는 자리에서 일어나 피곤한 얼굴을 했다.

"달래라고 불렀으니까 좀 달래봐."

"밑도 끝도 없이 뭔 소리야. 니가 울렸냐고."

"누가 울린 게 중요해? 달래. 니가."

"……."

"그러라고 부른 거니까 할 일이나 해."

스쳐 지나가는 민호의 뒷모습에 따라가 바득 열이라도 내고 싶었지만, 그보다 소파에서 흐르는 울음소리가 지훈의 시선을 자꾸만 끌어당겼다.

씨발, 진짜.

지훈은 작게 욕을 뇌까리며 소파로 다가가 푹 숙이고 있던 재희의 얼굴부터 끌어 올렸다.

민호는 주방으로 가 물을 한 컵 마셨다. 차가운 기운이 목을 긁어내리듯 따갑게 쓸며 넘어갔다. 뒤늦게 주방으로 온 인영이 민호를 잡고 당황한 얼굴로 물었다.

"지금, 이거 뭐예요?"

"뭐가?"

"최지훈이랑 재, 재희 씨랑."

"사귀어."

"네, 네?"

"사귄다고."

"……."

"나도 오늘 알았지만."

"…허."

인영의 입술 사이로 흘러나온 건 뱃속부터 치고 올라온 헛웃음이었다. 왜 이렇게 쇼킹한 걸까. 인영은 머리가 다 얼얼했다.

"그러니까. 민호 씨랑 헤어지고 사귄다는 게."

"쟤야."

"…정말. 놀랍네요. 근데 그런 사람을 왜 집에 불러요? 안 껄끄러워요?"

"껄끄럽지."

민호는 다시 한 번 빈 컵에 물을 받아 털어 넣었다.

"근데 또 보긴 봐야 할 사이야."

"아… 이번에 영화 같이 들어가죠?"

"응."

"……."

"그런 눈 하지 마."

측은하게 가라앉았던 눈을 다급하게 동그랗게 떴지만, 소용없었다.

"그래서… 지금 어떤데요."

"뭘?"

"심정이요. 재희 씨 좋아하는 거 아니었어요?"

"좋아해."

"그런데, 지금 사귀는 남자를 집에 불러들여요? 그리고 전혀… 반응이, 반응이."

"너무 태연해?"

"네!"

인영은 손바닥을 마주치며 검지를 바짝 세워 민호의 얼굴을 가리켰다. 너무, 태연하다구요. 지금. 민호는 그런 인영의 손가락 끝을 골똘히 바라보다가 이내 슬쩍 한쪽 입꼬리를 올렸다.

"너 아까 나 우는 거 못 봤어?"

"……."

"우리 엄마도 못 본 거야, 그거."

그러면서 목이 타는지 또 물 한 컵을 비운다. 보통 실연당한 남자가 보이는 행동과 많이 다르지만, 어찌되었든 민호는 지금 멀쩡한 상태는 아니었다. 예전에도 그랬었던 것 같다. 재희와 이별을 말할 때에도 민호는 지금처럼 별다를 바 없는 모습이었다. 도대체 속은 어떨까, 인영은 작게 한숨을 내뱉으며 크게 울렁이는 민호의 목울대를 바라보았다.

"그래서. 이제 어쩔 생각인데요?"

"쟤가 좋다잖아."

"태연하게, 또 그 소리예요?"

"어떤 거?"

"좋아한다니까, 포기하고. 놓아주고. 좋아하면서, 도대체 왜."

"그쪽이 훨씬 멋있잖아."

"…네?"

인영이 생각해도 방금 민호의 말은 당황스러웠다. 뜬금없기도 했고, 갑작스럽기도 했다.

"옆에서 방해하는 것보다 멋진 역 하기로 했어."

"……."

"그래서 최지훈 불렀고."

"……."

"왜?"

민호의 물음에 인영은 얼떨떨함에 멈추어 있던 입술을 움직였다.

"아니, 도대체… 재희 씨가 얼마나 대단한 여자기에 당신이 이러나 싶어서요.”

그렇잖아, 7년 동안 사귄 걸로도 모자라 헤어지자고 말했을 때에도 멀어질까봐 그러자고 했고. 이제 와서 다른 남자 좋다고 떠난 여자 옆에서 모든 걸 포기하고 멋진 역할을 하겠다니. 무슨 지금 적선하는 것도 아니고, 인영은 답답한 듯 입술을 잘근 깨물었다.

왜 이렇게 답답한 거지, 속에서 꽉 막힌 듯 무언가가 부글부글 끓어올랐지만 딱히 민호가 문제 있는 것도 아니었다. 대상이 하나가 아니라, 둘이었다. 하나면 혼자 이상한 사람이겠거니 생각했겠지만, 둘. 그것도 일반인이 아닌 요즘 한창 잘나가는 남자 둘.

“이제 보니까 마성의 여자였네요.”

인영은 인정하고, 그렇게 결론지었다.

“재희?”

“네.”

“그런가.”

“…….”

“그런가보네.”

그 말에 민흐는 또 쉽사리 수긍을 했다. 그저, 마주하면 좋았다. 가느다란 손을 잡을 때에도 좋았고, 부드러운 살결도 좋고. 부서질 듯 얇은 머리카락을 가진 것도, 바라보는 눈동자가 연한 갈색인 것도. 두 팔로 안으면 한 번에 들어올 정도로 가녀린 어깨에 생각해보면 눈길이 닿는 곳마다 보호본능을 자극했다. 지켜주고 싶고, 울게 하기 싫고. 그랬기에 어쩌면, 내가 친구를 등지면서까지 17살에 그랬던 건지도 모르지.

“물 좀 더 줘.”

어느새 둘 사이에 끼어든 지훈이 빈 물 컵을 손에 들고 있었다. 내가 먹일 땐 두 모금이 전부였는데, 씁쓸하게 웃는 민호를 대신해 인영이 그 컵을 받아들고 잔을 채웠다.

"이유나 좀 알자."

한숨과 함께 지훈은 진이 빠진 얼굴로 민호를 마주했다. 그쳤어? 민호의 물음에 지훈은 지친 듯 눈썹을 구기며 두어 번, 고개를 끄덕였다.

"재희가 너랑 사귄다더라."

"……."

"그러고 울어."

"……."

"이해됐지."

참으로 신기한 화법이다. 단순하고 일방적인데 이해는 단번에 되었다. 지훈은 머리가 아팠다. 이 상황을 도대체 어떻게 대처해야 하나. 재희가 했던 말들을 떠올려보자면 조금 미안해하는 얼굴을 지어야 하는 건가. 아니, 내가 왜. 금세 풀어졌던 지훈의 얼굴이 매서워졌다.

"그럼 상황 설명 다 된 거네. 혹시라도 방해할 생각이면……."

"방해 안 해."

"…뭐?"

"안 한다고."

"……."

"재희 너 못 잊는 거, 오래전부터 알고 있었어."

알고 있으면서 그딴 짓을 나한테, 왜. 지훈은 목구멍까지 차오른 최율의 이름을 억지로 집어삼키며 너털웃음을 지었다.

"그래서. 지금 뭐하자는 건데?"

"유치하게 방해 같은 거 안 할 테니까 이번엔 잘해봐."

"뭐냐, 너. 친구로 남겠다는 거야?"

"친구로 남았다가."

"……."

"나 좋다고 하면 다시 내가 데려오고."

지훈은 바득 눈썹을 구기며 힘주어 말했다.

"그럴 일은 아마 없을 텐데."

"그럴 일 없게 니가 잘해."

"……."

"최율 정리나 똑바로 해. 그때처럼 재희한테 이상한 짓하면 그땐 내가 가만히 안 있고."

"니가 갖다 붙였잖아."

"갖다 붙인 김에 정리하면 되겠네."

"……."

"됐지?"

말처럼 쉬운 일이었다면 진작 했겠지만, 그렇게 마음먹은 대로 편히 따라와줄 인물이 아니었기에 지훈의 입술에는 잠깐 동안 정적이 맴돌았다. 나지막하게 고개를 끄덕이는데, 민호는 그 대답에도 쉽사리 마음이 놓이지 않았다.

물을 건네받은 지훈은 곧바로 재희가 있는 소파로 다가갔다. 그 뒤로 인영과 민호도 함께였다. 어느새 울음을 그친 재희는 발개진 눈가로 민호를 올려다보며 주섬주섬, 말을 했다.

"미안… 내가, 그게……."

"물 한 번만 더 마셔."

"아, 응……."

지훈이 친히 입 앞까지 대령해준 물을 몇 모금 마신 재희는 조금 개운해진 얼굴로 숨을 내뱉었다. 무슨 대화라도 더 하고 싶었지만, 그건 지훈이 나타난 시점에선 더 이상 불가능해 보였다. 곧장 소파 옆에 놓인 재희의 가방을 들더니 손목부터 잡는다.

"가자."

재희는 그 손길에 이끌리듯 자리에서 일어났다. 현관으로 향하는 걸음을 민호가 느리게 따라갔다. 바닥에 주저앉아, 신발까지 신기 편하게 가져다놓는 지훈의 모습이 낯설게만 느껴져 민호는 슬쩍 웃음을 터트렸다. 하지만 그 신발을 신는 대신 고개를 돌린 재희가 향한 곳은 다름 아닌 민호의 품이었다.

다짜고짜 두 팔을 벌려 꼭 끌어안는 바람에, 가만히 서 있던 민호의 발이 뒤로 한 걸음 물러났다. 하지만 곧 다리에 힘을 주고, 팔을 올려 품에 파묻혀있는 재희의 머리를 쓰다듬어 주었다.

"…고마워, 민호야."

온기에 파묻혀 웅얼거리는 목소리는 이상하게도 민호의 귓가에는 또렷하게만 들려왔다. 마주한 지훈의 얼굴은 구겨질 대로 구겨져 있었지만, 상관없었다.

"조심히 가. 내가 연락할게. 알겠지?"

"…응."

"전도 정말 잘 먹을게."

"……."

바스러지는 소리를 내며 끄덕이는 고개에 민호는 크게 숨을 내뱉으며 재희의 마른 등을 쓸었다. 민호는 지훈의 표정이 어떤 식으로 변하던지 간에 재희가 먼저 떨어질 때까지 가만히 기다려 주었다. 밀어내고 싶은 마음도 없었을 뿐더러, 잠깐이라도 이렇게 마주하고 있는 게 나쁘지 않았다.

재희는 발갛게 뜬 얼굴로 민호의 품에서 떨어졌다. 나갈게, 그 인사에 손을 들어 흔들어준 민호 옆으로 서 있던 인영이 조심히 들어가라는 인사를 건넸다. 인영에게 재희는 작게 웃었다.

"정말, 미안해요."

그 말 한 마디에 많은 것들이 내포되어 있다는 걸 인영은 알 수 있었다. 어머니 일도 그렇고, 뜻하지 않게 난감한 상황들을 목격하게 된 것에 대해 건네는 사과였다. 인영은 놀라운 장면들을 모두 다 이해한다는 듯이 고개를 끄덕이며 그 둘을 배웅했다.

"내일 보자."

민호가 건넨 인사에 지훈은 애써 모르는 척, 지나쳤다.

"나 도대체 뭘 어떻게 받아들여야 해."

지하 주차장까지 아무런 말없이 재희의 손을 잡고 걷던 지훈은 차에 오르자마자 참아왔던 감정들을 토해냈다. 오는 내내 지금 이 상황이 어떻게 받아들여야 하나 생각해 보았지만 도무지 결론이 나질 않았다.

재희의 번호로 걸려온 민호의 전화에 반쯤 정신이 나갔다가, 울고 있는 모습에 또 정신이 아찔해졌다가. 순순히 뒤로 물러선다는 민호의 발언에 혼란이 왔다. 아, 진짜… 지훈은 거칠게 머리카락을 쓸며 시트에 기대었다. 술에 취한 것처럼 멍하다.

"도대체, 거기에 왜 있어."

일단은 그게 첫 번째였다.

"왜 울고 있냐고."

그건 두 번째였다. 재희는 아직 염기가 사라지지 않은 눈동자로 물끄러미 지훈을 바라보았다. 지훈은 또 그 모습에 옅은 한숨을 내뱉으며 손을 뻗어 재희의 눈가를 보드랍게 쓸어주었다.

못살아. 눈까지 빨개, 너.

"민호…가 요즘 잘 못 먹는 것 같아서 먹을 것 좀 해서 가져다줬는데, 어머니가… 계시더라고."

"……."

"약혼 얘기 하셨어."

집중해 만지고 있던 지훈의 손이 뚝 하고 멈추었다.

"그래서?"

"솔직하게 얘기했어. 지금… 만나는 사람 있다고."

"그래서 운거야?"

"민호가 우리 둘 사이 알게 되서. 얘기하다 보니까……."

"그게, 울 일이야?"

민호라는 이름에 지훈은 저도 모르게 욱하고 말을 내뱉었다.

"넌 도대체 왜 이렇게 눈물이 많아, 내가 얼마나."

얼마나, 놀랐는데. 지훈은 갑갑한 듯 입술을 꾹 깨물며 시선을 돌렸다. 지끈거리는 관자놀이에 손을 올려 진득하게 쓸었다. 놀란 마음 때문인지, 피곤해서인지 필요 이상인 것들에 눈물을 보인 재희가 순간 못 견디게 무겁게만 느껴졌다.

앞으로 몇 번이고 넌 이민호 때문에 이런 식으로 눈물을 흘릴 거고, 난 또 그럼 몇 번이고 이런 두통에 시달리며 네 눈물을 이해하고 받아줘야겠지. 그래, 어쩌면. 내 생각보다 너의 7년은 뗄 수 없는 족쇄 같은 걸 수도 있다.

"진짜, 머리 아파. 너 때문에."

너와 내 사랑이 도대체 왜 죄책감이 되어야 할까. 지훈은 잘못된 시작점을 찾으려다가 결국 그만두었다. 머리가 아팠으니까. 발개진 네 눈가도 보기 힘들었고, 지금의 네 머릿속은 도저히 내가 들어가 이길 수 없을 것만 같으니까.

"집에 데려다 줄게."

묵직하게 맞물려 있던 턱을 간신히 움직여 말을 내뱉고 핸들을 잡자, 순간 재희의 손이 그런 지훈의 손 위로 닿았다.

"……."

너는, 떨고 있었다. 보면 가슴 아플 것만 같아 외면했던 발개진 눈가가 또 다시 거친 파도를 만난 것처럼 일렁였다. 달싹이는 입술에 힘없이 지훈의 손등 위로 미끄러진 재희는 다시금 손에 힘을 주어 그의 손을 꼭 움켜쥐었다. 잔뜩 구겨져, 발개진 마디를 보면 알 수 있었다. 재희는 지금 눈물을 참고 또 참으며 지훈의 손을 잡기 위해 안간힘을 쓰고 있었다.

지훈은 그 순간들이 모두 다 처음이었다. 이렇게 자신을 위해 다가와 준 것도, 고작 손을 잡기 위해 필사적인 모습으로 애를 쓰는 것도. 지훈은 핸들을 움켜잡고 있던 손에 힘을 빼 재희가 하는 일들을 가만히 지켜보았다.

재희는 잔뜩 눈물이 고인 눈동자만큼이나 위태로운 손길로 지훈의 손을 꼭 움켜잡았다. 처음엔 하나였는데, 나중에 둘이었다. 두 손 가득, 지훈의 커다란 손 하나가 잡혀 있었다. 눈물은 자꾸만 아래로 떨어졌고, 시트 어딘가에 닿아 형체 없이 뭉그러졌다.

그런데도 재희는 자신의 얼굴을 닦는 것보다 지훈의 손을 잡고 있는 쪽을 택했다. 지훈의 눈동자가 두어 번 떨렸다.

너 왜 그래, 재희야.

"지훈아. 나, 나……."

어린애처럼, 왜 그렇게 울고 있어.

"그렇게… 늦지 마."

내가 널, 어떻게 했기에. 지훈은 멍해진 정신에 생각을 하려 했지만 어쩔 수 없이 모든 게 무뎌지고, 느려지고, 멈추고, 또 정지했다. 고작 네가 놓치지 않기 위해 꼭 움켜잡아준 네 손과, 오로지 나 하나 때문에 울고 있는 네 모습에. 생각은 사치였고, 정신은 까마득해졌으며 나는 또 너에게 감동이라는 걸 한다.

"놓기 싫어?"

"응, 으응."

원래 이런 식으로 확인 받는 걸 좋아하는 편은 아니었는데, 이번 건 좀 컸다. 이겨낼 수 있을 리 없었다. 순간 잠깐이나마 너를 보고 느꼈던 원망과 무기력함에 회의감이 들었다. 그래, 내가 널.

"그럼 안 놓으면 되잖아."

어떻게 사랑했는데. 내가 너 하나 바라보고, 어떻게 여기까지 왔는데. 이제와 고작 그 남자 하나 때문에 널 이해 못하고 화를 낸 모습이 우습게만 느껴졌다.

그딴 건, 아무것도 아닌데. 니가 이렇게 원하고, 놓지 못하는 건 바로 나였는데. 나는 그걸 왜 의심하고 불안해 했을까.

"이 눈물 많은 아가씨야. 그런다고 울어?"

지훈은 몸을 반쯤 틀어 왼쪽 손을 뻗어 재희의 눈가를 닦아주었다. 눈물에 잔뜩 엉킨 머리카락을 거둬내 주고, 손가락이 미끄러질 정도로 많은 양의 눈물을 쓸었다. 그럴 때마다 재희는 입술을 꼭 깨물며 지훈을 잡고 있던 손에 더욱더 힘을 주었다.

왜 이렇게, 예쁜 짓만 할까. 지훈은 옅게 웃음을 터트리며 아직도 울고 있는 재희를 바라보았다.

"내가 그렇게 잘생겼어? 보면 눈물 나게."

"……."

"딱 눈물만 멈추면 좋을 것 같은데."

재희가 애서 꾹 짓누르고 있던 입술로 말했다.

"…오늘만. 오늘만… 이렇게, 울게."

"오늘만 울 거야?"

"응……."

"그래, 그럼."

지훈은 어렴풋하게 웃었다.

"…내가 말했었나. 난 아직도 가끔씩 널 만나지 못했던 내 과거들이 순간순간, 가슴을 치고 올라와."

악몽처럼, 너에게 닿지 못했던 순간들이 몇 번씩이고 생각나기도 해. 우리가 이별했던 순간에 매몰차게 날 뿌리쳤던 그때의 너와 그 앞에서 절박하게, 딱 지금처럼 네 손을 잡고 있던 내 모습. 모든 게 싫은 것들뿐이었던 게 살아가면서 끈질기게 생각나곤 했어.

넌 잘 살고 있을까, 나 같은 건 잊고 다른 누군가와 연애를 하며 평범하게 살고 있을지도 모르지. 원망이 꼬리에 꼬리를 물어 짙어질 때면 한 번쯤, 잊어볼까도 생각했어. 하지만 그게 잘, 안 됐어.

"근데 또 웃기게도."

왜냐면, 재희야.

"널 마주했던 그 잠깐의 순간순간이, 내겐 또 너무나도 아름다워서."

그 장면 속, 날 바라보고 있던 너의 표정과 모습들이 차마 잊힐까. 그게 또 못 견디게 두려웠던 것들 중 하나라서.

"그래서 내가 널 못 잊었나봐."

그래서 내가 아직도 너 하나에 이렇게 꼼짝을 못하는 건가봐. 다른 여자였으면 참지 못했을 것들을 지금 다 받아주는 걸 보면. 난 아직도 널 많이 좋아하고, 사랑하고 있나봐.

"그러니까 오늘만 딱 이렇게 울어. 지금 네 모습이 내 기억 속엔 반드시 남아 있을 테니까."

"……."

"되도록이면 예쁜 모습들만 보여줘. 내가 늙어서, 머리가 새하얗게 내린 백발의 노인이 되더라도 널 떠올리며 그때의 넌 참 예뻤구나. 그렇게 생각할 수 있게."

알았지? 웃으면 묻는 지훈의 물음에 재희는 결국 또 한 번 눈물을 흘려야만 했다. 알았다며 느리게 고개를 끄덕이고, 눈물을 꾹 참아내려고 했지만 가슴속 치고 올라오는 두근거림에 모든 게 역부족이었다. 지금 이 모든 게, 내가 잡고 있는 게. 너라서, 너일 수밖에 없다는 사실에 재희는 못 견디게 아프고 또 고마웠다.

2. 접전

"벌써 취한 거야?"

"취하긴, 누가."

옅게 흔들리던 지훈의 눈동자가 부드럽게 휘어졌다. 소파에 편히 기대어 있던 몸을 일으킨 지훈은 옆에 앉은 여자에게 잠깐만, 말하고 손을 뻗어 테이블 위에 놓인 술잔을 집어 들었다. 한 모금 밀어 넣은 술이 제법 독했는지 눈썹을 살짝 구기자 옆에 앉아 있던 여자가 재빨리 손을 뻗어 고급스럽게 세팅되어 있던 과일 하나를 집어 지훈에게 건넸다.

"내가 뭐라고 했지?"

지훈은 능청스럽게 그녀가 내민 사과를 한입 베어 먹으며 부드럽게 씹었다. 오물오물, 움직이는 턱이 술에 취한 듯 불규칙했다.

"누나라고 했잖아."

"아, 맞다. 누나. 누나…라고 해도 괜찮지?"

지훈의 손이 부드럽게 그녀의 어깨를 지나 팔을 감쌌다. 피아노 건반을 두드리듯, 새하얀 살결 위로 손가락을 움직이자 그녀가 어쩔 줄 몰라 하는 얼굴을 했다.

"얘는, 내가 나이가 몇인데."

"뭐 어때, 관리 잘해서 얼굴에 주름도 얼마 없잖아. 피부도 좋고."

드문드문 닿았던 손이 꽤 과감하게 어깨를 잡는다. 무방비하게 드러난 살결 위를 쓸어내리며 지훈은 어린아이처럼 웃었다. 반질반질해서, 느낌 좋다. 그녀는 귓가에 닿은 숨결에 서둘러 손부채질을 했다.

"너 정말, 내가 누누이 말했지. 내가 너만 한……."

"아들이 있다고."

부드럽게 턱을 돌려 길게 뻗은 목덜미 위로 짧게 입술을 부딪친 지훈은 그 위로 푸스스 웃었다. 피부 위로 이따금씩 닿는 숨결에 그녀의 손가락이 테이블 아래에서 위태롭게 구겨졌다.

"그래."

"아들 나이 또래한테 누나 소리 좀 듣는 게 뭐 어때서 그래. 너네 집 아들은 너보고 누나라고 안 하잖아요."

"……."

"그러니까 내가 해준다고."

고개를 들어 지그시 바라보는 눈동자에 절로 그녀의 심장이 펄떡거리며 뛰었다. 그건 그녀가 20살의 풋풋한 나이일 때나 느껴보았던 설렘과 비슷했다. 나이 차이만 해도 30은 훌쩍 넘는데 버릇없이 너, 너 구는 게 얄밉긴커녕, 두근거려 큰일이었다.

"얘가 또 왜이러니. 너 차 바꿀 때 됐어?"

하지만 20살의 순수함을 기대하기엔 그녀는 너무나도 물질적인 세상에 익숙해질 대로 익숙해진 나이였다. 이제 와 자신을 두근거리게 만든 인물에게 정조는 갖다 바칠 순 없어도 그보다 더 값비싼 재력이라는 게 그녀에겐 있었다.

아니면 뭐, 갖고 싶은 거 있니?

노골적으로 드러난 말들에 지훈은 살며시 눈썹을 구기며 그녀의 가슴에 기대어 한숨처럼 말했다.

"누나가 준 거 몇 번 안 탔어."

"왜. 마음에 안 들어? 아니면 다른 손님이 준 거 타고 다녀?"

"아니, 그냥."

"그것도 아니면 뭐야. 그새 질린 거야?"

"아니라니까."

"왜. 너 빨리 질려 하잖아. 다른 거 사줘?"

그녀는 그 누구보다 지훈을 잘 이해한다는 표정으로 말했다. 지훈은 갑갑한 얼굴을 하며 심드렁하게 그녀의 가슴 위에서 얼굴을 떼낸 뒤 자리에서 일어났다.

"어디 가?"

"화장실."

"화났어?"

"아니."

지훈은 태연하게 말을 했지만 그런 행동에 그녀는 설렘이 싹 가신 초조한 얼굴을 했다. 최대한 아무렇지도 않은 척, 룸 안을 빠져나온 지훈은 심각하게 내리고 있던 입꼬리를 기분 좋게 올렸다. 언제 그랬냐는 듯이, 작게 콧노래를 흥얼거리며 길게 뻗은 복도를 여유롭게 걷는다.

화장실 문턱을 넘어설 때 쯤, 주머니 안쪽에 넣어두었던 핸드폰이 울렸고 지훈은 거울을 비친 자신의 얼굴을 바라보며 느리게 전화를 받았다.

"어, 왜. 아니, 일하는 중이지."

잘 세팅된 머리를 이곳저곳 매만지던 손이 뚝 멈춘다. 지훈은 살며시 인상을 구기며 핸드폰을 고쳐 잡았다.

"아, 진짜. 퀄리티 떨어지게. 이 바닥에서 나 모르는 새끼 있어? 어디서 그딴 새끼랑 날 비교해."

매서운 목소리에 금세 수화기 너머의 인물이 숨을 죽인다.

―그거야 나도 잘 알지, 근데 요즘 소문이 무섭긴 하잖냐. 너 저번에 걔한테 손님 뺏긴 거 모르는 사람 없다니까?

지훈은 뜨거운 숨을 내뱉으며 다시금 거울을 바라보았다.

"걘 내가 단물 다 빠져서 버린 거라니까."

지훈은 애써 심기 불편한 얼굴을 피며 말했다. 요즘 들어 이 바닥이 떠들썩해질 정도로 유명세를 떨치고 있는 햇병아리가 하나 있는데 지훈은 별로 관심이 없음에도 불구하고 주변에서 혈안이 돼 서로를 비교하고 앉았다. 얼마 전에는 너무 달라붙는 손님이 있어 쳐냈는데 그 병아리가 고새 주워서 냉큼 먹었나보다.

그러면서 또 어떤 식으로 입을 놀리고 다녔는지 지훈이 그 아이에게 손님을 빼앗겼다는 말도 안 되는 소문이 퍼져있었다.

"내가 늘 말했지, 형은 그런 새끼 신경 쓸 만큼 한가한 사람이 아니다."

지훈은 거울 너머로의 비치는 자신의 얼굴이 마음에 들었는지 씨익 웃으며 룸 안에 있는 그녀를 떠올렸다.

"어, 아니. 이번에 공사 들어간다고 했잖아. 집 하나 해보려고. 아니, 청담동. 어. 미친, 내가 오피스텔 받게 생겼냐? 집 받는다고. 집. 집 한 채요."

걸죽한 욕을 가미해 신중한 이야기를 나누고 있는데 때마침 화장실 안으로 어떤 남자가 들어왔다. 지훈은 힐끗, 잠깐의 시선으로 그 남자를 마주하고 다시금 입술을 열었다.

"뭐, 오래 걸리진 않을 것 같고. 글쎄… 한 달? 빠르면 2주."

"박이찬."

"그러니까……?"

부드럽게 흐르던 대화가 때아닌 목소리에 뚝 멈추었다. 지훈의 고개가 돌아가고, 마주한 곳에는 어느덧 지훈의 옆으로 다가온 남자가 서 있었다.

"뭐야, 넌 또."

지훈은 설핏 한쪽 눈썹을 구기며 물었고, 남자는 대답 대신 웃으며 지훈의 손에 들린 핸드폰을 빼앗아 들었다.

"뭐하는 짓이……!"

"여자 공사는 나중에 치고."

그는 가볍게 통화 종료 버튼을 누른 뒤, 묵묵히 그 위로 번호를 하나둘씩 눌렀다.

"나랑 더 큰 공사 치러 갈래?"

시선도 맞추지 않은 채, 재미없게 말하는 남자의 목소리에 구겨진 지훈의 눈가가 힘없이 풀어졌다. 그는 흐르는 침묵 속에서도 가만히 손가락을 움직이며 지훈의 핸드폰 위로 11자리의 번호를 찍고 난 뒤 건네주었다.

"더 큰 물에서 놀고 싶으면 연락해."

"……."

"기다릴게."

지훈은 얼떨결에 건네받은 핸드폰을 움켜쥐며 부드럽게 문질렀다. 알싸한 얼굴로 그 말을 끝으로 등 돌려 사라지는 남자의 뒷모습을 가만히 바라보고만 있었다.

"컷!!"

가만히 앉아 있던 감독이 사인과 함께 자리에서 일어나면서 만족스러운 웃음을 지었다. 그와 동시에 지훈은 바짝 힘주고 있던 눈을 두어 번 깜빡이며 숨을 크게 내뱉었고, 민호 역시 반쯤 나가 있던 걸음을 다시 되돌리며 세트장 안으로 들어왔다.

"최곤데, 지훈이가 이렇게 연기를 잘할 줄은 몰랐어."

고작 한 번의 리허설 후 바로 찍은 장면이 꽤 마음에 든 건지 감독은 지훈에게 다가와 어깨를 두드리며 극찬을 아끼지 않았다. 주변에 있던 스태프들까지 그 분위기에 동조에 저마다 한 마디씩 지훈을 칭찬했다.

"더 안 찍어도 되겠습니까?"

"아니, 됐어. 충분해. 완벽했어."

지연에게 듣기론 한 장면만 5시간, 6시간 찍을 정도로 꽤나 만족을 모르는 사람이라던데. 그 자자한 명성에 비해 너무나도 빨리 떨어진 OK 사인에 지훈은 얼떨떨하면서도 한편으론 기분이 좋았다. 뭐, 그만큼 연기를 잘했다는 거니까.

"이거, 이거. 전직 호스트 출신 아니야? 진짜 연기 맞아?"

"아, 과거 세탁하고 온 건데. 들켰나 봐요."

"하하, 이거 참 웃긴 놈일세."

감독은 처음 호흡을 맞춰보는 지훈의 연기도, 장난에 맞받아치는 모습도 마냥 좋았는지 껄껄 웃었다.

자, 다음 신 준비해!

우렁차게 말을 내뱉은 감독의 말에 세트장에 진을 치고 있던 스태프들이 분주하게 움직였다. 감독은 옆에 서 있던 민호의 어깨 역시 두드리며 기분 좋은 웃음을 지은 채 등을 돌렸다.

"잘하던데. 왜 그동안 영화 안 했어?"

민호는 방금 전 장면들을 떠올리며 지훈에게 물었다. 그동안 브라운관을 통해 연기를 하는 건 보았지만 직접 같은 공기를 마시며 해본 건 처음이었다. 드라마랑 촬영 분위기가 틀려 조금은 긴장이라는 걸 할 줄 알았는데, 지훈은 뻔뻔할 정도로 능청스럽게 역할을 완벽히 소화해내고 있었다.

“내가 그걸 너한테 말해야 하냐?”

“그냥 궁금해서.”

“…….”

“싫으면 말 안 해줘도 돼.”

　사납게 일그러진 지훈의 눈썹에 민호는 태연하게 시선을 틀었다. 다음 장소로 가기 위해 움직이다가, 문득 무언가가 생각났는지 다시금 등을 돌려 지훈을 마주했다.

“아. 재희는 괜찮아?”

“…….”

“이것도 싫어?”

　지훈은 짧게 웃음을 터트렸다.

“왜 쓸데없이 남의 여자한테 관심을 쏟아, 너 그렇게 할 짓 없냐?”

“울었잖아. 걱정 안 되는 게 이상하지.”

“…….”

“그래도 너 생각해서 어젠 연락 안 했어.”

　같이 있을 것 같아서. 그런데도 역시나.

“오늘 아침까지 침대에서 달래주다가 오는 길이다. 대답 됐어?”

　같이 있었구나. 민호는 느리게 고개를 끄덕이며 입술을 열었다.

“요즘 일도 많고 이것저것 힘들어하니까 되도록 같이 있어줘. 말은 안 해도 원래 혼자 있는 거 싫어하니까.”

"야, 이민호. 너 약 먹었냐?"

"……."

"아니면 이제 와서 나랑 친구라도 하고 싶냐? 갑자기, 왜 이렇게 살갑게 굴어?"

언제부터 그랬다고. 지훈은 민호의 행동이 적응이 안 됐는지 알 수 없는 표정을 지었다. 얼마 전까지만 해도 재희와 그런 관계였던 주제에, 이제 와 둘 사이를 서포터처럼 지지해주는 모습이 여간 눈에 밟히는 게 아니다. 민호는 지훈의 말에 가만히 숨을 죽였다가 이내 입술 끝을 부드럽게 밀어 올리며 대답했다.

"어."

"…뭐?"

"나 너랑 다시 친구 하고 싶은데."

"……."

"늦었지만 이제라도 너랑 관계 회복 좀 해보려고."

재희도 그러길 바랄 거고. 지훈은 허물없이 쏟아지는 민호의 말에 짧게 웃음을 터트렸다.

"어쩌냐, 난 너랑 그럴 마음이 전혀 없는데."

"그럴 마음 생기게 하지, 뭐."

"……."

"내가 한 번 다가가볼 테니까, 넌 가만히 있어."

볼일이 끝난 건지, 제 할 말만 내뱉고 뒤돌아선 민호는 또 무언가가 생각났는지 다시금 고개를 돌렸다.

"아, 그리고."

한 움큼 다가와 지훈의 어깨 가까이 다가와 섰다.

"적당히 밀어내."

"……."

"계속 그러면 매력 없어."

이 미친 새끼가, 감정이 담긴 지훈의 손이 민호의 어깨를 밀쳤고 민호는 장난스레 웃으며 그 손길에 한 움큼 밀려나 주었다.

어, 어.

뒤로 두어 번 뒷걸음질 치더니 그대로 몸을 돌려 다음 세트장으로 가기 위해 걸음을 옮긴다. 이동하는 스태프들 사이로 파묻혀 사라지는 민호의 뒷모습을 바라보며 지훈은 숨이 닿았던 귀를 신경질 적으로 쓸어내렸다.

"이민호가 이상해."

—어? 민호가 왜?

지훈은 그 목소리에 가만히 머릿속을 가득 채운 조잡스러운 장면들을 떠올리다 이내 한참 뒤에 '아니야'라고 대답했다.

"기분은 좀 어때."

—…말했잖아, 어제만 그러겠다고. 이젠 괜찮아.

"그럼 다행이긴 한데. 아직도 일하고 있어?"

—응. 옷 정리.

"혼자서?"

—아니, 언니가 사람 쓰라고 해서 알바 생 몇 명 불렀어. 한국 쪽에서 빨리 오픈하고 싶나봐, 스케줄 앞당겨서 내일 온다고 하는 바람에 오늘 안에 정리 끝내려고.

지훈은 그 말에 안도의 한숨을 내뱉으며 가만히 고개를 끄덕였다.

"다행이네. 혼자서 고생하고 있을 줄 알았더니. 오늘도 나, 너네 집으로 갈까?"

—왜 또.

"그냥. 어제 보니까 제대로 잠도 못 자던데. 내가 가서 재워주게."

—오지 말라고 하면 안 올 거야?

"그건 아니지."

—근데 왜 물어.

웃으며 묻는 재희의 목소리에 지훈은 나른한 표정을 지으며 '그냥'이라고 대답했다.

—언제쯤 끝나는데?

"한 3시간 뒤. 좀 더 빨리 끝날 수도 있고, 아닐 수도 있고."

—응, 촬영은 어때. 잘하고 있어?

"아직까진."

—…그 애매한 대답은 또 뭐야?

"애매했어?"

—응.

재희의 대답에 지훈은 푸스스 웃으며 피곤으로 얼룩이진 얼굴을 한 번 쓸어내렸다.

"아직 최율이랑 안 찍었거든. 다음 신에 찍어."

—…….

"키스신이야."

—…….

"……."

—…괜찮겠어?

"나는 뭐 똥 밟은 셈 치고 하면 되는데. 니가 문제지."

—…….

"넌, 괜찮지."

벌써 8시간째 지속되어지는 촬영에 진이 빠지는 게 아니었다. 이제는 피하고 싶어도 피할 수 없는 게 남아 있어서 괜스레 지훈은 자꾸만 손목에 채워진 시계를 확인하며 남겨진 휴식시간을 몇 번이고 눈에 담았다. 정적이 맴도는 핸드폰에 지훈은 초조해졌다.

그냥, 일이라고 생각하고 눈 딱 감고 할 수 있겠는데. 넌 어떨지 모르겠어서. 지훈은 요즘 들어 멀리했던 담배가 간절해질 정도로 속이 바짝 타들어가는 것간 같았다.

—표면적인 대답을 원해, 진짜 솔직한 대답을 원해?

"솔직한 거."

지훈의 말어 재희는 작은 심호흡과 함께 힘주어 말했다.

—전혀, 안 괜찮아.

"……."

—그러니까 NG 없이 한 번에 끝내. 알겠어?

귓가로 쏟아지는 그 말들에 지훈은 머리가 얼얼했다. 그러다가 이내 짧게 웃음이 터져 나왔다.

지금 이거, 질투하는 거 맞지?

지훈은 슬쩍 웃음기가 맴도는 입술을 매만지며 두어 번 고개를 끄덕였다.

"그래. 마님 분부대로 해야지."

—…….

"NG 절대 안 낸다."

—약속했어? 민호한테, 내가 물어볼 거야.

지훈은 끊임없이 쏟아지는 말들에 그저 기분 좋은 웃음만 내비쳤다.

그래, 알았어. 진짜 한 번에 끝낼게.

실제로 마주 보고 있지도 않음에도 불구하고 연실 고개까지 끄덕이며 재희에게 약속을 했다.

통화를 마치고 아직 채 열기가 식지 않은 핸드폰을 꼭 움켜쥐었다. 남겨진 시간은 어림잡아 5분 정도. 1분 1초가 왜 이렇게 빨리 흘러가는 건지 지훈은 초조함에 입술을 슬쩍 깨물었다.

그래도, 통화했으니까. 목소리라도 들으니 불안정했던 마음이 한결 가벼워졌다. 빨리 끝내고 집에 가서 재워줘야지, 끌어안고 자야지. 그런 기분 좋은 상상들을 하며 소파 깊숙이 몸을 숙이자 갑자기 똑, 똑 누군가가 대기실 문을 두드린다. 스태프인가, 지훈이 몸을 조금 일으키자 문을 열고 들어온 건 다름 아닌 최율이었다.

"잠깐 들어가도 돼?"

왜, 벌써 나타나. 지훈은 설핏 인상을 구겼다.

이미 촬영에 필요한 의상까지 다 갈아입은 최율은 높은 하이힐을 또각 거리며 지훈에게로 걸어왔다.

고스족 해킹범이라는 콘셉트에 알맞게 그녀는 짙은 스모키 화장으로도 모자라 기괴한 모양의 해골이 그려져 있는 타이트한 나시티 한 장을 걸치고 있었다. 짧은 핫팬츠와 그 밑으로 자잘한 구멍이 뺑뺑 뚫려 있는 망사 스타킹은 새빨간 입술과 썩 잘 어울려 왠지 모르게 야하다는 느낌이 강했다.

"들어오라는 말 안 했는데."

지훈은 짙은 눈썹을 구기며 불만스럽게 말했다. 앞에 4인용 소파가 버젓이 있는데도 불구하고 최율은 보란 듯이 지훈이 기대고 있던 팔걸이에

다가와 앉았다. 지훈은 그녀의 허리에 짓눌러진 팔을 억지로 빼내며 한숨을 내쉬었다.

"아직 촬영 안 들어갔거든? 왜 이렇게 싸게 굴어?"

상황을 혼동할까봐 말해주는 건데, 대본에도 나왔다시피 한미가 싸게 구는 건 정확히 키스신 이후거든. 지훈의 말에 최율은 흥미롭다는 식으로 웃었다.

"뭐 어때, 어차피 싸게 굴 거. 지금이나, 나중이나."

"딴 데 가서 앉아."

최율이 기분 좋게 웃으며 조금 더 지훈의 쪽으로 몸을 틀었다.

"그래도 나가라는 말은 안 하네."

아, 이걸 그냥.

지훈은 참지 못해 자리에서 일어났다.

"어디 가?"

"세트장. 먼저 가 있는다."

"그러지 말고 얘기 좀 해."

"할 얘기 없는데."

"다음이 키스신인데, 정말 할 말 없어?"

"……."

문 앞까지 다다른 지훈의 걸음이 별안간 뚝 멈추었다. 고개를 돌렸을 때, 지훈은 방금 전보다 더 깊게 내려앉은 얼굴이었다.

"뭐가 듣고 싶은 건데."

"그냥… 지금 네 솔직한 마음?"

"……."

"내가 깔끔하게 한번에 OK 사인을 받을지, 계속 NG를 낼지. 그거 들고 결정하게."

"……."

"응? 말해봐, 지훈아."

원래 영악한 건 알고 있었지만, 이렇게까지 할 줄이야. 근데 또 크게 놀랍지도 않은 게, 뻔히 저럴 것 같은 인물이었으니까. 딱 거기까지인 여자. 발전도 없고, 기회만 잡았다 하면 그걸 무기 삼아 협박질 하는 거, 너 정말 잘하잖아. 안 그래?

지훈은 절로 지겨움에 밀려오는 진득한 숨을 내뱉으며 등을 돌려 최율 앞으로 다가가 섰다.

그러니까 지금, 쓸데없이 고생하기 싫으면 달콤한 말로 적당히 비위 좀 맞춰달라는 건데. 최율은 입술과 마찬가지로 새빨갛게 칠해진 손톱을 매만지다가 자신에게 드리워진 그림자에 기대에 부푼 얼굴을 들었다.

"보면 볼수록 진짜 사람 질리게 만드네."

"…뭐?"

"난 아무리 너라도, 영화에 대한 욕심이라는 게 있어서 잘해볼 생각이었거든? 근데 넌 어찌 된 게 머릿속에 그딴 생각밖에 안 들어 있어?"

"……."

"어디 가서 연기 한다고 하지 마라. 쪽팔리니까."

최율은 저도 모르게 소파 가죽을 꽉 움켜쥐었다. 손마디 전체가 새빨간 손톱처럼 더욱더 붉어졌다. 지훈은 시선을 내려 발개진 손끝을 바라보며 웃었다.

"한 대 치게?"

그 말에 최율은 벌떡 소파에서 일어나 뒤도 돌아보지 않고 대기실을 빠져나갔다.

괜히 건드렸나, 원래 배우에게 있어 연기는 함부로 침범하면 안 되는 영역 중 하나였다. 저들마다 자부심이라는 게 있어 함부로 손을 댔다간 불합리한 상황과 맞닥뜨리게 된다. 지금이 그랬다. 벌써 키스신만, 5번째였다.

"도대체 뭐가 문제야."

감독은 할 말이 많지만 억지로 꾹꾹 누르고 있단 표정으로 장면을 끊었다. 필름 아깝게, 이걸 계속 찍어야 하나 말아야 하나 갈등하는 게 적어도 지훈의 눈에는 보였다.

"죄송합니다. 오늘 좀 컨디션이 안 좋아서……."

최율은 어떤 욕을 먹을 각오도 되어 있던 건지, 지속된 NG에 무겁게 내려앉은 촬영장 분위기 속에서도 뻔뻔하게 핑계를 대고 있었다. 지훈은 느리게 입안의 혀를 굴리며 코디에게 손을 뻗어 가글을 건네받아 입을 헹궜다. NG가 날 때마다 찝찝함에 가글을 했지만 입안 곳곳에 남아 있는 감촉까지 씻어내기엔 역부족이었다.

한 번에 하겠다고 약속했는데, 역시나도 건드는 게 아니었나. 지훈은 괜한 후회가 들었다.

"지금 이게 뭔 고생들이야, 딱 두 장면 남겨두고."

이 다음으로 이어지는 장면 하나 때문에 다른 연기자들도 함께 촬영을 지켜보며 기다리던 중이었다. 그들의 눈에도 문제는 최율이었다. 마치 짠 것처럼 최율이 지훈의 고개를 들어 올리고 입을 맞추는 장면에서 매번 NG가 났다.

찍은 장면을 모니터링하면서도 지훈은 자꾸만 어이없는 웃음이 튀어나와 견딜 수가 없었다. 작정을 했는지, 부자연스럽게 움직이는 모습은 의도성이 다분했다.

"다시 한 번만 해보면 안 될까요?"

"…그래, 뭐. 한 번만 더해보고 또 안 되겠다 싶으면 내일로 미루고 뒷

장면부터 찍자고. 언제까지고 이렇게 시간 끌 수도 없으니까, 잠깐 쉬었다가 가지."

감독은 진이 빠진 사람처럼 몸을 돌려 스태프들에게 대기 명령을 내렸다. 스태프들의 피곤한 얼굴이 한 번씩 최율을 바라보았지만, 그 시선에도 굴하지 않고 최율은 꿋꿋하게 자리에 앉아 손가락을 꼼지락대고 있었다.

그 장면을 모조리 지켜보던 민호의 눈에도 최율의 행동은 뻔뻔하기 그지없었다. 시선을 돌려 마주한 지훈의 얼굴이 어딘가 모르게 무섭기만 했다. 그저 옆에서 얌전히 지켜볼 심산이었는데, 더 이상은 배알이 꼴려 가만히 봐줄 수가 없었다.

"이 각도가 어렵나?"

민호는 성큼성큼 세트장 안으로 들어와 지훈의 앞에 섰다. 그리고 가볍게 손을 뻗어 지훈의 턱을 쥐고 들어올렸다.

"자 봐. 쉽지."

입술이 닿을만한 거리에 멈춰선 민호가 눈동자를 굴려 최율을 바라보았다.

"지금, 뭐하냐. 너."

소리를 죽인 채 움직이는 지훈의 입술에 민호는 잡고 있던 턱을 놓아주며 묘하게 구겨진 최율의 표정을 살폈다.

"하, 민호 잘하는데. 그래, 저렇게 하면 된다니까."

아직 자리에 남아 있던 감독은 딱 저 모습이라며 안타깝다는 식으로 말했다. 한 차례 자신이 들어가 연기 지도를 했지만, 그 느낌과는 사뭇 다른 민호의 방식도 나쁘지 않았다. 감독은 진중한 눈빛으로 나란히 서 있는 둘을 가만히 바라보았다.

얼핏 보기엔 비슷해 보이지만 미묘하게 조금 더 큰 민호의 키마저도 제법 잘 어울렸고, 둘 다 이미지가 확연하게 달라 흑과 백처럼 느낌이 제법 알싸했다. 자신에게 닿는 시선을 아는 건지, 민호는 손을 올려 머리를 두어 번 긁적이더니 감독을 향해 말했다.

"차라리 그냥 저와 찬이랑 스킨십 있으면 안 됩니까?"

감독의 눈동자가 놀랐는지 크게 한 움큼 흔들렸다.

"어, 어?"

그건 주변을 둘러싸고 있던 스태프와 배우들에게도 충격적인 발언이었다. 지훈은 굴론, 최율에게까지도.

"제가 봐도 팀에 딱 하나 있는 여자 꼬시는 건 너무 식상한 것 같은데."

"아니, 그래도……."

"성현이가 어려서부터 외국에서 자랐잖아요. 그쪽에서도 인정받는 천재인데, 결점 하나 없으면 너무 재미없지 않나."

민호의 말에 감독의 표정이 흥미롭게 변했다.

"게이라고 해요, 아니면 바이도 괜찮고. 찬이가 어차피 나중에 카드 하나 때문에 성현이랑 엮이니까, 애초에 카드 때문에 성현이가 성향을 알고 꼬시고, 성현이는 또 보기 좋게 넘어가고."

"……."

"이쪽이 더 재미있지 않나?"

어차피 작품성보다 흥행을 노린 영화인데, 질척한 남녀 사이의 로맨스보다 은근히 들어간 브로맨스 요소가 더 여성 관람객 층을 자극시킬 거고. 그렇게 된다던야 예매율 하난 잘 나올 거고. 둘의 페이스나, 인지도를 비롯해 인기가 여성들 사이에서 나쁜 것도 아니고. 태연하게 흘러나오는 민호의 말에 스태프가 질색한 얼굴로 말했다.

"아니, 그래도. 민호 씨. 이미 대본이랑 콘티가 다 나온 상황이라……."

"한번 찍어봐."

"네? 감독님……!"

"나쁠 거 없지. 방금 전 그림이 생각보다 괜찮았고, 한 번 제대로 보고 싶기도 하고. 해보고, 둘이 연기 하는 거 괜찮으면 아예 대본, 콘티 전부 다 뜯어 고칠 테니까 한 번 보기나 하자고."

적극적인 감독의 말에 민호의 시선이 이번에는 지훈에게로 향했다.

"너 할 수 있지?"

지훈은 묵직한 숨을 내뱉으며 민호의 팔을 잡고 세트장 안쪽으로 몸을 옮겼다.

"갑자기, 이게 무슨 짓이야."

"남자랑 엮이는 거 별론가?"

"미친 새끼야. 너 같으면……."

"그래도 최율이랑 하는 것보단 낫잖아."

힘껏 구겨진 지훈의 눈썹이 순간 뚝 하고 멈추었다.

"싫으면 지금 말해."

"……."

"니 표정이 워낙 딱해 보여서. 내가 지금 크게 인심 쓰는 중이니까."

후으.

지훈은 커다란 한숨과 함께 구겨진 눈썹을 손으로 문지르며 말했다.

"지금 너 나, 도와주는 거냐?"

"뭐, 그런 셈."

"……."

"나라고 남자랑 이러는 게 좋을까."

"……."

"이런 역이었다면 애초부터 이 영화, 하지도 않았어."

설핏 웃으며 말하는 민호의 말에 지훈은 느리게 고개를 끄덕였다. 지금 이 사태가 만약에 잘 풀려, 전체적인 흐름이 바뀌고 대본이 수정된다고 한들 기획사에서 좋아나 할까.

한순간에 자신의 배우에게 이상한 이미지가 씌워질지도 모르는데, 모 아니면 도였다. 아예 흥행을 해, 그동안의 연기와 달리 색다른 면을 보여줬다고 관심을 받거나 아예 안 좋은 쪽으로 이미지가 굳혀지거나.

안 그래도 민호의 중심으로 팀이 꾸려지는 방식이었기에 어찌 보면 메인은 민호였다. 그 메인이 남다른 성 정체성을 갖고 있다는 설정 자체가 커다란 리스크였고, 그걸 안고 가겠다고 한 것 역시 민호였다. 지금 지훈의 꼴이 보기 딱하다는, 이유 하나만으로.

"어떻게, 지훈이도 리허설 한번 해볼래?"

어느새 감독이 둘 사이를 파고 들어와 물었다. 민호의 눈동자가 느리게 굴러 지훈에게로 향한다. 지훈은 그 시선에 움켜쥐고 있던 손을 털며 심호흡을 했다.

"한번, 해보죠."

모르겠다, 한 번. 저질러 보지, 뭐.

"카메라 준비하고, 조명. 오디오! 어디 갔어?!"

감독은 어딘가 모르게 들뜬 얼굴로 스태프들을 불러 세워 이것저것을 지시했다. 전달 사항이 끝이 난 건지, 감독이 자리를 잡고 앉아 작업실 세트장 안에 서 있는 지훈과 민호에게 말했다.

"상황은 애드립으로 가도 되겠지? 아까 민호가 말했던 것처럼, 찬이가 먼저 성현이한티 카드를 빼앗기 위해 접근하는 거야. 어때, 할 수 있겠나?"

"네."

"그래, 둘의 느낌만 볼 거니까 스킨십은 알아서 적당히 하고."

"네. 적당히."

"그래, 그럼. 준비됐어?"

"네."

때아닌 정적이 감돈다. 숨 조일 듯 배회하는 긴장감, 지훈은 자꾸만 목 뒤로 서리는 끈적함에 가까이 서 있는 민호를 향해 거칠게 눈썹을 구겨 뜨렸다.

"너 아까처럼 내 턱 들기만 해 봐."

그 말에 민호가 어이없다는 식으로 웃었다.

"꽤 깐깐하네."

"레디."

"……."

"액션!"

3일 뒤, 최율은 잔뜩 열이 오른 발걸음으로 촬영이 있을 스튜디오를 찾았다. 무슨 극비 사항인 건지 아무런 말없이 3일 전부터 촬영을 전면 중지 시키더니, 어제 회사로 온 대본에서는 모든 것이 뒤바뀌어 있었다.

지훈이 맡고 있는 찬이 역의 비중이 확 늘어났고, 그와 비례하게 최율의 맡은 역은 확연하게 줄어 있었다. 그것뿐만이 아니었다. 민호의 역할인 성현과 찬이가 쓸데없이 붙어 있는 장면들이 꽤 곳곳에 수정되어 들어가 있었다.

그저 한 번의 리허설로 그칠 줄 알았는데, 꽤 그 장면이 마음에 들었던 건지 이제 와 대본을 전면 다 수정한 걸로 모자라 애당초 끈적할 예정이었던 한미와 찬ㅇ의 관계는 아예 없던 일이 되어버렸다.

키스신은 물론이고, 단둘이 나누는 대화조차 몇 없다. 그저 함께 일하는 동료, 그 이상 그 이하도 아니었다.

"오, 율이 왔어?"

"감독님, 이게…….."

촬영에 앞서 회의실에서 다른 감독들과 이야기를 주고받고 있는 감독에게 찾아간 최율은 차마 말을 다 뱉지 못해 바들바들 입술을 떨었다. 어제 한 차례 통화를 하긴 했지만, 감독은 이해 좀 해달라는 말이 전부였다.

"왜. 대본 때문에 왔어?"

"네, 도저히 납득을 할 수가 없어서요. 제가 물론 그날 연기를 제대로 하지 못한 건 잘못한 일이지만, 몸이 좋지 않아서라고 말씀도 드렸고…….."

"아니, 그날 연기 때문만이 아니라."

자신의 말을 뚝 자르는 감독의 모습에 최율은 잘근 입술을 깨물었다.

"그냥 민호가 한 제안이 마음에 들어서 그랬어. 원래 영화라는 게 촬영을 하면서도 수시로 장면이 바뀌고, 배역도 늘었다 줄었다 하고 그러잖아."

"그걸 몰라서 그러는 게 아니라…….."

"작가와 얘기해 보니까 좋다고 하고, 배급사 쪽에서도 이쪽이 더 마음에 든다고 하고. 나도 뭐, 감독으로서 찍는 맛도 있고."

"……."

"그렇잖아, 어차피 흥행을 목적으로 시작했던 거. 뻔한 남녀 로맨스보다 은근히 풍기는 남자 둘의 관계가 더 보기 그럴싸하지. 요즘 영화 관람객들 사이에서 여성층이 두터운 거 알지? 둘의 조합을 우리가 마다할 필요가 없다는 거야. 둘 다 좋다고 하고, 워낙 이미지가 다른 녀석들이다 보니 찍을 때 시너지 효과도 남다르고. 둘 다 인기도 많은데, 이보다 더 좋은 영화 홍

보거리가 또 어디 있어?"

"그래도. 제 배역, 너무 확 줄이신 거 아닌가요?"

"원래 한미 역은 딱 그만큼이었어. 찬이와 붙어 있는 신을 뺀 것뿐이야, 크게 고친 것도 없고."

"……."

"더 할 말 있어?"

최율은 바득, 잇새를 꾹 다물며 고개를 내저었다. 여기서 더 이상의 불만이라도 토로했다가는 아예 배역을 나가라는 소리까지 나올 기세다. 그만큼 감독은 단호했고, 한미 역은 딱히 최율이 아니더라도 충분히 다른 누구든지 소화할 수 있는 역이었다. 애써 뻣뻣해진 고개를 숙여 인사를 한 최율은 회의실을 나가 곧장 배우들이 쓰고 있는 대기실로 향했다.

아무리 생각해도 원인은 민호였다. 그때 민호가 끼어들지만 않았어도, 그런 말만 하지 않았어도 모든 게 그녀가 예상했던 시나리오대로 흘러갔을 거다. 또다시 번복된 NG와 함께 촬영이 끝난 뒤 지훈이 찾아와 제발 한 번에 끝내자며 빌었을 테고, 다음 날 다시 찍게 된 촬영에서 그녀는 못 이기는 척 지훈의 달콤한 키스를 즐기면 되는 거였다.

그런데, 이게 뭐야.

상황은 망가질 대로 다 망가져 있었다. 잘나신, 누구 하나 때문에. 도와준다고, 협조한다고 말했던 그 잘난 누구 하나 때문에.

똑똑, 힘주어 문을 두드리자 문틈 사이로 짤막한 대답이 들려온다. 최율은 그대로 힘주어 문고리를 잡고 돌렸다.

"나랑 얘기 좀 해."

갑작스러운 최율의 등장에 안에 대기하고 있던 매니저와 인영 그리고 민호의 시선이 일제히 그녀에게로 향했다. 놀란 매니저와 달리 민호는 태연하게 그런 그녀를 향해 태연하게 웃으며 물었다.

"무슨 할 말 있나?"

그 말에 최율은 짧게 웃음을 터트렸다. 뻔뻔도 하시지, 지금 이 모든 게 다. 누구 때문인데. 최율은 웃음기가 사라진 얼굴로 민호를 노려보았다.

"잠깐 자리 좀 비켜주실 수 있으세요?"

최율은 애써 어색한 웃음을 지으며 매니저에게 부탁을 했다. 매니저의 시선이 잠깐이나마 민호에게 닿았고, 민호는 느리게 고개를 한 번 끄덕였다. 인영과 함께 매니저가 자리를 비우자 대기실은 그야말로 황량한 사막과도 같았다. 날카로운 바람만 불어왔고, 퍽퍽한 공기가 폐부에 거치적거렸다.

"무슨 볼일?"

"눈이 있다면 봤겠지?"

"아. 대본?"

민호는 능청스럽게 테이블 앞에 놓여있던 대본을 들어 한 번 주르륵 훑었다. 그리고 나선 최율을 향해 모르겠단 표정을 지었다.

"봤는데. 왜요?"

"내 비중, 어떻게 된 거야."

"그건 내 관할이 아닌데."

"그래, 니가 아니라 감독의 영역이지. 안 그래도 갔다 오는 길이야. 근데 웃기게도 감독이 너 때문이라고 친절하게 나에게 말까지 해주더라."

"그래요?"

"설마설마했는데. 아주 친절하게, 니가 그때 한 말 때문이라고 말하더라고."

"……."

"너 도대체, 무슨 생각이야? 이제 와서 마음이 바뀌었어? 재희 싫어지기라도 했니? 그래서 지금, 나까지 방해하려고 드는 거야?!"

날카롭게 올라간 최율의 목소리에 민호는 손을 올려 자신의 귓가를 만지작거렸다.

"아직 모르는 것 같아서 말하는 건데."

민호는 크게 한숨을 내뱉으며 최율을 향해 말했다.

"게임 끝났어."

"……."

"재희, 최지훈이랑 사귀어."

그리고 쏟아진 말에 최율은 크게 헛숨을 토해냈다.

"…그게, 무슨 말이야?"

"듣는 대로. 둘이 사귄다고."

"언제부터?"

"그건 알 거 없고."

"……."

"그래서 더 이상 내가 도와줄 필요가 없어졌어."

그렇잖아요, 둘이 사귀게 된 마당에 우리가 서로 도와야 할 필요가 있는 건가?

그 말에 최율은 무너져 있던 입술 끝을 끌어 올리며 웃었다.

"사귀면 끝이야? 나 예전에도 이재희, 지훈이랑 사귈 때 뺏은 여자야."

"그러니까."

"……."

"그래서 더 도와주기 싫다고."

민호는 태연하게 아무렇게나 넘겼던 대본을 다시금 앞장부터 펼쳐 천천히 읽어 내려갔다.

"어떤 짓 할지 뻔히 눈에 보이니까."

최율은 헛웃음을 지었다.

지금 이게, 날 가지고 놀아?

최율은 다짜고짜 앞으로 가 민호가 보고 있던 대본을 빼내어 바닥으로 팽개쳤다. 손에서 빠져나간 대본에 민호가 텅 빈 손을 가볍게 내리며 고개를 올렸다.

"너 지금 나 가지고 노니? 도와준다고 할 땐 언제고, 이제 와서 착한 척이야?"

"배역 꽂아준 걸로 충분하잖아. 아니면, 더 뭐가 있었어야 했나?"

"……."

"아닌데. 분명 나한테 넣어만 준다면 알아서 다 한다고 했는데."

웃고 있는 민호의 입가에 최율은 자존심이 무차별하게 찢겨져 나가는 듯한 기분이 들었다.

"그럴 길래 둘이 사귀기 전에 휘어잡았어야지."

"……."

"그러기엔 개력이 부족한가."

기분이 더러운 건 물론이고, 무시 받는 느낌까지. 될 수만 있다면 저 잘난 입술을 갈기갈기 찢어버리고 싶을 정도로 화가 치밀어 올랐지만, 최율은 애써 손을 꽉 움켜쥐며 억지로 참고 또 참았다. 손톱에 살점이 짓눌려져 반달이 될 때까지, 꾹 참고 있던 최율은 부들부들 떨리는 입술로 간신히 말을 했다.

"그래, 어디 한 번 어떻게 되나 보자고."

최율은 그 말을 내뱉은 뒤, 몸을 돌려 대기실을 빠져나갔다. 쾅, 성질처럼 커다란 소리와 함께 닫혀진 문을 보고 나서야 민호는 참고 있던 깊은 숨을 토해내며 핸드폰을 꺼내들었다. 꾹, 꾹. 자판을 누르는 손길이 무뎌졌다. 힘이 들어갔다 불규칙하게 움직였다.

[최율이 알았어.]

그렇게 지훈에게 문자를 보낸 뒤, 민호는 자리에서 일어나 최율이 던지고 간 대본을 주워들었다.

띠링, 도착한 문자소리에 눈을 뜬 지훈은 일어나자마자 마주한 글자들에 인상을 구겼다. 그날 이후 저장해둔 민호에게서 온 문자 내용을 다시금 곱씹어본 지훈은 뜨거운 한숨을 내뱉으며 핸드폰을 던지다시피 내려놓은 뒤 버릇처럼 옆에 잠들어 있는 재희의 허리에 팔을 감았다.

품 안에 쏙 안겨오는 가느다란 체구에, 코끝에 닿는 달큰한 체향을 느끼고. 피부 곳곳에 닿은 보드라운 살결을 끌어안으면서. 지훈은 이대로 시간이 멈춰버렸으면 좋겠다는 생각을 몇 번이고 했다. 꿈처럼 달콤하기만 한 상황에 영원히 갇혀 살고 싶다는 무서운 생각을 한다. 그러다가 다시금 시끄럽게 울리는 알람소리에 하릴없이 현실로 돌아와야만 했다.

혹시라도 재희가 깰까, 서둘러 팔을 뻗어 핸드폰 알람을 끈 지훈은 가만히 잠들어 있는 재희의 얼굴을 한 번 바라본 뒤 짧게 볼에 입맞춤하고 침대에서 일어났다.

"아… 유통기한."

지훈은 냉장고 문을 열어 이틀이나 지난 우유를 심각하게 바라보며 때아닌 고민에 빠져 있었다. 먹어, 말아. 보통의 부모님들이라면 냉장고에 있었으니 괜찮다고 말했을 테지만, 어째 지나간 날짜에 손을 대자니 쉽게 입이 열리지 않는다. 하지만 재희는 그런 것과 상관없이 매일 아침마다 유통기한이 지난 우유를 마시곤 했다.

"아줌마 같아."

지훈은 짧게 혀를 차며 우유를 개수대에 쏟아버렸다.

아무리 요즘 바쁘고, 정신없고. 밥 해먹을 시간이 없다지만. 그래도 이왕 먹는 거 제대로 된 걸 먹어야지. 지훈은 냉장고 문을 열어 그동안 재희가 식사대용으로 먹었던 기한이 지난 것들을 모조리 다 바깥으로 끄집어냈다. 주스에, 우유에. 입에 물고 살았던 시리얼까지.

"냉장고가 무슨 만능이야? 기한도 없게."

지훈은 불만스럽게 꺼낸 것들을 모조리 다 버린 뒤 매니저에게 문자를 했다.

[우유, 오렌지 주스, 시리얼. 올 때 사와.]

화장실로 들어가 세수를 하고, 칫솔을 입에 물고. 또 어기적, 잠이 덜 깬 걸음으로 침대로 다가간 지훈은 재희를 바라보며 그 앞에서 쭈그려 앉아 양치질을 했다. 요즘 들어 지훈이 널찍한 자신의 집을 마다하고 이 좁아터진 오피스텔에 붙어 있는 데에는 지금과 같은 순간의 영향이 컸다.

언제 어디서라도 잠든 모습을 보고, 집 안 곳곳에 베어 있는 체향을 맡고.

만지고 싶을 땐, 지금처럼 손을 뻗어서 만지면 되고. 살짝, 보기 좋게 오른 뺨 위를 잡았다 놓자 재희의 눈가가 살며시 구겨졌다.

"흐으."

귀여워.

지훈은 웃음과 함께 삐져나온 거품에 서둘러 자리에서 일어나 화장실로 향했다. 밑에 도착했다는 매니저의 전화에 호수를 알려주고 현관으로 나가 사온 것들을 건네받았다.

"빨리하고 나와, 이러다가 늦겠다."

"알았어."

12시부터 있을 지훈의 촬영 스케줄에 혹시라도 늦을까 조바심을 내는 매니저의 말에 지훈은 차에 가서 기다리라는 말과 함께 문을 달았다.

냉장고에 차곡차곡 사온 것들을 넣어두고 식탁 위에 올려두었던 선글라스까지 집어 든 지훈은 다시금 침대로 가 재희와 마주했다.

"재희야. 좀 일어나봐."

"…으응."

"나 이제 가."

허리를 숙여 조심스레 뺨을 만지자 간지러운지 재희의 속눈썹이 파르르 떨렸다. 그게 또 예뻐서, 말만 전하고 가려고 했던 다리가 하릴없이 바닥에 주저앉고 말았다. 눈 좀 떠보라니까, 지훈은 끈질기게 손으로 채근거리며 재희를 깨웠다.

"자기야, 서방 나가는데 진짜 눈도 안 뜰 거야?"

그제야 재희의 입술이 푹, 하고 숨을 내쉬며 작게 웅얼거렸다.

"누가, 뭐라고……?"

"나 간다고."

"응… 가……."

"너무한다. 뽀뽀라도 해줘."

"응……."

그러면서 귀찮은지 살며시 입술을 쭉 내민다.

진짜, 엎드려 절 받지, 아주.

그래도 밉지가 않아 지훈은 못 이기는 척 그 위로 짧게 입술을 맞추었다. 한 번 했다가, 또 아쉬워서 한 번 또. 그러든지 말든지, 재희는 여전히 눈도 뜨지 않은 채 침대와 한 몸이 되어 있었다. 지훈은 헝클어진 이불을 마저 덮어주고 그 위로 나와 있는 팔까지 안으로 넣어주었다.

"어? 반지 어디 갔어?"

잡은 손에 있어야 할 반지가 보이지 않는다. 재희는 또 눈가를 구겼다가 이내 피며 잠에 취한 목소리로 중얼거렸다.

"…화장실……."

지훈은 또 그 말에 화장실로 가 간신히 선반에 놓여 있던 반지를 찾아 집어 들고선 침대로 와 재희의 손을 잡았다.

"진짜, 빼지 말랬지."

"……."

"일어나면 혼날 줄 알아."

잔소리를 늘어놓던 지훈은 네 번째 손가락에 반지를 끼운 뒤 길게 쭉 뻗어 있는 손가락 마디를 부드럽게 훑었다. 그 사이사이로 손가락 깍지를 끼우고, 잡으며 아쉬움에 한숨을 푹 내쉬었다.

"아, 진짜 가기 싫다……."

당장이라도 잠들어 있는 재희의 옆에 눕고 싶은 마음이 굴뚝같았다. 그런 마음을 아는지 모르는지, 여전히 재희는 잠에 못 이겨 허우적대고 있었다.

그래, 피곤할 만하지. 어제도 새벽까지 일에 매달려 있느라 아침이 다 되어서야 겨우 잠들었으니까.

"오늘 런칭 시간 맞춰서 갈게."

지훈은 다시 한 번 재희의 입술 위로 입을 맞추고 잡고 있던 손을 놓은 채 내려두었던 선글라스를 꼈다. 현관을 나서다가 또 엉망이 된 신발들을 그냥 지나치지 못하고 줄까지 세운다.

진짜, 잠을 자러 오는 건지. 일을 하러 온 건지.

지훈은 말끔해진 현관을 뒤로 하고 문을 나섰다.

보통은 이런 시간대에 엘리베이터에 사람이 없는 편인데, 오늘은 예외였다. 지훈은 문이 닫히기 직전, 버튼을 누르고 엘리베이터에 올라타는 여자의 모습에 애써 거울 쪽으로 시선을 틀었다. 선글라스를 끼고 있다고는 하지만 조심해서 나쁠 건 없으니까. 하지만 애써 낀 선글라스가 무색하게 꽤 오랜 시간 유심히 지훈을 쳐다보던 여자가 조심스럽게 입술을 열었다.

"혹시, 최지훈 씨 아니에요?"

아, 이걸 뭐라고 해야 하나. 지훈은 잠깐 동안 망설였다.

"아닌데요."

"…맞는 것 같은데."

"……."

"맞죠?"

아니라고 말해도 맞다고 하고. 맞다고 하면 또 어쩔 건데. 지훈은 잠으로 인해 이리저리 뻗은 뒷머리를 어색하게 매만지며 입술을 열었다.

"예, 예."

"어쩐지, 요즘 들어 오피스텔에 지훈 씨 봤다는 소문이 돌던데 진짜였네."

어, 뭐야. 조심한다고 한 건데 이미 소문이 다 퍼져 있었나 보다.

지훈은 떨떠름한 표정으로 고개를 끄덕였다.

"이쪽으로 이사 오신 거예요?"

"친구 집이 있어서요."

"어머, 그럼 친구네 집에 오신 거예요? 자고 나왔나 봐요, 머리가 삐죽삐죽⋯⋯."

"하하, 네."

하필이면 미용실에 가기 전에 마주칠 건 또 뭐고 이럴 때 층마다 서서 사람들이 타는 건 또 뭔지. 지훈은 어느덧 셋이 된 여자들의 시선을 한 몸에 받으며 천천히 떨어지는 숫자만 간절히 바라보고 있었다.

"여자 친구가 여기 살아요?"

방금 전에 탄 여자가 내뱉은 말은 꽤 돌직구였다.

"왜, 저번에 기사 난 사진 보니까 딱 우리 오피스텔이던데."

그 말을 미끼 삼아 지훈의 얼굴만 보고 감탄하고 있던 물고기떼들이 쪼르르 몰려든다. 지훈은 애써 그 질문을 침묵으로 대응한 채 1층에 도착하자마자 기다렸다는 듯이 엘리베이터에서 내렸다. 성큼성큼, 걸음을 옮기는데 등 뒤로 여자들이 저들끼리 수근 대기 시작한다.

"어머, 진짠가봐. 대답을 안 하잖아."

"그러게, 되게 수상하네요."

마음 같아서는 모든 걸 솔직하게 털어놓고 싶었지만 이 사실을 알게 된 후 울상이 된 자희의 얼굴을 떠올리자니 또 그게 그렇게 마음에 걸린다. 아, 방방곳곳 니가 내 여자 친구라고 자랑하고 싶었는데. 막상 사귀는 사이가 되니 재희의 안위가 걱정이 되는 게 사실이었다. 결국 지훈은 가던 걸음을 멈춰서 등을 돌려야만 했다.

"친구, 만나러 왔다구요."

"그러니까, 여자 친구요?"

"아, 남자요. 남자."

지훈은 바득 성질을 내며 몸을 돌렸다.

"어머, 여자 친구 사는 거 진짠가봐. 화내잖아……."

아, 정말. 어쩌라고.

지훈은 신경질적으로 머리를 헝클어뜨리며 앞에 대기 중인 차에 올랐다.

이사를 가라고 말할까, 바뀐 대본을 보면서도 줄곧 지훈은 그 생각뿐이었다. 촬영장에 도착을 해 대기를 하면서도 또 그 생각. 그러다가 마주친 최율의 얼굴이 편치 않은 걸 보고선 문득 깨달았다. 아, 그랬지. 대본이 바뀌었지.

"기분 좋아 보이네."

"그래 보여? 그럼 좋은가 보네."

"……."

"넌 아닌 것 같고."

지훈의 말에 최율의 표정은 한 차례 또 어두워졌다. 하지만 상처 받은 여자를 흉내 내기엔 최율은 그리 보호 본능을 자극하는 성격이 아니었다.

"정말, 웃겨. 이제 와서 민호랑 다시 친구 하기로 마음먹은 거니?"

니네 둘이 짜고 나 엿 먹이려고 작정했냐고. 비아냥거리는 목소리에 지훈은 지겨운 듯한 시선으로 최율을 바라보았다.

"왜 또 난리야, 대본 이렇게 된 게 내 탓이야?"

"아니, 니 탓이 아니라 민호 탓이지. 잘난 이민호께서 너랑 같이 연기하고 싶다는데, 내가 무슨 수가 있겠어."

"잘 아네. 그럼 능력 없으면 얌전히 있어야 하는 것도 알 테고."

"그래. 그래서 얌전히 있을 생각이야. 물론, 영화에서만."

"……."

"너 재희랑 사귄다며?"

정적이 흐른다. 순간 지훈의 머릿속에 민호가 보냈던 문자내용이 스치고 지나갔다. 알고 있다고, 했지. 지훈은 또다시 대면하게 된 골치 아픈 문제에 머리가 묵직해졌다.

"일이 정말 재미있게 돌아가네. 옛날 생각도 나고 좋아, 그때도 딱 이런 식이었는데."

"좋은 말 할 때 그만 말해라."

"그래, 그럼. 경고 하나만 하고 원하는 대로 사라져줄게."

최율은 조심스럽게 다가와, 은밀하게 지훈에게 속삭였다.

"원래 여자는 한 번 버림받으면, 두 번은 눈에 뵈는 게 없어져."

"……."

"지금 내가 딱 그래."

기분 나쁘게 올라가는 새빨간 입술, 위태롭게 흔들리는 기괴한 모양의 귀걸이. 모든 게 다 지훈의 시야에 불안하게만 비춰졌다.

"촬영 열심히 해."

몇 안 되는 분량에 이미 오늘 있을 제 할당량을 채운 건지 최율은 지훈의 어깨 위를 두어 번 두드리며 등을 돌렸다. 어렴풋하게 귓가에 닿은 웃음소리가 꺼림칙하게 느껴졌다.

3. 서로의 기억

재희는 정신이 없었다. 대망의 Lewis Carrol 런칭 파티가 바로 오늘이었다. 리스트에는 물론 지훈과 민호, 지연까지 포함되어 있었다.

안 그래도 저희의 사촌언니의 런칭이라 아무런 대가 없이 방문한다고 말해준 게 고마웠는데, 갑자기 샵에 들이닥친 택배 무리 덕분에 그 말이 쏙 들어갔다. 정신없어 죽겠는데, 지훈이 보낸 택배 물들은 재희에게 감동은 커녕 더한 혼란을 안겨주었다.

작업실에 채울 가구들을 선물한다고 했었는데, 그게 왜 하필 오늘일까. 재희는 바쁜 와중에 물건들을 작업실까지 안내하느라 몸이 열개라도 부족했다.

오픈은 저녁 7시, 시간에 맞춰 하나둘씩 도착하는 인사들을 눈으로 확인하며 재희는 자신의 피와 노력으로 짜인 리스트를 마음속으로 하나둘씩 지워나갔다. 국내에서 활동을 안 했을 뿐이지, 이미 외국에선 각 쇼에 서 극찬을 받은 전적이 있었기에 이번 한국 런칭은 그동안 Lewis Carrol에 관심을 갖고 있었던 패션계 사람들이 꽤 몰렸다.

런칭의 꽃이라고 불리는 연예인들과, 모델. 그리고 각종 잡시사의 에디터들과 스타일리스트들, 기자. 그리고 24명의 스태프들 중 하나. 가람이.

"좋은 구경시켜 준다더니 일을 시키네."

화장실로 가서 스태프란 글자가 박힌 검은색 티셔츠를 갈아입은 가람은 투덜대며 재희 옆에 섰다. 그 말에 미안함을 느끼는 건 당연한 거였다.

"미안, 그게… 스태프 하나가 급하게 일이 있다고 가서."

"알지, 아무렴. 잘 알아."

"…진짜 미안하다니까."

원래는 손님으로 리스트에 넣어놨는데, 오픈 전까지 일하던 스태프 하나가 집에 급한 일이 생겼다며 만사를 제쳐두고 사라졌다. 급한 대로 가람이에게 호출을 해 자리를 메우긴 했는데 가람이 입장에서 아쉬울 만하다.

오늘 유명 인사들이 한자리에 모인다고 해서 제법 머리에 신경도 쓰고 액세서리 역시 평소보다 더 화려하게 걸쳤는데, 그래놓고서는 스태프가 적혀진 까만 티셔츠라니. 가람은 땅이 꺼져라 푹 한숨을 내쉬었다.

"너 진짜 친구 잘 둔 줄 알아라. 오랜만에 만나는 거라 기대했는데……."

왜 하필 그게 일하면서냐고. 그러고 보면 가람이와 만나는 건 근 한 달 만이었다. 하지만 그동안의 부재가 바빴던 재희 탓도 있었지만 문제를 찾자면 가람 쪽이 훨씬 더 컸다. 연락만 했다하면 개강에, 과제에 정신없이 바쁘다고 하니 좀처럼 만날 기회가 없었다.

"응, 응. 당연하지. 너 마음에 드는 옷 하나 골라, 내가 사줄게."

"진짜?!"

"그래."

"역시 우린 친구야. 그치?"

베스트 프렌드, 땅 밑으로 푹 꺼져 있던 기분이 옷 하나에 들떴는지 가람이가 팔을 쭉 펴 재희를 얼싸안았다. 어화둥둥, 들썩들썩 몸을 흔드는데 어지러워 팔을 붙잡은 게 화근이었다. 그 순간 날카로운 가람의 시야에 포착된 건 반짝이는 무언 가였다.

"너 이거 뭐야?"

가람이의 날렵한 손이 잽싸게 재희의 왼쪽 손을 낚아챘다. 꽉 움켜쥐고 몇 번 뜯어보더니 단번에 어디 제품의 모델명까지 맞춘다.

"아… 이거."

"뭐야, 새로 샀어? 근데 왜 네 번째 손가락에… 설마, 민호가 준 거야?"

이걸 말해야 하나, 말아야 하나. 망설이는 재희의 입술에 가람이 자꾸만 추궁을 했다. 하지만 끈질긴 가람이의 시선은 오래 붙어 있지 못했다. 쇼 윈도우로 이루어진 한쪽 벽면에 때아닌 플래시 세례가 퍼부어졌기 때문이다.

번쩍번쩍한 게, 안에 있던 재희와 가람의 눈에 섬광처럼 다가왔다 사라졌다. 그러니 자연스레 어떤 대단한 인물이 왔나, 시선이 그쪽으로 향할 수밖에. 바깥에 세워두었던 포토 존에 한 차례 기자들에게 눈도장을 찍고 안으로 들어온 건 다름 아닌 최지연이었다.

"어머, 재희야. 안녕."

많은 인원들 사이에서 귀신같이 재희를 찾아낸 그녀는 Lewis Carrol 기대작인 페이즐리 플라워가 믹스된 실크 원피스를 입고 있었다.

"언니 안녕하세요. 이렇게 와주셔서 너무 고마워요."

"뭘, 당연히 내가 도와야 할 일이지."

"아… 오늘 정말 예뻐요, 언니."

"정말?"

"그럼요, 모델이 입었을 때랑 느낌이 틀려요. 언닌 뭘 입어도 다 잘 어울리시나 봐요. 이 옷, 소화하기 힘든 건데."

지연은 숨김없이 쏟아지는 재희의 칭찬에 지분이 좋았는지 등허리를 좀더 꼿꼿이 세우며 가람을 바라보았다.

"들었어. 오늘 일한다며?"

"응, 누나. 그렇게 됐어."

"안타까워서 어떡하니."

"죄송해요, 제가 급하게 부탁할게 가람이밖에 없어서……."

"아니, 나한테 미안해 할 필요는 없구."

지연은 안타까움에 내려앉아 있던 입꼬리를 어색하게 올리며 고개를 내저었다. 그러고 보니 그날 이후, 가람이와 지연과의 관계에 대해 들은 적이 없었다. 잘된 거야, 여전히 친구인 거야. 둘 사이를 눈으로 훑은 재희는 애석하게도 딱 잘라 확신을 할 수가 없었다.

"아, 뭐야. 반지 누구냐고."

지연의 등장에 잠깐 동안 멀어졌던 관심이 또다시 반지에 닿는다. 재희는 다시금 자신의 손을 꼭 움켜쥐는 가람의 행동에 당황해 눈동자를 굴렸다. 또다시 선택의 기로 앞에 선 재희는 갈등했지만, 베스트 프렌드를 속이는 건 여간 마음에 걸리는 일이 아닐 수 없다.

어차피 알게 될 거, 지연이 있는 곳에서 함께 말하는 게 나을 것 같기도 하고. 재희는 작은 한숨과 함께 자포자기한 심정으로 말했다.

"지훈이."

"어, 뭐? 누구?"

혹시라도 잘못 들은 건가, 반문하는 가람이의 말에 재희는 방금 전보다 더 또렷하게 그 이름을 말했다.

"최지훈."

"너, 설마……."

"응… 그렇게 됐어."

"맙소사."

세상에나. 가람이가 입을 허무하게 벌렸고, 지연은 놀라 벌어진 입가를 손으로 가린 채 큰 눈을 꿈뻑이고 있었다. 둘의 놀라운 반응에 멋쩍어진 재희는 그저 어색하게 머리카락을 쓸어 넘기는 일밖에 할 수 없었다.

그때였다. 갑작스러운 충격에 놀라있던 지연이 살며시 눈가를 구기며 투정처럼 가람이에게 말했다.

"거봐, 우리도 반지부터 하자고 했잖아!"

"…네?"

지연의 발언에 재희는 순간 머리가 멍해졌다. 가람이 그런 지연의 입을 서둘러 손으로 틀어막았지만, 이미 때는 늦은 후였다.

"어… 뭐에요… 둘이……."

가람과 지연을 번갈아보는 눈동자가 느리고 또 뻑뻑했다. 후욱, 한숨을 내뱉으며 고개를 내젓는 가람과 달리 지연은 애써 자신의 입을 가린 가람의 손을 떼어내며 해맑게 말했다.

"나두 가람이랑 사겨, 재희야."

쇼킹이다.

빙하가 전부인 시베리안 벌판 한가운데 서 있어도 이렇게 서늘하고 황량한 기분은 느끼지 못할 것이다. 가람과 재희는 그대로 얼어붙은 것처럼 움직일 수 없었다. 매서운 바람 속에서도 방싯방싯, 웃고 있는 건 지연 혼자뿐이었다.

"지연 씨, 잠깐 인터뷰 좀 가능할까요?"

"네. 가람아, 나 잠깐만."

카메라를 든 기자가 지연을 쏙 빼내가자 안 그래도 얼어붙은 분위기가 더 내려앉았다. 재희는 애써 얼얼한 머릿속을 바로 잡으며 어색하게 첫마디를 떼었다.

"거봐, 생각… 고치면 되는 거잖아."

후욱, 이젠 또 열이 난다. 가람은 또 잔뜩 발개진 귀를 하고 있었다.

"그래, 니 말 따라 고치면 되는 거였지. 근데 그게 마음먹은 것처럼 쉽냐, 잘 안되지. 난 곧 죽어도 누나랑 난 안 될 거라 생각했는데……."

"…그런데?"

모든 것을 포기한 듯 힘없이 말하는 가람의 말에 재희는 금세 넋이 나간 눈동자에 생기를 잔뜩 불어넣었다. 제법, 궁금하긴 했다. 전혀 희망이 없어 보였던 둘의 관계가 어떻게 발전한 건지.

"누나가 더 이상 그런 생각 못하게 하려고, 난 옆집누나 같은 스타일이 좋다고 했거든. 그러니까, 말 그대로 옆집누나처럼 현실적이고 가깝고, 편한 스타일. 근데 누나가 그걸 다르게 받아들였나봐. 어느 날 날 찾아왔는데. 누나가……."

말을 하면서 또 그 장면이 생각났는지 가람이 설핏 웃음을 터트렸다.

"누나가. 우리 집 옆집에 사는 여자랑 똑같이 옷을 입고 온 거야. 늘어난 티셔츠에다가, 무릎 나온 추리닝 바지 입고. 알 대따 큰 촌스러운 안경까지 끼고 말이야."

"아, 그… 이상한 여자."

"그래. 일본 애니에 빠져서 사는 그 오덕 있잖아."

재희도 가람의 옆집에 사는 인물에 대해 잘 알고 있었다. 가람은 그녀를 애니에 미친 히키코모리라고 지칭했지만, 재희도 그 말에 고개를 끄덕일 수밖에 없었던 건 그녀는 정말. 평범한 사람들과 달라도 너무나도 달랐기 때문이다. 딱 4번, 재희는 매번 똑같은 옷을 입고 슈퍼에 나가는 그녀를 본 적 있었다.

늘상 똑같은 옷에는 늘 음식물 비슷한 게 군데군데 묻어 있었고, 씻고 살긴 하는 건지 얼굴엔 중동 석유부자처럼 늘 기름이 넘쳐흘렀다. 패션보다야 편리함을 추구한 옷과 고등학교 때에나 보았던 삼선 슬리퍼는 그녀의 필수 아이템이었다. 그런데, 무려 지연이 그 여자와 똑같이 입고 가람이를 찾아갔다니. 재희는 그게 더 놀라웠다.

"누나는 내가 옆집에 사는 여자가 좋다는 줄 알고 며칠 내내 나 몰래 그 여자 관찰했나봐. 그러면서 똑같이 입고 와서, 이래도 자긴 안 되냐고 하는데."

가람은 아무리 생각해도 어이가 없었는지 허탈하게 웃었다.

"거기에 꽂혔어."

"뭐, 뭐?"

"그 모습이 자존심 상하게, 더럽게 예뻐 보였다고."

진짜 완벽하게 흉내 내고 싶었는지 세수도 며칠 안 했나 보더라구. 떡 진 머리를 양 갈래로 묶고 왔는데 그게 그렇게 예쁜 거야.

"내가 그냥 아무 생각 없이 한 말에 그렇게까지 하는 여자, 지금까지 단 한 번도 없었거든."

재희는 그 말에 공감했다. 그동안 가람이 만나왔던 여자들은 극히 자신을 꾸미는 데 혈안이 되어 있었다. 이기적인 면들도 없지 않아 있었고, 매번 그러다 보니 희생하는 건 늘 가람이 쪽이었다.

"그렇게 폴링 인 럽. 오케이?"

어째 그 과정이 로맨틱하진 않다만, 거기에 꽂혔다는데 어련하시겠어. 재희는 웃으며 고개를 끄덕였다.

"니가 졌구나."

"그래, 그래서 지금은 아주 즐겁게 연애 중이시지. 아, 혹시나 말하는 건데 최지훈한텐 말하지 마. 일단 비밀로 하기로 했으니까."

"알았어. 진짜… 너 그래서 내가 전화할 때마다 나한테 바쁘다고 했구나."

"뭐, 그렇지. 학교 다니랴, 연애하랴. 요즘 힘들어."

재희는 실룩 입술을 삐죽였다.

"또 버릇 나오네. 여자 친구 생기면 나 뒷전인 거."

"야, 내가 언제! 와, 이게 섭섭하게 또. 밤이고 낮이고 니가 부를 때면 내가 언제 마다한 거 봤어? 그것 때문에 내가 매번 여자 친구 사귈 때마다 너와 내 사이를 해명하던 게 얼만데."

"알았어, 그냥 해본 소리니까 흥분 좀 하지 마."

"씨… 진짜 억울해서. 암만 잘해줘 봤자 소용없다니까."

상처받은 가람의 눈동자가 재희를 지나 문 쪽으로 향했다. 그리곤 반가운 인물과 조우를 하게 된다.

"어, 민호 왔다."

가람은 해맑게 손을 들어 민호를 향해 인사를 했다가 부드럽게 휘젓던 손을 뚝 멈췄다.

"미, 민호 이거 알아?"

"응?"

"너 최지훈이랑 사귀는 거."

얼마나 놀랐으면 말까지 더듬는다. 재희는 그 모습에 덤덤하게 고개를 끄덕였다.

"우리 재희 고생 꽤나 했겠네."

"…왜 얘기가 그렇게 돼?"

"아니, 안 봐도 어떤 과정을 겪었을 지 눈에 뻔히 보여서."

가람은 그 말을 하고 또다시 민호를 향해 손짓을 했다. 그런데, 뭘 본 건지 또 가람의 얼굴이 새파랗게 내려앉았다.

"근데… 쟤네 왜 같이 오냐."

"어?"

이번에는 재희가 놀란 눈동자로 등을 돌려 그쪽을 바라보았다. 플래시 세례를 받고 들어온 건 민호가 먼저였지만, 그 뒤를 바짝 쫓아 들어온 건 지훈이었다. 나란히 함께 등장한 모습은 재희가 봐도 놀랄 놀 자였다. 그것도 나란히 들어와서, 나란히 재희 앞에 섰다.

"가람이 오랜만."

"어, 어, 응. 잘 지냈지?"

"뭐, 나야 늘 그렇지."

민호는 먼저 가람이에게 인사를 건넸고 가람인 그걸 또 어수룩하게 받아주었다.

"넌 왜 코빼기도 안 보였냐. 뭘 하고 살 길래 연락도 안 해? 빠져 가지고는."

민호와 다르게 사납게 날아와 꽂히는 지훈의 말에 당황한 가람이가 아무렇게나 말했다.

"어, 그게. 나 요즘 좀 바빴어."

"뭐가 그렇게 바쁜데, 니가."

"학교도 개강했고, 또……."

니네 누나랑 연애도 하고. 물론 그 말은 차마 내뱉을 수가 없었다. 헤헤, 어색하게 웃던 가람은 둘의 조합에 불안해 미칠 것만 같았다. 언제 터질지 모르는 시한폭탄을 끌어안고 있는 것처럼 두근거리는 걸로도 모자라 초조했고, 그랬기에 절로 시선이 자꾸만 재희에게 닿았다.

"뭐야, 둘이 왜 같이 와?"

그 물음에 지훈은 사정이 많은 얼굴을 했다.

"그렇게 됐어."

시원한 대답은 아니었지만 둘의 표정을 보고 있자니 특별히 큰 문제는 없는 것 같기도 하고. 고등학교 때 이후로 이렇게 둘이 온화한 얼굴로 서 있는 건 또 처음이라 재희는 이걸 감개무량하게 생각해야 하나, 불길함의 전조로 봐야 하나 알 수 없었다.

"선생님 어디 계셔?"

"아, 지금 인사하고 계시는데. 내가 데려올게."

오늘의 주인공을 찾는 민호의 말에 재희는 서둘러 등을 돌려 에디터들 틈에 묻혀 있는 설이에게 다가갔다. 조심스레 귓속말로 민호와 지훈이가 왔다는 말을 전하자, 그녀는 줄기차기 이어지던 대화도 끊은 채 재희를 따라나섰다.

원래는 영화에 들어갈 협찬 때문에 만나기로 했던 민호와의 만남이 연이어 엇나간 스케줄 때문에 결국 재희가 처리해야만 했다. 오늘 입고 올 의상까지도 그녀가 아닌 재희의 손을 거쳤기에 지금처럼 그녀가 민호와 지훈을 보고 싶어 하는 마음이 클 수밖에 없었다. 그걸로도 모자라 그동안 들었던 얘기가 있었으니, 더 그랬다.

어떻게 잘나가는 배우 셋을 그렇게 쉽게 섭외했어?

그녀가 리스트에 담겨진 민호와 지훈, 지연의 이름을 보며 물었었고, 그랬기에 어쩔 수 없이 재희는 자신의 사생활을 그녀에게 낱낱이 공개해야만 했다.

재희는 두근거리는 마음으로 그녀를 데려와 민호와 지훈을 대면시켰다.

악수를 먼저 청한 건 지훈 쪽이었다.

"안녕하세요. 처음 뵙겠습니다."

"아, 이분이 그……."

설이가 말끝을 흐리자 재희가 나지막하게 고개를 끄덕였다. 그 모습에 지훈은 설핏 웃음을 터트렸다.

"네. 제가 재희 남자 친구입니다."

"어머… 죄송해요, 제가 모르게 한다는 게. 사진으로만 봐왔는데 실물이 훨 좋네요. 역시 연예인이라서 그런가?"

"감사합니다."

그녀는 새삼 눈치가 빠른 지훈의 모습에 당황했다가 금세 자신의 페이스를 찾아 여유 있게 말을 이어나갔다. 그리고 대화가 끊기자 옆에 서 있던 민호가 타이밍 좋게 손을 뻗어 악수를 청했다. 그녀의 눈동자가 또 한 번 재희에게 닿았다.

"이분은……."

어색하게 흐르며 묻는 그녀의 말에 재희는 또 고개를 어쩔 수 없이 끄덕거렸다. 그걸 본 건지 민호가 웃으며 입술을 열었다.

"전 재희 전 남자 친구입니다."

그 말에 놀랐는지 그녀가 딸꾹질을 했다.

진짜, 티나게 그러지 좀 말라니까.

재희는 그녀의 행동에 그만 울상이 되었다.

역시 인기를 거머쥔 사람은 남다르다. 그녀와 대화를 나누는 잠깐을 참지 못하고 기자들이 인터뷰 요청을 해왔고 민호와 지훈은 나란히 그쪽으로 불려갔다. 손님들을 접대해야 하는 그녀도 오래 자리를 지키지 못하고 또다시 움직여야만 했다.

단둘이, 덩그러니 남게 된 가람과 재희는 한동안 유명 인사들로 꽉 찬 공간에 서서 감탄을 했다. 저 사람, 엘르 편집장이다. 저긴 이형운 디자이너. 둘 다 의상을 전공하는 터라 이곳이 별천지가 아닌가 싶다. 손님으로 와 그들과 이야기를 나누면 얼마나 좋으련만, 안타깝게도 그들의 신분은 티셔츠 등짝에도 쓰여 있다시피 스태프였다.

"일이나 하자."

한동안 초롱초롱한 눈으로 주변을 관람하던 가람이 먼저 현실을 인지하고 한숨처럼 말했다. 그제야 재희도 구경에 젖어 있던 시선을 틀며 해야 할 거리를 찾았다.

음식도 더 채워야 하고, 샵 한쪽에 일렬로 서 있는 모델들의 옷도 점검해야 했다. 패션쇼를 열어 진행하는 방식이 아니었기에 지속적으로 신경 써야 할 게 한두 가지가 아니었다. 가람이에게는 3층에 있는 카페에서 음식을 더 가져와 정렬할 것을 부탁했고 재희는 모델들을 체크했다.

사람이 꽉 찬 시점에서, 더 이상 민호와 지훈과는 친밀하게 이야기를 주고받을 수가 없었다. 보는 눈이 많은 것도 있었지만 카메라를 든 기자들이 많아도 너무 많아, 행여나 이상한 장면이라도 찍히게 될까 재희는 의식을 해서라도 둘 곁에는 다가가지 않으려 애를 썼다.

"오늘 Lewis Carrol 런칭에 와주셔서 정말 감사합니다."

나풀거리는 긴 머리도 하나로 단정하게 묶은 채 이곳저곳을 돌아다니던 재희는 한쪽 무대에서 이뤄지는 그녀의 개회식 인사에 사람들이 집중을 한 틈을 타 숨을 돌렸다.

지금 이 순간을 위해 며칠을 뜬눈으로 지새웠던 건지 재희는 새삼 기억이 나질 않았다. 그래도 무사히 끝이 난 그녀의 인사에 쏟아지는 박수소리를 들으니 마음이 한결 가벼워지긴 했다.

남은 시간도 즐거운 밤이 되길 바란다는 그녀의 말과 함께 대기 중이었던 악단이 들어와 우아한 클래식을 연주했다. 곳곳에서는 샴페인이 부딪히는 청량한 소리가 울려 퍼졌고 재희는 또다시 일거리를 찾아 움직여야만 했다.

"재희 바빠서 어떡해. 내가 뭐 좀 도와줄까?"

지연은 한 손에 샴페인을 들고 바삐 움직이는 재희를 측은하게 바라보았다. 말이라도 고마워 재희는 울컥 눈물이 날것만 같았다.

"아니에요. 제가 더 고마운데요."

"뭐가?"

"보통은 다들 얼굴만 비추고 가는데 꽤 오랫동안 자리 지켜주고 계시잖아요."

보통 연예인이 초청이 아닌, 런칭하는 브랜드의 옷이 궁금해 오는 경우도 있지만, 그렇다고 해서 오랫동안 발을 붙이고 있는 경우는 극히 드물었기에 아무런 보수 없이 그저 친분 하나로 와서 이렇게 애를 써 주고 있는 지연이 그저 고맙기만 했다.

"그렇지. 다들 돈 몇 백 받고 와서 꼴랑 10분 있나, 사람은 돈으로 움직이면 안 되는데 말이야."

지연은 혀를 끌끌 차며 거하게 샴페인 한 모금을 쭉 들이켰다. 그리고 뭔가 부족했는지 텅 빈 잔을 바라보며 살며시 눈가를 구긴다.

"더 센 술 없니?"

"…언니, 제가 이따가 나가서 사드릴게요."

여기 보는 눈이 얼만데. 재희의 말에 지연은 기분 좋게 웃으며 가람이 쟁

반에 잔뜩 채워 들고 온 샴페인 잔을 가볍게 하나 빼들었다.

"누나. 너무 많이 마시는 거 아니야?"

"이게 술이니, 사이다지."

그 말에 가람이 걱정스러운 듯한 한숨과 함께 스쳐지나가자 지연이 금세 또 한 잔을 비우고 해맑게 웃었다.

"아, 그래. 재희야, 내가 옷 좀 사줄까?"

"네, 네?"

"인터뷰도 다했고, 사진도 찍고. 아는 사람들한테 얼굴도 비췄고. 심심한데 옷이나 좀 소개시켜줘. 쇼핑이나 해야겠다."

따분함에 젖어 있던 지연은 새로운 돌파구를 찾은 것 마냥 신이 난 얼굴로 재희의 팔을 잡고 옷이 나열되어 있는 곳으로 향했다.

모델들이 입고 있는 옷을 가만히 바라보다가 손짓으로 이것저것을 지목했다. 이거랑, 이거. 이것도. 그 선택에 맞춰 옷을 가져다주는 건 재희의 몫이었다. 팔 한가득, 지연이 말한 옷들을 들고 있던 재희는 당황스러움에 지연을 불러 세웠다.

"언니, 너무 많아요."

"너도 입고, 나도 입어야 하는데 많아야지."

"그게… 이거 그렇게 싼 가격이 아닌데."

하나하나 일일이, 가격표를 붙인 것도 재희였기에 이제는 옷만 봐도 숫자들이 자발적으로 머릿속에 떠오르는 건 어쩔 수 없는 노릇이었다. 다섯 벌째까진 계산이 됐는데, 이제는 수학과 친하지 않은 머리가 아예 계산을 포기했다.

"알아, 나도. 워낙 좋은 것만 보고, 입다 보면 딱 알 수 있어. 손으로 만지거나, 디자인만 봐도 이건 얼마겠다. 얼마 정도 하겠네."

"……."

"걱정 마. 나 능력 있잖아. 언니 못 믿어?"

지연의 미소에 재희는 한숨과 기쁨, 그 어중간한 웃음을 지었다.

"아, 이거 가람이한테 잘 어울리겠다."

어느덧 2층에 있는 남자 기성복 코너로 넘어온 지연은 모델이 입고 있는 옷을 보며 어쩔 줄 몰라 했다.

"이것도, 이것도. 이것도, 재희야."

잔뜩 신이 나 이것저것을 골라대는 바람에 재희의 양팔은 어느덧 옷이 한가득 채워져 있었다.

지연이 쇼핑을 한 가격은 무려 천 단위를 가볍게 훌쩍 뛰어 넘었다. 계산을 하기 위해 1층으로 내려온 재희는 모니터에 뜬 무시무시한 숫자에 차마 입을 여는 게 힘들었다.

"얼마야?"

"아, 그게……."

"왜. 얼만데 그래."

참다못해 지연이 몸을 쭉 빼 카운터에 있는 모니터를 확인하더니 설핏 웃었다. 그리곤 백에서 지갑을 꺼내 카드를 내밀면서 한다는 말.

"난 쿨하게 일시불로 할 거야."

재희는 얼떨결에 카드를 받고 금액을 찍고, 긁으면서도 새삼 지훈과 지연이 남매라는 걸 실감했다. 저런 소비적인 마인드도 유전이 될까, 돈에 관해선 등골이 오싹할 정도로 망설임이라는 게 없다.

최소한의 쇼핑백으로 포장해달라고 했지만 그래 봤자 10개가 넘을 뿐. 4개는 가람이 거, 3개는 재희 거, 나머지 3개는 지연의 것이었다.

"가람이가 좋아할까."

막상 살 땐 좋았는데 이 선물을 받는 가람이가 기뻐할지가 의문이었다. 걱정으로 내려앉은 지연의 얼굴에 재희는 웃으며 입술을 열었다.

"가람이 옷이라면 환장해요. 자기 마음에 드는 옷 만들어 입으려고 의상 디자인 하는 앤데."

"그래? 또 뭐 좋아해?"

"액세서리나, 아이템 같은 것들… 그냥 자기 꾸미는 건 다 좋아해요."

"보통 남자들은 안 그러는데."

"그건 그렇죠."

"그래서 그런가, 난 가람이 꾸미고 올 때가 그렇게 좋더라. 왠지 나 만나려고 그렇게 오는 것 같잖아. 세심하기도 해, 나 아직도 가람이 입술 주변에 수염 자국 난 걸 못 봤다?"

"원래 그런 거에 예민해요."

"난 남자들 수염이 자랑이랍시고 기르고, 관리 안 하는 거 정말 못 견뎌하거든. 불공평하게 여자는 피부 관리에, 살찔까 제대로 먹지도 못하면서까지 몸매 관리에. 거기다가 비싼 돈 들여가면서 좋다는 걸로만 공들여 화장까지 하는데. 남잔 뭐가 잘났다고 티셔츠에 청바지 차림으로 나오는 거 보면 진짜 한 대 치고 싶다니까."

지연의 말에 재희는 새삼 가람과 잘 만났다는 생각을 했다.

"거기다가, 나 쇼핑하는 거 정말 좋아하거든. 가람이도 나랑 취미 같을 것 같고."

"언니가 지겨워서 그만하자는 말 나올 걸요. 쇼핑 한 번 할 때에도 기본은 5시간이에요."

"아, 좋다. 진짜… 나돈데. 취미 맞는 건 정말 꿈만 같은 거야. 안 그래?"

행복에 젖어서인지 어딘가 모르게 지연은 나른해져 있었다. 그리고 그건 재희가 처음 보는 지연의 얼굴이었다. 연애라는 건 참 대단한 거구나. 재희는 그 놀라운 변화를 모두 다 가능케 한 게 사랑이라 생각했다.

파티도 어느 정도 정리되는 분위기고, 지연이 준 선물도 있고. 겸사겸사 잠깐 숨 좀 돌리기 위해 재희는 무거운 쇼핑백을 들고 엘리베이터 앞에 섰다. 도착함과 동시에 내리는 손님들에게 가볍게 인사를 한 뒤 안에 올라 4층을 꾹 눌렀다.

하아…….

자그마한 한숨과 함께 문이 닫히기 직전, 커다란 손 하나가 틈 사이를 비집고 들어온다. 문이 열리고, 마주한 얼굴에.

"잠시만요."

재희는 절로 입술에 힘이 빠졌다.

"같이 타도 돼요?"

지훈이었다. 그 말과 동시에 문에 닿아 있던 손을 내리고 들어와 재희의 옆에 선 모습이 제법 멋졌다.

문이 닫히고, 단둘이 남게 된 상황이 되자 지훈이 기다렸다는 듯이 재희의 허리에 손을 뻗어 끌어당겼다. 반항 없이 딸려오는 몸에 지훈은 쏙 들어간 허리춤을 부드럽게 매만지며 짙은 눈썹을 푹 죽였다.

"살이 좀 많이 빠졌네."

"너, 진짜. 이거 안 놔?"

"왜 그래. 안 그래도 너 안고 싶은 거 꾹 참고 있었구만."

"……."

"계속 인터뷰하고, 얘기하고. 사진 찍고. 너 바쁘게 움직이는 거 볼 때마다 내가 얼마나 마음이 아팠는데."

잔잔하게 쏟아지는 지훈의 목소리에 재희는 당황해 놓으라며 꼭 움켜잡고 있던 손을 허무하게 내려놓았다.

"왜 이렇게 말랐어. 가슴 아프게. 내가 다시 좀 찌워야겠다."

"뭘, 어떻게?"

"이제 좀 한가해지지?"

"응, 그렇지. 하루 정도는 언니가 쉬게 해준댔으니까."

"아, 고작 하루."

"그럼 언제까지고 백수처럼 집에서 놀기나 할까?"

"응. 내가 먹여 살릴게."

진짜, 말이 안 통해.

재희는 해맑게 웃는 지훈의 얼굴에 픽 하고 고개를 돌렸다. 그와 동시에 느리게 올라가던 엘리베이터가 경쾌한 소리와 함께 슬쩍 열린다. 온통 컴컴한 내부에 당황한 지훈과 달리, 재희는 그 어둠 속에서도 단번에 손을 뻗어 스위치를 눌렀다. 그리고 마주하게 된 풍경에 절로 한숨을 쏟아내었다.

"진짜, 너……."

"나 왜?"

"이거 보면서 느끼는 거 없어?"

그 말에 지훈은 조금 더 재희의 허리를 제 쪽으로 끌어당기며 주변을 둘러보았다. 커다란 박스가 무려 9개. 그 밖에 자잘 자잘한 박스들은 대충 어림잡아 20개는 넘어 보였다.

"어, 조립해 놓고 가랬는데."

지훈은 설핏 한쪽 눈가를 구기며 그렇게 말했지만, 재희는 엘리베이터 앞부터 늘어선 박스에 질색인 얼굴을 했다.

들쑥날쑥. 사이즈부터 제각각이었기에 길조차 막혀 있어, 안쪽으로 들어가는 걸 포기한 재희는 바로 앞에 떡하니 버티고 서 있는 커다란 박스 위로 쇼핑백을 올려두었다.

"이거 엘리베이터에 들어가지도 않아서 계단으로 옮긴 거 알아?"

"니가 했어?"

"아니, 배달해주는 분이 했지."

"그럼 됐지, 뭘."

"되긴 뭐가 돼. 오늘 안 그래도 정신없었는데 너까지 이래야겠어?"

"나도 오늘 오는 줄은 몰랐어. 그냥 최대한 빨리 갖다 달랬는데 그게 오늘 이었네."

뻔뻔하게 흐르는 목소리에 대꾸를 하는 것도 지겨워졌다. 재희는 푹하고 한숨을 내쉬며 주변을 둘러보았다. 의자에 편히 앉아서 쉬려고 했는데, 박스 사이에 파묻혀 의자가 어디에 있는지 보이지도 않는다.

"…다리 아파."

"그래? 이리 와."

투정처럼 내뱉은 재희의 말에 지훈이 기다렸다는 듯이 재희의 팔 아래에 두 손을 밀어 넣었다. 으차, 하는 소리와 함께 앞에 놓여 있던 박스 위로 재희의 엉덩이가 닿았다. 당황스러움에 눈을 두어 번 깜빡이자, 지훈이 그 양옆으로 팔을 뻗어 재희를 가두고 가만히 바라보았다.

"딱 키스하기 좋은 위치네."

넌 어떻게 그런 생각만 하는 걸까.

"나만 보면 입술만 보여?"

그 말에 지훈은 희미하게 웃었다.

"응."

진짜, 널… 어떡하면 좋을까.

"하면 안 돼?"

그걸 또 왜 묻는 건데. 재희는 달아오른 열기에 손등을 뺨에 가져다대었다. 그러자 또 지훈이 그런 재희의 손을 잡고 내린 뒤 제 손을 대신 가져다주었다. 커다란 손 한가득 담겨 있던 차가운 기운이 피부 위로 단비처럼 내렸다. 시원하지, 그 말에 재희는 가만히 고개를 끄덕였다.

"우리 재희, 오늘 고생 많았어."

"…응."

"여자 친구 때문에 힘든 발걸음 한 나도 잘했고."

"그래, 고마워. 정말."

"그러니까."

손을 세워 부드럽게 뺨을 쓸어주면서.

"키스 한 번만 해요, 우리."

 니가 그런 말을 할 때면, 정말. 난 머리가 새하얘지는 것만 같아. 허락의 의미로 재희가 먼저 눈을 감았다. 가로막힌 어두운 형상에 청각이 예민해진다. 살며시 웃음을 터트리는 네 숨소리와 작게 벌어지는 입술. 그리고 입술을 덮어오는 포근한 온기. 조금의 힘을 더해 밀려 들어오는 너와, 못 이기는 척 들어온 너를 감싸는 나.

 뺨에 머물고 있던 지훈의 손이 미끄러지듯이 목을 타고 내려와 재희의 허리를 감쌌다. 재희 역시 두 팔을 뻗어 지훈의 목에 감았다. 한 손으로 얌전히 다물어져 있던 다리를 벌리고, 그 사이를 파고든 지훈은 조금 더 가깝게 재희에게 밀착했다. 뜨거운 게, 입안뿐만이 아니었다. 닿아 있는 게 전부 다 불에 데인 듯 뜨겁기만 해서, 재희는 못내 이 순간이 꿈처럼 느껴졌다.

 바람도 불지 않고, 우리를 감싸고 있는 어두운 그림자도 없었지만 지금 이 순간, 축제의 열기가 채 가시지 않은 옥상에 서로가 서로에게 기대어 있는 듯한 기분이 들었다. 17살에 마주했던 첫 설렘, 네가 나에게 주었던 두근거림.

소원이 있다면 나는 너와 딱. 지금처럼만 있고 싶어.

너는 언제나 그때와 같은 감동을 나에게 주곤 해, 희미해진 기억을 자꾸만 자극시키고 다시금 꺼내들고 와 나에게 선물처럼 아무렇지도 않게 주곤해. 그게 나에게 얼마나 큰 의미인지 너는 알지 못 할 테지만 말이야.

숨을 쉬기 위해 벌어진 입술 사이로 엉켜 있는 진득함에 눈을 뜨는 게 무서워졌다. 못 견딜 것 같았으니까. 니가 날 어떻게 보고 있을지, 마주할 자신이 없으니까. 설렐 것 같아, 정말. 많이… 두근거릴 것 같아. 그런데, 역시나도.

"……."

넌 나를, 최고의 행복인 것처럼 바라보고 있어. 부드럽게 휘어져 있는 눈가에 재희는 문득 울고 싶어졌다. 칠흑같이 까만 눈동자 안에 내가 담겨 있는 게, 가끔 때때로 정말 숨이 막힐 때가 있다.

"왜 그런 표정을 해."

지훈은 설핏 웃으며 재희의 얼굴을 한 번 보듬어 주었다. 재희는 아무것도 아니라며 무작정 고개를 돌렸다. 그러다가 지훈의 너른 어깨 위로 안착해 숨어버렸다.

"왜 그러냐니까."

웃음처럼 흐르는 목소리에 재희는 더 그 어깨에 기대어 숨을 꾹 참았다. 지훈은 아무런 말없이 그런 재희의 마른 등을 한 번 쓸어주고선 양팔을 허리에 감았다. 미약하게나마 양옆으로 움직이는데 순간, 재희는 그 움직임에 엄마의 품에 안겨 자장가를 듣는 아기가 된 것만 같았다. 나른하게,

잠이 쏟아졌다.

"오늘 밥은 먹었어? 우유 사다놨는데."

"응, 봤어. 바쁜데 그냥 가지."

"걱정은, 내가 사온 거 아니야. 매니저 형이 사왔어."

"……."

"그래서, 좀 마셨어?"

부드럽게 흐르는 목소리에 재희는 고개를 끄덕였다.

"그거 먹고 오늘 아무것도 안 먹었구나."

"…정신없었다니까."

"밥이라도 먹으러 갈래?"

고기 사줄까? 아니, 재희는 눈을 푹 감고 한숨처럼 말했다.

"일단은 그냥 아무 생각 없이, 푹 자고 싶어."

"그럼 오늘도 너네 집 가야겠다. 내가 재워줘야지."

"너 있으면 더 못 자는 기분이야."

"내가 뭘?"

"왜 자꾸 만져? 얼굴 건드리고, 허리 끌어안고. 다리로 누르고. 너 때문에 얼마 전에 가위 눌린 거 기억 안 나?"

"그랬나."

모르는 척, 뻔뻔하게 말하는 지훈이 얄미워 재희는 푸르게 웃었다. 졸리지, 지금 너. 그 물음에 재희는 또 대답 대신 가만히 고개를 끄덕였다.

"안 되겠다, 집에 가서 자자."

"…안 돼. 뒷정리해야 돼."

"그럴까봐 내가 아까 설이 씨한테 말해놨어. 쇼 끝나고 너 좀 데려가겠다고."

"언니한테?"

"응. 그동안 너 바빠서 제대로 된 데이트도 못했다고 투정 좀 부렸지."

"그러니까 뭐래?"

"뭐라긴, 미안하다면서 쇼 끝나면 바로 가라고 하더라. 뒷정리는 남은 애들이랑 하겠다고."

"…진짜, 왜 그랬어. 정리할 게 얼마나 많은데."

"오늘 다 못 하면 내일 하고. 내일 다 못 하면 또 내일모레 하면 되지."

"……."

"넌 너무 너를 혹사시켜서 문제야."

지훈이 꼬집어낸 문제점에 재희는 딱히 반박을 할 수 없었다. 그러고 보면 늘 그게 문제였다.

과제를 한 달 앞두고도 해야 한다는 압박감에 다른 일을 하고 있으면서도 일정표처럼 빽빽하게 들어차 있는, 해야 할 일들에 스트레스를 받곤 했다. 그래서 재희가 선택한 방법은 되도록이면 그 해야 할 일들을 되도록 빨리 처리하는 것이었다. 가람이는 사서 고생을 하는 스타일이라고 했는데, 재희도 그 부분에 있어선 인정을 해야만 했다.

"아까 보니까 대충 끝나가는 분위기던데. 가자."

"…응."

감고 있던 팔에 힘을 줘 재희를 바닥에 내려놓은 지훈은 박스 위에 올려진 쇼핑백을 눈에 담았다.

"이거 뭐야? 들고 가야 돼?"

"아, 이거… 응."

그 말에 지훈은 재희를 대신해 쇼핑백을 들었다. 커다란 게, 제법 무게가 있다.

"뭔데?"

"옷. 지연 언니가 사줬어, 런칭 기념으로."

"내가 사주려고 했는데."

"됐어, 안 그래도… 많이 사셨어."

"얼마나?"

지훈의 물음에 재희는 놀라기라도 하라고 벌컥 금액을 말했다. 근데 또 어이없게도, 지훈은 놀라긴 커녕 가만히 고개를 끄덕이고 말았다.

"반응이 그게 다야?"

"그럼 뭐. 아, 내가 니 껏만 대신 계산해줄까? 그럼 내가 사준 거잖아."

"그게 아니라, 진짜… 가끔 너랑 언니 소비 관념 때문에 놀랄 때가 한두 번이 아니야."

재희는 절대로 이해할 수 없다는 식으로 고개를 휘휘 내저으며 도착한 엘리베이터에 올랐다. 뒤따라 탄 지훈이 시큰하게 웃었다.

"또 왜."

"벌컥, 아무렇지도 않게 쓰고. 사고."

"우리 아버지가 그랬어. 고여 있는 돈은 욕심밖에 안 된대."

"그건 또 무슨 소리야?"

"사회가 굴러가려면 있는 사람들이 양껏 소비해야 한다는 소리지."

이해가? 전혀. 재희는 질색을 한 얼굴로 그렇게 대답을 하곤 도착한 1층에 내렸다.

끝나가는 분위기라더니 진짜였나 보다. 공간을 안을 가득 메우고 있던 사람들은 눈에 띄게 많이 사라져 있었다. 카메라를 든 사람들도 몇 안 돼 보이고, 재희는 그제야 설이와 이야기를 나누고 있던 민호에게 다가갈 수 있었다.

"아직까지 있었어?"

"응. 얘기 좀 했어."

"재희야, 민호 왜 이렇게 웃기니. 진짜 내가 애 때문에……."

그녀는 입술을 쭉쭉 늘이며 기분 좋게 웃었다. 무슨 얘기 했는데? 그냥 이 것저것. 민호의 간결한 대답이 무색할 정도로 그녀는 많이 들떠있었다.

"옷 얘기도 하고. 너 어렸을 때 얘기도 하고… 어, 지훈 씨도 왔네."

"죄송합니다. 바빠서 제대로 대화도 못 나눴네요."

"뭐 어때, 오늘만 날인가. 오늘 이렇게 와줘서 내가 얼마나 든든했는지 몰라. 끝까지 자리도 지켜주고, 기자들이랑 에디터들 상대도 해주고. 정말 고마워요, 샵에 자주 놀러와. 내가 크게 쏠 테니까. 아, 민호도."

그 잠깐사이에 얼마나 친해진 건지 친숙하게 민호라고 부른다. 재희는 화 기애애한 분위기에 절로 쌓여 있던 피곤함이 싹 가시는 것만 같았다.

"3층에 카페 하신다면서요."

"응, 그렇지."

"홍보해야죠. 가끔 와서 얼굴 좀 비칠게요."

"어머, 지훈 씨가 그래 준다면야 나야 고맙지. 그런데, 영화 하느라 바 쁘지 않아?"

"그럼 둘이 번갈아 오면 되죠, 뭐."

가만히 있던 민호의 말에 지훈의 표정이 살며시 구겨졌다. 둘이라는 말 에 불만을 품었다가 다시금 유하게 피며 말을 이었다.

"뭐, 누구든 와서 얼굴 비추면 되죠. 어차피 4층에 재희 작업실도 있으 니까."

"그래, 재희 보러들 자주 와."

"그럼 전 이쯤에서 재희 데리고 퇴장해도 될까요?"

"아, 어. 그래. 내 정신 좀 봐. 괜히 붙잡아두고 있었네. 어서 가봐요, 재희 오늘 수고 많이 했고."

"응……."

재희는 말끝을 흐리며 민호를 바라보았다. 그 시선에 민호는 가볍게 웃으며 재희에게 말했다.

"들어가."

"넌 언제 가게?"

"난 식사 좀 하고. 같이 가기로 했어."

언니랑? 그 물음에 민호가 느리게 고개를 끄덕였다.

"어, 재희야. 어디 갔었어, 한참 찾았네."

등 뒤에서 들려오는 목소리에 고개를 돌리자 가람과 함께 다가오는 지연이 보였다. 아까 일하면서 간간이 마주한 가람은 어딘가 모르게 힘들어 보였는데 지금은 그런 피곤함 따윈 싹 가신 얼굴을 하고 있었다. 그 이유는 아마, 손에 들린 4개의 쇼핑백 때문일 거다.

"벌써 가게? 왜, 같이 놀자."

"놀긴 뭘 놀아, 피곤해 죽으려고 하는 애한테."

사납게 말을 끊는 지훈의 모습에 지연은 아쉬운지 눈가를 푹 죽였다.

"누나. 저희 밥 먹고 술 마시러 갈 건데 같이 가실래요?"

"어, 어?"

민호의 말이 의외였는지 놀란 지연이 느리게 지훈을 한 번 바라보았다. 눈동자는 가고 싶어 죽으려고 하는데, 슬금슬금 지훈의 눈치를 보는 것만 같았다.

그 애처로운 시선에 지훈은 한숨과 함께 허락의 의미로 고개를 한 번 끄덕였다. 민호와의 조합이 마음에 들진 않았지만 저렇게라도 해야 재희를 귀찮게 하지 않을 것만 같아서였다.

"가람아, 민호가 술 마시재!"

"어, 진짜? 나두나두."

"그래, 다 같이 가."

"선생님, 제가 오늘 옷 엄청 산 거 아세요?"

"아, 재희한테 들었어요. 고마워서 어떡해, 보통 많이 산 게 아니던데."

그 말에 지연은 어린아이처럼 웃으며 그녀의 팔에 팔짱을 꼈다.

"고마우시면 밥 사세요. 술도요."

"그럼, 당연히 내가 사야죠."

"저 참고로 말하면 술 정말 많이 마셔요."

"어머, 그래 봐야 지연 씨가 쓴 돈만큼 나오겠어요?"

그 말에 지연은 의미심장한 미소를 지었다. 지훈은 그 미소에 절로 한숨이 쏟아져 나왔다. 또 진탕 마시겠구만. 재희의 손목을 잡고 문 쪽으로 향하자 등 뒤로 날아오는 수많은 인사에 지훈은 기분이 이상해졌다. 어째, 큰일이다. 점점 이 분위기가 그다지 싫게 느껴지지 않는다.

재희를 차에 태우고 오피스텔로 향한 지훈은 재희를 대신해 문까지 열어 주었다. 집에 들어가자마자 긴장이 풀린 건지 재희가 무작정 침대에 반쯤 누웠다. 그런 재희에게 다가가면서도 지훈은 그녀가 급하게 나가느라 어질러 두었던 물건들을 하나둘씩 정리했다.

"씻고 자야지."

"…그냥 자면 안 돼?"

눈도 못 뜨고 말하는 재희의 모습이 측은해 그냥 재우고 싶었는데. 지훈은 쓰게 입술을 깨물며 재희의 손을 잡고 미약하게 흔들었다.

"안 씻으면 내일 근육 다 뭉쳐서 더 힘들어. 일어나자, 어?"

"눈을 못 뜨겠어……"

"아, 진짜 이걸. 그냥 내가 씻겨 줄까?"

지훈은 안타까움에 흔들었던 손도 멈춘 채 물었다.

"넌 그냥 눈감고 있어. 내가 알아서 해줄 테니까."

"으… 싫어."

"싫긴, 사귀는 사이에 뭐 어때."

"아직 너한테 내 몸 보여주기 싫단 말이야…….."

"그때 봤잖아."

"…언제?"

꾹 감겨져 있던 재희의 눈이 놀랐는지 번득 떠졌다.

"너 내 옷에 토했을 때."

"아… 그건 내가 의식이 없을 때잖아."

"지금도 비몽사몽이잖아."

"싫어, 그냥 내가 씻을게."

그러면서 꿋꿋하게 몸을 일으켜 비틀거리는 걸음으로 화장실로 걸어간
다. 그 모습에 혹시라도 넘어질까, 조바심에 뒤를 따라가면서도 지훈은
한숨이 나왔다.

"고집은."

무사히 화장실까지 도착한 재희는 문부터 닫았다. 걸어 잠그는 소리가
적나라하게 지훈의 귓가에 와 꽂혔다.

후으.

지훈은 뒷머리를 매만지며 주변을 둘러보았다.

"이럴 거면 우리 집에 가자고 할 걸 그랬나."

하나밖에 없는 화장실에 하는 수 없이 지훈은 벽에 기대어 그 앞에 주저앉
았다. 시원하게 쏟아지는 물소리를 들으며 피곤으로 얼룩이 진 눈을 가만

히 감고 있는데, 갑자기 커다랗게 들려오는 소음에 놀라 고개를 돌렸다.

"뭐야, 왜 그래."

"아… 아프-."

"뭔데, 야. 문 좀 열어봐."

갑갑함에 열리지도 않는 문고리를 잡고 크게 흔들었다.

"아냐, 넘어졌어. 괜찮아."

"진짜. 내가 들어간 댔잖아."

"괜찮다니까."

"너 정신 똑바로 안 차릴래?"

"차릴게, 차렸어."

넘어지면서 어딜 부딪친 건지 재희는 계속해서 앓는 소리를 냈다. 문을 뜯을 수도 없고. 숨을 크게 내뱉은 지훈은 굳게 잡고 있던 문고리에서 손을 떼어냈다. 진짜, 이럴 때마다 속이 바짝 타는 것만 같다.

고작 문 하나를 사이에 두고 볼 수 없다는 기분은 지훈에게 꽤 답답하게 만들었다. 어서 빨리 씻고나왔으면 하는 마음은 쏟아지는 물줄기를 들으면서도 계속 머리에 맴돌았다. 그동안은 어떻게 안 보고 살았나 몰라, 문득 그런 생각에 지훈은 재희가 없었던 자신의 생활이 까마득하게만 느껴졌다.

"…왜 여기에 앉아 있어?"

언제 끝이 날까 알 수 없었던 물소리가 뚝 꺼지고, 머지않아 문을 열고 나온 재희는 그 옆에 앉아 있는 지훈의 모습에 의아한 얼굴을 했다. 지훈은 자리에서 일어나 재희의 손목부터 잡았다.

"이러려고. 봐, 어딜 어떻게 넘어진 건데."

그러면서 시선으로 빠르게 재희의 몸 이곳저곳을 훑었다.

아, 무릎인가보다.

입고 있는 반바지 아래로 새빨갛게 응어리진 무릎이 한눈에 보였다.

"욕조에서 넘어졌어."

"조심 좀 하지. 딱 봐도 멍들게 생겼잖아."

"응, 알았어."

걱정하는 지훈과 달리 재희는 별반 대수롭지도 않게 말하며 곧장 또 침대로 향했다.

로션 안 발라?

지훈의 물음에도 머리를 수건으로 감싼 채 누워 있는 재희는 아무런 미동이 없었다.

"진짜. 뭐 바르는데?"

지훈은 화장대 앞에 서서 골치 아픈 얼굴을 했다.

"…하루 정도는 안 발라도 돼."

"말이나 좀 해줘라. 내가 일일이 다 읽어볼까?"

그제야 재희가 힘 풀린 목소리로 중얼중얼했다. 거기 핑크색이 토너, 그 옆에 큰 게 에센스. 작은 건 크림… 그 목소리를 들으며 지훈은 수두룩한 화장품들 사이에서 로션들을 골라내 들고 침대로 가 앉았다. 재희의 머리를 들어 자신의 다리 위에 올린 뒤 화장 솜에 토너를 묻혔다.

"니가 어린애야? 안 바르고 자면 얼굴 당길 나이잖아, 이젠."

"…진짜, 짜증나게 할래?"

"또 표정 구긴다. 이러면 진짜 나이 먹어서 예쁘게 안 보인다니까. 미간에 주름 세 개 푹 패어서, 가만히 있어도 화내는 상으로 굳혀지고 싶어?"

지훈의 말에 재희는 가만히 찡그렸던 미간 사이에 힘을 풀었다. 감았던 눈도 떴다.

"너 그동안 나 늙어서도 그럴까봐 뭐라고 한 거야?"

"그래."

아무렇지도 않게 그렇게 말을 하고선 이번엔 에센스를 짜 재희의 얼굴 위로 펴 바른다. 재희는 가만히 눈썹도 내린 채, 집중하고 있는 지훈의 얼굴에 기분이 묘했다. 너는 내 늙은 모습까지 바라보고 생각하고 있었구나.

"이제 표정 안 구길게."

"말은. 그러면서 또 할 거면서."

"…그래도."

"하루아침에 고치라는 거 아니야. 조금만 덜하라는 거지."

"……."

"로션도 귀찮다고 빼먹지 말고 발라. 내가 있으면 대신해주는데, 혼자 집에 있을 때 말하는 거야. 알겠어?"

"……."

"난 너 아주 천천히 변했으면 좋겠어. 그러니까 노력 좀 해. 나도 할 테니까."

잔잔하게 흐르는 지훈의 목소리에 재희는 '응' 하고 대답했다. 서로가 서로에게 아름다웠던 17살의 모습으로 돌아갈 순 없어도, 첫눈에 반했던 그 순간에서 조금 더 느리게 변해가자. 늦게 가자, 우리.

"아직 넌 내 눈에 17살 때처럼 예쁘기만 한데. 그 모습 조금 더 오래 보고 싶어서 그래."

지훈의 말에 재희는 조심스레 물었다.

"너 늙어서도 내 옆에 있을 거지."

그 물음에 지훈은 단 한 점의 망설임도 없이 웃으며 응이라고 말했다.

쾅, 쾅.

지훈은 철문을 두드리는 커다란 파열음에 설핏 눈을 떴다. 버릇처럼 핸드폰을 집어 들어 시간을 확인하자 아침 8시, 알람이 울리기까진 아직 조금은 여유가 있는 상태였다.

딩―동. 딩동, 딩동.

문을 두드리는 걸로도 모자라 줄기차게 울려대는 벨소리까지. 어제 어떻게 잠이 들었더라, 재희에게 로션을 발라주고 젖은 머리까리 말려준 다음 씻고 잤던 터라 지훈은 아직도 잠이 깨지 않아 머리가 멍했다. 자신의 팔을 베고 잠들어 있는 재희를 한 번 끌어안으며 지훈은 또다시 눈을 감았다.

딩, 동.

모르는 척하면 그만하고 갈 줄 알았는데 이거 참, 끈질기다. 참다못해 반쯤 몸을 일으킨 지훈은 소음에 꽤 예민한 편이었다. 일부러 혼자 사는 집에 터무니없이 넓은 평수를 선택했던 이유도 바로 여기에 있었다.

넓으면 소음이라도 먹혀서 잘 안 들리는데, 재희의 오피스텔은 그런 소음을 이겨내기엔 터무니없이 작았다.

아, 머리야.

자꾸만 귓가에 웅웅대는 소리에 지훈은 자리에서 일어나 무작정 현관으로 걸었다.

택배라도 올 게 있나, 그렇게 생각하며 아무 생각 없이 문을 잡고 열었는데.

"어, 재희 씨. 정말 미안. 내가 요 며칠 출장을 가게 되서 택배를 부탁할 데가 없어서, 자기네 집으로 했는데 괜찮……."

반쯤 뜬 시야에 지훈의 눈앞에 서 있는 건 정장을 말끔하게 차려입은 여자였다. 제법 급했는지 손목에 시계를 바라보며 무작정 말을 하던 여자가 지훈을 마주했고, 그와 동시에 지훈과 여자의 사이엔 알 수 없는 묘한 기류가 흘렀다. 기억력이 나쁘지 않은 지훈은 그 여자를 알고 있었다. 불과 며칠 전 엘리베이터에서 보았던 여자.

"…어머."

여자는 제법 놀랐는지 벌어진 입술 사이로 당황한 숨만 뱉어내고 있었다. 어느 누가 봐도 자다 일어난 모습에, 침대에서 곧장 온 터라 버릇처럼 벗고 잤던 상의는 그 어디에도 없었다.

그녀의 시선이 훤히 드러난 지훈의 가슴에 닿았다가 황급히 사라졌다. 이쯤 되면 오해할 만큼 오해했을 거고, 빼도 박지 못할 상황인 거고. 옆집에 살고 있기에 친구 사이라고 둘러댔던 핑계마저도 이미 거짓말이라고 인식했을 거고. 돌파구가 없는 상황에 지훈의 머릿속을 스치고 지나간 건 딱 하나였다.

진짜, 이사 가야 하게 생겼다.

"비밀로 해주면 안 되겠죠?"

순간 치고 나온 발언은 지훈이 생각해도 형편없었다. 말도 안 되고.

"아, 이걸……."

어떡해야 하나. 재희가 알면 분명 난리가 날 텐데. 지훈은 안에서 지금 이 사실을 까마득하게 모른 채 잠들어 있는 재희를 떠올리며 쓰게 입술을 훑었다. 지금 티셔츠 한 장조차 걸치고 있지 않는 것 따윈 중요한 게 아니었다.

"저, 정말 재희 씨랑 그렇고 그런 사이……."

지훈은 슬쩍 구겨진 눈썹으로 대충 말했다.

"네."

이제 와 숨긴다고 한들 믿어주기나 할까, 끝까지 발뺌이라도 해야 할까. 고민하던 지훈이 선택한 건 그냥 이판사판이었다. 지훈의 솔직한 발언에 그녀는 당황했다가 이내 후욱, 후욱 심호흡을 했다.

"비, 비밀로 해드릴게요."

"정말요?"

지훈이 못 믿겠다는 듯이 반문하자 그녀가 침착해진 목소리로 말했다.

"네, 뭐… 재희 씨한테 나도 도움 받은 것도 있고. 아무튼, 어… 그게. 아, 내가 무슨 말 하려고 했더라."

"택배."

"아, 맞다. 그렇지, 제가 5일 동안 집을 비워서 택배 받을 걸 이쪽 집으로 해놨거든요. 좀 받아달라고, 전…해주세요."

"그럼요. 해드려야죠."

"어… 음. 그럼 전 이만 가볼게요."

"조심히 가세요."

비틀비틀, 걸음을 옮기는 그녀의 뒷모습에 그다지 신뢰가 가진 않지만 모 아니면 도 아니던가. 지훈은 후욱, 한숨을 내뱉으며 문을 닫은 뒤 머리를 벅벅 긁었다.

"아… 잠이 다 깼네."

갑작스럽게 마주한 상황에 꽤 놀랐던 건지 알딸딸했던 잠마저 확 달아난 상태였다. 그나저나 일이 잘 해결된 건가. 모르겠다.

"들켰어."

지훈은 석고대죄를 하듯이 무릎을 꿇고 앉아 사실대로 말했다. 화장실을 가기 위해 일어난 재희는 반쯤 침대에 걸터앉아 퉁퉁 부은 눈을 무의미하게 꿈뻑였다.

"옆집 여자한테 들킨 것 같아."

"…어?"

"몇 호인지는 모르겠는데, 너 잘 때 초인종 누르기에 내가 나갔는데. 아, 나가려고 했던 건 아닌데 잠결에 나도 모르게. 어쨌든, 그 여자가 봤어."

숨김없이 쏟아지는 지훈의 말에 재희는 잠으로 얼룩이진 머릿속으로 지금 이게 무슨 말인가, 생각해 보았다. 보았다고 했지, 옆집 여자가. 옆집, 여자? 재희의 눈이 놀란 듯 확 뜨여졌다.

"그… 정장 입고."

"어."

"나이는 한 30대 중반에…….."

"어, 어."

"너… 설마. 그, 그러고 나갔어?"

"어? 어."

"…내가 못살아."

재희는 바지만 덜렁 입고 있는 지훈의 모습에 퍼석해진 머리카락을 움켜쥐며 미간 사이를 험악하게 구겼다. 앞으로는 되도록이면 인상을 안 쓰려고 했지만, 오늘은 예외다.

"어쩌면 좋아, 어쩌면 좋냐고!"

따뜻한 봄바람처럼 나른하게 내려앉아 있던 잠은 날아간 지 오래였다. 재희는 발을 동동 굴리며 어쩔 줄 몰라 하는 얼굴을 했다. 그 모습에 당황한 지훈이 왜, 왜? 하며 다급하게 물었다.

"몰라서 물어? 어쩔 거냐구, 이제!"

"비밀로 해준댔어."

"믿을 걸 믿어. 그 여자가 얼마나 오지랖이 넓은 줄 알아?!"

재희는 순진무구하게 말하는 지훈의 얼굴에 바락 화를 내었다.

"우리 오피스텔 내에서도 모르는 사람 없을 만큼 그 여자가 그렇게 악질이라구. 간섭에, 참견에, 떠들어대는 걸 얼마나 좋아하는데. 사람들이 다그 여자, 노처녀인 이유가 있다고 그런단 말이야!"

재희는 크게 부풀어 오른 숨을 거칠게 토해내며 지훈을 노려보았다.

정확하게 말하자면, 아무것도 입고 있지 않은 지훈의 상체를. 진짜, 이걸.

재희는 무작정 손을 뻗어 베개를 집어 들고 지훈의 등을 무차별하게 내려쳤다.

"너 진짜. 빨리, 옷 안 입어?!"

"어, 야. 잠깐만. 그만 좀!"

지훈은 날아와 꽂히는 베개를 한쪽 팔로 막아내며 필사적으로 얼굴을 사수했다. 그러는 와중에 또 재빠르게 이리저리 움직이는 재희의 손목을 가볍게 움켜쥐었다. 그러면서 한다는 말이.

"이사 가자."

란다. 재희는 쥐고 있던 베개로 지훈의 얼굴을 밀었다.

"그래, 내가 잘못했어. 죽을 짓을 했어."

지훈은 반쯤 밀려난 허리를 다시 곧추 세우며 경건하게 무릎을 꿇은 채재희를 올려다보았다. 화가 가시지 않는지 재희는 아직도 가파른 숨을 내뱉고 있었다.

"이럴 줄 알았으면 너 데리고 어제 우리 집 갈 걸 그랬다."

"왜 얘기가 그렇게 돼? 저번에 스캔들 기사도, 너네집 앞에서 터진 거몰라서 그래?"

아, 그랬나. 방금 전 그 말은 실수.

"미안. 내가 안 나갔으면 됐는데, 자꾸 시끄럽게 굴잖아."

지훈은 한숨을 폭 내쉬며 최대한 불쌍한 얼굴로 말했다. 내가 소음에 약한 거 너도 잘 알잖아, 너도 깰까봐 걱정도 됐고. 아무튼, 이게 제발 씨알이라도 먹혔으면 좋겠는데.

"됐고. 당분간 조용해질 때까지 접근 금지야, 알겠어?"

왜, 얘기가 그렇게 되는 건데. 반쯤 벌어진 지훈의 입술 사이로는 헛웃음이 흘러나왔다. 눈조차 깜빡일 수가 없었다. 쇼크를 먹은 듯, 싶다.

청전벽력 같은 말에 반쯤 정신이 나간 틈을 타 재희가 곧장 화장실로 가 문을 걸어 잠갔다.

왜 또 화장실로 가.

지훈은 뒤늦게 그 앞으로 가 죄 없는 문고리만 죽어라 잡고 흔들었다.

"야, 문 좀 열어봐. 얼굴 보고 얘기하자니까."

대화조차하기 싫은 건지 대답 대신 귓가에 들려오는 건 시원한 물소리가 전부였다.

"그러니까, 내가 잘못했다고. 이사 가자니까? 내가 집 알아봐줄게. 돈 문제라면 내가 알아서 할 테니까 이참에 우리 집 근처로 오면 되잖아, 어?"

지훈은 연실 문틈 사이로 재희에게 말을 걸었지만 여전히 묵묵부답. 지훈은 결국 잡고 있던 손잡이를 힘없이 놓아야만 했다.

문이 열릴 때 까지 앞을 지키고 앉아 있을 생각이었는데 때마침 울리는 알람소리에 그럴 수가 없었다. 지훈 역시 준비를 해야만 했지만 자꾸만 굳게 닫힌 문에 신경이 쓰이는 건 어쩔 수가 없었다.

그래서 옷을 입으면서도 문 한 번 쳐다보고, 물 한 번 마시고 또 문 쳐다보고. 그리고 마지막 준비를 다 마치고 나서 문 앞에 다가가 섰다.

"자기야, 나 일 가."

"……."

"나 지금 나간다니까."

"……."

"진짜, 나 그냥 가?"

지훈의 물음과 동시에 거칠게 쏟아지던 물이 뚝 하고 꺼졌다. 고요하게 내려앉은 분위기에 지훈의 관심은 오로지 닫혀있는 문 뒤로 가 있었다. 어서 빨리 문을 열고 나와 얼굴이라도 보고 싶었는데.

"빨리 가. 내가 연락할 때까지 얌전히 기다리고."

되돌아온 대답은 지훈이 기대했던 것과는 많이 달랐다.

이건 또, 무슨 소리야.

지훈은 한쪽 눈썹을 거칠게 구기며 문고리를 잡아 당겼다.

"야, 너 진짜 문 안 열어? 문 진짜 그냥 부순다?"

"그래봐, 진짜 더 안 볼 줄 알아."

"아, 진짜. 화난 거 알겠는데 이건 너무하지 않아? 내가 잘못했다잖아, 해결책까지 준다는데 왜 그렇게 쌀쌀맞게 굴어."

"니가 말한 해결책이 이사야?"

"그게 싫으면 다른 방안이라도 줘, 다 들어줄 테니까."

"그것 때문만이 아니라, 그냥. 기분이… 그래. 언젠가 들킬 거 알았지만 너무 갑작스러워서 그러니까, 내가 받아들일 수 있게 시간 좀 줘."

시간 좀 달라니, 그건 또 무슨 소리야.

지훈의 표정이 한 뼘 더 구겨졌다. 문고리를 잡고 있던 손에도 힘이 바짝 들어갔다.

"나 지금 이 말 되게 불안하게 들린다?"

"불안해 하지 말고 촬영이나 빨리 가. 늦지 말고."

"그러니까, 빨리 나오라고. 너 얼굴 봐야지 가든가, 말든가 할 거 아니야."

"……."

"나 이렇게 가면 연기 제대로 못한다니까?"

"그건 니 문제고."

진짜, 고집은. 화난 걸 이렇게 푸는 게 어디 있어?

지훈은 초조하게 손목에 채워진 시계를 바라보았다. 지금 나가지 않으면 진짜 늦을지도 모른다. 첫 지각을 갱신할지, 재희의 얼굴을 볼지 갈등했지만, 결국 지훈이 선택한 건 줄곧 지켜왔던 배우로서의 시간관념이었다.

지훈은 하는 수 없이 굳게 잡고 있던 문고리에서 손을 떼었다.

"나 진짜 가, 자기야."

마음이라도 풀리기 바라서 애정을 가득 담아 말했지만 여전히 문 너머로는 아무런 대답이 없었다. 지훈은 옅은 한숨과 함께 등을 돌려야만 했다.

하루면 되겠지, 이틀이면 되겠지 하던 게 어느덧 일주일째 접어들고 있었다. 여자라는 게 원래 한 번 마음을 먹으면 하는 끝장을 보는 스타일인 건가. 지훈은 간략하기 짝이 없는 문자들을 보면서 사귀기 전 상황으로 돌아간 것만 같은 기분이 들었다.

전화도 잘 안 받아, 잘 하지도 않고. 찾아가면 진짜 안 볼 것 같아 멋대로 갈 수도 없고. 도저히 해답이 없는 상황에 갑갑하기만 했다.

"저 먼저 들어가 보겠습니다."

"어, 수고 많았어."

불안한 건 이쪽도 마찬가지. 오늘 있을 제 할당량을 다 채운 최율이 감독과 스태프들에게 차례차례 인사를 건넸고 다음 장면을 준비하고 있던 지훈과 눈이 마주쳤다.

대본이 바뀌고 난 뒤, 시끄럽게 굴 줄 알았던 최율이 이상할 만큼 조용하기만 하다. 그 온화한 모습들에 지훈이 의심을 품는 게, 이유가 없는 건 아니었다.

"수고해."

원래 사람은 안 하던 짓을 하면 불안해지는 법이니까. 지나치게 작위적인 웃음을 보이며 지나가는 최율의 모습에 지훈은 눈가를 구기며 그 뒤를 가만히 바라보았다. 그리고선 하릴없이 픽 하고 웃었다. 아니면 단순히 성격이 바뀐 걸 수도 있고. 별반 대수롭지 않게 생각하며 당장에 골머리를 썩고 있는 문제를 다시금 마주했다. 핸드폰을 내려다보다가 이내 자극적인 문자를 써 내려갔다.

[나 오늘 키스신 있어.]

이래도 반응이 없으면 어쩌나 했는데, 아무리 냉전 중이라고는 하나 그 부분에 있어서는 무시할 수 없었나보다.

[또?]

요 며칠 한 시간이고, 두 시간이고 기다려야 오던 답장이 이번만큼은 빨랐다. 지훈은 흥미로운 눈동자로 답장을 써 내려가다 손을 뚝 멈추었다

아니지, 잠깐만. 애 좀 태워볼까.

반쯤 써내려갔던 글자를 모두 다 지웠다.

인내를 새기고 또 새기자 얼마 뒤, 울리는 진동은 한 번이 아닌 꽤 여러 번이었다. 지훈은 의외의 수확에 가만히 핸드폰을 내려다보았다. 재희의

번호가 둥실둥실, 바쁘게 울려대고 있었다. 지훈은 웃음을 뒤로하고 못 이기는 척, 전화를 받았다.

"여보."

세요, 란 말을 쏙 빼놓고 장난스레 말을 하자 재희가 곧바로 물었다.

—너 왜 답장을 안 해?

"아, 보냈었어? 바빠서 못 봤네."

지훈은 뻔뻔하게 너스레를 떨며 촬영장 바깥으로 걸음을 옮겼다. 조잡스러운 소음이 들렸는지 재희가 조심스럽게 '통화 가능해?'라고 물었다. 지훈은 또 한참 뒤에야 어, 어 하고 대답했다.

—또 키스신 있어?

"아, 그거. 어, 오늘 있지."

—…최율이랑?

오랜만에 듣는 목소리에 되도록이면 오랫동안 통화를 하고 싶어 지훈은 일부러 말을 느리게 했다. 하지만 곧바로 직면하게 된 부분에 더 이상 발뺌을 할 수도 없는 노릇이었다. 없는 사실을 진짜처럼 말할 수도 없고, 그렇다고 해서 속이고 싶지도 않고. 지훈은 푹 한숨을 내뱉으며 말했다.

"아니."

—그럼?

"…이민호랑."

그래도, 거짓말 한 건 아니니까. 그와 동시에 핸드폰 너머로는 짧은 웃음소리가 울려 퍼졌다.

—뭐? 민호랑? 장난하지 말고.

"장난 아니야. 대본이 아예 다 바뀌었어. 나랑 이민호랑 질척하게 가는 걸로."

―범죄 얘기 아니었어?

"그게 범죄 저지르는 건 똑같긴 한데… 어쩌다가 그렇게 됐어."

―무슨 말이야, 두리뭉실하게 말하지 말구 자세하게 좀 말해봐.

재희의 말에 지훈은 영화 개봉 직전까지 비밀로 하려고 했던 사실들을 솔직하게 말해야만 했다. 최율과 키스신을 찍던 도중에 자꾸만 NG가 났고, 그걸 지켜보던 민호가 치고 들어와 아예 새로운 스토리 제안을 해 그 의견을 감독이 수렴해 대본이 모조리 다 바뀌었다는 사실까지. 재희는 한참 동안 가만히 지훈이 하는 말을 듣고 나서야 조심스럽게 입술을 열었다.

―그럼 최율 대신 너랑 민호가…….

"…어."

되도록이면 말하고 싶지 않았는데, 어째 다 말하고 나니 치부라도 들킨 것 마냥 기분이 찝찝하기 짝이 없다. 지훈은 뒤늦게 핑계랍시고 재희를 향해 필사적으로 말했다.

"다시 한 번 말하지만 내가 아니라, 이민호가 게이인 역이야. 물론, 내가 그걸 알고 꼬시는 거긴 하지만. 찬이는 분명 여자가 좋은 남자라고."

알지? 지훈의 물음에 재희가 태연하게 말했다.

―누가 뭐래? 보기 좋네. 민호랑… 풋, 아. 웃어서 미안… 잘해봐.

"…넌 아무렇지도 않아?"

지훈은 부드럽게 흐르는 재희의 웃음소리에 실망했는지 살며시 인상을 구겼다.

―뭐 어때? 연기잖아.

"최율이랑 할 땐 안 그랬잖아."

―그거랑은 틀리지.

"뭐가 어떻게 틀린데?"

—괜히 말싸움하기 싫으니까 그만 물어.

아, 그래. 그럼 이건 집어치우고. 지훈은 곧바로 본론으로 들어갔다.

"그래서, 언제 접근 금지 풀어줄 건데."

—아직은 안 돼. 상황 좀 나아지면.

"그러니까 그 상황이 언제 나아지는 건데."

—그걸 내가 어떻게 알아? 너 때문이니까 좀 참아.

"그래도, 통화도 제대로 안 하는 건 너무하잖아."

—그건 니가 나 잘 때 전화해서 그러는 거고.

"아, 진짜. 마음에 안 드네."

이래저래, 상황이 참 안 따라준다. 여기서 최선의 방법은 같은 집에서 함께 잠드는 건데. 그마저도 결단코 안 된다고 하니 갑갑할 수밖에. 지훈은 이미 한 차례, 재희가 얘기했던 상황들에 충분히 반성하는 기미를 보였었다.

그녀가 출장을 마치고 돌아옴과 동시에 비밀로 하겠다는 말이 무색하게 오피스텔에 소문이란 소문은 다 퍼지고, 모두가 재희를 곁눈질로 쳐다보면서 속닥거리는 것 또한 익히 들어서 전부 다 알고 있다.

이해도 하고, 참는 보겠는데. 그래도 보고 싶은 걸 어떡하라고.

그러자 재희가 작게 한숨을 토해내며 입술을 열었다.

—조금만 더 기다려봐. 응?

"기다리긴 뭘 기다려. 보고 싶어서 안 되겠다니까, 우리가 무슨 이산가족이야? 차에서 몰래라도 보자니까?"

—싫어. 또 안 좋은 일 생길 것 같아.

"그건 니 느낌이잖아. 오빠 못 믿어?"

—오빠 때문에 지금 이 사단 난 거니까 좀 참아줘요. 네?

진짜, 할 말 없게 만든다. 결국 지훈은 자신의 죄를 인정하고 재희가 접근 금지령을 풀 때까지 얌전히 기다리기로 했다.

"그래도, 오늘 밤에는 조금 늦게 자줘. 영상통화라도 해야겠으니까."

잔뜩 풀이 죽은 지훈의 말에 재희가 알았다고 말을 했다.

"지훈 씨, 준비하세요."

통화를 마치고 세트장으로 되돌아오자 기다렸다는 듯이 스태프가 다가와 말을 해주었다. 그리고 이미 준비를 마친 건지, 감독 옆에 서 있던 민호와 눈이 마주치고 만다.

아, 키스신. 지훈은 쓰게 혀를 훑으며 그곳으로 다가갔다.

감독은 이미 한 차례 콘티를 보고 나누었던 대화들을 똑같이 민호와 지훈에게 반복했다. 그리고 난 뒤에도 두 배우의 컨디션 체크까지 잊지 않는다. 둘 다 괜찮다고 말은 하는데, 어째 낯빛이 그리 좋아 보이진 않는다. 결국 감독은 최후의 수단으로 꺼내들었다.

"어떻게. 술이라도 마실래?"

"아니요."

"네."

민호는 아니라고 했고, 지훈은 네라고 했다. 감독이 등을 돌려 스태프에게 술을 가져오라는 말을 전했고, 지훈은 고개를 틀어 민호를 바라보며 입술을 열었다.

"너도 마셔. 맨정신보단 그게 더 나을 거다."

"난 상관없는데."

"내가 고등학교 때에도 너 연기 잘한다고 인정 안 했지만 지금은 해준다.

너 연기 잘해, 겁나."

"그건 또 무슨 소리야."

"아닌가. 멘탈이 강한 건가."

정신없이 쏟아지는 말들에 민호는 설핏 웃음을 터트리며 지훈에게 물었다.

"야. 너 긴장했어?"

"어."

"……."

"난 술 안 마시곤 못 해."

아주 잠깐, 지훈의 눈동자가 위태롭게 흔들렸다. 곧이어 스태프 하나가 지훈에게 소주 한 병을 가져다주었다. 취기 오르는 데엔 소주만 한 것도 없지, 그렇게 생각하면 지훈은 뚜껑을 땄다.

종이컵 가져다 드릴게요.

스태프의 말에 지훈은 됐다며 손을 들은 뒤 심호흡과 함께 병을 입술에 가져다댔다.

"마시지 마. 조명 때문에 나중에 열 올라."

순간 민호의 손이 다가와 지훈을 저지했다. 지훈의 눈썹이 옅게 구겨졌다가 다시금 곧게 펴졌다.

"됐어."

그 말과 함께 정확히 지훈의 목울대가 5번, 크게 울렁였다. 병의 반 이상을 비운 지훈은 손등으로 입술을 훔치며 숨을 쏟았다.

후으.

자그마한 숨에 알콜 냄새가 물씬 풍겨져왔다.

"어떻게, 취기 오를 때까지 기다려줄까?"

"아니요. 지금, 딱… 좋아요. 바로 하죠."

지훈은 갑작스레 들어간 술에 놀라 심장이 날뛸 때 빨리 해치우고 싶었다. 정신없이 훅, 훅.

"그래, 그럼 감정들 잘 살려서, 최대한 집중해서 하자고. 한 번에 끝내게, 응?"

"알겠습니다."

이 장면 하나에 둘이 느끼고 있을 부담감을 잘 알고 있는 감독은 최대한 둘을 어우르며 편한 환경에서 연기를 할 수 있게 도와주었다. 그건 다른 스태프들도 마찬가지였다.

지금 이 순간, 자그마한 소음 하나까지도 신경 쓰일 것을 배려해 최소한의 인원을 제외하고 모두 다 세트장 밖으로 내보냈다. 가만히 내려앉은 적막에 지훈은 차분한 숨을 크게 내뱉었다.

"한 번에 가자, 한 번에."

지훈은 자기 세뇌를 하듯 그 말을 뇌까렸다. 민호가 설핏 웃었다.

"떨긴."

"넌 안 떨리냐?"

"왜 떨려, 게이인데."

민호는 여유롭게 웃으며 지훈을 바라보았다.

"역할에 집중해봐. 넌 나한테 카드 빼앗아야 하잖아."

"……."

"어쭙잖게 하면 안 준다?"

그 말에 딱딱하게 굳어 있던 지훈의 입술이 하릴없이 풀렸다.

그래, 인정이다. 너 연기 잘해.

지훈은 그렇게 생각하며 눈을 감고 사인의 기다렸다. 슬레이트를 들고 있던 스태프가 다가와 레디 액션을 외쳤고, 그와 동시에 지훈은 감고 있던 눈을 뜨며 한쪽 입꼬리를 여유롭게 올렸다.

그래, 니가 게이새끼라면. 난 그걸 이용하는 못 돼 처먹은 새끼다.

"니가 세운 작전에 대해서 할 얘기가 있어서 그런데……."

십새끼, 개새끼. 그런데 어떡해, 원래 이렇게 남의 등 처먹고 살아온 인생인 걸. 찬이는 손을 뻗어 두어 개 풀어져있는 성현의 셔츠를 움켜쥐었다. 끌어당겼고. 방심하고 서 있던 성현의 몸이 찬이 쪽으로 힘없이 쏠렸다. 귓가에 입술이 닿을 뻔한 거리에서 찬이는 노골적으로 숨을 불어넣었다.

"문 여는 건 내가 하고 싶은데. 카드 그 아저씨 말고 나 주면 안 돼?"

정전된 것처럼 멈춰 있던 성현의 눈동자가 일순간 희미하게 흔들렸다. 한 번 깜빡인 뒤, 눈동자가 굴러 찬이에게 향했다.

"이미 다 정해진 사안 아니었던가. 그 얘길 왜 지금 하는 건데."

"생각해보니까 하이라이트 장면에 욕심이 나서 말이야."

"……."

"난 주인공이 하고 싶거든."

사람을 녹이는 목소리는 가볍지도 않고, 무겁지도 않은 그 중간이다. 그 사실을 너무나도 잘 알고 있는 찬이는 정확히 그 목소리 톤으로 성현에게 속삭였다. 성현의 눈동자가 또 한 번, 미비하게 흔들리다가 이내 똑바로 섰다.

"니 역할은 그게 아닐 텐데."

"아니까 이렇게 찾아온 거잖아."

"……."

"로비하러. 남들 다 자고 있는 늦은 밤에."

찬이는 움켜쥐고 있던 손을 느리게 움직여 성현의 세 번째 단추를 공략했다. 풀었다. 네 번째, 다섯 번째. 그리고 벌어진 틈에 다섯 개의 손가락을 은밀하게 밀어 넣었다. 작게 돋아난 소름을 훑으며 찬이가 성현을 바라보았다.

"지금 이게 무슨 의미인지 몰라?"

웃고 있는 입꼬리에 성현은 이성이 흔들리는 순간을 맛봐야만 했다. 찬이는 기분이 묘했다. 정복하는 재미는 여자에게만 있는 줄 알았는데, 이런 얼굴을 보니 남자 쪽도 꽤 스릴 있다. 무너지는 모습만 보면 딱, 성취감까지 느낄 수 있을 것 같은데.

찬이는 위태로운 성현의 얼굴에 고지가 얼마 남지 않았다는 생각을 하며 마지막 한방을 준비했다. 여자들이 마지못해 넘어갔던 눈웃음을 지으면서, 가볍지도 않고 무겁지도 않은 중간 목소리로.

"맨입으로 해달라는 게 아니잖아, 지금."

와, 빨리. 버티지 말고, 넘어오란 말이야. 이 재수 없는 새끼야.

찬이의 속마음을 읽은 건지, 옅게 균열이 생기던 얼굴 위로 희미한 웃음이 떠올랐다.

"너 지금 실수하는 거야."

그 말과 동시에 찬이의 허리를 감싼 건 성현의 팔이었다. 밀어붙이다가, 찬이의 등이 벽에 가로막혀 부딪쳤다. 그대로 입술이 엉켰고, 둘 사이에는 가파른 숨과 뜨거운 기운이 오고갔다.

감고 있던 눈꺼풀을 느리게 밀어 올리며 찬이는 자신에게 집중해 있는 성현의 모습에 기분 좋게 눈꼬리를 휘었다.

드디어, 무너졌다. 재수 없는 새끼.

남자 둘의 키스는 제법 전투적이었다. 치고받고 싸우는 난투극을 보듯이 서로에게 양보 따윈 없는 치열함이었다. 찬이는 그 모습에 화가 올라 지지 않으려고 바득거렸다가, 이내 못 이기는 척 온몸에 힘을 빼곤 했다.

정복 당해주는 쪽이, 더 매력 있을 테니까. 그러니까 지금은 얌전하게 눈을 감고 그동안 만나왔던 곱게 자란 아줌마들을 생각해야 할 때다. 그녀들처럼 못 이기는 척 받아주다 보면 뭐 하나, 떨어지는 게 있겠지.

"컷!!"

감독의 사인과 함께 떨어진 입술에 지훈은 감고 있던 눈을 느리게 밀어 올리며 감독을 바라보았다. 그건 민호도 마찬가지였다.

"OK, 완벽해. 최고였어."

그리곤 쏟아지는 스태프들의 박수에 지훈은 뜨거운 숨을 몰아 내쉬었다. 아, 드디어 끝났다. 감독의 사인에 민호는 그제야 안도하며 축축해진 입가를 손등으로 훔쳤다. 곧이어 스태프가 다가와 가글을 건넸지만 민호는 그보다 지훈을 살폈다.

"못 할 것처럼 굴더니 잘하던데."

"한 번이니까 했지, 두 번은 못한다."

지훈은 긴장이 풀렸는지 거친 숨을 쏟아내며 바닥에 아무렇게나 주저 앉았다.

"술김이라도 연기 괜찮았어."

"술은, 아직 취기 오지도 않았구만."

지훈이 그 말을 내뱉고 뒤늦게 고개를 내저으며 말을 정정했다.

"아니다, 슬에 취해서 했다고 치자. 맨정신에 난 도저히 너랑 연기라도 이런 짓 못하니까."

"그래. 그럼 취했다고 쳐."

"어."

"너 취했으니까 말하는 건데."

민호는 나란히 그 옆으로 가 다리를 굽혀 주저앉았다.

"키스할 때 힘 좀 빼."

"……."

"게이라도 그런 키스는 좀 별로야."

이 새끼가 진짜, 지훈은 거칠게 눈썹을 구기며 주먹으로 민호의 명치를 세게 때렸다. 그 손길이 제법 아팠는지 민호가 설핏 인상을 찌푸렸다가 이내 푸스스 웃었다.

저녁 12시가 가까워지는 시간, 벌써 세 시간째 차에 가만히 앉아 있던 최율은 시선을 틀어 눈앞에 자리 잡은 Lewis Carrol 샵을 바라보았다. 어렴풋하게 꺼진 간판과 나 홀로 켜져 있는 4층을 지켜보던 최율은 핸드폰을 꺼내 어디론가 전화를 걸었다. 길게 이어지는 연결음은 지루함보다야 두근거림이 더 우세했다. 앞으로 자신이 벌일 일들에 대해 설레서, 견딜 수가 없었으니까.

이내 툭 하는 소리와 함께 익숙한 목소리가 들려왔다. 최율은 전화를 받아준 보답으로 최대한 기쁨에 젖은 목소리로 인사를 건넸다.

"안녕하세요, 박 기자님. 최율이에요."

—어, 어. 율이 씨가 웬일로 나한테 전화를 다.

그냥, 요즘 뭐하시나 해서요. 최율의 말에 그는 무언가를 직감한 건지 하하, 느리게 웃었다.

—단순히 안부인사 때문에 연락한 건 아닌 것 같은데.

"역시 기자님 눈치 빠른 건 알아줘야 해요. 다른 게 아니라, 그때 지훈이 열애설 기사. 기자님이 터트리신 거 맞죠."

—아, 뭐. 일반인이랑 만나는 거?

"네."

—그렇지. 근데 그건 왜?

"제가 더 흥미로운 얘길 더 얹어 드리려고요."

—뭐, 어떤 거?

"글쎄요… 예를 들어."

최율은 희미하게 웃으며 말했다.

"이민호가 그 여자랑 7년 동안 사귀었던 사이라는 얘긴 어때요?"

—뭐?

"거기다가 최지훈이 이민호에게서 그 여자를 빼앗은 거라면요."

—…뭐야, 그게 사실이야? 지금 영화배우 이민호 말하는 거 맞지?

네.

간결하게 대답을 한 최율은 눈가를 푹 죽이며 아쉽다는 식으로 말했다.

"사실이라니, 그렇게 말씀하시면 저 섭섭해요. 제가 없는 사실 꾸며서 쓸데없이 ブ 자님에게 왜 말 하겠어요, 알아보면 금방 들통날 거. 정말이에요, 저 민호랑은 같은 학교 다녔었잖아요. 학교 때부터 사귀던 애예요, 민호랑 최근까지 사귀었다가 지훈이 때문에 틀어진 것 같구요."

—잠깐만, 그럼 뭐야. 내가 기사를 터트렸을 때가…….

"그땐 아직 민호랑 사귀었을 때구요."

—하, 나 참… 이게 진짜 사실이라면 대박 특종인데.

"그래서 전화 드린 거예요. 지금 그 여자, 한남동에 있는 Lewis Carrol 디자이너 샵에서 일하고 있더라구요. 이 정도의 정보면 밑 파보기엔 충분하지 않아요?"

최율이 말한 '밑 파보기'의 의미를 안 기자가 혹시나 하는 마음으로 물었다.

ㅡ그건 그런데, 율이 씨가 나에게 이런 얘기해주는 이유가 또 궁금한데. 무슨, 꿍꿍이 있는 거 아니야?

"아니요. 그냥 최 기자님이 제 기사 그동안 좋게 써주셔서, 저도 도움 좀 드리고 싶은 것뿐이에요. 별다른 건 없구요."

ㅡ그럼 나야 고맙지만, 아무튼. 그 말이 사실인지 아닌지는 지켜보면 알겠지. 어쨌든 고마워, 내가 나중에 밥 한 번 거하게 살게.

"네. 아, 그리고 여자 쪽보다 지훈이를 따라다니는 게 더 얻으시는 게 많을 거예요. 더 필요한 정보 있으면 연락주시구요."

ㅡ그래, 고마워. 또 연락하자고.

통화를 마친 최율은 곧바로 또 다른 곳으로 연락했다. 다섯 번의 연결음이 이어지기도 전에 들려오는 묵직한 남자 목소리에 최율은 느리게 입술을 열었다.

"준비되셨어요?"

지금 이 순간을 위해 최율은 어젯밤, 아침이 될 때까지 침대 위에서 몸을 할애해야만 했다. 하지만 후회는 들지 않았다. 보통은 스폰서에게 부탁 하나 정도 하려면, 그에 걸맞은 대가를 치러야 하는 거니까.

적어도 최율의 뒤를 봐주는 남자는 연예계를 꽉 잡고 있는 남자였고, 몸을 담고 있는 세계 자체가 더러운 터라 이 정도는 그에게 별반 어렵지 않을 거다.

"적당한 타이밍 봐서 잘 부탁드려요."

생각을 바꾸기로 했어, 난 이제. 너에게서 지훈이를 빼앗지 않을 생각이야.

"괜히 어쭙잖게 일 처리하셨다간 저까지 위험한 상황인 거 아시죠?"

최율은 붉은 입술을 부드럽게 밀어 올리며 새빨간 손톱을 가만히 내려다보았다.

"탈 안 나게, 확실히."

그냥, 내가 널 망가뜨리려고.

"뒤끝 없게, 부탁드려요."

지훈이가 갖지 못하게 말이야.

"잘하실 ㄱ라고 믿어요."

민호도, 못 갖게 말이지.

─너무 염려 마세요, 이런 일 정도는 아무것도 아니니까. 걱정하시는 일 없도록 하겠습니다.

믿음직스러운 말에 최율은 만족스러운 웃음을 지으며 전화를 끊었다. 그와 동시에 유유히 홀로 빛내고 있던 4층에 빛이 사라졌다. 머지않아 바깥으로 나온 재희의 모습에 최율은 짙은 어둠 속에서 고요히 숨을 내쉬었다.

걸음을 옮겨 사라지는 뒤를 따라 숨죽여 움직이는 블랙 세단이 최율을 지나 눈앞에서 유유히 멀어져갔다. 최율은 그 모습을 바라보며 작게 웃었다.

4. 적막

늦은 시간이라 택시가 보이질 않았다. 아니, 도로 위에 차 자체가 드물었다. 하는 수 없이 택시가 보일 때까지 무작정 앞으로 걷던 재희는 주머니 속에서 시끄럽게 울어대는 핸드폰에 자리에 멈춰서 전화를 받았다.

"아, 인영 씨. 안녕하세요."

─죄송해요, 제가 너무 늦게 연락 드렸죠. 실수로 핸드폰을 소파에다가 두고 무음 처리해놨나 봐요. 전화를 못 받았어요.

잔뜩 일그러진 인영의 목소리에 재희는 괜찮다고 말했지만 계속 죄송하다는 말이 몇 번이고 돌아왔다.

─제가 맨날 이래요, 하나에 집중하면 자꾸 하나를 까먹어서.

자책을 하는 인영에게 재희는 옅게 웃으며 말했다.

"전화해도 안 받고, 조금 더 기다려볼까 했는데. 제가 지금 막 집에 가려고 나와서요. 의상은 내일 드리면 안 될까요?"

─벌써요? 오늘 작업실에서 밤새시는 줄 알았는데.

"그러려고 했는데 컨디션이 별로 안 좋아서요."

―아… 그러시구나. 죄송해요. 제가, 더 빨리 연락 드렸어야했는데. 혹시 지금 어디쯤이세요? 저 지금 샵에 다와 가는데.

운전하면서 통화를 하는 건지, 인영의 목소리가 불규칙하게 뚝뚝 끊어졌다.

―정말 미안해요, 혹시 많이 나오셨어요? 벌써 집 앞이신 건 아니죠?

제발 아니길 바라는 필사적인 인영의 목소리에 재희는 걷던 걸음을 멈춰선 채 대답했다.

"아니에요, 택시 잡으려고 걷고 있어요. 사거리 가기 전이요."

―아, 거기 어딘지 알아요. 잘됐다, 저도 곧 다 와가요. 차선이… 반대편일 것 같은데. 곧 도착하니까 건너편에 와 계세요, 제가 샵 들렀다가 집까지 바래다 드릴게요.

"아니, 안 그러셔도 되는데."

―죄송해서 그래요, 사거리 신호등 앞에 계세요. 곧… 가요!

"네, 저 괜찮으니까 조심히 오세요. 운전 천천히 하시구요."

안 그래도 뻥 뚫린 도로에, 빨리 가기 위해 얼마나 밟을지 예상이 갔기에 재희는 절로 인영이 걱정되었다. 조금이라도 편하게 운전하길 바라는 마음에 먼저 전화를 끊은 재희는 걸음을 옮겨 신호등 앞에 섰다.

원래는 오늘 저녁 10시에 민호가 입을 의상을 협찬해주기로 했는데 인영에게 아무런 연락이 없었다. 기다려도 보고, 문자도 해보고, 전화까지 했음에도 불구하고 깜깜 무소식에 오늘 오지 않을 건가 생각하고 포기를 했던 재희였다. 늦게라도 와서 다행인 건가, 재희는 무의미하게 눈을 깜빡이며 붉은색으로 멈춰 있는 신호등을 바라보았다.

"아, 피곤해……."

작게 벌어진 입술 사이로 흘러나온 하품이 황량한 도로 위로 흩어진다. 12시를 훌쩍 넘은 시간의 풍경은 늘상 이런 식이었다. 저 홀로 색을 바꿔 가며 꿈뻑이는 신호등과 한적한 8차선 도로. 가끔 재희는 이런 풍경에 홀로 서 있다 보면 무서운 생각마저 들곤 했다.

머지않아 파란 불이 켜졌고, 재희는 멈춰있던 걸음을 옮겨 홀로 신호등을 건넜다. 한 발자국, 두 발자국. 군데군데 희미한 빛을 밝히고 서 있는 가로 등과 폐부를 까마득하게 메우는 적막한 공기 혹은 바람이 불현듯 얼굴을 스 치고 지나갔다. 한걸음, 또 한걸음. 파란불이 위태롭게 깜빡인다. 재희는 조금 걸음을 빨리했다. 깜빡, 깜빡. 멀리서 헤드라이트 하나가 번쩍였다.

끼이이이익—!!!!

순식간이었다. 밤 그림자보다 짙은 색을 머금은 자동차는 커다란 굉음과 함께 있는 힘껏 달려와 브레이크를 잡았다. 무언가가 부딪히는 소리가 났 고, 굴렀다. 재희는 바닥에 아무렇게나 으스러졌다.

"…아윽‥‥."

눈앞을 가득채운 빛과 소음에 재희는 눈과 귀가 얼얼했다. 파르르 떨리 는 눈꺼풀은 아스팔트에 가까워져 있었다. 차갑다, 재희는 뒤늦게 자신이 바닥에 아무렇게나 누워 있다는 걸 알 수 있었다. 안간힘을 써 손끝을 움직 였지만 바람 앞에 휘날리는 나뭇가지처럼 옅은 떨림이 전부였다.

위태롭게 깜빡이던 파란 불이 빨간색으로 변했다. 뜨겁다, 모든 게 불에 덴 듯 뜨거웠다.

지금 뭐지, 나 사고난 건가. 사고, 교통사고.

재희는 희미해진 머릿속으로 안간힘을 써 지금 상황을 이해하려 애를 썼다.

"아, 아……."

그때였다. 재희를 치고 저 멀리 멈춰 서 있던 차가 빨간 조명을 번득이며 후진을 해, 이쪽으로 다가왔다. 가까이 와 상황을 살피려는 건가 싶었지만 그런 게 아닌 것 같았다. 점점 속력이 붙는 엔진소리에 재희의 소름이 돋았다. 방향을 틀지도 않은 채, 이대로 다가온다면 분명 차는 또 한 번 재희를 치고 지나갈 게 분명했다.

재희는 본능적으로 꿈틀댔다.

도망쳐야 돼, 도망가야 한다고.

고작 까닥거리며 움직여지는 손끝이 으깨질 정도로 필사적으로 아스팔트 위를 긁었다. 무서웠다, 살아야 한다는 생각뿐이었다. 몸이 움직여지지 않는다. 어쩌지, 제발. 제발…….

"재희 씨!!!"

그 순간, 귓가를 파고든 목소리는 재희에게 구세주와도 같았다. 저 멀리서 뛰어오는 인영의 구두소리는 재희의 귓가에 거대한 흔들림으로 울려 퍼졌다. 끼이이익, 재희가 있는 쪽으로 다가오던 차가 급정거를 한 뒤 서둘러 앞으로 도망치듯 사라졌다. 그 순간 재희의 머릿속을 파고든 건 다름 아닌 안도였다.

"지금, 이게… 아…….

인영은 덜덜 떨리는 손으로 황급하게 바닥에 아무렇게나 늘어져 있는 재희를 바라보았다. 가느다란 머리카락 사이로 잔뜩 피가 엉켜 있었다.

어쩌지, 이게 어떻게 된 거지.

인영은 정신없이 눈동자를 굴리다가 이내 입술을 악 깨물며 고개를 들었다. 그리고 저 멀리 사라지는 차의 뒷모습을 안간힘을 써 바라보았다. 눈가를 좁혔다가, 폈다가. 어둠 속에 그을린 숫자를 보기 위해 눈조차 깜빡이지 않았다.

"핸드폰, 핸드폰······!"

차가 코너를 돌아 사라진 뒤에야 인영은 다급하게 고개를 내려 주머니를 뒤졌다. 갑작스러운 상황에 놀란 손끝이 떨려 몇 번이고 잘못된 숫자를 누르고 나서야 119에 전화를 걸 수 있었다.

"여기, 뺑, 뺑소니예요. 위치가, 아… 위치가."

덜덜 떨리는 목소리에 인영은 정신을 바로 잡기 위해 애를 썼다. 위치를 말하면서도 심장이 뛰다 못해 살갗을 뚫고 나올 정도로 쿵쾅댔다.

"사람이 치였는데, 피가 나요. 이마랑, 머리에 아주 많이요. 어떡해요, 빨리 좀 와줘요!"

어쩔 줄 몰라 하는 얼굴로 전화를 마친 인영은 핸드폰을 아무렇게나 바닥에 내려두고 재희를 마주했다.

"재희 씨, 괜, 괜찮아요? 어떡해, 많이 아파요? 어쩌면 좋아······!"

희미한 눈동자로 자신을 바라보는 재희의 눈동자에 인영은 두려워졌다. 새하얀 셔츠 위로 얼룩이 진 새빨간 피에 눈물이 나올 것만 같았다.

코너를 돌고, 신호등 앞에 다다랐을 때 인영은 정확히 검은색 차량이 재희를 치고 지나가는 걸 목격했다. 처음에 너무 놀라 저도 모르게 브레이크를 잡았다가, 빠른 속도로 뒤로 후진하는 모습에 무작정 차에서 내려 뛰었다.

"아, 난 돌라… 재희 씨, 재희 씨. 무슨 말이라도 해봐요, 좀!!"

재희는 아무런 말이 없었다. 그저 반쯤 떠진 눈으로 인영을 바라보며 숨을 헐떡일 뿐이었다. 그 모습이 무서워, 인영은 저도 모르게 발개진 코끝으로 울먹이며 주변을 두리번거렸다.

"무슨 일이에요? 사고예요?"

이름도 도를 행인이 다가와 인영에게 물었다.

"구급차는 불렀어요?"

"아… 아, 네. 부, 불렀어요."

"건드리지 말고요, 사고 난 사람 잘못 건드리면 더 큰일 나니까. 구급차 올 때까지 잠시 물러나 있어요."

인영은 덜덜 떨리는 손을 꼭 움켜쥐었다. 얼마나 시간이 지났을까, 멀리서 울리는 사이렌 소리에 인영은 참았던 숨을 토해냈다. 구급차에 오르기 직전, 재희의 눈꺼풀은 새파란 새벽처럼 고요하게 내려앉아 있었다. 너무나도 파래서, 인영은 그 얼굴 위로 드리워진 그림자에 무서워졌다.

민호가 인영의 문자를 확인한 건 새벽 2시가 다 되어서였다. 1시쯤 끝이 난 촬영에 집으로 돌아와 샤워를 하고 난 뒤, 잠이 오지 않아 술 한 잔을 할까 생각하던 중이었다. 냉장고에서 맥주 한 캔을 꺼내 거실로 오자 뒤늦게 신경 쓰지 않고 내버려둔 소파 위의 핸드폰이 눈에 들어왔다. 진동으로 해두었던 게 화근이었다.

4번의 전화와 한 통의 문자. 그곳에는 재희의 이름이 있었다.

어떤 정신으로 온 건지 모르겠다. 무작정 차를 끌고 향한 곳은 문자에 적혀져있는 병원이었다. 응급실로 향했다가, 수술실 통로에 앉아 있는 인영을 마주했다. 경찰들 틈에 둘러싸여 있던 인영은 민호의 모습에 참고 있던 눈물을 쏟아냈다.

"무슨 일이야."

"…윽, 민호, 씨……."

"너 다쳤어?"

민호는 피로 엉망이 된 인영의 옷에 눈가를 구겼다. 인영의 고개가 힘없이 양옆으로 흔들렸다.

"이거, 제 피… 아니에요. 재희 씨가, 재희 씨가…….."

"재희가."

"으읍…….."

"재희가, 왜."

손이 떨린다. 목구멍까지 차오른 숨은 바깥으로 뱉어지지 못한 채 꽉 막혀 민호를 괴롭게 만들었다. 희미하게 기억나는 문자 속에는 재희의 이름이 있었다. 교통사고라는 글자도, 있었던 것 같다.

"재희는?"

민호는 넋이 나간 사람처럼 물었다. 아무런 무게감이 실려 있지 않는 가벼운 목소리였다.

"수술, 수슬… 들어갔어요. 그게, 너무 많이 다쳐서… 의사가, 의사가요."

눈물과 함께 토해지는 인영의 말들에 민호는 가까스로 숨을 한 번 뱉어 냈다. 그곳에는 불면 꺼질 듯한 위태로움도 함께였다. 민호의 눈동자가 힘없이 불 켜진 '수술 중' 전광판에 닿았다. 차갑기 만한 형상들에 민호는 겁이 났다. 난생처음으로 느껴보는 불안감이었다.

"언제. 언제 들어갔는데."

"한 시간, 읍… 조금 더 된 것 같아요."

"왜."

"……."

"왜. 재희가…….."

민호는 숨이 막혔다. 재희의 이름을 꺼내는데 이상하게 목에 가시가 걸린 것처럼 따가웠다. 교통사고, 교통…사고.

"얼마나 다쳤는데."

"그게, 잘 몰라요…그냥, 피가… 피가 많이 났는데. 의사가 심하대요, 뭐도 부러지고… 머리도, 읍… 많이 다쳤다고."

"……."

"피가, 정말 많이 났어요. 부모님께 연락 드렸는데, 해외에 계시대요. 여행 가셨다고, 하아… 오늘 아침, 비행기로 오신다고…….."

"잠깐만."

"……."

"잠깐만… 생각할, 시간 좀 줘."

정지한 회로에, 민호는 똑바른 생각을 할 수가 없었다. 자꾸만 다리에 힘이 풀려 결국 의자에 주저앉은 민호는 간간이 숨을 내뱉고 들이마시는 일밖에 하지 못했다. 이해하려고 해봐도, 꿈이 아니라고 생각하며 현실을 받아들이려고 해봐도 자꾸만 민호의 머릿속에 차오르는 건 부정적인 것들뿐이었다.

그럴 리가 없는데. 재희가, 사고가 날 리 없는데. 지금까지 이런 적 한 번도 없던 앤데. 어디 부러지거나, 크게 다친 적 없었는데. 이상해, 아닌데… 재희가, 다칠 리 없는데.

"수술, 해봐야지 안다고… 하는데, 어떡해요. 재희 씨… 잘못되면 어떡해요."

"진정해."

민호는 정신없이 쏟아지는 인영의 말에 감았던 눈꺼풀을 느리게 밀어 올렸다. 떨리는 목에 힘을 주고, 덜덜 떨고 있는 인영의 손을 잡아주었다. 힘주어, 움켜잡았다.

"진정하자."

꾸욱, 짓눌러지는 힘에 인영의 손이 민호의 손 안에서 가볍게 구겨졌다. 떨림은 멎었지만 여전히 손은 흔들리고 있었다. 인영은 그 모습에 왈칵 눈물이 쏟아졌다. 인영이 아니라, 민호가 떨고 있었다.

"이상해."

울고 있는 인영의 모습에 민호는 옅게 인상을 구겼다. 이상하게, 손이.

"…진정이, 안 돼."

떨림이, 멈추질 않는다. 민호는 거친 파도를 만난 것처럼 위태롭게 흔들리고 있었다. 내면이 파도에 닿아 거침없이 깎여지는 기분이 들었다. 깎여나간다, 마음이. 머리가. 심장이. 모든 게 다 조각조각 무너지고 있었다.

단 한 번도 이런 식으로 떨었던 적, 없었던 것 같은데. 그저 막연하게 밀려오는 두려움에 민호는 입술을 깨물었다. 자리에서 일어나 수술실 앞으로 다가갔다.

굳게 닫혀 있는 문 앞에 서서, 그 앞에 주저앉아 이마를 짚으면서. 이 안에 재희가 있을 거란 사실을 부정하고, 또 인정하고. 그러다가, 제발이라는 간절함을 떠올리다가.

사무치게 길려오는 두려움에 잔뜩 겁먹은 아이 같은 표정을 지었다가도, 또 하릴없이 흐르는 눈물에 아무렇게나 울었다. 제발, 제발. 몇 번이고 그 말들을 속삭이다가, 또 나지막하게 재희의 이름을 불렀다.

시간은 어느덧 3시간째, 여전히 굳게 닫힌 문에 민호는 어느 정도 현실을 받아들이고 있었다. 이제야, 조금씩 받아들여졌다. 재희는 사고를 당했고, 그게 뺑소니였고. 3시간이 지나도 나오지 않을 정도로 많이 다쳤고. 피를, 아주 많이 흘렸고. 혼자서, 차가운 수술실에 누워 있을 거고. 민호는 하나둘씩 스며드는 현실에 못 견디게 괴로워졌다.

혼자, 라는 부분이 민호의 심장을 갉아먹고 있었다.

"재희, 혼자 아픈 거 싫어하는데."

어느덧 자신의 옆으로 다가와 앉은 인영을 향해 민호가 나지막이 말했다.

"추운 것도 싫어하는데."

겨울이 가장 싫다고 했는데. 추우면, 많이 괴롭다고 했어. 걔는 새하얀 눈을 보는 게 그렇게 고통스럽대. 차가운 바람이 제일 싫대. 추위를 잘 타서 그런가. 그냥, 차가운 건 다 싫다고 했는데. 얼음도 잘 못 깨먹을 정도로 싫어하는데.

"안에, 많이 추울 텐데."

"……."

"빨리 나와야하는데."

"……."

"그래야… 안아주던지 할 거 아니야."

그래야, 내가 따뜻하게 해줄 거 아니야. 혼자, 아닌 것처럼 해줄 거 아니야. 느리게 흐르는 민호의 목소리에 발개진 눈가를 아무렇게나 눌러 뜨린 인영은 작게 숨을 내뱉었다.

"지훈 씨는……."

"아직, 몰라."

"……."

"알면. 난리 날 거야."

민호는 덤덤하게 내뱉으면서도 그 말들이 가지고 있는 영향력에 못내 무서워졌다. 내가 이 정도인데, 최지훈이 알게 된다면. 아마 문을 부시는 한이 있더라도 안에 들어가 재희를 보려고 할 거다.

"그래도, 말해야… 하지 않을까요."

"……."

"남자… 친구잖아요."

조심스럽게 흘러나온 인영의 말에 민호는 느리게 눈을 내려 감았다.

"조금 더 있다가."

"……."

"재희 나오면. 그때."

새어나오는 게 숨인지, 한숨인지. 아픈 건지, 괴로운 건지.

"최지훈은 지금 이거 못 견뎌."

비가 오는 건지, 눈물이 흐르는 건지. 가슴이 막혔다가, 트였다가. 변덕 스러운 날씨처럼 흐려졌다가, 또 멎었다가.

"재희라면 눈에 보이는 게 없는 애라."

"……."

"그러니까… 일어나면. 그때."

최지훈은. 걔는, 안 돼. 걔… 못 견뎌. 이런 거 못 해. 이재희 이름 하나에 너무나도 쉽게 무너지는 애라 이런 상황, 이겨낼 수 없어. 걔.

"지훈 씨, 충격… 많이. 먹겠죠."

"…아마도."

"……."

"우리가 생각하는 것보다 많이."

"……."

"…무서워."

"…뭐가요?"

"최지훈한테. 어떻게 말해야 할지."

"……."

"생각조차 안 돼. 말을 하는 게. 그만큼 어려워."

민호는 작게 심호흡을 했다.

"그러니까. 재희는 무슨 일이 있어도 무사히 수술을 마치고 나와야 해."

"……."

"최지훈을 위해서라도."

그 말에 인영은 무거운 숨을 억눌렀다.

"그리고, 나를 위해서도."

가슴이 답답했다. 민호가 차분하게 내뱉는 말들에 무게가 가슴 깊이 느껴져서, 그게 또 절실하게 와 닿아서. 틀린 것 하나 없는 말이라서. 인영은 두 손을 모으고 눈을 감은 채 간절히 기도 했다.

제발, 아무런 일 없이 무사히 나와주길. 한시라도 빨리 불이 꺼지고 문이 열리고 재희 씨가 나오길, 바라고 또 빌었다. 인영의 손가락 사이사이 얼룩진 재희의 피가 딱딱하게 말라 있었다.

경찰마저 돌아간 시점에서, 문득 인영의 머릿속을 스쳐 지나간 건 어둠 속에서 희미하게 일렁이던 숫자였다. 쓰러져 있던 재희를 두고서도 필사적으로 외우고 또 눈에 담았던 숫자. 인영은 감고 있던 눈을 떠 다급하게 민호에게 말했다.

"차, 차번호. 생각났어요."

"뭐?"

"서울 나… 7889이었어요."

경찰에게 사고 경위를 설명할 땐 안간힘을 써도 생각나지 않았던 숫자를 또렷하게 내뱉은 인영의 말에 벽에 기대어 있던 민호의 몸이 움직였다.

"경찰한테 말할게."

"아뇨, 경찰 말고."

어느덧 핸드폰을 움켜쥐고 일어난 민호를 잡으며, 인영이 크게 숨을 내몰아 쉬었다.

"저한테 맡겨줘요. 그게… 경찰보다 제가 더 빨리 알아낼 수 있어요."

의미심장한 말에 의심이라도 할 법한데, 지금은 그런 상황들 따윈 아무래도 좋았다. 핸드폰을 잡고 있던 민호의 손이 조금은 느슨해졌다.

"얼마나."

"하루, 정도면 돼요."

민호는 작은 한숨과 함께 옷깃에 닿아 있는 인영의 손을 잡았다.

"그래. 부탁 좀 하자."

그 말에 인영은 입술을 꾹 깨물며 자리에서 일어났다. 긴 복도를 걷다가, 비상구 팻말을 보고 그 안으로 들어가 조심스레 핸드폰을 꺼내들어 단축키 1번을 꾹 눌렀다.

안 받으면 어쩌지.

초조해질 무렵, 실오라기 같은 희망에 불이 들어왔다.

—네, 아가씨.

인영은 그 목소리에 안도의 숨을 흘리며 입술을 열었다.

"김 비서님, 새벽에 전화 드려서 죄송해요."

—…아닙니다, 무슨 일 있으신가요?

애써 목을 가다듬며 잠긴 목을 푼다. 그 모습에 평소 같았으면 미안한 마음을 가졌을 테지만, 지금은 그보다 용건이 우선이었다.

"차 하나만 조회해주세요. 서울 나, 7889. 검은색 세단이에요."

—지금 당장 필요하신 거죠.

"네. 최대한, 빨리요."

—사모님 모르게 알아봐드릴까요?

"네."

―연락드리겠습니다.

매번 저지른 실수에, 수습을 위해 연락을 했던 번호였지만 오늘 만큼은 달랐다. 인영은 전화가 끝난 후에도 좀처럼 자리를 떠나지 못했다. 계단 중턱에 앉았다가, 또 무의미하게 핸드폰을 바라보았다가. 그러다가, 또 홀로 있을 민호가 생각 나 억지로 걸음을 옮겼다.

민호는 말이 없었다. 시간이 흐르면 흐를수록, 언어라는 필수불가결한 존재가 하나둘씩 사라지는 기분이 들었다. 말을 잊고, 또 그래서 하지 못 하는 것처럼. 둘 사이에는 그저 호흡과 느리게 움직이는 속눈썹의 흔들림 이 전부였다.

4시간, 5시간, 6시간 7시간⋯ 점점 더 뒤로 물러만 가는 숫자들에 마음 의 무게 역시 수를 더해만 갔다. 얼마나 더 기다려야 할까, 밝은 조명아래 있어 시간관념까지 점점 더 무뎌지고 있었다.

"이재희 씨 보호자분. 보호자분 계세요?"

그때였다, 닫혀 있던 문이 열리고 새파란 가운을 입은 의사와 간호사들 이 쏟아져 나왔다. 보호자라는 말에 민호가 제일 먼저 일어나 그 앞으로 다가갔다.

"보호자분 되십니까?"

"네."

"그게, 수술은 잘 끝났는데."

의사는 차마 말을 다하지 못하고 짙은 숨을 내뱉으며 끼고 있던 마스크 를 벗어 민호를 마주했다.

"장기 손상 및 다리 골절이 있지만 그것보다 환자분이⋯ 머리가 많이 다 쳤어요."

"……."

"뇌 후두부 쪽 출혈이 심했습니다. 일단 수술을 마치긴 했지만 지속적으로 보면서 또 출혈이 나는지, 경과를 지켜봐야 할 것 같고."

다가오는 불길함에 민호의 눈동자가 엷게 한 번 흔들렸다. 그리고 뱉어진 현실엔.

"지금으로썬, 의식불명 상태입니다."

민호가 기대했던 것들은 단 한줌도 들어가 있지 않았다.

"의식, 불명?"

"네. 상황을 지켜봐야 알겠지만… 현재로썬 그렇습니다."

"…왜."

민호의 목소리가 막연하게 흘러나왔다.

"왜. 의식이 없는 건데."

"……."

"왜!!!"

대답이 없는 의사의 얼굴 위로 민호는 긴 시간 간신히 억누르고만 있었던 인내와 불안감을 토해냈다. 가까스로 뜨거운 숨을 쏟아내자 옆에 있던 인영이 민호의 팔을 붙잡았다. 투명하던 눈동자가 금세 발갛게 충혈 되었다. 힘이 없다, 다리에 자꾸만 힘이 빠졌다. 하늘이 새하얗다. 무너진다. 나의 하늘이, 비처럼 쏟아졌다.

지켜주기 위해 준비해두었던 우산은 차마 펼쳐지지 못한 채 가슴 한구석에 미련처럼 남게 되었다. 추적추적, 비는 내렸고 나는 또 널 흠뻑 젖게 만들었다. 내가 너의, 우산이 되고 싶었는데. 그러질… 못 했다.

의사가 툳 덤하게 내뱉는 재희의 상태는 온통 불투명한 것들뿐이었다.

죄송합니다, 최선을 다했습니다. 환자분 상태가 좋지 않았습니다. 수술이 잘 끝났긴 한데, 나머지는 모두 지켜봐야 알 것 같습니다.

불확실함, 불건전. 불명. 모든 게 다 납득이 가지 않는 것뿐이다.

재희가, 왜. 재희가 왜 그런 건데. 민호는 밀려오는 까마득한 어둠 속에서 몇 번이고 이유를 찾아 헤매어야만 했다. 돌고, 또 돌고. 원망에 미움을 더해. 단 한 번도 탓한 적 없는 세상까지 들먹이고 나니 가벼워질 줄 알았던 가슴이 더 갑갑해졌다. 방법이 없다, 지금 이 감정엔. 답도 없고 출구도 없고… 빛조차 없었다.

"…최지훈한테 연락해."

오랜 시간, 중환자실 앞 의자에 기대어 앉아 있던 민호가 가까스로 입술을 열었다. 인영은 민호의 입에서 흘러나온 지훈의 이름에 손을 꼭 움켜쥐었다.

"오라고… 해."

넋이 나간 듯한 가벼움, 그보다 더한 공허함. 불투명한 눈동자. 그 모습을 지켜보고 있던 인영은 입술을 꾹 깨물었다. 그리고 민호의 손에 들려있던 핸드폰을 대신 집어 들었다.

누군가가 해야 할 일이라면, 적어도 민호보다야 인영이 할 수 있을 것만 같았다. 아니, 해야 한다. 지금의 민호는 재희의 이름도, 사실도. 현실도. 전부 다 말할 수 없는 상태였다.

"아. 그리고."

자리에서 일어난 인영에게 민호는 눈을 감으며 한숨처럼 말했다.

"연락처 보면, 김가람…이라고 있어. 걔도 불러."

인영은 두 사람의 이름을 머릿속에 그리며 작게 고개를 끄덕였다. 그리고 전화를 하기 위해 핸드폰을 한손에 꼭 움켜쥐고 걸음을 옮겼다. 불 켜진 액정 위로 최지훈의 연락처를 찾는데, 이상하게 자꾸만 손이 엇나갔다. 떨렸다, 심장이 미친 듯이 뛰었다. 차분하게 흐르는 연결음에, 심장까지 고요해졌으면 좋았겠지만 그러질 못했다.

─왜 또.

"……."

민호의 핸드폰이었기에 전화를 받자마자 퉁명스럽게 흘러나오는 지훈의 목소리에 인영은 심호흡을 했다.

"저… 민호 씨, 스타일리스트인데요."

─뭐? 그거 누군데.

"……."

─누군데 전화야, 아침부터.

말투가 짜증스럽게 일그러진 걸로 보아 이제 막 잠에서 깬 듯싶었다. 인영은 애써 울지 않기 위해 입술을 몇 번이고 깨물었다. 힘을 풀었다가, 말을 하기 위해 힘을 주어도 목에 이름이 걸려 나오질 않는다. 이어지는 침묵에 먼저 말을 꺼낸 건 지훈이었다.

─뭐야. 용건.

"……."

─사람 깨웠으면 빨리 말해. 용건이 뭐냐고.

인영은 눈을 감고 힘을 주었다. 바들바들 떨리는 손아귀에 자꾸만 땀이 고여, 핸드폰을 떨어뜨릴 것만 같아 필사적으로 움켜쥐었다.

"재……."

─…….

"재희… 재희, 씨…가."

─…….

"교, 통…사고가… 났…어요."

—…….

　"……."

　—…….

　"……."

　—…뭐?

　지독한 침묵을 뚫고 나온 지훈의 첫마디는 사무치게 떨리고 있었다. 그 떨림이, 몹시 아프다는 걸 인영은 알 수 있었다.

　"새벽에 교통사고가… 났는…데요. 그게, 뺑소니…인데. 그게… 지금 막, 수술…끝났는데…….."

　—…….

　"오셔야… 할 것… 같아요, 여기 강남 성모 병…….."

　말을 채 다하지도 못했는데 전화가 끊어졌다. 인영은 희미하게 꺼진 핸드폰을 움켜쥐며 바닥에 주저앉아 홀로 울었다. 넋이 나간 민호를 대신해 이 소식을 전해야 할 사람들은 많은데, 이상하게 말이 자꾸만 엇나가고 정신이 까마득해졌으며 좀처럼 용기가 나질 않았다.

　가슴을 저미게 만드는 게 슬픔인지. 두려움인지 인영은 알 수조차 없었다. 그저 몇 번의 만남과 말을 섞은 게 전부인 재희였지만, 그 주변 사람들의 반응 하나하나가 인영의 숨통을 조이고 있었다. 그들에게 그녀가 어떤 의미인지, 어떤 관계인지. 모두 다 알고 있어서 그랬다.

　인영은 아무렇게나 손등으로 눈물을 닦으며 물기에 젖은 핸드폰 액정 위를 헤집었다. 가람의 이름을 찾고, 전화를 걸었다. 그리고 얼굴도 알지 못하는 남자에게 또 한 번 재희의 소식을 전했다. 가람 역시, 병원이라는 단어를 듣자마자 일방적으로 전화를 끊었다.

　소식을 모두 다 전한 인영은 의자에 주저앉아 두 손을 꼭 모았다. 시간이 어서 빨리, 지나갔으면 했다. 모두가 이 사실을 알고 슬퍼하는 한이 있더라도. 인영은 지금 이 순간이 어서 빨리 흘렀으면 했다.

지훈은 무작정 뛰었다. 옷을 입고, 현관을 나서면서도 신발조차 신을 생각을 하지 못했다. 맨발로 차에 오른 지훈은 무작정 액셀을 밟으며 운전했다. 시야가 자꾸만 흐려졌다가, 맑아 졌다를 반복했다.

도로 위에 스쳐지나가는 차들이 난폭한 지훈의 운전에 저마다 신경질적인 클락션을 울려댔지만, 아무것도 들리지 않았다. 그저 지훈의 시야를 가득 채운 건 병원 위치를 알리는 이정표가 전부였다.

병원에 도착을 하고, 지훈은 무작정 병원 프론트에 가 재희의 이름을 말했다. 이재희, 이재희… 무작정 이름만 내뱉는 지훈의 모습에 그녀는 잠깐 동안 말이 없더니 이내 차트를 헤집어 중환자실 위치를 알려주었다.

중환자실, 지훈은 그 무서운 단어에 또 무작정 뛰었다. 눈으로 확인해야만 했으니까, 도대체. 뭐가 어떻게 된 건지 눈으로 봐야 했으니까.

"…뭐야."

그리고 도착한 그곳에는, 민호와 인영이 나란히 앉아 있었다. 벽에 기대어 눈을 감고 있던 민호는 지훈의 등장에 어렴풋, 고개를 움직이며 눈을 떴다.

"뭔데, 뭐야. 뭐냐고!!!!"

지훈은 바락 소리를 지르며 민호의 앞으로 다가가 섰다. 어깨를 잡고 흔드는데, 민호는 그 파동을 가만히 받아주고만 있었다.

"진정해."

"씨발, 진정? 진정이 돼?! 뭐냐고 묻잖아, 지금!!"

지훈은 새빨간 글씨로 크게 적혀 있는 중환자실 글자에 정신이 나갈 것만 같았다. 불안감보다 더 깊은 고통이 심장에 찾아와 휘젓고, 난도질하고. 움켜쥐었다가 뜯어내길 반복했다.

"뭔데, 이재희 어디 있어!! 어디 있냐고!!!"

바락 내질러지는 소리에 인영의 어깨가 절로 반쯤 움츠러들었다. 파르르, 지훈의 입술 사이로는 거친 숨이 흘렀다. 눈동자가 떨린다. 민호의 어깨를 움켜쥐고 있던 손에 힘이 빠졌다. 뺨을 스치고 지나간 무언가가 턱 끝에 맺혀 힘없이 아래로 떨어졌다.

지훈은 지금 이 순간 마주하고 있는 민호의 얼굴이, 입술이… 무서워졌다. 사람처럼 보이지 않는 짙은 고요함에 어렴풋 예상했을지도 모른다. 우리 재희가, 나의 재희가.

"지금 재희. 의식불명 상태야."

온전하지, 못하구나.

"언제 깨어날지 모른대."

많이… 아프구나.

"지켜봐야… 알 수 있다고."

어쩌면, 우리는.

"……."

또, 그렇게. 헤어져야 할지도 모르는구나.

"……."

지훈은 깊숙이 파고드는 불길한 그림자에 힘없이 팔을 내렸다. 공허해진 눈동자는 깜빡이지도 못한 채 무의미한 허공만 방황하며 흐려지곤 했다. 머리가 아팠다. 그러다가 또 삐- 하는 불길한 소리가 귓가에 웅웅대는 지훈을 괴롭혔다.

아, 아…….

지훈은 나지막한 신음을 내뱉으며 고개를 숙였다가, 실없이 웃음을 흘렸다.

말도 안 돼. 뭐, 이재희가. 의식불명이라고.

지훈은 얼이 빠진 입술로 푸스스, 웃었다.

"그게 말이 돼? 이재희가 왜. 개소리 집어치워."

"……."

"어제 밤에 나랑 통화하기로 했어. 아… 근데 통화를 못 했구나. 자고 있어, 재희. 요즘 12시만 되면 먼저 자거든. 피곤해서, 자고 있어서 통화 못 한 거야."

"……."

"지금 집에서 자고 있을 걸? 내가 가서 깨워야겠다."

그래, 그래야겠네. 깊숙이 잠들면 전화 벨소리 같은 거, 듣지 못하니까. 가서 내가 깨워줘야겠다. 지훈은 힘없이 몸을 돌렸다. 아스팔트에 짓이겨 터진 발에선 희미하게 피가 흘러나오고 있었다. 한 걸음, 두 걸음. 느리게 떨어지던 지훈의 발을 붙잡은 건 민호였다. 손목을 움켜잡고, 민호가 지훈을 돌려세웠다.

"정신 차려."

"놔."

"최지훈."

"씨발, 놔!!"

지훈은 바락 소리를 내지르며 팔을 잡아 뺐다. 위태롭게 흔들리던 몸으로 간신히 중심을 잡고, 민호를 바라보며 뜨거운 숨을 토해냈다.

"이재희 여기 없어. 집에 있다고."

그리고 한 글자, 한 글자. 힘주어 또박또박 말했다.

"집에서. 자고 있을 거야."

빨갛게 충혈된 눈동자에선 자꾸만 이유 없이 눈물이 흘러나오고 있었다.

"여기 없어, 재희… 집에 있어. 내가 가서 깨울 거야."

침대에 누워 곤히 잠들어 있는 얼굴을 마주하고. 반쯤 걷어찬 이불을 마저 덮어주고. 새하얀 뺨을 두드리면서, 일어나라고 작게 속삭여주면서. 그렇게 내가, 그렇게… 깨울 거라고.

"들어 가."

"……."

"재희 얼굴 봐야지."

민호의 손이 또 한 번 다가와 지훈의 손목을 움켜쥐었다.

"나도. 차마."

옅은 떨림. 민호는 떨고 있었다.

"용기가… 안 나서."

머리로는 받아들인 현실이었지만, 눈으로 확인하기엔 역부족이라서.

"너 기다렸어."

민호 역시 지금 이 순간이 두려워 견딜 수가 없었다. 지훈을 잡은 손은 다른 누구도 아닌 민호 자신을 위한 거였다. 이렇게라도 안 하면, 너라도 이렇게 안 잡고 있으면. 나 자꾸만 무너질까봐. 쓰러질까봐. 견디고 또 견디면서, 그러는 동안 계속 밀려오는 두려움에. 많이 무서웠다고.

"빨리. 재희 봐."

되도록이면 마주하고 싶지 않은 현실에 도망가고만 싶었지만 이젠, 받아들일 준비가 되었다고.

"재희 혼자 남겨두지 말고. 들어가자."

그 목소리에 지훈은 나지막이 눈을 감았다. 온통 까마득한 어둠 속에서, 빛한 점 닿지 않아 온몸에 소름이 돋을 정도로 추웠지만 그보다 더 추운 곳에 있을 너를 위해. 지훈은 힘겹게 발걸음을 떼 멀어졌던 거리를 다시 되돌아갔다. 바닥이 가시밭길처럼 걸을 때마다 찔러왔지만 지훈은 꿋꿋이 참아냈다.

가운을 입고, 마스크를 끼고 들어간 곳에는 재희가 있었다. 지훈은 그 모습에 느리게 걸음을 옮겨 다가갔다. 알 수 없는 기계들에 둘러싸여 있는 재희는 자는 것처럼 편안한 얼굴로 누워 있었다. 산소호흡기, 규칙적으로 울리는 자그마한 기계 소리. 지훈은 그 모든 걸 눈에 담으며 무른 눈동자를 한 번 깜빡였다.

아직 현실을 받아들이기에는 역부족이었지만, 그래도. 넌 지금 혼자 있을 테니까. 내가 가야 하니까, 내가 가서 …손을 잡아줘야 하니까. 너 지금 혼자 아니라고, 그렇게 느끼게 해줘야 하니까. 그래서 온 거야, 재희야. 난 지금 현실을 인지한 게 아니라, 그냥… 그냥. 넌 혼자가 아니라는 걸 알려주려고 온 거야. 알지, 알아줘. 넌 내 거고. 내 옆에 있고. 나는 늘, 너의 그림자라도 되고 싶어 했다는걸.

떨어지지 못하고, 떼어내지 못하는 것처럼. 나는 늘 니 곁에 있다는걸. 있고 싶어 하는걸. 오랜 시간을 견뎌내고 인내하고 너 하나 갖기 위해, 내가 모든 걸 버릴 각오가 되어 있을 정도로. 내가 널 많이 사랑한다는걸.

"……."

지훈은 재희를 바라보며 희미하게 웃었다.

"미안."

알아줘, 재희야.

"오늘만큼은 접근 금지… 풀어줘."

니가 한 말 한 마디 지키려고, 무던히도 노력했던 걸 알아줘. 내 모든 인내가, 너로 인한 거라는 걸 알아줘.

"……."

내 인내, 내 사랑. 내 심장… 너는 지금, 이곳에 누워 있다.

지훈은 의자에 앉아 손을 뻗어 재희의 손을 잡았다. 네 번째 손가락에 끼워져 있어야 할 반지가 보이지 않는다. 그밖에, 매번 재희의 목에 걸려 있던 별이 박힌 목걸이도 보이지 않았다.

"아무것도 안 하고 있네."

외롭게, 혼자 있는 기분 들게. 누가 그랬어. 누가 뗐어. 우리 재희, 외롭게… 누가 그랬는데. 지훈은 가만히 재희의 네 번째 손가락을 훑으며 그 사이로 자신의 손가락을 밀어 넣었다.

"잘 자네, 우리 재희."

지훈은 희미하게 웃으며 가만히 내려앉아 있는 재희의 눈꺼풀을 마주했다. 원래 미인은 잠이 많다던데, 그래서 니가 그런가봐.

"서방님 왔는데 눈도 안 뜨고."

버릇없이, 내가 너무 오냐오냐해서 그런 거지. 맨날 좋다좋다 해주니까 니가… 이러는 거지.

"많이 졸려?"

"……."

"그래도, 좀… 일어나지."

나 왔는데, 눈 좀 한 번만 떠주지. 이상하게, 말을 하는데 자꾸만 목이 메어왔다. 등 뒤로 서 있던 민호가 작게 숨을 토해내는 게 들렸다. 마주하는 게 생각보다 힘들었는지 결국 민호는 먼저 등을 돌려 그곳을 빠져나갔다.

홀로 남겨진 지훈은 여전히 재희의 손을 잡고 있었다. 새하얀 피부 위로 거칠게 그어진 상처들을 마주하고, 터진 입술과 이곳저곳 뜯겨져나간 상처들을 빠짐없이 눈에 담았다. 뚜, 뚜, 뚜… 내부를 울리는 고요한 심박수 소리에 지훈의 눈동자가 한 번 떨렸다.

뚜, 뚜, 뚜… 지훈의 눈썹이 힘없이 아래로 내려갔다.

"누구야."

거칠게, 구겨졌다.

"누가 널 이렇게 했어."

엉망으로 내 눈앞에 있는 네 모습에 감정이 말을 듣지 않는다. 막연하게 슬퍼졌다가, 또 화가 났다가. 너는 잠들어 있는 거라고 생각했다가, 깨어나지 못하는 사실을 인지했다가.

"어? 말해봐. 재희야."

그럼에도 불구하고, 네가 작은 입술을 열어 나에게 달콤한 목소리로 말을 하는 헛된 바람을 꿈꾼다. 그러다가도 또 그러지 못한다는 사실에 화가 났다.

"말 좀 해봐. 어떤 새끼가 그랬어."

"……."

"누가, 널. 이렇게 만들었어."

호흡기를 달고 있는 네 모습에 참을 수 없는 분노가 치밀어 오른다. 나조차 함부로 할 수 없는 너를 이렇게 만든 그 정신 나간 새끼가. 도대체 누군데.

"말해봐, 제발."

널 친 새끼, 그 새끼 누군데.

"내가 혼내줄 테니까… 말 좀 해."

또 그러하듯, 막연하게 슬퍼지기만 했다. 내가 혼내줄 테니까, 내가 다 알아서 할 테니까. 제발, 재희야. 이재희. 제발 부탁해. 제발… 두 번 다신.

"눈 좀 떠, 제발……."

날 혼자 두지 마. 니가 없었던 순간으로 날 되돌아가게 하지 마. 꿈이 아니라고 했잖아, 너와 난. 꿈속에 사는 게 아니라고 니가 그랬잖아. 내가 준 17살 때의 기억이 너에겐 가장 아름다웠다며. 그런데, 너는 나한테 왜… 네 옆에 있으면서 매순간 아름다웠던 순간들을 선물해주고, 또 지금 이렇게 미칠 것만 같은 고통을 주는 건데.

왜 나, 힘들게 해. 괴롭게 해. 아프게 하는데, 왜.

"후으, 윽……."

지훈은 뜨거운 숨을 내뱉으며 고개를 숙여 차오르는 눈물을 집어삼켰다. 의식불명, 깨어나지 않을 수도 있다고. 지훈은 쓰게 입술을 깨물며 재희를 잡은 손에 힘을 더했다.

"멋대로 떠나지 마."

"……."

"가라고 말한 적 없어."

나는, 무슨 일이 있어도 이별이 너를 데려가게 하지 않을 거야. 내 곁에서 널 빼앗아갈 수 있는 존재는 이 세상에 없어. 그딴 건, 존재하지 않아. 내가 그렇게 해. 그러니까, 재희야.

"니 마음대로 내 앞에서 등 돌리지 마."

멋대로, 내 허락 없이 뒤돌아서지 마.

"약속할게. 널 이렇게 만든 사람. 내가 꼭 찾아내서."

"……."

"지금 니가 아픈 것만큼, 그대로 돌려줄게."

내가 느끼고 있는 이 감정, 네가 눈 뜨지 못해 나를 볼 수 없는 그리움. 내가 너 이렇게 만든 새끼한테 전부 다 보상 받을게. 지훈은 잡고 있던 재희의 손등 위로 짧게 입맞춤했다. 마스크 때문에 살결에 닿을 순 없었지만 온기라도 전해주고 싶었다.

추워도 참아, 외로워도 참아야 돼. 조금만, 조금만 기다려. 줄리엣.

"재희야."

잠깐. 잠을 자는 것뿐이야. 나쁜 악몽도 꾸지 말고, 편히 자고 있어. 아무 생각 없이 편하게.

"내가 꼭 깨워줄게."

널 눈뜨게 하는 건, 내가 할게. 시간이 지나고, 조금 더 지나면. 그때 깨워줄게. 그러니까, 지금은 편히 자고 있어.

멀어지지 말고, 꼭 자고 있어야 돼.

지훈은 흐리게 차오르는 눈물에 긴 시간을 숨죽여 울었다. 손을 잡고, 몇 번이고 그 위로 입을 맞췄다. 혼자 두고 싶지 않은데, 정해진 시간은 우리를 또 갈라놓고, 너는 혼자 또 여기에 누워있고. 멀어지게 하고, 나는 또 널 그리워하고. 지독하게 반복되어지는 상황들에 지훈은 가슴이 무너지고 또 부서졌다.

사랑이, 이딴 게 사랑이라면. 정말 두 번 다신 못할 것만 같았다. 내 심장은 자꾸만 너 하나 때문에 상처가 나. 피가 나고, 찢겨지고, 뜯겨지고. 나을 만하던 또다시 갈라지고. 이젠 딱딱해질 만도 하는데, 이상하게 너에 관해서라면 그게 쉽질 않아. 무뎌지지도 않아. 아마, 내 심장이. 너한테 있어서 그런가봐.

그래서 난 늘 아프면서도 너를 원하고, 바랄 수밖에 없나봐. 그래서 난 니가 아니던 안 되나봐.

"최지훈."

자신의 이름을 부르는 목소리에 지훈의 눈동자가 느리게 굴려 소리가 난 쪽으로 바라보았다. 민호였다.

"일어나."

중환자실에서 나온 뒤 벌써 1시간 째, 지훈은 그 앞에 앉아 정신을 놓고 있었다. 아무런 말도 없었고, 울지도 않았으며 넋이 나간 사람처럼 그저 새하얀 벽만을 바라보고 있었다.

"촬영 가게 일어나라고."

민호의 말에 지훈의 퍼석해진 입술이 옅게 올라갔다.

"촬영? 웃기는 소리 하지 마, 거길 왜 가. 내가."

"……."

"안 가. 여기서."

"……."

"나 안 움직여."

예상은 했지만 역시나도 지훈의 상태는 멀쩡하지 못했다. 그건 민호도 마찬가지였지만 적어도 민호는 이 상황 속에서 자신이 할 수 있는 일은 아무것도 없다는 걸 알았다. 걱정을 안 하는 것도, 정신이 올바른 것도 아니었지만 그래도 민호는 지훈보다야 사태파악을 정확하게나마 하고 있었다. 당장에 1시간 뒤에 촬영을 가야한다는 사실과, 지훈을 무슨 일이 있어도 데려가야 한다는 사실까지도.

"뺑소니, 뺑소니라……."

지훈의 공허한 눈동자가 어느 곳에도 닿지 못하고 위태롭게 흔들린다. 그러다가 이내 뭐가 웃긴지, 지훈은 힘없이 웃음을 터트렸다.

"…어이없네."

"지금 조사 중이야."

민호의 말에 지훈의 눈동자가 순식간에 거칠어졌다.

"조사? 무슨 조사. 내 거 건드린 미친 새끼 찾으려고?"

"……."

"어떤 개새끼가 감히, 내껄 저딴 식으로 만들어놔. 어떤 간 큰 새끼가."

살벌하게 쏟아지는 말들에 민호는 숨을 내몰아쉬었다. 지훈은 다시금 벽에 기대어 방금 전보다 힘 빠진 목소리로 나지막하게 중얼거렸다.

"경찰보다 내가 먼저 그 새끼 면상 좀 봐야 되는데."

마치, 무슨 일을 작당하는 사람처럼. 민호는 분노가 느껴지는 말들에 작게 인상을 구기며 입술을 열었다.

"나도 알아보고 있어. 그러니까, 일단 촬영 가."

"안 가."

"가."

"안 가."

"일어나."

"안 간다고 새끼야, 몇 번 말해야 알아들어?! 안 가, 못 간다고!!"

"왜 못 가, 너 이런다고 재희가 일어나? 지금 재희 깨어났어?"

"……."

"고집 부리지 마. 죽을 것 같아도 가. 죽더라도, 촬영장에서 죽어."

"……."

"연기해. 그게 지금 니가 할 일이야."

냉정하게 쏟아지는 민호의 말들에 지훈의 턱이 딱딱해졌다. 힘주고 있던 눈가에는 결단코 양보라는 게 보이질 않았다. 민호는 그 시선을 마주하는 게 두려웠지만, 물러서진 않았다.

"여기 있다고 해서 달라질 거 없으니까 일어나."

악을 쓰고 있던 지훈의 눈동자가 막연하게 흔들렸다. 상처 받은 어린아이 같은 얼굴이다. 민호는 쓰게 입술을 깨물었다. 지금 이 말이 얼마나 지훈에게 아프게 와 닿을지 누구보다 잘 알고 있었지만, 이런 말 역시 할 수 있는 것 또한 민호뿐이었다. 그래도, 역시나. 아파하는 걸 바라보는 게 힘이 들어 민호는 결국 견디지 못하고 인영에게로 시선을 옮겼다.

"니가 좀. 있어줘."

"아, 네… 그럴게요. 그래야죠."

"얘, 뭘 믿고 맡겨."

어둠보다 짙은 지훈의 목소리에 인영의 어깨가 작게나마 흔들렸다. 민호는 한숨과 함께 말했다.

"재희, 여기 데려온 게 얘야."

"그래서. 그런다고 얘한테 재희 맡기고 가자고."

"그렇게 얘기 하지 마. 듣고 있잖아."

"들으면, 뭐. 내가 틀린 말 했어?!"

"최지훈."

민호는 골치 아픈 듯 이마를 짚었다.

"연기하면서, 배웠잖아. 감정 조절. 그것 좀 해."

진득하니 닿는 시선에, 지훈은 눈썹을 거칠게 구기며 악을 썼다.

"너 지금 나랑 장난해? 그딴 게, 지금 돼?"

"왜 안 돼. 하면 되니까 해."

"……."

"나도 하고 있으니까. 너도 좀 해."

민호의 말에 바득, 힘을 주고 있던 지훈의 턱이 조금은 느슨해졌다. 그때였다.

"재희야!!"

복도를 크게 울리는 목소리에 셋의 시선이 일제히 소리가 난 쪽으로 향했다. 그곳엔 눈물로 엉망이 된 얼굴로 입술을 달싹이며, 금방이라도 쓰러질 것만 같은 위태로운 걸음으로 걸어오는 가람이 있었다. 전화를 받은 시점부터 지금까지. 내내 울면서 온 건지 가람은 좀처럼 눈도 뜨지 못한 채 발개진 눈가로 헐떡였다.

"재희, 재희 어디 있는데?! 어? 어떻게 된 건데!!"

"지금 중환자실에 있어. 머리를 많이 다쳐서 지금 의식이 없어."

"뭐……?"

한 움큼 떨리는 가람의 눈동자에 민호를 대신해 인영이 지금 이 상황들을 모조리 가 설명해 주었다. 얘길 다 들은 가람은 갑작스러운 충격에 서 있을 힘조차 없는 건지 지훈이 앉아 있는 의자 옆으로 주저앉았다. 그 모습에 민호는 한숨을 내뱉으며 지훈에게 말했다.

"가람이 왔잖아. 일어나."

"……."

"가람이한테 맡기고 가자."

아까까지만 해도 완고했던 지훈의 표정이 미약하게나마 풀어졌다. 느리게 눈동자를 굴려 가람을 바라보고, 이내 짙은 숨과 함께 자리에서 일어났다. 그러자 고개를 푹 숙인 채 울고 있던 가람이 이내 지훈을 따라 일어나며 자신이 신고 있던 신발을 벗었다.

"이거, 신고 가… 난, 됐으니까."

"……."

그제야 지훈은 지금 자신이 맨발에, 아무것도 신지 않고 있다는 사실을 알 수 있었다. 정신이 없었던 터라 챙기지 못한 신발에 발이 엉망으로 이곳저곳이 터져 있었다. 지훈은 무감각하게 눈을 감았다 뜨며 가람이 내어 준 신발을 구겨 신었다.

"…부탁 좀 한다."

"그래, 알았…으니까. 빨리 둘 다 빨리 가… 내가 연락, 할게."

"그리고 너."

"……."

"니가 데려왔다고 했지."

가람에게 향해 있던 지훈의 고개가 인영에게로 향했다.

"다 본 것도 너고."

인영은 그 시선에 마주잡고 있던 손가락을 꼬옥 움켜쥐었다. 차마, 그 싸늘한 얼굴을 마주하고 대답할 용기가 나질 않아 고개를 끄덕이자 지훈의 눈썹이 묘하게 일그러졌다.

"너. 나중에 얘기하자."

그리고 돌아서는 뒷모습에, 민호가 잔뜩 겁을 먹은 듯한 인영에게 말을 했다.

"나쁜 마음으로 저렇게 얘기하는 거 아니야."

"알아요, 이해해요… 지금 누구보다, 지훈 씨가 힘든 거. 어서 가요, 늦지 말고… 저도 여기 있을게요."

"그래, 고마워."

"……."

"연락할게."

"네."

그 말을 끝으로 등을 돌려 걸어가는 민호의 뒷모습을 가만히 바라보다가, 더 이상 보이지 않게 되자 인영은 깊은 한숨과 함께 의자에 앉았다. 아무런 힘이 없다. 벽에 등을 기대고 인영은 무거운 눈꺼풀을 두어 번 깜빡였다.

"민호보다… 동생이에요?"

때아닌 목소리에 반쯤 풀어져 있던 인영의 허리에 바짝 섰다.

아, 이분이… 가람 씨.

인영은 발개진 눈가를 문지르며 자신을 바라보고 있는 가람을 향해 고개를 옅게 내저었다.

"…아니오, 저. 민호 씨랑 동갑이에요."

"아, 그럼 친구네요."

"……."

"……."

"……."

"…으윽……."

그리고 또다시 고개를 숙여 우는 가람의 모습에, 인영은 조심스레 손을 뻗어 가람의 등을 토닥여주었다.

"아… 죄송합니다."

감독도 가만히 있는데, 지훈이 먼저 입술을 질끈 물며 사과를 했다. 그제야 감독이 진득하니 붙이고 있던 엉덩이를 들썩이며 NG를 외쳤다. 일제히 쏟아지는 스태프들의 숨소리가 점점 더 무거워졌다. 벌써, 6번째였다.

"감정선 좋았는데 왜 그래?"

"…다시 하겠습니다."

"이번에도 대사야?"

"……."

지훈은 대답을 하기 위해 나지막이 벌렸던 입술을 하릴없이 다물며 시선을 틀었다. 뭐 때문에 연기를 중단한 건지, 제대로 생각나질 않았다. 대사를 까먹었던 것 같기도 하고, 감정이 마음에 안 들었던 것 같기도 하고. 눈부신 조명에 그냥 머리가 새하얘져 잠깐 동안 정신을 놓고 있었던 것 같기도 하고.

"내가 아까 말했지, 배우로서 살아가려면 힘든 일 정도는 아무렇지도 않게 넘겨야 된다고."

감독은 처음 촬영장에 와 민호가 한 말에 지금과 같은 충고를 했었다. 제법 어른다운 면모를 치켜세우면서 '나도 그랬던 적 있지'라는 말로 운을 떼었던 것 같기도 하다.

지훈은 그 지독한 훈계 같은 말을 지금 또 똑같이 듣고 있었다. 가슴 안쪽이 자꾸만 허해진다. 자꾸만 무언가가 새어나가는 것만 같았다. 흐르나, 지훈은 무의식중에 몇 번이고 자신의 왼쪽 가슴을 쓸었다.

"이해는 하지만, 그러면서 크는 거다. 다들 그렇게 연기하는 거야."

"……."

"누군 그런 일 없겠어. 그런 걸 다 바탕 삼아 배우고 승화시켜야지, 깊은 연기가 나오는 거라고."

한숨을 내뱉으며 배우의 자질에 대해 논하는 말에 지훈은 느리게 눈을 한 번 깜빡였다. 그런 게 배우로서의 성장이라면, 지훈은 더 이상 자라지 않아도 상관없었다. 재희를 밑거름 삼아 일어나기엔 그 슬픔은 결단코 하찮은 게 아니었다.

슬픔을 받아들이는 데엔 정도가 있는 법이다. 적어도 지훈에게 있어 지금 이 고비는 일생에서 처음 마주하는 거대한 해일과도 같았다. 아직 머리로도 이해되지 않았으며, 현실로 받아들이기엔 사무치게 두려운 것이기도 했다.

사랑하는 여자가 지금 병원에 누워 의식도 없다. 혼자서, 누워있어. 지훈은 그 생각만 하면 자신이 지금 무얼 하고 있는지도 희미해졌다. 내가 지금, 여기서 뭘 하고 있는 거지. 정신이 반쯤 흐려졌다.

"일단 30분만 쉬자고. 마음 좀 추스르고 와."

감독은 진이 빠진 얼굴을 휘휘 내저으며 다른 감독들을 찾았다. 순서라도 바꿔야지, 이대로 가다간 안 되겠단 생각이 들었나보다. 대기실로 가기 위해 지훈이 걸음을 옮기자 때아닌 목소리가 귓가에 날카롭게 날아와 꽂혔다.

"최지훈, 오늘 왜 저래?"

"친구가 다쳤대, 의식도 없고."

"으, 완전 심한가봐."

"의식이 없다던데. 사고가 크게 났나봐."

스태프 둘이 주고받는 시시껄렁한 가십거리에 재희가 오르자 지훈은 기분이 순식간에 더러워졌다. 가서 그딴 헛소리 지껄이지 말라고 으름장을 놓고 싶었지만, 그러기엔 보는 눈들이 너무나도 많았다. 그러다가 문득 생각났다. 내가 이렇게 질척하게 굴수록, 욕먹는 건 내가 아니라 우리 재희구나. 지훈은 그 씁쓸한 결과물들에 나지막이 입술을 깨물었다.

"정신 좀 차려."

지훈은 감고 있던 눈꺼풀을 느리게 밀어 올렸다. 홀로 남겨진 공간 안에 문을 열고 들어와 적막을 깬 건 민호였다.

"…너까지 왜 난리야, 짜증나게."

잠깐의 시선으로 민호를 담은 지훈은 구겨진 눈썹을 애써 피며 느리게 눈을 감았다. 반대편 소파로 와 앉은 건지, 가죽 구겨지는 소리가 어렴풋하게 들려왔다.

"……."

"……."

둘 사이엔 지독한 공백만이 내려앉았다. 자꾸만 늦춰지는 시간에 지훈에게 충고라도 할 생각으로 온 건데, 이상하게 준비해 왔던 말들이 하나도 생각나질 않았다. 밀려오는 막연함에 민호는 지친 손으로 목덜미를 한 번 쓸었다.

"재희. 괜찮을 거야."

그렇게 말을 하는 데에도 이상하게 심장이 불규칙하게 뛰었다.

"무사해. 금방 일어날 거야."

거짓말을 할 때에나 드는 죄책감 같은 게 밀려왔다.

"그러니까, 너라도 정신 차려."

민호는 자신이 내뱉고서도 사실이 아닌 간절한 바람 같은 걸 떠들어 대는 기분이 들었다. 모든 게 다, 확신이라는 게 없었다. 추측과 가설이 난무할 뿐이다. 지훈은 흐린 숨을 토해내며 입술을 열었다.

"김가람한테는, 연락 왔어?"

"응."

"아직도 그대로래?"

"…응."

"그래."

그리고 민호가 말했던 것들은 사실 하나로 이루어져 있지 않았다. 민호로 하여금 다시 현실을 마주하게 된 지훈은 감고 있던 눈을 떠 머리 위에서 내리쬐는 형광등을 가만히 올려보았다.

문득 그곳에서 병원을 떠올렸다. 새하얀 피부 위로 쭈욱 그어져있던 온갖 생채기들도 물씬 떠올랐다. 그러다가 또 문득, 눈앞이 캄캄해질 정도로 막연한 슬픔이라는 게 밀려왔다. 지훈은 급히 시선을 내려 눈물로 엉망이 된 얼굴을 덮었다.

내가, 진짜. 여기서 뭘 하는 거지. 너도 없는 이곳에서, 내가 뭘 하는 거지.

그때였다. 침묵을 가로지르는 둔탁한 노크 소리에 민호의 시선이 문 쪽으로 향했다.

끼이익.

조심스럽게 문을 열고 얼굴을 내민 건 최율이었다.

"무슨 일이야."

지훈을 대신해 민호가 일어나 문 앞으로 가 최율을 막아섰다. 미처 잡고 있던 문이 채 열리지도 못한 채 민호의 손에 막아져 보이는 건 반 토막이 전부였다. 그것도 민호의 큰 키에 가려져 스치듯 지훈의 얼굴을 보았던 게 전부였다.

"스태프들이 하는 얘기 들었어, 친구가 많이 다쳤다면서."

최율은 항간에 떠도는 소문을 듣고 걱정했다는 얼굴로 민호를 안쓰럽게 마주했다. 어떡해, 괜찮은 거야? 잔뜩 눈가를 구기고 묻는 최율의 얼굴에 민호는 나지막이 문을 밀며 말했다.

"신경 쓸 필요 없어."

"어떻게 신경이 안 쓰여, 지훈이 일인데. 잠깐 얼굴이라도……."

"니가 얼굴 봐서 달라질 거 없어."

"……."

"돌아가요, 선배."

자꾸만 밀려나는 문에 최율은 힘주어 민호 쪽으로 문을 밀었다.

"재희, 나도 아는 애라서 그래. 얼마나 다친 건지 좀……!"

그러자 일순간, 문을 잡고 있던 민호의 얼굴이 딱딱하게 굳었다. 팽팽하게 오가던 문고리가 너무나도 쉽게 열렸다. 민호가 먼저, 손을 뗀 것이었다.

"누가 재희래."

"……."

"난 재희라고 말한 적 없는데."

최율의 눈동자가 위태롭게 일렁였다. 말실수를 했다는 것을 인지하는 데까진 그리 오랜 시간이 걸리지 않았다. 섬뜩할 정도로 내려앉아 있는 민호의 얼굴 덕분에 머릿속에선 새빨간 불이 번득이고 있었다.

"너랑, 지훈이 친구면. 재희 말고 또 누가 있어? 안 그래?"

"……."

"…왜, 그런 눈으로 쳐다봐?"

서툴게 내뱉은 핑계라는 게, 이상하게 잘 먹히지 않았다. 최율은 애써 차분하게 내려앉아 있던 머리카락을 쓸어 넘기면서까지 불필요한 움직임을 보였다. 눈동자도 서툴게 이리저리 옮겨 다녔다. 그러다가 먼저 하릴없이 잡고 있던 문고리를 놓았다.

"참, 걱정돼서 온 사람한테 너무하네. 난 어떻게 된 일인지 알고 싶어서 온 건데."

"그러니까."

민호가 무서울만치 싸늘하게 웃었다.

"그 다친 게. 재희라고 말한 적 없다고, 난."

오늘 촬영장에 왔을 때 제정신이 아닌 지훈을 앞세워 감독에게 양해를 구했던 건 민호였다.

"아는 친구가 오늘 새벽에 많이 다쳐서요."

그 말에 감독은 고개를 끄덕이며 위로랍시고 어깨를 다독이곤 다른 스태프들에게도 이 안타까운 소식을 남몰래 전했다. 그런 소문을 듣고 온 최율이 다른 누구도 아닌 재희의 이름을 입에 올렸다는 건 아무래도 아이러니했다. 분명, 난. 그냥 친구라고 말했었는데.

"재희, 아니야? 너네 둘이 이럴 정도면 재희 말고 또 누가 있겠어."

오히려 억울하다는 듯이 말하는 최율은 어딘가 모르게 불안하기 짝이 없었다. 민호는 느리게 한쪽 입꼬리를 올리며 허탈하게 웃었다.

"아. 추측?"

"……."

"난 또. 봤다고."

그 말에, 정확히 최율의 얼굴이 긴장한 듯 바짝 섰다.

아, 내 정신 좀 봐. 감독님 찾아뵙는 걸 깜빡했네.

최율은 애써 얼굴에 당황한 기색을 지우며 서투른 핑계거리를 아무렇게나 쏟아내곤 바쁜 일이 생긴 사람마냥 민호를 등지고 걸음을 옮겼다.

그 뒷모습을 가만히 바라보고 있던 민호의 입술 끝이 무겁게 내려앉았다. 끈질긴 시선으로 쫓던 것도 어느덧 코너를 돌아 사라진 모습에 그만 둘 수밖에 없었다.

지이이잉.

몸 한구석에서 진득하니 울리는 떨림에 민호의 시선이 아래로 내려갔다. 주머니, 민호는 손을 밀어 넣어 핸드폰을 꺼내 들었다. 인영이었다.

─저, 그 차 주인. 알아냈어요!

민호는 인영의 다급한 목소리에 지훈이 듣지 못하도록 대기실 밖으로 나와 문을 닫았다. 여전히 귓가에는 인영이 정신없이 믿기 어려운 말들을 쏟아 내고 있었다.

─그게… 차 소유주는 김성우라는 사람인데, 3일 전에 도난 신고를 했더라구요.

민호의 눈동자가 느리게 굴렀다.

"훔친, 차야?"

─네. 파주에 있는 공영 주차장에서 발견됐어요. CCTV 돌려보니까 새벽 4시쯤, 차 주차시키고 나오는 것까지 찍혔구요. 어둡기도 하고, 모자 쓰고 있어서 잘 보이진 않는데 분명 다른 곳에서도 무언가가 찍혔을 거예요. 거기서부터 조사해보면 될 것 같아요.

사고난 건 한남동인데, 파주에서 발견됐다라…….

민호는 가만히 그 말들을 되짚어보며 입술을 열었다.

"경찰한텐 말했어?"

─아… 그건, 아직요. 그냥 제 쪽에서 알아서 더 조사해볼게요. 경찰 개입되면 알아보는 게 쉽지가 않아서.

"그래, 그럼 알아보는 김에. 하나 더."

민호의 시선이 최율이 사라졌던 복도 끝으로 향했다.

"최율도 같이 연관시켜서 조사해봐."

─…네? 최율이요? 그 사람은 왜요?

"걸리는 게 있어서."

─…….

"부탁할게. 수고 좀 해줘."

─알…았어요. 그렇게 할게요.

뭔가 눈치를 챈 건지, 대답을 하는 인영의 목소리가 무언갈 생각하는 듯이 느릿했다.

"재희는 어때."

민호는 가람이와 1시간 전에도 통화했음에도 불구하고 또 한 번 재희의 안부를 물었다. 그러자 수화기 너머로 자그마한 한숨이 흘렀다.

─여전해요. 지금 막, 부모님 오셔서… 상태가 좀 그래요.

"그래."

─언제쯤 오세요?

"촬영 다 끝나고."

─그럼 늦으시겠네요.

"아니. 그럴 것 같지도 않아."

─…….

"곧, 갈 것 같아."

민호는 문 안쪽에 울고 있던 지훈의 모습을 떠올렸다. 그와 동시에 벌컥, 닫혀 있던 문이 열리고 발개진 눈가를 한 지훈이 잠깐의 시선으로 민호를 한 번 쳐다보곤 걸음을 옮겼다. 민호는 손에 들린 핸드폰을 조금 내리며 그런 지훈에게 물었다.

"어디가?"

"감독 만나러. 도저히 안 되겠어."

넓은 보폭으로 사라지는 지훈의 뒷모습을 바라보던 민호는 내려두었던 핸드폰을 올려 나지막하게 말했다.

"지금 갈게."

미련스럽다고 해도 어쩔 수 없었다. 뒤에서 어떤 말을 떠들어 댈지, 모두가 어떤 식으로 수군댈지 전부 다 알아도 상관없었다. 지훈은 감독에게 찾아가 정중하게 사죄했다.

"오늘은 정말, 힘드니 그만 가보겠습니다."

"내일은?"

감독의 물음에 지훈은 딱히 답을 할 수가 없었다.

"친구가 아프다니 이해는 하겠는데, 이렇게 일하면 앞으로도 힘들 거야."

감독은 넓은 아량을 베푼다는 듯이 말을 했지만 모두가 뼈와 살이 있는 말들이었다. 앞으로 이러한 일들은 분명 지훈의 의지와 상관없이 빈번하게 일어날 테고, 그때마다 이렇게 나약한 모습을 보여주는 것 또한 문제가 있는 거였다. 배우가 연기를 할 수 없어 촬영장을 이탈하는 것 자체가 감독의 입장에선 탐탁지 않을 테지만 지훈은 아니었다.

"친구가 아니라, 여자 친구입니다."

뜨거운 한숨과 함께 지훈이 말을 정정하자, 때아닌 소식에 놀란 건지 감독의 눈빛이 두어 번 흔들렸다.

"제가 간다고 해서 의식이 없던 애가 일어나는 것도 아니고, 중환자실에 있어서 멋대로 들어가 얼굴도 볼 수조차 없는데. 그래도……."

지훈은 벌써부터 막연하게 올라오는 슬픔에 목이 막혔다. 그래도 꿋꿋이 대답했다.

"그래도, 가야지. 후회를… 안 할 것 같습니다."

홀로 남겨져 있는 너를 떠올리며, 손을 잡을 수조차 없는 곳에 누워 있는 널 그리며. 그래도, 이렇게라도 해야지 마음이 조금이라도 편할 것 같아서. 지금의 난 모든 것이 불안정하다. 너와 조금이라도 가까워져야지만 나을 수 있을 것 같다.

"제가 정말, 정말. 많이 사랑하는 여자입니다. 제가 지금 이러고 있는 순간에도 어떻게 될지도… 모릅니다. 병원에서는 온통 불안한 말만 해서요. 앞으로 언제 깨어날지도 모르고, 지금 당장에 뇌사 상태로 빠질 수 있다는 말도 했었고. 또… 영원히 일어나지 못할 수도 있다고도 했었고."

지훈은 또다시 막연하게 느껴지는 슬픔에 입술을 깨물었다. 그래, 인정하자. 너는 지금 많이 아프다. 의사들이 말하는 고비라는 순간을 겪고 있으며, 여전히 의식조차 없다.

"그러니까, 같은 남자로서. 이해 좀 부탁드립니다."

인정했기에, 나는 어쩌면. 우리의 마지막이 될지도 모르는 순간까지 생각하기로 했다. 그 순간에 내가 네 옆에 없다면, 하는 가정 아래. 생각을 해보았다. 그러면 난 정말 미칠지도 몰라. 평생을 후회하면서 살지도 모르지.

"후회하고 싶지 않습니다."

그러니까. 너의 마지막이라도 보게 해줘. 내가 후회로 살지 않도록… 그렇게라도 해줘.

모든 사실을 다 듣게 된 감독은 결국 고개를 힘없이 끄덕였다. 그건 민호도 마찬가지였다. 감독은 둘에게 3일의 시간을 주었다. 스케줄이 빠듯한 가운데 주연급 두 명을 제외한다는 건 전적으로 감독의 재량이었다. 자신이 이렇게 없는 시간을 빼주는 만큼, 3일 뒤에는 차질 없이 스케줄을 진행할 것을 요구했고 일단락 지훈과 민호는 알았다고 대답을 했다.

병원은 그야말로 난장판이었다. 자신들이 없는 사이에 끔찍한 사고를 당했다는 소식에 멀쩡한 부모가 어디 있겠냐마는 재희는 그들에게 하나밖에 없는 외동딸이었다. 오로지 하나만 바라보고 살아왔기에 그 하나를 잃을지도 모른다는 불안감은 다른 부모들보다 더 극심할 게 분명했다. 어머니는 오열을 하다가 의식을 잃어 또 다른 병실에 누워 있었고, 아버지 역시 이성을 갖고 생각해 보려고 했지만 쉽지 않은 듯 보였다.

중환자 보호자들에게 대기실이 주어졌지만, 그곳에서 편히 앉아 있는 사람은 단 한 명도 없었다. 뒤늦게 소식을 듣고 찾아온 지연마저도 가람의 어깨에 기대어 퉁퉁 부은 눈으로 흘러가는 시계만 바라보고 있었다.

그 틈에서 지훈은 또 나지막이 생각했다.

이 시간이 언제쯤 끝이 날까, 끝이 나긴 할까.

지훈은 이제는 무감각해진 눈물에 숨죽여 재희를 떠올리는 일밖에 할 수가 없었다.

15일, 사고 후 이틀이 지난 저녁 9시.

간호사의 호출이 왔다.

재희의 심장이 멈추었다.

5. 심장이 뛰다

그 소식에 모두가 중환자실 앞으로 달려갔다. 간호사를 비롯해 의사들이 안으로 파도처럼 밀려들어갔다. 지훈은 그 분주한 모습들에 위태롭게 눈동자를 떨었다. 지금… 뭐라고.

"보호자분은 밖에서 기다려주세요."

"뭐에요?! 심장이 멈춘 게 무슨 말이냐구요!!"

가람이 소리를 내지르며 어린아이처럼 울었다. 들어가서 얼굴 좀 보겠다는 사람을 가로 막아서자 너무나도 쉽게 바닥에 주저 앉아버렸다. 그건 재희의 어머니도 마찬가지였다. 덜덜 떨리는 입술로 닫혀져있는 중환자실 문을 바라보다가 이내 으스러지듯이 바닥으로 고꾸라졌다.

아버지가 그런 어머니를 부축했고, 간호사가 다가와 의식을 살폈다. 민호는 애써 흐트러진 정신을 다잡으며 중환자실로 들어가는 간호사의 팔목을 붙잡아 세웠다.

"지금 이계. 어떻게 된 건데."

"갑자기 어레스트(Arrest)가 왔어요, 지금 의사선생님께서 들어가서 CPR(Cardiopulmonary Resuscitation) 하고 있으니까 잠시만요!"

다급해 보이는 그녀의 얼굴에 민호는 그만 잡고 있던 손을 놓았다. 문이 열리고, 닫히고. 밖에 남겨진 사람들 모두가 그 문 하나를 바라보면서 그대로 멈춰 있었다. 곳곳에선 울음소리가 울려 퍼졌고, 지나가는 사람들이 한 번씩 그 광경을 곁눈질로 보며 수근 거렸다.

그 사이에 홀로 서 있던 지훈은, 막연하게 눈동자를 굴려 그 모습을 하나도 빠짐없이 눈에 담았다. 그러다가 또 하릴없이 웃음이 났다.

지금, 뭐라고. 심장이… 멈췄다고.

"최지훈!!"

이마를 짚고 휘청이는 지훈의 모습에 다급하게 민호가 달려와 어깨를 잡았다. 반쯤 비틀어졌던 몸이 민호의 손길로 인해 의자에 안착했다. 지훈은 넋이 나간 사람처럼 눈가를 구겼다가 이내 초점 없는 눈동자로 흐리게 웃었다. 지금, 뭐라는 거야. 누구의 심장이 멈췄다고… 지금. 누가.

"정신 좀 차려, 최지훈. 나 좀 봐."

민호는 허공 어딘가에 닿아 있는 지훈의 시선에 손을 들어 얼굴을 내리쳤다. 두어 번 힘이 실린 손이 지훈의 얼굴 위로 닿았지만 여전히 지훈은 아무런 미동이 없었다. 살짝 눈가를 구겼다가, 이내 폈다가. 그러다가 또 하릴없이 눈동자에선 흐린 눈물이 차올라 바닥에 아무렇게나 떨어졌다. 민호는 그 모습에 힘주어 지훈의 한쪽 어깨를 꾹 움켜쥐었다.

"너까지, 이러지 마."

민호의 입술이 떨리고 있었다.

"불안하니까. 그러지 말라고."

목까지 차오르는 두려움에, 민호 역시 그만 눈물을 보이고 말았다. 1분 1

초가 얼마나 길게만 느껴지는지 모른다. 정적은 소리 없이 찾아와 그들의 숨통을 지그시 조였고, 서럽게 쏟아지는 눈물만이 지금 이 상황이 그들이 생각했던 최악으로 흘렀다는 걸 의미했다.

의사마저도 예상할 수 없었던 재희의 불분명한 상태, 이대로 가다간 죽을 수도 있고 깨어날 수도 있고. 뇌사 상태에 빠진다면야 영원히 일어나지 못한 채로 호흡기로 연명해 살아가는 몸이 될 수도 있고. 일어난다고 하더라도 기억이 온전하다는 보장도 없고.

그런 부정적인 얘기를 들었을 때 모두가 그런 상황을 바라진 않았지만, 지금은 다르다. 그렇게라도 재희가 살았으면 했다. 눈을 못 떠도 좋으니, 영원히 깨어나지 못해도 좋으니. 제발 심장만은 뛰라고. 살아 있으라고, 그렇게… 바랐는데.

"…죽었어?"

지훈은 퍽퍽하게 갈라진 목소리로 나지막하게 물었다.

"재희. 지금… 죽었냐고."

민호는 그 울음에 힘주어 입술을 깨물었다.

"그딴 소리 하지 마. 죽긴 누가 죽어."

"다들, 울잖아."

"……"

"심장도… 멈췄다며."

여전히 지훈의 눈동자는 넋이 나간 사람처럼 초점 없이 그 어딘가에 닿아 있었다. 가느다란 숨을 토해내자, 지훈의 눈물이 또 한 움큼 바닥으로 떨어졌다.

"그런데, 왜 안 들여보내줘."

"……"

"왜, 못 들어가게 해. 미친 새끼들이⋯ 내가. 얼굴이라도, 봐야 할 거 아니야."

마지막이잖아. 얼굴도 보고, 손도 잡고. 적어도, 난 그럴 자격 되잖아.

지훈은 흐리게 일렁이는 묽은 시야에 눈을 감고 생각했다. 어둠뿐인 공간에서, 빛을 찾으려고 했던 게 욕심이었을까. 살면서, 그렇게 죄를 짓고 살았던 적이 있었나. 이런 벌을 받을 정도로, 소중한 무언가를 내어줘야 할 정도로. 그토록 내가 못된 짓을 하고 산 적이 있었나.

그것도 아니면, 그냥. 나 때문인가. 네가 나를 만난 게, 그렇게 큰 죄였나. 그래서 아픈 건가. 너를⋯ 내 옆에 두어선 안 됐었나. 시간을 돌릴 수만 있다면 널 만나기 전으로 돌아갈 수 있을까. 그렇게 된다면야 난, 너를 보고도 모른 척 지나칠 수 있을까.

"으윽⋯ 웁⋯⋯⋯."

미안해, 재희야.

"후윽, 윽⋯⋯⋯."

정말, 미안.

차마, 그럴 수는 없을 것 같아.

내가 널 어떻게, 널 모르는 척 지나칠 수 있겠어.

내가 처음 너에게 다가갔던 17살의 순간처럼 한 번만.

딱 한 번만.

고개를 돌리고, 놀란 눈동자로 나를 바라보면서. 그렇게, 한 번만. 내게 기적이 되서 와줘.

"이재희 씨, 심장 돌아왔어요!"

문을 열고 나온 간호사가 가파른 숨을 내몰아쉬며 말했다. 진득한 섞여있던 슬픔들이 순식간에 썰물처럼 빠져나가, 새파랗게 젖어 있던 발이 조금은 식은 기분이 들었다. 심장 가까이 다가와 전부 다 부서져 내린 것들이 하나 둘씩 차오르기 시작한다.

"정말이에요?!"

가람은 눈물로 엉망이 된 얼굴로 물었고, 지연은 그제야 꾹 참고 있던 눈물을 토해냈다. 어머니를 병실 안으로 옮긴 아버지가 도착하자 의사가 나와 정확한 얘길 건네주었다. 잠깐 동안 쇼크 상태에 빠져 심장이 멈추었지만 응급조치로 인해 지금은 상태가 안정권에 들어왔다는 말이었다. 앞으로는 상황은 장담할 수 없지만 일단 고비는 넘겼다고 했다.

재희의 아버지는 의사의 손을 꼭 잡고 연신 고맙다는 말을 내뱉었다. 의자에 앉아 있던 지훈의 눈동자가 두어 번 흔들렸다. 민호는 안도감이 섞인 웃음을 내비치며 지훈에게 말했다.

"들었어?"

"……."

"재희 살았대."

가슴을 죄이는 게 고통인지 환희인지, 슬픔인지 기쁨인지. 지훈은 그저 막연하게 입술을 벌리고 숨을 토해내고 또 힘 빠진 입술로 넋이 나간 사람마냥 너털거리는 웃음을 지었다. 삶의 굴곡을 이렇게 가까이에서 느껴본 적도 처음이었고, 지훈이 했던 기도를 들어준 것도 처음이었다.

지훈은 하하, 웃음을 흘리며 생각했다.

그래, 나는 아직 그렇게 큰 죄를 짓지 않았구나. 아직 넌, 내 곁을 떠나기엔 이르구나. 기적이라는 건 있구나. 어둠을 헤치고 온 너에게, 내가 해줄 수 있는 말은 딱 그거 하나.

재희야. 아직, 내 손 놓지 마.

놓으라고 말한 적 없어.

안정을 취해야 한다는 말에 여전히 정해진 시간 외엔 면회가 불가능 했지만 살아 있다는 사실 하나만으로 그 누구도 딱딱한 병원 규정에 불만을 품지 않았다. 뒤늦게 정신을 차린 재희의 어머니는 살아 있다는 소식 하나에 연실 하나님을 찾으며 감사하다는 말을 했고 잠깐 동안 집에 가 잠을 자고 온 인영은 자신이 없던 사이에 벌어진 놀라운 일들에 어깨를 떨었다.

"그럼, 일단… 고비는 넘긴 거예요?"

인영은 느리게 눈동자를 굴려 휴게실에 앉아 있는 그들의 얼굴을 차례대로 살폈다. 가람과 지연, 지훈과 민호. 넷의 얼굴은 심각할 정도로 부어 있었지만 그렇다고 해서 딱히 낯빛이 어두운 건 아니었다.

"일단은. 아직 상황은 더 봐야 알고."

민호가 먼저 무게감이 느껴지는 숨을 내뱉으며 말했다. 그 목소리를 들으며 지훈은 가만히 눈을 감고, 긴장으로 단단하게 뭉쳐 있던 고개를 뒤로 젖혔다.

"씨발, 진짜…….."

"…….."

"죽을 것 같아."

마지막 말에는 고단한 숨도 함께였다. 잠깐 사이에 천국과 지옥 사이를 오간 기분은 그리 썩 좋지만은 않았다. 그리고 든 생각은 원망. 재희를 저렇게 만든 인물에 대한 분노.

"진짜, 가만 안 둬."

"…….."

"재희 저렇게 만든 새끼, 무슨 수를 써서라도 가만 안 둘 거야."

딱딱하게 굳어진 턱 사이로 뜨거운 숨이 잔뜩 응집되어 있었다. 살벌한 말들을 뇌까린 지훈은 다시금 고개를 똑바로 했다. 그리고 시선이 향한 건 인영에게로였다.

"너. 재희 사고 났을 때 뭐 본 거 없어?"

"…그게."

"지금 내가 알아보고 있다고 했잖아."

"알아봐? 경찰 새끼들은 지금 뭐하고 있는 거야, 세금 받아 처먹으면서 그 새끼들이 하는 게 도대체 뭔데?! 뺑소니는 사고도 아니야? 조사가 왜 이렇게 느린 건데."

답답한 마음에 울분을 내지르는 지훈의 목소리에 인영은 불안한 눈동자로 민호를 한 번 쳐다보았다. 그 시선에 민호가 옅게 고개를 내저었다. 그래서 인영은 반쯤 벌어져 있던 입술을 꾹 다물 수밖에 없었다. 모든 것이 확실해질 대까지, 지훈에게는 말하지 말라고 했었다.

"이재희 잘못되기만 해봐. 내가 무슨 짓을, 어떻게 하나."

베일 듯 잔뜩 날이 선 목소리와는 달리 창밖에는 때아닌 이슬비가 내리고 있었다. 유리창을 두드리는 자그마한 소리에 지훈의 시선이 잠깐이나마 그곳으로 닿았다. 반쯤 열어놓은 창문을 통해 습한 공기가 폐부에 깊숙이 스며들었다.

"우리 아빠가 경찰청장이랑 대학 동기라, 오래된 친구야. 내가 말은 해놨어, 꼭… 잡을 수 있을 거야."

가람이 달뜬 숨을 간신히 집어삼키며 말했다. 발개진 눈가에 아직도 맺혀있는 눈물이 마음에 걸렸는지 지연이 가람의 눈가를 조심스레 문질러 주었다.

괜찮아, 누나…….

목울대를 울리는 목소리마저도 처량했다. 지연은 자그마한 한숨과 함께 지훈을 바라보았다.

"치료는 걱정하지 마. 나 아는 분이 여기 이사장이야. 특별히 신경 써 주신다고도 했고."

"……."

"재희, 일어날 거야. 그러니까… 우리 전부 다, 조금만 힘내자."

응? 지연의 말에 지훈을 제외한 모두가 고개를 한 번씩 끄덕였다. 지훈의 시선은 여전히 비가 내리는 창밖에 향해 있었다. 추적추적, 서글픈 소리가 어렴풋하게 다가와 귓가를 두드렸다. 내리는 게 비인지, 눈물인지. 지훈은 마주하면 마주할수록 가슴 속 깊숙한 곳에서부터 올라오는 지독한 슬픔과 대면해야만 했다.

새벽 5시, 고요한 휴게실 안의 다섯은 그렇게 침묵과 슬픔을 반쪽씩 나눠 갖고 있었다. 눈물을 가려줄 우산을 들고서는, 흠뻑 젖지 못해 숨길 수도 없었다.

"이재희 환자, 친구분들 되시죠?"

그때였다. 휴게실 문을 열고 들어온 건 다급한 얼굴을 한 간호사였다. 그 모습에 잔뜩 풀어져있던 몸이 저마다 바짝 섰다. 설마, 무슨 일이 또 생긴 건가. 지훈이 제일 먼저 자리에서 일어나 굳은 얼굴을 했다.

"환자분 지금 의식 돌아왔어요."

하지만, 그런 게 아니었다. 의식이, 돌아왔다니. 앉아 있던 모두가 일제히 자리에서 일어나 중환자실 앞으로 갔다. 그곳에는 재희의 부모님이 이미 와 있었다. 모두가 잠이 든 새벽이었지만 그들의 얼굴에는 피곤함보다야 두근거림이 더 앞섰다.

정확히 말하자면, 10분 전에 의식이 돌아왔다고 했다. 손을 꿈틀 거리고, 눈을 깜빡이고. 호흡도, 맥박도 모두가 정상이라고 했다. 의사의 결정 하에, 중환자실이 아닌 일반 병실로 옮긴다는 말에 모두가 기뻐했지만 아직 안심하기엔 일렀다.

의사는 아직 재희가 말을 떼지 못했다고 말했다. 몇 번이고 묻고, 대답을 해보라고 말했지만 간간이 눈만 깜빡일 뿐, 그 어떠한 말도 내뱉지 못했다. 쇼크 상태까지 빠졌던 후라, 기억을 하거나 말을 하는 데에 있어 문제가 있을 거고. 그렇게 말을 했다.

깨어난 것도 좋고, 모든 게 정상이라는 말도 감사한데. 마지막 말이 지훈의 가슴에는 사무치게 두려움으로 자리 잡았다. 기억. 사고 당시 머리를 많이 다치기도 했고 심장이 한 번 멈추었던 터라 일정시간 동안 뇌에 산소가 가지 않아 문제가 없진 않을 거라 했었다.

지훈은 재희가 있는 병실 앞에 앉아 차마 얼굴도 보지 못한 채 불안에 떨고 있었다. 들어가, 당장이라도 얼굴을 보고 싶은데. 보고, 날 보고… 기억하지 못할까봐. 지훈은 그것이 못내 두려워 재희를 마주할 수가 없었다.

그때였다. 병실 문을 열고 나온 건 민호였다. 민호는 지친 얼굴로 걸어와 지훈의 옆에 주저앉았다.

"…알아봐?"

"글쎄."

민호는 그 질문에 옅게 웃었다.

"말을 안 해서. 알아보는 건지, 아닌지."

"……."

"잘 모르겠어."

중환자실이 아닌 병실로 옮긴 지, 어느덧 한 시간 하고도 두 시간이 가까워져 가고 있었다. 병실 안쪽에는 연실 울음소리가 들려오고 있었다. 일어났으면, 웃어야 하는데. 사람 욕심이라는 게 참 그렇다.

처음에는 눈 만 떠달라고 그토록 애원했으면서, 정신을 차리니 이젠 말을 하고, 기억을 하는 것까지 바라게 된다. 지훈은 지친 눈꺼풀을 힘겹게 감았다 뜨며 잘근 입술을 씹었다. 오늘 하루 동안, 천국과 지옥을 몇 번을 오가는지 모르겠다.

"들어가서 얼굴 봐야지."

"……."

"아직도. 준비 안 됐어?"

민호의 물음에 지훈은 두 손을 모은 채 고개를 푹 숙였다. 심장이 두근거려, 견딜 수가 없었다.

"어머니랑 아버진, 알아봐?"

"그것도 모르겠네."

"가람인."

"그것도."

"최지연이나, 그. 인영이는."

"말을 안 해."

"……."

"손 몇 번 움직이고. 그게 다야."

지훈은 느리게 흘러나오는 민호의 목소리가 어딘가 모르게 젖어 있다는 걸 알았다.

"기뻐해야 하는 건 맞는데, 아무런 말을 안 해. 의사는 내일까지 지켜보자는데. 자꾸, 안 좋은 쪽으로 얘기하니까."

차분하지만 또한 지독하게 슬프기도 했다. 어쩌면, 재희는. 우리 모두를 기억하지 못할지도 모른다.

함께했던 추억이나, 시간. 우리 셋이, 함께했던 등굣길마저도. 까마득하게 지웠을지도 모르지.

"그래도. 일어났잖아."

"……."

"기억 못해도, 우리가 다시 채워주면 돼."

민호의 말에 지훈은 느리게 고개를 한 번 끄덕였다. 그래, 그러면 돼. 네가 눈을 뜨고 살아 숨 쉬는 게, 어디야. 기억이라는 건 충분히 언제든지 채울 수 있다. 네가 있고, 우리가 있는 한. 기억은 언제든지 다시 되살릴 수 있을 거다.

너만 있으면 돼, 재희야. 너만 있으면… 우리는 늘 그대로, 네 옆에 있을 테니까. 그러니 변하는 것 또한 없을 거야.

지훈은 자리에서 일어났다. 이제야 준비를 다 마친 모습이었다. 머리는 무거웠지만 이상할 만치 가슴은 후련했다.

그래, 네 얼굴. 보러 가야지.

지훈이 문 앞에 서서 작게 심호흡했다. 손을 뻗었고, 굳게 닫혀져 있던 문을 조심스레 밀었다.

그곳엔 침대 하나가 놓여 있었다. 울고 있는 사람들이, 몇 보였다. 지훈은 떨어지지 않는 걸음을 옮겨 천천히 그곳으로 다가갔다. 재희 주변을 둘러싸고 있던 사람들이 지훈의 등장에 자연스레 길을 터 주었다.

침대를 반쯤 세워 비스듬히 누워 있던 재희는 멀리서 걸어오는 지훈과 자연스레 눈이 마주쳤다. 지훈의 눈동자가 희미하게 떨렸다. 가던 걸음을 한 번 멈추었다가, 다시금 움직이며. 재희의 앞으로 가서 선 지훈은 느리게 눈을 감았다, 떴다.

"……."

내려앉은 침묵에 창문 밖, 푸른 빗방울 소리가 귓가에 적나라하게 와 닿았다. 소름 끼치도록 차가운 그 음성에 지훈은 나지막이 입술을 벌렸다.

무슨 말을, 어떻게 해야 할까. 말문이 막혀 드문드문, 입술 끝이 떨렸다. 어떤 첫마디가 좋을까, 무슨 말을 해야 하지. 머릿속이 새하얘져, 아무런 말도 할 수가 없었는데.

"…지훈아."

귓가에 파고드는 그 목소리에, 지훈의 눈동자가 크게 일렁였다. 파도처럼 넘실대다가, 이내 한가득 고여 있던 눈물이 아래로 힘없이 추락했다. 그러자 재희의 눈동자가 작게 흔들렸다. 옅게 인상을 구기며, 벌어진 입술 사이로 가느다란 숨이 쏟아졌다.

"…왜, 울어?"

그걸, 말이라고.

지훈은 재희의 손을 꼭 잡고 그만 울음을 토해냈다. 그 새하얀 손을 꼭 움켜쥐고. 마음껏, 울었다.

더 빨리 올 걸, 니가 나 보고 싶어 하는 거 알았으면 당장이라도 들어올 걸 그랬다. 나는 또 니가, 나 기억하지 못할까봐. 우리가 함께했던 시간들 같은 건 전부 다 잊고 날 보면서 누구냐고 할까봐. 그래서 겁먹고, 들어오지도 못한 채 그 앞에서 떨고 또 떨었는데. 너는 왜.

"…지훈아."

깨어나 하는 첫마디가, 내 이름인 건데.

필사적으로 잡고 있던 손이 미세하게 꿈틀댔다. 지훈이 바짝 움켜쥐었던 손에 힘을 풀자 재희의 손이 그 위로 올라와 지훈의 손을 덮었다. 그 따스한 온기에 지훈은 염기로 얼룩이 진 눈가를 구기며 재희를 올려다보았다.

"왜, 울고 있냐니까."

"…그거야."

지훈은 자신을 내려다보는 재희의 시선에 애써 눈물을 집어삼키며 옅게 웃었다.

"니가, 너무 예뻐서."

그러자 내려앉아 있던 재희의 입술 끝이 희미하게 올라갔다.

"거짓말."

"진짠데, 예뻐서. 우는 거야."

또 금세 차오른 눈물에 재희의 모습이 흐려져, 지훈은 서둘러 손등으로 눈가를 문질러 닦았다. 뒤늦게 안으로 들어와 그 모습을 바라본 민호가 딱딱하게 굳어 서 있었다. 재희는 그런 민호를 바라보며 또 입술을 움직여 말했다.

"민호야."

흐린 웃은 사이로 또렷하게 뱉어진 자신의 이름에 민호가 큰 보폭으로 다가와 재희의 앞에 섰다. 내 귀가, 이상한 거 아니지. 분명 너 지금. 말한 거지.

"한 번만. 더 말해봐."

"…민호야."

믿기지 않아 물었던 건데, 방금 전보다 더 명확하게 자신의 이름을 말하는 재희의 모습에 민호는 허탈하게 웃었다. 그러자 한쪽 소파에 앉아 울고 있던 가람이 잔뜩 젖은 얼굴로 다가와 재희에게 물었다.

"난, 난 누군데?"

"…가람이."

가람의 이름까지, 확실하게 말했다. 곧이어 가람의 옆으로 온 지연의 이름마저도, 그 옆으로 서 있던 인영까지도. 모조리 다 소리 내어 말했다. 지훈이 나타난 시점으로, 재희는 처음으로 입을 연 걸로도 모자라 의사가 분명 문제가 있을 거라 말했던 기억력마저도 이상이 없어 보였다. 엄마랑 아빠, 또 소리내어 명확하게 그 인물을 바라보고 말하는 재희의 모습에 모두가 안도를 하고 있을 무렵이었다.

"근데, 나 왜… 병원에 있어?"

"……."

"…또 쓰러졌어?"

재희가 느리게 눈을 깜빡이며 말을 했다. 욱신거리는지, 링거가 꽂혀 있던 손을 들어 이마를 짚었고 손바닥에 느껴지는 붕대에 이상한 얼굴을 했다. 그 모습에 서둘러 지훈이 재희의 손목을 잡았다.

"하지 마, 건드리면 안 돼."

그 말에 재희의 눈동자가 의문투성이었다.

"너 왜, 이렇게 된지는 알아?"

"…왜라니, 쓰러진 거 아니야?"

"……."

"넘어지면서, 머리 다쳤어? 붕대, 감겨 있잖아……."

느리게 흐르는 재희의 말에 모두가 할 말을 잃었고, 뒤늦게 정신을 차린 어머니가 서둘러 의사를 호출했다.

의사에 말에 따르면 부분 기억상실이라고 했다. 정확히 말하자면 재희는 사고 당시의 일들을 기억하지 못했다. 언제, 어디서, 무엇 때문에 다치게 된 건지 알지 못했고 인지하지 못했다.

의사는 그런 재희의 상태를 뇌와 연관시켰다. 원래 사람의 뇌라는 게 자신을 괴롭게 만드는 기억을 지우려고, 잊으려고 하는 습성을 가지고 있다는 것이었다. 그래도 다행인 건 뇌가 손상된 거에 비해 잘려나간 기억이 극히 적다는 것이었다.

앞으로 상황을 더 봐야 알겠지만, 일단 재희의 상태는 기적에 가까웠다. 말도 잘 하고, 사람을 보고 이름까지 말을 하고. 깨어난 시간에 비해 빠른 회복력이었다.

"나, 쓰러진 거 아니야?"

밖에서 의사와 대화를 나눈 뒤, 지훈이 먼저 안으로 들어가자 재희의 눈동자가 위태롭게 흔들렸다. 되도록이면 환자가 떠올릴 때까지 사고소식에 대해서 말을 하지 않는 게 좋다는 의사의 말을 떠올리며 지훈이 희미하게 웃었다. 그리곤 불안에 떨고 있는 재희의 손을 꼭 잡아 주었다.

"쓰러졌어."

"심하게?"

"응. 재수 없게도 너 쓰러질 때 옆에 커다란 돌 같은 게 있었거든. 거기에 머리 부딪혔어."

"많이, 찢어졌어?"

재희는 눈가를 찌푸리며 또 손을 올려 제 머리에 둘러진 붕대를 매만졌다. 그 모습에 지훈이 또 재희의 손목을 잡고 아래로 내렸다.

"별거 아니야. 조금. 아주 조금 꿰맸어."

"……."

"푹 잤어? 하루 웬 종일, 너 잠만 잤는데."

하루가 아니라, 3일 동안이었지만 지훈은 애써 그 사실을 숨긴 채 재희를 향해 부드럽게 웃어주었다. 조심스럽게 손을 올려, 상처가 난 곳을 피해 얼굴을 쓰다듬어 주었다. 그 손길에 이따금씩 재희가 눈꺼풀을 떨며 대답했다.

"…그래서, 몸이 뻐근한 거구나."

"어디, 불편해?"

"좀. 온몸이 아파. 막… 배도 아프고."

분명 진통제가 들어갔을 텐데 그런데도 고통을 느낀다는 건 상태가 그만큼 심각하다는 의미였다. 재희의 시선이 느리게 아래로 향했다. 손끝으로 조심스럽게 배를 문질렀다가 두툼한 거즈가 만져져 지레 겁을 먹었다. 그걸로도 모자라 오른쪽 다리에 감겨 있는 깁스에 재희의 눈동자가 위태롭게 흔들렸다.

"나, 다린 왜 이래?"

"……."

"넘어진 거, 맞아?"

불안정한 재희의 얼굴에 지훈은 잡은 손에 힘을 더하며 재희의 얼굴을 자신의 쪽으로 틀었다.

"나 봐봐. 재희야."

"……."

"그냥, 재수가 없었어. 넘어지면서 다리도 좀 다치고, 배도… 좀 찢어지고. 그래서 꿰맸어. 흉터는 남을 거라고 하는데, 내가 무슨 수를 써서라도 그건 깨끗하게 없애줄게. 약속해."

"……."

"별거 아니야. 그러니까, 걱정하지 마. 정말 별일 아니니까……."

재희를 안심시키기 위해 이 말, 저 말 쏟아내는 게 서툴기만 해서. 지훈은 가슴 한구석이 갈가리 찢겨져 나가는 것만 같았다. 될 수만 있다면 네 상처, 네 고통. 모조리 내가 대신 가져가고, 아파하고 싶은데.

"그런데… 왜 또 울어."

그러질 못 해서. 왜, 다른 누구도 아닌 네가 아파야 하는지 나는 아직도 그 이유가 납득이 가질 않아서. 지훈은 서둘러 눈가에 맺힌 눈물을 닦아낸 후 재희를 향해 또 웃었다.

"그냥, 니가 많이 아파하는 것 같아서."

"…나 괜찮으니까 울지 마."

"그래, 그러자. 안 울게, 이제."

지훈은 연실 고개를 끄덕이다가 이내 재희의 손등 위로 가만히 안착했다. 손을 잡고, 짧게 입맞춤을 한 뒤 그 위를 엄지로 문질렀다. 그 잠깐 사이에 앙상해진 손에 마음이 아프다. 하지만 그보다 재희는 지훈이 더 걱정이었다.

"나 많이 걱정했어? 살이 좀… 빠진 것 같아."

그 말에 지훈은 고개를 내저으며 말했다.

"영화 때문에, 감독이 살 좀 빼라고 해서."

"……."

"나만 그런 게 아니라, 이민호도 좀 빼라고 했어."

"뺄 데가 어디 있다고……."

"그러게. 감독이… 그러라네."

지훈은 애서 핑계를 둘러대며 재희에게 해명을 했다. 식음도 전폐한 채 생사를 오갈 정도로 지독한 불안감에 시달렸다는 걸 재희가 알게 해선 안 된다는 일념 하나로 지훈은 온갖 거짓말을 다 지어냈다.

그러다가도 문득, 지금 이 순간이 너무나도 꿈만 같아서. 네가 눈을 뜨고, 네 목소리를 다시 들을 수 있다는 게 믿기지가 않아서. 지훈은 재희의 손 위로 얼굴을 가져다 대고 누운 채 나지막이 눈을 깜빡였다.

"너 만약에 잘못되면 나도 죽으려고 했어."

작게 흘러나온 그 말에 재희가 살며시 인상을 구겼다.

"왜, 그런 무서운 소리를 해?"

"그냥."

지훈은 푸스스, 힘없이 웃었다.

"그만큼 너 없이는 나 안 된다고."

"……."

"그러니까, 두 번 다신 이렇게 쓰러지지 마. 나 정말 힘들었어."

"……."

"알았지? 이젠, 어디 갈 때에도 나한테 재깍재깍 말하고 다녀. 내가 데려다주고, 데리고 올 거야."

그 말에 재희는 작게 웃음을 터트렸다.

"너 촬영은 어쩌고."

"아, 맞다. 촬영. 그럼 사람 하나 붙여줄 테니까 그러자. 어?"

"됐어. 앞으로 조심하면 되지."

"그게 마음대로 돼? 조심한다고 사고 안 난다는 보장이 어디 있어."

사납게 내뱉어지는 지훈의 말에 재희의 손끝이 작게 떨렸다.

"너 운전도 하지 마. 아니면 작업실에 붙어 있어, 내가 촬영 끝나면 데리러 갈 테니까."

"…왜 그래? 평소엔 안 그러더니."

"지금, 니가 그 사고 하나 때문에 아프잖아."

"……."

"조심하는 걸론 안 돼. 불안해서, 너 밖에다가 못 내놓겠어."

"……."

"내 시야 밖에, 못 두겠다고. 하루 종일 붙어 있을 수 없다면 내 마음이라도 편하게 사람이라도 붙여 놓을래. 너 때문에, 불안해서 앞으론 뭘 못하겠어."

숨김없이 쏟아지는 말들에 재희가 의아한 얼굴을 했다.

왜 그래, 무슨 일 있었어?

그 말에 차마 지훈은 대답을 할 수가 없었다.

뒤늦게 병실 문을 열고 들어온 건 민호였다. 어머니의 상태가 좋지 않아 바로 옆 병실로 옮기고 살펴보고 오는 길이었다. 재희의 옆으로 온 민호의 얼굴에는 약간의 물기가 남아 있었다.

세수했어?

재희의 물음에 민호가 작게 고개를 한 번 끄덕였다. 이상할 만큼, 눈이 충혈되어 있다는 걸 아는 건 지훈뿐이었다. 등을 돌려 나갈 때에도 분명 어깨가 떨리고 있었으니까.

"민호야, 지훈이 이상해."

재희가 민호를 올려다보며 입술을 툴툴댔다.

그게, 얘가…….

말을 차마 다 내뱉기도 전에 민호가 딱 잘라 말했다.

"너 앞으로 혼자 다니지 마."

"……."

"늦은 시간에 돌아다니지 말고. 인적 없는 덴 가지도 마."

그리고 쏟아지는 말들에 재희는 얼떨떨했는지 눈을 동그랗게 뜨며 두어 번 깜빡였다. 그제야 축 처져 있던 지훈의 눈가에도 힘이 실렸다.

"들었지? 그러지 마."

"어디 갈 땐 연락하고."

"거봐."

"통화라도 하면서 가."

"그래."

마치 짠 것처럼 맞장구치며 말하는 둘의 모습에 재희는 당황스러운 얼굴을 했다.

도대체, 왜 그러는 건데.

재희의 입술이 푹 죽었다.

"마셔요."

지연은 자판기에서 음료수를 두개 뽑아 하나를 인영에게 내밀었다. 인영은 잠깐 동안 망설이다 지연이 건네준 음료수를 건네받았다. 하아, 지연은 깊은 한숨을 내뱉으며 지친 몸을 의자에 기대어 풀썩 주저앉았다.

"그런 일이 있다는 걸, 왜 말 안 했어요?"

"민호 씨가 비밀로 하라고 해서……."

인영은 손에 꼭 쥐고 있던 차가운 기운에 정신이 바짝 곤두서는 걸 느꼈다. 병실에 있던 인영을 조심스레 불러 바깥으로 나오게 한 건 지연이었다. 그리고서는 사고 당일 일어났던 일들을 끈질기게 추궁했다.

같은 여자라서, 같은 여자니까. 연실 여자라는 공통점을 내세워 말하는 바람에 지쳐있던 인영은 저도 모르게 솔직하게 지연에게 이 모든 사실을 털어 놓고야 말았다.

"그러니까, 그 남자가 훔친 차로 재희를 쳤고, 그 친 남자에 대한 신상 정보까지 알아냈다구요?"

"…네."

나 홀로 들고 있던 짐 덩이를 잠시 내려놓은 채 기대고 싶은 마음도 있었고, 이제 막 알게 된 엄청난 비밀을 공유한다면야 좀 더 명확한 사실을 알게 될 수 있을 것만 같아서였다. 그래, 지금은 협력을 할 때이다. 인영은 작게 숨을 내몰아 쉬며 조심스럽게 입술을 열었다.

"이건 아즈 민호 씨한테도 말 못 한 건데. 최율, 말인데요."

"최율? 걔가 왜?"

"민호 씨가 뭔가 걸리는 게 있다고 같이 조사 좀 해달라고 했거든요. 알아보니까 찝찝한 게 걸려서."

"뭐가요?"

"그게… 그 남자가 암암리에 운영되고 있는 흥신소 직원더라구요. 심부름 같은 걸 하는데 사람 처리하는, 그런 일 같은 걸 주로 하는 곳이요. 알아보니 그 흥신소의 뒤를 봐주는 게 박정호라는 사람인데, 혹시 지연 씨 그 이름 들어본 적 있어요?"

지연은 인영이 말한 그 이름을 천천히 되뇌며 눈동자를 굴렸다. 박정호, 박정호… 어딘가 모르게 입에 착 달라붙는 익숙한 이름에 의아해 하다가, 이내 지연의 눈동자가 번득였다.

"그 사람, 혹시 영화 투자자 아니에요? 기획도 가끔 하고."

"네, 맞아요."

"설마 그 사람이랑 연관 되어 있어요?"

"전 사실 알아보기만 하는 거라 정확한 사실은 모르는데… 증권가에서 들리는 소문에 의하면 박정호라는 사람이 최율의 스폰서라는 소문이 있더라구요."

"스폰서… 아, 저도 그런 얘기 들었던 것 같아요. 정확한 건 아닌데, 작년쯤인가. 갑자기 최율이 기대작인 드라마에 덜컥 캐스팅되고 CF도 몇 개

찍고, 인지도에 비해 일이 많이 들어와서 제 주변에서도 스폰서 물은 거 아니냐고 그랬었거든요. 그리고 그 남자…….”

불현듯 떠오르는 얼굴에 지연은 몸서리쳤다. 예전에도 한 번 우연치 않게 술자리에서 만나 잠깐 동안 대화를 나눠본 적 있었지. 처음 만나는데, 건방지게 지연의 다리를 만지면서 얼마면 되냐는 식의 말을 했던 남자였다.

들리는 소문도 안 좋았고, 신인 연기자들 상대로 스폰서를 대줘 대가로 몸 거래를 한다는 말 역시 익히 들어 알고 있었기에 지연은 단번에 그 남자의 얼굴을 두 번 다신 보지 않게 되었다. 혹시라도 그 남자 제작자로 들어가 있는 영화의 제의가 온다면 단번에 거절할 만큼, 그 남자에 대해 기억이 별로 좋지 않은 지연이었다.

“이거에 대해서, 정확하게 알아봐줄 순 없으세요? 저보다 지연 씨가 인맥 면이나 같은 영화계 계통이니 더 쉬울 것 같은데.”

인영의 물음에 지연은 힘주어 고개를 끄덕였다.

“그거야 알아보려고 한다면야 얼마든지 알 수야 있죠. 명확한 사실이 필요한 거예요, 아니면 증거물이 필요한 거예요?”

“사실이요. 증거물은 저에게 어느 정도 정보만 알려주신다면야 제가 모을게요. 지연 씨는 그 소문이 사실인지만 좀 알아봐 주세요.”

“그럼, 이게… 만약, 사실이라면. 최율이 그 사람에게 시켜서 재희를 일부러…….”

“…그렇죠.”

지연은 짧게 웃음을 터트리며 바득 이를 갈았다. 어쩐지, 수상한 게 한두 가지가 아니라고 했다. 뺑소니인 것도 어이가 없는데 그것도 모자라 훔친 차. 의도적으로 재희를 친 걸로도 모자라 한 번 더 치려고 후진을 했다는 걸 인영이 목격까지 했으니, 이보다 더 명확한 게 또 어디 있겠어.

거기다가 최율이라면 이 모든 게 다 납득이 되었다. 걘, 그러고도 남을 애지. 지연은 바짝 곤두선 소름에 손으로 팔을 문질렀다.

"정말, 미쳤네. 이년이."

"일단은, 민호 씨도 모르게 해주세요. 지훈 씨가 알면 더더욱 안 되구요. 자료 충분하게 모일 때까진 우리 둘만 아는 걸로 해줘요. 부탁드릴게요."

"왜, 가람이 아버님이 경찰청장이랑도 친한데 확 거기다가……!!"

"아직 안 돼요. 크고, 확실한 한 방을 먹이려면 자료가 충분해져야 해요. 가람 씨 도움은 그때 가서 빌려도 늦지 않구요."

"말만 해요, 내가 다해줄 테니까."

"제가 부탁한 것만 일단 해주세요. 그걸로 충분해요."

하아.

지연은 애써 달아오른 숨을 차분하게 가다듬으며 눈을 감았다 떴다.

"그런데, 인영 씨는 어떻게 이 모든 걸 다 알아보셨어요? 경찰도 못 찾는걸."

"아, 그게… 저 아는 사람이 흥, 흥신소를 해서요. 사람 찾는 거 전문으로. 그래서 거기에 부탁 좀 했어요."

갑작스러운 질문에 인영이 서둘러 대답을 하자, 수상함을 느낀 지연의 눈꼬리가 조금 길어졌다. 그 시선에 인영이 애써 시선을 딴 곳으로 틀며 손에 들려있던 음료수를 땄다.

"아, 좀 덥네요."

그리곤 벌컥, 벌컥 연달아 마셨다. 크게 울렁이는 인영의 목울대에 지연이 놀란 듯 입을 벌렸다.

"그거 탄산인데. 목 괜찮아요?"

푸흡!

어쩐지, 목이 아프다 했다. 인영은 저도 모르게 내뿜은 음료수에 손등으로 서둘러 입가를 닦았다.

콜록, 콜록. 사레가 들렸나. 자꾸만 기침이 나네. 하하.

그런 인영의 모습에 지연이 해맑게 웃음을 터트렸다. 병원에 있으면서, 처음 보는 지연의 웃음이었다.

한참 동안 정신 나간사람처럼 웃던 지연은 뒤늦게 배를 꼭 움켜쥐며 자리에서 일어났다.

"이제, 우리도 재희 만나러 가요."

지연을 뒤따라 인영 역시 걸음을 옮겼다. 병실 앞에 도착할 때 즈음, 어느 한 남자가 그 근처를 기웃거리는 게 보였다. 다른 곳도 아니고, 병실에 적혀져 있는 재희의 이름까지 눈에 담고 수상하게 그 문 앞에 바짝 귀까지 가져다댄다. 지연은 그 모습에 미간 사이를 좁히며 그 남자의 얼굴을 천천히 뜯어보았다. 그러다가 이내 눈을 크게 뜨며 입술을 열었다.

"어머, 박 기자님. 여긴 어쩐 일이세요?"

그 말에 남자는 화들짝 놀라며 지연을 바라보았다.

"아니, 지연 씨는… 여기, 웬일이야?"

둘 사이에 묘한 기류가 흘렀다.

"병원에 무슨 볼일이라도 있으신가봐요?"

기자의 눈이 당혹스럽게 굴렀다. 최지연이 있다면 여기에 최지훈이 있다는 건데.

"아, 아는 사람이 입원을 해서. 병실을 못 찾겠네."

"간호사 프론트는 바로 옆쪽에 있어요."

지연은 친절한 웃음을 내비치며 오른쪽 복도를 가리켰다. 기자는 어색하게 입가를 늘어뜨리며 시선을 돌렸다. 뜻하지 않은 인물을 만난 건 의외지만, 그건 기자가 예상했던 일들이 하나둘씩 맞아 들어간다는 의미이기도 했다.

촬영장에 이틀 동안 지훈을 비롯해 민호까지 나타나지 않아 뒤를 밟아보니 도달한 곳은 병원이었다. 프론트에 이재희라는 이름을 말하니 친절하게도 병실 호수를 알려주면서 뜻하지 않은 소식까지 일러주었다. 중환자실에서 오늘 아침에 일반 병실로 옮겼다고.

"아니면, 무슨 다른 볼 일이라도 있나 봐요. 여기에."

예상치 못한 사고소식에, 문득 기자는 의아한 생각이 들었다. 교통사고라고 들었는데 그 시기 불과 3일 전, 최율과 통화를 했던 그날이었던 게 마음에 괜스레 걸렸다.

"일은, 무슨. 그냥 지나가는 길이었다니까."

지연의 기억 속에 박 기자는 그리 좋은 인물이 아니었다. 매번 특종이라면 물불 가리지 않고 달려드는 바람에 연예인들 사이에서도 그는 악질로 유명했다. 지훈과 재희의 스캔들을 터트린 전적도 있었고, 그런 그가 우연이라고 치기엔 너무나도 오랫동안 재희의 병실을 기웃거렸던 게 문제였다. 지연은 서둘러 뒤돌아 사라지는 그의 등을 붙잡았다.

"잠깐만요, 기자님. 뭐 여쭤보고 싶은 게 있어서 그런데요."

"…어? 아니, 지연 씨가 나한테 무슨."

"박정호 씨 알죠, 영화 투자자."

그 이름어 옆에 서 있던 인영의 표정이 다급해졌다. 하지만 지연은 태연하기 짝이 없는 웃음을 내비치며 그에게 마저 물었다.

"그 사람하고 배우 최율이랑, 스폰서 관계라던데. 뭐 들으신 거 없으세요?"

먹이를 잡으려면, 사냥꾼과 가까워져야만 한다. 지연은 의도적으로 기자에게 최율의 이야기를 흘렸고, 그 순간 박 기자의 눈동자에는 당황스러움이 밀려왔다.

"나야, 잘 모르지. 뭐, 원래 그런 소문들이야 자자하니까."

"이건 별로 특종이라고 생각 안 되시나 보네요. 반응이 별로네."

"지연 씨도 알잖아, 스폰서 관계 괜히 들춰 봤자 좋을 거 하나 없다는 거. 원래 이쪽 바닥이 그렇게 굴러가기도 하고."

그건 맞는 말이었다. 어느 누구 배우에게 어떤 대기업의 누군가가 스폰서로 있다더라 하는 식의 관계는 사실이긴 하지만 기삿거리로 결단코 나올 수 없는 종류였다. 그건 스폰서인 남자가 거물급이라 자신에게 되돌아올 피해가 너무나도 클 걸 예상해서 피하는 것도 있었고, 원래 연예계 바닥이 그런 식으로 굴러가는 지라 납득하고 넘어가는 게 대부분이었다.

"기자님도 아시다시피, 지금 지훈이랑 스캔들 난 재희라는 아이가 병원에 입원해 있어요. 모르신다는 말은 하지 않을 거죠? 기자님이 사진 찍어서 스캔들 터트렸었잖아요."

"아아, 그랬었나. 기억이 잘……."

지연은 모르는 척, 뻔뻔하게 구는 기자의 태도에 설핏 웃었다.

"교통사고였는데, 뺑소니였어요. 아예 죽일 작정으로 친 건지, 쓰러진 후에도 후진까지 하려던 걸 목격한 사람도 있구요."

"……."

"박정호가 알게 모르게 뒤에서 흥신소 하나 운영하고 있다는 건, 알고 계셨어요?"

예상치 못했던 사실에 기자의 얼굴이 묘하게 꿈틀댔다.

"사람 처리해주는."

그리고 지연이 흘리는 자극적인 것들에 유혹을 이기지 못하고, 그만 박 기자가 지연을 붙잡고 물었다.

"그러니까, 지금 최율이 자기 스폰서를 이용해서 사람을 처리하려고 했다, 이거야?"

"일단 제 추측은요. 알아봐야 할 것 같은데, 기자님이 도와주신다면야 일이 더 빠를 것 같기도 하구요."

인영은 초조한 눈동자로 기자와 지연을 번갈아 바라보았다. 지연이 지금 무슨 생각을 하고 있는 진 모르겠지만, 한 가지 확실한 건.

"어때요, 이 정도면 시시한 스폰서와 배우의 관계를 넘어선 것 같지 않아요?"

기자를 이용해, 이 일을 더 크게 만들 셈이라는 거다.

"도와줄 의사가 있으시면, 저희 쪽에서 알아본 정보. 기꺼이 기자님에게 넘겨줄 생각도 있는데."

"정보까지, 알아냈어?"

"그럼요. 재희 이 사고 때문에 죽다 살아났는데, 그 정도야 당연히 피해자의 친구로서 알아보는 게 당연한 거죠."

"……."

"기자님도 아시죠, 최율이 우리 지훈이 끈질기게 쫓아다니고 매달리고 했던 거. 기자님이 터트린 스캔들 기사가, 아마 최율한테는 치명적으로 갔나보네요."

여자가 독한 마음 품으면 눈에 뵈는 게 없어지잖아요.

나지막이 흐르는 지연의 말에 기자는 며칠 전 최율한 한 통화 내용을 떠올렸다. 지훈과 민호의 사이에 껴 있는 재희를 조사해 달라고 했던 건, 어찌 보면 한창 잘나가는 민호와 지훈을 치명적인 스캔들로 한 방에 보내겠다는 의미이기도 했다.

"그래, 그럴 수도 있겠네."

그리고 무엇보다 지금, 그 시시한 연애 관계보다 이쪽이 더 흥미가 당기고 특종인 건 지울 수 없는 사실이었다. 박 기자는 서둘러 포켓 안에 담겨져 있는 명함을 꺼내 지연에게 내밀었다.

"자세한 건, 전화로 얘기하자고."

"그래요."

지연은 명함을 가볍게 받아든 후, 그의 메일 주소를 확인했다.

"박 기자님이 꼭 힘이 되어주셨으면 좋겠어요."

그는 지연의 말에 고갯짓을 한 번 했다. 걸음을 옮겨 코너를 사라지자 그제야 인영이 한숨과 함께 입술을 열었다.

"일 정말, 크게 만드시네요."

"크게 한 방 먹이자는 소리, 아니었어요?"

지연은 희미하게 웃으며 부푼 숨을 내몰아 쉬었다.

"걱정 마요, 저 기자. 이곳저곳 얘기 흘릴 사람 아니에요. 더더군다나 이만한 특종, 혼자 차지하려고 무슨 수를 써서라도 비밀 지키려고 할 거예요."

"……."

"우린 그저 우리대로 정보 모으면서 나중에 크게 터트리……."

고개를 돌리며 말을 잇던 중, 지연은 순간 눈앞에 가득 찬 형체에 입술이 딱딱하게 굳었다. 니가, 어째서…….

"…지훈아."

여기 있는 건데. 지연의 입에서 흘러나온 자신의 이름에 그제야 지훈이 벽에 기대어 있던 몸을 움직여 다가왔다. 인영 역시 알아채지 못했는지 당황스러운 눈짓이었다. 언제부터 있었던 건지, 왜 저기에 있는 건지. 혹시라도.

"어, 언제부터 나와 있었어?"

지금 이 얘기를 다 들은 건 아닌 건지. 지연의 초조한 시선이 지훈의 이곳저곳을 살폈다. 상태를 알 수 없는 무표정한 얼굴과 손에 들린 물 하나, 자판기 앞에 있던 건가. 지연은 뒤늦게 병실 앞에서 이런 얘기를 주고받은 걸 후회했다.

"…너 혹시, 다 들었니?"

혹시나 하는 마음에 물었던 건데, 지훈의 얼굴은 여전히 그 어떠한 것도 읽을 수 없는 삭막함이 전부였다.

"글쎄."

그리고 흘러나온 목소리마저도, 흔들림 없는 무미건조한 것들뿐이었다. 지훈은 그 말을 끝으로 태연하게 지연을 스쳐지나 병실 안으로 들어갔다. 뒤늦게 정신을 차린 지연이 서둘러 지훈이 들어간 병실 문을 열었다.

그곳에서 지훈은 방금 전과 달리 기분 좋은 얼굴로 웃고 있었다. 재희의 옆에 앉아 방금 전 들고 있던 물을 재희에게 건네주곤 눈가를 접은 채 가장 듣기 좋은 목소리로 말을 한다. 그 모습에 지연은 저도 모르게 안심을 했다. 문을 닫고, 뒤에 서 있는 인영을 바라보며 안도의 숨을 쏟아내었다.

"…못, 들은 것 같은데요."

"그래야 할 텐데."

인영의 애대모호한 대답에 지연은 고개를 한 번 끄덕였다.

"그러게요. 정말… 못 들은 거여야 할 텐데."

일단은, 그렇게 생각을 해야만 했다.

"…어디 가?"

등 뒤에서 울려 퍼지는 잠에 취한 재희의 목소리에 지훈은 숨죽여 걸어 갔던 걸음을 멈춘 뒤 고개를 돌렸다. 여전히 입술에는 잔잔한 웃음이 함께였다.

"깼어?"

"…응, 촬영 가?"

"어. 민호는 집에서 좀 씻고 나온다고 아까 갔어."

"아… 그렇구나."

"가람이는 최지연 때문에 잠깐 나갔고, 어머니는 잠깐 의사 선생님 면담."

지훈은 텅 빈 병실에 재희가 의문을 품을 만한 것들을 모조리 말을 해 주었다. 지금 나가지 않으면 시간이 빠듯할 걸 알면서도 나른하게 울려 퍼지는 재희의 목소리에 이기지 못해 다시금 옆으로 가 의자에 주저앉았다. 손을 잡고, 머리카락을 쓸어 넘겨주면서 지훈은 희미하게 웃었다.

이제는 모든 것이 정상으로 돌아온 듯싶다. 오늘 아침엔 거의 대부분을 남기긴 했지만 미음을 먹긴 했고 의사도 병원에 온 이후, 처음으로 호전적이라는 긍정적인 말을 했다. 서투르긴 하지만 곧잘 말도 하고, 웃기도 하고. 잠깐 동안, 잠도 자고. 불과 몇 시간 전만 해도 의식도 없던 재희가 지금 이러고 있다는 게 꿈처럼 느껴져, 지훈은 잡은 손에 힘을 더했다.

"너도 늦겠다, 빨리 가."

"아직 여유 있어. 조금만 더 있다가."

거짓말이긴 했지만 재희는 별다른 의심을 안 하는 듯 보였다. 베게에 파묻혀 지훈을 바라보며 나지막하게 숨을 내뱉었다.

"촬영 갔다가, 오늘은 그냥 집에 가."

지훈은 그 말에 눈가를 살며시 구겼다. 이 얘기가, 벌써 4번째였다.

"왜 또 그래."

"그냥. 나 지금 씻지도 못하고, 꼴도… 말이 아니고. 이런 모습 별로 보이고 싶지 않아."

"무슨 말이 그래. 니가 뭐 어때서."

거동이 불가능해 소변줄을 꽂고 있는 제 모습을 불과 몇 시간 전, 식사를 하면서 알았던 재희였다. 그 뒤엔 거울을 좀 가져다 달라고 하더니, 얼굴을 보고 난 저희는 자꾸만 지훈에게 싫은 소리를 했다.

오지 마, 빨리 가.

칭얼대는 게. 지훈은 얼마나 속이 상했는지 모른다.

"나니까 이런 모습도 볼 수 있는 거야."

"별로. 보여주고 싶지 않다니까."

"난 다 보고 싶어. 그래야 같이 살 때 너 며칠씩 안 씻어도 내가 다 이해하고 넘어가주지."

"내가 너랑 같이 왜 살아."

살며시 웃음을 터트리며 나른한 목소리로 말하는 재희의 모습에 지훈이 잡은 손에 힘을 더했다.

"재희야."

"…어?"

"웃지 말고. 진지하게 생각해봐."

"뭘?"

"너 나랑 같이 사는 거."

진중하게 내려가 있는 지훈의 얼굴에, 재희는 입술마저도 무겁게 내려 앉았다.

"니가 그럴 마음 들었을 때 얘기하고 싶었는데, 일단은. 생각은 해두라고."

"갑자기, 왜 그러는데."

"그냥. 니가 아프고, 다친 게."

재희를 바라보는 지훈의 눈동자가 짙게 가라앉았다.

"나 때문인 것 같아서."

내뱉는 목소리마저도 너무나도 무겁기만 해서, 재희는 서둘러 입술을 열었다.

"내가 다친 게 왜 너 때문이야, 그냥 쓰러진 건데. 너도 알잖아, 나 가끔… 쓰러지는 거."

"알아."

지훈은 다급하게 말하는 재희의 모습에 어렴풋하게 웃었다.

"그냥, 너 이렇게 다치고 나서 내가 느낀 게 너무 많아. 우리 재희는 생각보다 많이 여리구나, 내가 지켜줘야겠구나."

"……."

"퇴원하면 이 얘긴 다시 하자. 일단은 푹 쉬어. 빨리 나아야 뭐라도 하지."

"무슨……."

말을 하기 위해 반쯤 벌어진 입술에 지훈의 손이 닿았다.

"입술 다 텄네. 립글로즈 없어?"

눈썹도 구긴 채, 가만히 입술을 내려다보며 만지작거리는 지훈의 행동에 재희는 하는 수 없이 하려던 말 들을 집어삼켰다.

"아… 엄마한테 가져다 달랬는데. 괜찮아, 안 아파."

"가만 있어봐."

차마 무슨 갈을 하기도 전에 의자에서 일어난 지훈이 허리를 숙여 재희의 입술 가까이 다가갔다. 닿았고, 퍽퍽하게 갈라진 입술 위로 부드러운 감촉이 와 닿았다. 혀를 내어 표면을 조심스럽게 핥는 지훈의 행동에 재희는 그만 떨리는 숨을 꾹 참아야만 했다. 뜨거운 태양이 전부인 마른 사막 위로 단비가 내리는 것만 같았다.

"임시방편."

재희의 입술을 촉촉이 적신 지훈이 살며시 고개를 들며 웃었다.

"촬영 끝나고 올게. 그동안 보고 싶어도 참고 있어, 최대한 빨리 올 테니까."

"……"

"아무런 생각도 하지 말고 푹 자고 있어, 우리 애기."

지훈은 짧게 재희의 이마 위로 입맞춤을 한 뒤 병실을 빠져나갔다. 빨리 내려오라며 닦달을 하던 매니저의 연락을 무시한 게 화근이었는지 반쯤 달아오른 얼굴로 엘리베이터에서 내린 걸 마주쳤다. 둘은 나란히 엘리베이터를 타고 지하주차장으로 내려갔다.

가는 내내, 주변의 사람들은 신경도 쓰지 않은 채 지훈에게 잔소리를 퍼붓던 매니저는 차에 오른 뒤, 한숨처럼 말했다.

"재희 아픈 건 이해하겠는데. 표정 좀 펴라."

"……"

"애 이제 깨어났다며. 그럼 얼굴이 살아야지, 왜……."

더 안 좋은 건데. 매니저는 한숨을 푹푹 내쉬며 백미러로 지훈의 얼굴을 살폈다. 병실에서 나온 뒤, 줄곧 지훈은 무서울 만치 내려앉은 얼굴로 그 어떠한 말조차 내뱉지 않고 있었다.

"내가 잔소리 한 거 때문에 그래? 그야, 나는 너 스케줄에 지장 있을까봐 그런 거지. 그러기에 빨리 내려오면…….”

"시끄럽고.”

시동을 킨 채, 출발도 하지 않고 이 말 저 말을 늘어놓던 매니저에게 지훈이 처음 말을 꺼냈다.

"빨리 촬영장이나 가.”

사방을 둘러싼 어둠보다 더 짙은 목소리로. 그 음색에 매니저는 지훈을 바라보던 시선을 내리며 서둘러 운전대를 잡아 차를 출발시켰다. 지훈은 느리게 변해가는 창밖 풍경을 눈에 담으며 병실 앞에서 나누었던 지연과의 대화를 떠올렸다. 그리곤 실없이 웃음을 흘리며 매니저를 향해 따갑게 재촉을 했다.

"빨리 가. 늦으면 안 되니까.”

한시라도 늦고 싶지 않았다. 빨리 가야만 한다. 그곳엔, 만나야 할 사람이 있다.

6. 피날레

"도대체, 일 처리를 어떻게 한 거예요?!"

최율은 곧장 핸드폰을 들고 대기실을 나와 스튜디오 밖으로 나섰다. 주변에 인적이 없는 걸 확인하고 전화를 건 곳은 불과 며칠 전, 재희의 사고를 부탁했던 흥신소 직원에게로였다.

─지금 흘러가는 상황을 말씀드린 건데, 뭐가 잘못됐나요?

"그럼 이게 정상이에요? 당신들은 매번 일을 이딴 식으로 처리하냐구요. 뭐, 뒤를 밟는 사람이 있다고. 하, 제가 그걸 듣고도 아, 그러셨어요. 태연하게 그렇게 말을 해야 하는 건가요?"

말을 하는 내내 어이가 없어 최율은 입술 끝이 바들바들 떨렸다. 아니, 어이가 없는 것보다는 두려운 게 더 컸다. 만약에 이 일이 들키게 된다면 어떻게 될까. 그런 끝도 없이 밀려오는 두려움은 문자로 남겨진 고작 몇 글자의 텍스트부터 시작되었다.

뒤를 밟는 사람이 있는 것 같습니다.

그 문자에 최율은 온몸의 털이 바짝 곤두서는 것만 같았다.

"죽이라고 했는데, 죽이지도 못해. 일처리 제대로 못했으면 뒤라도 밟히지 말아야지, 지금 나랑 장난해요?"

―그건 피치 못할 사정이 있었고, 알아보니 목표물 주변에 S기업과 연관된 사람이 있던데.

"…S기업? 이재희가요?"

―네. 최율 씨가 건네준 정보에는 없던 내용이죠.

최율은 느리게 눈동자를 굴렸다.

그런 거물급 사람이, 이재희 주변에 있었단 말이야?

―솔직히 말해, 기업 쪽에서 달라붙으면 떼어내기 어렵습니다.

"…그건 또 무슨 말이에요?"

―쉽게 설명해드리자면 일이 안 좋은 쪽으로 흘러간다는 소리죠. 그쪽이 건네준 빈틈투성이인 정보 때문에, 솔직히 S기업과 연관되어 있었더라면 저희 쪽에서도 이 일 받아들이진 않았을 겁니다. 안 그래도 S기업과 연관되는 일은 워낙 저희 쪽에서도 조심스러운 건데.

"이봐요, 잘못 안 거 아니에요? 그럴 리가 없을 텐데……!"

―박정호 씨에게도 얘기 전해드렸습니다. 만약, 상황이 최악으로 흘러갔을 때에는 어떻게 하라는 지시도 받았구요.

박정호라는 이름에 최율은 초조하게 입술을 깨물었다. 문자를 받자마자 전화를 걸었지만 받지 않던 그가 이미 직원들과는 통화를 끝냈다니, 최율은 바짝 힘주어 머리카락을 쓸어 넘기며 입술을 열었다.

"그 사람이, 뭐라고 하던가요?"

―그건 사적인 얘기라 말씀드릴 수가 없습니다.

"그럼, 나한테 해줄 수 있는 말이 도대체 뭔데요?"

―일단은 사무실을 내일 중으로 이전할 계획입니다. 의뢰를 맡았던 직원은 지금 도주 중에 있구요. 얼굴까지 확인돼서 몽타주 나오는 건 시간문제고, 최대한 시간을 끌면서 상황이 더 나빠지지 않길 바라야죠.

"그런 두리뭉실한 얘기들이, 저한테 할 수 있는 전부인 건가요?"

―그렇죠.

"만약, 그 도주 중인 사람이. 잡히게 되면 어떻게 되는 거죠?"

―그거야말로 최악인데요.

"말해줘요, 어떻게 되는지."

―의뢰인의 정보에 대해서는 비밀로 하겠지만, 저희도 협박받는 거에 따라 그 비밀을 지켜드리지 못할 수도 있습니다.

"…뭐라구요?"

―그런 일은 없어야 할 텐데 말이죠.

하아.

최율은 믿기 어려운 사실들에 뜨거운 숨을 내몰아쉬며 머리를 굴렸다. 최악으로 일이 흘러갔을 경우, 빠져나갈 구멍 정도는 만들어놔야 할 텐데. 꽤 긴 시간 흐르는 정적에 이상함을 감지한 건지 수화기 너머로의 남자가 먼저 입술을 열었다.

―혹시나 이상한 생각하실까봐 하는 말씀인데. 혼자서 발 뺴실 생각은 하지 않는 게 좋습니다. 원래 이런 일을 할 때 의뢰인의 자료까지 모조리 남기는 게 저희들 일이라서요.

"…그건. 무슨 소리죠?"

―저희와 만나 자료를 건네주고, 청탁하고. 그 모든 자료 사진과 음성들을 저희가 보유하고 있다는 소리죠.

"뭐라구요?! 지금, 무슨 짓을 하고 있는 거예요?!"

—잘 모르시나본데. 원래 이런 일 자체가 서로 간의 신뢰 가지고 이뤄지긴 어렵습니다. 등을 돌리는 것도 비일비재하고, 만약을 위해서 우리도 살 길 정도야 마련해놔야죠. 저희도 어찌 보면 피해자입니다. 원래는 한 달 동안 충분히 그 목표물의 주변을 조사해보고 작업에 들어가는데, 최율 씨가 급하게 해달라고 닦달하는 바람에 정보 모으긴커녕, 그쪽에서 준 서류 몇 장 가지고 들어간 것도 있어요. 그것 때문에 지금 우리 쪽도 입장이 매우 난처해졌구요.

"……."

—박정호 씨께서 부탁했기에 해줬던 거지, 평소 같았으면 절대로 우리도 일, 이런 식으로 안 했을 겁니다.

안타깝게도 최율이 할 수 있는 이야긴 더 이상 이곳엔 없었다. 밑도 끝도 없이 치고 올라오는 두려움과 비례하게 불안함도 함께였다. 이대로 연기 생활을 끝마치게 되나, 온갖 오명을 뒤집어쓴 채 매도되는 건 아닐까. 온갖 불길한 생각들이 기다렸다는 듯이 최율의 머릿속에 매캐한 연기처럼 가득 찼다.

일이, 도대체 어디서부터 잘못된 거야.

잘근 손톱을 깨물은 최율은 고운 얼굴 사이로 주름을 만들어내며 인상을 구겼다.

"…알았어요. 또, 연락하도록 하죠."

통화가 끝이 나자, 진이 빠져 최율은 도저히 가만히 서 있을 수가 없었다. 벽에 기대어 바닥에 주저앉은 뒤에도 되도록이면 긍정적인 생각을 하려 애를 썼다.

초조해 할 거 없어. 아직, 들킨 게 아니잖아. 이런 일 한두 번 해본 사람들도 아닐 테니 따라붙은 사람들을 떼어내는 법도 알겠지. 그런 게, 일인 사람들이야. 걱정할 거 없어.

간신히 제 자신을 어르고 달래서야 최율은 또 한 번 정호에게 전화를 걸었다. 여전히 연결음이 전부인 소리에 점점 더 불안해져만 갔지만 원래 바쁜 사람이니, 일이 있어 받지 못하는 거라고 핑계 삼아 위안을 했다.

"왜 전화를 안 받아?!"

하지만 견뎌내기엔, 극도의 불안감이 밀려오는 게 사실이었다. 음성사서함으로 넘어간 여자의 목소리에 신경질 적으로 핸드폰을 집어던진 최율은 달뜬 숨을 내몰아쉬며 힘주어 눈을 떴다. 눈앞에 산산조각이 난 핸드폰에 속이 후련해지긴커녕, 더 가슴이 답답해졌다.

"왜. 무슨 일 있나봐."

그때였다. 아무런 인적조차 느껴지지 않았던 공간에 불현듯 목소리 하나가 최율의 귓가에 깊숙이 파고들었다. 본능적으로 고개를 들어 소리가 난 쪽을 바라보자 그곳엔 지훈이 서 있었다.

"하던 일이 마음대로 잘 안 됐어?"

그냥 흘려듣기엔, 뼈가 있는 말이다. 최율은 손을 들어 바짝 열이 오른 뺨을 삭혔다. 잔뜩 구기고 있던 얼굴마저도 유하게 펴려 애썼다. 표정 관리, 심호흡과 함께 최율이 지훈을 마주했을 땐 얼굴 위로 갈라져 있던 주름들은 모조리 사라진 뒤였다.

"지훈아, 여긴 어쩐 일이야. 이제 온 거니?"

뒤늦게 최율은 지금 이곳이 주차장으로 사용되는 공간과 제법 멀지 않은 곳이라는 걸 인지했다.

나 여기 있는 거 보고 온 거야?

살갑게 흘러나오는 목소리에 지훈은 설핏 웃으며 나지막하게 말했다.

"이재희 깨어났어."

감정 없는 목소리로 내뱉는 처참한 소식에, 최율은 저도 모르게 펼쳐두었던 손을 꽉 움켜쥐며 힘주어 말했다.

"그래? 다행이네."

"다행이지."

그리고 정확히, 지훈의 시선은.

"안 일어났으면, 넌 정말 죽었을지도 모르는데."

최율의 떨리고 있는 주먹에 가 있었다. 반강제적으로 웃고 있던 입가에 절로 힘이 빠졌다. 최율은 본능적으로 지금 지훈의 상태가 평상시와 다르다는 걸 알았다. 매번 손목을 긋고 죽을 것 같이 굴었을 때마다 아주 가끔씩, 화가 난 지훈의 모습을 마주하곤 했기에 또렷이 기억한다.

그때와 비슷한, 아니 어쩌면 그보다 더 극심한 무거운 공기가 최율의 코끝에 스미고 들어왔다. 불길함의 전조, 본능적으로 최율은 그 차가운 형상에 겁을 먹고 말았다.

"그게, 무슨 말이야?"

"글쎄, 무슨 말일까."

지훈이 침묵을 가진다는 건, 그만큼 참고 있다는 걸 뜻한다. 하지만 이번만큼은 그런 침묵조차 사치에 가까웠다.

"내가 지금 너에게. 무슨 말을 하는 걸까."

곧바로 쏟아지는 지훈의 낮은 음색에 최율의 눈동자가 어렴풋 떨렸다.

"잘 들어, 넌 지금부터. 재희가 죽지 않고, 눈을 뜬 것에 대하여 감사하면서 살아야 될 거야."

숨이 조인다. 최율은 저도 모르게 바짝 타들어가는 입안에 마른침을 삼켰다. 지훈의 저런 눈동자는 난생처음 보는 것이었다. 아무렇지도 않게 말을 하지만.

"그렇다고 너무 안심하진 말고."

거기에 담겨진 의미까지 가벼울 순 없다. 입술 끝에 매달린 웃음이 소름끼칠 정도의 날카로운 적막함을 품고 있었다. 지훈은 몸 안에서 솟구치는 분노를 다스리기 위해 가까스로 인내를 새기며 자꾸만 엇나가는 정신을 바짝 잡았다.

"넌 두 번이나, 내 옆에서 소중한 걸 빼앗아 갔어."

한 글자씩 토해낼 때마다 입안에서는 옅은 피 맛이 돌았다. 너무 힘을 주고 있었나, 턱이 찌를 듯이 아팠지만 곧 무감각해졌다.

"첫 번째는 기억하지. 고등학교 때. 나 모르게 재희 괴롭혔잖아."

그땐 이별이 납득이 안 갔는데, 지금은 이해가 가. 넌 지금처럼, 딱 죽고 싶을 만큼의 괴로움으로 재희를 밀어붙였을 거야. 내 옆에 있다는 것 자체만으로 견디지 못하게 만들었을 거고, 그래서 재희는 아직도 아파. 너 하나 때문에. 아직도 약을 먹어.

"두 번째는, 정말 아팠어."

두 번 다신, 나와 만날 수 없을 뻔했어. 간신히, 다시 내 옆으로 온 재희를 네까짓 게 잘라내려고 했다고.

"……."

내가 지금 널 찢어 죽인다면, 내 속이 조금이라도 후련해질까. 내가 느꼈던 고통만큼이나 너를 아프게 하면 조금은 나아질 수 있을까. 재희가 누워 있었던 시간과 앞으로 할애해야 할 시간만큼, 널 조이고 집어삼키고 물어뜯는다면야 지금 이 모든 게 조금은 가실까.

지훈은 악독한 생각들에 부러 차분해지려고 애를 썼다. 분노를 다스리는 법 따윈 글자로 익히 읽고 배웠지만, 머리로는 납득하고 심장으론 받아들이지 못하는 오류는 계속해서 빨간불을 켰다. 위험했지만 절제를 해야만 했다. 나는 내 복수가, 치졸한 상투극으로 침략당하는 꼴을 가만히 볼 수가 없다.

"그래서 나도 이제 차례차례."

내뱉는 목소리가 소름끼칠 정도로 차분하다.

"하나둘씩."

떨림조차 없는 잔잔한 호수 위는 깊고 어두웠으며.

"니가 갖고 있는 것들을 빼앗아 볼 생각이야."

손조차 뻗을 수 없을 만큼의 지독함을 머금고 있었다.

사람은 늘 갖지 못하는 것에 열망하며 그 끝이 찬란할 수 없다는 걸 알면서도 내달린다. 너의 실수는, 갖지 못해 발악하는 순수한 욕심의 선을 욕망으로 넘어섰다는 거다. 절제를 하지 못했고, 빼앗기 위해 저지른 짓이 결단코 나에게 용서받을 수 없다는 점이다.

"기다려."

그러니 너는 오롯이 갈망하는 내 쓰디쓴 감정들을 받아낼 준비를 해야 해.

"숨 쉬는 순간순간이, 차라리 죽고 싶을 만큼 괴롭게 만들어줄 테니까."

억울하게 생각하면 안 돼. 너는 이미 한 차례.

"내가 그랬던 것처럼."

날 죽음으로 까지 몰고 갔었다. 내 사랑을 뿌리채 뽑아버리려고 했으며, 내 심장까지 갈가리 찢어놓았다.

"너도 한 번 그걸 느껴봐."

슬퍼해, 이제부터 네 인생의 매 순간과 매 장면에 해피 엔딩은 없을 거야.

"죽는다고 발악도 하지 마. 넌 쉽게 못 죽어."

입술에 그려진 웃음이, 칼날보다 더 깊숙이 스며들어 심장을 잘라낸다.

"그렇게 편하게 가게 내가 가만히 안 둘 거야."

최율은 저도 모르게 떨고 있었다. 말뿐인 것들에 겁을 먹은 게 아니라, 피부로 느끼는 것들이 온통 따갑기만 했다. 매번 습관처럼 반복되어 왔던 손목 위로 긋던 칼날 속 쓰린 고통도 지금 이 감정과 범접할 수 없을 정도다.

그래서 아므런 말도 할 수가 없었다. 떨리는 입술이, 후들거리는 두 다리가 그저 막연하게 최율에게 도망치라고 명령하고 있었다. 비틀거리는 다리로 아무렇게나 뛰었다. 팔다리가 허공에 아무렇게나 휘날렸다. 가까스로 스튜디오 안으로 들어와 몸을 숨긴 최율은 식은땀을 잔뜩 흘리며 몰려오는 두려움에 정신을 차릴 수가 없었다.

"정신, 차려… 아직 들키지 않았잖아, 괜찮아."

애써 스스로를 위로해 보지만 그런 게 마음의 안정을 줄 수 있을 리 없었다. 앞으로 남겨진 시간이 이처럼 까마득하게 느껴지는 것 또한 처음이었다.

"네? 찾았다구요?"

인영은 자다 깬 얼굴과는 판이하게 높은 목소리로 핸드폰을 바짝 움켜쥐며 대답했다.

알았어요. 일단, 끊어봐요.

통화를 마친 뒤에도 날뛰는 심장이 좀처럼 진정 되질 않는다. 이주가 넘도록 곳곳을 찾아 헤맸을 때에도 행적이 묘연했는데, 비서에게 걸려온 한 통의 전화는 이대로 놓치진 않을까 불안해 하던 인영의 노고를 씻은 듯이 날려주었다.

지연에게 부탁했던 것들에 대한 자료를 모은 인영은 이미 이 사건의 책임자로 믿을 만한 검사를 밀어 넣고 가지고 있던 정보마저 모조리 다 넘겨준 상태였다. 경찰 측에서도 뺑소니 용의자로 수색하던 남자를 먼저 찾았다니, 인영은 방을 나서면서도 핸드폰으로 초조하게 비서에게 전화를 걸고 있었다.

"너 지금, 그러고 나가는 거니?"

그때였다. 거실에 앉아 한가롭게 차를 마시고 있던 중년의 여자가 2층에서부터 쿵쾅대며 내려오는 인영의 발소리에 살며시 인상을 구겼다. 인영의 어머니였다.

"뭐가 그렇게 바빠? 넘어지겠다."

머리는 산발에, 대충 질끈 묶고 급하게 입은 티가 역력한 옷차림에 그녀는 혀를 찼다. 인영은 애써 흐트러진 제 모습을 손바닥으로 쓸어내리며 어색하게 웃었다.

"집에 있었어? 나야 뭐, 일 때문에 그렇지."

"그러니까 그 일이라는 게 뭐기에 그렇게 정신없이 나가냐고."

하여튼, 마음에 안 들어선. 그녀는 이해할 수 없다는 듯이 고개를 내저었다.

"그나저나, 요즘 김 비서 바쁘던데. 또 무슨 사고 쳤니?"

"엄마는 맨날 내가 사고만치는 줄 알아, 그냥 친구 일… 좀. 부탁드렸어."

"바쁜 사람 그렇게 고생시키는 거 아니다, 너. 김 비서가 니 비서야? 엄연히 하는 일이 있는 사람인데."

쏟아지는 잔소리를 가만히 듣고 있기엔 한시를 앞 다툴 만한 중대한 일이 기다리고 있다는 게 문제였다. 민호에게도 전화해서 알려야 하는데, 인영은 초조함에 불 꺼진 액정을 내려다보며 계단 중턱에 멈춰 있던 발을 움직여 거실을 빠르게 스쳐 지나갔다.

"너 엄마가 유학 보내가며 스타일리스트하게 하는 것도 다 의류 쪽 물려주려고 하는 것쯤은 알고 있지."

등 뒤에서 쏟아지는 그 말에, 인영은 잠깐이나마 걸음을 멈추었다가 입술을 질근 씹으며 걸음을 옮겼다.

"처신만 잘하고 다녀. 사고치지 말고."

마지막까지 따라붙는 잔소리에 인영은 진이 빠진 얼굴로 현관으로 다가가 신발을 아무렇게나 구겨 신었다. 문을 닫고, 밖으로 나가 보기 좋게 손질이 된 잔디를 아무렇게나 밟으면서도 핸드폰은 줄곧 귓가에 고정이었다.

"김 비서님, 그래서. 경찰 측이랑은 연락하셨어요? 아, 네. 지금 곧바로 그쪽으로 넘길 거라구요. 네, 저도 거기로 시간 맞춰서 갈게요."

울창하게 뻗어 있는 소나무를 지나 대문을 열고 나가자 이미 차가 시동이 걸린 채 대기하고 있었다. 인영의 모습을 본 관리인이 대신해 차문을 열어주었고, 운전석에 오른 인영은 핸드폰을 오른쪽 어깨에 끼운 채 무작정 핸들을 잡았다. 관리인이 창문을 두드리자 놀란 인영이 창문을 반쯤 내렸다.

"아가씨, 아무리 바빠도 통화하시면서 가시면 위험합니다."

"아, 맞다. 그렇죠, 통화 다하고 갈게요."

애써 웃는 얼굴로 대답하자 관리인이 인자한 미소를 지으며 한 발자국 물러섰다.

"그래서."

인영은 어깨에 끼고 있던 핸드폰을 똑바로 들며 수화기 너머로 있는 비서에게 물었다.

"구속은 언제쯤 되는 거죠?"

이제 막, 엔딩과 가까워지기 시작했다.

"김 검사님. 저랑 잠깐, 얘기 좀 하실 수 있을까요?"

인영은 서에 도착하자마자 이번 사건을 맡게 된 김 검사를 찾았다. 아버지를 통해 사적인 자리에서 몇 번 마주한 적 있던 그였지만, 반가운 인사를 주고받기엔 상황이 편치 않았다. 그는 다급해 보이는 인영에게 짧게 인사를 한 뒤 사방이 틀어 막혀진 방으로 안내했다.

"피의자는 지금 어떤가요?"

의자에 앉자마자 인영은 바짝 허리를 곧추 세우며 검사에게 물었고, 그는 태연하게 주머니에 손을 꽂으며 입술을 열었다.

"심문에 들어가봐야 알겠지만, 아직까진 일체 말은 안 하고 있습니다. 블랙박스와 그 밖의 CCTV 자료로 뺑소니인 건 입증이 된 상태구요."

뺑소니만 입증되었다라, 인영은 잘근 입술을 씹으며 말을 이었다.

"지난번에 보내드린 자료를 보셔서 아실 테지만, 가해자는 살인을 주로 도맡아 하는 흥신소 직원이에요. 그 말은 즉, 이번 사고도 누군가에게 청부를 받았다는 거죠. 그런 흥신소 뒤를 봐주고 있는 게 박정호라는 사람인데, 제가 보내드린 호텔 사진을 보면 아시겠지만 최율과 소문이 아닌 실제로 육체적인 관계를 주고받는 사이라는 것도 증명되었을 거고. 처음이라면 저도 의심을 안 했을 테지만 피해자인 이재희 씨는 이미 7년 전, 최율이 저지른 악행으로 인해 트라우마가 있어 지금까지 정신과 상담을 받고 있어요. 필요하시면 그에 따른 서류는 제가 또 준비해드릴게요."

"그러니까, 지금 인영 씨 말은 최율이 박정호를 통해 피해자를 죽여 달라 살인 청부를 했다는 말입니까?"

"네. 제가 한창 바쁘실 검사님을 고작 뺑소니 사건 하나로 이렇게 불렀다고 생각하시진 않으셨을 거 아니에요. 그런데, 일단은 심증뿐이고 그에 따른 물증이 하나도 없는 상태예요."

"……"

"그 물증을 찾는 건 검사님이 잘하실 거라고 생각하구요."

검사는 줄곧 입을 닫고 있는 피의자를 떠올리며 고개를 한 번 끄덕이고는 인영의 말에 더욱더 집중했다. 인영은 그 시선에 테이블 위로 올려두었던 손을 꼬옥 움켜쥐었다.

"제가 원하는 건 피의자의 처벌도 처벌이지만, 그보다 최율이 저지른 이 일들이 낱낱이 공개가 돼, 두 번 다신 브라운관에 얼굴도 못 비췄으면 해요. 죄라는 건 그런 거잖아요, 살인보다 살인을 청부한 사람이 더 나쁜 거 아닌가요. 알아보니 박정호 씨 아내분도 계시던데, 아무리 스폰서 관계라지만 육체적인 관계까지 주고받았을 경우에는 바람이고, 한 가정의 파탄범인데."

"……."

"그러니까, 제 말은. 털 수 있는 만큼, 모두 다 털어서 최율이 받을 수 있는 최대한의 형량을 받게 해달라는 거예요."

인영이 싸늘하게 웃었다.

"아주 오랫동안, 콩밥 좀 먹이고 싶다는 소리죠."

그 말뜻을 모조리 다 이해한 검사는 자신감에 찬 얼굴로 대답했다.

"원하시는 바가 뭔지, 잘 알겠습니다. 너무 걱정 마세요. 보내주신 자료들도 완벽하고, 이미 입증된 것들을 토대로 협박할 거리도 충분하고. 이 정도면 털어서 안 나오는 게 이상할 정도죠."

"그래도 피의자가 끝까지 침묵을 유지하면……."

"원래 흥신소 사람들이 더 약은 법입니다. 의뢰인의 약점도 함께 움켜쥐고 있죠. 그리고 연관되어 있는 게 박정호라면 얘기가 더 쉬워질 거구요."

"……."

"가정도 있고, 사회적 지위도 있는 사람이 여자 하나가 자신에게 똥물 튀기는 걸, 가만히 볼 수 있겠습니까."

그제야 인영의 얼굴 위로 드리운 초조함이 사라졌다. 묘하게 올라가는 입꼬리가 가볍기만 하다.

"좋은 소식, 기다리고 있을게요."

검사는 고개를 한 번 끄덕이고 자리에서 일어났다.

"아, 그리고. 총장님도 이 사건에 대해서 깊은 관심을 갖고 있으니, 너무 걱정 마세요. 일이 잘못되는 일 같은 건 없을 겁니다."

그 말에 인영은 가람을 떠올리며 의자를 뒤로 뺐다. 최율의 숨통을 조이기 위해 움직이는 건, 인영 혼자만이 아니었다. 스폰서라는 가설을 확신으로 만들어준 지연도, 아버지의 인맥을 동원한 가람도. 모두가 그녀의 최후를 위해 움직이고 있었다. 그리고 인영은 문득 생각했다. 이재희를 건드린 걸, 최율 인생의 유일한 오점이자 후회로 남길 거라고.

인영은 목격자라는 신분을 이용해 취조하는 장면을 바깥에서 잠깐이나마 지켜볼 수 있었다. 검사는 침묵으로 무장한 피의자에게 실질적인 면들을 내세워 천천히 회유했다. 솔직하게 말을 한다면 받게 될 형량을 감량해주는 걸로도 모자라, 흥신소와 연관되어 있는 박정호의 안위까지 보장해주겠다는 매력적인 조건들을 흘린다.

애초부터 입을 다물고 있을 생각이 없던 건지, 피의자는 그 조건들에 기다렸다는 듯이 반응했다. 이번 사건에 S기업이 연관되어 있다는 사실을 뒤늦게 안 그에게 침묵은 아무런 영양가 없는 일이 분명했다. 적극적인 자세로 취조에 임하는 피의자의 태도를 본 인영은 밖으로 나와 민호에게 전화를 걸었다.

한창 촬영에 바쁜 민호를 위해 스튜디오로 가겠다는 말까지 전한 인영은 비서의 만류에도 불구하고 곧바로 차를 몰았다. 요 근래, 이 사건에 매달리면서 수면이 부족한 인영이었지만 한편으론 민호가 자신을 대신해 임시적으로 다른 코디를 쓰고 있는 게 마음에 걸렸다.

어서 빨리 이 일이 끝이 나야 할 텐데.

인영은 운전을 하면서 피곤한 눈꺼풀을 비볐다.

"잠은 좀 잤어?"

촬영장에 도착한 인영을 본 민호가 살며시 눈가를 구기며 물었다. 인영은 서둘러 수면부족으로 퍽퍽해진 얼굴 한쪽을 손으로 가리며 대답했다.

"아… 그럼요, 일도 안 하고 있는데. 충분히 자요."

"거짓말 같은데."

진중한 눈동자가 자신에게로 향하자 인영은 저도 모르게 자꾸만 시선을 아래로 내렸다. 촬영은 잘 하고 있는 거죠, 아무렇지도 않게 그런 질문들을 던졌어야 했는데 그보다 인영의 머리 위로 내려와 앉는 민호의 손이 더 빨랐다.

"잠은 자면서 해. 걱정된다."

스치듯, 잠깐이나마 와 닿은 온기와 목소리에 인영의 고개가 뒤늦게 위로 올라갔지만 민호는 어느새 등을 돌려 스튜디오 밖으로 걸음을 옮기고 있었다. 인영은 얼떨떨한 얼굴로 민호의 손길이 닿았던 머리 위를 매만지다가 서둘러 민호의 뒤를 따랐다.

잠깐의 휴식시간을 이용해 민호가 향한 곳은 대기실도 아닌 밴이었다. 비밀얘기를 나누기엔 눈에 띄지도 않고 방음도 확실한 이곳이 적합하다고 본건지, 차에 오른 인영은 잠깐이나마 고요한 내부를 둘러보곤 민호를 마주했다.

"피의자 보고 오는 길이에요, 검사한테 말도 전했구요."

"솔직하게 얘기해?"

"저도 입 닫고 아무런 말 안 할까봐 걱정했는데, 다행히도 자료도 충분하고 입장도 좋아서 오히려 매달리는 게 피의자예요. 덕분에 일이 수월하게 풀릴 것 같구요."

"그럼 다행인데."

"…최율 씨는 어때요?"

"글쎄, 그보다 지훈이가 이상해."

"왜요?"

"재희도 깨어났는데 표정이 별로 안 좋아. 촬영 외엔 말도 잘 안 하고, 웃지도 않고."

"……."

"넌 뭐 아는 거 있어?"

인영은 천천히 눈동자를 굴리며 병실 앞에 서서 지연과 함께 얘기를 나눴던 순간을 떠올렸다. 혹시, 설마 그때…….

"뭐야."

그때였다. 닫혀있던 차문이 열리면서, 모습을 드러낸 건 다름 아닌 지훈이었다. 지훈은 짙은 눈썹을 구긴 채 안에 앉아 있던 민호와 인영을 번갈아 바라보더니 이내 알싸하게 웃으며 말했다.

"밀회 중?"

차 문을 잡고 있던 손가락 하나가 톡톡, 표면을 두드린다. 그 틈새를 파고드는 차가운 바람에 인영은 저도 모르게 눈동자를 떨었다.

"나도 좀 끼워주라."

그리고 안으로 들어와 자리를 차지하고 앉은 지훈 덕분에 인영은 반쯤 벌어져 있던 입술을 황급히 다물며 민호의 눈치를 살폈다. 민호는 그 시선에 작은 한숨과 함께 지훈을 향해 입술을 열었다.

"나가. 단둘이 할 얘기 있어."

"무슨 얘길 하기에 단둘이 해. 너 요즘 일도 안 하잖아."

인영은 너라는 단어에 눈을 동그랗게 떴고, 지훈은 확인사살이라도 하듯이 그런 인영을 향해 그래, 너라고 했다.

"나중에 얘기해 줄 테니까 나가."

"무슨 얘길 나중에 어떻게 해줄 건데."

"최지훈."

"왜. 최율 얘기 하는 거, 아니야?"

순간 피곤한 듯 내려앉은 민호의 눈이 힘이 들어갔다. 그건 인영도 마찬가지였다.

"맞잖아. 최율."

"……."

"왜 나만 빼고 작당질이야, 애들 전부 다."

지훈은 눈썹을 구기며 매섭게도 말했다.

"언제까지 바보인 척, 가만히 있어줄까."

경고처럼 흘러나온 지훈의 말에 인영은 잘근 입술을 깨물었다.

역시나도. 그때 다 들었던 거구나.

숨을 내몰아쉬며 민호를 대신해 인영이 말했다.

"아셨으니, 이제 숨길 것도 없겠네요. 재희 씨 친 그 뺑소니, 오늘 잡았어요. 지금 조사받고 있구요."

"뭐? 그걸 왜 이제 말해."

"아셨으니까 말하는 거예요. 지훈 씨가 알게 된다면, 최율을 가만히 내버려둘 것 같지 않았으니까."

인영의 말에 지훈은 짧게 웃음을 터트리며 어이없다는 듯이 말했다.

"지금 최율이 죽길 했어, 어디 다치길 했어."

"……."

"멀쩡하지."

그리고 흘러나온 말들에.

"내가 그 사실을 알고도 참았다는 소리야."

인영은 순간 지훈이 품고 있는 분노의 크기가 생각했던 것보다 거대하다는 걸 알았다. 지훈이 이 모든 사실을 알고도 인내했다는 건, 한순간의 분노와 제어하지 못한 감정적인 표출로 모든 걸 망치고 싶지 않다는 걸 의미한다.

"그러니까 이제 숨기지 말고 나한테도 말해. 여기서 이 사실, 다 알아야 하는 건 다른 누구도 아닌 바로 나니까."

"…그럼 부탁 하나만 할게요."

어차피 다 알게 된 상황에서, 말을 돌려 봤자 아무런 득이 없다. 인영은 민호를 한 번 바라본 뒤 침착하게 말을 이어 나갔다.

"재희 씨, 최율 때문에 고등학교 때부터 정신과 상담 받고 있다는 거… 들었어요. 그 서류가 필요해요."

"…뭐?"

"그건 안 돼."

인상을 구기며 반문하는 지훈과 달리 민호가 먼저 안 된다는 말을 꺼냈다. 인영은 차분하게 숨을 들이마시며 그런 민호를 바라보았다.

"거기까진 건드리지 마."

민호는 한 번도 아닌 두 번씩이나 말할 만큼 완고했다. 정신과 내역은 부모님도 아닌 오로지 본인만 열람할 수 있는 사안이었다. 그걸 필요로 한다면 이 모든 사태에 대해서 재희가 알게 될 게 뻔했다.

재희가 그동안 어떤 상처를 안고 어떤 치료를 받아왔는지, 왜 그렇게 까지 불안에 떨며 약을 먹는지 가장 가까이에서 모두 지켜보았던 민호는 거기까지 손이 뻗히는 걸 가만히 지켜볼 수가 없었다. 하지만 인영의 입장은 달랐다.

"살인을 청탁했다는 죄를 비롯해 다른 것까지 가중시키려면 그 서류가 꼭 필요해요. 최율이 과거에도 그랬다는 전적을 증명할 서류만 있다면 죄 값은 더 무거워질 테니까요. 저를 비롯해 모두가 최율이 이번 사건으로 크게 타격을 입길 바라잖아요. 전 솔직히 말하면 더 이상 브라운관에 얼굴 못 비출 만큼 바닥으로 떨어뜨리고 싶어요. 죄 값을 다 치른 후에도 재개조차 생각 할 수 없을 정도로요. 언론적으로나, 국민들에게나 배우 최율의 이미지를 망가뜨리고, 그녀가 벌인 짓들을 낱낱이 공개하고 싶다구요."

"……."

"그러기 의해선, 부득이하게도."

인영은 차오르는 숨을 집어삼키며, 눈을 감고 말했다.

"재희 씨가 필요해요."

기사가 나가든, 뉴스에 방송이 되든. 그녀의 이미지를 밑바닥까지 추락시키기 위해선 그 원망의 대상이 된 재희까지 공개되어야만 했다. 최지훈의 여자 친구, 혹은 이 모씨와 같은 실명이 아닌 이름으로 알려지겠지만 문제는 그 기사를 접하게 될 재희에게 있었다. 재희 본인까지, 그 모든 사태들을 담담하게 받아들일 수 있을 지. 인영은 알 수가 없었다.

"선택은, 지훈 씨가 하세요."

"그럴 바엔 하지 마."

"…민호 씨."

"재희 지금 다친 게 뺑소니인 것도 몰라. 기억도 못 해."

"……."

"근데 그게, 최율 때문인 걸 안다고."

민호는 어이없다는 듯이 짧게 웃음을 터트렸다.

"지금 너희 둘, 지금까지 재희가 감수해온 것들을 몰라서 그렇게 말하는 거지."

"……."

"트라우마, 그거 생각보다 쉬운 거 아니야. 분명 이 사태에 대해서 알게 된다면 재희 더 심해지면 심해졌지, 나아지지 않아."

"…그래도. 이것저것 봐주다보면 형벌이 낮아질 수밖에 없어요."

"그럼 그렇게 해. 난 허락 못해."

"……."

"재희 망치면서까지, 최율 엿 먹일 생각 없어."

민호는 단호하게 말했고 인영은 반쯤 벌어진 입술을 애석하게 다물었다. 공간 안에는 때아닌 침묵이 찾아와 셋의 어깨를 짓누르고 있었다. 피의자만 찾는다면야 모든 게 풀릴 줄 알았지만 그보다 더 큰 문제가 자리 잡고 있었다.

형벌을 내리긴 위해선, 재희가 필요해.

그 사실보다 더 끔찍하고 괴로운 게 또 어디 있을까.

"재희만 알면 되는 거지."

그리고 그 침묵을 가장 먼저 깬 건 다름 아닌 지훈이었다. 지훈은 긴 시간 생각을 마친 듯한 얼굴로 인영을 향해 물었고, 인영은 그 물음에 작게 고개를 끄덕였다. 그러자 민호가 짙은 숨을 내뱉으며 지훈을 바라보았다.

"하지 마."

"아니, 할 거야. 그래야지 최율 엿 먹일 수 있다며."

"최지훈."

"그래, 니 말 따라 난 재희가 어떤 병을 가지고 어떻게 이겨내고 괴로워했는지 잘 몰라."

"……."

"그땐 내가, 옆에 없었으니까."

내가 아닌, 네가 있었으니까. 지훈은 방금 전보다 강해진 눈동자로 민호를 마주했다. 그리곤 걱정에 떨고 있는 민호를 향해 작게 웃어주었다.

"지금은 있어."

그 말에, 완고해 틈조차 보이지 않았던 민호의 얼굴에 작은 균열이 일어났다.

"그러니까 재희 걱정하지 마. 내가 알아서 할 테니까."

작은 한숨과 함께 밀려나온 지훈의 숨에서는 확신이라는 게 있었다. 그저 말뿐인 것들에 마음을 놓을 순 없었지만, 이상하게 짙게 내려앉은 지훈의 눈썹에 민호는 자신이 걱정이 한 차례 깎여져 나가는 걸 느낄 수 있었다. 뭘, 어떻게 할 거냐는 식의 물음조차 나가지 않았다. 지금의 지훈은 그 어느 때보다 강해 보였으며, 그 어느 때보다 자신이 있어 보였다.

"서류 말고 또 뭐 필요한 거 있어?"

"…언론에 공개되는 것도, 재희 씨에게 물어 봐 주세요."

"그래. 또 없지."

"네."

"더 필요한 거 있으면 나중에 말하고. 그리고 이민호, 너."

"……."

"너 나 믿지."

자신을 바라보며 흔들림 없는 표정으로 묻는 지훈의 모습에 민호는 힘없이 웃었다.

"그걸, 말이라고."

그러자 지훈의 입가에 나지막한 웃음이 흘렀다.

"고맙다. 실망 안 시킬게."

믿고 따라주는 신뢰엔 보답을 하는 게 당연하다. 지훈은 민호의 어깨를 가볍게 한 번 두드린 뒤, 차에서 내렸다.

촬영을 마치고 오늘도 지훈이 향한 곳은 병원이었다. 늦은 시간, 복도에 군데군데 꺼져있는 어둠을 가르며 걷는 건 이제 지훈에게 제법 익숙한 일이었다. 프론트를 지나자 정적인 고요함에 무르익어 있던 간호사들의 얼굴이 활기를 띠었다.

"지훈 씨, 안녕하세요."

"네. 수고가 많습니다."

얼굴도 숨기지 않은 채, 매일같이 출근도장을 찍다보니 이제는 제법 간호사들과도 친분이 생긴 상태였다.

더 이상 지훈은 재희에 관한 관계를 숨기지 않았다. 공인으로서 자제해야 할 것들이 정신을 차려보니 모두가 늦은 후였다. 그 후로 밀려오는 질문공세에도 지훈은 거짓을 하는 대신 애인이라 솔직한 대답을 하곤 했다.

처음엔 그 사실을 들은 모두가 놀랐지만 이제는 지훈을 향해 부러운 시선을 보내곤 했다. 일이 끝난 뒤 피곤함도 마다하고 여자 친구를 만나러 오다니, 로맨틱한 남자라고 생각하는 게 분명했다.

"……."

지훈은 반쯤 불 꺼진 병실로 들어가 발걸음에 숨을 죽였다. 한편에 놓인 침대에선 재희의 어머니가 이미 깊은 잠에 빠져있었다. 그 반대쪽 침대로 다가가자 긴 속눈썹을 얌전히 내려감은 채 곤히 잠들어 있는 재희가 보였다. 소리가 나지 않게 의자를 빼내어 앉은 지훈은 손을 올려 재희의 가느다란 손가락을 조심스럽게 쓸었다.

"으응, 왔어……?"

이제는 이 신호가 뭔지 알고 있던 재희는 잠에서 깨어나 채 눈도 뜨지 못한 채 물었다. 지훈은 가만히 그 얼굴을 바라보며 옅게 웃었다.

"눈 뜨지 마. 감고 있어."

"……."

"…말 안 들네, 우리 애기."

잠에서 깨우게 한 게 미안해 한 말인데, 힘겹게 눈을 떠 자신을 바라보는 재희의 모습에 지훈은 살며시 구겼던 눈썹을 펴며 하릴없이 웃었다.

"촬영, 잘하고 왔어?"

"응. 넌 잘 있었어?"

"맨날 똑같지, 뭐… 밥 먹구, 주사 맞고, 검사하고……."

잠에 무르익어 나른하게 흘러나오는 목소리에 지훈은 가만히 손을 뻗어 반쯤 헝클어져 있는 재희의 머리카락을 귀 뒤로 넘겨주었다.

"그리고 또. 난 안 보고 싶었어?"

"꼭 말을 해야 알아?"

"응, 해줘."

"…보고 싶었어."

작고 조심스럽게 흘러나오는 달콤한 말에 지훈은 재희의 손을 잡고 그 위로 짧게 입맞춤을 해주었다. 그 온기에 재희의 눈가가 미세하게 흔들렸다.

"할 얘기가 있어."

"뭔데?"

"마음의 준비라도 해둬, 스케일이 큰 이야기니까."

"…왜, 두슨 사고 쳤어?"

"사고라… 뭐, 사고 칠 예정이지."

알 수 없는 말들에 재희가 작게 인상을 찌푸리자 지훈이 재희의 손을 힘주어 잡으며 크게 심호흡했다.

“재희야.”

“응?”

“놀라지 말고 들어.”

“……..”

“난 지금부터 시작될 일들에, 네가 다치지 않게 할 생각이야.”

적막 속, 차분하게 흘러나오는 지훈의 목소리에 재희는 조금 더 귀를 기울였다. 자신의 손등 위를 드문드문, 스치고 지나가는 지훈의 손길을 느끼면서.

“7년 전에는 되지 못했던 버팀목이 되어줄게.”

지금까지 본 적 없었던 아주 강인한 얼굴을 마주하면서. 재희는 옅게 눈동자를 떨었고, 지훈은 배회하던 손가락을 멈춘 채 재희의 손을 꼭 움켜쥐었다.

“나랑 결혼하자, 재희야.”

그 고백은, 너무나도 뜻하지 못한 순간에 흘러나왔다. 로맨틱한 상황도 아니었고, 특별한 이벤트가 있던 것도 아니었다. 감동시킬 만한 꽃다발도 없었고, 그럴싸한 반지 역시 없었다.

그저 어둠이 내려앉은 병실 안에서, 침대에 누워 있는 재희의 손을 잡고. 장난이 조금도 섞여있지 않은 진중한 목소리와 고민한 흔적조차 보이지 않는 지훈의 얼굴이 전부였다.

“나 지금 너한테 프러포즈하는 거야.”

그것은, 앞으로 일어날 일들을 위해서기도 했다. 그 어떠한 아픔이 있더라도 네 옆에 내가 있겠다는 다짐이었다.

"…뭐라고?"

재희는 방금 전보다 한 뼘 더 크게 눈을 뜨며 물었다. 갑작스러운 고백에 놀란 걸로도 모자라, 장난처럼 보이지 않는 것들뿐이라 당황을 한 거다. 지훈은 미적한 웃음을 지으며 그런 재희를 향해 물었다.

"놀랐어?"

"그걸 말이라고… 너무, 갑작스럽잖아."

"지금 당장에 하자는 게 아니라 약속만이라도 해달라는 거야. 니가 대답을 해줘야 나도 준비와 정리를 할 수 있어서 그래."

"무슨, 준비랑 정리?"

"그건 나중에 말해줄게. 어때, 놀란 마음은 좀 진정됐어?"

"…응."

"그럼 남은 거 더 말할게."

또 무슨 말을 할까, 잔뜩 겁을 먹은 듯한 재희의 표정에 지훈은 차마 떨어지지 않는 입술을 움직였다.

"너 사고 난 거, 그냥 넘어진 거 아니야."

"어?"

재희의 얼굴이 한층 더 어두워졌다. 지훈은 그 표정에 한가득 차오른 말들이 뻐근하게 내려가는 걸 느꼈다. 말을 해야 하는데, 꺼내는 게 쉽지가 않다. 민호가 두려워했던 게 뭔지 조금은 알 것만 같았다.

"교통…사고 났었어. 너."

"…내가?"

"응, 한낟동에서."

"근데, 왜 사실대로 말 안 했어?"

"그럴 만한, 사정이… 있었어."

목에 가시가 박힌 것처럼 말을 할 때마다 밀려오는 두려움에 피가 날 것만 같았다. 지훈은 눈가를 구기며 순백한 재희의 표정을 살폈다. 놀라면 안 되는데, 아프면 안 되는데. 그런 생각들을 하며 지훈은 재희를 바라보던 시선에 힘을 더했다.

"뺑소니였어. 그걸, 조인영이 발견했고."

"……."

"너 친 그 새끼, 오늘 잡혔어. 경찰에 조사도 받고 있고."

"…그래서?"

재희는 긴 속눈썹을 희미하게 떨며 물었다.

"그래서, 뭐. 더… 있을 거 아니야."

역시나도 지금처럼 지훈이 불안해 하는 얼굴로 한 글자, 한 마디 떼는 것에 다른 이유가 있다고 생각한 게 분명하다. 재희는 밀려오는 초조함에 손을 떨었다. 그 떨림을 고스란히 느낀 지훈은 한층 더 깊은 숨을 내몰아쉬며 재희의 손을 꼭 움켜쥐었다.

"그걸 작당한 게, 최율이야."

내뱉었고, 그와 동시에 재희의 눈동자 안으로 거대한 파도가 넘실거렸다.

"…뭐?"

잔뜩 젖어 있는 목소리에 지훈은 오히려 눈가에 힘을 더했다.

마주하는 게 괴로웠지만, 그래도 바라보았다. 내가 잠깐이라도 시선을 뗀 사이에 네가 어떻게 될까봐, 무서워서. 함부로 눈조차 깜빡일 수 없었다.

곧 울 것만 같은 재희의 얼굴과 충격을 받은 건지 하나둘씩 빛을 잃어가는 새하얀 너를 담고 또 담고 나서야, 지훈은 문득 지금 이 모든 게 못 견디게 괴롭다는 걸 느꼈다.

"최율이, 왜… 날…….'

지훈은 반쯤 사라진 뒷말도 예상할 수 있었다. 왜, 날. 나한테 이런 짓을 한 건데. 그 뒤로 쏟아지는 무거운 숨은 지훈을 자리에서 일어나게 만들긴 충분했다. 지훈은 최대한 허리를 숙여 재희에게 가까이 다가가 두 손으로 사라질 듯 위태로운 재희의 얼굴을 감쌌다. 엄지를 세워, 느지막하게 흐르는 눈물 역시 닦아주었다.

"왜, 그랬대? 나한테, 왜…….'

"재희야.'

"왜, 내가 싫대? 아직도… 내가, 싫대?'

재희는 어린아이처럼 서투르게 울며 지훈에게 물었다. 입술을 헐떡거리는데 호흡이 엉망이었다. 오롯이 자신에게 쏟아지는 미움과 원망을 받아들이기에는 17살의 재희는 너무나도 어렸고, 아직도 그 상처를 잊지 못해 품고 있는 상태였다.

"내가, 얼마나. 더 아파야지… 용서해준대?'

재희는 흐리게 차오른 시야로 지훈을 향해 물었다. 용서라는 단어에 지훈은 가슴 한쪽이 뜯겨져 나가는 것만 같았다. 그때도, 지금도. 너에게 잘못은 없는데. 너는 피해자일 뿐인데, 왜 니가 그런 아픔을 느껴야 하는지.

"왜… 난 아직도, 니 옆에 있으면 안 된대?'

그런 말을, 하는지. 지훈은 결국 참지 못해 재희를 안아주었다.

"누가 그딴 소릴 해. 자 봐. 나… 지금. 니 옆에 있잖아.'

눈물로 얼룩이진 재희를 끌어안고 한쪽 어깨에 달뜬 숨을 토해내는 입술을 마주하면서도 지훈은 자꾸만 막연해지는 걸 느꼈다. 어디서부터 잘못

되었을까 생각해봐도, 그 시작점이 오로지 자신에게 향해 있다는 걸 알기에 지훈은 재희의 눈물에 그저 슬퍼할 수밖에 없었다. 모든 게 나 때문인 걸 알아서, 니가 아픈 것도. 울고 있는 것도. 전부 다 나 때문인걸 알아서.

"울지 마. 내가, 잘못했어. 어?"

나는 그게 너무 아파, 재희야.

"넌 아무런 잘못이 없어."

니가 나 하나 때문에, 받지도 않아도 될 상처를 받는 게. 내 옆에 있다는 이유 하나만으로 그 누군가에게 증오의 대상이 된다는 게. 너는 그저, 나하나 사랑했을 뿐인데 네가 감당해야 할 게 너무나도 많은 것 같아서.

"그러니까, 나랑 결혼하자. 재희야."

그래서 이제, 나 역시 너의 모든 걸 감수해내 보려고.

"네 아픔이나, 슬픔. 고통. 모두 다 내가 다 감수할게. 니가 최율이 받게될 죗값만큼 얻게 되는 오명과 사람들의 관심 혹은 떠들어대는 이슈거리로 전략 당하게 되더라도 내가 니 옆에 있을게. 니가 짊어지게 될 악몽과 고통의 무게 역시, 내가 함께 견뎌낼게."

지훈은 눈앞이 까마득해지는 걸 느꼈다.

"나랑 결혼해, 그러니까."

"……."

"이제부터 내가 널 지켜낼 수 있게, 그렇게 하게 해줘."

순수한 고백을 내뱉으면서도 마음 한편이 자꾸만 무거워져, 어서 빨리 가벼워졌으면 했다.

"응? 대답 좀 해줘."

이 지독한 어둠 속에서.

"내 옆에서 버텨내겠다고, 그렇게 말 좀 해줘."

오로지 너만이 날 구원해줄 수 있어.

재희는 떨리는 지훈의 어깨에 꼬옥 움켜쥔 주먹을 조심스레 펼쳤다. 그리곤 눈물의 무게만큼이나 흐트러진 얼굴로 지훈의 품을 벗어나 시선을 마주했다. 지훈은 그 얼굴에 또 참지 못해 손으로 눈물을 닦아내 주었다. 발개진 눈가가 긴드리면 아플 것만 같아, 손을 대는 것조차 두렵기만 했다.

"너만 좋다고 말해주면, 나머진 내가 다 알아서 할게."

지훈은 반쯤 벌어져 있는 그 입술 사이로 무슨 말이 나올까, 초조해졌다. 불안해 하지 않으려 해도 자꾸만 조바심이 났다.

만약 니가 싫다고 한다면 어떤 식으로 말을 꺼내야 하나. 막연하기만 했는데.

"…지켜준다고 했지."

네가 꺼낸 첫마디가, 그리 슬프지 않아서.

"나 아프게, 안 할 거지… 이제, 내 옆에서. 안 떠날 거지."

안고 싶을 만큼, 애처로운 것들뿐이라서. 지훈은 참지 못해 결국 그런 재희를 다시 한 번 끌어 안아주어야만 했다. 품에 안지 않으면 사라질 것만 같은 불투명한 기운이 재희를 그림자처럼 감싸고 있었다. 재희는 그 품에 안겨 작게나마 호흡하며 속삭였다.

"그래. 지훈아."

지훈이 들을 수 있을 만큼의 자그마한 음량으로 말했다.

"결혼하자… 우리."

그리고 그 말들을 전해들은 지훈은 결국, 참아왔던 숨을 토해낼 수밖에 없었다. 그 순간만큼은 눈물 역시 함께였다.

니가 나를 허락한 두 번째 순간이라서. 이제 더 이상 떨어지지 않고, 평범한 연인들처럼. 헤어지지 않을 영원의 틈에 너와 나란히 발을 들여놓은 것 같아서. 이제야, 너와 모든 걸 새롭게 시작할 수 있을 것만 같아서. 지훈은 떨리는 입술로 간신히 말을 했다.

"…고마워."

"뭐가 고마운데."

"니가, 나 받아줘서."

지훈은 그 말을 내뱉고서는 또 어린아이처럼 웃었다. 눈물이 얼룩이 져 엉망이었지만 그런 걸 신경 쓸 여력조차 되지 않았다.

기뻤다, 그러면 안 되는데. 넌 아픈데. 그래도 막연하게 웃음만 났다. 가슴이 벅차올랐고, 뛰었으며. 그것은 오로지 너로 인한 감각들이라 나는 그 사실들이 못 견디게 기뻤다.

"너 아프게 한 만큼, 최율에게서 꼭 돌려받을 거야. 그때까지만 기다려 줘. 알았지."

"…응. 너 이제, 어디 가면 안 돼."

"그래."

"내 옆에 꼭 있어줘야 해."

"응, 그럴게."

"그때처럼, 내 옆에 없으면 안 돼."

"응, 약속할게."

"나 이제 더 이상 안 아프게, 니가 지금처럼. 나 꼭 안아줘야 해……."

"그래."

지훈은 끌어안은 두 팔에 힘을 더하며 가느다란 머리카락 사이를 파고들어 재희의 귓가에 작게 속삭였다.

"이번만큼은 안 놓칠게."

굳건하게 자리 잡은 두 팔과 온전히 둘이 된 숨을 마신다. 재희는 지금 이 순간이 못내 꿈처럼 느껴졌다. 어둠에 내려앉은 공간 속 오로지 단둘만이 남겨진 기분이 든다. 두 눈을 깜빡일 때마다 가까이 다가오는 흐릿한 얼굴과 입술 가까이 와 닿는 온기. 그리고 그보다 더 따뜻한 네가 파고든다.

사랑한다는 말을 속삭이진 않았지만 나눠 갖는 체온이 그 감정을 대신한다. 그 어떠한 말도 필요치 않을 정도로 서로가 서로에게 충만했다. 너와 나는 충만하다.

꿈이라면, 절대로 깨고 싶지 않다.

인영은 지훈이 건네준 재희의 병원기록까지 검사에게 넘겨준 뒤 원래 자리인 스타일리스트로 복귀했다. 피의자가 경찰에 넘어간 순간부터 이미 인영이 해야 할 일들은 손을 떠난 상태였지만, 이상하게 기다림이 초조하거나 불안하진 않았다. 그저 촬영장에서 간간이 마주치는 최율을 볼 때마다 여유롭게 상황을 시선으로 즐겼다. 곧 있을 거대한 파장에, 어떤 표정을 할까 못 견디게 궁금해졌다.

"촬영 끝나고 재희 병원 갈 거지."

"어, 넌. 아침에 갈 거야?"

"응."

"그럼 아침에 밥 먹는지 좀 봐라, 말은 먹는다고 하는데 어머니는 맨날 남긴다고 하고."

"그럴게."

"아니면, 제가 뭐라도 사갈까요? 요즘 보니까 입맛 없으신 거 같은데."

인영의 달에 소파에 앉아 물을 마시던 지훈이 눈을 번득였다.

"그러던가, 재희 이태원에 있는 lot 파운드케이크 좋아하는데."

"아, 거기 알아요. 그럼 제가 일 오기 전에 사서, 잠깐 병원 들렀다가 올게요. 내일 조금 늦어도 괜찮죠?"

"응, 천천히 와."

이제는 촬영 중간 중간, 쉬는 시간마다 셋이 붙어 앉아 이야기를 나누는 것이 익숙해져 있었다. 서로가 맡은 배역 탓인지, 지훈과 민호는 예전처럼 가시를 세우기보단 서로가 서로에게 익숙해져 있는 모습을 보여주었고 재희 사건으로 인해 지훈도 더 이상 인영에게 까칠하게 굴지 않았다.

"나도 여기."

민호의 메이크업을 수정해 주던 인영에게 지훈이 고개를 쭉 내밀어 얼굴을 가져다 놓는다. 인영은 설핏 웃으며 그런 지훈의 얼굴에 퍼프를 꾹, 꾹 눌러주었다. 그러자 가만히 있던 민호가 인영의 손목을 잡고 한쪽 눈가를 구기며 지훈에게 말했다.

"내 건데."

그 말에 순간 인영의 눈동자가 뚝 멈추었다. 이상하게 귀가 발개지는데, 지훈은 어이가 없었는지 허탈하게 웃었다.

"치사하게, 빌려 쓰자, 좀."

"니 거 있잖아."

"내 건 잠깐 차에 갔어. 심부름 좀 시켰거든."

"아, 곧. 촬영 시간이에요. 이제 일어들 나요."

인영이 발개진 얼굴로 다급하게 말을 하자 잠깐이나마 손목에 닿았던 민호의 손이 쉽게 떨어져나갔다. 닿아 있던 곳이 너무나도 뜨거워, 인영은 서둘러 제 손목을 감쌌다.

"으, 내일부터 액션이라는데 뒤졌다."

지훈은 힘껏 인상을 찡그리며 소파에서 일어나 기지개를 켰다. 민호가 스치듯 지훈의 어깨를 두드리며 지나갔다. 지훈은 민호의 손길이 닿았던 어깨를 주물거리며 몸을 풀었다.

스튜디오 안쪽에 자리 잡은 세트장으로 가 대본을 잠깐 훑은 지훈은 못마땅한 표정으로 대본을 덮었다. 몇 없는 신이 하필 오늘 또 걸려있다. 지훈은 피곤한 듯 눈꺼풀을 죽이며 고개를 틀어 조명 뒤쪽으로 서 있는 최율을 바라보았다. 자신에게 닿는 시선을 느낀 건지, 최율이 지훈을 마주했다. 새빨간 입술로 웃는데, 그 모습에 지훈은 재빨리 민호 쪽으로 몸을 돌려세웠다.

"아, 껄끄러운데."

"그래도 해."

"말이 쉽지, 그게."

지훈은 사납게 인상을 쓰며 매섭게도 말했다. 최율의 악행을 전부 다 알고 난 뒤에도 아무렇지도 않게 최율을 마주하는 건 지훈에게 있어 괴롭기 짝이 없는 일이었다. 하다못해 눈을 마주치는 것조차 불쾌해 늘 시선을 먼저 피하는 건 지훈 쪽이었다.

그날 이후, 달라진 것이 있다면 최율은 더 이상 먼저 지훈에게 접근하지 않았다. 지훈이 내뱉은 솔직한 고백들이 무서웠던 건지, 아니면 직감적으로 자신에게 다가오는 불길함을 느껴서인지 최대한 몸을 숨기며 먼저 자리를 피하곤 했다. 촬영장에 있는 다른 사람들의 시선을 의식해 어쩔 수 없이 웃지만, 예전처럼 당차 보이는 모습은 그 어디에도 없었다.

"한 번에 가자, 한 번에."

세트장에 들어선 지훈은 손에 들고 있던 대본을 코디에게 건네주며 맞은편에 서 있는 최율에게 버릇처럼 흘리다시피 말을 했다. 최율의 눈꺼풀이 작게 일그러지더니, 이내 허무하게 웃는다.

"오랜만에 둘이 있는 신인데, 매정하네."

"매정?"

"……."

"이게 상황 파악 못하고, 아직도 기어오르네."

지훈의 싸늘한 시선에 최율의 입가에 그려진 웃음이 하릴없이 내려앉았다.

"한 번에 끝내자는 말, 이해 못했어? 말 여러 번 하게 하지 말고 똑바로 해."

"……."

"나 지금 너랑 같이 서 있는 다는 것 자체가 굉장히 예민하거든? 눈치껏, 알아서 기어. 이상한 수작 부리지 말고."

적나라하게 쏟아지는 치욕적인 말들에 최율은 심호흡과 함께 말을 이었다.

"너, 아직도 나 오해하고 있는 거니?"

"오해? 무슨 오해."

"재희 그렇게 된 게 나 때문이라고 생각하고 있잖아."

"그게 왜 오해야, 사실이지."

"누가, 사실이래?"

"봤다는 사람이 한둘이 아니던데."

한쪽 눈가를 구기며 흘리듯 말하는 지훈의 발언에 최율의 눈동자가 크게 파동 쳤다. 그 모습에 지훈은 한쪽 입꼬리를 올리며 웃었다.

"왜 그렇게 놀래? 그냥 해본 소린데."

"…무슨. 너."

"촬영 들어가겠습니다."

무슨 말을 꺼내기도 전에 슬레이트를 든 스태프가 다가와 둘 앞에 섰다. 잘라진 말꼬리에 하릴없이 다물어진 최율의 입술이 미약하게나마 구겨졌다.

"레디⋯⋯."

무수한 카메라 뒤 쪽에 앉아 있던 감독이 둘을 향해 신호를 주었다. 지훈은 애써 흐트러진 감정을 가다듬으며 그 뒤로 이어질 말을 기다렸다. 하지만 이상하게, 지훈이 기다렸던 그 말은 끝끝내 나오지 않았으며 촬영을 앞두고 있어 고요해야 할 세트장이 순식간에 시끄러워졌다. 뒤쪽에서부터 시작된 소음이 금세 다가와 지훈의 눈앞에 멈춰 섰다. 아니, 정확하게 말하자면.

"최율 씨 되시죠."

"네⋯⋯?"

최율의 앞에 그림자처럼 서 있었다. 갑작스러운 사태에 최율의 눈동자가 위태롭게 흔들렸다. 여섯이나 되는 남자들 중 한 명이 다가와 최율의 손목을 잡고 뒷주머니에서 수갑을 꺼냈다.

"최율 씨를 살인 청탁 혐의로 체포합니다."

고요했던 촬영장이 순식간에 술렁였다. 무슨 일인지, 어떻게 된 건지 최율은 머릿속이 새하얘져 자신의 손목 위로 채워지는 꺼림칙한 느낌에 무작정 몸부림치며 소리를 질렀다.

"아니, 지금 뭐하는⋯⋯!!!"

"당신은 지금 이 순간부터 묵비권을 행사할 수 있으며, 변호사를 선임할 수 있습니다."

"잠깐만요, 이거, 놔요!! 당신들 뭐야!!"

최율은 지금 이곳이 촬영장인지, 어떤 사람들이 바라보고 있는지 따위 중요치 않았다. 갑작스럽게 들이닥친 끔찍한 상황에 꿈이 아닐까, 깨어나기 위해 온갖 발악을 부렸다. 점점 더 거세지는 반항에 결국 경찰들이 양쪽에서 최율을 잡고 끌었다.

질질, 끌려가다시피 세트장 밖으로 향하는 처절한 모습에 모두가 입을 벌리고 충격에 휩싸인 듯한 표정을 지었지만 지훈과 민호, 인영은 아니었다.

인영은 찢어질 듯한 목소리로 부르짖으며 끌려 나가는 최율의 모습에 핸드폰을 꺼내들어 지연에게 건네받았던 기자에게 전화를 걸었다. 얼마가지 않아 들려오는 반가운 목소리에 인영은 웃으며 대답했다.

"박 기자님, 지금 최율 촬영 도중에 잡혀 갔어요."

자, 이제 마지막이다. 이 한 방을 위해, 그동안 내가 준비한 것은 아주 많아.

"기사, 터트리세요."

부디 천천히 즐겨주길 바라.

최율은 지금 이 모든 게, 현실이 아니길 바랐다. 그토록 오지 않았으면 했던 최악의 상황들은 하나도 빠짐없이 지금 이 순간, 최율의 눈앞에 펼쳐져 있었다.

"이미 박정호와는 얘기 다 끝났어. 너와 스폰서 관계인 것도 인정했고, 니가 청탁했다는 증언에 증거까지 제출했지."

자신이 모르는 사이, 조심스럽게.

"니가 살인을 청탁했던 피의자 역시 증거가 확실해. 통화 녹취록에, 사진까지. 지금 이렇게 입을 다물어 봤자, 아무런 소용이 없을 텐데."

모든 것이 다 준비되어 있었다.

최율은 취조를 받는 듯한 느낌에 이따금씩 소름이 끼쳤다. 차가운 의자, 차가운 테이블. 공기마저 희박한 공간 안에 틀어박혀 자신의 죄를 일일이 나열하고 있는 검사까지.

"박정호 씨가, 증언을 했다구요?"

최율은 허무하다는 듯이 웃었다.

"그럴 리가요… 그럴 리, 없어요."

희멀건 한 눈동자가 고개를 내저으며 부정했다.

당신이, 어떻게 나한테 이럴 수 있어. 그럴 리가 없어, 뭔가 잘못된 걸 거야. 분명. 나한테 기다리라고 했잖아. 내가 도망자 신세인 그 남자 때문에 불안에 떨 때에도 괜찮을 거라고 말했었잖아. 내가 이렇게 잡혀가고, 조사받고, 취조 당할 일 같은 건 절대로 없을 거라고. 침대 위에서, 땀으로 뒤엉킨 피부로 다주하면서. 당신이 나한테 그렇게 속삭였었잖아.

"그럴 리가 없다니, 박정호는 그렇게 얘기 안 하던데."

김 검사는 싸늘하게 웃으며 말을 이었다.

"손쓸 필요도 없이, 제발 자신한테는 불똥 안 튀기게 해달라. 먼저 조건을 내걸더군. 너에 대한 증거물을 넘겨주는 대신 자신의 신원 보장을 해달라고. 뭐, 우리야 실질적인 피의자만 잡으면 되는 거니까 나쁠 것 없었지, 협조해준 대가로 박정호의 형이 가벼워지는 대신."

김 검사의 시선이 의자에 앉아 바들바들 떨고 있는 최율에게로 향했다.

"니가 늘어나게 되었지만서도."

혀를 쓸며, 안타깝다는 식으로 말을 한다. 최율은 밀려오는 배신감에 난 잡해진 머릿속으로 지금 이 사태에 대해서 떠올려보았지만 그럴수록 생각나는 건 그 어떤 것도 없었다. 해답도, 실마리도, 빠져나갈 구멍조차 존재하지 않았다.

검사는 확인 사살을 하듯이 테이블 위로 하나둘씩 자료들을 펼쳐놓았다. 최율이 피의자를 만나 자료를 건네주는 장면이 담긴 사진과 최율이 준비했던 이재희에 관한 자료 그리고 자신의 목소리가 녹음되어 있는 통화 내용까지.

사실상, 더 이상의 취조는 의미가 없었다. 검사 역시 너무나도 명확한 증거물들에 이 사건이 따분하다고 느낄지도 모른다. 솔직하게 말을 한다면 형량이 조금은 줄어들 수도 있을 테지만, 최율은 지금 이 사태에 있어 끝까지 인정을 하고 싶지 않았다. 인정을 하게 되면, 자신이 가지고 있는 모든 것들을 버리겠다는 걸 의미하니까. 적어도, 최율은 이대로 주저앉을 수 없었다.

"변호사, 불러줘요."

"변호사? 넌 지금 빠져나갈 구멍이 없어. 변호도 증거물이 불충분할 때야 필요한 거지, 이 정도의 확실성을 띤 증거물들을 보고도 어떤 변호사가 널 변호하려고 할까. 너 같은 경우에는 그냥 자백하는 게 신상에 좋아. 자백하고 니 죄를 인정한다면야 일이 조금은 쉬워질 수도 있어, 그러니까……."

"내 말, 못 들었어요? 변호사 불러달라구요."

최율은 짓이겨진 입술로 또박또박 말했다. 박검사는 그런 맹랑한 최율의 태도에 헛웃음을 흘렸다.

"이거, 괘씸해서라도 형을 더 먹여야겠네."

"······."

"이재희가 죽지 않았다지만, 니가 살인을 목적으로 청탁을 했다는 사실은 달라지지 않아. 청탁과 살인은 동등해. 거기다가 같은 상대에게 8년 전 정신적인 트라우마를 준 전적까지 있고, 초범도 아닌 데다 넌 지금 자백을 해도 모자를 판에 발뺌까지 하고 있고. 가정이 있는 남자와 육체적인 관계까지 갖는 걸 따지면 니가 얼마나 감옥에서 썩어야 할지 대충 감이 오지?"

"······."

"지금 사방이 막힌 공간에서, 아무것도 없이 내내 앉아 있어서 뭘 모르나본데. 지금 인터넷에 니 기사 다 깔렸어. 살인 청부 혐의로 체포된 걸로도 모자라, 그 상대가 최지훈의 여자 친구인 것도 적나라하게 공개되었고. 그럼 당연히, 국민들은 이재희와 최율. 둘 중에 누구에게 더 관심이 쏠릴까.'

최율은 마른침을 삼켰다. 뻐근하게 내려가는 게 불길함뿐이라, 그래서 더욱더 초조해져만 갔다.

"안 그래도 지금 너를 질타하는 대중들의 관심이 난무하고 있어, 온갖 욕설도 가득ㅎ-고. 연예인으로서 이미지는 물론이거니와 앞으로 살인자라는 꼬리표를 달고 살아야겠지. 어차피 너의 죄는 명확해, 달라질 수가 없어. 그저 네 자신이 인정을 하고 안 하고의 차이인거지. 인정을 한다면야 이 사건은 빨리 끝이 날 거고, 인정을 안 한다면야 쓸데없는 논쟁으로 질질 끌리겠지. 그럴수록 너의 관심도 계속해서 가중되어 갈 거고."

"······."

"변호사 부른다고 했지? 잠시만 기다려. 곧 불러다줄 테······."

"아니요, 잠깐만요. 잠시만요······!"

최율은 가파른 숨을 토해내며 의자에서 일어나 돌아선 김 검사의 옷자락을 붙잡았다. 끝까지, 참아보려고 했지만 밀려오는 두려움에 결국에는 눈물이 흘러나왔다.

"제가, 잘못했어요. 제가 그랬어요. 인정할게요, 인정해요……!!"

"……."

"너무 미워서 그랬어요, 걔만 사라지면 다 될 것만 같았다구요!!! 나는 못 가졌는데, 내가 그렇게 원해도 가질 수 없는 걸 걘 너무 쉽게 가지고 있었다구요. 그래서 질투가 났어요, 미웠어요. 원망스러웠다구요!!!"

"……."

"그렇게 안간힘을 써, 헤어지게 만들었는데 또다시 만나는 꼴을 내가 어떻게 보라구요! 차라리, 죽었으면 했어요… 내 눈에서 걔가 사라져야지만, 내가 살 수 있을 것 같았단 말이에요……!!"

솔직하게 쏟아지는 고백에 최율은 입술을 바들바들 떨며, 목 놓아 울었다. 단 한 번도, 그 누구도 내 원망을 가까이에서 말하는 사람이 없어 이 증오가 그렇게 잘못된 일인지 꿈에도 몰랐었다.

그저, 미웠으니까. 난 애를 써야지만 옆에 설 수 있는데, 너는 아무렇지도 않게 또다시 지훈이 옆에 있잖아. 그게 너무나도 싫었어, 나는 필사적이어야만 했던 것들이 너에게는 너무나도 쉽기만 해서. 이별도, 헤어짐도, 오해도. 너와 지훈이 사이를 갈라놓을 수 없다는 사실이 못 견디게 괴로웠어.

"항상 죄라는 건 질투와 원망에서 시작돼. 넌 그 경계선에서 브레이크를 잡지 못했을 뿐이야."

"억울하다구요. 걔가 잘못된 거잖아, 내가 아니라 걔가……!!!"

"뭐가 억울해. 피해자인 척 굴지 마. 너 하나 때문에 이재희는 7년을 정신과에 다니며 치료를 받아왔어. 이번에는 죽을 뻔했고."

"……."

"사람 생명이 그렇게 우습나? 너의 질투에 저울질 당할 만큼. 쉬워?"

검사의 말에 최율은 흐릿해진 시야를 떨었다.

"걔도 너처럼 사람이야, 너처럼 감정을 느끼고 아픔도 느껴. 지금 니가 괴로운 것만큼, 이재희 역시 너 하나 때문에 인생이 망가졌어. 이 사건으로 인해, 누군가가 자신을 죽일 만큼 싫어한다는 그 끔찍한 사실들을 알고, 치유되지도 못할 상처를 품고 한평생 살아가야겠지."

"……."

"앞으로 니가 받게 될 형은 절대 가볍지 않을 거야. 부메랑이라고 알지? 인생이라는 건, 니가 날려 보낸 만큼 너한테 되돌아오게 되어 있어. 지금 너에게 쏟아지는 이 모든 것들이 과하다는 생각은 하지 마. 니가 던진 만큼, 돌려받는 것뿐이니까."

"……."

"긴 시간을 감옥에서 썩으면서 잘 생각해봐. 무엇 때문에, 니가 모든 걸 잃고 밑바닥까지 추락하게 되었나. 그때 가서도 그 질투라는 단어를 입에 올릴 수 있나 한 번 보자고."

최율은 고개를 숙인 채 눈물을 토해냈다. 떨리는 어깨가 부서질 듯 위태로웠던 다리가 결국 힘을 잃고 바닥에 주저앉아 버렸다. 모든 걸 잃었고, 한 줌도 남아 있지 않게 되었다. 그 모든 걸 깨닫게 된 최율은 계속해서 협소한 공간 안에 갇혀 울고 또 울었다. 그 눈물의 의미가 죄책감 때문인지, 원망인지. 배신감 때문인지는 알지 못했다.

많은 언론과 기자들의 관심 속에서 시작된 재판에서 최율은 7년 형을 선고받았다. 한 연예인이 질투로 인해 살인까지 도모했다는 사실에 많은 사람들은 충격에 휩싸였고, 그 사건은 한 달이 지나도록 언론 보도물들에 첫 장을 담당하는 걸로도 모자라 수많은 포털 사이트 검색어 1위에 머물렀다.

최율이 수감된 뒤에도 수그러들지 않은 관심은 자연스레 지훈의 여자 친구로 알려져 있는 재희에게로 흘렀다. 실명이 공개되진 않았지만 최율의 악행이 드러난 시점에서 그 희생양이 되었던 재희는 많은 대중들의 동정표를 얻기엔 충분했다.

그 영향을 피할 수 없는 것 또한 지훈이었다. 처음 스캔들이 터졌을 때 가시 돋쳤던 반응들과 달리, 이제는 지훈에게 제법 로맨틱한 타이틀을 주었다. 첫사랑을 잊지 못해 다시 만난 두 사람, 혹은. 자신으로 인해 상처 받은 여자를 끝까지 옆에서 지킨 책임감 있는 남자로 인식되었다.

촬영 중이던 영화에서도 비상불이 켜졌다. 많은 분량의 촬영을 날려야만 했지만 재빨리 다른 배우를 섭외하는 걸로 기사를 내 이미지를 쇄신했다. 그러다 보니 부득이 하게 예정되었던 날짜보다 촬영 스케줄이 더 연기되어야만 했다. 모두가 수고스러운 일이었지만, 그 누구도 불만을 토로해내진 않았다.

여름이 가고, 가을이 가고, 또다시 겨울이 올 동안 재희는 병원신세를 져야만 했다. 이제는 퇴원을 해 일상생활에 무리가 없었지만 간간이 뇌 검사와 재활 치료를 받아야만 했다.

최율이 자신을 죽이고 싶을 만큼 미워했다는 사실을 꽤 오랜 시간이 지난 후에야 어렵사리 받아들인 재희는 그저 모든 것을 이해하기로 했다. 증오는 또 다른 증오밖에 불러오지 않는다는 걸 되뇌며, 그저 최율의 존재 자체를 기억 속에서 잊으려 애를 썼다. 되도록이면 TV를 보지 않았고, 되도록이면 인터넷조차 하지 않았다.

겨울이 가고, 봄이 왔다. 27살의 첫 자락에서, 재희는 이제야 어른이 된 것만 같았다.

"재희야, 다 했어?"

"아, 네. 언니."

화장실에 마련된 파우더 룸에서 잠깐 동안 정신을 놓고 있던 재희는 지연의 목소리에 서둘러 손에 들린 립글로스를 가방 안으로 밀어 넣었다. 지연은 그런 재희 옆으로 다가와 살며시 인상을 구겼다.

"왜 꺼내놓고서는 안 바르고 그냥 넣어?"

"아… 그게. 그냥 안 바르는 게 나을 것 같아서요."

"왜, 나 봐-봐. 내가 발라줄게."

지연은 기분 좋게 웃으며 재희가 밀어 넣었던 립글로스를 들어 재희의 입술에 발라주었다.

아, 예쁘다.

숨김없이 흘러나오는 낯 뜨거운 발언에 재희는 뺨 위로 열이 오르는 것만 같았다.

"곧 영화 시작하겠다. 가자."

재희의 손을 잡고, 화장실을 나선 지연은 바로 앞에서 기다리고 있던 가람에게로 다가갔다. 가람은 지연의 발에 맞춰 걸으면서 이해가 가지 않는다는 듯이 말했다.

"왜 여자들은 꼭 화장실을 같이 가? 가서 늦게 나오고."

"화장실에 볼일 보러만 가는 줄 알아? 가서 수다도 좀 떨고, 화장도 좀 고치고 하는 거지."

"…나 10분 기다렸던 거 알지, 누나."

"어, 그랬어요? 우리 가람이?"

그러면서 지연의 손이 서슴없이 가람이의 엉덩이 위를 톡 치고 지나갔다. 가람은 놀란 듯 눈을 휘둥그레 뜨며 주변을 살폈다.

"아, 누나! 누가 보면 어쩌려고."

"뭐 어때, 스캔들 나면 나야 좋지. 아, 이참에 나두 스캔들이나 터트릴까."

지연은 푹 눈가를 죽이며 자신과 떨어져있는 가람이의 거리를 눈으로 쟀다. 허공에 나 홀로 흔들리는 가람이의 손에 절로 기분이 울적해진다.

"아, 나 지금 가람이 손잡구 싶다."

"누나 좀 참아주라."

"왜? 넌 나랑 스캔들 나면 싫어?"

"싫은 게 아니라, 그게… 누나 이미지에도 타격 좀 있을 거고, 나도 아직 주변 애들한테 말한 적도 없고. 우리 집에서 알면 난리 날 거야, 아마."

"왜? 너희 누나들이 나 싫어할까?"

"그게……."

가람은 눈동자를 굴리며 차마 하지 못할 말들을 삼켰다. 여자의 적은 여자라고, 전주에 있는 집에 가끔씩 내려가 함께 둘러앉아 TV를 볼 때면 꼭 한 번씩 CF로 등장하는 지연을 향해 시기와 질투 어린 시선을 보냈던 누나들이었다.

쟨 분명 저기 고쳤을 거야, 어디 고쳤을 거야. 몸매 관리 하려고 음식도 그냥 씹고 뱉는데, 독한 것.

모두가 사실이 아니었지만 가람은 괜히 찔리는 마음에 그 어떠한 말도 할 수가 없었다.

"나 집에 언제 데려가 줄 거야? 부모님이랑 가람이 언니들한테 인사드리고 싶은데."

"아, 나중에. 나중에 가자. 누나."

"또 나중에."

지연은 입술을 비죽이며 재희 쪽으로 고개를 틀었다.

"맨날 나만 안달 내, 니가 봐도 그렇지. 재희야?"

마음에 들지 않는 듯 눈가를 찡그린 지연의 모습에 재희는 작게 웃음을 터트렸다.

"야, 김가람. 너 언니한테 잘해. 언니가 너한테 사준 옷이 얼만데."

"맞아, 내가 사준 게 얼만데!"

"아, 왜 둘이 또 작당하고 날 잡아. 누나, 물건 가지고 치사하게 그러는 거 아니야."

"어, 맞다. 물건 갖고 그러면 치사한 거랬어."

"누가요?"

"우리 가람이가."

해맑게 웃는 지연의 표정에 재희는 가슴 한쪽이 포근해지는 걸 느꼈다.

지훈과 민호가 출연하는 영화 Point의 VIP 시사회엔 꽤 많은 연예계 사람들이 몰렸다. 개봉 전부터 둘의 역할에 많은 관심을 받은 걸로도 모자라 최고의 기대작이라는 타이틀까지 붙어 이미 시작 전부터 기자들과 취재진들로 인산인해를 이루고 있었다.

재희는 정해진 좌석으로 가 앉으며 핸드폰을 꺼내들어 지훈에게 문자를 했다.

나 지금 앉았어.

그리곤 얼마 가지 않아 지훈에게 전화가 걸려왔다.

"안 바빠?"

─바쁠 게 뭐 있어, 내가 말한 자리에 앉았지?

영화 시작을 앞두고 있어 인터뷰 준비에 바쁠 것 같아 문자를 한 건데 되돌아오는 대답이 태연하기만 하다. 재희는 작게 숨을 내몰아 쉬며 고개를 끄덕였다.

"그래, 앉았어. 진짜 부모님은 안 오시는 거야?"

─응. 오고 싶어 하셨는데 안 불렀어.

"왜?"

─그게, 나랑 이민호랑… 뭔지 알지.

재희는 그 잠깐 사이에 찾아든 정적의 이유를 알고선 짧게 웃음을 터트렸다.

"왜, 키스하는 게 그렇게 쪽팔려?"

─그걸 말이라고 해.

"뭐 어때, 다들 그거 기대하고 영화 보는 건데."

─너까지 그러지 마. 오빠 슬퍼진다.

"알았으니까, 영화 시작 전에 잠깐 무대인사 하지? 떨지 말고 잘하고."

─내가 떨긴 왜 떨어, 하나도 안 떨리네요.

"민호한테도 잘하라고 전하구."

─민호? 야, 이민호. 재희가 너보고 떨지 말고 잘하란다.

바로 옆, 민호에게 말을 하는 건지 멀어진 목소리에 재희가 조금 더 귀를 기울였다. 그리고 민호가 무슨 말을 한 건지, 지훈의 싸늘한 욕이 어렴풋하게 들려왔다.

"왜, 민호가 뭐라는데?"

─떨리니까 너 안고 싶대.

이게 진짜 죽을라고. 살벌하게 흐르는 지훈의 목소리에 재희는 또 흘러나온 웃음을 간신히 집어삼켰다.

"뭐 어때, 끝나면 내가 안아준다고 해."

─야, 너 지금 이거 바람이다?

"넌 더 세게 안아줄게."

─어, 진짜? 약속했다?

"그래. 그러니까 그만 끊어, 준비 잘하고."

─아, 잠깐만. 나 할 얘기…….

전화를 끊기 위해 반쯤 멀어졌던 핸드폰이 다시 귓가에 닿았다.

─영화 시작 전에 중대 발표할 거야. 놀라지 말고 들어.

무슨, 발표?

되묻기도 전에 지훈이 먼저 사랑한다는 제법 가슴 떨리는 말을 내뱉고서는 먼저 전화를 끊었다. 색이 죽은 액정을 내려다보면서 재희가 얼떨떨한 표정을 짓자 옆에 있던 가람이 물었다.

"왜? 최지훈이 뭐래?"

"아니, 무슨… 발표를 한다는데."

그 말에 가람이 질색을 한 표정을 했다.

"걔 또 무섭게 왜 그러냐."

"…그러니까."

괜히, 무섭게.

재희는 어느덧 숙연해진 분위기에 주변을 둘러보았다. 그리고 얼마가 지 않아 영화 출연배우들이 내려와 스크린 앞에 일렬로 섰다. 마이크를 건네받고, 하나둘씩 영화를 준비하면서 겪었던 에피소드나, 관객들에게 전하는 말들을 하는 동안 5번째에 서 있던 지훈의 시선은 줄곧 재희에게 와 있었다.

재희 역시 그런 지훈을 바라보며 표정을 구겼다, 펴는 걸 반복했다. 잠깐씩 조심스럽게 자신을 향해 손을 흔들다가도, 또 갑자기 내려앉는 표정에 재희는 그 중대발표라는 게 뭔지 못내 궁금하면서 두려웠다.

차례차례 넘겨져 오던 마이크가 드디어 지훈의 손에 들렸고, 지훈은 제법 장난스럽게 마이크에 대고 아, 아. 하며 음량을 체크했다. 앞에서 쏟아지는 환호성에 지훈은 너스레를 떨며 시선으로 주변을 한 번 훑었다. 그리고서는 이내 한가운데에 앉아 있는 재희를 바라보고선, 입술을 열었다.

"이번 영화 준비하면서 정말 배운 것도 많고, 느낀 것도 많고. 다들 아시겠지만, 사건 사고도 많았습니다. 감독님께는 죄송하지만 이 자리를 빌려 영화 얘기보다는 제가 하고 싶은 얘길 좀 하고 싶은데, 괜찮나요?"

지훈의 말에 가장 맨 앞에 서 있던 감독이 손을 동그랗게 말아 오케이 사인을 보냈다. 지훈은 푸스스 웃으며 다시금 마이크를 고쳐 잡았다.

"아, 해도 좋다네요. 지금 이 자리에, 제 여자 친구가 와 있습니다."

그 말에 객석을 가득 메운 사람들의 시선이 일제히 혼비백산하게 움직였다. 지훈의 시선이 닿아 있는 곳을 바라보고서는, 이내 재희를 향해 저들끼리 입술을 동그랗게 말아 환호를 보냈다. 그러자 지훈이 고개를 내저으며 짧게 웃음을 터트렸다.

"그런 거 하지 마세요. 제 여자 친구, 저 때문에 관심 쏠리고 주목받는 거 되게 싫어하거든요. 분명 지금도 속으로 저 욕하고 있을 거예요. 상의도 없이 말하는 거라, 이따가 혼날 각오하고 말하는 겁니다."

제법 진중해진 지훈의 시선이 재희에게 닿았다. 재희는 그 흔들림 없는 눈동자에 저도 모르게 손을 꼬옥 말아 움켜쥐었다.

"재희야."

그리고 쏟아지는 목소리에.

"나 군대 가."

재희는 저도 모르게 눈동자를 크게 한 움큼 떨었다. 그건 가람과 지연도 마찬가지였고, 이 공간 안에 있는 모든 사람들에게 충격적인 발표였다. 모두가 술렁이는 가운데 지훈의 손에 들린 마이크가 민호의 앞에 멈춰 섰다. 민호는 그 마이크 가까이 입술을 대고 말했다.

"저도 갑니다."

민호의 발언에 방금 전보다 더 큰 술렁거림이 공간 안을 가득 메웠다. 재희는 머리가 얼떨떨했다.

지금, 이게. 뭐지.

난생처음 듣는 갑작스러운 말에 정신이 혼미해졌다. 그 혼란 속에서도 다시금 제 앞으로 마이크를 가지고 온 지훈은 여전히 재희를 바라보고 있었다. 작은 심호흡과 함께, 가슴 떨릴 만큼 멋진 웃음을 재희에게 보이며 말했다.

"기다려 줄 수 있지."

이게, 뭐야. 도대체.

7. 또 다른 시작

　재희는 채 가라앉지 않은 복잡한 심정으로 영화를 보았다. 그런 재희의 옆으로 와 앉은 지훈은 몇 번이고 그런 재희의 손을 잡고 손등을 쓰다듬는 걸 반복했다. 흐릿해진 시야로 온갖 빛들이 투영되었다가 사라졌다를 반복했다. 솔직히 말해, 영화가 어떤 내용이었는지 기억나질 않았다.

　영화가 끝이 나고, 아직 남은 인터뷰에 지훈이 먼저 재희에게 자신의 집에 가 있으라고 말했다. 그 말조차 제대로 듣지 못해 무의미하게 눈을 깜빡이자 지훈이 시선을 틀어 지연에게 대신 부탁을 했다. 재희 좀 집에 데려다줘, ㅈ연은 만감이 교차하는 얼굴로 고개를 끄덕였다.

　"…재희야, 괜찮아?"

　가람과 함께 지훈의 집에 도착한 지연은 재희를 소파에 앉혀두고 차분해진 얼굴로 물었다. 재희는 멍하니 그곳에 앉아 한참 뒤에야 대답을 했다.

　"아니, 그게… 네. 괜찮…아요."

　"괜찮긴, 뭐가 괜찮아?!"

가만히 앉아 있던 가람이 바락 화를 냈다.

"이제야 좀 조용해지나 싶었는데 이젠 둘이 군대를 간다고 하고. 널 어떻게, 혼자 둔다는 거야?"

가람이 화를 내는 것도 이상한 게 아니었다. 최율 사건으로 인해 한동안 퇴원을 한 뒤에도 좀처럼 잠에 들지 못했던 재희였다. 병원에서는 약간의 우울증을 걱정했다. 딱히 약으로 치료하는 것보다야 옆에 있는 것이 나을 것 같다는 생각에 그날 이후부터는 늘 재희 옆에는 지훈이 함께였었다.

둘이라는 의미 하나만으로 밀려오는 불안감을 이겨내기까진 꽤 긴 시간이 필요했지만 매번 꼭 끌어안고 잠이 들었던 지훈의 노력 덕분에 그나마 요 근래, 습관처럼 찾아오던 악몽이 조금 잦아들었다. 이제 막, 편히 잠들 수 있는 상태다.

"가려면 혼자가지, 둘이 왜 또 같이 가. 너 혼자 어쩌라고."

가람은 잔뜩 골이 난 얼굴로 갑갑한 표정을 지었다. 그래, 가람이가 걱정하는 게 뭔지 안다. 재희는 아직 온연히 나은 상태가 아니었다. 정신적으로나, 육체적으로나. 겉으로는 드러나지 않았지만 아직 그 날의 상처가 채 아물지 않았다.

"난, 지훈이랑 민호… 조금은 이해할 수 있을 것 같은데."

재희와 가람의 눈치를 가만히 보고 있던 지연이 조심스럽게 입술을 열었다. 그러자 가람이 픽 하고 눈썹을 찡그렸다.

"아, 누나. 누나까지 그러면 어떡해."

"지훈이랑 민호, 벌써 27살이야. 일을 하면서도, 재희를 만나면서도 계속해서 군대가 걸림돌이 될 텐데 조금이라도 빨리 가는 게 맞는 거지."

"그래도, 시기가."

"나중엔, 뭐 더 나아질 거 같아? 가면 갈수록 더 가기 어려운 게 군대야.

너도 다녀와봐서 알잖아."

"그래도! 재희한테 프러포즈 해놓고 이렇게 가는 게 어디 있어?!"

억울함에 바락 소리를 내지르자 순간 지연의 눈동자가 크게 띄어졌다. 그 모습에 가람은 뒤늦게 자신의 입을 틀어막았지만, 때는 이미 늦은 후였다.

"무, 뭐?! 프러포즈 했어?! 언제, 언제?!"

놀란 듯, 묻는 지연의 말에 이번에는 재희가 가람을 향해 가느다란 숨을 토해냈다. 말하지 말라고 했었는데, 기어코. 가람은 재희의 따가운 시선에 반쯤 벌어진 입술을 주춤거렸다. 수습을 하기 위해 재빨리 눈동자를 굴려, 잔뜩 흥분해 있는 지연을 바라보았다.

"누나. 그게……."

"뭐야, 왜 나만 몰랐어? 어?!"

"아, 모르겠다. 어차피 나중에 알게 될 거. 재희 병원에 있을 때 지훈이가 프러포즈 했었어. 결혼하자고."

"뭐? 진짜야, 재희야?!"

가람이 될 대로 되라는 심정으로 모조리 다 쏟아내자, 방금 전보다 더 한 열기를 띤 지연의 시선이 재희에게로 날아왔다. 재희는 괜히 그 시선에 가슴이 쿡쿡 찔려왔다.

"…네."

간신히 떨어지지 않는 입술로 대답을 하고 나니 가슴이 더 아팠다.

"허, 그리고 지금. 군대를 간다고?"

"그러니까. 내가 이해 못하는 거, 이제야 알겠지?"

가람은 지연의 반응에 풀이 죽었던 허리를 곧추세우며 맞장구를 쳤다. 지훈의 대한 신랄한 비판이 이어졌지만 뒤늦게 한껏 침체되어 있는 재희를 발견하곤 둘은 나란히 입을 다물었다. 그래, 잊고 있었다. 지금 무엇보다 기분이 엉망인 건, 재희일 거다.

　프러포즈를 했다고 해서 당장에 결혼으로 가는 건 건 아니었지만 그래도 재희는 은연중에 그 순간을 염두에 두고 있었다. 언제쯤 말을 해줄까, 언제가 될까. 막연하게 생각하고 있던 재희에게 지훈의 군대 소식은 커다란 충격을 안겨주기엔 충분했다. 프러포즈 할 때에 정리할 게 있다고 했었는데, 그게 이건가 싶다.

　"아니, 이건 문제 있는 거 아니야? 그럴 거면 군대 다녀와서 프러포즈를 하던가."

　"내 말이. 사람 띄워놓고, 진짜……."

　지금 재희의 기분을 생각해, 쏟아지는 말들을 꾹 참으려고 했지만 그래도 억울함에 한 마디씩 튀어나오는 건 어쩔 수 없는 노릇이었다. 제아무리 제삼자의 입장이라지만 재희의 관해서라면 엄마, 아빠가 된 기분을 느끼는 지연과 가람이었다.

　"뭐해? 셋이 둘러앉아서."

　그때였다. 저 멀리 현관문 쪽에서 조잡스러운 소음이 울려 퍼지더니 머지않아 슬리퍼를 끌고 거실까지 온 건 지훈이었다. 익숙한 목소리가 닿자 아래로 내려앉아 있던 재희의 얼굴이 느리게 올라갔다. 지훈을 바라보는데, 괜스레 마음 한쪽이 또 아팠다.

　"내 욕 하고 있었지."

　지훈은 시큰하게 웃으며 재희를 바라보았다. 그리고 곧 뒤따라온 민호가 지훈의 옆으로 섰다. 재희는 그 모습에 눈동자가 제멋대로 떨렸다.

　"너희 둘, 진짜……."

　지훈에게 한 번, 민호에게 한 번 시선을 나눠준 재희는 코끝이 따가워지는 걸 느꼈다. 자리에서 일어나 다가가 그 앞으로 가 서자, 둘의 시선이 나란히 내려와 앉는다. 재희는 가장 먼저 민호를 바라보았다.

하고 싶은 말도, 해야 할 말도 너무나도 많았지만 얼굴 위로 표현할 수 있는 건 오로지 슬픔이 전부라서. 그래서 차마 아무런 말도 하지 못하고 입술을 깨물었던 거다, 어떻게 해야 할지 몰랐는데.

"끝나면 안아준다며."

"……"

"안아줘, 재희야."

먼저 다가와 두 팔을 벌리는 모습에, 재희는 그만 머릿속을 가득 메운 난잡함을 지우고 무작정 민호를 품속으로 들어가 꼭 안아주었다. 마른 어깨 위로 부드럽게 배회하는 민호의 손길에 울지 않기 위해 안간힘을 썼다. 이제 곧, 그리움이 될 것들에 준비를 해야만 한다.

"난 더 세게 안아준다고 했는데."

간신히 눈물을 참으며 민호의 품에서 떨어지자, 이번에는 지훈이 재희를 향해 팔을 벌렸다. 이리와, 그 자그마한 속삭임에 재희는 다가가 안기는 대신, 주먹을 그러쥐고 지훈의 가슴을 힘껏 내리쳤다.

"너, 진짜. 미워!! 왜 나한테 말 안 했어?!"

"어, 재희야. 아파."

"아프라고 때리지, 그럼!!"

투닥투닥, 내리치는 주먹에선 먼지가 푸석였다. 망가진 기분도 함께 허공에 아무렇게나 날렸다. 밀려오는 서러움에 얼마 가지 않아 꼬옥 움켜쥐었던 주먹에서 힘이 빠졌다. 느려졌다가, 결국 아래로 떨어졌다. 재희는 재빨리 고개를 숙여 힘주어 입술을 깨물었다. 다른 게 섭섭한 게 아니라, 다른 게 속상한 게 아니라.

"내가 왜, 너 군대 가는 걸 다른 사람들이랑 같이 들어야 해?! 윽…….."

자꾸만, 그 순간이 잊히지가 않아서. 사람이 가득 차 있는 공간 안에서, 너의 중요한 부분을 함께 들은 게 못내 마음에 걸려서. 미리 말해줬으면, 좋았잖아. 왜 이렇게 늦게 말을 해주는 건데. 아무런 준비도 안 되어 있는데, 이러는 게 어디 있어.

"어, 재희야… 울어?"

지훈은 아무렇게나 손을 올려 얼굴을 가리고 있는 재희의 모습에 작게 눈가를 구기며 힘없이 웃었다.

"또 울렸네."

재희는 다가와 자신을 안아주는 두 팔에 그만 목 놓아 울고 말았다. 간신히 참고 또 참아왔던 눈물을 모조리 다 쏟아내었다.

지훈은 재희를 품에 안고 한 손으론 부드럽게 머리카락을 보듬어주었다. 가슴 부근이 눈물로 얼룩이 져 축축해질 때에도 지훈은 그저 재희를 품에 안고 있을 뿐이었다.

민호가 소리 없이 시선으로 지연과 가람을 불렀고, 둘은 소파에서 일어나 민호를 따라 밖으로 나갔다. 귓가에 닿는 둔탁한 현관문 소리에 온전히 둘이 남게 된 공간에는 재희의 울음소리가 전부였다. 방금 전보다 더 크게 들리는 서글픈 음성에 지훈은 희미하게 웃었다.

"재희야, 너무 많이 울지는 마."

"윽… 하아……."

"나 조금. 슬퍼지려고 해."

반쯤 풀어진 눈가에 힘을 주며, 지훈은 어딘가 모르게 울적한 목소리로 말했다. 그럼에도 불구하고 멈추지 않는 눈물에 결국 지훈이 먼저 재희의 어깨를 잡고 품에서 떼어냈다. 손을 뻗어 자꾸만 아래로 향하는 고개를 들어 올리고 눈물로 얼룩이진 발간 얼굴을 조심스레 문질러 주었다.

"뭐가 그렇게 슬프나, 우리 애기는."

"……."

"말해봐, 달래줄게."

그 말에 재희는 바득, 염기에 젖은 입술을 구겼다.

"군대 간다는 말을 왜 이제 하는데!! 어제까지만 해도 그런 얘기 없었잖아, 윽… 그전에도!!"

"말하면 마음 약해질까봐 그랬어. 니가 지금처럼 울면, 내가 가기 싫어지잖아."

"그래도, 어떻게……!!"

"처음에는 너 생각해서 민호랑 따로 가려고 했는데, 서로 양보가 안 되더라고. 그래서 그냥 같이 가기로 했어. 같은 곳에 지원도 했고."

"그래도……."

"나도 빨리 다녀와야지, 맘 놓고 네 옆에 있어주지."

"…그래도."

"한시라도 빨리 갔다 올래."

"……."

"응?"

지훈이 고개를 틀어 재희의 뺨 위에 짧게 입맞춤 했다.

"기다려줘. 내 사랑."

포근하게 속삭이는 목소리에, 재희는 또다시 달싹이는 입술을 짓누르며 어린아이처럼 울음을 쏟아냈다. 필사적으로 손을 뻗어 다시금 지훈의 품을 파고들었다. 꼬옥 힘주어 옷깃을 끌어안자 지훈의 넓은 두 팔이 재희를 부드럽게 감싸왔다.

감추듯, 숨기듯 안에 넣고 지훈은 고개를 숙여 재희의 머리 위로 숨을 내쉬었다. 울고 있는 재희를 달래듯이 토닥이는 지훈의 손길이 못내 슬퍼졌다.

"우리 재희, 강하니까 기다릴 수 있지."

재희는 그 말에도 쉽사리 대답을 할 수가 없었다. 혼자 있을 수 있다고, 잘 다녀오라는 말이 끝끝내 나오질 않았다. 아직 봄이라고는 하나 너무나도 차갑기만 한 풍경을 혼자서 감당해낼 자신이 없었다. 계절이 변한다고 한들, 슬픔이 가라앉지 않을 것만 같았다.

"빨리 다녀와서, 이제 떨어지지 않았으면 좋겠다."

"……."

"이젠 정말, 마지막 이별이야."

지훈은 시를 읊는 것처럼 덤덤한 목소리로 말했다. 그게 더 두려워, 재희는 힘주어 지훈의 옷을 움켜쥐었다.

"두 번 다시 헤어지지 않을 걸 약속할게."

짧게, 머리 위로 닿는 입맞춤이 포근하기만 하다.

"그러니까 맘 편히 나 보내줘라."

목소리가 너무나도 따뜻해서, 재희는 그만 움켜쥐고 있던 손아귀에 힘이 빠지는 걸 느꼈다. 자그마한 숨을 토해내고, 무너질 것처럼 슬퍼하던 얼굴을 들어 올려 지훈을 마주했다. 염기에 짓눌려 발개진 눈가에 지훈이 살며시 눈썹을 구겼다.

"아프게도 울었네."

걱정이 잔뜩 묻어나는 목소리로 손을 올려 눈가를 조심스레 문질러준다. 재희는 그 손길에 눈을 한 번 깜빡였다. 방금 전보다 더 또렷해진 시야에, 가득 찬 얼굴을 빠짐없이 기억하려 시선에 힘을 더했다. 하나도 빠짐없이 눈에 담았다.

"나 많이 아프니까 그만 울자."

슬픔을 견뎌내고 있는, 지훈의 눈동자를 마주한다. 재희는 가파른 숨을 토해내며 손을 뻗어 지훈의 목을 감싸고 뒤꿈치를 들었다. 포개어진 입술에, 지훈의 눈이 한 번 흔들렸다.

살짝 벌어진 입술 틈 사이로 전해져오는 뜨거운 온기에 지훈은 나른하게 눈꺼풀을 내리며 손을 들어 재희의 얼굴을 감쌌다. 엉키는 서로의 숨결에 재희는 대답을 대신했다.

기다릴 테니까, 빨리 와야 해.

그렇게 가슴 속 깊이 전했다.

진득이 서로를 포옹하던 입술을 떨어지자 지훈이 기다렸다는 듯이 재희를 가볍게 들어 올렸다. 넓은 보폭으로 재희를 안고 향한 곳은 안쪽에 있는 너른 침대로였다.

그 위로 재희를 내려놓고 서슴없이 침대로 올라와 재희의 몸 위로 그림자처럼 내려앉은 지훈은 다시 한 번 재희의 입술을 집어삼켰다. 방금 전보다 비교도 할 수 없을 만큼 짙은 키스에 재희는 폐부가 뻐근해지는 걸 느꼈다. 손끝에 쓸리는 차가운 시트에 몸을 떨자, 지훈이 그런 재희의 손 위로 자신의 손을 겹쳐주었다.

지훈은 무자비한 힘으로 재희에게 버거운 키스를 쏟아 부으면서도 다른 한 손으로는 옷 속을 파고들어 부드럽게 재희의 허리를 쓰다듬었다. 평소 예민하게 느끼던 부분이라 그런지 재희가 몸을 떨자 지훈이 옅게 웃으며 혀를 조금 더 느리게 굴렸다. 그러면서도 일부러 얄밉게 그 부위만을 공략하는데, 재희는 자꾸만 오르는 열에 금세 머리가 새하얘지는 것만 같았다.

"하지 마… 그만……."

간신히 떨어진 입술 사이로 다급하게 말을 하자 지훈이 진중해진 얼굴로 슬쩍 웃었다.

"왜. 귀여운데."

재희는 나른해진 눈꺼풀을 올리며 자신의 위로 가까이 다가와 있는 지훈을 마주했다. 또, 톡 하고 건드려 재희는 톡하고 눈을 찡그렸다. 건반을 두드리듯이 잠깐씩 와 닿았다가도 살 떨리게 손끝으로 스치고 지나가 못 견디게 만든다.

"진짜, 하지 마. 지훈아……."

"알았어, 그만할게."

발갛게 달아오른 얼굴로 절박하게 말을 하는데, 그 모습에 못 이기는 척 지훈은 손을 떼며 재희의 한쪽 뺨 위로 짧게 입맞춤을 해주었다.

입맞춤을 끝으로 지훈은 조금 더 내려와 재희의 목에 입술을 묻고, 천천히 아래로 지분거리며 내려갔다. 촉, 초옥. 적나라하게 울리는 부끄러운 마찰음에 재희는 고개를 옆으로 틀며 잘근 입술을 깨물었다.

한 꺼풀씩, 지훈의 손끝으로 인해 재희를 감싸고 있던 모든 것들이 흘러내려갔다. 차가운 공기와 마주한다. 그보다 더 뜨거운, 지훈을 마주했다.

"해도 돼?"

정확히, 어느 지점에 도달하고 나서야 지훈은 다시금 위로 올라와 재희를 바라보며 물었다.

"허락, 맡는 거야."

지금 이 순간, 재희의 몸을 배회하던 손길마저도 숨을 죽인 상태였다. 모든 것이 조심스러워 보이는 지훈의 모습에선 배려가 느껴졌다. 되도록이면 첫 관계만큼은 재희의 의사를 따르고 싶어 하는 듯 보였다. 재희는 작게 숨을 토해내며 그런 지훈을 향해 나지막하게 속삭였다.

"이거라도 남겨주고 가."

그러자 지훈의 눈동자가 한 번, 떨렸다.

"그래야… 내가 기다리지."

그 뒤로 쏟아진 고백에, 지훈은 짧게 웃음을 터트리며 고개를 끄덕였다.

"그럼 기다릴 동안, 나 못 잊게."

다가와 코끝으로 재희의 뺨을 타고 올라와, 귓가에 안착한다.

"정말 잘해야겠다."

쏟아지는 뜨거운 숨결과 의미들에, 재희는 저도 모르게 지훈의 등을 껴안았다. 멈추었던 단단한 손이 움직였다. 재희는 밀려오는 아찔함에 눈을 감았다. 뜨겁다, 벅차올랐다. 심장이, 두근거려 터질 것만 같았다.

군대 가기 일주일 전이었다.

지훈과 재희는 나란히 침대에 누워 있었다. 그러다가 무언가가 생각이 났는지 지훈이 자신의 가슴에 머리를 대고 눈을 감고 있던 재희를 살짝 내려놓고서는 자리에서 일어나 어디론가 향했다. 그리고 얼마 가지 않아 다시 모습을 드러낸 지훈의 손에는 종이와 펜이 들려있었다.

"일주일 남았으니까 하고 싶은 거 적어."

침대에 엎드린 채 큰 글씨로 가장 윗부분에 D−7이라 적는다. 재희는 눈앞에 남겨진 시간들에 잠깐 동안 머릿속이 고요해졌다. 그러자 지훈이 짧게 재희의 어깨 위로 입맞춤하고서는 살결 위로 부드럽게 혀를 굴렸다.

"다해주고 갈게."

등 뒤로 쏟아지는 아찔한 감각들에 재희는 작게 눈가를 구겼다가 이내 힘을 뺐다. 척추를 타고 자꾸만 아래로 내려가는 지훈을 내버려둔 채, 재희는 뚜껑이 열린 채 버려져 있는 펜을 들었다.

"진짜, 다…해줄 거야?"

"응."

그렇게 대답을 하고선 또 진득하니 허리를 쓰다듬는다. 재희는 파르르 눈가를 떨며 새하얀 종이 위에 집중하려 애를 썼다. 하고 싶은 거, 제일 먼저 첫 번째로는 일주일 동안 함께 있기. 두 번째로는 내가 해주는 밥 먹기.

"너, 내가 해주는 밥 먹을 수 있어?"

쓰고 나서도 마음에 걸리는 일이다. 음식을 곧잘 하는 편은 아닌데, 민호는 잘 먹어주는 편에 속했다. 매번 짜고, 맛도 없는 음식들을 늘 맛있다고 칭찬해주었는데 지훈도 그럴 수 있을지 미지수다.

"뭐, 밥?"

"응."

"그걸 내가 왜 못 먹어, 니가 해주는 건데."

지훈은 푸스스 웃으며 손으로 재희의 다리를 쓸었다. 허벅지를 안쪽을 단단하게 잡고서는 재희야, 조금만… 한다. 재희는 애써 몸을 뒤척이며 지훈이 원하는 대로 움직여주었다. 그리고서는 다시 종이에 집중했다. 세 번째, 추억할 만한 것들 만들기. 재희는 그 글자들을 적고 난 뒤 자신의 손에 끼워진 반지를 바라보았다. 하나는 있고, 또 다른 거…….

"우리, 사진 찍은 거 있어?"

"사진?"

"응."

"…없는 것 같은데."

재희는 살짝 입술을 깨물며 그 흔한 사진 한 장 추억할 수 없을 정도로 치열하게 흘러왔던 지난날을 되새겨 보았다. 그리곤 펜으로 또박또박 글자를 적었다. 사진 찍기.

"카메라 있어?"

"없는데. 이참에 사면 돼지. 아침 되면 같이 가자, 너 갖고 싶은 걸로 골라."

"응."

"뭐뭐 썼어? 읽어주라."

"이리 와서, 같이 봐."

"나 지금 바쁘잖아. 그냥 니가 읽어줘."

같이 어깨를 나란히 마주하고 얘기하고 싶은 재희와 달리 지훈은 종이가 아닌 다른 므언가에 더 열중해 있었다.

아.

이따금씩 다가오는 짜릿한 감각에 재희는 입술을 깨물며 하는 수 없이 종이에 쓴 글자들을 차례대로 읽어주었다.

"일주일 동안 함께 있기, 내가 해주는 밥 먹기. 그리고 또… 사진 찍기."

"……."

"아, 그리고 비 오는 날 드라이브하기. 그런데, 비가 오려나… 비 안 와도 괜찮겠다, 그냥 멀리 가고 싶어. 저번에 나 가람이랑 춘천 갔을 때 너 왔었잖아, 그때처럼… 둘이 별만 봐도 좋을 것 같아. 넌 뭐 하고 싶은 거 없어?"

"……."

"너 지금. 내 말, 듣고 있어?"

재희는 아무런 대답이 없는 지훈이 이상해 살짝 몸을 들어 고개를 돌렸다. 그러자 지훈이 땀으로 젖은 머리카락을 훅 하고 불어 올리며 재희를 향해 부드럽게 웃었다.

"제대로 듣고 있어."

"……."

"계속 말해, 기억하고 있으니까."

그러면서 또 따뜻한 온기가 살결 위로 내려와 앉는다

간지러워.

재희는 잠깐이나마 떨리는 심장을 진정시키며 종이를 마주했다. 드라이브하기 그리고 또…….

"사랑한다는 말 해주기."

그 말에 진득하니 입술로 재희를 괴롭히던 지훈이 움직임도 멈춘 채 고개를 치켜세웠다.

"언제, 안 한 적 있어?"

"평상시보다 더 많이 해달라는 거야. 오래, 떨어져 있잖아."

"지금도 말하고 있잖아."

"언제, 말했어?"

"봐봐. 지금."

지훈은 위로 와 재희의 얼굴을 감싸고 머리 위로 짧게 입맞춤했다. 고개를 돌리자 오른쪽 뺨에 한 번 더.

"이렇게."

그리고 고개를 조금 더 틀어 입술에 한 번 더.

"또 이렇게."

"……."

"너한테 사랑한다고 표현하잖아."

진득하니 파고드는 짙은 시선에, 심장이 떨려 재희는 견딜 수가 없었다.

"난 뭐 하고 싶은 거 없냐고 물었지."

"응."

"있어."

"뭐?"

"일주일 동안, 내가 하자는 대로 하기."

눈을 동그랗게 뜨며 묻는 재희의 모습에 지훈이 옅게 웃었다.

"지금처럼."

그리고 다시금 입술로 다가와 짧게 입을 맞추곤 그리 멀지 않은 거리에서 속삭인다.

"난 너랑 이런 거 하고 싶어."

나지막하게 쏟아지는 숨과 말들에, 재희는 금세 열이 올랐다. 떨리는 숨을 참으며 애써 손을 올려 지훈의 어깨를 살짝 밀었다.

"너, 변태지."

"맞아. 변태 맞는데."

지훈은 장난스레 웃던 입가도 죽인 채 진중하게 재희를 마주했다.

"니가 이래야 나 기다릴 수 있다며."

그리고 쏟아진 고백에, 재희는 잠깐이나마 머릿속이 새하얘졌다.

"이런 거라도 남겨주고 가라며."

웃고 있는 지훈의 입술이 못내 슬퍼보였다.

"난 지금, 니 머릿속에서 떨어져 있을 긴 시간 동안 한순간이라도 잊혀지지 않기 위해. 최대한의 노력을 하고 있는 거야."

왜, 그런 갈을 해.

"그러니까 나 절대로 잊으면 안 돼."

왜… 그렇게 말해. 재희는 결국 또 한 번 치고 올라오는 뜨거운 감정에 눈물을 쏟아내었다. 얼굴 위로 흐르는 눅눅한 감정들을 닦아내기도 전에 지훈이 먼저 손을 올려 눈물을 닦아내 주었다.

"내가 해줄래."

"너, 진짜……."

"나, 진짜 뭐."

달싹이는 재희의 입술 위로 웃으며 또 입맞춤 한다.

"정말 사랑스럽지."

정말, 너를 어쩌면 좋을까. 재희는 두 팔로 지훈을 끌어안고 울어야만 했다.

아침이 될 때까지 둘은 계속해서 침대 위에 머물렀다. 잊히지 않기 위해 노력을 한다는 지훈의 말처럼, 몇 번의 관계가 지속되었다. 뻐근해진 몸으로 함께 샤워를 하고, 머리가 채 마르기도 전에 밖으로 나갔다. 제일 먼저 카메라를 사고, 그 순간을 기점으로 둘 사이엔 늘 카메라가 함께였다. 둘이 있는 매 순간들이 시시때때로 장면으로 하나둘씩 남겨졌다.

장을 보고, 식사를 준비 할 때에도 지훈의 손에는 묵직한 카메라가 들려 있었다. 재희야, 자신을 부르는 소리에 고개를 돌리자 플래시가 터진다. 그리곤 저 혼자 또 찍힌 사진을 확인하고 있는 모습에 재희는 진이 빠진 얼굴을 했다.

"진짜, 너무 막 찍는 거 아니야?"

"원래 사진은 막 찍는 거야. 가기 전에 다 현상해 놓고 갈 테니까 맘에 드는 건 니가 골라."

"……."

간다는 말이 또 새삼스레 슬프게 느껴져 재희는 지훈을 바라보던 시선을 틀어 도마 위 야채에 집중했다. 서걱서걱, 칼질을 하는 데에도 괜히 코끝이 찡해졌다.

"자기야."

언제 온 건지, 그 말과 함께 재희의 허리에 한 팔을 감고 또 카메라를 들이댄다. 지훈은 금세 고개를 틀어 재희의 뺨에 입술을 부딪치며 사진을 찍었다.

이런 식의 갑작스러운 상황은 지훈이 카메라를 들었다 하면 수도 없이 펼쳐지곤 했다. 화장실에서 양치질을 할 때에도 옆에 와서 찍고, 뭘 먹을 때에도 찍고. 자고 일어나 엉망인 얼굴일 때에도 찍고. 지금처럼 또 식탁 의자에 가서 앉아 있으면서도 제 얼굴만 따로 찍는다.

"뭘 어떻게 찍어도 잘 나오네."

찍은 사진 속 제 얼굴을 확인하며 감탄을 하는 지훈의 모습에 재희는 픽하고 웃었다.

"자뻑은, 카메라가 좋은 거야."

"아니지, 잘생기니까 아무렇게나 찍어도 잘 나오는 거야."

"그래, 잘생겨서 좋겠네요."

"응. 잘생긴 최지훈이 예쁜 이재희를 만나서 더 좋지."

"……."

"나중에 사진 뽑아서 한 번 봐봐. 진짜 너 예쁘게 나왔어."

바보같이, 카메라 속 재희의 사진을 바라보면서 경계심 없이 웃는다. 그 모습에 재희는 서둘러 멈추었던 칼질에 집중했다. 떨리는 심장에 몇 번이고 손이 다칠 뻔했지만 그럴수록 힘을 더하곤 했다. 그 뒤로도 몇 번이고 지훈이 누르는 셔터소리가 간간이 귓가에 들려왔다. 예쁘다, 예쁘다 하는 소리도 몇 번 더 들렸던 것 같다.

음식을 다 하고 먹는 순간에도 카메라, 또 카메라. 그런데 이번에는 플래시가 터지지 않는다. 동영상인가보다.

"우리 애기가 나한테 해주는 첫 번째 밥. 맛은…….."

그러면서 지훈이 수저를 들어 김치찌개를 한입 먹었다. 살며시 눈가를 구겼다가 이내 짧게 웃음을 터트렸다. 그 모습에 잔뜩 긴장해 있던 재희의 눈가가 힘없이 내려앉았다.

"왜, 맛이 없어?"

"어, 아니. 이 맛을… 뭐라고 설명해야 되지."

"왜. 어떤데?"

"우리 재희가, 요리를 하면서 내 생각을 너무 많이 했나보다."

"……."

"간이 좀 안 맞네."

적나라하게 드러난 혹평에 재희가 풀이 죽은 얼굴을 하자 지훈이 손을 뻗어 심통이 나 있는 뺨을 슬슬 문질러주었다.

"괜찮아, 내가 다 먹을 거야."

"난 바본가봐, 먹어도 보고 하는데 맨날 간을 못 맞춰."

"어허, 자책은. 누가 바보래. 차라리 내가 바보할 테니까 넌 평강공주 해."

말도 안 되는 논리에 재희는 어이없다는 듯이 작게 웃었다.

"그런 게 어디 있어."

"공주님은 이런 거 잘 할 필요가 없어요."

지훈이 부드럽게 웃으며 뺨 위로 배회하던 손을 멈추었다.

"바보가 알아서 다 먹어줄 테니까요."

재희는 또다시 알싸하게 올라오는 감정들을 숨기기 위해 서둘러 입술을 깨물어야만 했다. 지훈은 동영상 촬영을 정지시키고는 카메라를 내려다보며 말했다.

"니가 뭘 하든, 바보는 다 좋대요."

또 아무렇지도 않게 흘러나오는 말에 재희는 뚝 하고 입맛이 사라졌다. 입안이 물렁거려, 앞에 놓인 음식을 먹을 수 없을 것만 같았다.

지훈은 그 뒤로 5번이나 더 재희가 해준 음식들을 하나도 남김없이 맛있게 먹어치웠다. 요리 실력이 는 것도, 그렇다고 해서 운 좋게 음식이 잘 된 것도 아니었는데 지훈은 단 한 마디의 투덜거림 없이 맛있다는 소릴 끊임없이 해주었다.

지훈은 정말 약속 그대로, 재희가 새하얀 종이 위에 적어두었던 것들을 하나도 빠짐없이 다해주었다. D—day를 하루 앞두고 가평으로 가 별이 떠 있는 새벽을 마주한 것을 끝으로 재희의 소원은 모조리 다 이루어져 있었다. 비는 오지 않았지만, 오지 않아 마주할 수 있었던 아름다운 풍경이었다.

"핸드폰 꺼놔."

그 까마득한 별들 아래에 단둘만이 남겨진 공간에서, 지훈이 부탁했다.

"방해받그 싶지 않아."

나지막하게 쏟아지는 그 말에 재희는 미련 없이 켜두었던 핸드폰을 껐다. 지훈의 마지막 바람대로, 지훈이 군대에 들어가기 직전까지 켜지 않기로 마음먹었다.

둘 사이엔 그 어떠한 말도 흐르지 않았다. 그저 손을 잡고, 고요함의 한 가운데 서서 이별이 가까워지는 걸 서로의 심장으로 느끼고 받아들이는 과정을 거쳤다. 까마득한 어둠을 헤치고 서울로 돌아온 지훈은 잠깐 동안 침대에 누워 자 희와 잠을 자고 일어나 재희가 해주는 밥을 먹었다.

매니저가 운전해 주는 차에 오르고, 재희와 손을 잡은 채 마지막이 될 말들을 주고받았다.

"머리는 가서 자를 건데. 되도록이면 너 그거 안 봤으면 좋겠어."

"…머리 자르는 게 왜?"

"그냥, 싫어."

막상 입대가 가까워지자 어린애처럼 구는 지훈의 모습에 재희는 살며시 웃었다.

"그동안 머리빨이었어? 왜 그렇게 겁내."

"난 머리 밀어도 잘생겼다니까."

"근데 왜 보지 말래."

"아… 그냥, 기분 이상할 것 같아서."

지훈은 초조한 듯 시선을 굴렸다. 그리고선 재희의 손을 더 힘주어 꼭 잡았다.

"가면 기자들이랑 팬들 와서 잘 얘기 못할 거야. 이해하지."

"응, 알아."

"그러니까, 하고 싶은 말 있으면 지금 해."

그 말에 재희 역시 기분이 이상해졌다. 마지막이 될 말들. 재희는 차분히 숨을 몰아쉬었다.

"잘 다녀와. 다치지 말고, 민호랑도 싸우지 말고."

"걔랑 내가 왜 싸워, 나이가 몇인데."

"얼마 전까지만 해도 니가 민호 싫다고 했었거든?"

"아, 지금은 아니야. 알잖아, 우리 사이가 얼마나 찐한지."

영화 봤잖아, 재희는 또 푸스스 웃었다.

"너 가고 나서 영화 다시 봐야겠다. 그때 제대로 못 봤어."

"흥행이나 됐으면 좋겠다. 우리 재희 오래 보게."

"그렇게 될 거야. 시사회 평도 좋잖아."

"아, 첫날 관객수라도 보고 가고 싶은데 그러지도 못하네."

"……."

"뭐, 잘되겠지."

지훈은 지금 이 순간만큼은 둘만의 생각을 하고 싶은지, 일적인 얘기를 금세 잘라내었다.

"전화할거. 모르는 번호라고 안 받지 말고 꼭 받아야 돼. 목소리라도 못 들으면 진짜 탈영할지도 몰라."

"알았다니까, 꼭 받을게."

"그리고 또. 할 말."

"음… 사랑해?"

"그렇지."

지훈이 웃으며 차분하게 말했다.

"사랑해, 재희야."

그 어느 때보다, 강하게 말을 해주었다.

훈련소에 도착을 한 지훈은 민호와 만나 함께 머리를 잘랐다. 보이고 싶지 않다는 말이 정말이었는지 자르자마자 모자를 쓰는 바람에 차에서 기다리고 있던 재희는 지훈의 상태를 볼 수가 없었다.

입소가 가까워지고, 차문 밖으로 수많은 인파들이 몰린 것을 확인하고 나서야 마즈잡고 있던 손을 떼어내었다. 지훈이 먼저 차에서 내렸고, 한참 뒤에 재희가 내렸다.

팬들과 기자들 틈 사이에 파묻혀 있는 지훈과 민호를 본 재희는 아까 도착해 있던 가람과 지연, 인영과 만났다. 그리고 지연이 소개해주는 지훈의 부모님께 정말 오랜만에 인사를 했다. 몇 년 전, 시험 공부를 핑계 삼아 한 번 봤던 얼굴인데 아직도 재희를 기억하고 있던 그들은 반갑게 재희의 손을 꼭 잡아주었다.

인터뷰와 팬들에게까지 인사를 전한 지훈과 민호는 마지막으로 들어가기 전, 재희와 마주했다.

"둘 다 잘 다녀와."

"응, 연락할게."

"아, 추워. 가면 고생 많이 하겠지?"

문턱에 다다르자 두려운 건지 지훈이 제법 약해 보이는 말을 했다. 재희가 그런 지훈을 향해 웃자, 지훈이 시선을 틀어 가람을 바라보았다.

"야, 김가람. 너 재희 옆에 이상한 새끼 달라붙나, 안 붙나. 잘 감시해라."

"걱정 마. 너네 둘이 가는데, 내가 일당백해야지. 옆에서 착 달라붙어서 일거수일투족을 감시해주마."

"아, 이거 못 미더운데."

자신감 넘치게 말을 했음에도 불구하고 신뢰가 생기지 않는지, 지훈은 살며시 인상을 구기며 재희를 똑바로 마주했다.

"바람피우면 안 돼, 재희야."

"알았다니까."

"되도록이면 아주 바쁘게 지내. 딴 놈들한테 눈길 안 갈 정도로. 정신없이. 그러다보면 나 나올 거야. 알았지?"

"…응."

정말, 바쁘게 지내야 돼. 딴 마음 안 생기게. 계속해서 쏟아지는 말들이 정말 마지막처럼 느껴져서, 재희는 몇 번이고 고개를 끄덕여야만 했다.

인영은 민호를 바라보며 입술을 깨물었다. 이틀 전을 마지막으로 모든 스케줄이 끝이 난 시점에서 인영이 민호에게 들었던 말은 그동안 수고했다는 말과 미안하다는 말이었다. 그땐 차마 하지 못했던 말들이, 이상하게 지금 이 순간 목구멍 끝까지 차올라 있었다.

끝끝내, 하고 싶지 않았지만 이대로 돌아서면 하지 못할 말이라. 인영은 작은 심호흡과 함께 민호를 향해 입술을 열었다.

"이거 계약 위반인 거 아시죠."

"뭐가?"

민호는 모르겠다는 얼굴로 인영을 마주했다. 그 얼굴에 인영은 속이 힘껏 뭉개지는 것만 같았다.

"나한테, 그랬잖아요. 내가 결혼하거나, 이 일 접는 거 아니면 계속 같이 일해달라면서요."

"아."

이제야 생각이 났다는 듯이 민호가 짧게 말을 흘렸다. 그리고서는 이내 웃으며 인영에게 말했다.

"그래서 미안하다고 했잖아."

인영은 그 웃음이 싫었다. 자신만 이렇게 헤어지는 게 아쉬운 것만 같아서 손해 보는 것만 같은 기분이 들었다. 그걸로도 모자라 단 한 번도 누군가에게 부려본 적도 없는 질척이는 말과 행동들을 지금 자신이 하고 있다는 사실이 불편하기 짝이 없었지만, 어쩔 수 없다.

"그래서. 이대로 발 빼겠다는 거예요?"

바짝 인상을 구기며, 인영이 힘주어 말했다.

"기다릴 거예요."

"뭐?"

"기다릴, 거라구요."

숨김없이 쏟아진 고백 혹은 선전포고에 민호는 알싸하게 웃었다.

"어디 한번 기다려봐."

"……."

"그때까지 일 안 하고 있으면 다시 내가 데려오고."

그 말에 인영의 눈꺼풀이 미세하게 흔들렸다. 민호는 한참 뒤에야 말을 덧붙였다.

"일적으로, 데려온다는 거야."

그래도 인영은 웃었다.

"스펙 확실하게 쌓아두고 있을게요. 아마, 나오시면 월급 더 줘야 할 거예요."

"그래. 기대하고 있을게."

"이제 들어가겠습니다!"

입소를 알리는 말에 민호와 지훈의 시선이 뒤쪽으로 향했다. 이젠, 진짜 마지막이다. 그래서 그랬다. 지훈은 주변의 시선들은 아랑곳하지 않고 재희를 향해 두 팔을 벌렸고, 재희 역시 그곳으로 가 지훈을 꼭 끌어안아 주었다. 둘이 마지막으로 나누었던 체온이 이상하리만치 따뜻하고 포근하기만 해서. 그래서 눈물은 나지 않았다.

민호와도 포옹을 마친 재희는 둘의 마지막 모습을 끝까지 눈으로 담았다. 수많은 인파들 틈에 파묻혀 모습이 보이지 않을 때까지, 보고 또 보고 나서야 재희는 그동안 D−day를 세었던 지훈의 모습이 떠올랐다. 함께했던 시간들과 나누었던 대화들이 모두 다 꿈처럼 느껴졌지만, 이상하게 허황되게 느껴지진 않았다.

그래서 재희는 웃었다. 곧, 머지않아. 다시 만나게 될 때에도 웃을 거라 다짐했다.

민호의 부모님과 지훈의 부모님 틈 사이에 껴 식사를 한 재희는 불편한 자리였음에도 불구하고 싹싹한 모습으로 그들과 대면했다. 민호의 어머니는 여전히 재희를 곱지 않은 시선으로 보았지만 앙심이 느껴지는 말 같은 건 하지 않았다.

그저 간간이, 재희의 몸을 걱정하는 안부를 물을 뿐이었다. 치료는 잘 받고 있니, 어디 아프진 않니. 다정한 말투는 아니었지만 걱정을 해주었다는 사실에 재희는 열심히 대답하고 또 고개를 끄덕였다.

지연의 차로 지훈의 집으로 돌아온 재희는 텅 빈 공허함에 소파로 가 앉아 호흡을 편히 했다. 지훈이 자리를 비운 동안, 재희가 대신 사용하라고 했지만 곳곳에 남겨진 지훈의 흔적들을 마주하는 게 아직은 힘이 들어 시간이 조금 더 흐른 뒤에야 가능할 것만 같았다.

그러다가 불현듯, 지훈이 꺼두라고 말했던 핸드폰이 생각났다. 지훈이 돌아간 시점에서야 다시 전원을 킨 재희는 액정 위를 가만히 내려다보았다. 그리고 드착한 알림 메시지 1건. 음성사서함 1. 재희는 그것이 누군지 확인해 보지 않아도 알 수 있었다.

음성 메시지 확인 버튼을 누르고 핸드폰을 귓가에 가져갔다. 그리고 흐르는 목소리에.

—재희야, 나. 지훈이.

재희는 숨을 참았다.

—미안, 목소리가 좀. 엉망이지. 너랑 같이 자다가 먼저 일어나서 하는 거라 이해 좀 해주라. 되도록이면 멋진 목소리로 해주고 싶은데, 그게 잘 안 되네.

바보… 충분히, 멋진데. 재희는 조금 더 귓가에 핸드폰을 가져다 대었다.

　—너 보면 차마 말이 나오지 않을 것 같아서 이렇게 음성이라도 남겨. 좀 비겁한 짓이긴 한데, 그래도. 난 아직도 너 보면 가끔씩 되게 떨릴 때가 있거든. 너 모르지, 내가 너한테 얼마나 조심스럽고, 신중하게 행동하는지. 되도록 니가 나한테 한 말 하나, 표정 하나까지 잊지 않기 위해 자기 전에도 한 번씩 생각해보는 것도 모르지.

　입술을 깨물었다.

　—그냥. 나 이대로 가면 우리 재희가 너무 슬플 것 같아서. 이거라도 가끔씩 들으면서 기다려 달라고, 그래서 남기는 건데. 하고 싶은 말이 너무나도 많아서 어디서부터 시작해야할지 모르겠네. 그러니까, 그냥. 그동안 너 보면서 생각했던 것들 하나둘씩 말해볼게. 일단은, 나와 같은 고등학교에 와줘서 고마워. 내 눈에 들어와 줘서 고마워. 그만큼, 예뻐서 또 고마워. 이제 와 말하는 건데 지금도 예쁘지만, 17살의 너는 정말 너무 예뻤어. 나 사실 예쁘다는 말 같은 거 낯간지러워서 잘 안 하는데 이상하게 널 보면 아무렇지도 않게 나오더라. 그 단어가 너한테 가장 잘 어울려서 그랬나 봐, 그래서 내가 부끄러운지도 모르고 계속했지. 그때 어려서, 그냥 아무런 생각 없이 말한 게 아니라. 정말, 순수하게. 난 네가 그저 예뻐 보였어. 너의 모든 게 다 내 이상형이 될 만큼, 지금도 그 취향이 변하지 않았지만. 이제와 말하는 건데. 너와 떨어져 있던 시간 동안 내가 만나왔던 여자들은 하나같이 긴 생머리에 새하얀 피부. 커다란 눈에 너와 같은, 안고 싶어지는 체구를 가진 사람들이었어. 취향 한 번 확고하다고, 매니저 형도 혀를 찰 정도였다니까. 그런 내 이상을, 현실로 만들어줘서 고마워. 나한테 오기까지 정말 많이 힘들었던 너에게 해줄 수 있는 말이 이것밖에 없네. 고

마워, 니가 민호에게서 나에게 왔을 때에도. 나로 인해 어쩌면 한평생 짊어지고 가게 될 병을 갖게 되었음에도 내 옆에 있어줘서 고마워. 나 역시, 그런 너에게 매 순간 최선을 다하도록 할게. 약속해, 절대로 널 두고 다른 어떤 것에도 흔들리지 않을게. 자신 있어. 니가 그럴 리 없겠지만, 내가 없는 동안에 잠깐 동안 한눈을 팔더라도 원망 안 할게. 넌 그동안 나에게 너무나도 행운이여서, 나는 이제 그 누구에게도 지지 않을 수 있을 것만 같거든. 다른 남자와 한눈팔아도 돼, 내가 다시 데려오면 되니까. 그러니까 2년 동안은 마음껏 자유로워져도 돼. 그렇다고 해서 진짜 다른 남자랑 바람이라도 피라는 건 아니고, 그냥. 만약에. 니가 그러더라도, 난 널 놓을 수 없다는 걸 말하는 거야. 놓치지 않을 자신이 있다고.

재희는 눈을 감았다.

—2년이 지난 뒤엔, 너는 더 예뻐져 있을 거야. 그리고 난 네가 이 세상에서 가장 아름다운 신부가 되길 원해.

자꾸만 가슴이 두근거려.

—내 옆에서, 그래 줄 수 있지.

눈물이, 날 것만 같았다.

—2년만 기다려줘. 그땐 정말 행복하게 해줄게.

핸드폰을 움켜쥔 손에 힘을 더했다.

—사랑해, 재희야.

고작 그 세 글자 하나가.

—니가 지금 느끼는 것보다, 더 많이 널 사랑해.

너무나도 깊이 파고 들어와, 벅차오르게 만든다. 그리고 끝이 난 음성에, 재희는 다리 사이에 얼굴을 파묻고 울었다. 지훈의 흔적이 고스란히 남겨져 있는 공간 속에서 숨을 쉬면서 울고 또 울었다. 보고 싶어, 견딜 수가 없을 것만 같았다. 시간이, 어서 빨리 지났으면 했다. 지훈이 말했던 대로, 바쁘게 지내고 싶어졌다.

지훈과 민호가 찍었던 영화는 흥행을 했고, 꽤 오랜 시간 영화관 예매율 1위를 차지했다. 그 영화를 재희는 무려 8번이나 홀로 가 관람했다. 둘이 나란히 있는 모습에 고등학교 시절을 잠깐이나마 회상하곤 했다.

재희는 치료 때문에 부득이하게 멀어졌던 작업실과 다시 대면했다. 디자이너인 설이에게서 많은 것들을 배우며 옷을 만들다 보니 보조적으로 해야 할 일들이 생겨났다. 샵을 관리하는 일 외에도 해외로 나가야 하는 일들이 많아졌고 어느 순간부터는 아예 외국에 나가있게 되었다.

외국에서 견문을 넓히고, 많은 사람들을 만나면서 재희는 이 일을 계속해야겠다는 확신을 가졌다. 매 시기마다 열리는 패션쇼에 Lewis Carrol 이름으로 참가하면서도 재희가 디자인한 옷이 호평을 받기도 했다. 그러다 보니 설이는 재희에게서 욕심이 날 수밖에 없었다.

"너 이대로, 여기서 공부 좀 하는 게 어때?"

식사 도중에 흘러나온 얘기에 나이프를 들고 있던 재희의 손이 뚝하고 멈추었다. 곧 있을 뉴욕 F/W에 정신이 없다 보니 잠도 제대로 자지 못한 상태였다.

"어? 미안, 나 잘 못 들었어."

반쯤 정신을 놓고 있었기에 다시 물은 건데, 설이의 표정이 한층 더 진중해졌다.

"앞으로도 나 대신 여기에 좀 더 있으면서 일해보는 게 어떻겠냐고."

"뭐야, 또 그 얘기야."

하지만 그런 설이와 다르게 재희는 허무하게 웃으며 마저 잘라낸 스테이크를 한입 밀어 넣었다.

"말했잖아, 나 내년에는 한국에 들어갈 거야. 거기서 언니 샵 봐줘야지."

"그래도 여기서 공부하는 게 더 좋을 텐데, 샵은 너무 걱정하지 마. 다른 사람 찾아보면 되니까."

"배우는 건 지금으로도 충분하다고 생각해. 부족한 부분이 있으면 가끔씩 이렇게 와서 언니 일 도와주면 되고."

"너, 지훈이 때문에 그렇지?"

재희는 그 이름에 멈추었던 손을 다시금 느리게 움직였다.

"응."

"지훈이가 그런 거 하나 이해 못해줄까, 말은 해봤어?"

"아니, 안 그럴 거야."

"도대체 왜?"

설이가 이해가 가지 않는다는 표정을 짓자 재희가 엷게 웃었다.

"이제 더 이상 안 헤어지기로 했어."

"……."

"나도 헤어지기 싫고. 한국에서도 충분히 할 수 있으니까, 거기서 할래."

"…뭐 어때서 그래. 가끔 니가 한국에 가고, 지훈이가 또 오면 되지."

"지훈이 버우잖아, 안 그래도 바쁜데 나 한국에 없으면 얼굴 더 못 봐."

딱 잘라 말하는 재희의 단호한 태도에 설이가 아쉬운 듯 작게 숨을 토해냈다. 그때였다. 옆자리에 앉아 있던 남자가 걸어와 재희의 옆에 섰다. 놀란 얼굴로 올려다보니 파란 눈의 남자가 유창한 발음으로 옆에 같이 앉아도 되냐고 물었다. 사심이 가득 담긴 시선에 재희는 서둘러 왼쪽 손을 들었다.

"As you see this ring, I'm married."

"Oh, I see. sorry."

네 번째 손가락의 반지를 확인한 남자가 안타까운 듯 미소를 지으며 멀어지자 설이가 혀를 둘렀다.

"결혼도 안 한 게, 거짓말은."

"뭐, 어때. 머리 굴려서 어떻게 거절하나, 생각 안 해서 좋잖아."

"어련하시겠어."

설이는 살며시 웃음을 터트리며 멈추었던 식사를 마저 했다. 식사를 마치고 다시 작업실로 향한 재희는 일을 하던 도중에 습관처럼 핸드폰을 찾아 지훈이 남겨두었던 음성메시지를 들었다. 지훈이 남겨두었던 둘이 함께 있는 사진 역시 꺼내어 가만히 바라보았다.

외국에 나와 있다 보니 부득이하게 휴가 때에도 지훈을 만나지 못했던 재희였다. 하지만 그 부분은 지훈도 이해를 해준 상태였다. 차라리 얼굴을 안 보는 게 더 나을 것 같다는 말까지 했었다.

"너 보면 나 탈영할지도 몰라."

처음에는 그 말을 농담처럼 받아들였는데 이제는 진짜인 것 만 같았다. 가끔 하는 통화에서 고작 목소리를 듣는 것뿐인데도 지훈은 지금 당장 나가고 싶다는 말을 진지하게 했다.

재희는 지훈이 말했던 것처럼, 아주 바쁘게 생활했다.

계절이 변하는 건 오로지 패션 위크를 준비하면서 피부로 느끼는 것들뿐이라 제대로 된 날짜조차 인식하지 못했다. 계절을 넘기고 간신히 2월에 열리는 F/W가 끝이 나 마무리를 하다 보니 훌쩍 4월이 되었다.

최대한 빨리 한국으로 귀국을 하려 했지만 정리해야 할 것들이 많아 부득이하게 3일 정도 시간이 지체되었다. 평소 같았으면 3일 정도야, 웃으며 넘어갔겠지만 그럴 수 없던 이유는 지훈 때문이었다.

바쁘게 지낸 만큼, 시간은 빠르게 흘러갔고 재희가 두려워했던 2년은 그렇게 너무나도 갑작스럽게 다가와 있었다. 그것도 지훈이 제대를 한지, 3일이나 지난 뒤였다.

ㅡ도착했어?

"응, 지금 막."

재희는 캐리어를 꺼내 잡고 끌며 말을 이었다. 잠을 제대로 자지 못해 눈이 퍽퍽했지만 그런 건 지금 이 순간 중요치 않았다.

"미안해, 진짜 빨리 오려고 했는데 정리할 게 생각보다 많아서 늦었어."

ㅡ괜찮다니까.

"너 지금 어디야?"

ㅡ나, 집이지.

"내가 바로 거기로 갈까?"

ㅡ그래주면 좋고.

좀 더 걸음을 빨리하며, 재희는 끼고 있던 선글라스를 빼내었다. 밀려오는 빛에 살며시 눈가를 구겼다가 이내 지훈이 했던 잔소리들을 떠올리며 살며시 폈다.

ㅡ우리 지금 2년 만에 보는 거지.

"응."

ㅡ떨리네. 그동안 진짜 보고 싶었는데.

"니가 면회도 오지 말라고 했잖아."

ㅡ그건 너 외국에 있기도 했고, 어쩔 수 없는 일이었잖아. 막상 군대 가

보니까 진짜 너 보고 싶은데, 실제로 보면 어땠겠어. 기사 났으면 좋겠어?

최지훈, 여자 친구 보고 싶어 군대 탈영. 대문짝만 하게, 어?

　말도 안 되는 논리에 재희는 살며시 웃음을 터트렸다.

　ㅡ힘들었어. 보고 싶은 거 참느라.

"……."

　ㅡ제대하면 바로 볼 줄 알았는데 넌 외국 나가 있고.

"미안해, 언니 패션쇼 좀 도와주느라. 정신이 너무 없었어."

　ㅡ알지, 우리 애기 바쁜 거. 나 없이도 잘 살고 있었구나.

"그럼, 내가 시름시름 앓길 바랐어?"

　ㅡ바란 건 아닌데, 그래 줬으면 조금 감동했겠지.

　진짜, 어린애 같아.

　작게 흐르는 재희의 웃음에 지훈이 물었다.

　ㅡ어디서 오는 거였지.

"어? 아, 파리."

　ㅡ4시 50분 도착. 맞지?

"응, 아까도 말했잖아."

　ㅡ7번 게이트에서 나오고.

"응, 그렇다니ㄲ… 어?"

　ㅡ왜?

"너 나 7번 게이트에서 나오는 거 어떻게 알아?"

　당황스러운 음색에 수화기 너머로 지훈이 작게 웃음을 터트리며 말한다.

　ㅡ어떻게 알긴. 공항이니까 알지.

　무슨…….

─설마, 너 진짜 내가 집이라고 생각했어?

가슴이 뛰기 시작한다. 재희는 가던 걸음을 좀 더 빨리했다.

─집이 이렇게 시끄러운 거. 봤냐고.

문이 열리고. 앞을 가득 메우고 있는 사람들의 얼굴을 하나둘씩 훑었다.

─맨날 사진으로밖에 안 봐서 궁금하다. 너 많이 변했으려나, 이제 29살인데. 피부 관리는 그동안 잘했지?

제자리에 가만히 서서 주변을 두리번거렸다. 그러자 순간 지훈이 먼저 짧게 외마디를 흘렸다.

─와.

그 탄성에 재희의 눈동자가 옅게 떨렸다.

─여전히 예쁘네.

지훈은, 재희를 본 듯했다. 살며시 구겨지는 인상에, 코끝이 시큰해졌다. 그러자 제법 매서운 목소리가 귓가에 들려왔다.

─어, 또 인상 쓴다. 내가 누누이 말하지만 너 자꾸 그렇게 인상 쓰다간 늙어서 고생한다.

재희는 곧 울 듯한 얼굴로 바락 소리를 질렀다.

"너, 진짜 어디 있어, 어디 있냐고!"

─울지 마.

"……."

─달래주고 싶잖아.

결국, 참지 못해 재희는 그만 눈물을 쏟아냈다. 손을 올려 아무렇게나 눈가를 문지르자 지훈이 나지막이 말했다.

─아, 또 울렸네.

진짜, 너 미워… 어디 있냐고. 어디, 있는데.

눅눅해진 입술로 묻자, 지훈이 강한 목소리로 재희를 잡아끌었다.

―여기.

그 순간, 이상하게 시선이 향한 곳에는.

―봤지.

지훈이, 있었다. 2년 만에 보는 얼굴은 시간이 무색할 정도로 변한 것이 없었다. 여전히 나를 바라보는 눈동자, 나를 향한 얼굴. 나를 바라보며, 매번 입술에 그렸던 웃음과 미소 그대로.

―이리 와.

나를 향해 속삭인다.

―달려와.

그 어느 때보다 달콤한 목소리로.

―빨리 와서, 나한테 안겨.

속삭였다. 재희는 그대로 움켜쥐고 있던 캐리어를 놓고, 걸었다. 뛰었다. 발끝이 차오른다. 그런 재희를 향해 지훈은 두 팔을 벌렸다. 재희는 달려가, 자신을 향해 있는 포근한 품으로 안착했다.

깊게 숨을 내쉬고, 뱉으면서도 스미는 짙은 체향이 꿈만 같아서. 재희는 힘주어 지훈의 모든 걸 끌어안았다. 지훈은 그런 재희의 머리를 감싸고 좀 더 자신의 품 안으로 끌어당겼다.

원래 사랑하는 사람들 사이에선, 기다림조차 무색할 정도로 이어져 있는 단단한 끈이라는 게 있거든.

그걸 사람들은 인연이라고 하기도 하며 운명이라고도 하기도 해.

인연을 믿어, 운명을 믿어?

"오랜만이야."

난 둘 다 믿어.

"다시 만나게 되서 기뻐."

너는, 어때?

"이젠 떨어지지 말자."

너는 어때, 줄리엣.

"응. 그래, 그렇게. 그럴 거야……."

나도 그래, 로미오.

너와 나의 로맨스를 위하여.

그대를 위하여.

8. 민호 외전

"시험 잘 봤어?"

민호는 어느 날과 다름없이 시계탑 앞에 홀로 서 있는 재희를 향해 조금 더 빨리 걸음을 했다. 매번 일찍 오려고 해도 그보다 더 일찍 늘 재희가 있었다. 오늘도 혼자 세워둔 것만 같은 미안함을 느끼며 넓은 보폭으로 다가간 민호는 며칠 전부터 하고 싶었던 질문을 인사처럼 건넸다.

하지만 재희는 평소와 달랐다. 옆에 다가가 말을 건넸음에도 불과하고 여전히 시선은 다른 곳 어딘가를 향해 있었다. 축제가 끝이 난 다음 날이었다.

"무슨 생각해?"

언제 보나, 지켜볼 심산이었지만 재희는 꽤 심각하게 무언 갈 생각하고 있는 듯 보였다. 이번에도 대답이 없어 가만히 서서, 한동안 주머니 안에 손을 밀어 넣고 재희를 바라보던 민호가 결국 기다림을 이기지 못해 다시금 입술을 열었다.

"이재희."

그제야 재희의 고개가 화들짝 놀라며 위로 향했다.

"아, 어? 뭐야, 언제 왔어?"

"방금. 내가 한 말 못 들었지."

"응? 무슨 말 했어?"

"시험 잘 봤냐고."

"아, 시험."

재희는 그제야 눈동자를 도르륵 굴렸다. 성적표를 받은 건 일주일이나 더 된 이야기였지만, 축제 준비에 한창 스트레스를 받고 있었던 재희를 위해 아껴두었던 말이었다. 하지만 예상했던 것보다 표정이 좋지 못하다. 눈가를 푹 죽이며 입술을 꾹 깨무는데, 그 모습이 측은하기보다는 안아주고 싶다는 생각이 들어 민호는 신기했다.

"…82점."

역시나, 표정이 좋지 못한 데에는 다 이유가 있었다. 민호는 설핏 인상을 구기며 남겨진 3점을 안타까워했다. 약속했던 게 아마, 85점이었지.

"못 넘겼네."

재희는 작게 한숨을 내쉬며 고개를 숙였다. 민호는 손을 뻗어 그런 재희의 자그마한 머리 위로 살며시 손을 내려놓았다.

"속상하다."

그 달짝지근한 목소리에 재희의 고개가 위로 올라왔고, 그와 동시에 민호의 손이 미끄러지듯이 재희의 목 언저리로 흘러내렸다. 손끝에 닿은 살결에 민호의 눈동자가 잠깐이나마 떨렸다. 재희는 그런 민호를 바라보며 너무나도 경계심 없이 웃고 있었다.

"뭐가 속상해, 내가 더 속상한데."

"그냥. 잘 봤으면 해서."

손을 내릴까 하다가. 별로 신경 쓰고 있지 않은 것 같아 조금 더 그곳에 머물렀다. 이따금씩 머리카락과 새하얀 살결이 간질이듯, 민호의 손에 엉켰다 풀어지는 걸 반복했다.

"다음에 더 잘 봐야지, 너는. 잘 봤어?"

"글쎄."

"무슨 대답이 그래."

"그러게."

"뭐야… 못 봤어?"

"약속한 게 몇 점이었지."

"나랑, 약속한 게… 90점."

민호는 일부러 한쪽 눈썹을 구기며 그 점수를 심각하게 떠올리는 척 했다. 그러자 재희의 표정이 한층 어두워졌다.

"왜, 너도 망쳤어?"

잔뜩 걱정하는 듯한 목소리로 말을 하는데, 그게 귀여워 그만 웃음이 나오고 말았다.

"난 93점."

딱딱하게 굳어 있던 입술을 부드럽게 밀어 올리자, 그게 얄미웠는지 재희가 손으로 민호의 팔을 툭하고 쳤다.

"뭐야, 잘 봤잖아. 근데 왜 연기야?"

"그냥. 이런 건 쪼이면서 말해야지."

"으… 진짜 잘 봤다. 넌 바쁘다면서 공부를 어떻게 한 거야? 난 이번에 영어랑 국어 때문에 평균 다 망쳤는데."

"좀 어려웠나?"

"응, 많이."

그런가.

민호는 매번 별반 다를 것 없이 느껴지던 시험지를 잠깐이나마 떠올렸다.

그래, 생각해보니 조금 어려웠던 것 같기도 하다.

"난 항상 이래. 잘 봐야 된다고 생각하면 더 망친다니까."

고등학교에 들어와 처음 보는 시험이라 긴장이라도 한 걸까, 민호는 한껏 울적해져 있는 재희를 바라보며 잠깐이나마 자신의 점수를 재희에게 주고 싶다는 생각을 했다.

"약속, 기억하지."

우울해 할까봐 눈치를 보며 조심스럽게 말을 한 건데, 재희는 언제 그랬냐는 듯이 해맑게 웃으며 고개를 끄덕였다. 부서질 듯한 태양 아래, 그 웃음이 너무나도 스스럼없이 다가와 민호는 잠깐이나마 눈앞이 뿌예지는 걸 느꼈다.

"그럼. 무슨 소원이든지 다 말해. 들어줄 테니까."

"졌는데 기분 좋아?"

"응? 아, 너 시험 잘 봤잖아. 다행이지, 어머니한테 성적 때문에 연기 하는 거 쓴소리 안 들어도 되고."

"……."

"그래서 그래."

민호는 순간 자신이 끌어안고 있던 고충을 위로받은 듯한 기분이 들었다. 기분이 좋은 건가, 좋은 것 같기도 하다. 그래서 웃으며 재희의 목덜미를 가볍게 움켜쥐었다. 재희가 살며시 눈가를 구기며 잔뜩 어깨를 오므렸다가 폈다. 민호는 조금 더 가까이 다가가, 그 옆으로 섰다.

"무슨 소원을 말할까."

고심하는 듯, 내려다보며 말을 하자 재희가 그보다 더 높게 고개를 돌고 민호를 바라보았다. 그 시선에 가슴 한쪽이 욱신거렸다.

"무슨 말이 그래, 생각해둔 거 없어?"

"있는데. 생각이 바뀌었어."

욱신거린 게, 심장 쪽이었나. 어찌 되었든 그 미세한 통증 하나가 지금 민호의 생각을 바꿔놓긴 했다.

"뭐, 어떻게 바뀌었는데."

"넌 뭘 원하는데?"

"응?"

"말해봐. 뭐 하고 싶은지."

재희의 눈동자가 제법 난해해졌다.

"니가 원하는 걸로 쓰게."

"소원을, 왜 날 위해서 써?"

갑작스러운 발언에 재희는 안 그래도 큰 눈을 한 움큼 더 크게 떴다. 그 까만 눈동자 안에 비친 자신의 모습에 민호는 지레 한쪽 눈가를 구겼다.

"그냥."

나지막하게 말을 하는데, 그러면서도 한편으론 이상했다. 누군가의 눈에 담긴다는 기분이 이런 걸까.

"위로해주고 싶어서."

왜 이렇게 그 까만 눈동자 안에 담긴 게 벅찬 건지, 민호는 알 수가 없었다.

"다음번에 시험 더 잘 봤으면 싶어서."

구겼던 눈가를 피며 웃었다. 그러자 놀란 듯 크기만 했던 재희의 눈꺼풀도 반쯤 풀어졌다. 그런 게 어디 있어, 장난처럼 생각하는 건지 또 한 번 민호의 손을 툭 하고 쳤다.

"장난 아니야."

"……."

"진짜로 하는 거니까, 생각 좀 해봐."

정말, 이상해. 재희의 자그마한 입술 사이로 그런 모호한 말이 흘렀던 것 같기도 하다. 민호는 귓가에 들리는 급박한 발소리에 시선을 들어 조금 더 멀리했다. 역에서부터 뛰어오는 지훈의 모습이 보였다. 목 언저리에 머물렀던 손이 하릴없이 떨어져 나갔다.

"아, 진짜… 더럽게. 힘드네."

숨은 벅찬데 말은 해야겠고, 알싸하게 올라오는 뜨거운 기운에 따끔따끔하고. 매번 시계탑 앞에서 마주하는 지훈의 모습은 늘 이랬다. 민호는 느리게 시선을 내려 손목에 자리 잡은 시계를 내려다보았다. 오늘도, 4분이나 늦었다.

"오늘도 또 늦잠 잤어?"

이제는 이 질문도 지겨웠는지, 재희가 반쯤 수그려진 지훈의 등허리를 한심하게 쳐다봤다. 그 말에 바짝, 고개를 든 지훈이 억울하다는 표정을 했다.

"오늘은 너 때문에 늦은 거야."

"내가 뭘?"

"어제, 너 때문에."

지훈은 구부정하게 숙이고 있던 허리를 쭉 피며 후읍, 크게 숨을 뱉어냈다. 그리곤 재희의 앞으로 성큼 다가와 기분 좋게 웃는데.

"설레서 잠을 한 숨도 못 잤어."

순간 그 말에 재희의 귓가가 발개지면서 서둘러 시선을 튼다. 민호는 그 모습에 지훈에게로 고개를 돌렸다. 평소에도 재희에게 치근대긴 했지만 오늘은 더했다. 재희의 옆으로 다가가 어깨 위로 팔을 두른 걸로도 모자라 자꾸만 머리 위로 제 얼굴을 가져다 댄다.

"여기 보여? 내 다크서클."

“아, 진짜. 왜 이래.”

“어제 막 잗이 안 왔다니까, 너 때문에. 책임져주라. 어?”

“책임은 무슨……!”

평상시와 달리 둘 사이에 오가는 기류가 이상해 민호가 먼저 물었다.

“둘이 무슨 일 있어?”

“아, 그게. 어제 재희가 나한테…….”

“말 하지 마!!”

“어, 왜?”

“부, 부끄럽단 말이야.”

“뭐가 부끄러워. 어차피 알 텐데.”

민호의 눈썹이 살짝 구겨졌다.

“어제 재희가, 나한테 좋아한다고 고백했어.”

지훈은 연실 웃음이 흐르는 입술로 그렇게 말을 했다. 그러면서 재희의 어깨에 두른 팔을 내려 손을 잡는다.

“너 몰랐지, 우리 만우절 다음 날부터 사귀었었어.”

“뭐?”

“내가 좋아한다고 고백했다고. 뭐, 재희가 나 좋아해야 진짜 사귀는 걸로 하고 그동안 비밀로 하자는 조건이 붙긴 했지만, 어제 고백 받았으니까 이젠 진짜 사귀는 거지. 소문도 다 내고 다닐 거야. 더 이상 안 숨겨.”

보란 듯이 잡은 손을 올려 자랑스럽게 얘기한 걸로도 모자라, 손가락을 세워 콕, 콕. 재희의 한쪽 뺨을 누르는데. 그런 손을 제지할 수도 없을 만큼 이미 재희의 얼굴은 발개지다 못해 과열된 상태였다.

“이제부턴 제수씨라고 불러, 알겠어?”

자신을 향해 기분 좋게 웃고 있는 지훈의 얼굴보다 재희의 손을 잡은 게 시선에 더 걸렸다. 방금 전까지만 해도 목 언저리에 닿아 있던 손이 시큰거렸다. 왜 이러지. 민호는 느리게 손바닥을 움켜쥐었다 펴는 걸 반복했다.

"만우절 때부터. 사귀었다고?"

"어, 그렇다니까."

"그건 사귄 게 아니라⋯⋯!!"

재희가 발개진 얼굴로 다급하게 말을 하자 지훈이 고개를 끄덕였다.

"그래, 그땐 사귄 게 아니라 서로 알아가는 단계. 지금은 진짜 사귀는 거. 맞지?"

"⋯너, 진짜."

"이제 가자, 자기야."

"자기는 무슨, 너 학교에서도 그렇게 부르기만 해봐."

"네, 자기야."

"야!"

듣기 좋은 음량으로 서로에게 흐르는 목소리들을 들으며, 민호는 멈춰있던 걸음을 옮겨 그 둘의 뒤를 따랐다. 함께 붙어 있는 모습을 늘 봐왔지만 이제는 저 모습이 서로의 감정으로 인해 이뤄지는 거라고 생각하니 바라보는 시선에 힘이 실렸다. 구겨진다. 난해했다. 지금 가슴속에서 치고 올라오는 게 뭔지, 민호조차 정의를 내릴 수 없었다.

제수씨.

민호는 나지막하게 그 단어를 속으로 뇌까리며 설핏 웃음을 터트렸다.

제수씨라⋯ 고작 세 글자가 불편하게도 마음에 와 닿아 눌러붙었다. 흐르는 건가, 딱딱해지는 걸까. 모르겠다.

"민호야, 왔니?"

민호는 익숙지 않은 풍경에 피곤함에 얼룩이진 눈을 깜빡이며 주황색 형광등 아래에 서서 어머니를 바라보았다. 멈추었던 발등을 움직여 운동화를 벗으면서 어머니의 어깨 너머로 자리 잡은 시계를 봤다. 새벽 2시, 보통은 주무실 시간이다.

"오늘 촬영은 잘했고?"

"응."

잘 받아온 성적 때문인지, 요 며칠 어머니의 기분은 몹시 활기찼다. 맨얼굴인 그녀의 피부는 지나치게 반지르르 했다. 나이가 들수록 관리 하나는 꼼꼼히 하시는 분이라, 화장대 앞에는 늘 이름도 모를 화장품들이 즐비해 있었다.

"이번 영화는 언제 개봉한다고 했지."

"올 겨울."

"기특하네, 우리 아들."

민호는 코끝을 스미고 들어오는 이름 모를 화장품들이 풍겨대는 냄새에 살짝 인상을 구겼다. 방으로 들어가는데, 평소 같았으면 문턱을 넘지 않았을 어머니가 따라 들어왔다. 책상에 가 메고 있던 가방을 내려놓자 어머니의 시선이 책상 위, 자그마한 상자에 닿는다.

"어머, 이건 아직도 여기 있네."

평소 자신의 물건에 손을 대는 걸 끔찍이도 싫어하는 민호였던 터라 방청소 역시 어머니의 주된 일이 아니었다. 일하는 아주머니를 쓰긴 했지만 그녀에게도 자신의 방만큼은 손대지 말라고 당부할 정도라 어머니는 늘 민호의 방에 들어오는 게 조심스러웠다. 그런 그녀가 기억할 정도면, 이 상자는 꽤 오랜 시간 이곳에 머물러 있단 것이었다.

"누구 주려고 포장까지 한 거 아니니?"

어머니가 기억하기로는 이 물건은 3월 말 즈음부터 이곳에 있었다. 무슨 물건이냐고 물어도 대답이 없었지만 대충 짐작은 할 수 있었다. 고급스러운 리본까지 달려 있는 모양새가, 딱 봐도 남자에게 줄 선물처럼 보이진 않았다. 민호는 피곤한 듯 교복 셔츠의 단추를 푸르며 눈꺼풀을 무의미하게 깜빡였다.

"그랬는데."

무언 갈 생각하는 듯, 잠깐이나마 손이 멈추었다가.

"안 주려고."

다시금 단추를 푸르던 손이 느리게 움직였다. 그녀는 살며시 눈가를 구기며 왜?라고 물었다. 왜, 왜. 민호는 그 단편적인 질문을 떠올리며 생각해보았다. 왜 그런 걸까. 민호는 잠깐 동안 재희의 손을 잡고 있던 지훈을 떠올렸다.

"그냥. 필요 없어졌어."

"그런 게 어디 있어. 주려고 했던 건데."

민호는 작은 한숨과 함께 골치 아픈 물건을 바라보듯 상자를 마주했다. 계속 여기 있다간 시선을 잡아두며 쓸데없는 생각을 하게 만들 것만 같았다.

"엄마."

"응?"

"가져."

"어, 어?"

민호는 어느덧 단추를 다 푸르고서 책상 위에 있는 상자를 들어 그녀에게 건넸다. 그녀는 제법 얼떨떨한 얼굴로 상자와 민호를 번갈아 바라보았다. 민호의 손이 한 뼘 더 그녀에게 가까이 다가갔다. 그녀는 결국 그걸 받아들여야만 했다.

그녀는 민호의 눈치를 한 번 바라보고서는 조심스럽게 포장지를 뜯었다. 말은 그렇게 했어도, 매번 늘 이 자리에 놓여 있던 물건이 뭔지 제법 궁금했었다. 어느덧 포장지가 벗겨진 곳에는 제법 값비싼 명품 로고가 보였다. 열자, 그곳에는 한눈에 봐도 고급스러워 보이는 가죽장갑이 들어 있었다.

"어머, 예뻐라. 웬 장갑? 엄마 안 그래도 장갑 필요했는데."

"그냥."

"우리 아들이 날 닮아서 보는 눈은 높아. 잘 골랐네."

그녀는 민호를 자랑스럽게 바라보며 제 맘에 쏙 드는 장갑을 다시 한 번 내려다보았다. 장갑과 어울리지 않는 계절이었지만, 그런 건 지금 그녀에게 중요치 않았다. 한 손에 껴보더니 더욱더 흡족한 얼굴을 한다.

"그런데, 괜찮겠어? 엄마가 가져도."

이 선물이 주인이 여자였던 걸 안 그녀는 더욱더 눈꼬리를 늘이며 민호의 표정을 살폈다. 상황적인 것을 따져보았을 때, 뭔가 잘 안 된 것만 같은 느낌이 들어서였는데 그런 것 치곤 민호의 표정은 덤덤하기 짝이 없었다.

"응."

"…그래. 그만 쉬어야지, 피곤할 텐데."

그래서 그녀 역시 민호의 행동에 더 이상 꼬리를 달지 않기로 마음먹었다. 힘주어 어깨를 두어 번 토닥여준 뒤, 그녀가 방을 빠져나가자 민호가 느지막하게 한숨을 내뱉으며 텅 빈 책상을 바라보았다. 사라지면 좀 괜찮아질 줄 알았는데, 아니었다. 늘 지키고 서 있던 자리에 없으니 이상하게 마음이 더 ㅎ해졌다.

왜 이럴까. 민호는 알 수가 없었다.

입을 타고 흐르는 소문은 늘 빠르기 마련이다. 시도 때도 없이 자기라고 부르며 껴안고 손을 잡는 지훈의 행동에 둘의 교제사실은 공공연하게 전교생들의 귀에 빠짐없이 들어가 있었다. 하다못해 선생님들까지 모르는 사람이 없을 정도니, 새삼 지훈의 인지도가 학교 내에서 얼마나 높았는지 알게 되는 시점이었다.

"자기야, 오늘은 뭐 했어?"

사귀기 시작하고 며칠 안 가서 지훈은 꽤 바빠졌다. 내년에 개봉하게 될 영화의 아역배우로 출연을 하게 되어 학교에 붙어 있는 시간이 들쑥날쑥했다. 오늘은 새벽에 촬영을 시작해 점심시간에 맞춰 학교로 돌아온 지훈은 제일 먼저 재희를 찾아가 함께 식당으로 향했다. 그 무리에는 가람과 민호도 함께였다.

"뭐하긴, 수업 들었지."

"오늘 전공 있는 날 아니야? 자기가 싫어하는 그… 뭐지. 아, 소묘. 맞지?"

안 그래도 대본으로 꽉 차 있는 머릿속을 헤집어가며 간신히 생각해낸 자신에게 칭찬이라도 쏟아질 줄 알았겠지만, 재희의 표정은 시종일관 딱딱하게 굳어져 있었다. 그건 시도 때도 없이 날아와 꽂히는 수많은 아이들의 시선 때문이기도 했다. 어깨에 자리 잡은 팔과 재희의 한쪽 뺨을 톡톡 두드리는 지훈의 손길에 자꾸만 아이들의 시선에 힘이 실리기 시작했다.

"왜 이렇게 힘이 없어."

그걸 아는지 모르는지, 지훈은 내려앉아 있는 재희의 입술에 잔뜩 풀이 죽은 얼굴을 했다.

어? 왜 그래, 무슨 일 있어?

자꾸만 묻는 통에 결국 재희를 대신해 민호가 입술을 열었다.

"그만해. 불편해 하잖아."

"어, 뭐가."

"애들이 쳐다보잖아."

"저런 걸 왜 신경 써. 원래 쳐다보는데."

지훈은 인상을 구기며 별일 아닌 듯 치부했지만, 재희는 아니었다. 늘 시선을 받는 것에 익숙해져 있었던 지훈은 느끼지 못한 것들을 재희는 지금 이 순간 적나라하게 느끼고 있었다.

그건 어쩌면 학교를 들어선 순간부터 줄곧 재희의 뒤를 따라다니는 꼬리표와도 같은 거였다. 지훈과 사귀는 사실이 퍼지면서, 그와 동시에 시작되는 관심과 시기어린 질투는 지훈이 늘 받아왔던 시선들과는 사뭇 다른 게 분명했다.

"…촬영은 잘 했어?"

재희는 작게 한숨을 몰아쉬며, 지훈에게 웃으며 물었다. 재희가 곤란해 하는 문제는 바로 이거였다. 지훈으로 시작된 다른 아이들의 관심이 부담스러우면서도, 한편으론 어깨 위로 걸쳐진 팔이나 서슴없이 자신에게 제 감정을 숨김없이 표현해내는 지훈이 싫지 않다는 거였다. 밀어낼 수 있을 리 없었다.

"응. 촬영 도중에 너 목소리 듣고 싶어서 전화할까 했는데 자고 있을 것 같아서 못 했잖아. 오늘 아침에 민호랑 단둘이 왔어?"

"그래, 너 없어서 진짜 빨리 왔어."

"서운하게. 자꾸 이럴래? 안 그래도 요즘 너랑 같이 못 붙어 있는 것도 억울한데."

"지금도 붙어 있잖아."

"이거랑은 다르지. 난 지금도 너랑 손도 잡고 싶고. 여기."

지훈이 살짝 구겼던 눈가를 피며 재희의 얼굴 가까이 불쑥 다가왔다. 느리게 시선을 내려, 재희의 자그마한 입술을 바라보며 속삭인다.

"여기도. 저번처럼 하고 싶은데."

비밀처럼 전해져오는 말들에 재희의 눈동자가 위태롭게 흔들렸다.

"하, 하긴, 뭘 해?"

"어, 모르는 척할 거야?"

입술 가까이 멈춰서 슬쩍 웃는 지훈의 모습에 뒤에 서 있던 가람이 불쑥 끼어들었다.

"야, 줄 없어졌거든? 빨리 앞으로 가."

재희를 바라보는 데에만 열중해 있던 터라 앞에 줄이 반이나 줄었는지, 어쨌는지 알 턱이 없는 지훈이었다. 평소 같았으면 가람의 행동에 짙은 눈썹을 구기며 쓴소리를 퍼부었을 테지만, 지금 이 순간 지훈은 그 어떤 것도 안중에 없는 듯 보였다.

"어, 줄 없어졌네. 우리 재희 빨리 밥 먹고 뭐할까?"

재희의 얼굴 가까이 가져갔던 고개를 들며 지훈이 계단을 올라갔다. 재희는 그제야 참고 있던 숨을 내몰아쉬며 말했다.

"숙제 안 해서 밥 먹고 그거 해야 돼."

"아, 그래? 그럼 난 옆에서 너 구경해야지."

재미있겠다. 뭐가 그렇게 좋은 건지 바보같이 웃는 지훈의 모습에 가람이 쯧쯧 혀를 찼다. 민호는 그 모습에 뻐근해진 목을 돌리며 고개를 조금 더 위로 들었다. 그리고 마주한 얼굴에, 순간 눈동자를 굴려 바로 옆에 서 있는 지훈과 재희를 바라보았다. 가람도 계단에서 내려오는 그 얼굴을 본 건지 툭하고, 민호의 옆구리를 쳤다.

"안녕하세요."

민호는 고개를 살짝 숙이며 그와 동시에 지훈을 쳤다. 시종일관, 재희의 얼굴을 바라보고 있던 지훈의 시선이 민호가 인사를 한 곳으로 향했다. 그곳엔 최율이 있었다. 이제 막 밥을 다 먹고 내려오는 길인지, 계단 중턱에 서서 그런 지훈과 재희를 내려다보고 있었다.

"…안녕하세요."

저번에 인사를 하지 않아 한소리를 들었던 터라, 이번엔 재희 역시 고개를 숙여 인사를 했다. 지훈은 그런 재희를 바라보며 한쪽 눈가를 구겼다. 인사하지 마, 굳이 고개를 숙인 재희의 얼굴을 들어 올리며 손목을 잡고 제 뒤로 옮긴다.

"누나, 안녕하세요."

"응, 지훈이. 오랜만이네."

지훈은 뻔뻔하게 웃는 얼굴로 최율을 마주했다. 그 인사에 멈추어 있던 최율이 걸음을 옮겨 한 계단, 내려 와 지훈과 같은 선상에 섰다.

"소문 들었어. 재희랑, 사귄다며."

"네. 뭐, 그렇게 됐어요."

최율의 시선이 잠깐이나마 내려와 지훈이 잡고 있는 재희의 손에 닿았다. 민호는 작게 숨을 내몰아쉬며 그 시야 앞으로 서서, 재희를 숨겨주었다.

"그래? 그래도, 난 너무 갑자기 사귄다고 해서 놀랐어."

"갑작스러울 것도 없는데. 원래 마음이 없던 것도 아니었고, 제가 밀어붙였죠."

"그렇구나… 내가 알기론, 재희는 누구랑 사귈 생각 같은 거 없던 것 같은데."

안 그래? 등 뒤로 숨어 있는 재희에게로 향하는 말에 재희의 어깨가 한 뼘 더 좁아졌다. 그 모습을 빠짐없이 눈에 담은 민호는 눈동자를 굴려 또 반이나 사라진 줄을 눈에 담았다.

"가람아, 재희랑 올라 가."

"아, 어."

민호의 의도를 눈치챈 가람이 고개를 끄덕이며 재희의 손목을 잡고 계단을 올라갔다. 고개를 틀어 그 모습을 빤히 바라보는 지훈과 달리, 민호가 대신해 최율을 마주하고 섰다.

"무슨 말이 하고 싶은 건데요."

"어머, 무슨 말이라고 할 게 있나. 그냥 궁금해서 그렇지, 그만 가야겠다… 지훈아."

"어?"

"점심 먹고 잠깐 우리 교실로 올라올래? 너 이번에 영화하는 거 좀 물어볼게 있는데."

"아… 꼭 점심시간이어야 돼? 나 약속 있는데."

"그럼 내가 기다릴까?"

꼭 이럴 때만, 선배라는 권력을 들이댄다. 지훈은 잠깐 동안 고민하는 듯 싶더니만 이내 마지못해 고개를 끄덕였다. 알았어, 밥 먹고 갈게. 그 목소리가 한없이 낮기만 해서 민호는 혀로 입안을 쓰게 훑었다.

"그래, 그럼 이따가 보자. 민호도 또 보고."

"네."

"지훈아, 연락해."

"응."

대충 고개 짓으로 인사를 한 지훈은 멀어지는 최율의 뒷모습을 바라보고

서는 잔뜩 인상을 구겼다.

"아, 짜증나. 요즘 잘 피해 다녔는데, 왜 하필 여기서 마주쳐서는."

손으로 머리를 아무렇게나 헝클어뜨리면서 짜증을 부리는데, 민호는 불현듯 이 일들이 시작에 불과할 것만 같은 기분이 들었다.

그날을 기점으로, 재희의 학교생활엔 뜻하지 않은 걸림돌이 지속됐다. 아이들의 시선과는 별개로 1학년이라면 어찌 할 수 없는 선배들이 하나둘씩 나타났기 때문이다. 유명인사와 사귀게 된 사실에 배알이 꼴렸던 건지, 아니면 그 잘난 얼굴이라도 한 번 볼 심산이었던 건지 1학년 3반의 뒷문은 늘 색이 다른 명찰들로 그득했다.

그래서 재희는 이제 더 이상 자신의 자리에도 앉아 있을 수가 없게 되었다. 자신만의 문제였더라면 상관없었겠지만, 선배들의 등장에 반 아이들 전체가 그들의 눈치를 보았기 때문이다.

"아, 더워 죽겠네."

그래서 부득이하게 재희가 찾게 된 건 운동장 벤치였다. 그 옆에는 늘 가람과 민호가 함께였다.

"쪄죽겠다. 무슨 날씨가 이래?"

가람은 셔츠 자락을 푸석이며 숨조차 쉴 수 없을 정도로 뜨겁게 달궈진 공기에 툴툴댔다. 벤치 위로 커다란 나무가 있어 피부를 녹일 것만 같은 햇빛은 피할 수 있다지만 들러붙은 지겨운 매미소리까지는 어찌 할 방도가 없었다. 지독하니 귓가를 파고들어 울어대는 통에 자꾸만 말이 먹혀 가람은 이따금씩 아, 아 하며 조금 더 크게 말을 해야만 했다.

"미안해, 괜히 나 때문에… 나 정말 괜찮은데."

쉬는 시간만 되었다 하면 밖으로 나가는 재희의 뒤를 쫓은 건 가람이었고, 빈자리에 어디냐고 문자를 하는 건 민호였다. 가람은 열기에 축 늘어진 어깨를 힘주어 세우며 재희를 향해 말했다.

"니가 왕따야? 왜 혼자 나가, 친구가 있는데."

"그래도, 너네 둘. 덥잖아."

"그러게. 어디 시원한 데 없냐. 나 양호실 샘이랑 친한데, 우리 앞으로 거기 가 있을래?"

이제는 우리들만의 비밀 공간을 갖자는 식으로 이야기가 흐른다. 민호는 오늘도 어김없이 지훈의 빈자리를 느끼며 고개를 뒤로 젖혔다.

"더워."

"많이 더워? 이제 들어갈까?"

"아니."

걱정스럽게 흐르는 재희의 목소리를 들으며 민호는 천천히 눈을 감았다.

"시원한 얘기 좀 해줘봐."

흔들리는 바람에 나뭇잎이 움직여 군데군데 얼굴 위로 빛이 쏟아졌다. 재희는 그 말에 가만히 눈동자를 굴리며 생각을 했다.

"어… 음. 아, 맞다. 방학 때 우리 바다 놀러갈까?"

"바다? 좋다, 좋다. 어디로?"

"서해. 우리 외할머니가 대천 쪽에 사시거든. 난 맨날 방학 때마다 거기 가는데, 이번에 같이 갈래?"

"워, 진짜? 야, 민호야. 너 시간 되냐?"

"잠깐은 갈 수 있어."

"최지훈은 뭐 말하나마나, 따라갈 테고. 그럼 결정이네."

가람은 금세 들뜬 얼굴로 아직 한참이나 남은 얘길 곧 내 일처럼 말했다. 고기도 구워 먹고, 바나나 보트도 타고. 신이 난 듯 떠들어대던 가람이 금세 입술을 뚝 멈추고 재희의 몸을 한번 훑으며 음흉한 얼굴을 했다.

"그런데, 이재희. 너 몸매에 자신 있나봐. 겁도 없이, 먼저 바다가자는 소릴 하고."

"무슨, 말이 왜 그렇게 돼? 그냥 할머니 계시니까 같이 가자는 거지."

"에이, 그런 게 아닌데."

자꾸만 치근대는 가람의 장난에 재희의 얼굴은 금세 발개져 있었다.

진짜, 왜 이래.

억울한 듯 울려 퍼지는 재희의 목소리에 민호가 느리게 감고 있던 눈을 떠 재희를 바라보았다.

"괜찮아."

"응? 뭐가."

"너 정도면 괜찮다고."

재희의 얼굴을 바라보며 진중하게 말을 한터라, 재희가 잠깐 동안 입술을 멍하니 벌렸다가 이내 고개를 옆으로 틀며 달아오른 뺨을 손등으로 문질렀다.

하하하하.

뭐가 그렇게 즐거운 건지 가만히 앉아 있던 가람이 배를 잡고 웃었다.

"웃긴다, 이민호. 농담 진짜 잘해."

자신의 팔을 툭툭 치며 웃는 가람의 모습에 민호는 작게 실소를 터트렸다.

농담, 아닌데.

재희를 바라보던 시선을 틀어 고개를 다시금 위로 들고 눈을 감았다. 장난하는 거 아니라고.

매번 규칙적으로 촬영을 가는 민호와 달리 지훈의 시간은 늘 불규칙했다. 점심시간이 지난 뒤나, 그전에 촬영을 가는 일도 허다했다. 오늘은 아예 1교시만 듣고 간 터라, 민호는 그런 지훈을 대신해 재희의 옆을 되도록 이면 있어주려 애를 썼다.

점심을 먹고 난 뒤, 촬영을 가기 위해 가방을 챙긴 민호는 반 아이들의 부러운 시선들을 한 몸에 받으며 교실을 나섰다. 이미 뒤쪽에 와 있다는 매니저의 연락에 가던 걸음을 조금 빨리 했다. 그때였다.

"내 말이 말 같지 않아?"

평소 애용하던 복도 끝 계단에서 때아닌 날카로운 목소리가 울려 퍼지고 있었다. 민호는 한 걸음, 내딛었던 걸음을 다시금 뒤로 물러서며 한쪽 벽면에 기대었다.

"지훈이랑 헤어지라는 소리, 이해 못했어?"

민호는 눈을 감았다. 이런 일을 목격한 게, 이번이 처음은 아니었다.

"내가 좋게 말로 끝내자고 했잖아. 어? 그런데 왜 이렇게 신경을 긁을까."

이 거침없는 목소리의 주인공이 최율인 것도 안다. 그럼에도 불구하고 먼저 나서지 않았던 것은 재희의 입장 때문이기도 했다. 평소 재희의 성격을 생각해 보았을 때, 이런 모습을 보인다면야 분명 자존심 상해 할 것만 같았다.

그래서 늘 민호는 지금처럼 상황을 목격 했을 때에도 한발 물러나 모르는 척을 해 주었다. 그저 묵묵히 입을 다물고, 귀를 닫으며. 이 시간이 어서 지나가길 바라고 또 기다리면 됐는데.

"멍청한 거니? 무식해서, 맞을 짓을 한 거지."

이번만큼은, 그러질 못 했다. 정확히 최율의 입술 사이로 흘러나온 그 문장 어딘가가 민호의 가슴을 빨리 뛰게 만들었다. 멈추었던 다리를 움직이게 했으며, 어느덧 계단 중턱으로 내려온 민호는 제일 먼저 재희의 얼굴을 눈에 담았다.

"너무 억울하게 생각하진 말고. 어? 나야말로 억울하…….."

팔짱을 끼고 재희를 몰아세우고 있던 최율이 때아닌 발소리에 고개를 위로 들었다. 그리고 마주하게 된 민호의 얼굴에 서둘러 몸을 돌려 재희의 앞을 가로막고 섰다. 숨기고 싶어 할 테지만, 안타깝게도 이미 민호는 재희의 부은 한쪽 뺨을 본 상태였다.

"아… 민호야, 일 가니?"

뒤늦게 최율은 머릿속으로 지금 이곳이 민호가 촬영을 가기 위해 지나가는 길목인 걸 인지하고 뼈저리게 후회를 했다. 하지만 지금 민호에게 있어 중요한 건 그런 사사로운 것들이 아니었다. 매번 지훈이 애지중지 쓰다듬었던 뺨은 보기에도 따가울 정도로 발갛게 부어 있었다. 마주친 시선에 재희가 서둘러 시선을 내렸다. 민호가 우려했던 일이었다.

"선배, 장난이 좀 심한데."

참고, 또 참으려고 했는데. 이번만큼은 그렇게 할 수가 없었다. 넘어갈 수도 없었다. 여기서 그냥 모르는 척을 했다간, 앞으로 또 어떤 일들이 펼쳐지게 될 지 민호는 너무나도 잘 알고 있었다.

"아, 이거… 말로 하려고 했는데……."

최율은 제법 난처한 듯 웃던 입가에 힘을 더했다. 화사하게 웃는 얼굴을 보여 봤자, 민호의 주변은 좀처럼 밝아지지가 않았다. 질투로 인해 사람이 얼마나 악랄해지고 망가질 수 있는지, 민호는 그때 처음 알았던 것 같기도 하다. 여자는 생각보다 무섭구나, 잔인한 짓도 서슴없이 하는구나.

"그런다고 때려? 과도 다른데, 이거 너무 주제넘는 짓 아닌가."

그래서, 내가 지켜줘야 하는구나.

민호는 그때 처음으로 그런 생각들을 했다.

"과가 달라? 아, 내가 그걸 몰랐네. 연영과 명찰 차고 있어서, 연영과 인줄 알았지.”

최율은 한쪽 입꼬리를 비죽이며 재희의 왼쪽 가슴에 달려 있는 명찰을 노려보았다. 최지훈의 이름이 적혀 있는, 명찰이었다.

“지훈이한테⋯ 말할 거니?”

지금 이 사실들이 자신에게 불리하게 작용되리라는 걸 안 최율은 금세 얼굴에 힘을 빼며 불운의 주인공이 된 것처럼 연기를 했다. 하지만 그보다 민호는 자신과 눈을 마주치지 않는 재희의 모습에 불안해져만 갔다. 자꾸만 고개를 숙이는데, 그 그림자 속에 숨어 울고 있을 것만 같아 민호는 다짜고짜 재희의 손목을 잡고 그곳을 빠져나왔다.

점심시간에 아이들의 시선이 닿지 않는 곳은 존재하지 않았지만 교문 앞은 예외였다. 민호는 우두커니 서 있는 철창 앞으로 재희를 데려다놓고 잡고 있던 손목을 놓았다. 정신없이 걸어왔던 터라 턱까지 차오른 숨을 서글프게 내뱉었다.

아프다, 괴롭다. 그게 뭐 때문인지는, 모르겠다.

“고개 들어봐.”

재희는 여전히 고개를 푹 숙인 채였다. 꾸욱 주먹을 움켜쥐는데, 그 어떠한 말보다 더 확고한 의사표현이었다.

자존심이 상했을 거다. 하지만 민호는 둘 사이에 끼어든 것을 후회하지 않았다. 지금 민호가 원하는 건 악의 구렁텅이에서 무사히 구해냈다는 기사도 정신도 아니었고, 그저 온전한 재희의 얼굴 하나뿐이었다. 고개를 들고, 마주한 얼굴이.

“⋯⋯.”

제발⋯ 울지 않았으면 했는데. 입술을 꾹 짓누른 채 고개를 든 재희는 안타깝게도 민호를 향해 울고 있었다. 언제부터 시작된 슬픔이었는지, 이미 턱 아래에 고여 있던 눈물이 힘없이 바닥으로 뚝뚝 떨어졌다. 잘근 씹고 있는 입술도, 방금 전보다 더 부풀어 오른뺨도. 자신을 바라보며 떨고 있는 눈동자도 모두 다, 아프기만 해서.

"……."

민호는 아무런 말도 할 수가 없었다. 그 어떠한 말을 하는 대신, 두 팔을 뻗어 그런 재희를 가만히 안아주었다. 그곳에 얼굴을 묻은 재희는 몇 번이고 어깨를 들썩였다. 떨림만큼이나 비례하게 교복 셔츠가 눅눅해졌다. 그 어딘가가, 자꾸만 젖어만 갔다.

딱딱하게 굳는 게 아니라 흐르는 거였나. 민호는 왼쪽 가슴이 물렁해진 기분이 들었다. 손을 들어 재희의 머리 위를 매만지며 민호는 느리게 고개를 올렸다.

이 푸른 여름을 어떻게 보내야 하나. 문득 걱정이 밀려왔다.

널 어떻게 하면 구해낼 수 있을까, 민호는 고민했다.

지훈에게 말을 한다면 괜찮아 질까, 상황이 나아질 수 있을까. 하지만 민호가 생각하는 이상적인 방법으로 그 뒷이야기가 좀처럼 펼쳐지지 않았다. 자신이 자리를 비운 틈을 타 벌어진 일 들을 지훈이 알게 된다면 학교가 떠들썩해질 게 분명했다.

상대가 선배라는 걸 자각하지 못하고 일을 크게 저지르겠지. 안 그래도 지훈을 좋게 보지 않는 남자 선배들이 그걸 기회 삼아 지훈에게 무슨 짓을 할지도 모르는 거고, 그렇게 된다면 학교생활이나 더 나아가 좁은 연기자 바닥에서 두고두고 회자가 될 거다.

생각을 해보자. 어떻게 해야, 모두가 행복해 질 수 있을까.

어떻게 해야 그 누구도 다치지 않고, 이상적인 방법으로 나아갈 수 있을까. 아무리 생각해도 모두가 온전할 수 없는 길목에 선 민호는 불현듯 그렇게 생각했다. 모두가 아파야 하는 결말이라면, 차라리 자신이 혼자 그 모든 걸 짊어지는 게 나을 것 같다고.

그날은 문자가 없는 재희가 이상해, 양호실에 간다는 핑계를 둘러대고 무작정 복도로 나왔었다. 1학년 3반 창문을 보았다가, 텅 빈 재희의 빈자리에 가람에게 문자를 했다.

재희, 어디 갔어.

얼마 가지 않아 답장이 왔다.

수업 시작했는데도 안 들어왔어.

처음에는 걷던 두 다리가 초조함에 자꾸만 빨라졌다. 수업 도중이라 인적조차 없는 고요함이 복도에 짙게 깔려 있었지만 그 어디에서도 재희의 흔적을 찾을 수가 없어 답답하기만 했다. 교내에서 재희를 찾을 수 없자 민호는 계단 중턱에 서서 크게 호흡하며 창문 밖으로 시선을 던졌다.

운동장엔 있을까 해서였는데, 순간 등 뒤로 서먹하게 들려오는 발소리에 민호의 고개가 느리게 뒤로 향했다.

"……."

그곳엔 재희가 있었다. 그토록 찾았던 얼굴이기에 반가움을 느껴야 정상인데 그보다 놀란 마음에 눈가를 구기는 게 먼저였다. 재희의 새하얀 교복 어딘가엔 군데군데, 새빨간 피가 묻어 있었다. 새하얀 운동화 끝에도 묻어져 있어, 민호는 숨을 집어 삼키며 재희에게 다가가 무작정 손목부터 잡았다.

"어디, 다쳤어?"

눈동자가 정신이 사나울 정도로 빠르게 굴렀다. 이곳, 저곳을 살피는데 재희의 새하얀 살결 위로는 그 어떤 상처도 존재하지 않았다. 다만 넋이 나간 듯한 공허한 눈동자가 올라와 민호를 바라볼 뿐이었다.

"…민호야, 나… 나…….."

민호는 가슴 깊숙이 파고드는 그 자그마한 목소리에 잡고 있던 손목에 힘을 늦췄다. 아, 또다. 또.

"…어떡해. 진짜, 어떻게 해야 하지…….."

심장이 흘러내렸다. 민호는 느리게 눈을 깜빡였다. 가슴 가득이 찬 질척함에 서둘러 막았어야 했는데, 그러지 못해 바닥에 주저앉는 재희를 따라 아래로 내려앉았다. 흐른다. 자꾸만 흘러내려서, 어떻게 해야 할지 모르겠어.

차갑게 바닥에서 올라오는 한기에 땀으로 얼룩져있던 손바닥이 금세 시원해졌다. 재희가 울었다. 가슴이 또 뜨거워졌고, 민호는 치고 올라오는 열기에 어지러움을 느꼈다. 눈을 가만히 감았다, 뜨면서. 힘주어 재희에게 말했다.

"이리 와."

"윽…….."

"이리 와서, 울어."

그 말에 바닥에 주저앉아 울고 있던 재희가 입술을 짓누르며 민호의 품안으로 거대한 파도처럼 밀려들어왔다. 그 파동에 민호의 허리가 조금은 뒤로 밀려났다. 두 손으로 민호의 어깨를 잡고, 우는데. 평소와 달리 그 감정이 고스란히 입술 사이로 흘러나와 민호는 재희가 한계에 다다른 것을 알 수 있었다. 결국 무너져 내린 것을 알았다.

그런 재희를 등 뒤로 팔을 둘러 끌어안아주면서, 민호는 작은 숨과 함께 말했다.

"내가 숨겨줄게."

너만이 들을 수 있는 목소리로, 속삭여 주었다. 꾸욱, 어깨를 짓누르는 재희의 손길에 민호의 손이 느리게 올라가 그 위를 덮었다. 차가움에, 민호는 또 한 번 눈을 감고 밀려오는 숨을 토해내야만 했다.

"너의 문제는."

민호가 인상을 구기며, 나지막하게 말했다.

"손이, 너무 차가워."

잔뜩 구겨져 있는 손가락 사이사이, 자신의 손을 밀어 넣으며 또 한 번 속삭였다.

"손이 차갑다고."

민호는 감고 있던 눈을 떠 창문을 흠뻑 적시고 있는 오후의 빛을 마주했다. 밝은 곳에 있어도 차갑고, 따뜻해도 차가워.

"아무리 생각해봐도, 그게 문제인 것 같아."

민호는 흐린 눈동자로 이제야 인정을 했다.

"내가 자꾸 널 바라보는 게. 그거 때문인 것 같아."

자꾸만 손이 나가고, 눈으로 찾고. 마음에 담아두는 게. 다 그것 때문인 것 같아. 민호는 조금 더 힘을 주어 떨고 있는 재희의 손을 잡았다. 잠깐이나마, 멈춘 떨림에 민호는 자신이 재희를 제어할 수 있다는 걸 처음 알았다. 마음만 먹는다면, 널 더 이상 울게 하지 않을 수 있을 것만 같았다.

내가 너에게 주고 싶었던 건, 장갑이었어. 추위에 차갑게 얼어 있는 네 손이 자꾸만 생각났거든. 결국 전해주진 못했지만 상관없다. 내 손이, 너에게 장갑이 되면 되니까. 이제 차갑지 않게, 내가 잡아주면 되니까.

"나 소원."

말했었지, 이 소원은 오로지 널 위해 쓰겠다고.

"최지훈 말고, 나한테 와."

난 지금 널 위한 걸 하는 거야.

"내가 지켜줄게."

설령, 하나뿐인 친구를 잃는 일이라도. 그때의 나에겐 망설임 같은 건 없었다. 모두가 아파해야 할 일이라면, 차라리 혼자 아픈 게 나으니까. 오해도, 불신도. 미움도. 그거 내가 다 대신 받을게. 너는 그저, 내 품에서 지금처럼 소리 없이 울어. 다른 사람은 못 보게, 내가 숨겨줄게.

"그렇게 하자."

첫사랑은 그저 마음속에 간직해. 더 이상 망가지지 않게, 아프지 않게. 이쯤에서 손을 놓고, 그저 마음속 깊이 좋았던 추억들로만 남겨둬.

"그게. 좋을 것 같아."

그 언젠가, 네가 그리움에 지쳐 첫사랑을 꺼내보고 되돌아가고 싶어 한다고 하면 내가 그 길이 되어주고, 손이 되어줄게.

"……."

그러니까. 잡아, 재희야.

"……."

그런데 되도록이면… 니가 내 손을 놓지 않았으면 좋겠어.

미안해.

넷이 함께 가기로 했던 바다는, 아마 못 갈 것 같아.

9. 꿈에 관하여

달콤한 꿈을 꾼 적 있는가.

목소리 하나만으로 치열했던 삶들이 느리게 흘러가고, 우중충한 하늘에 우산을 쓰고 있지 않아도 두렵지가 않은 느낌. 손을 잡는 것만으로도 이 세상에 모든 것들을 이길 수 있을 것만 같은 용기가 부풀고, 따스하게 스미고 들어오는 마주잡은 손의 온기가 요람에 누운 것처럼 안락하게 느껴지고. 코끝에 닿는 체향이 소름끼치도록 달콤하게 느껴지던 시절 속 설렘으로도 표현하기 벅찬 널 바라보면서, 나는 늘 그런 생각들에 사로잡혀 있었어.

혹시, 이건 꿈이 아닐까. 지금 이 모든 건 꿈일지도 몰라. 니가 내 옆에 있다는 사실 하나만으로 막연하게 눈물이 날 것만 같은 순간과 시간들.

"왔어?"

너는 이토록, 달콤한 꿈을 꾼 적 있는가.

"…지훈아."

이 모든 게 거짓말처럼 느껴질 정도로. 눈물겨운 순간이 있는가.

지훈은 앉아 있던 자리에서 일어나 단숨에 재희에게로 다가갔다. 휘청이는 몸에서 예상을 했었어야 했는데, 역시나도 가까이 다가와 어깨에 두른 팔에선 육중한 무게가 느껴졌다. 쏟아지는 숨에선 얼큰한 알콜 향이 그득했다. 문득, 한쪽 어깨를 감싸는 손에 때아닌 힘이 바짝 들어간다. 마치, 이건 꿈이 아니라는 듯이.

　"미안. 데리러 가려고 했는데 좀, 많이 마셨어."

　지훈은 눈가를 구기며 재희에게 아슬하게 속삭였다. 그 순간, 재희는 주위를 둘러싸고 있던 장면들이 정적으로 흘러가는 것만 같았다. 귓가에 발갛게 달아오른 입술이 문득 스쳤다.

　"용서해주라, 마누라."

　미안함을 가득 담아 내뱉은 지훈의 목소리에 재희는 흐리게 웃었다.

　"뭐가 그렇게 미안한 건데?"

　"나 혼자. 술을, 너무 많이 마셨잖아."

　"그럼 술 먹자고 모인 자리에서, 술을 많이 안 마시면 어쩌자는 거야?"

　"야, 최지훈. 지금 뭐하는 거야. 빨랑 제수 씨 소개 안 시켜줘?"

　"아, 시끄러워. 기다려 봐."

　지훈이 인상을 구기며 매섭게 말을 하는 동안 재희는 눈동자를 굴려 뒤에서 아우성인 남자들을 하나둘씩 눈에 담았다.

　전부 다, 7명. 하나같이 모두 다 좀처럼 만날 수 없을 정도로 브라운관에서 인기를 끌고 있는 유명 인사들이라 재희는 지금 그들이 이곳에 모여 있는 게 신기하기만 했다.

　"안녕하세요, 이재희입니다."

　지훈은 잠깐만이라고 했지만, 재희는 기다릴 것도 없이 먼저 사근하게 인사를 건넸다. 부득이하게 설이가 당장에 급하다며 부탁했던 옷들을 만드느라 약속했던 시간보다 3시간이나 늦게 오게 되었다. 미안해서라도, 더 이상 비싸게 굴면 안 되는 것이었다.

"재희 씨 기다리느라 우리 목 빠질 뻔했어요."

"죄송해요. 빨리 오고 싶었는데 일이 좀 있어서……."

"일이 있었다잖아. 우리 마누라 바쁜 몸이야."

취하긴 한 건지, 지훈이 험상궂게 인상을 구기며 불만을 가진 녀석들을 하나둘씩 눈빛으로 쏘아보았다. 그 뜨거운 레이저 같은 눈빛을 꽤 오랫동안 받은 호운이 살짝 서운한 듯 말했다.

"우리도 바쁘거든? 아, 정말. 주인공이 늦으면 어쩌자는 거예요, 칙칙하게. 남자들 8명이서 뭐하라고, 덕분에 술만 진탕 마셨어요."

"미안해요, 이제부터 저랑 같이 마셔요."

"어? 정말요? 이리 오세요, 제가 한 잔 따라드릴게요."

얼큰하게 취해 달아오른 기운이 미소와 함께 흐트러진다. 재희는 자리로 가 앉으면서도 한 명, 한 명 눈을 맞추며 그들에게 인사를 건넸다. 영화배우에, 가수에, 연기자에, 한류 스타에. 아주 분야도 다양하다.

"오늘 지훈이가 재희 씨 소개시켜 준다고 해서 다들 시간 내서 모인 건 알죠?"

"네. 정말 고맙습니다."

재희가 거대한 테이블 위, 말끔한 새 잔을 집어 들고 내밀자 그 위로 투명한 액체가 가득 담겼다.

"아. 나한테 고마워할 건 없고."

설핏 웃으며 말하는 목소리가 썩 음색이 좋았다. 나이가 있음에도 불구하고 여전히 가요계 정상을 차지하고 있는 그룹의 보컬이라서 그런지 시끄러운 소음 속에서도 목소리 하나로 시선을 잡는 데엔 타고난 듯싶다.

"뭐가 고마워? 야, 니들이 보고 싶어 했잖아. 그래서 바쁜 우리 마누라가 이렇게 와준 거고."

뒤늦게 재희의 옆에 안착한 지훈이 인상을 팩 쓰며 살벌하게도 말했다. 바쁘다, 바쁘다 아주 동네방네 소문을 내고 다닌다. 그런 지훈을 흘겨보며 재희는 애써 웃음 지었다. 진짜 바쁜 게 누군데, 아무리 재희가 하루가 어떻게 흘러가는지 모를 정도로 정신이 없다지만 이들 앞에서 명함도 못 내밀 군번이었다. 역시나도, 그 발언이 심기를 건드렸는지 반대쪽에 앉아 있던 주안이 허탈하게 웃었다.

"야, 우리는 무슨 한가해서 여기 앉아 있냐?"

"그래. 안 그래도 새벽부터 촬영있구만."

"난 오늘 아침에 비행기 탄다."

"난 내일 콘서트 해."

기다렸다는 듯이 쏟아지는 말들에 재희가 죄책감이 밀려와 입술을 꼬옥 깨물자, 지훈이 재희의 어깨 위로 팔을 두르며 혀를 말아 매서운 소리를 냈다.

"그래서? 우리 마누라 얼굴이 얼마나 비싼데, 그런 것도 감수 안 하고 얼굴 보려고 했어?"

"나참, 그래. 우리가 보여 달라고 사정사정해서 모였다. 됐냐?"

"진짜, 그만 좀 해."

애정에도 정도가 있지, 이쯤 되면 민망해져서라도 그만두게 해야만 했다. 재희가 얄미움에 지훈의 다리를 툭하고 치자 지훈이 왜, 또 하면서 어린아이처럼 재희의 한쪽 어깨에 얼굴을 비비적댔다.

"나둬요. 지훈이 안 그래도 우리한테 맨날 재희 씨 자랑해요. 기사 나는 거 막 캡쳐해서 보낸다니까요?"

기사라. 요 근례에 결혼을 진행시키면서 자연스레 지훈의 결혼 상대자인 재희에게 언론의 관심이 쏠릴 수밖에 없었다. 외국에서 제법 인지도가 있는 브랜드의 보조를 맡고 있는 디자이너라는 명분으로 하루에도 수십 개씩 관련 기사가 나는 걸로도 모자라, 첫사랑이라는 로맨틱한 단어까지 함께 포함되어 있어 대중들의 관심과 더불어 부러움을 한 몸에 받고 있었다.

덕분에 재희는 이제 혼자만 해왔던 일들을 많은 사람들과 공유해야만 했다. 취재 인터뷰도 많이 들어왔고, 설이의 부탁으로 한국에도 브랜드를 홍보하기 위해 부득이하게 카메라에 얼굴을 비출 수밖에 없었다. 그럴 때마다 지훈이 남몰래 친구들에게 그 기사를 들고 자랑을 해왔다니, 새롭게 알게 된 사실에 재희는 절로 부끄러워졌다.

"첫사랑이라면서요, 둘이."

"…네."

재희는 자신의 어깨에 기대어 가만히 숨을 내뱉고 있는 지훈의 머리를 한 번 쓰다듬으며 대답했다. 술을 얼마나 마신 걸까, 슬쩍 걱정이 되었다.

"고등학교 때 처음 만났고."

"네."

"민호랑, 사귀었다면서요."

민호, 라는 이름에 재희의 얼굴 위로 옅은 파동이 쳤다.

"7년이라고 했나."

푸욱, 어깨에 기대어 있던 지훈이 그 말 한 마디에 기어코 고개를 들었다.

"이민호 얘기가 갑자기 왜 나와."

"뭐 어때, 이제 다 정리된 마당에. 좋은 친구로 남기로 한 거 아니었어?"

그건 맞는 말이지만, 7년이라는 숫자가 괜스레 지훈의 심기를 건드렸다. 아무리 전처럼 사이가 돌아갔다고는 하지만 아직도 지훈에게 있어 그 시간들은 추억하기 괴로운 것들이었다. 어느 남자가 자신이 없던 시간 속,

자신의 여자가 다른 남자와 보냈던 순간들을 듣고 싶어 할까.

아무리 예전처럼 다시 친구가 되었다고는 하지만, 지훈은 아직 그런 것들을 겸허하게 받아들이기에는 무리가 있었다.

"두 남자를 주무른 소감이 어때요? 이게 제일 듣고 싶었는데."

지훈의 어두운 속사정보다야 당장에 친구들의 관심사는 오로지 그거 하나였다. 많은 여자 연예인들이 이상형이라고 말해 왔던 지훈과 민호를 양손에 쥐고 주무른 여자. 그 대단한 타이틀로 그동안 소문처럼 그들 사이에서 배회해왔던 재희는 마른침을 삼키며 어색하게 입술을 열었다.

"그게… 뭐, 연애가 별거 있나요. 다 똑같죠."

"와, 역시 고수의 답변답다. 별거 있냐고 하고, 하긴. 특별한 기술이나 그런 게 필요 없겠죠. 이렇게 예쁘신데."

자신을 바라보는 무수한 시선들이 하나같이 보기 좋게 휘어져 있는 것에 재희는 입안이 바싹 마르는 것만 같았다. 다들 재희와의 첫 만남에 들떠 관심을 보였지만, 정작 재희는 이 자리가 못내 떨려서 심장이 어떻게 되는 것만 같았다.

그동안 지훈과 민호를 마주하면서 어느 정도 내성이 생겼다고 생각했는데, 7명이나 되는 조각 같은 얼굴들이 하나같이 자신을 바라보자 눈동자가 어찌할 바를 몰라 어색하게 굴렀다. 쿵, 쿵 뛰는 심장을 억누르기 위해서라도 지금 이 순간엔 술이 필요했다.

"다들, 한 잔 해요."

재희가 먼저 앞에 놓인 술잔을 들자 자연스레 너 나 할 것 없이 잔을 들었다.

제수씨를 위해서, 건배!

우렁찬 목소리와 함께 무수한 잔들이 경쾌한 소리를 내며 부딪쳤다. 입술에 가져와 술을 마시려던 찰나, 지훈이 그런 재희의 손목을 잡으며 물었다.

"자기 밥 먹었어?"

"어? 아, 아니."

오늘 하루가 어떻게 흘러갔는지 기억나지 않을 정도로 정신이 없었기에 제대로 된 끼니조차 때우지 못했었다. 거짓말이라도 했었어야 했는데, 갑작스러운 질문에 재희는 저도 모르게 사실이 툭 하고 튀어나오고야 말았다. 그리고 역시나도, 그 대답을 들은 지훈의 표정이 어둡게 내려앉았다.

"아, 속상하게. 밥 좀 제대로 챙겨 먹으랬지."

"괜찮아, 아까 빵 먹어서……."

"빵이 밥이야? 야, 거기. 메뉴판 내놔봐. 빈속에 먹으면 안 돼."

"왜? 무슨 일인데?"

"재희 밥 안 먹었대. 밥 먹이고 술 먹여라."

지훈의 간섭으로 인해 첫잔을 방해받았다고 생각했는지, 이미 원샷을 한 사람들의 표정이 하나같이 안 좋게 구겨졌다.

"아, 그래도 첫잔인데. 한 잔만 마시게 좀 해라."

어느새 메뉴판을 건네받아 음식을 훑어보고 있던 지훈이 곳곳에서 들려오는 아우성에 눈썹을 설핏 구기며 고개를 들었다. 그리고선 손을 뻗어 문제의 원인이 된 저희의 술잔을 들어 서슴없이 자신의 입안으로 털어 넣었다.

"됐지?"

쾅! 하고 테이블에 말끔히 빈 잔을 내려놓더니만.

"밥 먹자, 자기야."

재희의 귓가에 작게 속삭이며 뺨에 입을 맞췄다. 알콜에 녹아버린 입술이 선사한 입맞춤에, 재희는 문득 지훈의 입술이 닿았던 뺨이 발갛게 달아오르는 것만 같았다.

뒤늦게 안 사실이지만, 약속 장소로 잡혀 있던 고급스러운 술집이 제일 끝에 앉아 있던 기석이 운영하는 곳이었나 보다. 제일 인기 있는 메뉴를 알아서 추천해주더니, 재희가 고개를 끄덕이자 자리에서 일어나 친히 주방으로 향하기까지 했다.

옆에서 빨리 가려오라며 재촉을 했던 지훈 덕분에, 모락모락 피어오르는 밥과 함께 꽤 먹음직스러운 음식이 빠른 시간 내에 그릇 한가득 담겨져 나왔다.

"원래 우리 가게에 식사 종류는 취급 안 하는데."

"아… 정말요? 죄송해요, 괜히 폐를 끼쳐드린 건 아닌지…….."

"에이, 폐는 무슨. 지훈이 녀석한테 돈으로 받아내면 되죠."

"그래. 내가 줄 테니까 먹고 싶은 거 있으면 더 말해, 자기야."

진짜, 눈치가 없는 건 취해서인지. 재희는 작게 눈가를 구기며 이내 잘 먹겠다는 인사와 함께 식사를 했다.

그런데 모두가 술판을 벌인 자리에서 나 홀로 밥을 먹는다는 게 그리 쉬운 일은 아니었다. 무엇보다 지금 이 순간, 재희가 부담스러워 했던 시선들이 모두 다 재희의 손끝과 턱에 가 있었다.

이러다가 체하겠네.

재희가 밥보다 물을 더 많이 마시자 지훈이 날카로운 눈동자로 관심 좀 끄라며 주변의 시선들을 거둬내 주었다. 이럴 때 보면, 눈치가 참 빠른 것 같기도 하다.

지훈이 원했던 대로 속도 채웠겠다, 기다림에 지친 그들의 비위를 맞춰 주기 위해 재희는 연실 잔을 옮겨대며 그들이 건네주는 술을 받아마셨다. 모든 관계의 친밀함 속엔 술이 빠질 수 없다지만 너무나도 오랜만에 마신 데다가 속도까지 빨랐던 터라 재희는 금세 얼굴에 열이 올라왔다. 컨디션도 난조였고, 분위기도 너무 뜨거웠다.

그래도 지훈이 늘 친하다고 말했던 모임의 사람들이었기에, 재희는 뒤로 빼지 않고 무리를 해 술을 마셨다. 연예계 같은 년생들을 주축으로 만들어진 모임이었는데, 그 중심이 지훈이었기에 재희는 가능한 지금 이 자리에서 점수를 많이 따두고 싶었다. 처음으로 친구를 소개시켜 주는 자리인 만큼, 지훈이 자랑했던 것만큼. 해가 되고 싶진 않았다.

"와, 재희 씨 술 잘 마시네요."

"제가 하고 싶은 말이에요. 다들, 정말 잘 드시네요."

원래 연예계 사람들은 전부 다 주당인 건지, 재희가 오기 전부터 술을 마셨던 그들은 재희와 똑같은 속도를 맞춰가면서 마시고 있었다. 재희는 시선을 옮겨 자신의 손을 꼭 잡은 채 소파에 기대어 눈을 감고 있는 지훈을 바라보았다. 평소 술이 세기로 유명했던 지훈을 이렇게 만들 정도면 다들 주량이 어느 정도인지, 재희는 문득 궁금해졌다.

"야, 최지훈. 눈 안 떠? 쟤 왜 저래?"

"냅둬라, 많이 마시긴 했지."

"저기. 지훈이, 얼마나 마셨어요?"

얘기가 나온 틈을 타, 은근슬쩍 재희가 궁금했던 부분에 대해서 묻자 다들 뻔뻔한 얼굴로 말을 했다.

"정확하게는 기억이 잘 안 나는데, 저기 있는 두 병은 쟤 혼자 다 마셨죠."

손끝으로 가리킨 곳에는 750ml짜리 양주가 놓여 있었다.

저걸, 두 병이나.

"거기다ᆞ 소주도 좀 마셨고. 이제 곧 새 신랑이 될 텐데, 이 정도는 해야죠."

재희는 그제야 지금 지훈의 상태가 몹시 나쁘다는 걸 알았다. 축하주라고 주었던 걸 빼지 않고 모두 마신 모양이다. 거기다가, 속도도 빨랐을 테고. 섞어도 마셨고. 걱정이 돼 얌전히 내려앉아 있는 눈썹 위로 손을 가져다대자 지훈이 눈을 감은 채 푸스스 웃었다.

"어, 이건… 우리 자기 손인데."

"많이 마셨다며, 괜찮아?"

"응."

술에 취해 노곤해진 지훈의 입꼬리가 기분 좋게 올라갔다.

"니가 방금 만져줘서 괜찮아졌어."

그 말에 재희가 살며시 손끝을 떨자, 지훈이 흐리게 웃으며 작게 속삭였다.

"우리 애기 손이 약손인가봐."

진짜, 널… 어쩌면 좋을까.

재희는 애써 떨리는 손을 내리며 다른 한 손으로는 연신 지훈의 얼굴 곳곳에 올라와 있는 열을 삭혀주었다. 지훈이 괜찮아졌다고 말했던 손길을 덧대어주었다.

얼마나 시간이 지났을까. 내일이 없는 것처럼 마셔댔던 그들이 어느 순간 현실을 직시한 건지 새벽 2시가 되자 하나둘씩 사라졌다. 당장에 오늘 아침부터 스케줄이 있었기에 자리를 떠나면서도 재희에게 미안하다는 말을 건넸다. 그런 그들을 오랜 시간 기다리게 했던 재희는 그보다 더 미안한 마음을 담아 사람들이 모두 다 돌아갈 때까지 자리를 지켰다.

"지훈아, 괜찮아?"

가게 사장인 기석을 마지막으로 모두가 자리를 떠났을 때에가 새벽 3시를 넘긴 시간이었다. 지훈을 조심스럽게 깨워 가게 밖으로 나온 재희는 묵직하게 어깨에 올라와 있는 지훈의 팔에 걱정스런 얼굴을 했다.

"차는… 차 안 가져왔어?"

"응."

차가운 공기에 정신이 들었는지, 남아 있는 술기운을 떨쳐내기 위해 고개를 양옆으로 턴 지훈이 이내 허리를 세우며 똑바로 섰다. 그리고선 재희의 어깨 위로 육중하게 앉아 있던 팔을 내리고서는 조심스럽게 다가와 재희의 손을 잡았다. 바라보며, 웃고 있는 입술이.

"좀 걷자."

새벽의 파란 어둠과 엉켜, 파도처럼 가슴에 밀려 들어왔다. 재희는 대답 대신 고개를 끄덕이고선 길게 뻗어 있는 길을 걸었다.

황량한 도로 위로는 그 어떠한 차도 지나가지 않았다. 인적조차 보이지 않았으며, 그 흔한 소음도 들려오지 않았다. 이 세상의 모든 사람들이 잠들어 있는 시간 속, 단둘이 남겨져 있는 기분이 들었다. 시간 속에 버려진 것처럼 우리 둘뿐이었다.

"좋네. 이렇게 걸으니까."

지훈이 그런 고요함이 마음에 든다는 듯 웃었지만, 재희는 이따금씩 두려워졌다. 이렇게 조용하고, 아무도 없는 공간에 서 있으면 이 모든 게 꿈은 아닐까 걱정이 밀려온다. 꿈처럼 느껴진다. 가장 아름다운 기억들로만 만들어진 꿈속에 들어와 있는 기분이 든다.

오랜 시간, 내가 늘 간절히도 잡고 싶었던 네 손을 잡고 이렇게 단둘이 남겨져 걸을 때면, 꿈에서 깰까 두려워진다.

"너랑 나랑 단둘이, 세상에 남겨진 기분이야."

네가 그런 말을 할 때면, 난 이 모든 게 사라질까 두렵다.

벚꽃은 4월 끝자락에 가장 아름답게 핀다. 덕분에 새벽의 중간에 다다른 시간임에도 불구하고 온 세상은 환하기 그지없었다. 눈이 내린 새벽처럼,

발아래엔 떨어진 꽃잎들이 무수히 깔려 있었다. 그 위를 밟고 걸어가는 길엔 때아닌 설렘도 함께였다.

재희는 지금 이 순간을, 기억하고 있었다. 머리 위로는 이따금씩 가벼운 꽃잎들이 내려와 머리 위로 내려앉았으며, 바람이 불어왔다. 머리카락이 휘날렸고 그와 동시에 길가에 끝도 없이 늘어서 있던 벚꽃들이 스산한 소리를 내며 흔들렸다. 새하얀 눈처럼 쏟아졌다. 멈췄다, 너는. 나를 붙잡아 세웠다.

"재희야."

그 목소리에 재희의 눈동자가 옅게 떨렸다.

"나 할 말 있어."

재희는 그런 지훈을 바라보며 숨을 죽였다. 환한 어둠 아래에 서 있는 지훈을 눈에 담는다. 만개한 꽃잎들이 그 주변을 배회하며 아래로 추락했다. 그래, 기억한다. 우리가 고등학교 때, 지금과 같은 바람이 불어왔었다. 그래서 두려운 거야.

"…뭔데?"

지금 이 장면들이, 나를 가장 설레게 했던 순간들이라서.

"나랑 결혼하는 기분이, 어때?"

그 속에, 네가 있어서.

"내 신부가 되는 게. 어떤데."

내가 그토록 원했던 말들을 해서.

"내가 이제, 니 남편이 되는데. 넌 어떤데."

그래서 난, 이 모든 게 꿈처럼 느껴져. 지훈아.

재희는 파르르 떨리는 눈꺼풀을 가만히 내렸다. 그와 동시에 바람이 불었고, 꽃잎이 흩날려 둘 사이를 감쌌다. 재희는 잡고 있던 지훈의 손을 꼭 힘주어 잡았다.

목소리 하나만으로 치열했던 삶들이 느리게 흘러가고, 우중충한 하늘에 우산을 쓰고 있지 않아도 두렵지가 않은 느낌. 손을 잡는 것만으로도 이 세상에 모든 것들을 이길 수 있을 것만 같은 용기가 부풀고, 따스하게 스미고 들어오는 마주 잡은 손의 온기가 요람에 누운 것처럼 안락하게 느껴지고. 코끝에 닿는 체향이 소름끼치도록 달콤하게 느껴지던 시절 속 설렘으로도 표현하기 벅찬 널 바라보면서, 나는 늘 그런 생각들에 사로잡혀 있었어.

"니가, 그랬었잖아. 내가 이 세상에서 가장 아름다운 신부가 되길 원한다고."

너는 이토록, 달콤한 꿈을 꾼 적 있는가.

"그래서 난, 이제. 드디어."

이 모든 게 거짓말처럼 느껴질 정도로. 눈물겨운 순간이 있는가.

"네 옆에서, 가장 아름다운 신부가 될 수 있어서. 그래서 너무 행복해, 지훈아."

난 지금이 그래.

"너무나도 기다려왔던 순간이라, 하루하루가 너무 느리기만 해."

널 마주하는 순간들마다 그래왔어.

재희를 바라보던 지훈의 눈동자가 옅게 흔들렸다. 이내 작게 웃더니, 손을 들어 재희의 머리 위로 내려앉은 꽃잎을 가만히 털어내 주었다. 머리카락을 매만지는 손길이 부드럽기만 하다. 손을 마주잡은 온기가 따뜻하기만 하다. 어둠이 내려앉은 풍경 속에 서 있어도, 두렵지 않은 용기가 부풀어 오른다.

"내가 말했었나."

가느다란 머리카락을 타고 내려오던 지훈의 손이 어느덧 어깨에 멈췄다. 잡는다, 재희는 자신의 어깨가 발갛게 물드는 것만 같았다. 마주 보는 시선에서, 그보다 더 짙은 목소리로 다가오는 네가.

"나도."

네가 하는 고백 모두가.

"하루하루가 느리기만 해."

가슴에 닿아 녹아드는 것만 같다. 어느덧 가까이 다가온 지훈이 천천히 눈동자를 굴려 재희의 얼굴을 곳곳을 눈에 담았다. 또 한 번 바람이 불어왔고, 그보다 더 진한 향을 머금은 입술이. 가까이 다가왔다.

"그런데."

입술 앞, 멈춰 서서 작게 웃는 소리가.

"지금 이 순간만큼은 더 느리게 갔으면 좋겠어."

귓가에 아찔하게 파고든다.

"시간 좀 멈춰줘, 재희야."

절박하게 속삭이는 말 들이.

"영원히. 너한테 갇혀 있고 싶어."

부서질 것만 같아, 재희는 결국 눈을 감은 채 입술을 벌려 지훈의 숨을 들이마셨다. 두 팔을 뻗어 목을 끌어안았다. 그와 동시에 포근하게 머리 뒤로 와 닿는 온기는 너무나도 따뜻하기만 해서, 그보다 더 안락한 손길로 내 가슴 속을 표류하고 있는 너라는 존재가 못내 두근거리기만 해서. 입안 가득히 찬 너를, 나는. 우리는.

6월에, 서로가 서로에게 영원을 약속하기로 했다.

"그 얘길 왜 해."

ㅡ야, 임마. 난 널 생각해서 그런 거지.

민호는 한국에서 걸려온 전화에 옅게 웃었다. 잡지 화보 촬영차 파리에 온 민호는 부득이하게 어제 있었던 술자리에 참석을 하지 못했다. 그런 민호에게 어제 있었던 일을 설명해주고 싶었는지 전화를 해 이런저런 얘기를 늘어놓던 호운의 말속엔 재희를 곤란하게 했을 법한 질문도 포함되어 있었다.

골려주고 싶은 남자들의 습성은 잘 알지만, 민호와의 7년을 말했다는 것에 재희가 어떤 난처한 표정을 지었을지 떠올라 민호는 한편으로는 가슴이 묵직해졌다. 재희가 느끼고 있는 그 무게가 지금 민호가 느끼는 것과 같을까. 더 무거웠으면 어쩌지.

—장난삼아 말하긴 한 거지만, 뭐. 뼈가 있긴 했지. 난 너 재희 씨랑 결혼할 줄 알았거든.

평소 민호와 가까운 사이였기에 재희와의 관계를 오래전부터 알고 있었던 호운은 아쉽다는 식으로 말했다.

"그런가."

결혼, 결혼이라.

민호는 그 단어에 오래전 자신이 품고 있었던 설렘과 마주했다. 그저 막연하게 얼굴을 보는 게 좋았고, 손을 잡는 게 좋고. 네 체향이 닿는 것이 좋을 때쯤. 민호도 재희를 바라보며 심장이 두근거리는 횟수만큼이나 그 단어를 생각하곤 했었다.

달콤한 상상도 했었다, 우리가 만약 그렇게 된다면 어떻게 될까. 눈앞에 그려지는 환상들은 오래전부터 민호가 바라왔던 꿈이기도 했다.

이젠 늦었다고 생각하지만, 아직도 그 말 한 마디에 가슴 떨리게 아파오는 건.

"그랬었지."

아마, 내가 아직 널 놓지 못했기 때문일지도 모른다.

―…언제 한국 오냐.

"내일."

―너 없으니까 재미없더라. 오면 술이나 한잔하자.

"그래."

마무리 되어지는 대화에 민호가 시선을 옮겨 창문 너머로 우뚝 서 있는 에펠탑을 눈에 담았다. 손끝으로 창문 표면을 느리게 문질렀다가, 이내 나지막이 물었다.

"재희, 보니까 어땠어."

그 물음에 호운이 작게 웃음을 터트리며 조금 뒤에야 한숨과 함께 말했다.

―니가 7년을 바칠 만하더라.

민호는 그 말에 희미하게 웃었다.

"그치."

눈을 감고, 꿈처럼 속삭였다.

"아깝진 않았어."

주문처럼 외웠다. 난, 아프지 않아.

통화를 마친 민호가 핸드폰을 주머니 안으로 밀어 넣자 타이밍 좋게 차문을 열고 인영이 들어왔다. 오늘만 해도 아침부터 장소를 여러 군데 옮겨가며 꽤 많은 촬영을 했었기에 저녁이 다 된 시점에서 인영의 얼굴 위로는 피곤함이 잔뜩 여울져 있었다. 고단함으로 내려가 있던 입술을 끌어올리며 인영이 민호의 옆으로 와 앉았다.

"이제 정리 다 끝났어요. 배고프죠?"

아직도 인영은 민호를 존댓말로 대했다. 이제는 좀 가까워질 법도 한데, 이 거리만큼은 좀처럼 좁혀지질 않았다. 인영은 늘 어수룩하게 웃으며 존댓말이 편하다고 했고, 민호는 그저 가만히 고개를 끄덕일 뿐이었다. 그렇게라도 민호와의 거리를 두려고 하는 인영의 속마음 같은 건 민호에게 끝끝내 전해질 수 없었다. 여전히 고개는 창문 너머에 있는 에펠탑에 가 있을 뿐이다.

"수고했어."

"수고는요, 민호 씨가 더 고생했죠."

인영은 자신을 바라보지 않은 채 말하는 민호를 보며 애써 웃었다. 뻐근한 어깨를 주무르며, 아직 시차에 적응하지 못해 피곤함으로 무겁게 내려앉은 눈꺼풀을 부러 똑바로 떴다.

"마지막 날이라 수영 오빠가 스태프들 말고 따로 저희들끼리 식사하러 가자는데, 뭐 드시고 싶은 거 있으세요?"

"밥은 됐고."

민호가 옅은 한숨과 함께 고개를 돌려 인영을 향해 웃었다.

"나랑 술 한 잔만 하자."

인영은 그 말에 살며시 눈가를 구겼다.

민호가 바쁜 스케줄 속에서도 해외 화보 촬영에 흔쾌히 승낙을 했던 건 촬영이 이루어질 장소가 다름 아닌 파리였기 때문이었다. 오래전, 재희가 보내왔던 문자 속 담겨져 있던 사진이 민호를 자석처럼 이곳에 끌리게 만들었다. 장시간의 비행 때문에 소속사에서 이번 촬영을 탐탁지 않아 했지만 민호는 무엇보다 이곳에 오고 싶었다.

매니저의 만류에도 불구하고 맥주 캔을 들고 샹드마르스 공원에 온 민호는 잔디에 앉아 어둠 속 유유히 빛나고 있는 에펠탑을 바라보았다.

실제로 눈으로 보고 싶었다. 그때의 넌 어떤 마음으로, 어떤 풍경 속에서 어떤 생각을 하며. 나에게 할 말들을 준비했을지. 차분하게 가라앉은 공기를 폐부 깊숙이 들이마셨다. 눈앞에서 어지럽게 일렁이는 불빛들에 민호는 캔을 따 술을 한 모금 마셨다.

이리저리 엉켜있는 철조물이 어둠에 가려져 찬란한 빛으로만 민호의 눈에 가득히 들어왔다. 그 풍경에 민호는 가슴 한편이 답답했다.

"곧, 재희 씨 결혼하죠."

"응."

아프다.

"어제 친구들이랑 인사했나봐."

너도 아팠을까.

"이젠 정말 하나봐."

나와의 이별을 생각하면서, 너도 많이 아팠으려나.

민호는 고개를 숙이며 퍽퍽한 눈동자를 감았다. 입안을 알싸하게 감도는 알콜도 금세 바람처럼 사라졌다. 그래서 한 모금 더 마셨다. 취기라도 올랐으면 했는데 빈속에 술을 밀어 넣는 것치고는 모든 게 한없이 너그럽기만 했다.

속도 쓰리지 않았고, 코끝을 스미고 들어오는 공기는 쓸데없이 포근하기만 해 감동적이기까지 했다. 니가 이곳에 앉아 나와 같은 걸 보고 있었을 거라는 이유 하나만으로, 그랬다.

"아직도… 재희 씨 좋아해요?"

인영의 질문에 민호는 푸르게 웃었다. 또 한 모금, 술을 마시자 인영이 꼬옥 움켜쥐고 있던 캔을 들어 세 모금이나 마셨다. 민호는 모를 테지만, 인영은 민호가 재희와 헤어진 이후부터 삐걱거리는 걸 알 수 있었다.

늘 평소와 같이 웃고, 일을 하고, 사람들을 마주하고. 카메라 앞에 서는 민호였지만, 어딘가 모르게 그때 이후로 미묘하게 틀어져 있었다. 그 변화를 가장 가까운 곳에서 지켜보았던 인영은 못내 지금 이 상황들이 갑갑하기만 했다.

"좋아하면 안 되나."

파랗게 내려앉은 밤하늘 아래, 희미하게 흘러나온 민호의 목소리에 인영은 덜컥 가슴이 내려앉았다.

"안 되겠지."

민호는 작게 웃으며 고개를 들어 에펠탑을 바라보았다. 이 풍경을, 민호는 되도록이면 마주하고 싶지 않았다. 사진 속에 넣어두려고만 했는데, 그러지 못했다.

"친구로 들어가는데 오래 걸린다고 말했어."

실제로 마주한 지금, 나는 온전히 너밖에 생각하지 못할 테니까. 그래서 민호는 한편으로 두려웠다.

"그러니까. 이해할 거야."

내 그리움이 더 짙어지면 어쩌지. 너와 친구로 지내겠다고 약속을 했는데 지키지 못하면 어쩌지, 무서웠다.

시간이 흐를수록 민호가 느끼는 건 잊는 건 정말 어렵다는 사실이었다. 7년 동안 전부를 내어주었던 사람을 한순간에 친구로 바꿔놓기에는 2년은 턱없이 부족했다.

가까이에 있기 때문에 더더욱 그랬다. 군대에서 제대를 하고, 마주한 재희는 여전히 민호가 늘 머릿속으로만 그려왔던 모습 그대로였다. 어째서 변하지도 않은 건지 한편으론 원망스럽기도 했다. 좀 더, 내가 예상했던 것들보다 네가 달라져 있다면 어쩌면 쉽게 널 떨쳐냈을 지도 모르는데.

그런데 넌. 하나도 변하지 않았다. 여전히 안고 싶은 체구를 갖고 있었으며 웃을 때마다 흐르는 숨은 내 심장을 간지럽게 만들었다. 길고 가느다란 손가락, 그 사이사이에 손을 밀어 넣고 싶은 충동이 이따금씩 밀려왔다는 걸, 아마도 넌 끝끝내. 모르겠지만.

이제는 내 손이 아닌 다른 남자의 손을 잡고, 새하얀 웨딩드레스가 잘 어울리는 신부가 될 너를. 어디서부터 시작해서 어디까지. 어떻게 정리를 해야 할까, 여전히 까마득하기만 하다.

"이곳엔 왜 온 거예요?"

인영이 공원 주변을 둘러보며 넌지시 묻자, 민호가 대답했다.

"예전에 재희가 여길 왔었어."

"……."

"헤어지기 전 얘기야."

민호는 차분하게 숨을 들이마시며 다시금 에펠탑을 바라보았다.

"사진을 찍어서 보내줬었는데 딱 지금 이 위치였어."

그래서 늘 궁금했어. 니가 여기에 앉아, 나에게 무엇을 말하고자 했는지. 그 어떠한 말조차 담겨있지 않았던 문자 속 유유히 서 있는 에펠탑을 보내면서. 나에게 무엇을 말하고자 했는지. 이제야 조금 알 것만 같아.

"여기서, 아마. 나에게 헤어지자고 말할 생각을 했었을 거야."

높고, 아름답고, 빛난다.

너도 그랬어, 재희야?

너에게 난 다가설 수 없을 만큼 높았으며, 아름다웠고 눈이 부실 만큼 빛났어?

나에겐 넌 그랬어. 늘 옆에 있지만 닿을 수 없다는 생각이 들었고, 그럼에도 불구하고 넌 아름다웠으며. 나에게 만큼은 늘 빛이 났어.

"사랑한다고 말해줄걸."

그리고 그건.

"헤어질 때 그 말을 못 해준 게 마음에 걸려."

지금도 변함없어.

인영은 입술을 꼬옥 깨물었다. 반쯤 남아 있던 술이 희미하게 손 안에서 철렁였다. 가슴이 답답했다. 왜 헤어진 시점에서 민호가 이곳까지 와 재희를 떠올리고 아파하는지 이해가 가질 않았다. 미련이라고 해도 좋을까, 아직 떨쳐내지 못한 것도 미웠다.

이별 후에 아무렇지도 않게 행동했으면서, 괜찮은 것처럼 굴었으면서. 사실은, 아무것도 나아지지 않고 있었다. 시간에 점점 더 곪아버리고 있다. 이제 그만 아물었으면 하는 상처를, 민호 스스로가 그대로 내버려두고 있다.

"그만, 아팠으면 좋겠어요."

인영은 떨리는 목소리로 간신히 말했다. 잔뜩 고개를 숙이고 있어 지금 민호의 표정이 어떨 진 볼 수 없었다. 아니, 볼 자신이 없었다.

"나 안 아픈데."

태연하게 흘러나온 그 말들에 인영은 맥주 캔을 꼬옥 움켜쥐었다. 그럼, 내가 아픈가 봐요.

"나 괜찮아."

내가 괜찮지 않나 봐요.

"거짓말…하지 말아요. 매일, 늘. 말로는 괜찮다, 괜찮다."

인영은 고개를 들어 민호를 바라보며 눈가를 구겼다. 아프다.

"전혀 괜찮지 않으면서. 자꾸 마음속에 가두고, 말 안 하고. 혼자 참아내고!"

민호의 눈동자가 옅게 흔들렸다.

"그래서, 그래서… 자꾸. 아픈 거잖아요. 왜 바보같이, 그렇게 혼자서 끌어안고 아파해요?!"

"화났어?"

"그래요, 답답해서 미치겠어요. 민호 씨가 그럴 때마다, 옆에서 볼 때마다! 자꾸 나까지……!"

나는 지금 아파요.

"나까지. 힘들잖아요…….'

이 남자 때문이에요.

"…왜 울어?"

인영은 저도 모르게 흐르는 눈물에 다급하게 고개를 돌렸다. 손을 올려 달아오른 뺨 위로 선을 그리며 떨어지는 눈물을 다급하게 닦아냈지만 좀처럼 가라앉지 않는 감정들이 자꾸만 휘몰아쳐 인영을 무너지게 만들었다.

달싹이는 어깨 위로 커다란 손이 다가왔다. 가볍게 감싸고, 조금 끌어당겼다. 인영은 자신의 왼쪽 뺨에 닿는 따스한 체온에 뒤늦게 자신이 민호의 가슴에 안겨 있다는 걸 알았다. 심장이 날 뛰어, 서둘러 도망치고 싶었지만 쓸데없이 다정하게만 느껴지는 민호의 손길에.

"울지 마."

흘러나온 목소리가 너무나도 포근해서.

"니가 울면 어떡해."

인영은 그대로 숨을 토해내며 민호에게 안겨 울었다. 가슴이 아픈 만큼, 속상한 만큼 고스란히 다 뱉어냈다.

저는 재희 씨가 미워요.

이럴 거면서, 애초부터 다른 사람을 사랑했으면서 처음부터 왜 잡은 거예요, 이 남자를. 왜 놓아주지도 않는 건데요. 너무나도 오랜 시간 묶어놔서, 이젠 풀어줘도 움직이지도 못하잖아. 도망도, 못 가잖아.

"진짜, 민호 씨… 너무 미워요."

바보처럼, 서 있기만 하잖아요…….

돌아오지 못하는 걸 알면서도. 움직이지도 않잖아요.

"왜 내가 미운데."

민호는 셔츠가 젖을 정도로 울고 있는 인영을 잠깐 동안 바라본 뒤, 이내 고개를 뒤로 젖히며 한숨처럼 말했다.

"말을 해줘야 알아."

말을 할 수 있을 리, 없었다.

우리는 지금 많이 아프다. 성장통을 겪고 있다. 누군가는 아픈 만큼 성장한다고 말했지만 그런 아픔이라면 더 이상 자라지 않았으면 좋겠다. 이대로, 멈춰 있으면 좋겠다. 떨어져 있는 거리처럼, 가까이 있지만 닿을 수 없는 마음처럼. 좀처럼 좁혀지지 않는 거리, 너와 나의 거리.

그것은 높고, 아름다웠으며. 이따금씩 빛이 나곤 했다.

지훈은 베란다 너머로 쏟아지는 햇살을 받으며 들고 있던 커피를 한 모금 마셨다. 창문 밖 풍경이 어제완 다르게 한없이 맑기만 하다. 좋은 날씨라고 말할 수 있을 만큼, 눈이 부시다 못해 따뜻하기까지 했다. 아직 채 식지 않아 열기가 피어오르는 커피를 탁자 위에 올려둔 지훈은 기지개를 켜며 벽에 걸린 시계를 확인했다. 아침 9시. 지훈은 마른 발소리를 내며 침실로 향했다.

커튼을 치지 않아 고스란히 침대 위로 쏟아지는 햇살 위로 재희가 곤히 잠들어 있었다. 지훈은 그 모습에 옅게 웃으며 다가가 조심스레 침대에 앉았다.

반쯤 흘러내린 이불을 잡고 목 위로 올려주며, 새하얀 뺨 위로 짧게 입을 맞췄다. 파르르 떨리는 눈꺼풀을 내려다보며 지훈은 부드럽게 재희의 머리카락을 귀 뒤로 넘겨주었다. 그 손길에 재희가 어깨를 떨자 지훈이 귓가로 다가가 작게 속삭였다.

"자기야, 일어나."

여전히 고요하게 내려가 있는 재희의 눈꺼풀 위로 조심스럽게 입을 맞췄다.

"병원 가야지."

우린 모두가 아프다.

어서 빨리 낫길 바랄 뿐이다.

재희는 간단하게 아침을 먹고 지훈과 함께 병원에 갔다. 한 달에 두 번, 주기적으로 병원으로 향하는 게 이제는 익숙해질 만도 한데 이상하게 전보다 더 긴장이 되곤 했다.

"같이 올라가자니까."

"나 혼자 다녀올게, 기다려."

"아, 진짜. 내가 기사 노릇 하려고 온 줄 알아."

재희는 지하주차장에 도착해 한동안 지훈과 때아닌 실랑이를 벌여야만 했다. 역시나도 병원으로 향하는 길이 순탄치 않았다. 안 그래도 결혼발표 때문에 얼굴이 낱낱이 공개되었던 터라 재희는 밖에 나갈 때 종종 모자를 쓰곤 했는데, 그런 조심성을 지훈은 이해하지 못하는 듯 보였다.

"내가 괜히 안 좋은 오해 생기는 거 싫다고 했잖아. 곧 결혼 앞두고, 자꾸 이럴 거야?"

"무슨 오해, 너 병원 다니는 게 왜."

"정신과잖아."

"그러니까 그게 왜."

지훈에게 있어 재희의 병은 결단코 부끄럽지 않았지만, 그건 어디까지 지훈의 입장이었다. 재희는 오랜 시간 자신을 괴롭혀 왔던 그 이름을 또다시

기사로 마주하고 싶진 않았다. 겨우 잠잠해진 파도를 키우고 싶은 마음은 이제 행복해지고 싶은 재희에겐 무엇보다 배제하고 싶은 일이었다.

"조금만 기다려. 빨리 올게, 응?"

입술을 밀어 올리며 재희가 웃는 얼굴로 사근 거리자, 지훈이 짙은 한숨을 내몰아 쉬며 핸들에서 손을 떼 재희를 끌어당겼다. 끌리듯 지훈의 품에 안긴 재희는 달콤히 젖어 들어오는 체향에 눈동자를 옅게 떨었다.

"진짜, 웃으면 다 되는 줄 알아."

심통이 난 듯, 지훈이 눈썹을 구기며 재희의 머리 뒤로 손을 가져가 좀 더 자신의 품 안쪽으로 끌어당겼다. 내려와 포근하게 등 뒤로 닿는 손길이 부드럽기만 하다. 스며드는 체온이 따스하기만 하다.

"내가 너 못 이기는 거 알고. 맨날 이러지."

놓치고 싶지 않은 듯 고집스럽게 꼭 끌어안은 두 팔이 못내 설레기만 하다.

"아… 결혼해서도 이렇게 져주면 안 되는데."

한숨과 함께 흘러나온 그 말에 재희가 고개를 들자, 지훈이 그런 그녀를 지그시 내려다보더니 이내 왼쪽 뺨에 조심스럽게 입술을 부딪치며 옅게 웃었다.

"널 어쩌면 좋냐."

그건 재희가 묻고 싶은 말이었다.

"진짜. 질 수밖에 없게 만드네."

널 어떡하면 좋을까.

지훈을 달래고선 병원에 혼자 올라온 재희는 오랜 시간을 함께했던 의사와 마주했다. 재희가 어른이 되어가면서 점점 더 깊어졌던 주름과 하얗게 바래진 머리가 오늘따라 눈에 밟혔다. 의사는 콧잔등 위로 내려앉아 있던 무테안경을 밀어 올리며 재희를 향해 웃었다. '오늘도 좋아 보이네요'

라는 말을 했다.

　병원에 오기까진 늘 마음이 불편하곤 했지만 이곳에 앉아 있는 순간만큼은 재희는 가장 편안해지곤 했다. 부모님에게도 하지 못했던 속 깊은 얘기들이 상담의 주된 일환이었다. 지독히도 바빴던 일주일을 투정처럼 내뱉곤 했으며, 사사로운 하루 일과를 일기장에 써내려가듯 소소하게 얘기했다. 그런 재희의 얘기를 늘 오랜 시간 앉아서 들어주던 의사가 오늘은 웬일인지 다른 날보다 더 포근해진 입술로 웃으며 말했다.

　"요즘 재희 씨, 말이 많아진 거 알아요?"

　"네? 제가요?"

　뜻밖의 말에 재희가 서슴없이 움직이던 입술을 멈추자 의사가 두 손을 겹치며 걱정 말라는 듯이 말했다.

　"나쁘다는 게 아니니까 놀라지 말구요."

　"아……."

　"할 얘기가 많다는 건 좋은 변화예요. 원래 재희 씨는 제가 묻지 않는 말 이외엔 대답을 하지 않곤 했는데, 요즘은 자발적으로 얘기를 하고 있어요. 전보다 밝아진 것 같기도 하고. 내 생각엔, 결혼을 앞두고 있어서 그런 것 같은데."

　"……."

　"지금 같이 살고 있죠?"

　워낙 속마음 깊은 곳까지 터놓고 얘기하는 사이였지만, 지훈의 신분이 마음에 걸려 그 이름을 단 한 번도 이야기 속에 언급한 적 없던 재희였다. 하지만 의사도 은연중에 알았을 거다. 그 상대가 누구인지, 언론에서 꽤 시끄럽게 지훈의 결혼 소식과 더불어 재희의 이름까지 떠들어대곤 했으니까.

　가장 좋았던 순간이 언제였느냐고 물을 때면, 재희는 단 한 번의 망설임도 없이 고등학교 때라고 말했다. 아이러니하게도 재희가 지금처럼 병원을 다니게 된 이유도 고등학교 때에 있었다.

끔찍한 순간들과, 두려움으로 가득해야할 그 순간이 아름다운 기억과 겹친다는 건 그만큼 재희에게 그때 그 순간이 미련이라는 걸 뜻한다. 놓지 못하고, 지금까지 머릿속에 그 기억들을 잊지 않고 간직한다는 건 그런 의미였다.

좋았던 순간들을 떠올릴 때마다 어쩔 수 없이 마주하게 되는 끔찍한 기억들을 이겨내면서까지, 재희가 그 시절을 놓지 못하는 건 이루지 못했던 사랑 때문이기도 했다. 엇갈리고, 바랐지만 원했지만 끝끝내 닿지 못했던. 그 순간에 있던 지훈이, 지금 재희 옆에 있다.

"그래서인가, 재희 씨는 요즘 들어 저에게 소소한 얘기들을 많이 해요. 평범한 일상들이요. 아침에는 뭘 먹었고, 점심에는 뭘 먹었고. TV를 보았고, 책을 보고. 일찍 잠에 들었고."

"……."

"모두 다 재희 씨가 기피하는 것들이었죠."

의사는 재희를 향해 옅게 웃었다.

"저한테 말하는 그 모든 일상들이, 곧 남편이 될 분과 함께하는 일들일 테고."

"……."

"제가 결혼 전에, 미리 그분이 사는 곳에 들어가 지내보는 게 어떻겠냐고 말씀드렸었죠?"

재희가 결혼 전에 지훈의 집에 들어가기로 마음먹었던 건, 의사의 권유 때문이기도 했다. 그가 지훈의 지극히 개인적인 공간에 재희를 밀어 넣었던 이유는 이제는 받아들일 때가 되었기 때문이다. 미련이 아닌, 꿈이 아닌. 실제가 자신의 옆에 있다는 걸 매 순간, 매 시간마다 눈으로 보고 느겼으면 해서였다.

지훈의 체취가 잔뜩 묻어 있는 공간 안에서 살면서, 그의 옷과 그의 물건, 취향이 베어 있는 가구들을 눈에 담고 그 속에 있는 게 다른 누구도 아닌, 재희 자신이라는 걸 인지했으면 했다.

덕분에 재희는 지훈과 함께 살면서 점점 더 안정되어져 갔다. 평소 기피했던 일들을 하나둘씩 해나갔으며, 소소하게 웃는 일 또한 많아졌다. 처음으로 어딘가를 여행하고 싶다는 얘기를 했었고 그 안에는 지훈도 함께 포함되어 있었다.

"이제야 재희 씨가 평범해지는 것 같네요."

깊게 패인 주름이 인자하게 웃었다. 재희는 그 단어에 옅게 눈동자를 떨었다. 평범하다, 이곳에 와 처음 듣는 단어였다.

상태가 많이 호전되고 있다는 건 처방되는 약을 보면 알 수 있었다. 개수가 점점 들었고, 이제는 늘 먹던 수면제는 아예 빠져 있었다.

그러고 보니, 재희는 지훈과 함께 살게 된 시점에서 굳이 약을 먹지 않아도 너무나도 쉽게 잠에 들곤 했었다. 늘 옆에서 지훈이 재희를 꼭 끌어안은 채, 재희가 잠들 때까지 머리카락을 쓰다듬어주면서 달콤한 목소리로 노래를 불러주었기 때문일지도 모른다.

"뭐래?"

늘 병원까진 함께 가지만 매번 위까지 올라갈 수 없었던 지훈은 지금처럼 차 안에서 주인을 기다리는 강아지마냥 재희가 올 때까지 심란한 얼굴을 하고 있었다. 재희가 옆자리에 앉아 입술을 열 때까지, 구겨진 눈썹 역시 좀처럼 펴질 기미가 보이질 않는다.

"괜찮대."

"그래? 전보다 더 나아졌대?"

"응. 이제 나 수면제 안 먹어도 된대."

"정말?"

그제야 지훈이 눈썹을 유하게 피며 푸스스 웃었다. 기특한 건지, 재희의 머리 위로 손을 뻗어 가볍게 흐트러뜨린 지훈이 달콤한 목소리로 작게 속삭였다.

"우리 자기, 정말 예쁘다."

서슴없이 쏟아지는 그 칭찬에, 재희가 짧게 웃음을 터트렸다.

"뭐가, 너 때문인데."

"정말?"

"그래. 의사 선생님이 그랬어. 너랑 같이 지내서 많이 나아진 거래."

"내가 매일 밤, 자장가 불러준 효력이 이제 좀 나타나네."

지훈이 만족스럽다는 듯이 웃으며 몸을 돌려 핸들을 잡았다.

"기분 좋다."

"뭐가?"

"니가 점점 내 손을 타고 있다는 증거잖아."

그 말에 재희가 알 수 없다는 눈빛을 하자 지훈이 후진을 하기 위해 재희의 시트 뒤로 손을 뻗었다. 마주친 눈에, 지훈이 한쪽 입꼬리를 올리며 말했다.

"내가 말했지. 넌 내 손 좀 타야 한다고."

그 짙은 시선에, 웃으며 말하는 목소리가.

"이제야 나 없으면 안 되는 이재희가 됐네."

녹을 것만 같아, 재희는 저도 모르게 손을 올려 발갛게 열이 오른 뺨을 덮었다. 그러자 지훈이 푸스스 웃으며 그런 재희의 손등 위로 짧게 입을 맞췄다.

"귀여워."

"빨리, 차나 빼."

"네, 마님."

진짜, 마님이랬다가 자기랬다가 애기랬다가. 호칭이 아주 자기 맘대로다.

집으로 향하는 길엔 온통 벚꽃이 가득했다. 바람결에 흔들린 자그마한 꽃잎들이 날아와 이따금씩 창문에 부딪치는 모습들에 재희는 조금 창문을 열었다. 새파란 하늘과 기분 좋은 공기가 안으로 스며 들어와 머리카락 사이사이를 부드럽게 파고들었다.

"왜, 답답해?"

"아니, 그냥."

단조로운 대답과 달리 재희가 창문에서 좀처럼 시선을 떼지 못하자 지훈이 자신의 쪽 창문도 함께 열었다. 양쪽에서 불어오는 바람에 재희가 웃으며 몸을 돌려 시트에 편히 기댔다.

이리저리 날리는 머리카락이 전혀 거추장스럽지가 않았다. 흩날리는 꽃잎이 재희의 무릎으로 들어와 앉았다가 지훈이 있는 쪽으로 또 움직였다. 눈을 감고, 폐부 깊숙이 숨을 들이마신 재희가 나지막하게 입술을 열었다.

"이러니까, 학교 가고 싶다."

"무슨 학교?"

"고등학교. 딱 이맘때쯤 벚꽃 예쁘게 피잖아."

지금처럼 4월이 되면, 재희는 늘 향수처럼 학교가 생각나곤 했었다. 그곳엔, 재희를 지금까지 힘들게 만드는 괴로운 기억도 있었지만 그럼에도 불구하고 다시 돌아가고 싶다는 생각이 들만큼 그 무엇과도 바꿀 수 없는 찬란한 기억들이 있었다. 넷이 함께했던, 넷이었기에 아름다울 수 있었던. 그 어렴풋한 기억 속엔 아직 무르익지 않아 서툴기만 했던 17살의 첫사랑도 함께였다.

"가고 싶으면 가면 되지."

"…어?"

재희가 때아닌 회상에 잠겨 있자, 지훈이 그 말과 함께 조금 더 속력을 올렸다.

"지금 시간대엔 차도 안 막히니까 금방 가겠네."

"무슨……."

"가자고, 학교."

늘 가고 싶었지만 차마 용기가 나지 않아 발걸음 할 수 없었던 곳을 향해, 지훈이 먼저 손을 내밀었다.

"벚꽃 보고 싶다며."

재희의 첫사랑이 손을 내밀어 주었다. 그때 그 순간처럼.

"나랑 가자."

그곳엔 가슴 떨리는 설렘이 함께였다.

"진짜, 왔어."

재희는 아직도 믿기지 않다는 듯이 차를 멈추고 시동을 끄는 지훈을 바라보며 얼떨떨한 얼굴을 했다.

40분 내내 고속도로를 달리면서도 좀처럼 믿기지 않아, 재희는 좀처럼 창문 밖에서 시선을 뗄 수가 없었다. 진짜, 가는 건가. 정말 가는 건가 싶다가도 하나둘씩 눈에 들어오는 낯익은 풍경들에 재희는 가슴이 벅차게 뛰어 올랐다.

매번 약속처럼 아침에 만났던 지하철 역 앞 시계탑을 지나 매번 군것질을 했던 분식집과 추억이 서려 있는 간판들을 지나고 늦은 밤에 하교할 때 스치며 걸었던 가로등을 따라가다 보니 어느덧 벚꽃이 한가득 피어 있는 학교가 눈에 들어왔다.

어느덧 학교 안으로 들어와 주차장에 차를 세우자, 그제야 재희는 당황스러움에 한가롭게 안전벨트를 푸는 지훈을 바라보며 어쩔 줄 몰라 했다.

"진짜, 왔다구."

"응."

"진짜, 오면 어떡해?!"

태연하게 손을 뻗어 재희의 몸에 채워진 안전벨트까지 풀어준 지훈이 짧게 웃음을 티트렸다.

"왜. 오고 싶어 했잖아."

"아니, 그래도 이렇게 갑작스럽게……."

"원래 얘기가 나왔을 때 움직여야 돼, 나중으로 미루면 또 못 온다니까. 선글라스 줄까?"

"아니, 그게 아니라!"

차 안쪽에서 선글라스를 꺼내 낀 지훈이 창문 밖으로 고개를 튼 채 안절부절못해 하는 재희를 바라보며 끼고 있던 선글라스를 빼 다시금 집어넣었다.

"안 끼는 게 낫겠다."

"어, 어?"

"그땐 이런 거 안 꼈었잖아."

처음 만났던 시절로 돌아가고 싶은 건지, 지훈이 가느다란 재희의 손을 잡으며 웃었다.

"옛날 생각나게, 나가서 좀 걸어볼까?"

그 따스한 체온에, 재희는 반쯤 벌어진 입술을 꾹 다물며 작게 고개를 끄덕였다.

다행스럽게도 아직 수업 중인 건지, 학교 내에 돌아다니는 학생들이 보이지 않았다. 재희는 못내 떨리는 마음으로 지훈의 손을 잡고 학교 운동장으로 향했다. 저 멀리, 호루라기 소리에 맞춰 아이들이 체조를 하고 있는 게 보이자 지훈이 크게 웃었다.

"와, 체육복 색깔 아직도 안 바뀌었네. 촌스럽게."

"뭐가 또 촌스러워? 예전엔 잘만 입고 다녔으면서."

눈에 띄게 밝은 파란색을 바라보며 지훈이 웃음에 반쯤 젖어 있는 입술로 말했다.

"너 예전에 내가 체육복 등 뒤에 내 이름 크게 적었던 거 기억해?"

"그걸, 어떻게 잊겠어."

새파란 체육복을 입고선 교실로 찾아와 체육시간이니 창문 밖으로 훔쳐봐 달라고 하더니, 그 많은 아이들 중 어떻게 널 찾냐고 말하자 이름을 떡하니 크게 적고선 나타났었다. 덕분에 재희는 수업 중간 중간, 창문을 바라보면서 별다른 어려움 없이 지훈을 찾을 수 있었다. 아무리 멀리 있어도, 아무리 작은 점처럼 보여도. 그 커다란 이름만큼은 선명하게 재희의 눈에 들어왔다.

"너랑 민호랑 사귀고 난 후에도, 나 계속 그거 입었었는데. 너 모르지."

때아닌 고백에 재희의 눈동자가 한 뼘 더 커졌다. 그렇게 사이가 틀어지고 난 뒤, 지훈이 그 체육복을 여전히 입고 운동장을 뛰어다녔다는 건 처음 듣는 여기였다.

"진짜. 몰랐나보네."

놀란 듯 벌어진 재희의 표정에 지훈이 쓰게 웃었다.

"혹시라도 니가 창문 밖에 볼까봐, 난 맨날 그거 입었었는데."

매직으로 그렸던 터라, 빨 때마다 선이 점점 더 흐려졌음에도 불구하고 그 위로 선을 덧대면서까지 지훈은 고등학교 3년 내내 자신의 이름이 적힌 체육복을 입었었다. 혹시라도 니가 수업 도중에 따분함에 창문 밖으로 시선을 옮길까봐, 그러다가 한 번쯤은 나 볼까봐.

"서운하게. 오빠 맘도 모르고 왜 한 번을 안 보냐."

그렇게라도 재희의 시선 속에 들어가고 싶었던 지훈의 마음은 끝끝내 전해질 수 없었다. 재희는 반쯤 벌어져 있던 입술로 서둘러 말했다.

"그걸, 왜 지금 말해?"

"원래 말하는 게 더 웃긴 거야. 못 봤다니까 됐어."

괜찮다는 듯이 말하는 지훈의 손을 꽉 잡으며 재희가 살며시 인상을 구겼다.

"바보같이, 나 자리 바꿨었단 말이야."

"어?"

"2분단, 끝자리. 그래서 나 창문 못 봤었다고."

그런 속사정까지 숨어 있었는지 몰랐던 지훈은 작게 눈썹을 구기더니, 이내 표정을 피며 깍지를 낀 손을 앞뒤로 가볍게 흔들었다.

"어쨌든, 됐어. 지금은 내 옆에 있잖아."

지훈이 붙어오는 바람에 다른 한 손으로 머리카락을 헤집으며 짙은 시선으로 재희를 바라보았다.

"그러니까 이제 체육복 필요 없어."

마주잡은 온기가 포근하다. 봄날처럼, 따스하기만 하다.

"음료수 사줄까?"

"…응."

재희가 옅게 웃으며 고개를 끄덕이자 지훈이 익숙하게 그런 재희를 데리고 식당이 있는 건물 뒤쪽으로 향했다.

한산하기만한 주변에 지훈이 자판기 앞으로 다가가 주머니 안쪽으로 손을 밀어 넣었다. 아까 병원에서 주차비용을 내면서 남은 잔돈을 주머니안쪽으로 넣어두었던 건지 짤랑이는 동전을 꺼낸 지훈이 손바닥을 내려다보며 짧게 웃음을 터트렸다.

"딱, 800원 있다."

하나둘씩, 동전을 안으로 밀어 넣었다. 늘 밥을 먹고 난 뒤엔 버릇처럼 재희에게 음료수를 사주었던 지훈이었다. 그 순간으로 돌아간 것만 같아, 재희는 두근거리는 마음으로 빨간 불이 들어온 음료수들을 쭉 훑었다.

손을 뻗어 탄산이 들어간 음료수를 꾹 누르자, 지훈이 몸을 숙여 음료수를 꺼내 뚜껑을 땄다. 그리곤 습관처럼 고개를 뒤로 젖히며 자신이 한 모금 먼저 마신 뒤 재희에게 넘겨주었다.

"아, 진짜 시원하다. 맛있어?"

"응."

한 모금, 마신 뒤 해맑게 웃는 재희의 뺨을 슬쩍 건드린 지훈이 주변을 둘러보았다.

"어디 앉아서 마실까? 맨날 앉아 있던 데 있잖아."

"아니. 운동장에 애들 있잖아."

점심시간 이후, 늘 지훈과 앉아 시간을 보내곤 했던 벤치가 부득이하게 운동자 한편에 위치해 있었다. 체육을 하고 있는 아이들이 만약 지훈의 얼굴을 본다면 난리가 날 게 뻔했다. 곧, 쉬는 시간이 될 테고. 재희는 손목에 채워진 시계를 바라보며 지훈의 손을 잡아끌었다.

"대충 둘러보고 가자."

"그냥 이렇게 가?"

"응. 다음에 또 오면 되지."

"아쉬운데."

재희 때문에 발걸음 한 곳이지만, 그때 그 순간처럼 자리를 지키고 서 있는 것들이 신기하고 반가웠는지 지훈이 섭섭한 표정을 지었다. 그런 지훈을 데리고 걷던 재희는 식당 바로 옆쪽에 위치한 실기동을 바라보며 추억에 잠겼다.

"여긴 아직도 그대로네."

"그러게, 저 조각상 좀 없애지."

세 개의 커다란 실기건물 한가운데에 놓인 기괴한 모양의 조각상을 보며 지훈이 혀를 찼다. 안에서 수업을 하고 있는 건지, 1층에 있는 실기 실 문 틈사이로 나지막한 음악 소리가 흘러나오고 있었다.

"저기 연기 수업 하는 덴데."

지훈이 그 문 쪽을 가리키며 가까이 다가가자 재희가 반쯤 소리를 죽인 채, 지훈을 뒤로 잡아당겼다.

"진짜, 들키면 어쩌려고 그래?"

"그냥 소리만 좀 듣자."

호기심 가득한 지훈의 얼굴에 하는 수 없이 재희가 그 앞으로 다가서자 지훈이 문 가까이 귀를 대었다. 뮤지컬 수업인 건지, 웅장하게 울려 퍼지는 반주 사이로 아이들의 커다란 목소리가 들려왔다.

"확실히 애들은 틀려. 패기가 남다르다니까?"

"그래?"

"응. 일단 지르고 보거든."

그 분야에 대해선 잘 알지 못하는 재희였기에 지훈의 말들을 들으며 다시금 아이들의 목소리에 집중했다. 듣고 보니, 그런 것 같기도 하고. 높은 음인데도 망설임 없이 일단 내지르고 본다.

어, 방금 어떤 애 삑사리 났다.

지훈이 재미있다는 듯이 웃자 재희 역시 따라 웃었다.

그때였다. 닫혀 있던 문이 슬쩍 열리더니 그 안에서 땀으로 얼룩이 진 남자애 하나가 커다란 물통을 들고 나왔다. 그리고선 그 앞에 서 있는 지훈을 보며 놀란 듯 눈을 크게 떴다.

"어⋯⋯."

얼떨떨한 표정으로 아이가 손가락 하나를 세워 가리키자 지훈이 그 손끝을 보며 다급하게 입술을 열었다.

"야, 잠깐⋯⋯."

"최지훈이다!!!"

하지만, 떠는 이미 늦었다. 그 소리와 함께 안에 있던 아이들이 우르르 몰려나왔다.

"어, 진짜다. 최지훈이다!"

"선배님! 선배님!"

금세 몰려든 학생들에, 재희의 표정이 순식간에 굳어졌다.

진짜, 망했다.

뒤늦게 안에서 나온 실기 선생님이 지훈에게 엉겨 붙어 있는 아이들을 억지로 안으로 들여보내고선 문을 닫았다. 그리고선 팔짱을 낀 채 호탕한 웃음을 내비치며 지훈을 바라보았다.

"어허, 이게 누구야."

지훈은 멋쩍은 듯, 뒷머리를 매만지다가 이내 허리를 숙여 인사를 했다.

"안녕하셨어요?"

"그동안 얼굴도 안 비치던 녀석이, 갑자기 무슨 일이야?"

"아, 오랜만에 학교 생각나서요. 선생님도 뵙고 싶고."

"녀석, 입바른 소리는. 얼굴 보면 다 안다."

예전과 달리 얼굴 위로 주름이 더 늘었지만 여전히 그는 지훈이 학창시절 때 보았던 모습 그대로였다. 호랑이 선생님이라고 불릴 정도로, 실기에 있어서 엄격하셨던 분이 지금까지 있을지, 솔직히 말해 지훈은 까마득하게 몰랐었다. 지훈이 재희의 손을 잡은 채 어수룩하게 웃자 그의 시선이 재희에게로 향했다.

"곧 결혼한다더니, 아내 될 사람이냐?"

"네."

"아, 안녕하세요. 이재희입니다."

재희가 뒤늦게 허리를 숙여 인사를 하자 그가 턱을 느리게 매만지며 웃었다.

"우리 학교 학생이라고 들었는데."

"네, 미술과였어요."

"안 그래도 둘 때문에 학교에서 한바탕 난리가 났었어, 뭐… 알다시피. 안 좋은 일과 좋은 일로 떠들썩했잖아."

안 좋은 일이라, 최율로 인해 학교 이름까지 언급되면서 아마 내부가 시끄럽긴 했었을 거다. 사건의 시발점을 찾는다면 바로 이 학교에서부터였으니까. 이곳에서 최율은 지훈과 엉켰고, 재희와 부딪쳤으며 끝끝내 추억으로 남겨두지 못한 채 현재로까지 끌고 와 자신의 인생에 지우지 못할 오점을 남기게 됐다.

학교 입장에서는 그런 최율의 행적이 불편하면서도 한편으론 지훈과 재희의 소식에 기쁘기도 했었다. 같은 학교 출신인 남녀가, 결혼을 하는 건 처음 있는 일이었다.

선생은 지훈과 재희를 데리고 교무실로 향했다. 수업의 지장이 생길 거라 판단돼, 임시방편으로 데리고 온 곳일 테지만 지훈과 재희는 이 자리가 못내 불편하기만 했다.

"이렇게 학교까지 찾아오고. 반갑네."

교장이 내밀은 손에 지훈이 서둘러 소파에 앉아 있던 몸을 반쯤 일으켜 악수를 했다. 교장 선생님마저도 바뀌지 않은 채 그대로였다. 그때와 달리 지금은 많이 늙어 머리 위로는 새하얀 머리카락이 눈처럼 내려앉아 있었지만 한편으로는 변하지 않은 것들에 반갑기도 했다.

"잠깐 구경만 하고 가려고 했었는데 갑자기 학생이 나오는 바람에, 본의 아니게 수업을 방해한 것 같아 죄송합니다."

"아닐세. 그냥 갔으면 내가 다 섭섭할 뻔했어. 이렇게 모교를 찾아와줘서 고맙네."

지훈은 인자하게 웃는 교장을 향해 애써 미소 지으며 눈동자를 굴려 재희를 바라보았다. 역시나도, 재희는 허리를 빳빳하게 핀 채 딱딱하게 굳어 있었다. 학생일 때에는 너무나도 멀게만 느껴졌던 사람과 마주보고 앉아 있는 게 편할 리 없었다. 거기다가 무려 교장실이라니. 학생일 때에는 근처만 지나가도 위화감이 느껴지는 공간 속에 들어와 앉아 있으니 절로 긴장이 될 수밖에.

"이렇게 크게 성장하고, 덕분에 학교 위상이 더 높아졌다네."

"아닙니다. 저희 학교, 원래 예고들 사이에선 유명 배우들 많이 배출해 낸다고 유명했었잖아요."

"거기에 자네가 더 크게 기여한 거지. 어디 보자, 재희라고 했던가."

시선이 이번에는 재희에게로 옮겨가자 재희의 얼굴이 순식간에 파리해 졌다.

"아, 아 네."

"자네도 큰 몫 했다네. 재작년 입시 때부터 미술과 지원율이 확 늘었 어."

"제, 제가 무슨… 전 아무것도 한 게 없는 걸요."

"어허, 무슨. 세계적인 디자이너로 활동하고 있지 않나."

"아니에요, 아직 많이 부족한 걸요."

잔뜩 긴장을 한 채 어수룩하게 말하는 재희의 모습에 지훈은 그만 짧게 웃음이 터졌다. 세계를 무대로, 그 어디에 내놔도 당황이라는 걸 안 하던 재희가 학교에 오니 영락없는 학생이 되어 있었다.

"그래서, 내 부탁하고 싶은 게 하나 있는데."

"네, 말씀하세요."

지훈이 애써 웃음을 집어삼키며 마주하자, 교장이 조심스럽게 입술을 열었다.

"둘 다 연영과와 미술과 교실에 가서, 애들한테 조언 좀 해주지 않겠 나?"

"네?"

"네?!"

뜻밖의 제안에 놀랐는지 지훈과 재희가 덩달아 말을 하자, 교장이 허허 웃었다.

"뭘 그렇게 놀라나. 모교 방문하면 이 정도는 기본인데."

"저땐, 그런 적 없었던 것 같은데요."

"그래서. 안 해주겠다는 건가."

"아뇨… 해야죠."

지훈이 반박을 했지만 날카로운 눈동자에 금세 뜻을 굽혔다. 옆에서 재희가 어쩔 줄 몰라 하며 손가락을 꼼지락 거리는 걸 본 지훈이 텁텁하게 웃었다.

"그 대신 저도 부탁이 하나 있는데."

"뭔가?"

"학교 옥상에 좀 올라가보고 싶어서요. 애들 만나고 나서 가봐도 될까요?"

"그렇게 하게나."

별로 어렵지 않다는 듯이 교장이 수락을 하자 그와 동시에 쉬는 시간을 알리는 종소리가 울려 퍼졌다. 금세 소문이 퍼진 건지, 아이들이 교무실 앞으로 득달같이 몰려들어 창문 너머로 고개를 들이밀었다. 시끄러워진 주변에 재희의 눈동자가 더욱더 심란하게 굴렀다. 어째, 일이 점점 더 커지는 기분이다.

수업종이 울리고, 지훈과 재희는 교장실을 나와 선생님의 뒤를 따라 한적해진 계단을 밟았다. 가는 내내, 재희가 어떡할 거냐고 지훈에게 속삭였고 지훈은 그 말에 교장에게 둘이 함께 교실에 들어갈 것을 요구했다. 혼자보다야, 둘이 있으면 재희가 덜 떨릴 것 같아서였는데 그것이 화근이었다.

담임선생님께 양해를 구하고 연영과 교실에 먼저 들어서자 반 아이들이 자리에서 일어나며 휘파람을 불어댔다. 지훈은 능청스럽게 그런 아이들에게 앉으라며 훈계하며 교탁 앞에 섰지만 아이들의 환호는 거기서 멈추지 않고 뒤따라 들어온 재희에게로 날아가 꽂혔다.

"누나, 겁나 예뻐요!!"

어느 한 남학생이 소리를 지르자, 지훈이 짧게 웃음을 터트리며 교탁을 두어 번 두드렸다.

"보는 눈은 있어가지고. 예쁜 거 다 아니까 앉아라."

"선배님, 곧 결혼하시는 거예요?!"

"야, 시끄러워. 질문할 땐 손들고 하는 거 몰라?"

재희를 데려다가 자신의 옆에 세운 지훈은 고요해진 내부에, 팔을 위로 쭉 뻗은 채 잔뜩 기대에 부풀어 있는 아이들을 둘러보며 웃었다.

"손 내려라. 나 할 말 하고 질문 받을 테니까."

"아아, 뭐예요."

실망감에 위로 향했던 손들이 하나둘씩 하릴없이 내려갔다. 지훈이 그런 아이들을 한 번 쭉 둘러보고선 손을 뻗어 긴장한 채 옆에 서 있는 재희의 손을 조심스럽게 잡았다. 교탁에 가려져서 아이들에겐 보이지 않을 테지만 말이다.

"잠깐 학교 생각나서 왔는데, 실기실 구경하려다가 들켜서 말이야."

그러자 뒤쪽에 앉아 있던 남자아이가 자신만만하게 손을 들었다. 지훈이 그 얼굴을 바라보고선 픽 하고 웃었다.

"그래, 너 때문이야."

"선배님, 실망인데요. 안 들켰으면 그냥 갔을 거란 소리잖아요."

"그럼. 내 꼴을 좀 봐라, 나 지금 진짜 예상에도 없다가 온 거라 정말 신경 못 쓰고 왔거든."

"잘생기셨어요!"

"알아, 아는데. 그래도 체면이라는 게 있지, 작정하고 왔으면 오늘보다 더 멋있었을 텐데 말이야."

지훈은 능청스럽게 말을 하자 반 아이들이 소리 내 크게 웃었다. 그런 아이들의 얼굴을 하나둘씩 쭉 훑어보던 지훈이 작게 휘파람을 불었다.

"물이 좋네. 요즘은 애들 얼굴 보고 뽑냐?"

"연기의 기본은 얼굴 아닌가요?"

대담한 남학생의 발언에 모두가 또 한 번 웃음바다가 됐다. 긴장한 듯, 지훈의 손을 꼬옥 움켜쥐고 있던 재희가 그제야 웃자 지훈은 한결 가벼워진 입술로 아이들을 향해 말했다.

"교장 선생님이 특별하게 너희들한테 조언이라도 해달라고 부탁하셨는데, 난 딱히 해줄 말이 없다. 다들 알아서 하는 거지, 안 그래?"

"아아, 너무해요."

"틀린 말 아니야. 교과서 위주로 공부하라는 말 잘 알지. 그거 그냥 하는 소리 아니다, 다들 학교 내에서 실기 선생님들이 가르쳐 주는 거 똑바로 하면 대학도 별 무리 없이 갈 수 있을 거야. 다들 한 가닥 하시는 분들이니까 허투로 듣지 갈고 시키는 대로만 해. 그리고 공부, 요즘 과외다 뭐다 하는데 솔직히 예체능 애들 머리 똑똑할 필요 없어. 연기만 잘하면 무식해도 뜨는 곳이 이 바닥이야. 물론, 연기 천재가 아닌 이상 기본은 해야지. 어디 가서 무식하다는 소리 듣기 싫으면 알아서들 채워. 배우는 이미지 먹고 살아가는 거니까 갈 안 해도 그 부분에 있어선 너희들이 잘 알 테고."

"……."

"가수, 연예인, 연기자, 연극배우, 영화배우, 감독, 시나리오 작가. 각자 되고 싶은 것들이 있을 거야, 그걸 위해서 다들 이 학교에 왔을 테고. 그런 너희들을 위해 최적화된 곳이 바로 이 학교니까 수업 시간에 수업에 집중하고. 실기 시간엔 실기에 집중하고. 그리고 마지막으로, 애들하고 싸우지 마라. 이 바닥 엄청 좁아서 졸업해도 계속 얼굴 보고 살아야 되거든? 다들 알아서 처신들 잘해."

"……."

"그럼, 얘기 끝. 질문 받는다."

"저요!! 저요!"

"선배님, 저요!"

기다렸다는 듯이 달려드는 아이들의 아우성에 지훈이 가장 가까운 곳에 있는 여자아이를 지목했다.

"언제, 다음 작품 하세요?"

"지금 드라마나 영화 쪽에서 작품은 계속 들어오고 있긴 한데, 8월 달까진 아무것도 안 하겠다고 말해놔서 좀 쉴 생각이야."

"왜요?"

"몰라서 물어? 나 6월에 결혼하잖아."

지훈이 교탁 아래로 잡고 있던 손을 올리자, 아이들이 부럽다는 듯이 소리를 질러댔다.

"결혼준비에 집중 좀 하려고."

부드럽게 흘러나오는 그 말에.

"내가 오랫동안 기다려 온 거거든."

재희의 얼굴이 발갛게 달아올랐다.

"두 분이서 학교에서 처음 만난 거 맞죠?!"

"야, 연기에 대한 걸 질문해. 이러면 교장 선생님이 눈치 준다니까."

"아아, 궁금해요!"

"그래. 내 첫사랑이다, 됐냐?"

"와, 부럽다."

"선배님이 쫓아다니신 거예요?"

"그래, 내가 좀 사겨달라고 쫓아다녔어."

"결혼 앞드신 소감이 어때요?"

"무슨 말이 더 필요해? 내 첫사랑이라니까. 기분 끝내주지."

"아, 진짜 부러워요!"

"부러우면 니들도 사겨. 물론 연애한다고 공부 안 하면 안 된다."

그 뒤로 쏟아지는 질문을 역시 전부 다 연애에 관한 것들이었다. 답변을 해주는 건 그닥 어렵지 않았지만 지훈이 말을 할 때마다 재희가 부끄러워한다는 게 문제였다. 둘만의 연애 내용을 아이들에게 말을 하는 게 낯간지러워 당장이라도 그만하라고 말하고 싶었지만 어딘가 모르게 지훈이 즐거워하는 것 같아 재희는 차마 그럴 수도 없었다.

지훈은 교장과 약속했던 20분을 채우고선 수업을 위해 마무리를 짓고 재희의 손을 잡은 채 문으로 향했다. 그 모습에 아이들의 입에서 저마다 아쉬운 소리가 흐르자 그런 반응들에 호응이라도 해주려는 듯, 문밖으로 나갔다가 다시금 안으로 들어온 지훈이 재희와 잡은 손을 흔들며 말했다.

"니들 첫사랑이랑 이뤄지는 확률이 얼마나 극악인 줄 알지?"

"……."

"근데, 난 이뤄냈다니까."

진짜, 못 말려. 그 어느 때보다 뜨거운 반응으로 소리를 질러대는 아이들을 등지고 복도로 나오자 재희가 꾹 입술을 짓누르며 지훈을 흘겨보았다.

"애들 앞에서, 못하는 소리가 없어."

"뭐 어때, 재미있잖아."

재미는, 재희가 옅게 고개를 내저으며 미술과로 향했다.

이곳의 분위기는 연영과와 정반대였다. 일단 아이들부터가 남녀가 반반 씩 섞여 있던 연영과와 달리 대부분이 여자들이었다. 그래서인지, 재희와 함께 들어온 지훈의 모습에 아이들이 비명을 질러댔고, 옥타브 높은 목소 리들에 지훈이 적응이 안 된다는 식의 얼굴을 했다.

"와. 꽃밭이다, 꽃밭."

"오빠! 진짜 잘생겼어요!"

"어허, 오빠 말고. 여기 언니한테 집중해 주세요."

지훈이 잡고 있던 손을 놓은 채 교탁 앞으로 선 재희의 어깨를 주물 거리 자 아이들의 시선이 일제히 그런 재희에게로 꽂혔다.

"…안녕, 미술과 졸업한 이재희야."

"안녕하세요, 실물이 더 예쁘세요!"

"교장 선생님이 부탁해서, 이렇게 오게 됐어. 궁금한 거 있으면 그때그 때 질문해주고, 나도 최대한 거기에 맞춰서 얘기해줄게."

연애 얘기가 대부분이었던 연영과와 달리 재희는 차분하게 학교생활에 서 유의해야할 점들과 전공에 관한 얘기들을 했다. 잘하든 못하든, 제일 재미있게 했던 전공을 선택하라는 조언과 요즘은 굳이 디자인을 전공하 지 않아도 얼마든지 그쪽으로 빠질 수 있다는 것들을 말해 주면서 이해의 폭을 넓혀주었다.

그런 재희에게 빠져들어 아이들이 재희가 하고 있는 일들을 물어왔고, 재희는 친절하게 요즘 외국에서의 패션 흐름과 디자이너로서의 갖춰야할 것들에 대해서 설명해주었다.

"그런데, 두 분 과가 다른데 어떻게 만나셨어요?"

되도록이면 피하고 싶었지만 역시나, 연애 얘기가 또 나왔다. 질문할 기 회를 엿보고 있었는지 아이들이 저들끼리 작게 웃으며 두근거리는 얼굴로 지훈을 바라보았다. 지훈은 그 시선들에 짧게 웃음을 터트리며 재희를 대신해 입술을 열었다.

"연영과가 바로 옆 반이잖아. 너희들은 연영과랑 안 친해?"

"그래도, 과가 달라서 가까워질 기회가 별로 없어요."

"아, 원래 연영과 애들이 그래. 자기들이 잘난 줄 알거든. 벽을 막 만든다니까. 아직도 학교 축제 때 연영과가 독주해?"

"네, 매번 1등 먹어요."

"그런 쪽으로 은근 단합이 잘된다니까. 그래도, 애들 알고 보면 다 착해. 마음에 드는 애들 있으면 말 한 번 걸어봐, 좋아할 걸."

"두 분은 어떻게 만나셨는데요?"

"우린, 입학식 때 조회하다가. 내가 얘 얼굴에 낚여서, 연영과인 줄 알았거든."

"하긴, 정말 예쁘세요."

"그치. 내가 제일 좋아하는 거야."

그 말과 함께 지훈이 팔을 뻗어 재희의 어깨를 감싸자 아이들이 어쩔 줄 몰라 하는 소리를 냈다.

"역시, 여자는 예뻐야 하는 건가요?"

"어, 그 질문 잘했어. 내가 재희 예뻐서 한눈에 끌린 건 있지만 자꾸 다가갔던 건 얼굴 때문이 아니라 날 낚았다는 게 재미있어서였거든. 너희들이 잘 모르나본데, 정작 연영과 애들은 얼굴 잘 안 봐. 맨날 보는 게 예쁘고 잘생긴 애들인데, 외적인 거엔 별로 감흥 없어. 성격 봐, 성격. 이건 진짜야."

지훈의 말에 무슨 용기를 얻은 건지, 아이들의 눈동자가 저마다 반짝거렸다. 재희가 작게 한숨을 내몰아쉬며 웃는 얼굴로 아이들에게 인사를 건네며 열심히 공부하라는 말과 함께 교실 밖으로 나섰다.

약속했던 대로, 교장선생님이 건네주는 열쇠를 받아 둘은 함께 옥상으로 향했다. 녹이 슨 철문은 열고 안으로 들어서자 세찬 바람이 불어와 머리카락을 가볍게 흩트려 놓았다. 지훈이 재희의 손을 잡고 난간으로 가 아래를 내려다보았다. 드넓게 펼쳐진 운동장 빼곡히, 한가득 피어오른 벚꽃들이 장관을 이루고 있었다.

"역시 오길 잘했네."

"……."

"니 말대로, 정말 예쁘다."

잡고 있던 손을 놓고 두 팔을 벌려 뒤에서 재희를 끌어안은 지훈이 재희의 머리 위로 턱을 가져다대었다. 허리에 감긴 두 팔위로 손을 겹치며, 재희가 맑게 게인 하늘 아래에 펼쳐진 풍경을 눈에 담았다. 공기가 이렇게 포근할 수 있는 걸까, 바람이 어떻게 이렇게 따뜻하기만 하지.

"우리 예전에 학교 축제 때 여기 올라왔었는데. 기억나지."

"그걸 어떻게 잊어, 내가 그때 너한테 반해서 사귀자고 말했던 건데."

"어, 진짜?"

"그래."

그건, 정말 어쩔 수가 없었다. 조명으로 반쯤 파래진 밤하늘 아래에서 난간에 기대어 서로 나누었던 입맞춤은 지금까지도 재희의 머릿속에 각인되어 있을 만큼 아름다운 장면이었다. 그때 느꼈던 설렘, 두근거림, 벅찬 감각들 하나하나까지. 긴 시간이 흐른 지금까지도 재희의 머릿속에 선명하게 박혀 여전히 빛나고 있었다.

그거 알아, 지훈아? 내 첫사랑이 아름다울 수 있었던 건.

"이제 와 고백하는 건데. 그때 난 여기서, 너와 결혼하는 상상을 했었어."

그게 다른 누구도 아닌, 바로 너였기 때문이야.

내가 설레 했던 모든 순간에는 네가 들어가 있어서, 그래서 난 널 잊을 수가 없었어.

"감회가 새롭네. 결혼 앞두고 너랑 여기 오니까."

너도 그랬어?

"이젠 정말, 모두 다 이룬 기분이야."

너도 그랬었니, 지훈아.

"죽어도 여한 없어."

나도 그랬어, 재희야.

재희는 힘이 들어간 팔에 고개를 들어 지훈을 올려다보았다. 마주한 눈동자가 흩날리는 바람결에 위태롭게 흔들렸다. 그 짙은 눈동자에 재희가 흐리게 웃었다.

"날 두고, 죽으면 어떡해."

"말이 그렇다는 거지."

"말이라도 그러지 마. 상상하기도 싫으니까."

"우리 애기, 무서웠어요?"

"무섭긴, 누가⋯⋯!"

재희가 차마 말을 다 내뱉기도 전에 허리에서부터 올라온 손 하나가 길게 뻗은 재희의 목을 훑고 턱 아래를 받혔다. 그 아찔한 감각에 재희가 숨을 멈추자, 지훈이 옅게 웃으며 그림자처럼 내려왔다. 바람이 내려앉는다, 소리가 멎는다. 지금 이 순간, 재희의 심장 가득이 찬 건.

"내가 달래줘야겠다."

오로지 그 목소리 하나.

그리고 벌어진 입술 사이를 파고드는 따스한 감각. 재희는 손을 올려 자신의 목을 느리게 쓸어내리는 지훈의 손을 꼭 잡았다. 파르르 떨리는 재희의 손끝에 지훈이 조금 더 턱을 벌리며 안으로 밀려들어왔다.

지금 이 순간만큼은, 맑게 펼쳐져 있던 하늘도 보이지 않았다. 밤이 아니었지만, 어둠이 둘 사이를 파고들었다. 아직 채 열기가 식지 않아 무덥기만 했던 학교 옥상 위, 조명이 여울져 밤이었어도 밤처럼 느껴지지 않던 그때 그 순간처럼.

10. 공략

"누나. 이게 정말 맞는 일일까."

가람이 긴장한 듯한 얼굴로 운전을 하고 있는 지연을 바라보자 지연이 색이 짙은 선글라스를 번득이며, 핸들을 꽈악 움켜쥐었다.

"너 자꾸 이상한 소리 할래?"

"아니, 그게……."

그게 말이지, 가람은 말끝을 늘이며 생각에 잠겼다.

워낙 죽이 잘 맞아, 몇 년을 사귀어도 싸운 적 없던 가람과 지연이 요 근래에 있어서 자주 투닥거렸는데, 그 이유가 바로 이유 모를 지연의 히스테리 때문이었다. 매번 한숨을 늘어놓으며 자그마한 일에도 짜증을 내는 지연을 달래도 보고, 이유를 찾아보려고도 했지만 그런 가람의 노력에도 불구하고 지연은 늘 신경질과 극단적인 생각의 연속이었다.

그로 인해 며칠 전 크게 싸웠을 때, 차라리 이럴 거면 헤어지자고 말을 한 가람을 두고 지연이 나쁜 놈, 개새끼. 욕을 시큰하게 내뱉더니 어린아이처럼 울면서 한 말은 '너 나랑 결혼 안 할 거야?'였다.

결혼이라, 결혼. 가람은 그 낯선 단어가 가지고 있는 중압감에 쉽사리 가벼워질 수가 없었다. 아직 29살에, 단 한 번도 그 단어를 떠올린 적 없었던 가람은 그저 연애하는 게 좋을 나이였다. 평소 관심 있던 옷으로 쇼핑몰을 운영하면서 대중들에게 인정받아 꽤 안정된 수입을 얻게 된지 이제 고작 반년이었다.

아직 해야 할 일도 많았고, 욕심도 있었기에 하루가 어떻게 흘러가는지도 모를 정도로 바쁜 나날들 속에 지연이 한 발언은 가람에게 전혀 예상치 못한 폭풍과도 같았다.

"진짜 나랑 결혼하고 싶어?"

"그럼, 넌 아니야?"

"…난."

가람은 반쯤 벌어진 입술로 옅게 웃으며 지연을 가만히 바라보았다. 지연과 꽤 오랜 시간 만나면서도 아직도 자신이 영화배우 최지연과 교제를 하고 있다는 사실이 좀처럼 믿기지 않는 가람이었다.

그래서 때때로, 친한 누나처럼 대했으며 또 어떨 때에는 오래된 팬처럼 지연을 우러러보기도 했었다. 첫 만남이 모니터 속 사진이었던 게 문제였던 걸까, 가람은 좀처럼 지연을 현실처럼 받아들일 수가 없었다. 그런 꿈같은 사람이, 지금 자신과 결혼을 하고 싶다고 말하고 있다.

"왜 대답이 없어? 넌 나랑 결혼하기 싫냐고."

지연이 눈썹을 죽이며 서운하다는 듯이 묻자 가람이 고개를 내저으며 말했다.

"싫은 게 아니라, 난 누나 팬이었잖아."

"또 그 얘기야? 그건 옛날이잖아, 지금 우리가 몇 년을 만났는데 아직도 그 얘기야."

아직도 자신을 환상 속에 머물고 있는 사람 마냥 생각하는 가람 때문에 지연은 이따금씩 속이 상하곤 했다. 울적한 마음에 괜스레 잡고 있던 핸들을 꽉 움켜쥐자 가람이 그런 지연을 바라보며 두어 번 눈을 깜빡였다.

맑은 하늘 아래에 투영된 빛 사이로 여전히 눈이 부시게 아름다운 지연의 모습이 눈에 가득 찼다. 허리까지 내려온 긴 생머리에, 가느다란 머리카락 몇 가닥이 어깨 중간에 걸려 부드럽게 휘어져 있었다. 빛을 머금어 시시때때로 색이 변하는 머리카락과 그보다 더 눈부신 지연의 얼굴을 바라보며 가람이 옅게 웃었다.

"그래서 그런가. 난 가끔 누나 보면 아직도 설레고 그래."

"……."

"누나도 그래?"

웃으며 묻는 말에, 지연은 손가락에 힘이 빠졌다.

끝이 보이지 않는 고속도로를 얼마나 달렸을까, 톨게이트를 빠져나오자 익숙한 풍경들이 하나둘씩 가람의 눈에 담겼다. 가람이 태어나고 자란 전주는 사실상 고등학교 때 나 홀로 예고로 진학을 한 이후부터 줄곧 떨어져 있던 곳이었지만 언제와도 제 집 앞마당 같은 푸근한 느낌이 있었다.

하지만 지연은 아니었다. 처음 마주하는 풍경에 긴장했는지, 내비게이션에 의지한 채 잔뜩 집중을 한 지연의 모습에 가람이 짧게 웃음을 터트리며 손을 뻗어 안내를 중지했다.

"어, 왜?!"

"내가 설명해줄 테니까 긴장하지 마. 벌써부터 그러면 어떡해?"

지금 우리가 어딜 가고 있는데. 그 말에 지연은 자그마한 숨과 함께 빳빳하게 세우고 있던 등을 시트에 조금 편히 기댔다. 딱딱한 기계적인 음성이 아닌 나른하게 흘러나오는 가람의 목소리를 방향 삼아, 낯선 도로 위를 부드럽게 내달리던 지연은 어느 커다란 저택 앞에 멈춰 섰다.

지연이 시동을 끄고, 갑갑하게 메고 있던 안전벨트를 풀자 가람이 머리카락을 한번 뒤적거리며 창문 밖 풍경을 눈에 담았다. 문고리를 잡았다가, 이내 몸을 틀어 지연의 손을 꼭 잡았다.

"누나, 떨지 말고."

그 말에 지연은 여유롭게 한쪽 입 꼬리를 올리며 웃었다.

"누가 떤다고 그래? 내가 지금 이 순간을 얼마나 기다려왔는데."

넌 아마 모를 거야. 지연이 작게 속삭이자 가람이 한쪽 눈가를 구겼다가 이내 살며시 웃음을 터트렸다.

"우리 집에 들어가면 그런 말 안 나올 텐데."

작게 흘러나오는 한숨이, 뭔가 이유가 있는 듯싶다.

지연은 차에서 내려 트렁크에서 커다란 과일 바구니를 꺼내 들었다. 최대한 예의를 차린답시고 차려 입은 정장이 커다란 철문 앞에 서자 불편하게 죄이기 시작했다. 말은 괜찮다고 했지만 어느 여자가 결혼을 생각한 남자의 집에 처음 방문하는데 멀쩡할 수 있을까. 지연은 덜컥 열리는 둔탁한 소리에 마른침을 목 뒤로 넘기며 가람을 따라 안으로 들어섰다.

잘 다듬어져 있는 잔디들 사이사이로 놓여 있는 돌담 위를 밟으며 주변을 둘러보던 지연은 가만히 입술을 벌릴 수밖에 없었다. 평소 가람이 자신의 집안에 대해 말을 하지 않았던 터라 본가가 전주에 있다고만 알고 있었던 지연은 자신의 예상과 달리 너무나도 크고 화려한 내부에 절로 당황스러웠다. 그런 지연의 반응을 눈치챈 건지 가람이 어수룩하게 말했다.

"우리 할아버지가 전주에서 손꼽히는 땅부자야."

역시나, 그 나이대에 살 수 없는 높은 가격대의 옷들을 평소 아무렇지도 않게 턱턱 사는 가람의 소비력에 의문을 품었어야 했는데. 지연은 애써 웃으며 눈동자를 굴렸다.

"아… 그렇구나. 근데, 왜 말 안 했어?"

"할아버지 얘길 해서 뭐해."

어깨를 으쓱이며 가볍게 말하는 것과 달리, 지연은 어쩐지 더 발걸음이 무거워졌다.

어느덧 멀게만 느껴지던 저택 앞에 다다른 가람은 손잡이를 잡으며 묵직한 숨을 내몰아 쉬었다. 그저 일주일 전에 전화를 해 여자 친구를 집에 데려가 소개시키고 싶다는 말만 했지, 그 상대가 누구인지 일절 말을 하지 않았던 가람이었다.

'최지연'이라는 이름 세 글자를 말한다면 가기 전부터 난리가 날 것만 같아 하지 않았던 건데, 왜 지금 이 순간 그때 차라리 말을 할 걸, 후회가 밀려오는지. 가람은 잔뜩 긴장한 얼굴로 문을 열었다.

"이제 오니?"

현관 앞에 서서 웃고 있는 어머니를 바라보며 가람은 애써 웃었다. 그리고 그 뒤를 따라 들어온 지연이 끼고 있던 선글라스를 벗으며 해맑게 웃었다.

"안녕하세요, 어머니."

그 얼굴에, 미소가 번져 있던 어머니의 입술이 딱딱하게 굳었다. 막연하게 손을 올르고선 '저기, 저기…' 하는데.

"최, 최지연 씨?"

왜 하필 내 여자 친구가, 대한민국에서 남녀노소 불문하고 모르는 사람 하나 없을 정도로 유명한 탑 여배우인 건지 가람은 잠깐이나마 한탄을 해야만 했다. 지연은 자신을 알아보는 어머니를 향해 허리를 푹 숙이며 인사를 했다.

"네, 처음 뵙겠습니다. 최지연이에요."

"아니, 근데… 여긴 무슨 일로…….."

아직 상황 파악이 안 된 건지, 어머니가 당황한 얼굴로 묻자 가람이 눈을 꼭 감으며 말했다.

"내, 여자 친구야."

아, 모르겠다. 일단 저지르고 보지, 뭐.

하지만 그 여파는 가람이 생각했던 것보다 훨씬 더 거대했다. 그냥 잠깐 놀라고 말겠지, 하고 생각했던 가람은 어머니의 등 뒤로 다가와 불쑥 얼굴을 내미는 첫째 누나를 보며 막연하게 입술을 벌렸다.

"누가 니 여자 친구야?!"

뭐야. 누나가 왜 여기 있어? 가람이 놀라 눈을 깜빡일 새도 없이 그 뒤로 둘째 누나, 셋째 누나. 넷째 누나까지. 모두가 가람의 옆에 서 있는 지연을 보며 기함을 했다.

"세상에나."

"맙소사."

"최지연이, 니 여자 친구라고?"

"어, 어? 아, 그게…….."

가람은 그 얼굴들에, 등 뒤로 식은땀이 주륵 흐르는 것만 같았다. 모두다 출가를 해 이 커다란 집에 엄마와 아빠 단둘만 있을 거라 생각했는데 왜 몰랐을까, 평소 가람의 누나들이 하나뿐인 남동생에게 극성맞다는 걸.

이번 주말에 가람이 여자 친구를 데리고 집을 방문한다는 소식을 어머니로부터 전해 들은 건지, 방방곡곡 흩어져 있던 누나들이 여자 친구를 보기 위해 할 일도 모두 미뤄둔 채 전주로 모였나 보다. 태어나 처음으로 집에 여자를 데려오는 것이었기에 얼마나 대단한 여자인가 싶어 벼르고 있었는데.

"응… 내, 여자 친구야."

예상했던 것보다 그 여자 친구가, 정말 진짜로. 대단해서 문제였다.

가람은 지금 이 자리가 불편해 죽을 것만 같았다. 가람이 짜두었던 시나리오엔, 이 문제 많은 네 명의 누나들은 결단코 존재하지 않았었다. 하지만 그건 지연도 마찬가지였다. 가람의 위로 4명의 누나들이 있다는 사실은 익히 들어 알고 있었지만 이렇게 실제로 마주하니 그 위화감이라는 게 좀처럼 무시할 수가 없었다.

여자의 적은, 같은 여자라고 했던가. 매번 취미로 보았던 커뮤니티 사이트에서 예비신랑 위로 누나만 셋이에요, 둘이에요 하면서 앓는 소리를 내는 사람들을 볼 때마다 어디 지렁이 앞에서 주름잡나, 난 넷인데. 하며 남 얘기 하듯 철없이 웃어넘기던 지연이 지금 이 순간만큼은 그 생각을 고쳐먹을 수밖에 없었다. 누나 넷에, 막내 남동생. 이건 정말 무시할 수가 없는 사안이다.

지연을 데리고 소파에 앉은 가람은 시위를 하는 것처럼 입술을 굳게 다문 채 자신을 바라보는 누나들의 날카로운 시선들에 어색하게 웃었다. 지연의 등장에 무언가를 더 만들어야겠다 싶었는지 준비한 반찬들이 미숙하다며 황급히 주방으로 사라진 엄마가 이토록 절실한 순간도 없을 거다. 가람은 커다란 심호흡과 함께 지연에게 누나들을 소개했다.

"여긴 우리 첫째 누나 김가연. 그 옆엔 둘째 누나 김가은. 셋째 누나 김가인. 넷째 누나 김가영."

아, 이름이 모두 가짜 돌림이구나. 지연은 가람의 소개에 맞춰 하나둘씩 네 명의 누나들과 눈을 맞추며 가장 자신 있어 하는 미소를 지었다.

"안녕하세요, 최지연입니다."

그러자 이번에는 그 날카로운 시선들이 일제히 지연에게로 날아가 꽂혔다.

"굳이 이름 말 안 해도 다 알아요."

"우리 가람이랑, 만난 진 얼마나 됐어요?"

"둘이 어떻게 만났는데요?"

"올해 나이가 몇 살이에요? 프로필상 말고, 진짜 나이요."

진짜 고비는, 어머니 아버지가 아니었다. 바로 이 누나들이지. 기다렸다는 듯이 날아드는 질문들에 지연이 당황했는지 웃던 입가를 죽인 채 침착하게 질문에 답을 했다.

"아… 그게, 가람이랑 만난 진 4년 좀 됐구요. 우연치 않게 사적인 자리에서 만났다가 사귀게 되었고. 그리고 또, 나이는… 올해 서른세 살이에요."

"서른셋이면, 나랑 동갑이네요."

제발, 첫째인 가연과 동갑이길 바랐는데 안타깝게도 셋째인 가인과 동갑이었다. 지연은 자신의 위로 둘이나 더 있다는 사실에 절망하며 애써 웃는 얼굴을 했다. 그러자 가은이 작게 눈가를 구기며 지연에게 물었다.

"4년 전이면, 작년에 배우 김호진이랑 난 스캔들 기사는 뭐예요? 우리 가람이랑 사귈 때 났다는 거잖아."

맙소사, 하필이면 여기서 그 스캔들 얘기가 왜 나와선. 지연은 고개를 내저으며 서둘러 해명을 했다.

"아, 그게. 같이 영화 찍다보니 그런 오해가 생겼나봐요. 만나서 밥 몇 번 먹은 건데 기자들이 오해를 해서……."

"기사가 났다는 건 그만큼 오해할 여지가 있었다는 거 아니에요?"

도대체 왜들 이렇게 날카로운 거야. 지연이 반쯤 벌어진 입술을 살며시 구기자 가람이 대신해 말을 했다.

"영화 찍다 보면 그럴 수도 있지, 다들 왜 그래?"

"넌 좀 가만히 있어라, 어?"

가인이 스읍 혀를 말며 매서운 소리를 내자 가람이 신경질적으로 머리를 박박 긁었다. 이래서, 누나들이 문제였던 거다. 평소 가람이 가끔 전주에 내려와 누나들과 함께 TV를 볼 때면 얌전하던 누나들이 CF 속 지연이 나왔다 하면 득달같이 달려들곤 했었다.

저거 코 분명히 했어, 턱도 깎았을 거야. 불분명한 소문들을 가시화하며 지연을 도마 위에 올려다놓고 신명나게 헐뜯었던 누나들을 바라보면서 가람은 결단코 누나들 앞에 지연을 데리고 오지 않을 거라 다짐했었다.

그래서 부딪치고 싶지 않았던 건데. 결혼얘기를 꺼내며 서럽게 울었던 지연을 떠올리며 가람은 이를 악물었다. 이왕 이렇게 된 거, 세게 나가야겠다고 생각하며 가람이 무릎 위에 얌전히 내려앉아 있는 지연의 손을 꼭 잡고선 누나들을 향해 말했다.

"나 여기 지연 누나 데려온 거, 그냥 소개시켜 주려고 온 거 아니야."

"무슨……."

"우리 결혼하려고."

그 말에 누나들의 표정이 일제히 딱딱하게 굳었다. 서늘한 정적이 훑고 지나가고, 머지않아 가영이 입술을 열면서 소리를 냅다 질렀다.

"엄마, 김가람이 미쳤어!!"

그게 왜 미친 건데?

누나들의 입장은 이랬다. 브라운관을 주 무대로 활동하는 화려한 탑 여배우가, 과연 사생활까지 깨끗하냐 이거지. 그녀들의 시선에선 지연은 다른 누구보다 월등했으며 어려서부터 대중들의 인기를 영양분처럼 흡수하며 승승장구했던 여자였다.

단 한 번도 떨어진 적 없이 자라온 온실 속의 화초, 그 이상. 그런 지연의 사생활이 평범하지 않을 거라고 장담을 하는 건 어찌 보면 당연한 일이기도 했다.

그리고 무엇보다 일반인도 아니고, 그렇게 오랜 시간 연예계에 몸을 담구고 있던 지연이 과연 요리는 잘 할 것이며, 결혼한 뒤 어떻게 부인 역할을 하며 가정을 꾸려나갈 건지 전혀 상상이 가지 않는 그녀들이었다.

그것뿐만이 아니었다. 국민 여배우라고 불릴 정도로 인지도가 높은 그녀가 갑자기 연하의 일반인과 결혼을 한다는 기사가 나오면 모든 남성들의 질투와 시기가 다른 누구도 아닌 자신의 동생에게 날아와 꽂히게 될 거다.

무슨 일을 하든, 지연의 거대한 업적과 더불어 가람까지 함께 이리저리 끌려 다닐 생각을 하니 누나들은 가람의 옆에 붙어 있는 지연이 그리 달갑지 않았다.

"엄마, 누나들 좀 말려봐."

적대심이 가득한 식사 자리에 얹힌 건지, 가람이 더부룩한 속을 문지르며 정리를 하는 어머니의 옆으로 가 투정을 부리자 식탁에 앉아 있는 지연을 힐끗 바라 본 어머니가 아직도 믿기지 않는다는 듯이 말했다.

"왜 누나들이 신기하고 좋나보지. 엄마도 아직 이렇게 실감이 안 나는데."

"저게 좋아하는 걸로 보여?"

밥을 먹는 내내, 그 흔한 대화조차 오가지 않았었다. 어머니가 입맛에 맞냐고 물었고, 지연은 해맑게 웃으며 맛이 있다고 말했다. 그리곤 그게 끝이었다. 어머니는 여전히 식탁에 앉아 밥을 먹는 게 최지연이라는 사실이 당황스럽기만 했고 그런 분위기 속에 있다 보니 지연 역시 차마 그 어떠한 말도 할 수가 없었다.

가람은 짙은 한숨과 함께 식탁에 앉아 있는 지연의 옆으로 가 미안해 죽겠다는 얼굴을 했다.

"누나 괜찮아? 불편했지."

"어, 아니. 괜찮아. 그런데, 아버님은 아직 안 오신 거야?"

어머니와 누나들만 있었던 식사 자리가 의아했는지 뒤늦게 지연이 묻자 가람이 한숨을 푹 내쉬며 아쉽다는 듯이 말했다.

"그러게, 아빠라도 있었으면 내 편이 되어 줬을 텐데. 갑자기 처리해야 할 일이 생기셔서 잠깐 나가셨대."

"주말인데, 일하시러 나가신 거야?"

"응."

"무슨 일 하시는데?"

"아, 우리 아빠 국회의원."

어?

지연의 눈이 크게 두어 번 깜빡이더니, 이내 드문드문 뻐끔거리던 입술로 다급하게 말했다.

"그걸, 왜 지금 말해?!"

"응?"

"그러니까, 아버님이 국회의원이시라고……!"

"누나가 안 물어봤잖아."

그걸, 물어야 말하니? 지연은 4년 동안 내리 모르고 있던 가람의 집안내력에 헛숨을 토해내며 지그시 머리카락을 쓸어 넘겼다. 누나들의 반응이 싸늘한 게 이제야 조금이나마 이해가 가는 지연이었다. 그 대단한 집안에, 자그마한 일에도 일파만파 기사가 나고 소문이 퍼지는 여배우가 달갑기나 할까.

그래도, 이대로 물러설 수 없는 노릇이다. 헤어질 뻔한 상황을 모면하면서까지 자신이 지금 이곳에 오기 위해 그동안 얼마나 노력해 왔는지 지연은 다시금 머릿속에 떠올리며 마음을 가다듬었다. 안 그래도 동생이 먼저 결혼해 체면이 말이 아니었는데, 이대로 물러설 수야 없지.

그토록 원하던 결혼이라는 것을 쟁취하기 위해선, 무슨 수를 써서라도 모두에게 환영받는 여자가 되어야만 한다.

그러기 위해선, 일단 부모님보다야 누나들의 공략이 먼저였다. 그녀들의 마음을 얻지 못한 이상, 결혼을 한다더라도 순탄치 못할 걸 안 지연은 다시금 비장하게 소파로 가 앉았다. 그녀들의 시선이 일제히 지연에게 꽂혔다가 옆에 앉아 있는 가람에게 날아들었다. 삐죽삐죽, 날이 선 그 시선들에 가람이 또 한 번 한숨을 푹 내쉬자 지연이 부드럽게 웃으며 말했다.

"다들 불편하게 그러지 마시고 저 친구처럼, 동생처럼 편하게 대해주세요. 저 오늘 가람이 여자 친구로 온 거지, 배우 최지연으로 온 거 아니에요."

"최지연 씨 얼굴 보고 앉아 있는데, 어떻게 그런 생각이 안 들겠어요?"

아, 역시나도. 두드리면 열린다는 그 문이 지연에게만큼은 쉽사리 열리지 않는다. 그러자 가람이 픽 하고 웃으며 가연을 향해 말했다.

"누나 적당히 좀 해. 누나가 그렇게 좋아하는 최지훈, 지연 누나 동생인 거 알지?"

"야, 너 그걸 왜 지금 여기서 말해?"

"…지훈이, 좋아하세요?"

하지만 그 발언은 암흑뿐이던 지연의 머릿속에 한 줄기의 빛처럼 와 닿았다. 돌파구를 찾은 것 마냥 지연이 눈을 초롱초롱하게 뜨며 가연을 바라보자, 가연이 정색을 한 얼굴 위로 헛기침을 내뱉으며 떨떠름하게 입술을 열었다.

"네… 뭐."

태연하게 머리카락을 쓸어 넘기며 말했지만, 옆에서 소근 대는 가람의 말을 전해들은 지연은 그녀가 지훈의 열렬한 팬이라는 걸 알았다. 그동안 지훈이 나오는 드라마는 죄다 챙겨본 걸로도 모자라 재희로 인해 지훈과 사이가 별로 안 좋았던 가람에게 고등학교 3년을 도대체 어떻게 다닌 거냐며 잔소리를 퍼붓곤 했었단다.

하늘이 두너져도 솟아날 구멍이 있다더니, 그 구멍이라는 게 자신의 동생일 줄이야. 지연은 태어나 처음으로 지훈이 자신의 동생이라는 게 자랑스러워졌다.

"지훈이 좋아하신다니까 드리는 말씀인데."

지연은 그 어느 때보다 자신만만한 미소를 지으며 가연을 바라보았다.

"제가, 지금 불러다 드릴까요?"

말했었지, 공략을 하기 위해선 그 무슨 짓이라도 하고야 말겠다고.

"실물 한 번 보셔야죠."

기회가 온 이상, 잡아야지.

"야, 말이 되는 소릴 해. 내가 지금 거길 왜 가?"

지훈은 소파에 편히 기대어 앉아 꼬고 있던 다리를 풀며 신경질적으로 핸드폰을 고쳐 잡았다. 그 날카로운 음성에 겁을 먹었는지 지연이 잠깐 동안 말이 없더니 이내 반쯤 목소리를 죽이며 살살 달래듯 말했다.

―그러지 말고, 지훈아. 누나의 일생일대 부탁이야, 어? 앞으로 내가 너 하라는 거 다 할게!

"필요 없으니까 헛소리 하지 말고 끊어, 나 바쁘다."

―니가 뭐가 바빠?! 지금 일 아무것도 안 하잖아!

전화를 끊기 위해 반쯤 핸드폰을 귓가에서 떼어냈던 지훈이 묵직한 한숨과 함께 다시금 핸드폰을 가까이 가져다댔다.

"나 지금 재희랑 드레스 보러 왔거든? 좋은 말 할 때 그냥 얌전히 끊어라.”

인내가 느껴지는 말투에 지연이 한숨을 내몰아 쉬자 지훈의 한쪽 눈썹이 작게 구겨졌다. 한숨을 한 번도 아니고, 두 번, 세 번. 연달아 터지는 진득한 숨에 지훈은 구겨진 미간사이를 손으로 꾹꾹 누르며 이 전화를 끊어야 되나, 말아야 하나 갈등했다.

─그래도, 금방 보잖아. 보고 와줘라. 응응?

포기를 모르는 건지, 다시금 지연이 말을 하자 지훈이 성가시다는 듯이 말했다.

“그러니까. 거길 내가 왜 가냐고.”

갑자기 전화를 해 밑도 끝도 없이 무작정 전주로 내려오라는 말을 했던 지연이었다. 너 내 동생이지, 너 내 동생 맞지. 평소엔 어떻게 너 같은 놈이 내 동생인지 모르겠다며 질색을 하던 지연이 그동안 부정해왔던 혈육관계를 수차례 반복하면서 꺼낸 말이 지금 가람이의 집에 인사차 내려왔는데 동생인 니가 필요하단다. 지훈은 그 말에 어이가 없었다.

“너 인사드리러 간 거 엄마아빠 알기나 하냐? 말 안 했지, 또?”

그 물음에 어딘가 찔렸는지 지연이 당황한 듯한 목소리로 어수룩하게 말했다.

─갔다 와서, 말씀 드리려고. 이쪽에서 좋다고 해야지, 나도 얘길 꺼내지.

“그래, 어디 니 마음대로 해봐라.”

이게 미쳤나 싶은 생각에 지훈은 질색을 한 얼굴로 핸드폰을 떼자 또 한 번 처량 맞은 지연의 목소리가 메아리처럼 울렸다.

─응? 지훈아, 올 거지?

후으.

지훈은 짙은 숨을 내몰아 쉬며 핸드폰을 꽈악 움켜잡았다.

"진짜. 이게 말 여러 번 하게 만드네. 안 간다고 몇 번을 말해, 왜 니가 인사를 하러 간 곳에 나까지 가야 되냐고 묻잖아."

─가람이 큰누나가 너 팬이래, 얼굴 한 번 보고 싶다잖아.

"그럼 서울 올라와서 연락하라고 해, 난 못 가니까."

─야!!

"끊는다."

툭하고 통화를 마친 지훈이 한 치의 망설임도 없이 핸드폰을 돌려 배터리를 분리해냈다. 두 개로 나눠져 있는 핸드폰을 미련 없이 가방에 밀어 넣자 커다란 커튼 앞에 서 있던 직원이 웃으며 준비가 다됐다는 말을 했다.

지훈은 언제 그랬냐는 듯이 구기고 있던 인상을 편 채 그곳을 향해 몸을 틀었다. 이상하게 가슴이 두근거리는 게, 굳게 닫혀 있는 커튼이 언제 열릴까 조마조마하기까지 했다. 마주잡은 손에 기분 좋은 긴장이 서렸다. 차분하게 숨을 내몰아 쉬자 커튼이 열렸고, 지훈은 그만 눈동자를 떨 수밖에 없었다.

"와."

막연하게 흐르는 지훈의 감탄사에 새하얀 드레스를 입은 채 서 있던 재희가 부끄러운 듯 살며시 입술을 깨물었다. 그런 재희를 바라보며 지훈은 소리 없이 웃었다.

"어디서, 선녀가 내려왔어?"

그 말에 재희의 얼굴이 발갛게 달아오르자 지훈이 소파에서 일어나 단상 위에 올라가 인형처럼 서 있는 재희에게로 다가갔다. 피부가 눈처럼 하얘, 평소에도 재희의 피부를 어루만지며 밀가루 같다고 버릇처럼 말했던 지훈이었다. 그런 재희가 새하얀 드레스를 입고 서 있으니, 당연히 눈을 떼지 못할 수밖에. 지훈은 자꾸만 흐르는 웃음을 주체할 수가 없었다.

"지금, 내 눈에 하트 보여?"

재희를 머리부터 발끝까지 한 번 훑고선 고개를 들며 묻자, 재희가 작게 웃음을 터트리며 말했다.

"진짜, 장난치지 말고."

"이게 왜 장난이야? 심각하게 묻는 건데."

진중하게 내려간 눈썹이 장난 같아 보이지 않아 재희가 살며시 눈동자를 떨었다. 지훈은 손을 뻗어 재희의 허리 밑으로 커튼처럼 겹겹이 덧대어져 있는 타프타를 매만졌다. 무수히 잡혀져있는 구김 위로 손끝이 닿자 절로 웃음이 흘러나왔다.

"옷이 날개라더니 진짜네."

녹을 듯한 목소리로 속삭이는 말들이.

"우리 자기 나 두고 날아가면 어떡해?"

장난 같으면서도 장난 같지 않아서, 재희는 웃어야 할지 말아야 할지 알 수가 없었다. 고급스럽게 잡혀져있는 주름을 매만지며 올라와 재희의 허리에 손을 감은 지훈이 재희를 올려다보며 나지막하게 웃었다.

"누구 마음대로 이렇게 예쁘래, 사람 불안하게."

그 자그마한 속삭임과 함께 드문드문, 허리를 부드럽게 매만지는 손길이 간지러워 결국 재희가 손을 올려 지훈의 어깨를 잡았다. 화사한 조명이 쏟아진다. 흐른다, 고인다. 우리 둘을 휘감는다.

"진짜… 사람들 있는데 못하는 말이 없어."

"왜? 예쁜 걸 예쁘다고 말하지, 그럼 뭐라고 해."

태연하게 흐르는 지훈의 발언에 직원들의 부러움 가득 담긴 시선으로 바라보자 재희가 발개진 얼굴로 입술을 꼬옥 깨물었다. 하지만 지훈은 그런 시선들 따위야 어찌 되었든 좋았다. 이 공간에 단둘이 있는 것만 착각이 들 정도로 아름다운 재희의 모습만이 눈에 가득 들어왔다.

이게 진짜 내 건가, 싶으면서도 이렇게 예쁜 모습으로 6월의 신부가 될 재희를 떠올리면 지훈은 가슴 한쪽이 벅차오르는 것만 같았다. 다른 누구도 아니고, 내 옆에서. 니가 내 신부가 된다는 게 왜 이렇게도 설레고 아찔하기만 한 건지. 지훈은 애써 흐르는 웃음을 집어삼키며 입술을 열었다.

"진짜 이러니까 결혼하는 기분 난다."

"뭐가, 드레스 입은 거 보니까?"

"응. 니가 너무 예뻐서, 빨리 식장 들어가서 사람들한테 자랑하고 싶어졌어."

지훈이 눈가를 푹 죽이며 투정처럼 말했다.

"왜 이렇게 시간이 길지."

이제 고작 한 달밖에 안 남았는데 그것마저도 길단다. 재희는 그런 지훈을 바라보며 손을 올려 결이 좋은 머리카락을 부드럽게 쓸어 넘겨주었다.

"이거 마음에 들어?"

"응."

"그럼, 이걸로 할까?"

"아니, 다른 것도 더 입어봐. 아까 여러 개 골랐잖아."

"그래, 알았어."

최대한 지훈의 취향에 맞춰주고 싶은 건지 재희가 포근하게 웃으며 순순히 대답을 하자 그게 또 예뻤는지 지훈이 자신의 머리 위로 닿아 있는 재희의 손을 잡고 입술로 가져와 손바닥에 깊숙이 입을 맞췄다.

"오늘따라 말도 잘 듣고, 예쁜 짓만 골라서 하네."

손바닥 위로 쏟아지는 나지막한 숨에, 재희는 이따금씩 손끝을 떨어야만 했다.

그때였다. 크게 울리는 핸드폰 벨소리가 익숙했는지 재희가 고개를 돌려 소파에 있는 자신의 가방을 바라보았다.

"아, 나 핸드폰 좀 가져다줘."

"이럴 때 무슨 전화야. 그냥 나중에 받아."

지훈이 짙은 눈썹을 구기며 말을 하자 재희가 다급한 표정을 지었다.

"언니한테 오늘 의상 시안 받기로 했어. 빨리 가져다줘."

"아, 진짜. 우리 자기 드레스까지 입고선 또 일 얘기하네."

좋았던 분위기를 망쳤다고 생각했는지 지훈이 옅게 인상을 찌푸리며 몸을 돌려 소파로 다가갔다. 오늘만큼은 온전히 재희를 차지하고선 단둘이 드레스를 보고, 결혼식 얘길 하나 싶었는데 또 이렇게 일에 밀리니 기분이 상할 수밖에.

"어, 이거… 안 받아도 될 것 같은데."

지훈이 재희의 가방 속에서 우렁차게 울고 있는 핸드폰을 집어 들어 발신자를 확인하자 재희가 의아한 듯 물었다.

"왜, 누군데?"

그러자 지훈이 대답은 안 하고 핸드폰 소리를 음소거로 죽인 채 도로 가방에 넣고선 재희를 향해 웃었다.

"설이 누나 전화 아니니까 신경 쓰지 말고, 다른 드레스 입자."

"누구냐니까?"

"몰라도 돼."

"너 진짜, 내가 갈까?"

재희가 곧 움직일 태세로 양손에 거대한 드레스 자락을 움켜쥐자 지훈이 떨떠름하게 입술을 열며 말했다.

"최지연이야."

지훈이 핸드폰 배터리를 분리한 걸 알았는지 이번에는 아예 재희에게로 전화를 걸었다.

"안 받아도 돼."

그 거무룩한 속마음을 알아 서둘러 말을 덧붙이자, 재희가 작게 눈가를 구겼다.

"지연 언니 전화를 왜 안 받아? 빨리 핸드폰 내놔."

"이상한 소리 하려고 전화한 거니까 안 받아도 돼."

"니가 그걸 어떻게 알아?"

"어, 그게……."

이미 나한테 전화해 헛소릴 했었으니까.

점점 더 의중을 알 수 없다는 눈빛을 한 재희가 이내 지훈을 향해 손을 쭉 뻗어 까딱였다.

어서 빨리 달라는 무언의 압박이다.

지훈은 그 손에 결국 짧게 한숨을 내쉬며 가방에 넣어두었던 핸드폰을 꺼내들었다.

"진짜, 안 받으면 안 돼?"

재희의 앞으로 순순히 핸드폰을 가져간 뒤에도 좀처럼 줄 생각을 안 한다. 그런 지훈을 향해 재희가 눈꼬리를 길게 늘였다.

"핸드폰 내놔."

그 말에 지훈이 결국 쥐고 있던 핸드폰을 내밀자 재희가 통화 버튼을 누른 채 귓가에 핸드폰을 가져다 대었다.

"네, 언니. 아, 지훈이요?"

진짜, 최지연.

"아… 지훈이가 핸드폰을 꺼놨다구요."

이건 반칙이잖아. 이러는 게 어디 있어. 내 약점 쥐고 흔드는 게 어디 있
냐고.

지훈은 잘근 입술을 씹으며 지연이 제발 가람에 대한 얘길 안 하길 바랐
지만 재희의 입술에서 흘러나오는 말들을 들어보니, 이미 다 얘기를 하고
있는 듯 보였다.

"아, 전주에 계시다구요. 가람이네 집이요? 아, 네. 네. 네……."

재희의 목소리를 가만히 듣고 있던 지훈은 점점 더 표정이 일그러졌다.
그리고 얼마가지 않아 재희가 지훈에게 핸드폰을 내밀었다.

"받아."

"재희야, 그게……."

"가겠다고 말해, 빨리."

진짜, 이러는 게 어디 있냐고. 지훈은 짙은 한숨을 내몰아 쉬며 떨떠름하
게 핸드폰을 건네받았다.

"나 드레스 갈아입고 나올 동안 통화 끝내놔."

그 무서운 말과 함께 커튼이 닫히자, 지훈은 머리를 신경질 적으로 뒤적
이며 소파로 걸어가 핸드폰을 바짝 귓가에 가져다대었다.

"야, 너 진짜 미쳤냐?"

―뭐, 미쳐? 그래, 나 미쳤다. 어쩔 건데?! 내가 지금 절박하다고 했지,
어쩜. 넌 니 누나한테 애가 이런 식이야?

"그런다고 재희한테 다 일러바쳐?"

―그게 싫었음 내 전화를 받았어야지.

하, 지훈은 짧게 숨을 토해내며 핸드폰 너머로 으르렁 댔다.

"나 지금 드레스 보러 왔다고 했지. 못 간다고 말했잖아."

—누가 도중에 오래? 내가 드레스 다 보고 오라고 말했잖아. 진짜 우리 사이에 팍팍하게 이러지 말자, 지훈아. 지금 안 그래도 가람이 누나들이 나 안 좋게 본단 말이야, 니가 와야지 상황이 좀 풀릴 것 같다고.

"니가 애야? 니 문젠 니가 알아서 해결 봐야지, 왜 나한테까지 징징대?"

—징, 징?

그 발언이 지연의 심기를 건드렸는지 방금 전까지만 해도 살살 기어 다니던 지연의 목소리가 확하고 올라갔다.

—너 자꾸 이러면 재미없을 줄 알아라. 너 재희랑 결혼한다고 할 때 두 팔 벌려서 환영해주고, 도와준 게 누군지 잊었나본데. 니 결혼 성사된 데엔 내 공이 크다는 걸 알아야지, 아빠가 안 그래도 결혼은 누나가 먼저 해야 되는 거 아니냐고 말할 때 내가 괜찮다고 해서 너 6월에 결혼 날짜 잡은 거다, 어?

"아, 이게 또 나이 가지고 이러네."

—틀린 말 했어? 너 때문에, 내 체면이 말이 아닌 건 인정 좀 해야지. 너 결혼한다고 기사 났을 때, 나도 엄청 기사 떴던 거 알지? 동생이 먼저 결혼한다고, 기자들이 멋대로 떠들어 댈 때에도 내가 다 참았거든?

"야, 그건."

—됐고. 너 여기 안 오면 진짜 가만 안 둔다. 내가 너 때문에 희생한 게 몇 갠데.

"야."

—나도 좀, 결혼하자.

그 말에, 지훈의 눈썹이 살며시 구겨졌다.

—너 혼자 하지 말구, 나도 좀 하자고.

진심을 다해, 쏟아지는 말들에.

─지금 너 와도 될까 말까인데, 진짜 이러지 마.

지훈은 잠깐이나마 아무런 말도 할 수 없었다. 이렇게 무언가에 매달리는 지연의 모습은 솔직히 말해, 처음 보는 것이었다. 사람들이 지연을 바라보며 남부럽지 않은 인생을 살고 있다고 말하는 것처럼, 지연은 정말 무엇 하나 부러울 것 없이 자라왔다. 대중들의 사랑을 먹고 살며 높은 인기 역시 단 한 번도 떨어진 적 없었다.

그런 지연의 화려한 인생을 가장 가까운 곳에서 지켜보았던 지훈은 지금 지연의 모습이 낯설 수밖에 없었다. 아쉬울 것 없이 살아온 지연이, 지금. 난생 처음으로 무언가를 절박하게 원하고 있다.

"…주소 보내."

─어, 어?

"드레스 다 보고 갈 거니까 늦더라도 뭐라고 하진 말고."

─진짜, 올 거야?!

"그래."

지훈은 나지막한 한숨과 함께 소파에 기대 고개를 뒤로 젖혔다. 정말 신이 난 건지, 핸드폰 너머로 연실 웃으며 좋아하는 지연의 목소리가 들려왔다.

─그럼, 지훈아. 올 때 민호도 좀 같이 데려와라.

그 말에, 지훈의 고개가 앞으로 바짝 잡아당겨졌다.

"뭐? 이민호는 또 왜?"

─넷째 누나가 민호 좋아한대.

하, 지훈은 인상을 구기며 핸드폰을 잡고 있던 손가락에 힘을 더했다.

"진짜 가지가지 한다. 그건 민호한테 말해, 나한테 이러지 말고."

─팍, 씨. 야, 내 체면이 있지, 전화해서 굽실거릴 군번이니, 내가?

"아… 진짜. 이게."

—응? 응? 알았지? 민호 꼭 데려와야 한다?

"아, 몰라."

—니가 모르면 안 되지, 민호도 같이 온다고 이미 말해 놨단 말이야.

이게, 지훈은 이를 갈며 말했다.

"너 무슨 약 먹었냐? 걔 스케줄 있으면 어쩌려고 그런 말을 해?"

—없길 바라야지. 안 그래?

뭐, 안 그래?

—지훈아, 누나 기다릴 테니까 민호랑 같이 빨리 와.

지금, 말 다했어? 지훈은 핏대를 세우며 지연에게 말했다.

"야, 나는 무슨 안 쪽팔린 줄 알아? 내가 민호한테 어떻게 너 결혼하는데 도와주러 같이 전주에 내려가자고 말을 하냐? 뇌가 없어?"

—왜, 친구잖아.

"친구니까 더 말 못하는 거거든? 아주 능력 없는 거 동네방네 소문을 다 내라, 어? 어떻게 너 같은 게 나보다 일찍 태어나선, 넌 니 힘으로 결혼도 못 해?"

—어허, 누나한테 말버릇 좀 봐라. 민호한테 말해봐, 가람이 일이라는데 안 도와주겠어? 내가 나중에 밥 한번 크게 쏜다고도 말하고.

"쪽팔리다니까."

—그럼, 내가 재희한테 부탁할까?

진짜, 이게.

—어때, 니가 말하는 게 낫겠지?

왜 이렇게 협박하는 것만 늘었지. 지훈은 자신의 유일한 약점이 지연의 입에서 흘러나오자 결국 백기를 들어야만 했다.

지훈은 최대한 열이 오른 심신을 가다듬으며 또 다른 드레스를 입고 나온 재희를 바라보며 아무런 일도 없었다는 듯이 웃었다. 이런저런 얘기를 나누고, 고심 끝에 드레스를 결정하고 나서야 둘이 나란히 샵을 나설 수 있었다.

지훈과 함께 나란히 밖으로 나온 재희가 바로 앞에 세워두었던 지훈의 차를 지나 길가로 나서자 지훈이 반쯤 넋이 나간 얼굴로 그 모습을 바라보다 이내 서둘러 재희에게로 다가갔다.

"뭐야? 너, 어디 가?"

"너 전주 내려가야 하잖아. 편하게 가, 나 택시 타고 곧바로 작업실로 갈게."

"무슨, 너 데려다줄래."

"됐어, 괜찮으니까 빨리 가 봐. 지연 언니 기다리겠어, 응?"

진짜, 마음에 안 들어.

지훈이 불만스럽게 손에 들린 차키를 꽈악 움켜쥐자 재희가 몸을 돌려 다가와 지훈의 입술에 짧게 입을 맞췄다.

"어… 뭐야."

지훈이 촉촉하게 여운이 남은 입술로 웃음을 터트리자 재희가 손을 올려 지훈의 얼굴을 두어 번, 달래듯 쓰다듬어 주었다.

"이제 가 봐, 운전 조심히 하고."

"너 꼭 이럴 때만 나한테 잘하더라."

"왜, 속 보였어?"

그 말에 지훈이 작게 고개를 끄덕이며 두 팔을 벌려 재희를 꼭 끌어안았다. 코끝을 스미고 들어오는 익숙한 체향에 금세 나른해진 지훈이 눈을 감은 채 푹 눈썹을 죽였다.

"아, 가기 싫다."

"마음 같아선 같이 가주고 싶은데 나 일이……."

"알지, 우리 자기 바쁜 거."

지훈이 나지막하게 숨을 내뱉으며 손가락 사이사이 엉켜 있는 재희의 머리카락을 부드럽게 쓸어내렸다.

"손 조심하고. 급하게 하지 말고. 자꾸 서두르니까 예쁜 손 망가지잖아."

"응, 알았어."

"니 손이 옷감은 아니잖아. 핀 제대로 보고 꽂아. 와서 검사할 거야."

"응, 빨리 가봐."

"…알았어. 올 때 전화할게."

"그래."

때마침 저 멀리서 다가오는 택시에 지훈이 재희를 품에서 떼어낸 뒤, 손을 뻗어 택시를 잡아 세웠다. 재희를 태우고 가는 것까지 눈에 담고 나서야 지훈은 머릿속에 묵직하게 내려앉아 있던 문제를 해결하기 위해 핸드폰을 꺼내 민호에게로 전화를 걸었다.

―여보세요.

"어, 야. 너 지금 어디야?"

불어오는 바람에 흐트러진 머리카락을 대충 쓸어 넘기며 지훈이 묻자, 민호가 느리게 대답했다.

―나, 집.

"오늘 스케줄 없어?"

―응.

왜 하필, 또 오프야.

지훈은 반쯤 입술을 벌리며 수만 번의 고뇌와 갈등 끝에 말을 했다.

"너, 나랑 전주 좀 가자."

―둘이?

"어."

―갑자기 전주는 왜.

핸드폰 너머로 민호가 실소를 터트리며 나른한 목소리로 물었다.

―나랑 도피하게?

미친.

지훈은 그만 소리 내 크게 웃었다.

지훈은 통화를 마치고 차에 올라 민호의 집으로 향했다. 걱정했던 것과 달리 너무나도 쉽게 수락을 한 민호가 고마우면서도 한편으론 미안하기까지 했다. 안 그래도 제대를 한 뒤에 결혼에 집중하기 위해 모든 스케줄을 비운 지훈과 달리 민호는 전보다 더 바쁜 나날들을 보냈었다.

그런 속사정을 모두 다 알고 있었기에 오늘 하루가 얼마나 민호에게 있어 달콤한 휴식 같을지 이해가 가는 지훈은, 자신이 그 시간들을 방해한 것만 같으면서도 한편으론 고등학교 때와 달라진 것 없는 민호의 태도에 설핏 웃음이 났다.

매번 그랬었지, 민호는 늘 자신의 사정보다야 타인에게 있어 배려 있는 모습을 보여주었지만 그게 친구에게로 작용한다면야 과하다 싶을 정도로의 친절로 변질되곤 했었다. 그런 모습을 보며 지훈은 희생정신이 강하다며 혀를 찼지만, 이번만큼은 그런 민호의 배려심이 오랜 시간 갈라져 있던 둘 사이를 가깝게 만들어주는 것만 같아 반갑기도 했다.

"자."

집 앞에 도착해 내려오라고 연락을 하자 얼마 가지 않아 민호가 선글라스를 낀 채 조수석에 오르며 무작정 지훈에게 자그마한 박스 하나를 내밀었다. 그걸 바라보며 지훈이 어수룩하게 받아들었다.

"이게 뭐냐?"

"선물. 나 얼마 전에 파리 다녀왔잖아."

아, 잡지 화보촬영 때문에 파리에 간다고 했었지. 하필이면 그 스케줄이 몇 주 전부터 잡아두었던 약속과 겹쳐 부득이하게 친구들에게 재희를 소개시켜주는 자리에 참석하지 못했었다.

"낯부끄럽게 뭘 이런 걸 사왔냐, 뭔데?"

"시계."

태연하게 안전벨트를 잡아다 끌며 말을 한 민호와 달리 지훈은 제법 흥미로운 눈동자로 박스를 열었다. 제법 가격대가 있는 로고를 확인하고선 지훈은 짧게 웃음을 터트렸다.

"취향도 잘 알고. 앞으로 여자 사귀면 사랑 좀 받겠다?"

"그런가."

민호가 옅게 웃으며 안전벨트를 매고선 지훈을 바라보았다.

"그런데. 운전할 수 있어?"

"그럼, 못 할 건 또 뭐야."

지훈이 자신만만하게 잠겨 있던 기어를 풀며 핸들을 잡자 민호가 걱정스런 얼굴을 했다.

"피곤할 텐데 매니저 부르지."

"백수가 무슨 매니저야, 내가 하면 돼."

"우리 형 불러줄까."

"야, 무슨. 안 그래도 쪽팔려 죽겠는데 그냥 조용히 다녀오자."

"뭐가 그렇게 쪽이 팔린데."

"최지연 그게, 아… 됐다, 말을 말자."

답답한 듯 지훈이 짙은 한숨을 내몰아쉬며 새빨간 신호에 차를 멈춰 세웠다.

"걘 정말 누나 같은 맛이 없어. 말 진짜 안 듣는 동생 보는 기분이라니까."

이미 전화로 사정을 다 얘기했던 터라 전주에서 지금 어떤 일이 벌어지고 있는지 모두 다 알고 있던 민호는 흐리게 웃으며 화창하게 펼쳐진 맑은 하늘을 바라보며 물었다.

"가람이랑 결혼하고 싶대?"

"어. 난 솔직히 그거 좀 반대."

"왜?"

"내가 그럼 걔를 매형이라고 불러야 하잖아."

"호칭 때문에?"

"그것도 있고. 아, 뭔가. 그냥 좀 그래."

"기분 이상하지."

"어."

"친구였던 애가 결혼한다고 하니까."

"어. 어."

"나도 그래."

그 말에 지훈이 구겨져 있던 눈썹을 슬쩍 펴자, 민호가 고개를 돌려 지훈을 바라보며 웃었다.

"나도 요즘 기분이 그래."

그 웃음에, 지훈은 주변을 둘러싸고 있던 모든 것들이 무거워지는 것만 같았다.

재희와 다시 만나고 결혼으로 오기까지 지훈은 늘 행복의 연속이었지만 그랬기에 한편으로 민호가 마음에 늘 밟혔었다. 7년이라는 긴 시간을 정리했던 둘의 이별이 어떤 식으로 이루어졌는지 알 수 없었지만 그리 아름답진 않았을 거다.

이 세상에 아름다운 이별 같은 건 존재하지 않는다. 남녀 간에 공평한 마음 같은 건 애초부터 없다. 어느 하나가 더 깊이 사랑했을 테고 깊었던 것만큼 이별 또한 깊이 아팠을 거다. 이별이라는 게 그랬다. 더 깊이 사랑한 쪽이 더 길게 아프다. 그리고 지훈은 그게 민호일 거라 확신했다.

"많이, 힘드냐."

그럼에도 불구하고, 민호는 지훈과 재희의 옆에 남았다. 상처받은 가슴을 추스를 새도 없이 강요되었던 사이였다. 두 번 다시 보고 싶지 않을 테지만, 한편으로는 이렇게라도 보지 않으면 안 될 것 같다는 마음에 친구로라도 남기로 한 민호였다. 그런 민호를 배려하지 못하고 늘 행복해 하는 모습만 보여줬던 것 같아, 지훈은 미안함과 동시에 죄책감이 밀려왔다.

"안 힘들다고 말하면 거짓말이겠지만."

"……."

"참을 만해."

그 말에, 지훈은 어느덧 고속도로에 진입한 차의 속력을 더했다. 갑갑하게 꽉 막힌 심정과 달리 도로는 한적하기 그지없었다. 민호는 고개를 돌려 시트에 기댄 채 높기만 한 하늘을 가만히 올려다보았다. 색이 짙은 선글라스 너머에 있어 눈부시게 다가오진 않았지만 그래서 오히려 더 다행이었다.

"걱정하지 가."

그림자에 가려져 있지만 괜찮다, 따뜻하지 않아도 좋다.

"조금 느릴 뿐이야."

너와 재희는 맑아서 다행이다.

모두가 다 슬퍼할 필요는 없다. 한 명의 희생으로 인해 다수가 행복할 수 있다면, 민호는 자신이 품고 있는 상처야 어찌 되었든 상관없었다. 지훈이 늘 혀를 찼던, 민호가 놓치고 싶지 않은 사람들에게만 보이는 습관이다.

희생이라고 말을 하며, 배려라고도 생각하겠지만 민호는 그 모든 걸 사랑이라 말한다. 일방적이라고 해도 좋아, 그렇게라도 마음을 표현할 수 있다면 민호는 그걸로 되었다.

"뭐라도 마실래?"

막힘없이 쭉 뻗은 고속도로를 내리 달리다가 발견한 휴게소에 지훈이 묻자 민호가 고개를 끄덕였다. 휴게소로 들어가 차를 세우고, 지훈이 차 안에 즐비해 있는 선글라스들 중 하나를 골라 낀 뒤 잠깐 동안 망설여야만 했다.

"너 먼저 내릴래?"

심각한 얼굴로 묻는 그 질문에 민호가 짧게 웃음을 터트렸다.

"왜?"

"사람들이 알아볼까봐 그러지. 아니다, 너 여기 있어라. 내가 나갔다 올 테니까."

"나 화장실 가고 싶은데."

"그래?"

이걸 어떡해야 하나, 지훈이 내리지도 못한 채 갈등하자 민호가 먼저 차 문을 열었다.

"뭐 어때, 괜찮잖아."

그 말에 지훈 역시 차문을 열며 인상을 구겼다.

"진짜 사람들이 너랑 나 도피하는 줄 알까봐 그런다."

"걱정은.'

민호가 슬핏 웃으며 밖으로 나서자 지훈이 차문을 닫고선 문을 잠갔다. 사방이 시원하게 뚫긴 풍경을 한 번 둘러본 민호가 낯설지만 한적한 공기를 들이마시며 발을 떼었다.

"혹시라도 누가 알아보고 너랑 온 거냐고 물으면 말해줄게."

"뭐라고?"

"니가 나 납치했다고."

진짜, 야! 뒤에서 들려오는 그 목소리에 민호는 시원하게 웃었.

휴게실 건물 안으로 들어가 아메리카노 2잔을 시킨 지훈은 오고가며 알아본 사람들에게 결혼 축하한다는 말을 수차례 들어야만 했다.

누구랑 온 거예요?

잔뜩 호기심에 가득 찬 눈동자로 묻는 질문들에 애써 웃음으로 상황을 모면했지만 화장실에 다녀와 안으로 들어온 민호 때문에 그것도 소용없어졌다.

진짜 납치를 한 거라고 말하면 어쩌나 싶었는데, 민호는 둘이 잠깐 볼일이 있다는 말로 사람들의 궁금증을 해소시켜 주었다. 초조하게 기다리고 있던 커피가 나오자마자 기다렸다는 듯이 차 안으로 도망친 지훈은 끼고 있던 선글라스를 벗으며 민호에게 들고 있던 커피를 하나 건네주었다.

"난 왜 이렇게 남자들끼리 이러는 게 익숙하지가 않냐."

"뭐가?"

"단둘이, 그것도 나란히 커피나 마시고 있고."

"그럼 뭐, 축구라도 해야 돼?"

"그냥, 남자 새끼들이 단둘이 이러는 게 익숙지가 않다고."

"니가 오자고 했는데."

"알아, 아는데."

지훈이 빨대를 잘근 씹으며 커피를 마시더니 이내 한숨과 함께 커피를 내렸다.

"고맙다고."

그 말에, 민호가 들고 있던 커피의 표면에 맺힌 물방울을 엄지로 느리게 문지르며 말했다.

"뭐가."

"그냥, 다."

"……."

"내가 못 해줬던 거, 재희 옆에서 해준 것도 고맙고. 다치지 않게 지켜준 것도 고맙고. 다시 나한테 재희 돌려줘서도 고맙고."

"……."

"앞으로 평생 니 옆에서 갚을게."

진중하게 쏟아진 지훈의 말들에 민호는 옅게 웃으며 커피를 한 모금 마셨다. 너무나도 많이 마셨던 터라, 그동안 무감각했던 맛이 오늘따라 깊게 느껴졌다. 물고 있던 빨대를 느리게 놓으며, 민호가 나지막한 목소리로 말했다.

"그런 말 하지 마."

자그마한 한숨과 함께 흘러나온 말이.

"간지러워."

문득, 고등학교 때로 돌아간 것만 같았다. 굳이 고맙다는 말을 하지 않아도 알 수 있었던 그때처럼, 이제야 돌아간 것 같다.

지훈이 전주로 향하는 내내, 민호는 옆자리에서 잠깐 동안 잠이 들었었다. 빡빡한 스케줄에 피로가 쌓여있던 터라 오늘같이 좀처럼 나지 않는 오프엔 집에서 잠을 보충하는 식이었다. 그런 민호를 억지로 끌고나온 게 미안해서라도 지훈은 고속도로를 빠져나온 뒤에도 최대한 조심스럽게 운전하며 지연이 알려주었던 주소에 도착했다.

화려한 외관에 가만히 지켜보던 지훈은 창문에 기대어 잠들어 있는 민호를 한 번 바라보고선 밖으로 나가 지연에게 전화를 걸었다. 기다리긴 했던 건지, 비교적 빨리 전화를 받은 지연이 도착했다는 말에 지금 나가겠다며 전화를 끊었다. 핸드폰을 주머니 안으로 밀어 넣자 차문을 열고 민호가 나왔다.

"어, 깼어?"

"응. 도착하면 깨우지."

"그냥, 좀 더 자라고."

"가람이네 집?"

"어."

"좋은데 사네."

뻐근해진 뒷목을 어루만지며 주변을 둘러본 민호가 크게 숨을 들이마셨다. 외곽에 위치해 있던 터라 집을 제외한 주변에는 산과 나무가 전부였다. 확 트인 시야와 거침없이 달려드는 바람이 기분 좋았는지 민호가 이리저리 날리는 머리카락에도 좀처럼 푸른색을 머금은 산에서 시선을 떼지 못하고 있었다.

"이런 데서 살고 싶다."

조용하고, 갑갑하게 죄이고 있는 높은 건물들도 없는 한적한 풍경이 마음에 들었나보다. 그 말에 지훈이 어깨를 으쓱이며 말했다.

"돈 벌어서 어디다가 써? 이런 데 써야지. 하나 장만하지 그러냐."

"그럴까."

"일 때문이라면 가평 쪽도 괜찮고, 서울까지 금방이잖아."

"그것도 좋겠네."

"민호야! 지훈아!"

그때였다. 커다란 철문을 열고 나온 지연이 밝게 웃으며 높은 하이힐로 성큼 거리며 둘에게 달려왔다. 지훈은 그 얼굴에 옅게 인상을 찡그렸다.

"너 표정이 아주 가관이다?"

"뭐, 내가 뭘?"

"언제 한 번이라도 나 이렇게 반긴 적 있어?"

"얘는 또 왜이래, 나야 늘 너 보면 스마일이지."

얼씨구, 입에 침이라도 바르고 거짓말을 하던가.

속이 다 보일 만큼 뻔뻔한 지연의 태도에 지훈이 혀를 차자 민호가 지연을 향해 고개를 살짝 숙였다.

"누나 안녕하세요."

"응, 민호야. 바쁜데 정말 미안해, 모처럼 쉬는 날인데 나 때문에 오느라 힘들었지?"

"그걸 아는 애가 민호한테 묻지도 않고 온다는 말을 해?"

"너도 참, 누나 마음을 몰라준다. 둘이 오랜만이 같이 오면서 이런저런 얘기 나누면 좋잖아. 그치, 민호야?"

지연이 화사하게 웃으며 묻자 민호가 설핏 웃음을 터트리며 고개를 끄덕였다.

"네. 덕분에 오면서 얘기 좀 했어요."

"그래, 너네 둘은 대화가 필요하다니까."

"니가 이런 짓 안 했어도 우리 알아서 잘 얘기했을 거거든?"

"됐고. 너 옷 좀 신경 써서 입고오지, 이게 뭐야?"

"입 다물어라. 그냥 가는 수가 있다."

그 말에 비교적 가벼운 차림의 지훈을 보며 불만스럽게 구겼던 인상을 황급하게 핀 지연이 비장하게 지훈과 민호 팔 사이에 팔을 둘렀다.

"나 오늘, 진짜 결전의 날이거든? 너희 둘이 도와줘야 되는 거 잘 알고 있지?"

"뭘 어떻게 해?"

"가람이 말르는 첫째 누나랑 넷째 누나가 너네들 좋아하는데, 다른 누나들도 호의적이래."

"그러니까 뭘 어떻게 하냐고."

지훈이 시큰하게 인상을 구기자 지연이 답답하다는 듯이 바락 소리를 내질렀다.

"뭘 어떻게 하긴, 그냥 줏대 없이 계속 웃고 대답 잘하고. 해달라는 거 다 해주고, 어? 팬서비스의 기본 몰라?!"

"뭘 시킬 줄 알고 다해달래. 뭐, 사인해주면 돼?"

"사인 같은 스리 하고 앉아 있네, 누나들 나이가 몇인데 니네 그 종이쪼가리 받고 만족을 하겠니? 손잡고, 안아주고. 핸드폰 번호도 좀 주고."

"아예 날 돈 팔고 팔지 그러냐."

"그치, 해줄 수 있지. 민호야?"

지훈의 불만 같은 건 싸그리 무시한 채 지연이 웃으며 묻자 민호가 네, 하고 대답했다. 너무나도 순순히 쏟아진 그 대답에 지연이 감격에 젖은 눈동자로 민호를 바라보았다.

"민호야, 앞으로 어려운 거 있으면 누나한테 다 말해. 누나가 무슨 수를 써서라도 우리 민호, 도와줄 테니까."

"그럴게요."

"아, 빨리 들어가. 민호 내일도 스케줄 있어서 빨리 해치우고 내려가봐야 돼."

"그래, 그러자. 아, 근데. 왜 이렇게 떨려."

지연이 차분하게 가슴에 손을 올리고선 심호흡을 하자 그런 지연이 좀처럼 적응되질 않았는지 지훈이 짧게 헛숨을 토해냈다. 도대체 사랑이 뭐기에, 천하의 최지연이 떨고 앉아 있다.

드넓은 정원으로 걸어가면서 지연에게 간략하게 안의 상황을 전해들은 지훈은 표정이 더 무거워졌다. 누나들만 있는 자리도 아니고, 아버지와 어머니까지 계신단다. 그리고 아버지의 직업이 무려, 국회의원. 새삼 알게 된 가람의 집안 내력이 놀라우면서도 한편으로는 걱정이 밀려왔다. 오늘 처음 인사 온 여자 친구의 남동생까지 온 사태를, 과연 어떻게 받아들이시려나.

"반갑네. 내가 아주 팬이야."

그런 지훈의 걱정과 달리 현관에 들어선 민호와 지훈을 바라보며 온 가족이 몰려나와 환영을 해주었다. 아버지가 내민 손을 얼떨결에 잡은 지훈이 악수를 한 뒤에도 너무나도 호의적인 반응에 얼떨떨해했다. 분명, 지연이 말했을 때에는 지옥이 따로 없었는데.

"안녕하세요, 김가연이에요."

막상 와서 본 상황은 그리 심각하지 않았다. 수줍게 웃으며 손을 내민 가연의 손을 잡은 지훈이 웃으며 인사를 하자 그 옆에 우루루 몰려 있던 누나들이 저마다 손을 내밀었다. 그 손을 차례대로 잡아주고 민호 역시 손을 내밀자, 이번에는 왼손으로 악수를 한다.

양손 한가득, 민호와 지훈의 온기를 나눠가진 누나들이 꼬옥 손가락을 움켜쥐며 저들끼리 소곤소곤댔다. 나 오늘 손 안 닦을래, 하는 소리에 가람은 어이가 없었다.

매번 잔소리에, 그렇게나 무서웠던 누나들이 오늘만큼은 소녀가 따로 없었다. 새하얀 뺨 위로 홍조를 띠며 나이를 망각한 건지 꺅꺅 대는 모습에 가람은 머리카락을 석석 긁으며 떨떠름한 표정을 지었다. 지금과 같은 낯선 풍경은, 솔직히 말해 가람은 태어나 처음 보는 것이었다.

"한 번, 안아봐도 돼요?"

"그럼요."

수줍은 그 물음에 지훈이 두 팔을 벌리자 기다렸다는 듯이 가연이 다가가 그 품에 포옥 안겼다. 그런 가연의 등 뒤로 팔을 감싸며 지훈이 느리게 손으로 문질러주었다.

이왕 하는 거, 확실하게 해줘야지.

고개를 숙여, 가연의 귓가 가까이 다가간 지훈이 작게 속삭이듯 말했다.

"우리 누나 잘 부탁해요."

그래야 나중에 이걸 빌미로, 뜯어먹을 수 있을 테니까 말이야.

그 말 한 마디가 어떻게 마음을 녹여 놓은 건지, 지훈의 품에서 떨어진 가연은 연신 고개를 끄덕이며 부끄러운 듯 자신의 얼굴을 포옥 손으로 감쌌다. 가람의 소개로 그녀가 첫째인 걸 안 민호가 보조 도움에 나섰다. 공략은 자고로, 가장 권위적인 사람에게 올인을 해야 하는 법이다.

"어깨는 제가 더 넓은데."

민호가 그 말과 함께 가연을 향해 팔을 벌리며 웃었다.

"이리 와요."

그 나긋한 목소리에, 아주 사르르 녹아 버렸다.

4명의 누나들을 모두 다 한 번씩 안아준 지훈과 민호는 그녀들이 내밀은 핸드폰에 사진까지 함께 찍어주었다. 이렇게 가까운 거리에서, 마주보고 이야길 나누고 거기서 더 나아가 번호까지 얻게 된 누나들의 관심이 자연스레 이 모든 상황들을 만들어준 지연에게로 쏠렸다.

"정말, 올 줄은 몰랐어요."

가연이 아직 진정되지 않았는지 달아오른 목소리로 말하자 지연이 웃었다.

"그러세요? 가람이 누나분들이 보고 싶다는데, 이 정도야 어렵지 않죠. 지훈이는 제 동생이니까 당연히 온 거고, 민호는 지훈이랑 아주 친하거든요. 또 만나고 싶은 사람 있으면 말씀해주세요. 제가 무슨 수를 써서라도 다 만나게 해드릴게요."

잘나가는 영화배우라는 직업이 이런 식으로 장점이 될 줄이야, 지연의 가장 강력한 무기는 바로 이거였다. 누나들이 매번 TV로 보며 참 잘생겼네, 했던 배우들을 사적인 자리에서 만날 수 있다는 것.

이미 지훈과 민호가 문을 열고 들어온 순간부터 누나들의 마음속에 그득했던 적대심은 깨끗하게 지워져 있었다. 그걸 증명이라도 해주는 듯이, 함께한 저녁 식사에도 모두가 지연에게 호의적인 태도를 보였다.

"음식 뭐 좋아해요? 고기?"

가연이 지연의 앞으로 먹음직스럽게 구워진 안심을 밀어놓자, 가인이 질색을 하며 말했다.

"아니, 언니. 관리하실 텐데 이런 거 먹으면 안 되지."

아까와는 현저히 다른 태도들에 반쯤 넋이 나가 있던 지연이 서둘러 웃으며 말했다.

"아, 아니에요. 저 다 잘 먹어요."

"어머, 무리 안 하셔도 돼요."

"아니에요. 정말 고맙습니다."

"가식도 없으시고, 진짜 가람이가 사람 하나 잘 데려왔네."

180° 달라진 누나들의 태도가 아직도 잘 적응이 되질 않았는지 가람이 두어 번 눈을 꿈뻑이자 가은이 밥을 먹고 있는 지훈과 민호를 바라보며 황홀한 목소리로 말했다.

"이렇게 다 같이 앉아서 먹으니까 너무 좋네요. 진짜, 꿈만 같아요."

그 말에, 지훈이 씹고 있던 음식을 넘기며 말했다.

"만약, 저희 누나가 가람이랑 결혼을 하게 되면 그렇게 꿈같은 얘기도 아니죠."

느리게 입가를 문지르며 한 번씩 누나들을 훑어본 지훈이 아슬하게 웃었다.

"그렇게 됐으면 좋겠네요."

그 미소에, 이미 승패는 넘어온 듯싶다.

11. 남겨진 것들

　지훈이 가람을 만난 건 그로부터 5일이 지난 뒤였다.

　어느 날과 마찬가지로 재희와 함께 Lewis Carrol 샵으로 출근을 한 지훈은 3층에 마련되어 있는 카페에 앉아 시간을 보내고 있었다. 설이가 또 무슨 압박을 준 건지 결혼을 앞두고도 늘 작업실에 틀어박혀 옷을 만드는 데에 혈안이 되어 있는 재희에게 혹시라도 방해가 될까 내려와 앉아 있던 건데, 카페를 찾은 손님들의 수많은 시선들 때문에 지훈은 슬슬 이 자리가 불편해지기 시작했다.

　인터넷상에서 Lewis Carrol 카페에 배우 이민호와 최지훈은 자주 출몰한다는 소문이 돌았던 건지 많은 여성들이 샵 안에 있는 카페를 찾았고, 그로인해 늘 인산인해를 이루고 있었다.

　결혼기사가 나가면서 부득이하게 재희에 대한 정보까지 함께 공개되면서 왜 민호와 지훈이 그동안 이곳에 자주 들락날락했는지 모두 다 알게 된 사람들은 이젠 아예 이곳에 가면 지훈을 만날 수 있다는 확신을 하며 카페를 찾곤 했다. 그리고 그들의 생각에 보답이라도 해주듯이, 이곳에 오면 늘 지훈을 만날 수가 있었다.

"여, 최지훈."

그리고 그건 가람 역시 잘 알고 있던 부분이었다. 한가롭게 앉아 잡지를 보고 있던 지훈은 자신을 부르는 목소리에 고개를 들어 앞을 바라보았다. 그리고 마주한 가람의 얼굴에 옅게 한쪽 눈가를 구겼다.

"니가 웬일이냐?"

까칠한 지훈의 태도에 익숙하다는 듯이 가람이 웃으며 의자를 빼 앞에 앉았다.

"나 재희 심부름 왔다가 커피 마시고 가려고."

"무슨 심부름?"

"아, 단추 좀 필요하다고 해서 나간 김에 사다줬지."

"그걸 왜 널 시켜, 나 있는데?"

그 말에 가람이 이해 못한다는 눈빛을 했다.

"야, 안 그래도 재희 지금 바빠 죽겠는데, 너 시켜서 어느 세월에 받겠냐."

"내가 뭘?"

"나야 이쪽 업계에 있다 보니 말하면 척인데, 넌 아니잖아."

"지금 그거. 내가 재희랑 말이 안 통한다는 거냐?"

"아, 또 삐뚤게 듣네. 그냥 넌 잘 모르는 분야니까 나한테 시킨 거라고."

가람이 푹 한숨을 내쉬자 때마침 울리는 진동 벨에 자리에서 일어나 지훈에게 인사를 했다.

"아무튼, 잘 있다 가. 나 가볼게."

"가긴 어딜 가."

"어?"

"커피 가져와서 앉아. 할 얘기 있으니까."

가람을 날카롭게 한 번 쏘아본 뒤, 시선을 내려 다시금 잡지를 뒤적거리는 지훈을 보며 가람은 알 수 없다는 얼굴을 하고선 픽업대로 향했다. 차가운 아메리카노를 든 가람이 다가와 자리에 앉자 지훈이 보고 있던 잡지를 덮고선 삐딱하게 가람을 바라보았다.

"니네 집에선 뭐래?"

"어?"

"그때. 최지연 인사갔잖아."

아, 무슨 말을 하려나 싶었는데 며칠 전에 있었던 지연의 방문에 대해서 묻는 거였다. 가람은 어색하게 웃으며 대답했다.

"뭐라 하긴, 좋다고 하지. 누나가 우리 집안 사람들에게 하는 거 봤잖아, 부모님도 누나들도 다 좋아해."

"내가 그땐 정신이 없어서 가긴 했는데. 너 진짜 최지연이랑 결혼할 마음 있긴 하냐?"

그 말에 가람의 눈동자가 희미하게 떨렸다.

결혼이라…….

아직도 낯설기만 한 그 단어에 조금 주춤했다가 이내 지연의 얼굴을 떠올리며 가람이 고개를 끄덕였다.

"마음 있으니까, 집에 데려간 거지."

가람의 대답에 지훈이 마음에 들지 않는다는 듯이 인상을 구겼다.

"난 솔직히 말해서 최지연이 너한테 그러는 거 이해 안 가."

"……."

"걔가 좀 띨해서 그렇지, 어디 가서 꿀리는 앤 아닌데 너한테 하는 짓 보면 아주 가관인 건 알고나 있지?"

지훈의 말이 틀린 건 아니었다. 실제로 지연을 만나기 전까지 가람에게 있어서 지연은 동경의 대상 그 자체였다. 그건 지연이 서 있는 화려한 위치 때문도 있었지만 그걸 제외하고서도 지연을 둘러싸고 있는 모든 게 그저 대단하기만 한 가람이었다.

오랜 시간 연예계 활동을 하면서 사생활에 대한 시끄러운 기삿거리 하나 없었고, 기자들마저 아쉽다고 말 할 정도로 모든 행동이 깨끗했다. 학벌도 좋아, 연기도 잘해. 얼굴도 대한민국에서 최고라 불릴 정도로 예뻐. 모든 게 현실처럼 느껴지지 않던 그녀가, 가람에게만큼은 참 쉽게도 무너지곤 했다.

긴 연애를 되짚어 생각해보자면, 처음 사귀자고 말한 것도 지연이었고 먼저 결혼 얘길 꺼낸 것도 지연이었다. 연상이 어울릴 것 같은 그녀는 자신보다 4살이나 어린 가람에게 늘 순한 양 같으면서도 참으로 헌신적이었다. 모두가 가람이 생각했던 지연의 이미지와는 하나도 어울리지 않는 것들뿐이었다. 그래서 좀처럼 현실처럼 느껴지지가 않았던 거다.

내가 지금 사귀고 있는 게 최지연이 맞나 싶을 정도로, 가람의 앞에서 지연은 늘 최선을 다했으며 브라운관에서 볼 수 없었던 솔직한 모습을 보이곤 했었으니까.

"그래서, 누나가 나한테 너무 희생하는 것 같아서 싫어?"

"내가 보기엔 너보다 최지연이 널 더 좋아하는 것 같아서 묻는 소리야. 최지연이 하는 것만큼, 니가 걔한테 하고 있냐고."

그 말에 가람은 작게 웃음을 터트렸다. 매번 지연에게 누나라는 호칭대신 야, 야 하며 으르렁댈 땐 언제고 뒤에선 이렇게 자기 누나랍시고 챙기는 지훈의 모습이 낯설면서도 한편으로는 보기 좋게만 느껴졌다.

"이런 말 내 입으로 하는 거 민망하긴 한데. 나 누나한테 잘 해."

"……."

"그러니까 누나가 나랑 4년을 사귀었지. 너도 보면 알잖아, 우리 아직까지 잘 사귀고 있는 거. 그거 니 말대로 누나가 날 더 좋아한다고 해서 할 수 있는 거 아니야. 서로가 좋아하니까 여전히 건재할 수 있는 거지."

가람은 차분하게 숨을 내몰아쉬며 테이블 위로 팔을 세워 그 위로 얼굴을 가져다댔다.

"누나가 나한테 어떤 의미냐면."

생각에 잠긴 듯, 잠깐 동안 멈추었던 말이 이내 부드러운 미소와 함께 망설임 없이 흘러나왔다.

"내가 지금까지 단 한 번도 생각해본 적 없던 결혼을, 고작 말 한 마디로 해야겠다고 마음먹게 한 여자."

그 말에 구겨져 있던 지훈의 눈썹이 옅게 풀어지자, 가람이 기분 좋게 말했다.

"그 이상이지."

늘 자기는 자유로운 영혼이라 떠들어대며 다녔던 가람에겐 결혼은 정말 너무나도 먼 얘기였다. 연애는 해도 그 이상의 단계로 나아가는 건 싫었던 가람에게 있어 결혼은 속박 그 자체였지만, 처음 지연이 그 단어를 입에 올렸을 때 가람이 느꼈던 건 사슬로 자신을 꽁꽁 묶어두려고 했던 기존 여자들에게서 느껴지던 이질감과는 극명하게 달랐다.

그 단어 자체에서 풍기는 이질감은 여전했지만, 문제는 그 안에 설렘도 함께 들어가 있었기 때문이다.

"누나라면, 결혼이라는 게 그렇게 생각보다 나쁘지만은 않을 것 같아."

그래서 가람은 지연과 결혼을 해야겠다고 마음먹었다. 물론 지금 지연이 서 있는 위치로 인해 받게 될 대중들의 과열된 관심들은 아직도 이겨낼 자신이 없었지만 그래도 뭐 어쩌겠나, 잘난 여배우를 유부녀로 만드는 데에 있어 그 정도는 감수해야 한다고 생각하는 가람이었다.

　가람의 말에 생각을 마친 건지, 지훈이 구기고 있던 눈썹을 피며 한숨과 함께 머리카락을 한 번 쓸어 넘겼다.

　"아무튼, 우리 집에 인사 오는 건 나 결혼 끝나고 해라. 지금 안 그래도 부모님 정신없으시니까."

　"알았어, 그건 걱정하지 마."

　"최지연 그거 말 안 통하니까 니가 알아서 잘 막으란 소리야, 어?"

　"알았다니까, 누나 내 말 잘 들어."

　그 말에 지훈이 어이없다는 듯이 웃었다.

　"내 말은 더럽게 안 듣는데, 니 말이면 껌뻑 죽냐?"

　"니가 말을 너무 세게 하잖아."

　"넌 어떻게 하는데?"

　"난 예쁘다, 예쁘다 하면서 조곤조곤 잘 달래주지."

　"……."

　"여자는 달래줘야 하거든."

　이게 어디서 연애 박사처럼 굴어, 지훈이 짧게 혀를 차며 옆에 치워두었던 가방 속에서 무언가를 꺼내 가람에게 던지다시피 건네주었다. 테이블에 놓인 새하얀 종이에, 가람이 손을 뻗어 그걸 움켜쥐고선 이내 놀란 얼굴을 했다.

　"어, 뭐야. 청첩장 나왔어?"

　"어."

"재희는 그런 말 없던데."

"우리 자기 바쁜 거 몰라서 묻냐? 냅둬, 내가 알아서 한다고 했으니까. 그러려고 일도 쉬는 거고."

가람은 봉투를 열어 새하얀 청첩장을 가만히 바라보았다. 종이 위로 고급스러운 문양이 압으로 찍혀 있어 손끝으로 문지르면 제법 느낌이 좋았다.

"디자인, 니가 골랐어?"

"어."

"예쁘네."

눈을 부드럽게 휘며 웃은 가람이 접혀져있던 청첩장을 펼쳐 그 안에 적혀져있는 이름을 바라보았다. 신부, 이재희. 신랑, 최지훈. 둘의 이름에 가람은 창문 너머로 스미고 들어오는 봄날의 햇살처럼 포근한 미소를 지으며 푸욱 숨을 내몰아쉬었다.

"아, 이거 보니까 나도 빨리 결혼하고 싶다."

"청첩장, 받았어요?"

인영은 촬영 도중 찾아온 휴식시간에 매니저와 잠깐 동안 얘기를 나눈 뒤 민호가 있는 벤으로 향했다. 안으로 들어가 자리에 앉자마자 눈에 보이는 새하얀 카드에 무의식 적으로 그걸 집어든 인영이 단번에 그것이 청첩장이라는 걸 알고선 서둘러 민호의 표정을 살폈다.

"응. 어제 재희 만났거든."

"언제요?"

"촬영 끝나고 잠깐."

하지만 정작 민호는 평소와 마찬가지로 태연하기 그지없었다. 민호가 몸을 틀어 문 쪽에 꽂아두었던 또 다른 청첩장을 꺼내 인영에게 건네주었다.

"니 거."

어색하게 그걸 건네받은 인영은 고급스럽게 포장되어 있는 청첩장을 내려다보며 잘근 입술을 깨물었다.

"직접 만나서 주고 싶었다는데 요즘 재희가 바빠."

"......"

"어차피 나랑 일하니까 내가 전해준다고 했는데. 기분 안 나쁘지."

"......"

대답이 없는 인영이 이상했는지 민호가 인영을 바라보았지만 인영의 시선은 여전히 손에 들린 청첩장에 가 있었다. 그냥, 기분이 그랬다. 어제 늦게 끝이 난 촬영에 피곤한 몸을 이끌고 재희를 만나 이 청첩장을 건네받았을 민호의 기분이 어땠을지, 인영은 상상하고 싶지 않았다.

또 바보같이, 손에 들린 무게감 따윈 신경 쓰지 않고 재희의 얼굴을 봤다는 사실 하나만으로 좋아했겠지.

그때였다. 민호가 몸을 움직여 인영이 앉아 있는 자리로 다가갔다. 소리 없이 다가와 눈앞에 멈춰선 그 얼굴에 나 홀로 음울한 마음에 갇혀있던 인영의 눈동자가 옅게 떨렸다. 자신을 바라보는 짙은 시선, 가까이에서 느껴지는 짙은 체향. 그리고 나지막이 속삭이는.

"나빠?"

짙은 목소리.

인영은 꾹 누르고 있던 입술을 놓으며 다급하게 고개를 반대쪽으로 돌렸다. 지그시 심장을 누르는 떨림이 좀처럼 멎을 생각을 하지 않았다. 그런 인영의 모습에 민호가 다시금 몸을 움직여 시트에 기대며 한숨처럼 말했다.

"내가 줘서 기분 나빴어?"

아니요.

"나빴으면 미안."

당신이, 나빠요. 당신이 너무 바보 같아서, 그래서 화가 나요.

여전히 대답이 없는 인영에게로 고개를 돌린 민호가 차안에 내려앉은 공기만큼이나 무거운 목소리로 말했다.

"나랑 말하기 싫어?"

인영은 지금 이 상황들을 어떻게 받아들여야하나 난처했다. 평소처럼 아무렇지도 않게 행동하고 싶은데 시간이 지날수록 그게 잘되지 않았다.

여전히 민호가 재희에게 머물러 있다는 사실을 알고, 그런 재희가 민호가 아닌 지훈과 곧 결혼을 한다는 것을 알게 되면서 점점 더 가까워져만 가는 결혼식 날짜에 인영은 날이 갈수록 가슴이 갑갑해져만 갔다. 모든 게, 이상해지고 있었다. 어디서부터 이유를 찾아야 할까, 생각해보면.

"나한테 화난 거지."

그건 민호에게로 부터였다.

"말해."

말을 할 수 있을 리 없었다. 내가 지금 이런 이상행동을 보이는 게 당신으로 인해 부풀어져가는 심장 때문이라 말을 한다면.

"말 안 할 거야?"

더 이상, 옆에 있을 수 없게 되니까.

인영은 들고 있던 청첩장을 무릎 위로 내려두며 가느다란 숨을 토해냈다. 두 손을 올려 고단하게 일그러져 있는 얼굴을 고요히 덮었다. 까마득한 어둠 속에 갇혀 있는 기분이 밀려왔지만 아무렇지도 않게 민호를 똑바로 마주하고 웃으며 말을 하는 것보다야 훨씬 더 나았다.

"너 내 코디 왜 해?"

"…네?"

때아닌 민호의 질문에 인영이 저도 모르게 두 손을 내리며 묻자 민호가 나지막하게 웃었다.

"이제야 나 보네."

그 말에, 인영이 애써 눈동자를 굴리며 시선을 피하자 민호가 커다란 숨과 함께 말했다.

"보통 너 정도면 작업실에서 일하잖아."

보통, 너 정도라. 생각해보면 처음 민호의 옆에서 스타일리스트로 일했던 인영은 그때와 달리 많이 위치가 올라가 있었다. 민호가 없었던 2년 동안 꾸준히 커리어를 쌓아 이제는 인영의 이름 세 글자를 모르는 사람이 없을 정도로 이쪽 업계에선 인지도도 제법 높아졌다.

발로 뛰고, 몸으로 움직였던 그때와 달리 작업실도 갖게 되면서 사실상 이제는 밑에 사람을 두어 귀찮은 일은 안 해도 되는 신분이었지만, 그럼에도 불구하고 인영은 민호가 돌아온 시점에서 자신이 하던 일들을 뒤로 밀어두면서까지 민호의 코디로 다시 복귀했었다.

"약속, 했었잖아요."

"그 약속을 왜 지키는데."

"그거야…….."

그때와 달리, 이제는 내 마음에 대한 확신이 생겼으니까.

인영이 집안의 반대에도 불구하고 민호가 없었던 2년 동안 그 누구보다 열심히 일을 했던 이유도 거기에 있었다. 눈에 보이지 않게 되니 비로소 알게 된 거다.

하루에도 몇 번씩 얼굴이 아른거리고, 자꾸만 시도 때도 없이 머릿속에 찾아와 사람 아무것도 못하게 만들고. 휘젓고, 아프게 만들고. 민호가 없던 시간 속에서 인영은 그 누구보다 열렬히 괴로워했다. 열병에 시달렸다.

"민호 씨랑 일하는 게 좋으니까요."

나을 수 없는 병이다. 자신을 속수무책으로 만든 수많은 감정들은, 그것이 사랑이라고 말했다.

혼자하는 모든 사랑들은 비참해지기 마련이다. 그건 인영도 마찬가지였다. 이루어지지 않아도 좋아, 그저 옆에서 보고 싶다는 마음에 늘 민호의 뒤를 쫓지만 그럴수록 마주하게 되는 짙은 그림자에 인영은 지겹도록 아파해야만 했다.

여전히 민호가 재희에게 머물러 있다는 사실에 괴로웠다가도, 재희가 지훈과 결혼을 한다는 사실에 안도했다가도. 그러면서도, 한편으론 남겨진 민호가 홀로 감당해야할 무게들이 또 너무나도 시리게 다가와 차라리 민호가.

"……."

민호가, 재희와 이어졌으면 하는 끔찍한 바람을 품는다.

"그래서, 옆에 있는 거예요."

다칠 내 마음 같은 건, 그의 행복에 비하면 보잘 것 없다.

한없이 작아지기만 한다. 그를 웃게 할 수만 있다면, 불가능한 일 따윈 존재하지 않는 것처럼.

"민호 씨 옆에서 힘이 되어주고 싶어요."

내 세상이, 당신이니까요.

"……."

그 말에, 민호가 굳게 다물고 있던 입술을 반쯤 열며 말했다.

"너 나 좋아하지."

그 짙은 목소리에, 인영은 심장이 아래로 꺼지는 듯한 기분이 들었다.

차마, 아무런 말도 할 수가 없었다. 인영은 그저 두려움으로 떨리는 입술을 꼬옥 짓누르고 있을 뿐이었다. 그 어떠한 말도 내뱉으면 안 될 것만 같았다. 입을 열면, 그동안 억눌러 왔던 감정들이 주체 없이 흘러나와 민호에게로 닿을 것만 같았다.

"아니야?"

이 남자와, 손을 잡는 꿈을 꿨다. 함께 걷는 꿈을 꿨다. 따뜻한 체온을 손안에 한가득 움켜쥐고 나를 향해 웃어주는 그 미소에 두근거리는 심장소리를 들었었다. 하지만 그건 어디까지나 인영이 나 홀로 바라왔던 꿈이다. 어디까지나 이상일 뿐이지, 현실이 될 수 없다.

인영은 차마 민호에게 자신을 억지로 밀어 넣을 자신이 없었다. 7년을 함께한 재희를 밀어내고, 그곳에 앉을 수 있을 거란 생각도 들지 않았다.

"맞지."

그래서 인영은 민호가 아무렇지도 않게 내뱉는 말들이 끔찍하게도 두려웠다. 홀로 간직하려고 했던 마음을 민호와 공유하게 되는 게 죽기보다 괴로웠다. 부끄러운 1차원 적인 감정이 아니다, 이 남자가. 폭풍만큼이나 난잡해진 내 마음속에 발을 들여놨기 때문이다.

"맞나 보네."

어지러운 내 세상 속에 들어와, 휘몰아치고 있는 내 감정들을 아무렇지도 않게 바라보고 있기 때문이다. 그래서 더 참혹했다. 나처럼 설레지도, 두근거리지도 않는다. 난 이렇게 가슴이 터질 것처럼 심장이 뛰고 있는데, 그는 한없이 고요하고 정적이다.

그를 마주한다는 이유 하나만으로 균열이 일어나 하나둘씩 무너지는 나와 달리 그는 그저 앞에 있다는 이유만으로 나를 바라보고, 아무렇지도 않게 내 눈을 마주하며 태연하기 그지없다.

"언제부터야?"

벅차지도, 않나보다.

"기억 안 나?"

기억, 안 나. 언제부터 당신이 내 마음 속에 들어왔는지 아무것도 생각나질 않아. 지금 내 머릿속을 가득 채운 건 시작점을 찾기 위해 수두룩하게 늘어서 있는 날짜와 숫자 따위가 아니라, 내가 여전히 당신에게 파란이 될 수 없다는 가슴 아픈 사실이다.

"오래됐을 수도 있다는 거네."

커다란 파도가 될 수 없어. 그의 심장을 집어삼키지 못해, 늘 거대한 폭우처럼 다가와 날 흠뻑 적시는 그와 달리 내가 할 수 있는 건 그 어디에도 없어. 인영은 꾸욱 입술을 깨물며 떨리는 눈동자로 민호를 바라보았다. 옅게 구겨진 인상과, 고단하게 내려앉은 눈썹. 그리고 반쯤 벌어진 입술로 묻는 그 말이.

"오래됐어?"

왜 이렇게 아프기만 한 걸까. 보듬어줄 필요 없는데, 난 이미 다쳐서 아무렇지도 않은데 왜 내가 혼자 시작한 감정에 보호자처럼 구는지 모르겠다.

　쓸데없이 다정한 목소리로 물어서 그렇다. 나 혼자 아파했던 시간들을 위로하려고 하는 배려가 보였기 때문이다. 그래서 난 또 너무나도 쉽게, 두근거린다. 하지만 그곳에 의미를 두고 쓸데없이 기대를 품진 않는다.

　"대답 안 할 거야?"

　당신은 늘 내 마음에 정적으로 들어와, 아무것도 남기지 않고 떠난다. 그래서 나는 단념하는 것에 익숙해져 있었다. 포기하고, 내려놓는다. 그렇게 한다면야 마음에 작게나마 위안이 생겼다. 오랜 시간 벌어져 있던 난 상처가 조금은 무뎌진 기분이 든다.

　반쯤 벌어진 민호의 입술 사이에서 가느다란 한숨이 흘렀다. 그 숨소리에 인영의 눈동자가 두어 번 흔들렸다. 고작 그 자그마한 소리 하나로 차 안을 메우고 있던 공기가 순식간에 인영의 폐부로 밀려들어와 무겁게 만들었다. 살짝 구겨지는 눈썹, 그보다 더 짙은 목소리로.

　"대답 좀 해."

　그렇게 말을 하면.

　"목소리 까먹겠어."

　나는 또, 단념이라는 걸 할 수가 없게 된다. 또 헛된 꿈을 꾸게 된다. 나를 조금이나마 신경 쓰고 있다는 착각을 하며, 벅차오른 감정을 아무렇게나 쏟아내고 싶어진다.

　"좋아한다면, 어떡하실 거예요……?"

　그래서 인영은 말했다. 오랜 시간 입을 다물고 있어 목소리가 꽤 엉망으로 흘러나왔지만 신경 쓰지 않았다.

　"저… 일 그만둬야 해요?"

　두려움이 먼저였다. 좋아하는 감정보다 앞으로 더는 만날 수 없을지도 모른다는 걱정이 앞섰다. 불안함으로 위태롭게 떨리는 인영의 긴 속눈썹에 민호가 나지막하게 말했다.

"너만 괜찮다고 하면 난 상관없어."

다행이다, 밀어내진 않는다.

"근데. 안 괜찮을 거 아니야."

아닌가… 이건, 밀어내는 건데. 시시때때로 변하는 인영의 눈동자 속 일렁거림을 바라보던 민호의 시선 역시 진중해졌다. 넘칠 것처럼 가득 고였다가도, 또 하릴없이 집어삼킨다.

"괜찮아요. 일, 계속할게요."

"그래?"

"네."

"그럼 나도 대답해줄게."

"무슨……."

"나 좋아하는 거에 대한 대답."

민호는 침착하게 무거운 눈꺼풀을 내려감으며 말했다.

"난 아직."

까마득한 어둠 속, 선명하게 떠오른 건.

"누굴 만날 생각이 없어."

재희가 웃으며 건네주었던 새하얀 청첩장이었다. 짙게 내려앉은 밤하늘 속 어둠을 밝히기 위해 간간이 서 있던 가로등 불빛이 무색할 정도로 수줍게 발개진 손끝으로 청첩장을 건네주면서 재희는 민호를 향해 환하게도 웃고 있었다. 행복해졌으면 했는데 정말 네가 행복해 보여서, 나는 솔직히 말해서 조금 힘들었어. 재희야.

"그거… 저희 씨, 때문인 거죠?"

그 물음에 민호는 감고 있던 눈꺼풀을 밀어 올리며 인영을 바라보았다.

"응."

단 한 치의 망설임도 없이 흘러나온 대답이었다. 그래서 인영은 조금이나마 무뎌져있던 상처가 다시금 곪아 문드러지는 걸 느꼈다.

"…아직이라는 건, 나중에 변할 수도 있다는 거네요."

인영은 애써 그 상처들을 외면한 채 민호를 향해 옅게 웃었다.

"2년도, 기다렸어요."

아픔에 익숙해지는 것보다 두려운 건 없지만, 그럼에도 불구하고 인영은 민호를 놓을 수 없었다. 민호는 인영이 말한 그 숫자에 쓰게 말했다.

"그것보다 오래 걸릴지도 몰라."

"괜찮아요."

그 말에, 민호의 얼굴이 흐려졌다.

"넌 왜 늘 괜찮아?"

"민호 씨도 늘, 재희 씨에게 괜찮다고 말하잖아요."

인영은 꼬옥 손가락을 움켜쥐며 민호를 향해 웃었다.

"그래서 저도 괜찮아요."

그 모습에, 민호는 마음 한구석이 저릿해졌다. 욱신거렸다. 상대를 위해 짓는 미소가 이렇게 아픈 거라는 걸, 민호는 오늘 인영을 보며 처음 느꼈다. 재희의 앞에서 지었던 자신의 웃음 역시 저렇게 아팠을까, 그럼 재희도 나처럼 이렇게 아팠겠네. 민호는 쓰기만 한 입술을 움직여 인영에게 물었다.

"너는 내가 왜 좋은 건데."

"지켜주고 싶으니까요."

"……."

"아프지 않게 해주고 싶어요."

인영은 말들은 기다림 없이 흘러나왔다. 마치 오래전부터 그 사실들을 머릿속에 넣어두고, 늘 생각해 왔던 것처럼. 반복하고 또 반복하면서 바라왔던 것처럼. 자그마한 숨처럼 민호에게 아주 조심스럽고, 절박하게.

"나는 민호 씨가. 이제 그만 행복해졌으면 좋겠어요."

속삭이고 있었다.

"그럴 자격, 충분히 있잖아요."

그래서 민호는 더더욱 웃을 수가 없었다. 인영의 마음을 알아 가면 알아갈수록 느껴지는 건 짙은 어둠뿐이었다. 자신을 가두고 있는 그림자 속에 들어서려고 하는 인영의 모습에 민호는 제일 먼저 거부감이 밀려들어왔다.

"동정으로 시작된 감정이 어떻게 끝나는지 봐서 잘 알잖아."

그래서 밀어내기로 마음먹는다.

"결국, 하나는 남게 돼."

둘이 아픈 것보다는, 하나가 아픈 게 나으니까.

"그게 니가 될지도 몰라."

민호가 내뱉은 말에 작게 어깨를 떠는 인영을 바라보며 민호는 그 안에서 17살의 재희를 떠올렸다.

처음 시작은, 동정이었다. 내 눈에 닿는 네 모습은 온통 곧 쓰러질 듯한 위태로움뿐이라서, 처음엔 그저 앞에 서서 바람을 막아주고 비를 피하게 만들어주고 싶었다.

그런데 그게 잘 되지 않았어. 어느 순간부터 네가 점점 더 깊이 내 눈에 들어오더니 자꾸만 밟히고 또 신경 쓰이더니 어느 순간부터는 손을 잡는 게 좋아졌어. 지켜주기로 했던 마음이, 나도 모르는 순간에 사랑으로 변질된 거야.

나는 있잖아, 재희야. 니가 내 곁에 있던 7년이라는 시간동안 네가 지훈이를 잊지 못하고 있는 것쯤은 알고 있었어. 그런데도 깊어지는 감정에 내가 너를 어떻게든 내 안으로 들어오게 만들 수 있을 줄 알았어.

그런데, 있잖아.

감정이라는 건 마음먹은 대로 잘 되지 않는 거잖아. 내가 너를 지켜주려고 했던 마음이 변질된 것처럼, 너 역시 7년이라는 긴 시간동안 지훈이를 잊지 못하는 것뿐이었는데. 너에게 잘못은 없는 건데, 나는 또 슬프게도.

"너도 나처럼 되고 싶어?"

아직도 내가 너의 옆에 설 수 없다는 게, 때때로 가슴 아파.

"너도 나처럼, 남고 싶어?"

아주 가끔은, 남겨진 게 나라는 사실이 못내 견디기 힘들어.

"내 안으로 들어오지 마."

지금처럼 말이야.

"너는 감당 못해."

난 여전히, 널 향한 내 감정들과 싸우고 있어. 그리고 난 이런 아픔들을 다른 누군가가 똑같이 겪지 않았으면 해. 그래서 밀어내려고, 다가오지 못하게 매정하게 밀어내 보려고. 지금 당장에는 아프겠지만, 그 언제가 지금 이 순간을 돌이켜보았을 때 내가 한 매정한 말들을 고맙게 생각하는 날이 올 거야. 나는 이제, 그 누구와도 시작하고 싶지 않아. 더 나아가고 싶지 않아. 조금은, 쉬고 싶어.

"그럼 난. 그 자리에서 서서 또 바보처럼 기다릴래요."

그런데, 이 여잔.

"민호 씨처럼요."

이런 나라드 닮고 싶대.

그래서 재희야, 나는.

"……."

이제, 어떻게 해야 할지 잘 모르겠어.

계속해서 밀어내야 할지, 계속해서 상처줘야 할지. 나를 닮은 이 여자는 계속 기다린다는데, 너도 알잖아. 내가 사실 누굴 미워하거나 상처주는 거에 익숙하지 않다는 걸. 못되게 굴긴 해도, 나는 끝까지 누굴 미워하진 못해.

"재희 결혼하고."

그래서, 그래.

"마음에 여유 좀 생기면. 생각해볼게."

그래서, 그런 거야. 이해해줄 수 있지.

"…정말요?"

믿기지 않는다는 듯 흘러나온 인영의 목소리에는 온통 떨림이 가득했다. 민호는 느리게 머리카락을 쓸어 넘기며 고개를 한 번 끄덕였다. 그럼에도 불구하고, 좀처럼 가시지 않는 잔상에 살짝 눈가를 구기며 지친 숨을 내몰아쉬었다. 여전히 머릿속에 가득 차 있는 무게감이 좀처럼 가벼워질 생각을 하질 못한다. 너를 떼어내기엔, 너와 멀어지기 위해 첫 발을 내딛는 게.

"말했지, 나 조금 오래 걸려."

나에겐 아직 조금 어려워.

"그 여유가 언제 생길지 몰라."

고단하게 흘러나온 민호의 말에 인영은 벅차오른 웃음으로 작게 고개를 끄덕였다.

"그렇다면 제가 더 노력해야겠네요."

"……."

"그 여유가 생기도록. 민호 씨 마음속에 박힌 돌, 제가 한 번 천천히 밀어내볼게요."

기분 좋게 그려진 인영의 입술이 민호를 바라보며 잔잔하게 퍼졌다.

"오래 걸릴지도 몰라요."

그 말에 민호가 시선을 옮겨 인영을 바라보자, 인영이 부푼 숨과 함께 말했다.

"저도, 많이 느리거든요."

12. 로맨스를 위하여

지훈은 꽤 오랜 시간 주방에 서서 작업에 매진해 있는 재희를 포함한 스태프들에게 나눠줄 음식을 만들었다. 저녁시간에 맞춰 열과 성을 다해 만든 음식을 건네주고선 다시금 집으로 돌아간 지훈은 쌓인 집안일들을 하나둘씩 빠르게 처리했다.

"이렇게 가정적인 남편이 또 어디 있나."

지훈은 이런 자신이 대단하다는 듯이 빨랫감을 세탁기 안으로 밀어 넣으며 혼잣말을 했다.

혼자 살 땐 매번 주기적으로 일하는 사람을 불러 신경 쓸 필요가 없었던 일들을 재희와 함께 살면서 하나둘씩 제 손으로 하기 시작했다. 빨래를 분리해 넣고, 어떤 세제를 넣고, 어떤 버튼을 누르고. 배우 최지훈이라면 절대로 이루어지지 않았을 일들이 재희의 남편으로서는 참으로 쉽게 움직여졌다.

사람을 쓰자는 얘길 안 해본 것도 아니다, 지훈은 직업상 다른 누군가가 보조해 주는 것이 익숙한 사람이었고 재희는 뭐든 자신의 손을 거쳐야 직성에 풀려는 사람이었다. 결혼하면 다른 생활패턴에 서로 부딪친다는데, 딱 그 짝이었다.

　이런 일로 싸우고 싶지 않아 결국 백기를 든 지훈은 이 넓은 집안일을 나 홀로 하는 재희가 마음에 걸려 어느 순간부터는 자신이 도맡아 하기 시작했다. 빨래도 하고, 널고. 설거지도 하고. 청소기를 돌리고. 새삼 집이 크다는 걸 실감하면서, 청소를 다했을 땐 벌써 4시간이 훌쩍 흘러가 있었다.

　"나 같은 남편이 진짜 어디 있냐."

　지훈은 지친 몸을 소파에 아무렇게나 기댄 채 깨끗해진 주변을 한 번 빙 둘러보았다. 그리고선 푸욱 한숨을 내몰아 쉬더니 어느덧 12시가 가까워져가는 시간에 탁자 위 핸드폰으로 시선을 옮겼다. 연락이 없는 거 보니 아직도 일하는 중이려나, 지훈은 자정으로 넘어가기 전 재희에게로 도착하기 위해 지친 몸을 이끌고 지하 차고로 향했다.

　샵의 간판은 꺼져 있었지만 4층 작업실 불은 여전히 환하기 그지없었다. 어둠 속 유유히 빛나고 있는 눈부신 조명을 올려다볼 때면 지훈은 항상 기분이 묘했다. 열심히 하는 건 좋은데, 저 환한 불빛 아래에 서 있는 재희는 늘 지훈이 아닌 다른 무언가에 집중해 있었다.

　결혼 준비를 하면서 분위기를 즐기고 싶었던 지훈에게 있어 이보다 더 슬픈 일은 없겠지만, 어쩌겠나. 잡혀 있는 일정에 결혼을 조금 미루자고 했던 재희의 말에 무작정 괜찮다며 고집대로 6월로 식장을 잡은 지훈이었기에 이정도 서운함 정도야 참아야 하는 것이었다.

　시간은 느린 것 같으면서도 한편으론 제 걸음에 맞춰 열심히 흘러가고 있었다. 벌써 5월 26일, 결혼식까진 딱 일주일이 남은 시점이었다.

　"어, 지훈 씨……."

　지훈이 작업실 문을 열자 뒷정리를 하고 있던 스태프들 중 한 명이 고개를 들었다. 작업실은 아주 난장판이 따로 없었다. 오늘까지 마감이었기에 한 차례 폭풍이 지나간 바닥엔 온통 레이스와 잘라낸 옷감들이 늘어서 있었고 테이블 위엔 커피들이 전투적으로 즐비해 있었다. 지훈은 그 풍경에 절로 한숨이 나왔다.

"재희는요?"

"지금 저기서 잠깐 자고 있어요, 이틀 내내 못 자서……."

스태프가 가리킨 곳은 작업실 제일 안쪽에 위치한 곳이었다. 뒷정리에 열을 올리고 있는 사람들을 지나 산처럼 쌓여 있는 옷감들 역시 피해 스태프가 가리킨 곳으로 향한 지훈은 온갖 잡다한 천들이 흐트러져 있는 테이블 위로 얼굴을 기댄 채 잠들어 있는 재희를 만날 수 있었다. 불편하지도 않은 건지 삐딱한 자세로 곤히 잠들어 있는 재희의 모습에 지훈은 살며시 눈썹을 구겼다.

"진짜, 잠 없는 애가 따로 없네."

툴툴 거리며 의자를 끌고 와 재희의 옆에 앉은 지훈은 재희의 얼굴 밑으로 받쳐진 다섯 개의 손가락을 가만히 바라보았다. 그렇게 조심하라고 누구이 말했는데 손끝이 아주 난리가 나 있었다. 또 급한 마음에 아무 데나 막찌른 모양이다. 지훈은 너덜해진 재희의 손을 만지작거리며 다른 한 손으로는 부드럽게 반쯤 흘러내려온 재희의 머리카락을 뒤로 넘겼다.

"자기야."

파르르 떨리는 재희의 눈꺼풀에 귓가로 다가가 작게 속삭였다.

"남편 왔어."

귓가를 간지럽히는 그 목소리에 무겁게 내려앉아 있던 재희의 눈꺼풀이 간신히 올라갔다. 두어 번 눈을 깜빡이더니, 지훈을 확인하고선 재희가 희미하게 웃었다.

"…왔어?"

"응. 일 다 끝났는데 왜 여기서 자고 있어, 속상하게. 안 불편해?"

"잠깐, 눈 좀 부친다는 게… 아, 잠깐만. 미연 씨!"

무언가가 생각났는지 재희가 자리에서 일어나 누군가를 불렀고, 그 목소리에 문 쪽에 서 있던 미연이 다가왔다. 마지막으로 점검해야할 사항들이 있는지 이런저런 얘기를 심각하게 주고받던 재희가 모두 다 무사히 처리했다는 미연의 말에 안도의 숨을 흘리며 주변을 한 번 둘러보았다.

"정리는 나중에 하고, 다들 집에 가보세요. 마감하느라 집에도 못 가고 고생하셨을 텐데 정말 수고들 많았어요."

"수고는요, 새 신부가 작업실에서 일하느라 더 고생 많았죠."

그 말에 지훈이 공감한다는 듯이 고개를 주억거리자 재희가 작게 웃음을 터트렸다.

"어서 집에 가서 목욕하고, 푹 쉬세요. 마무리는 제가 하고 갈게요."

다들 며칠 내내 밤샘 작업을 했기에 몰골이 말이 아니었다. 재희의 말에 약간의 눈치를 보는가 싶더니 이내 다들 기다렸다는 듯이 뻐근해진 몸을 움직이며 퇴근 준비를 했다. 문 쪽으로 가 스태프들과 디자이너들에게 인사를 한 재희는 곧 고요해진 내부에 작업실 문을 닫으며 주변을 빙 둘러보았다.

"지훈아."

메아리처럼 울리는 자신의 목소리에 재희가 작게 웃었다.

"뭐야, 장난치지 말구."

"……."

"지훈아아, 집에 가자아아."

크게, 길게 말을 해도 여전히 묵묵부답이다. 재희는 결국 하는 수 없이 난장판이 된 작업실 안에서 지훈을 찾아 안쪽으로 향해야만 했다. 자리에 도착을 하자 지훈이 방금 전까지만 해도 재희가 엎드려있던 책상에 얼굴을 눕힌 채 재희를 멀뚱히 쳐다보고 있었다.

"왜 대답을 안 해?"

"나 삐졌어."

"뭐?"

지훈이 고개를 돌려 테이블 위로 턱을 대고선 무덤덤하게 말했다.

"맨날 관심 밖이야, 난."

푸욱, 한숨과 함께 말을 하는 지훈을 바라보며 재희가 테이블에 기대어 손을 뻗어 지훈의 머리를 가만히 쓰다듬어 주었다.

"그래서 서운해?"

"……."

"미안해. 일이 바빴잖아. 이제 다 끝났으니까, 결혼 준비 착실하게 할게. 응?"

"…나 오늘 집안일 다 했어."

"그랬어?"

시무룩하게 흘러나온 지훈의 말에 재희가 해맑게 웃었다. 그 웃음에 지훈이 턱을 들고선 의자에 편히 기댔다.

"어젠 시장도 봐왔어."

"잘했네, 내일 맛있는 거 만들어줄게."

"자기 손맛 없는 거 다 아는데 뭐, 또 내가 만들겠지."

"…미안. 요리 배울게."

안 그래도 요리에 재주가 없었는데, 일까지 바쁘다 보니 아예 나 몰라라 팽개쳐두던 재희였다. 그러다 보니 정작 주방에 서서 앞치마를 두르고 음식을 했던 건 지훈이었다. 서투른 솜씨였지만 재희가 매번 밖에서 음식을 먹는 게 걱정스러워 하나둘씩 시작했던 게 이제는 재희보다 더 잘하는 지경에까지 이르렀다.

"이제 진짜 내 거야?"

지훈이 구기고 있던 눈썹을 슬쩍 피며 재희에게 묻자, 재희가 웃으며 고개를 끄덕였다.

"응, 언니한테도 말했어. 이번 일 끝나면 나 무조건 7월까진 쉬게 해달라고."

"설이 누나 진짜 나한테 절해야 돼. 나처럼 다 이해해주는 남편이 어디 있어?"

"그래, 안 그래도 언니가 고맙다고 했어."

"진짜, 속상하게."

또 뭘 본 건지, 재희를 바라보던 지훈이 평온하게 피고 있던 인상을 찡그렸다.

"…왜?"

"새신부가 얼굴에 이게 뭐야?"

"어, 뭐 났어?"

"응. 이리 와봐."

그 말에 다급하게 재희가 지훈의 앞으로 다가가자 지훈이 기다렸다는 듯이 자리에서 일어나 재희를 테이블 위로 앉히고선 양팔로 가두었다. 눈앞에 가득 찬 지훈의 얼굴에 놀랐는지, 재희가 작게 입술을 깨물자 지훈이 푸스스 웃었다.

"속았지."

"…너 진짜. 장난친 거야?"

"응."

"나, 정말 뭐 안 났어?"

"응, 응."

"아… 다행이다, 놀랐잖아."

일주일 뒤면 결혼식인데, 얼굴에 뭐라도 났다간 가장 행복해야 할 날이 하루 종일 우울할 것만 같았다. 재희가 안도의 한숨을 흘리자 지훈이 장난스레 코끝으로 재희의 뺨을 문질렀다.

아, 간지러워.

재희가 웃으며 지훈의 가슴을 밀자 지훈이 재희의 귀로 다가가 할짝 핥았다.

"문 잠갔지."

그리고 쏟아진 뜨거운 목소리에.

"여기, 우리 둘밖에 없지."

재희는 머릿속이 순식간에 발갛게 달아올랐다. 도대체, 무슨 생각인 거야. 묻기도 전에 지훈의 손이 재희의 옷 속을 파고들었다. 재희는 저도 모르게 밝은 주변을 둘러보며 당황스러워했다.

"지훈아, 잠깐만."

"잠깐만 없어."

"아니, 그게……!"

"입부터 막아야겠네."

놀라 뻐끔거리는 재희의 입을 부드럽게 집어삼킨 지훈은 빳빳하게 굳어져있는 재희의 손목을 움켜잡고선 가만히 아래로 내렸다. 긴장감으로 쭈뼛거리는 입안을 한 번 쓸어 올리자 파르르 떨면서 느슨해진다. 지훈은 어느새 편히 호흡하는 재희를 확인하고선 멈추었던 손을 다시금 움직였다.

바쁜 재희의 일상에 늘 배려를 해주다 보니 이렇게 깊숙한 키스는 참으로 오랜만이었다. 지훈은 꽤 오랜 시간을 입으로 재희를 꼼짝도 못하게 만들었다. 평소 재희가 선수라고 말을 할 정도로 능숙한 입맞춤에 뒤늦게 정신을 차렸을 때, 재희는 피부가 공기에 닿아 서늘해진 것을 느꼈다. 목에 걸린 옷을 벗겨내기 위해 지훈이 입을 떼자, 재희가 발개진 얼굴로 그런 지훈을 바라보았다.

"지, 진짜 여기서 할 거야?"

"그럼, 가짜로 옷 벗겨?"

지훈이 시큰하게 웃으며 말하자 재희의 얼굴이 더더욱 붉어졌다.

"그래도, 누가 들어오면 어떡해."

"뭐 어때, 눈치 있으면 알아서 나가겠지."

"그래도……!!"

재희는 지금 이 상황이 못내 두근거리면서도 한편으론 낯설어 두려웠다. 늘 일적인 것들이 이루어지던 작업실에서 지훈과 이렇게 단둘이 이런 식으로 마주하게 될 거라곤 꿈에도 생각 못했었기 때문이다. 하지만 지훈은 아니었다.

"난 너 여기서 매일 작업하는 거 볼 때마다 이상한 생각했는데."

"무슨……."

"우리 자기가 일하는 게 좀 섹시해야지."

지훈은 푸스스 웃으며 벗겨낸 옷을 테이블 한쪽으로 치워두었다. 지훈의 손길로 인해 멀어진 자신의 옷을 바라보며 재희가 손으로 환하게 드러난 살결을 가리자, 지훈이 그런 재희의 손목을 잡으며 다른 한 손으론 테이블을 느리게 문질렀다.

"그동안 내가 널 여기에 얼마나 눕히고 싶었는지, 넌 아마 모를 거야."

머릿속에 담아만 두었던 아찔한 상상을 꺼내든다. 머리를 하나로 곧게 묶고, 무언가에 열중해 있는 재희를 볼 때마다 지훈은 머릿속으로 그런 재희를 테이블 위에 눕히는 상상을 했었다.

지훈이 늘 불만스럽게 바라보았던 옷감들 틈에 둘러싸여, 테이블 위에 그득 채워진 물건들을 아무렇게나 아래로 쏟아내는 상상. 그런 거무룩한 속마음을 알게 된 시점에서, 재희는 더더욱 얼굴에 열이 올랐다.

"진짜, 너 변태지?"

"응, 그동안 너무 금욕 생활을 해서. 나 솔직히 지금 한계야."

"그러지 말고… 지훈아. 집에 가서, 하면 안 될까?"

"싫어. 여기서 할 거야."

인내라곤 느껴지지 않는 지훈의 얼굴에 재희가 서둘러 말했다.

"나 씻고, 응? 여기, 불편하단 말이야."

"내가 편하게 해줄게."

"니가, 뭘 어떻게?"

절대로 편할 수 없는 공간 속에서 어떻게 편하게 해준다는 건지 재희는 이해할 수가 없었다. 그러자 지훈이 고개를 틀어 재희의 목덜미에 짧게 입을 맞추며 말했다.

"아무 생각 안 나게 해줘야지."

그 짜릿한 감촉에.

"빨리 편하게 해줄게."

나지막이 속삭이는 목소리에, 재희는 작게 소름이 돋았다. 더 이상의 반항은 무의미할 것만 같아 재희는 꼿꼿하게 세우고 있던 등허리에 힘을 조금 뺐다. 그 움직임이 가진 의미를 눈치챘는지 지훈이 픽 하고 웃으며 재희의 어깨에 걸쳐진 끈을 내렸다.

"역시 우리 자기는 똑똑해. 말 들어야 집에 빨리 가는 걸 안단 말이지."

"진짜… 그래도, 좀 씻고 싶은데."

재희가 지훈의 행동에 경계심을 갖던 건 낯선 공간 때문에도 있지만 무엇보다 지금 자신의 상태를 너무나도 잘 알기 때문이기도 했다. 어제부터 씻지 못해 머리도 엉망이고, 먼지에 둘러싸여 꼴도 말이 아니고. 아무리 곧 결혼을 한다지만 너무 오픈된 모습을 보여주는 건 아닌가 싶어 슬쩍 걱정이 되었지만 지훈은 그런 건 아무래도 상관없다는 듯이 웃었다.

"괜찮다니까."

지훈은 재희의 등 뒤로 채워진 버클을 푸르고선 재희의 어깨에 깊숙이 입술을 묻으며 말했다.

"니 냄새밖에 안 나."

재희가 작게 눈을 감았다 뜨자, 방금 전보다 더 가까이 지훈이 다가와 있었다. 꼬옥 맞붙어 있던 재희의 다리를 밀어내 그 사이로 자리 잡은 지훈이 손을 뒤로 해 재희의 머리끈을 잡고선 풀었다. 긴 머리카락이 지훈의 손에 풀어져 손가락 사이사이에 엉켰다.

"역시, 우리 자기 머리 푸는 게 예뻐."

지훈이 가슴 허리 중반까지 길게 늘어진 재희의 머리카락을 따라 손을 내리며 재희를 향해 작게 속삭였다.

"나 좀 안아주라, 재희야."

정적보다 더 무거운 목소리로 속삭이는 그 말에.

"빨리. 나도 편하게 해줘."

재희는 가만히 내려앉아 있던 두 팔을 뻗어 지훈을 꼬옥 끌어안아주었다. 귓가에 옅게 웃는 지훈의 목소리가 어렴풋하게 들려왔다. 조심스러운 손길이 무방비 상태로 훤히 드러난 재희의 살결을 부드럽게 스쳤다. 저도 모르게 터져 나오는 탄성에 지훈이 참기 힘들었는지 짙은 숨을 내몰아 쉬며 조금 더 힘이 들어간 손길로 재희를 끌어안았다.

전쟁이 끝이 난 듯한 삭막한 풍경 속에서, 그 둘은 누구보다 열렬히 사랑하고 있었다.

"떨려?"

"그럼, 안 떨리겠어?"

샵에서 나오 차에 오른 뒤부터 재희는 풍성한 드레스자락이 사그작거리는 소리가 멎지 않을 정도로 안절부절 못하고 있었다. 일주일 전부터 지연의 보조를 받아 피부 샵에서 관리를 받았던 피부가 오늘을 위해 흠잡을 데 없이 반짝거리고 있었지만 재희의 표정은 어딘가 모르게 어둡기 그지없었다.

"뭐 어때, 내가 있는데."

"넌 안 떨려?"

그에 비해 지훈은 태연하기 짝이 없었다.

"왜 떨려? 내가 그동안 얼마나 바랐던 순간인데."

설렘에 어젯밤부터 한숨도 못잔 건 지훈도 마찬가지였지만 얼굴 위로는 피곤함보다야 기분 좋은 미소가 떠나질 않고 있었다. 재희는 연실 살갗을 두드리고 있는 심장 박동수에 부러 침착하게 숨을 들이마시고 내쉬었다. 그 모습에 위아래로 크게 움직이는 재희의 어깨 위로 지훈이 손을 올렸다.

"크게 들이마시고."

"스읍."

"내뱉고."

"하아."

"시킨다고 진짜 해? 우리 자기, 귀여워 죽겠네."

"장난치지 마!"

떨리긴 한 건지, 지훈의 페이스에 쉽게 말려든 재희가 억울해 죽겠다는 표정을 짓자 지훈이 크게 하하 웃음을 터트렸다.

뭐가 그렇게 웃긴 거야.

입술을 삐죽이는 재희와 달리 지훈은 고개를 뒤로 젖혀가며 아주 차 안이 떠나갈 듯 웃었다.

지훈과 재희의 결혼식은 대한민국에서 최고라 불리는 칼튼 호텔에서 비공식으로 이루어졌다. 일반인인 재희를 위한 배려였지만, 이미 날짜와 장소를 모두 다 알고 있는 취재진들이 몰려올 것을 예상해 지훈은 식전에 잠깐 동안 기자회견을 가져야만 했다.

역시나도 평소의 인기를 말을 해주듯 홀 앞에 마련된 기자회견장에는 수많은 기자들의 한가득 진을 치고 있었다. 지훈을 기다리는 동안, 속속들이 도착하는 하객들을 프레임에 담는 것 또한 묘미였다.

배우라는 직업과는 어울리지 않게 운동선수부터 시작해 가수, 연기자, 아나운서, 모델 등등 다양한 직업을 가진 거물급 스타들이 플래시 세례를 받았고 너 나 할 것 없이 취재를 나온 카메라 앞에 서서 오늘 이루어질 성대한 결혼식을 축하한다는 멘트까지 남겼다.

"너 재희 옆에서 잘 도와라."

"걱정하지 말라니까."

지훈은 수많은 기자들을 피해 뒷문으로 들어와 신부 대기실에 무사히 재희를 앉혀놓은 뒤, 샵에서 부터 뒤따라온 가람에게 당부를 했다. 그러자 옆에 서 있던 지연이 팔짱을 끼며 지훈에게 투덜댔다.

"괜히 우리 가람이 잡지 말고 빨리 나가보기나 해, 신랑이 여기서 뭐 하고 있어?"

"알았어."

식장에 오기 전까지만 해도 태연하기 짝이 없던 지훈이 수많은 사람들을 마주하고 나서야 실감이 났는지 금세 정신없이 변했다. 그건 재희도 마찬가지였다. 안으로 들어오자마자 마주치는 사람들이 죄다 TV에서만 보던 인물들이었다. 새삼 자신이 누구와 결혼을 하는 건지 뼈저리게 느낀 재희는 그때부터 어리둥절, 반쯤 넋이 나가 있었다.

"자기야, 떨지 말고. 어?"

지훈이 분주하게 움직이던 몸을 돌려 재희 앞으로 와 말했다. 재희는 그제야 두어 번 눈을 꿈뻑이며 지훈을 똑바로 바라보았다.

"이따가 데리러올게."

"…응."

"아, 예쁘다."

뭐가 그렇게 좋은지, 금세 재희를 보고선 환하게 웃은 지훈이 새하얀 재희의 뺨을 슬쩍 손으로 보듬어주며 숙였던 허리를 펴 대기실을 빠져나갔다. 지훈이 나간 것을 보고 나서야 지연이 끼고 있던 팔짱을 푸르며 한쪽에 치워두었던 카메라를 들고선 해맑게 웃었다.

"재희야, 여기 봐봐."

"에, 네?"

지연이 부르는 쪽으로 고개를 돌리자 카메라 셔터소리가 크게 울려 퍼졌다. 지연이 방금 찍힌 사진을 저 혼자 확인하며 어린아이처럼 부푼 얼굴로 말했다.

"아, 잘 나왔다. 오늘 하루 종일, 내가 우리 재희 예쁘게 찍어줄게."

"뭐 필요한 거 있으면 말해. 화장실 같은 건 누나가 좀 도와주고."

"아니, 잠깐."

재희는 손에 쥐어진 부케를 한 번 바라보고선 고개를 들어 가람과 지연을 향해 물었다.

"나 진짜, 결혼하는 거 맞지?"

믿기지 않는 듯, 흘러나온 그 말에 가람이 살며시 구겨져 있던 눈가를 피며 웃었다.

"그래, 이 유부녀야."

"안녕하세요, 오늘 결혼하게 된 최지훈입니다."

제일 먼저 기자회견을 하기 위해 홀 앞에 마련되어 있는 장소로 가 서자, 기다렸다는 듯이 수많은 플래시들이 지훈을 향해 쏟아졌다. 지훈은 오랜 시간 기다렸을 기자들을 배려해 다양한 방향으로 몸을 움직여주며 커다란 심호흡과 함께 턱시도를 한 번 고쳐 잡았다.

어느 정도 사진 촬영이 되었다고 생각했는지 스태프가 나와 여러 방송사들의 마크가 달린 마이크를 건네주었고, 지훈은 그걸 받아들고선 입술을 열었다.

"짧게 질문만 받고 들어가 보겠습니다."

"오늘 결혼하는 기분이 어떻습니까?"

"아내분과는 고등학교 때 첫사랑이라고 들었는데, 소감 한 말씀 부탁드립니다!"

"2세 계획은 있습니까?"

기다렸다는 듯이 달려드는 질문세례에 지훈이 짧게 웃음을 터트리며 말했다.

"하나둘씩 질문해 주세요."

"결혼하시는 소감 먼저 말해주세요."

"소감이라… 서른 살 되기 전에 결혼을 할 줄은 몰랐는데 결국 하게 되네요. 기분은 정말 끝내줍니다. 솔직히 여기 오기 전까지는 괜찮았는데 오니까 엄청 떨리네요."

"2세 계획은 어떻게 되나요?"

"전 아들, 딸 구분 말고 딱 셋만 낳고 싶은데, 제 신부는 싫다고 하더라구요. 제가 지금도 열심히 꼬시는 중입니다."

"허니문 베이비 기대해도 될까요?"

"노력은 할 텐데, 제가 신부한테 꼼짝을 못 해서요. 분위기 봐가면서 시도해봐야죠."

"신부가 고등학교 때 첫사랑이라고 들었는데."

"네. 이 부분에 있어선 예전에 결혼 발표 때 충분히 기사 나간 걸로 아는데, 제 첫사랑 맞습니다. 제 예비 신부도 그렇구요."

"서로가 첫사랑이라서 감회가 남다를 것 같은데, 어떠세요?"

"첫사랑은 원래 기억으로 간직한다고들 하잖아요. 저도 그럴 뻔했는데, 인연이긴 한 건지 다시 만나게 되서 그때부턴 놓치면 안 될 것 같다는 생각이 들더라구요."

"끈질기게 구애를 하셨나요?"

"뭐… 구애라면 구애였는데, 제 신부가 워낙 잘나서 쉽게 안 넘어오더라구요."

"지훈 씨 정도면 부족한 게 없을 텐데요."

"그러게요. 그런데 진짜 안 넘어왔었어요."

"항간에는 그때 당시에 예비 신부님이 배우 이민호 씨와 교제 중이었다는 소문이 있었는데요. 사실인가요?"

아, 역시나도 또 민감한 사안의 얘기가 나왔다. 재희와 결혼 기사를 내었을 때에도 루머처럼 돌던 민호와 재희의 스캔들은 공식적으로 기사가 난건 아니었지만 최율이 흘리고 다녔던 정보로 인해 기자들 사이에선 출처 있는 얘기라며 저들끼리 확신을 하는 분위기였다.

결혼발표 기자 회견 때에도 나왔던 질문이었지만 그때엔 노코멘트로 넘겼던 사안을 지훈은 이제 확실하게 짚고 넘어가고 싶었다.

"네, 사실입니다."

지훈의 말에 방금 전까지만 해도 잠잠하던 플래시들이 또 한 번 거세게 쏟아졌다. 특종을 잡은 것처럼 기자들의 눈빛들이 저마다 날카로워졌다.

"고등학교 때부터, 저와 다시 만나기 전까지 계속 사귀던 사이였습니다."

"그럼 꽤 오래전부터 사귀었던 사이라는 건데요?!"

"이민호 씨와는 절친한 친구 사이로 알려져 있는데, 모두 다 거짓이었나요?"

"둘 사이는 지금 어떤가요?"

솔직히 말해, 지훈은 자신이 없던 시간 속에서 이루어졌던 민호와 재희의 관계 같은 건 모두가 몰랐으면 했다. 말하고 싶지도 않았고, 없던 일처럼 무마시키고 싶었다. 하지만 그러기엔 이젠 민호가 지훈에게 있어 정말 소중한 사람이 되어 있었다. 그래서 하나둘씩 인정하기로 한 거다.

"제가 지금 이 얘길 이 자리에서 하는 건, 민호가 저와 여전히 각별한 사이이기 때문입니다."

민호가 재희와 사귀었던 사실과, 그런 민호의 길었던 사랑이 결단코 헛되지 않았다는 걸 증명하기로 마음먹는다.

"불미스러운 사건 때문에도 아시겠지만, 정말 많은 일들이 있었습니다. 민호도 없는 자리에서 그 부분에 있어서 세세하게 말씀드릴 순 없지만 확실하게 하고 싶은 건 제 신부가 민호와 오랜 시간 교제를 했다는 사실이고, 서로 사랑했었다는 사실입니다."

한 남자로서, 민호가 한 여자를 사랑했다는 사실을 더 이상 숨기지 않고 모두에게 말한다.

"결국 저와 잘되긴 했지만 그 부분에 있어선 저도 인정을 하고 넘어가고 싶습니다. 민호는 정말, 제가 봐도 멋진 남자거든요."

나는 네 기억 속, 그리움으로 남게 될 사랑이. 혼자만의 착각으로 남겨지게끔 두고 싶지 않아.

"라이벌로 손색이 없죠."

드러내, 숨길 필요 없어. 아프게 가슴으로만 품고 있지 말고, 이젠. 꺼내도 좋아.

"그 옆에서, 제 신부 데려오느라. 정말 많이 힘들었습니다."

이젠, 현실로 나올 때야.

"그리고 민호는."

이젠, 나와도 좋아.

"정말 멋지게 져줬어요."

내 친구, 너는 더 이상 숨어 있을 필요가 없어.

널 가둔 그림자에서, 이젠 나오길 바라. 눈이 부신 오늘 우리의 결혼식에서, 나는 네가 이제는 그 긴 7년의 어둠 속에서 벗어났으면 해.

"오늘 결혼식에 와주셔서 감사합니다. 정말 행복한 신랑으로 무사히 결혼식 마치고 또 인사드리겠습니다."

지훈이, 민호에게 해줄 수 있는 마지막 배려였다.

쏟아지는 플래시를 등진 채 인터뷰를 마친 지훈이 안으로 들어가자 입구 쪽에서 낯익은 얼굴이 보였다. 그 얼굴에 지훈은 시큰하게 웃으며 손을 뻗었다. 민호였다.

"누구 마음대로 다 얘기하래."

"어, 그걸 다 들었어?"

"응."

"내가 니 성격 잘 알잖아. 얘기도 안 할 거 뻔해서, 그냥 내가 터트렸는데 괜찮지?"

자신의 어깨를 두어 번 치는 지훈의 손길에 민호가 작게 웃음을 터트리며 말했다.

"글쎄."

"글쎄는 무슨."

지훈이 시큰하게 웃으며 주머니 안쪽으로 넣어두었던 새하얀 장갑을 끼면서 나지막하게 말했다.

"이제 좀. 속 후련하지."

그 물음에 민호가 손을 뻗어 반쯤 흐트러진 지훈의 턱시도 옷깃을 펴주며 말했다.

"조금."

"……."

"고마워."

지훈은 고맙다는 말에 툭하고 민호의 가슴팍을 밀쳤다.

"그딴 간지러운 말 나한테 하지 말랬지? 아, 나 손님맞이해야 되는데. 너 재희한테 좀 가봐라, 김가람이랑 최지연 불안해서 못 맡기겠어."

"응."

"근데, 너 그 코디는 안 왔냐?"

"곧 올 거야."

"야, 최지훈. 결혼 축하한다."

"어, 어. 민호야, 좀 부탁한다."

워낙 지훈 쪽 인맥이 많았기에 다가와 인사를 건네는 하객들을 바라보며 민호가 알아서 자리를 피해주었다. 재희가 있는 대기실로 향하는 내내, 민호 역시 익숙한 얼굴들이 걸어오는 인사에 말을 섞어야 했기에 꽤 시간이 지난 뒤에야 재희가 있는 곳에 도착할 수 있었다.

"엄마야, 이민호다."

신부 대기실에 들어왔을 때, 재희는 수십 명의 여자들 틈에 둘러싸여 있었다. 친구인건가, 생각하는 민호와 달리 그녀들은 하나같이 민호의 실물을 보고선 저마다 입을 떡하니 벌리고 있었다.

"어, 민호야."

"준비 잘하고 있어? 지훈이가 불안하대서."

민호가 옅게 웃으며 다가서자 가람과 지연이 동시에 푹 인상을 구겼다.

"아주 최지훈 그거 한 대 맞으려고, 걘 뭐가 불안하대? 우리가 지금 얼마나 재희 잘 챙기고 있는데."

"맞아, 진짜 개고생하고 있는데."

서운하다는 듯이 말을 하는 가람과 지연을 바라보고선 재희의 친구들을 하나둘씩 눈에 담은 민호가 재희에게 물었다.

"친구들?"

"응. 아, 애들아. 인사해. 민호."

"말 안 해도, 누군지 다 알거든?"

친구들이 저마다 재희를 향해 날카로운 눈빛으로 쏘아보고선 민호를 올려다보며 황홀한 표정을 지었다.

"진짜, 이제야 실감나네요. 청첩장 받았을 때만 해도 장난인 줄 알았는데."

"야, 이재희. 넌 이런 친구랑 이런 예비 신랑 두었으면서 어쩜 우리에게 그동안 말 한 번 안 해?"

"미리 자리 만들어서 소개시켜 줬으면 좋잖아, 대면식을 꼭 이렇게 해야겠어?"

"맞아. 내가 민호 씨 팬인 거 평소에 다 알았으면서, 넌 어쩜."

그간 재희가 일절 민호나 지훈에 대해서 말을 하지 않았던 터라 기사로 재희의 남자 친구가 누구인지 알게 된 친구들은 배신감에 사로잡혀 있었다. 평소 민호가 좋다느니, 지훈이 마음에 든다느니 하하호호 할 때에도 얌전하던 재희가 사실은 그 둘과 그렇고 그런 관계였다는 걸 안 시점에서는 더더욱 뒷목을 잡았다.

"그게… 미안해."

둘의 신분을 생각해, 차마 말을 할 수가 없던 재희였다. 서로 악수를 하자며 달라붙은 친구들의 손을 일일이 하나씩 잡아준 민호가 발그레 뺨을 붉힌 그녀들을 바라보며 기분 좋게 웃었다.

"그동안 만나고 싶었는데."

"누, 누굴요?"

"친구들이요."

남몰래 만나왔던 재희와의 관계에 매번 제일 친하다고 말했던 친구들의 이름만 기억했지, 단 한 번도 실제로 그 사람들의 얼굴을 마주한 적 없던 민호였다. 이런 자리에서, 이런 식으로 만나게 될 줄은 더더욱 몰랐지만.

"이렇게라도 보니까 좋네요."

그래도 민호는 이제야 재희의 친구들을 실제로 만날 수 있어서 좋았다.

뒤늦게 도착한 인영이 빠른 걸음으로 대기실로 찾아와 민호의 옷깃을 주욱 잡아당겼다. 그 손길에 고개를 돌려 인영을 본 민호는 가파른 숨을 토해내며 잔뜩 지쳐있는 인영의 얼굴에 의아한 듯 물었다.

"이제 와?"

"네, 아. 차가 막히는 바람에. 주말이라서 그런지 장난 아니에요."

"그래서, 뛰어왔어?"

"네. 차에서 내리자마자 엄청 빨리요."

"아, 인영 씨."

인영을 본 건지, 친구들과 모여 사진을 찍고 있던 재희가 웃으며 인사를 건넸다. 그 얼굴을 바라보며 인영은 느슨해진 입술을 밀어 올리며 재희에게로 다가가 섰다.

"재희 씨 안녕하세요, 오늘 엄청 예쁘네요."

"고마워요. 아… 이게 뭐에요?"

"와인이요, 신혼여행 가서 드세요."

인영이 친절하게 준비한 와인에 대한 설명을 짧게 재희에게 해준 뒤, 가람에게 대신 선물을 맡겨두었다. 어느덧 곧 식이 시작한다는 말에 민호가 재희에게로 가 무릎을 반쯤 접고선 올려다보며 마지막 말을 건넸다.

"떨려?"

"응, 조금."

"떨지 마. 가까운데서 지켜볼게."

"응……."

말은 알겠다고 하지만 재희의 얼굴은 여전히 위태롭기 그지없었다. 그런 재희를 바라보며 민호가 손을 뻗어 포근하게 서로 엉켜 있는 재희의 손을 가만히 잡았다. 그 따뜻한 체온에 재희가 민호를 가만히 바라보자, 민호가 부드럽게 웃으며 말했다.

"니가 바랐던 거잖아."

"……."

"잘 할 수 있지."

그 말에 이상하게 눈물이 날 것만 재희는 서둘러 입술을 꾸욱 짓눌러야만 했다. 아주 오래전, 민호가 잡는 이 손이 그 무엇보다 의지되고 든든하게 느껴졌던 적이 있었다. 그때와 마찬가지로 느슨하지도, 강하지도 않은 손길이 지금 이 순간 재희의 손을 커다란 나무처럼 덮고 있었다.

민호의 짙은 눈동자가 꽤 오랜 시간 새하얀 웨딩드레스를 입은 재희를 마주했다. 그 안에 담긴 재희는 수도 없이 흔들렸으며, 눈물나게도 여전히 아름답기만 했다.

"오늘 정말 예쁘다."

그때와는 다른 의미로, 이제는.

"이제, 가야지."

놓아주어야 할 때다.

보내줘야 한다.

민호는 재희에게 마지막 인사를 건네고선 인영과 함께 식장으로 향했다. 그 뒤로는 모든 임무를 무사히 마친 지연과 가람도 함께였다.

식장에 들어가자 많은 인파들이 테이블에 앉아 곧 이루어질 성대한 결혼식을 기다리고 있었다. 버진 로드를 중심으로 양쪽으로 나눠져 있는 자리에, 잠깐 동안 민호는 고민을 해야만 했다.

"어느 쪽에 앉지?"

그건 지연도 마찬가지였다. 지연이 제법 심각한 얼굴로 묻자, 가람이 살며시 눈가를 구기며 말했다.

"누난 뭘 고민을 해? 당연히 지훈이 쪽으로 가 앉아야지, 가족이잖아."

"가족이긴 해도, 따지고 보면 난 재희랑 더 친한데."

"그래도 누난 지훈이 쪽이야."

"그럼, 넌?"

"난 당연히 재희 쪽에 가서 앉아야지."

"싫어, 나도 그럼 거기가 앉을래."

냉큼 가람에게 팔짱을 끼며 칭얼거리는 지연의 모습에 민호가 눈동자를 굴려 인영에게 물었다.

"넌?"

"아… 전 재희 씨 쪽에 앉아야죠."

"그럼 나도 거기로 갈까."

"야, 야. 딘호 너까지 이리로 앉으면 지훈이가 뭐라고 하겠냐?"

"어차피 안 보일 텐데."

민호가 은은한 조명이 내려앉은 식장에 까마득하게 앉아 있는 사람들을 둘러보며 맡하자 가람이 팩하고 인상을 찡그렸다.

"걔 눈이 얼마나 좋은지나 아냐? 만약 재희 쪽으로 다 가서 앉은 거 걸리면 두고두고 나중에 우리한테 뭐라고 할걸."

"여, 이민호."

그때였다. 민호의 어깨 위로 묵직한 팔 하나가 둘러지더니 고개를 돌리자 꽤 낯익은 얼굴이 있었다.

"어디 있다가 이제 나타나?"

호운이었다. 그 뒤로 같은 모임인 기석도 함께였다. 민호는 설핏 웃으며 호운을 향해 물었다.

"사회는 원석이가 본다는데, 축가는 누가 해?"

"내가 하지, 누가 하겠냐."

"망했네."

장난스러운 그 말에 가볍게 민호의 머리카락을 흐트러뜨린 호운이 자연스레 민호를 끌고 지훈의 자리 쪽으로 방향을 틀었다. 여전히 가람은 지연과 어디에 앉냐, 실랑이를 벌이는 중이었고 홀로 남겨져 있던 인영을 향해 손을 뻗은 건 민호였다.

"이리 와."

"에, 네?"

"지훈이 쪽에 앉아."

"아니, 그게……."

"어, 누구야?"

민호의 손을 따라 쭈욱 시선을 올린 호운이 인영의 얼굴을 빤히 바라보며 묻자, 민호가 잡은 손에 힘을 더하며 말했다.

"내 스타일리스트."

"어, 안녕하세요."

"네, 네. 안녕하세요."

당황한 듯, 말을 주섬주섬 거리는 인영을 조금 더 끌어당기자 인영의 높은 하이힐이 주체 없이 민호 쪽으로 쏠렸다. 민호가 이끄는 대로 걸음을 옮기면서도, 인영은 자꾸만 심장이 떨려 똑바로 걸을 수가 없었다.

"아, 저… 여기 앉아도 돼요?"

"어디에 앉든, 무슨 상관이야."

졸지에 민흐의 손에 이끌려 모임 친구들이 있는 테이블에 앉게 된 인영은 정신없이 눈동자를 굴리며 어쩔 줄 몰라 하고 있었다. 지훈을 중심으로 연예계에 잘나가는 사람들이 모인 모임이 있다는 걸 말로만 들었지, 실제로 마주하게 된 시점에서 인영은 눈을 어디다가 둬야 할지 난감하기 짝이 없었다.

다들 민호가 데려온 인영에게 관심이 쏠렸는지, 이곳저곳에서 쏟아지는 질문들에 인영은 기계처럼 민호의 스타일리스트라는 말을 몇 번이고 내뱉어야만 했다.

"불편해?"

"아니, 괜찮아요."

곧 식이 시작된다는 안내가 나오고 나서야 인영에게 날아들었던 관심들이 하나둘씩 숨을 죽였고, 그제야 인영은 민호와 단둘이 이야기를 나눌 수 있었다.

"근데, 왜 같이 오자고 했어요?"

"재희 쪽에 있으면 같이 못 앉잖아."

그 말에, 인영이 눈동자가 두어 번 떨자 민호가 인영을 바라보며 옅게 웃었다.

"같이 앉고 싶어서."

정숙하게 내려앉은 공기와 은은한 조명이 민호의 얼굴 위로 포근하게 내려와 앉았다.

"혼자 두고 싶지 않아졌어."

그래서 인영은 또 한 번 눈물이 날 것만 같은 감정들을 집어삼켜야만 했다. 가슴 뛰게 벅차오르는 심장을 주체할 수가 없었다.

"신부님, 이제 이동하실게요."

재희는 직원의 안내에 줄곧 앉아 있던 고급스러운 소파에서 일어났다. 긴 드레스 자락을 밟지 않도록, 뒤에서 옷을 정돈해주는 손길에 절로 가슴이 뛰었다. 긴장감에 꼬옥 움켜쥐고 있던 부케를 들고 넘어지지 않도록 높은 하이힐을 한 걸음씩 조심스럽게 옮기던 재희는 식장 입구 앞, 홀로 서 있는 지훈의 뒷모습에 저도 모르게 숨이 멎는 것만 같았다.

"왔어?"

고개를 돌렸고, 마주한 얼굴에.

"내 공주님."

재희는 떨려, 좀처럼 움직일 수가 없었다. 그런 재희를 바라보며 한걸음에 다가온 지훈이 재희의 손을 잡으며 부드럽게 웃었다.

"미안, 데리러 가고 싶었는데 직원 누나가 말이 너무 많으시네."

"신랑분, 다 들리거든요?"

"아, 죄송합니다."

기분이 좋은 건지, 지훈의 입가엔 연실 미소가 떠나질 않고 있었다. 그 웃음에 재희는 긴 시간 느껴왔던 초조함이 조금은 가시는 것만 같았다. 든든하게 잡아주는, 지훈의 손 때문이었다.

"직원 누나가 리허설 했던 것만큼만 하라는데. 우리 자기, 솔직히 그거 어떻게 했는지 기억도 안 나지?"

"…응."

예행연습 때에도 떨려서 자꾸만 실수 연발이었던 재희였다. 그런 재희를 무엇보다 직원들은 걱정스럽게 바라보았지만 지훈은 연실 귀엽다며 웃기만 했었다. 활짝 열려진 문 앞으로 보이는 수많은 사람들과, 장내를 울려 퍼지는 사회자의 목소리에 재희가 크게 숨을 몰아쉬자 잡고 있던 재희의 손을 자신의 팔로 인도하며 지훈이 말했다.

"걱정하지 마."

잠깐 사이에 엉킨 손가락들이 포근하게 달아오른다. 마주한 얼굴에.

"나만 믿고 가."

재희는 이제야, 정말 지훈과 결혼을 한다는 걸 실감했다. 그 말 한 마디에, 온통 복작거리며 소란스러웠던 머릿속이 일순간 고요해졌다. 정적이다, 새하얘진다. 그리고 들려오는 신랑, 신부 입장 안내에 지훈이 재희의 머리 위로 짧게 입을 맞추며 첫 발을 떼었다.

둘은 수많은 사람들의 박수소리와 환호를 들으며 길게 뻗은 버진 로드를 걸었다. 넘어지지 않기 위해 줄곧 아래로 시선을 내린 채 걷던 재희는 어느 순간부터 안정되어진 걸음에 천천히 고개를 들어 앞을 바라보았다. 어둡게 내려앉은 장내의 조명과 달리 둘이 서게 된 한가운데엔 가장 눈부시고 아름다운 조명이 쏟아지고 있었다. 믿고 따라오라는 지훈의 말을 다시금 떠올리면서 지훈의 발에 맞춰 걸음을 멈춘 재희는 심호흡과 주례사의 말에 집중했다.

지금 이 순간을, 그동안 얼마나 고대해왔을까. 늘 이루어질 수 없는 바람처럼 머릿속으로 상상만 해오던 장면이 눈앞에 펼쳐진 시점에서, 재희는 기분이 이로 말할 수 없을 정도로 가슴이 벅차올랐다.

처음 그 순간을 기억해, 지훈아? 니가 내 가방을 잡아당기면서 나에게 처음 말을 건넸던 그 순간 말이야. 네 거침없는 손길에 난 뒤로 넘어질 뻔했었고, 마주한 네 얼굴에 괜히 화가 났었어. 같이 지각을 한 와중에 넌 너무나도 태연해 보였거든, 뭐 이런 애가 다 있나 싶었지. 이제 와 생각해보건

대 잠깐 동안 내 뒤에 서 있던 네가 다시 원래 자리로 돌아갔을 때, 내가 느꼈던 건 약간의 두근거림이었던 것 같아. 기분 좋은 설렘 같은 거 있잖아, 난 그걸 고등학교 첫 입학식 때 널 보면서 느꼈었어.

그 이후부터, 우린 참 많이 마주쳤었지. 많은 아이들이 오고가는 복도에서도 마주쳤었고, 식당에서도 마주쳤었어. 그때마다 넌 아무런 스스럼없이 나에게 다가와 낚시꾼이라 불렀었지. 이제 와 말하는 건데.

"신랑, 최지훈 군은 신부 이재희 양을 영원히 사랑할 것을 맹세합니까?"

내가 그때 그 순간에 널 낚은 건 내 인생 최고의 순간이었던 것 같아.

"네."

이만하면, 월척이 아닌가 싶어.

"신부 이재희 양은 신랑 최지훈 군을 영원히 사랑할 것을 맹세합니까?"

"네."

재희의 대답에 옆에 서 있던 지훈이 살며시 웃음을 터트렸다.

"정말?"

그 자그마한 목소리에 재희가 지훈을 바라보자, 지훈이 눈부신 조명 보다 더 화사한 얼굴로 말했다.

"무르기 없다."

끼고 있던 팔에, 조금의 힘이 들어갔다.

"이제 정말 내 거야."

그 부드러운 목소리에 재희는 작게 고개를 끄덕이며 웃었다.

자신으로 인해 결혼식이 지루해지길 원치 않다는 주례사의 말에 따라 주례는 생각했던 것보다 빨리 끝이 났다. 부모님 앞으로 가 인사를 하면서, 재희는 만감이 교차하는 얼굴을 했다.

어릴 적부터 시작해, 그동안 부모님과 함께했던 시간들이 주마등처럼 재희의 머릿속에 빠르게 스쳐 지나갔다. 하나밖에 없던 외동딸이 이제는 다 커서 인사를 하고 있었다. 그동안 많았던 사건 사고들에 죽을 뻔한 고비와 오랜 병원 생활을 했던 재희를 그 누구보다 가까이에서 마음 졸이며 걱정했던 부모님이었다.

효도는 못 해드릴망정 매번 심려만 끼쳐드린 것 같아 재희가 눈시울을 붉히자 먼저 어머니가 눈물을 보이셨다. 그래서, 결국 재희 역시 꿋꿋이 참아왔던 눈물을 흘릴 수밖에 없었다.

지훈은 그런 재희를 어느 정도 예상을 했던 건지, 빠르게 다가온 직원의 손에 들린 손수건을 대신 건네받아 재희의 눈가를 살살 문질러 주었다.

"화장 지워진다."

"읍……."

"그만 울어, 자기야."

단둘이 들을 수 있을 만한 작은 목소리로 속삭인다. 그래서 재희는 애써 복받쳐 오르는 감정들을 억누르며 숨을 고르게 내쉬려 애를 썼다. 사회를 맡은 원석이 원래 신부가 눈물이 많은데, 그걸 또 가만히 못 보고 닦아준다는 둥 둘만이 나눠 갖은 시간들을 재치 있게 포장해 주었다.

어느 정도 재희가 진정이 된 걸 확인하고 나서야 지훈이 재희를 이끌고 자신의 부모님 쪽으로 향했다. 인자한 두 분의 얼굴을 마주하며 인사를 한 재희는 애써 늘어져 있던 입술로 웃으며 지훈을 바라보았다.

이젠, 정말.

"웃지 마. 가슴 떨려."

둘이 하나가 된 기분이다.

다시금 정중앙으로 향한 둘은 호운이 부르는 축가를 들었다. 직업상 가수라는 이름에 걸맞게 로맨틱한 보이스로 부르는 노래를 가만히 듣고 있던 재희는 연실 옆에서 말을 하는 지훈 때문에 좀처럼 집중을 할 수가 없었다. 삑사리라도 나라는 둥, 온갖 저주를 퍼붓는 지훈의 말에 재희가 또 한 번 웃음을 터트리자 지훈이 푸르게 웃었다.

노래가 끝이 나자, 지훈이 재희의 손을 떼어내며 호운이 서 있는 쪽으로 다가가 섰다. 건네주는 마이크를 집어 드는 지훈의 모습에, 재희가 얼떨떨한 얼굴을 하자 사회자인 원석이 말을 했다.

"아, 무슨 자신감인지는 모르겠는데. 신랑이 가수가 노래 부른 다음에 신부에게 바치는 축가를 부른다네요."

그 말에, 금세 고요했던 장내가 시끌벅적해졌다. 이건, 재희도 몰랐던 사실이었다.

아, 아.

마이크를 들고선 테스트를 마친 지훈이 이내 사람들 쪽으로 몸을 틀며 말했다.

"자신감이야 많죠, 원래 가수 해도 손색이 없을 정도로 노래를 잘하거든요."

재치 있는 발언에 사람들이 웃자, 지훈이 다시금 마이크를 고쳐 잡았다.

"지금 제가 부를 노래는 고등학교 때, 재희 앞에서 부른 적 있는 노래인데요. 제가 그때 재희에게 이 노래 불러주고선 좋아한다는 고백을 받았었거든요. 그래서 저한테는 무엇보다 특별한 노래입니다."

이곳저곳에서 터져 나오는 환호성에 지훈이 심호흡을 하며 재희를 똑바로 바라보았다.

"그래서 오늘, 무엇보다 불러주고 싶었어요."

그와 동시에 잔잔한 어쿠스틱의 기타소리가 들려왔다.

"오늘만큼, 특별한 날도 없으니까요."

무슨 노래를 부르게 될지, 말하지 않아도 알 수 있었다. 매번 지훈이 생각할 때마다 이 노래 역시 함께 재희의 머릿속에 울려 퍼지곤 했었다. Just the way you are, 지훈이 축제 때 재희를 위해 불러주었던 노래다.

"Oh her eyes, her eyes."

재희는 차분하게 흘러나오는 지훈의 목소리에 눈을 감았다. 그 속에서, 무더운 열기가 폐부 가득히 스미고 들어왔던 한여름 밤의 풍경을 그렸다. 습습했던 공기와 발아래에서 작게 들려오던 아이들의 목소리. 그 틈에서 도망치듯 빠-져나왔던 재희와 지훈은 옥상 위 난간 아래에서 몸을 숨긴 채 둘만의 세상에 갇혀 있는 듯한 기분을 느꼈었다.

포근하기만 한 어깨에 기대어, 잔잔하게 흘러나오는 노래에 맞춰 떨리는 진동을 피부 가까이 느끼면서. 지금처럼, 눈부신 조명이 밤하늘을 비추던 그때처럼.

"When I see your face."

네 노래엔, 설렘이 가득하기만 하다. 고백을 준비했던, 17살의 지훈의 모습이 보이는 것만 같아 재희는 저도 모르게 가득히 차오른 눈물을 흘렸다. 코끝이 찡해져 오는 건, 너무나도 두근거렸기 때문이야. 그때와 마찬가지로, 넌.

"There's not a thing that I would change."

지금도 내게 가장 로맨틱한 순간을 주기 때문이야.

내 기억 속에 영원히 기억될 장면이야.

"Cause you're amazing."

재희를 바-라보며 천천히 걸음을 옮긴 지훈이 어느덧 재희의 앞으로 다가와 작게 숨을 내몰아 쉬었다.

"Just the way you are."

그 나지막한 목소리에, 재희가 눈물을 닦아내자 지훈이 웃으며 바닥을 향해 몸을 숙였다. 한쪽 무릎을 세우고, 하나는 접은 채 재희를 올려다보았다.

"이번엔 내가 고백할게."

위에서 쏟아진 조명 때문에, 지훈의 얼굴이 너무나도 눈이 부셔서.

"나랑 결혼해줘서 정말 고마워."

재희는 차마, 그 어떠한 말도 할 수가 없었다. 손을 뻗어 눈물로 얼룩이진 재희의 손을 잡은 지훈이 그 손등 위로 깊이 입을 맞추며 물었다.

"이젠, 나랑 안 헤어질 거지."

참으로 긴 시간이었다.

"…응."

참으로 길었던 과정이다.

이곳까지, 네 옆에 서기까지. 그동안 정말 많은 일들이 있었다.

하지만 난 지금, 네 옆에 있어.

우린 지금, 서로를 향해 서 있어.

줄리엣이, 로미오에게 건네는 마지막 전언.

"이젠 정말, 안 헤어질 거야."

앞으론, 우리가 헤어지는 일 따윈 없을 거야.

"정말?"

기대해도 좋아.

"무르기 없다."

우릴 가로막을 건, 그 어디에도 없어.

재희가 지훈의 손을 꼭 잡으며 말했다.

"그럴 일도 없어."

오랜 시간, 잠들어 있던 줄리엣이 드디어.

"이젠 정말 없어."

로미오로 인해 눈을 떴거든.

나는 당신을 만나기 위해 눈을 떴어요.

가장 먼저, 보이는 게 당신이라서.

나는 참 다행이에요.

"재희야, 일어나."

재희는 귓가를 사근거리는 목소리에 베개에 푸욱 파묻혀있던 얼굴을 꿈틀댔다. 기분 좋은 시트가 피부에 커튼처럼 내려와 있어 좀처럼 움직이고 싶지 않았다. 작게 숨을 내몰아쉬며 따뜻한 온기가 머물고 있는 시트를 끌어안자 창문을 열어둔 건지 포근한 공기가 간지럽히듯 뺨을 훑고 지나갔다.

엉망으로 부풀어져 있는 머리카락 사이사이를 스미고 들어와 배회한다. 그곳엔 자그마한 파도소리도 함께였다.

"자기야, 배 안 고파?"

또 한 번 귓가에 쏟아지는 나지막한 목소리에 재희는 살며시 인상을 구겼다. 그게 또 마음에 들지 않는 건지 보드라운 손가락 하나가 재희의 미간 사이로 와 주름진 곳을 쭈욱 폈다.

"내가 인상 쓰지 말랬지."

또 한 번 지긋한 잔소리가 흘러나왔다. 재희는 버릇처럼 구겼던 미간사이에 힘을 쭉 빼며 무거운 추를 달아놓은 것처럼 아래로 늘어져있던 눈꺼풀을 힘겹게 길어 올렸다. 밝은 빛이 익숙지 않게 밀려 들어와 도망치듯 눈을 감았다가, 감기 전 보았던 얼굴이 그리워 또 성급하게 눈을 떴다.

"일어나자, 어?"

재희는 자신의 얼굴 위로 그림자처럼 내려와 있는 지훈을 가만히 올려다 보았다. 재희가 아무런 대답도 없이 두어 번, 눈을 깜빡이자 지훈이 푸스스 웃으며 그런 재희의 눈꺼풀 위로 작게 입을 맞춰주었다.

　"벌써 10시야."

　주변을 감싸고 있는 공기보다 더 안락한 입맞춤에 재희는 지훈이 말한 시간을 다시금 떠올렸다. 그러니까, 지금 여기가…….

　"이제 다 잔 거지?"

　몰디브지.

　신혼여행을, 왔다. 재희는 두어 번 고개를 끄덕이고선 자리에서 일어났다. 바로 옆, 열어둔 커다란 베란다 너머로는 눈부시게 아름다운 바다가 한가득 펼쳐져 있었다. 불어오는 바람 역시 차갑지 않아, 재희는 이곳이 현실처럼 느껴지지 않았다.

　재희가 반쯤 몸을 일으켜 가만히 바다를 향해 앉아 있자 지훈이 그 옆으로 와 재희의 어깨를 감싸주었다. 그런 지훈의 한쪽 어깨에 기대어 작게 숨을 내몰아 쉰 재희는 여전히 피곤하게 내려앉은 눈꺼풀을 손으로 비비작대며 살며시 인상을 찡그렸다.

　"아… 온몸이 두드려 맞은 거 같아."

　"긴장 풀려서 그래, 나도 아까 일어나서 몸 좀 풀었는데. 스트레칭 좀 할래?"

　"싫어, 아프단 말이야."

　스트레칭이라는 단어에 질색을 하는 재희를 바라보며 지훈이 걱정스런 얼굴을 했다.

　"그렇게 싫어하면 어떡해, 운동 좀 해야지."

　"몰라……."

"어깨 좀 주물러 줄까?"

"응."

그 말에 냉큼 재희의 뒤로 간 지훈이 어깨 위로 두 손을 올리고선 주물주물 마사지를 했다.

아, 아야……

절로 흐르는 신음소리에 지훈이 손에 실린 힘을 조금 더 뺐다.

그러니까, 어제 결혼식을 마치고 곧장 공항으로 가 비행기에 올랐었다. 이런저런 얘기를 나눌 것도 없이 좌석에 앉자마자 곯아떨어진 지훈과 재희는 11시간의 비행 시간 내내 단 한 번도 깨지 않고 깊게 잠들었었다.

비행기에서 내린 뒤에도 좀처럼 눈을 뜨지 못하는 재희의 손을 잡고 다른 한 손엔 세 개나 되는 트렁크가 실린 캐리어를 끌고 예약해둔 숙소로 간신히 도착을 한 지훈이었다.

그러다보니 자연스레 로맨틱해야할 신혼 첫날밤은 수면으로 인해 아주 허무하게 날아가 있었다. 씻지도 않고 잔다는 거 억지로 안다시피 욕실로 끌고 들어가 목욕을 했던 지훈은 샤워를 마치자마자 재희와 함께 쓰러지듯이 침대에 누워 그야말로 깊은 수면에 빠졌었다.

"너무 많이 잤나, 머리가 아주 멍하네. 자기도 그렇지?"

"응……."

피로를 잠으로 소화시킨 것까진 좋은데 일어났을 때가 문제였다. 멍한 게, 온몸이 뻐근하기도 하고. 재희의 어깨 주물 거리던 지훈이 무언가가 생각났는지 아 하고 입술을 벌렸다.

"이러지 말고 마사지나 받을까."

"마사지?"

"응. 그거 좋겠다, 피로도 좀 풀고. 일단은 밥 먼저 먹고."

"그래."

"뭐 먹을래?"

침대에 내려온 지훈이 거실로 가 테이블에 놓인 메뉴판을 집어 들어 다시금 침대로 왔다. 두 팔을 벌려 재희를 뒤에서 껴안고선 들고 있던 메뉴판을 펼쳐 귓가에 사근 거린다.

"자기야, 이거 봐봐. 뭐 먹고 싶어?"

먹음직스러운 음식이 프린트 되어진 메뉴판을 이리저리 넘기며 말을 하는 지훈의 목소리는 어딘가 모르게 평소보다 활기차 있었다. 재희는 그 모습에 작게 웃음을 터트리며 고개를 돌려 자신의 왼쪽 어깨에 턱을 대고 있는 지훈을 바라보았다.

"왜 이렇게 신났어?"

"신혼여행 왔잖아."

지훈이 눈가를 부드럽게 휘며 재희의 입술에 짧게 입을 맞췄다.

"우리가 이제 부부이기도 하고."

아, 예쁘다.

갑작스러운 입맞춤에 재희가 멍하니 있자 지훈이 또 한 번 입을 맞췄다. 부부라는 단어가 이렇게 간지럽고 설레긴 처음이다.

"8박 9일 동안, 지겨울 만큼 먹고 쉬고 또 자자."

재희와 지훈이 신혼여행지로 휴양지인 몰디브를 선택한 것도 이 때문이었다. 해외 이곳저곳을 이동하며 사진으로만 보았던 풍경들을 실제로 마주하는 것도 좋지만 무엇보다 둘은 휴식이 필요한 사람들이었다.

지훈은 오랜 시간을 연기자로 성공하기 위해 바빴고, 자신이 원했던 위치에 도달하고 난 뒤엔 더더욱 여행을 즐길 시간이라는 게 없었다. 재희도 마찬가지였다. 대학교 과제에 치이다시피 4년을 보내고 졸업을 하고 난 뒤엔 기다렸다는 듯이 달려드는 수많은 사건과 사고들에 제대로 된 휴식을 보낸 적 없었다.

그런 둘을 위해 이곳은 최적의 장소였다. 조용하고, 아름답고. 무엇보다 넓은 바다 한가운데에, 단둘이 있는 듯한 기분을 준다. 그걸 위해서 지훈이 바다 위에 있는 워터빌라를 선택한 것도 있었다.

재희는 지훈과 앉아 긴 시간 메뉴를 고심하다가 고민하는 시간도 아깝다는 지훈의 말에 이내 마구잡이로 먹고 싶은 것들을 시켰다. 룸서비스로 온 음식들을 버불리 먹고 호텔 내에 있는 마사지를 나란히 받은 뒤 나른한 몸으로 숙소 테라스에 있는 선베드에 누운 재희는 따스하게 쏟아지는 한낮의 햇볕을 온몸으로 받으며 휴식을 취하고 있었다.

"자기야, 이거 봐봐."

그때였다. 안쪽에서 뭘 하는지 제법 소란스러웠던 지훈이 재희에게 다가와 말했고, 그 목소리에 선글라스를 밀어 올리며 재희가 몸을 뒤쪽으로 틀었다.

"그게, 뭐야?"

재희가 놀란 듯 묻자 지훈이 어깨를 으쓱였다.

"뭐긴, 수영복이지."

타이트한 삼각 수영복을 입은 채 서 있는 지훈은 서슴없이 재희에게로 다가와 누워 있는 선베드를 비집고 올라갔다. 졸지에 지훈과 좁은 공간 위에 나란히 눕게 된 재희는 본의 아니게 지훈의 적나라한 살결과 부딪쳐야만 했다.

"으, 진짜. 징그러워."

"어, 어?"

손끝에 쓸리는 단단한 식스팩에 재희가 기겁을 하며 말을 하자 지훈이 푹 눈가를 구기며 머리를 한 번 쓸어 넘겼다.

"자기야, 징그럽다니. 나 상처받았어."

"그게, 니가 아무것도 안 입고 갑자기 이러니까……."

"뭘 아무것도 안 입어, 밑에 입었잖아."

"그것도, 입은 거야?"

재희는 환한 대낮에 이러고 있는 게 부끄러웠지만 주변엔 지켜보는 사람 하나 없었다. 지훈이 워터빌라는 선택했던 두 번째 이유가 바로 이거였다. 비교적, 사생활 보호가 잘된다. 가령 여기서 무슨 짓을 한다고 한들.

"우리, 뭘할까?"

아무도 신경 쓰지도, 보지도 않는다.

"무슨 짓을, 어떻게 할까."

입술 가까이 다가와 아슬하게 속삭이는 지훈을 바라보며 재희가 슬쩍 손을 올려 지훈의 얼굴을 밀었다. 그러자 지훈이 푸스스 웃으며 손바닥 위로 입을 쪽 하고 맞추었다.

"응? 왜에에."

쪽, 쪽. 연실 입을 맞추는 지훈 때문에 손을 뗀 재희가 작게 한숨을 내몰아 쉬었다.

"나 지금 편하게 누워 있던 거 안 보여?"

"그러니까 자긴 누워 있어. 내가 알아서 할 테니까."

뭘, 알아서 해?

그와 동시에 허리 밑을 파고드는 단단한 팔에 재희는 저도 모르게 허리를 활처럼 구부렸다.

으, 진짜.

완벽하게 지훈의 품에 안겨 있는 꼴이 된 재희가 지훈의 어깨를 잡으며 말했다.

"이게 휴식이야?"

"응. 너랑 나랑 이러는 게 휴식이자, 힐링이지."

"이건 쉬는 게 아니라니까."

"자기야."

"어?"

"우리 애기 안 가져?"

갑자기 흘러나온 그 말에 재희의 얼굴이 확 하고 달아올랐다.

"뭐, 뭘 가져?"

"아기."

그 모습에 지훈이 살며시 웃음을 터트리며 느리게 재희의 배를 문질렀다.

"베이비."

더 내려가, 원피스 밑을 파고든 지훈이 재희의 새하얀 다리를 느리게 쓸어 올렸다. 귓가에 다가와 속삭이는 말들이.

"우리 자기 닮은 딸."

너무나도 아찔해, 재희는 그만 콱 하고 지훈의 어깨를 움켜잡았다.

"아."

긴 손톱이 살에 박혔는지, 지훈이 설핏 한쪽 눈가를 구기며 말캉한 입술로 귓가에 아찔하게 말했다.

"흥분되지, 그러지 마."

쏟아지는 그 숨에, 재희는 그만 심장이 터질 것만 같았다. 살짝, 귀를 깨무는 지훈의 행동에 재희는 그만 두 다리를 푸덕거렸다.

"어허, 얌전히."

원피스 안쪽으로 들어와 허벅지를 꾹 누르는 커다란 손에 재희는 지훈을 향해 아무렇게나 말했다.

"진짜, 밝은 대낮에 꼭 이래야겠어?"

"그럼 어두우면 돼? 지금이라도 안에 들어갈까?"

다급하게 흘러나오는 말속엔 인내심이라곤 존재하지 않았다. 재희는 고개를 내저으며 다시 한 번 명확하게 말했다.

"너, 나랑 아이 얘긴 안 꺼내기로 했지?"

"왜?"

"왜긴, 왜야. 나 아직 해야 할 일이 태산인데, 몸까지 무거워지면 더 힘들단 말이야."

그 말에 지훈의 얼굴이 금세 실망으로 얼룩졌다. 결혼을 준비하면서도 이 얘기는 둘 사이에 끊임없이 흘러나왔던 논쟁거리였다. 무슨 일이든 양보를 해주었던 지훈이 이 부분에 있어서만큼은 배려가 없었다. 지훈의 입장은 하루라도 빨리 아이를 낳자는 것이었고, 재희는 2년 동안은 단둘이 오순도순 지내자는 것이었다.

양쪽 팽팽한 입장들에, 늘 끝맺음 없이 종결되었던 사안이 신혼여행을 온 순간 다시금 붉어졌다. 지훈은 재희의 허벅지를 주물거리며 무언가를 생각하는 듯, 진중한 얼굴을 했다. 하지만 재희는 그 얼굴에 동조할 수가 없었다. 자꾸만 손이 안쪽에서 움직여, 재희는 점점 더 얼굴이 발개지고 있었다.

"난 자기 이런 말 할 때마다 일이고 뭐고 집에 가둬놓고 싶더라."

재희는 그 말에 진저리를 쳤다.

"싫어, 넌 니가 할 일 하면서 왜 난 못 하게 해? 나도 내 할 일 하고 싶어."

"난 그게 직업이잖아. 돈을 벌어와야 우리 자기 뭐든 하고 싶은 거 하게 해주지."

"그럼 니가 집에 있어, 내가 돈 벌어올 테니까."

"아, 설이 누나가 진짜 자길 다 망쳐놨어."

지훈은 인상을 팩 하고 쓰며 이 모든 사태의 원인을 설이에게로 돌렸다. 설이가 그렇게 재희에게 디자이너 쪽의 길을 터주지 않았더라면 아마 재희는 지훈과 결혼해 평범한 가정주부가 됐을지도 모를 일이었다.

해도 해도 늘지 않는 요리와 매 시간 씨름하면서, 한가롭게 오후엔 볕 좋은 소파에 앉아 책을 보고. 취미 생활도 즐기고. 하지만 안타깝게도 지훈이 가장 이상적으로 생각하는 부분을 재희는 무엇보다 끔찍하게 생각했다.

"난 옷 만드는 거 좋아, 되도록이면 늙어서도 계속하고 싶고."

"좋아하는 거 못하게 하는 게 아니잖아. 그것 때문에 애를 안 갖는 게 말이 돼?"

"누가 안 갖는데? 2년 뒤에 갖자니까. 그것도 못 기다려줘?"

"아, 자기 또 나 인정머리 없는 남자로 몰고 가네."

싫다고 하던 배려심 없는 남자가 되는 것만 같아 지훈이 차마 말을 하지 못하자 재희가 한결 가벼워진 얼굴을 했다.

"2년 뒤에. 응?"

"…생각 좀 해보고."

"뭘 또 생각을 해? 그냥 알았다고 좀 해주지."

"싫어, 빨리 아기 보고 싶단 말이야."

지훈이 어린아이처럼 투정부리며 또 한 번 손길로 성질을 부렸다.

악.

재희는 저도 모르게 터져 나오는 소리를 서둘러 막으며 지훈을 노려보았다.

"너 진짜, 혼나."

"혼 좀 내줘. 흥분하게."

"아, 진짜 변태."

"변태랑 결혼한 기분이 어때?"

"완전 끔찍해."

"이제 차차 적응하게 될 거야."

바짝, 재희의 허벅지를 한 손에 잡고선 조였던 지훈이 느슨하게 손끝을 세워 쓸어내리며 말했다.

"변태의 매력에 말이지."

차차 내려와, 재희의 발목을 잡은 지훈이 톡 튀어나온 복숭아 뼈를 느리게 문질렀다. 그 손길에 재희가 꽉 입술을 깨물자 지훈이 푸스스 웃었다.

"자긴 여기 건드리면 아주 미치더라."

"너, 너… 진짜!"

"진짜, 애기 안 가질 거야?"

"그래, 2년 뒤라고 몇 번을 말… 아악!"

그때였다. 재희가 말을 차마 다 내뱉기도 전에 몸이 위로 붕 뜨더니, 지훈이 재희를 안고서 향한 곳은 테라스 끝에 위치한 계단이었다. 바다 위에 있는 빌라라 계단만 밟고 내려간다면야 별반 어렵지 않게 물에 들어갈 수 있었지만, 그랬기에 재희는 더더욱 겁에 질린 얼굴을 했다. 어려서부터 재희가 끔찍이도 무서워하는 게 있었는데, 그게 바로 물이었다.

맥주병이라고 말해도 좋을 만큼, 워낙 수영에 재능도 없거니와 어렸을 적 가족과 함께 놀러갔던 계곡에서 발이 닿지 않아 목숨을 위협받은 전적이 있었기에 재희는 물이라면 극도로 치를 떨곤 했었다.

"핸드폰 없지."

그런 재희를 모두 다 아는 지훈이 지금, 재희를 안고선 바다로 향하고 있었다. 재희는 잔뜩 겁에 질린 얼굴로 지훈의 목에 팔을 감으며 벌써 수면에 발을 넣은 지훈을 향해 소리를 질렀다.

"잠깐, 지훈아. 지훈아아!"

"자기라고 좀 해봐."

"읍, 자기야."

"응."

곧 울음이라도 터트릴 것처럼, 울먹이는 재희를 바라보며 지훈이 부드럽게 웃었다.

"왜."

그 나른한 목소리에, 재희가 팔에 바짝 힘을 주며 절박하게 말했다.

"물, 물에 안 들어갈 거지."

"아니."

"왜, 왜 들어가는데!"

"그거야, 수영복 입었으니까."

"난 안 입었어!"

"응, 알아."

그러면서 또 한 칸 더 내려간다. 어느덧 지훈의 허벅지까지 차오른 물에 반쯤 젖은 원피스자락을 바라보며 재희가 지훈을 꼭 끌어안았다.

"무서워, 무섭단 말이야!"

"나 있잖아."

"아, 잠깐만. 지훈아. 지훈……!"

차마 말을 다 내뱉기도 전에 지훈이 완전히 물에 들어갔고, 구명조끼 하나 없이 바닷 안으로 들어온 재희는 믿을 거라곤 지훈 하나뿐이었다. 지훈의 목을 더더욱 끌어안으며 헐떡이는 재희를 조금 더 자신의 품으로 끌어당긴 지훈이 기분 좋게 웃었다.

"하나도 안 무섭지?"

"무서워, 무섭다구!"

"뭐가 무서워, 나한테 안겨 있잖아."

"너 놓을 거잖아!"

"어, 자기. 날 그렇게 못 믿는 거야?"

지훈이 실망스럽다는 듯이 재희를 바라보며 슬쩍 다리 밑으로 받히고 있던 팔을 뺐다.

"역시, 감이 좋아."

그리고 허리에 있던 손마저 빼자, 재희가 무방비상태로 물에 버려져 지훈의 목을 끌어안으며 바락 소리를 내질렀다.

"아아악, 아!! 나, 나 물 먹어! 물!"

"나한테 더 매달리면 안 먹을 거야."

그 말에 필사적으로 두 다리를 꼬아 지훈의 허리에 감은 재희는 잔뜩 울먹이는 목소리로 헐떡였다.

"으읍, 나 나갈래. 나갈 거야."

"싫어, 안 보내줄래."

"너 진짜 왜 그래?!"

"…어, 자기 울어?"

얼마나 무서운 건지, 잔뜩 젖어 있는 재희의 목소리엔 눈물이 가득했다. 그 애처로운 음성에 마음이 약해졌다가, 지훈은 다시금 결심을 굳히며 목에 감겨 있는 재희의 손을 잡았다.

"…뭐, 하는……."

지훈의 어깨에 푸욱 고개를 파묻고 있던 재희가 그 행동에 놀라 눈을 두 어 번 깜빡이자, 지훈이 우직한 힘으로 재희의 팔을 강제로 떼어냈다. 그 행동에 재희의 얼굴이 순식간에 파리해졌다.

"하지 마, 놓지 마!!"

"그럼, 자기야. 나랑 약속 하나만."

"무슨……!"

"애기 갖자."

그 말에, 재희가 입술을 뻐끔거리자 지훈이 슬쩍 재희의 손을 놓았다. 아악, 재희가 소리를 내지르자 금세 또 지훈이 손을 잡아주었다.

"으읍, 콜록, 콜록. 너. 진짜……!!"

방금 전 그 행동으로 물을 한 움큼이나 먹은 재희가 기침을 하며 발개진 눈가로 노려보자, 지훈이 슬핏 웃으며 다시금 말했다.

"나한테 시간을 좀 줘봐."

"……."

"신혼여행 온 동안 노력해보고, 안 생기면 2년 뒤에. 응?"

"이렇게 협박하는 게 어디 있어?!"

"그래서 싫어?"

"당연히 싫……!"

"그럼 또 손 놓고."

"잠깐만, 잠깐만!!"

필사적으로 고개를 내저으며 말을 한 재희를 못 이기는 척, 가만히 기다려주는 지훈이었다. 얼마나 시간이 지났을까, 생사의 기로에 놓여진 재희는 곧 울 듯 한 얼굴로 마지못해 고개를 끄덕였다. 그 모습에 지훈이 진중하게 내려가 있던 입꼬리를 올리며 다시 한 번 물었다.

"진짜? 허락한 거다?"

"…그래."

"말 돌리기 없어?"

"알았어, 알았다구!"

재희가 팩 하고 성질을 내자 지훈이 잡고 있던 재희의 손을 자신의 목으로 인도해주었다. 엄마의 품을 되찾은 아이처럼 기다렸다는 듯이 휘감는 팔에 재희의 등을 두어 번 쓰다듬어준 지훈은 망설임 없이 몸을 틀어 재희를 안고선 테라스 위로 올라갔다.

평지에 도착해, 지훈의 품에서 내려오자마자 재희는 손을 들어 아무렇게나 지훈의 등을 내리쳤다. 그 손길을 가만히 맞아주고 있던 지훈은 화에 씩씩대고 있는 재희를 바라보다 머리 위로 떠 있는 해를 마주하고선 기분 좋게 웃었다.

"밝은 건 싫다고 했으니까."

그리고 고개를 숙여, 재희를 향해.

"오늘 밤부터 노력해보자고."

참으로 아찔하게도 말했다. 재희는 대답 대신 흠뻑 젖은 원피스 자락을 꽈악 움켜쥐며 신경질적으로 안으로 들어갔다. 그 뒷모습을 바라보며 작게 휘파람을 분 지훈이 젖은 머리카락을 한 손으로 가볍게 털며 웃었다.

오늘부터, 죽기 살기로 노력을 해봐야지. 지훈은 잘 뻗은 몸을 이리저리 둘러보다가 테라스 난간을 잡고선 푸시 업을 했다.

"진짜, 그만 좀 해⋯⋯."

재희는 헝클어진 머리카락을 채 쓸어 넘기지도 못한 채 진이 빠진 목소리로 말했다. 저녁을 든든하게 먹일 때부터 예상했었어야 했는데, 식사 후 포만감에 기분 좋게 침대에 누워 있던 재희는 자신의 옆으로 와 눕는 지훈을 향해 아두런 경계심 없이 웃고 있었다.

그런 재희를 바라보며 지훈이 팔을 엑스자로 꼬아 가볍게 상의를 벗더니 덥지 않냐는 식의 말을 내뱉었었다. 재희가 시원하게 열어둔 베란다 창문을 바라보며 알 수 없다는 표정을 짓자 지훈이 재희의 옷 속으로 손을 밀어 넣으며 더우니까 벗자, 란다.

그때 재희는 낮에 있었던 불미스러운 약속을 떠올릴 수 있었다. 뒤늦게 지훈의 영역인 침대에서 벗어나려 발버둥을 쳤지만, 소용없었다.

"힘들어?"

이제 와 걱정스런 얼굴로 그렇게 말해봤자, 이미 재희는 온몸의 수분이 죄다 빨려나간 상태였다. 숨이 차다 못해 폐부가 아렸다. 시야도 흐렸고, 땀으로 얼룩이진 지훈에게서 풍기는 짙은 체향에 머리가 어지럽기까지 했다.

"벌써 지치면 어떡해."

지훈이 손을 뻗어 재희의 얼굴 곳곳에 달라붙은 머리카락을 거둬내며 다정스럽게 말했지만 이미 재희의 눈엔 원망이 가득 차 있었다. 한 번이면 충분하지, 두 번에 세 번에. 지치지도 않는 건지 평소엔 배려가 가득했던 지훈이 침대 위에서만큼은 무법자가 따로 없었다.

재희가 연신 그만 좀 하라고 매달려도 알았어, 한 번만… 하는 식의 어린아이를 달래는 듯한 말들이 전부였지, 관계는 좀처럼 끝이 날 기미가 보이지 않았다.

"오빠 몸 좀 봐봐, 재희야."

초옥, 눅눅해진 재희의 입술 위로 달콤한 입맞춤을 선사한 지훈이 웃으며 보란 듯이 허리를 꼿꼿하게 세웠다. 그 덕분에 재희는 은은하게 켜두었던 조명 너머로 비치는 완벽에 가까운 자태를 감상할 수 있었다.

"확실히 움직이니까 몸 끝내주지."

거칠었던 움직임에 부풀어 오른 지훈의 몸은 평소보다 우직해져 있었다. 부끄러움에 화악 달아오른 귀를 재희가 손을 올려 덮자 지훈이 푸스스 웃으며 허리를 숙여 그 손등 위로 짧게 입을 맞췄다.

"우리 자기 때문에, 오빠가 이렇게 됐어."

손가락 사이사이로 스미고 들어오는 그 짙은 목소리에, 이번에는 심장까지 뛰었다.

"진짜, 못 하는 말이 없어."

"왜? 변태랑 살면 이 정도는 감수해야지."

재희가 질색을 하며 손을 뻗어 지훈의 가슴팍을 밀자 그 손목을 가볍게 움켜쥔 지훈이 재희를 바라보며 작게 속삭였다.

"나 좀 훔쳐봐주라."

그 나지막한 목소리에, 재희가 꼿꼿이 세웠던 손가락 끝에 힘을 빼자 지훈이 자신의 살결 위로 가져와 지그시 댔다.

"만져줘."

피부 위로 닿은 재희의 손길이 짜릿했는지, 지훈이 살짝 인상을 찡그리며 작게 탄성을 내질렀다.

"아, 흥분된다."

그와 동시에 팍 하고 켜지는 적색 신호를 느낀 재희가 발개진 얼굴로 서둘러 지훈의 가슴을 조금 더 밀었다.

"그만 좀 해, 진짜."

"왜 느끼는 것도 뭐라 해?"

"그러니까, 말로 좀. 그러지 말라구."

아까 관계를 할 때에도 그랬다. 지훈의 페이스를 따라가기 위해 열심히 안간힘을 쓰느라 정신없던 재희에게 연실 말을 걸었던 지훈이었다.

어때, 괜찮아? 기분이 어떤데.

계속 묻는 질문들에 재희는 단편적인 소리로 화답을 했지만 이제와 생각해보면 정말 낯 뜨겁기 짝이 없는 장면들이었다.

"진짜… 어떻게 사람이 이렇게 달라져."

재희는 고개를 내저으며 지훈을 못마땅하게 바라보았다. 평상시엔 순종적인 강아지가 따로 없는데, 침대 위에만 올라왔다하면 사람이 180° 변했다. 신혼여행을 왔다는 생각에 들떠서인지, 아니면 거무룩한 흑심으로 얼룩진 목표를 성사시키기 위해서인지는 몰라도 다른 날보다 더 극심한 지훈의 태도에 재희는 좀처럼 적응이 잘 되질 않았다.

"난 표현해주는 게 좋아."

지훈이 재희의 옆으로 누우며 자신의 팔위로 그녀의 머리를 가볍게 가져다 놓았다. 그 단단한 팔을 베고선 누운 재희는 가까운 거리에서 마주하는 지훈을 향해 작게 한숨을 내몰아 쉬었다.

"그러니까, 몸으로 충분히 하잖아."

"그거 말고도, 난 자기 목소리로 듣고 싶어."

손을 뻗어 재희의 코 위를 톡하고 두드린 지훈이 옅게 웃으며 말했다.

"얼마나 좋은지."

고요한 정적 한가운데에, 쏟아지는 목소리가.

"그게 나 때문인 건지."

너무나도 아찔해서.

"듣고, 확인받고 싶어."

재희는 잠깐 동안, 아무런 말도 할 수가 없었다. 부끄러운지 시트 안쪽으로 고개를 푹 숙인 재희를 바라보며 지훈이 웃었다.

"어때. 오늘 좋았어?"

그리고 재희는 지훈이 바랐던 대로, 고개가 아닌 입술로 대답을 해주었다.

"…응."

그 표현에, 지훈이 푸스스 웃으며 손을 뻗어 재희의 머리카락을 가볍게 흐트러뜨렸다.

"내일은 더 잘해야지."

"……."

"모레는 더, 더."

부푼 숨으로 해맑게 말한 지훈이 재희의 이마 위로 짧게 입을 맞추고선 몸을 일으켜 바닥에 버려져 있던 속옷을 입었다. 푸욱 꺼졌다가 다시금 올라오는 침대 위 커다란 파동에 재희가 시트에 푸욱 파묻고 있던 고개를 들자 어디로 간 건지 지훈이 시야에서 사라져 있었다.

재희는 혼자 눕기엔 너무나도 넓은 침대에서 일어나 베란다 너머로 고개를 옮겼다. 새벽의 차가운 바람이 불어와 재희의 몸 곳곳에 얼룩져 있던 땀을 허공으로 데려갔다. 기분 좋은 바람결에 재희는 눈을 감고선 소리에 귀를 기울였다. 정적인 가운데 규칙적으로 들려오는 잔잔한 파도소리와, 점점 더 가까워져오는 발걸음 소리. 그리고.

"이리 와."

무엇보다 나를 감동시키는 네 목소리.

재희는 감고 있던 눈꺼풀을 조심스럽게 밀어 올리며 다시금 눈앞에 나타난 지훈을 가만히 올려다보았다. 지훈은 침대 위 아무렇게나 엉켜 있던 시트를 들어 재희의 어깨 위로 걸치더니 아무것도 입고 있지 않은 재희의 몸 위로 둘둘 감았다.

번데기처럼, 시트에 꽁꽁 묶인 재희를 가볍게 안고선 지훈이 향한 곳은 방금 전까지단 해도 재희가 시선을 빼앗겨 바라보고 있던 베란다 너머였다.

테라스에 도착해, 난간 앞에 재희를 내려놓은 지훈은 재희의 두 다리를 난간 아래로 빼주었다. 발밑을 간지럽히는 잔잔한 물결에 재희가 발가락을 꼼지락거리자 지훈이 그 옆으로 앉으며 고개를 뒤로 젖혔다.

"아, 좋다."

운동을 하고 난 뒤 맞이하는 달콤한 휴식처럼 기분이 청량하기만 했다. 재희는 머리카락 사이사이를 파고드는 기분 좋은 바람에 지훈과 마찬가지로 고개를 조금 들어 위를 바라보았다.

"달 예쁘지."

"응."

새벽 3시에 뜬 달은, 지훈의 말대로 정말 예뻤다. 커다란 기운이 손만 뻗었다하면 바닥 위로 한가득 쏟아질 것만 같았다. 그 옆으론 무수히 박혀 있는 자그마한 별들도 함께였다.

그 누구의 손길도 닿지 않은 곳에 단둘이 버려진 기분이다. 그래서 둘은 서로의 어깨를 의지 삼아 기댔다. 헤어지고 싶지 않은 마음을 담아 두 손을 힘주어 맞잡았다. 손가락 사이사이를 파고드는 지훈의 손길에 제법 우직했다.

그곳에 앉아, 지훈과 재희는 별보다 아름다운 얘길 주고받았다. 달처럼 큰 얘길 나눴다. 그 언젠가, 우리에게 펼쳐질 이야기를 꿈처럼 서로에게 속삭였다.

"이번에 영화 괜찮은 거 시나리오 들어왔는데 그걸로 복귀할까봐."

"드라마가 아니라 영화로 하게? 저번에 드라마 제의도 들어왔다며."

"난 원래 시작이 드라마 쪽이라 계속하고 싶기야 한데, 영화가 돈이나 시간 쪽으론 더 여유 있지. 두세 달만 빡세게 찍고 나머진 쉬면 되니까."

"그거, 나 때문이야?"

늘 바쁘게 살아왔던 지훈의 입에서 여유라는 단어가 나온 게 이상해 묻자, 지훈이 옅게 웃으며 재희를 바라보았다.

"그래. 너 때문이야."

서로를 위해 배려를 하는 것만 같아, 재희의 입가에 미소가 번졌다.

"우리 자기 요리도 못하는데 내가 집에서 도와줘야지."

"나도 배울 거야."

"정말?"

"응, 가끔은 정말 바빠서 작업실에서 살다시피 할지도 모르지만 일 년에 두 번 정도니까 그건 좀 이해해줘."

"패션위크 맞춰서?"

"응, 응."

"그래. 난 이해심 많은 남편이니까 그 정도는 감수해야지."

"그 밖엔 나도 집안일에 좀 집중해야지. 올해 내 목표는, 맛있는 아침밥 해서 너한테 먹여주는 거야."

"어, 정말?"

"응. 진짜 맛있게 해서."

"반개월 남았네. 열심히 해, 기대하고 있을 테니까."

"응."

"그래도 못하는 거 억지로 하지 마. 자긴 다 좋은데 너무 조심성이 없어서 문제야."

지훈은 옷감을 수도 없이 만져 딱딱해진 재희의 손가락 끝을 안쓰럽게 문질 거렸다. 평소 작업실에서 옷을 만들 때 늘 핀에 찔려 엉망이 되던 재희의 손을 겨냥한 발언이었다. 재희는 애써 웃으며 그런 지훈에게 서둘러 해명을 했다.

"마음이 급하다 보니 그러는 거지. 조심한다고 하는데 잘 안 돼."

"그러니까- 내가 너 요리한다는 거 두 팔 벌려 환영을 못 하는 거야. 주방이 얼마나 의험한 거 천지인데. 칼로 야채 썰다가 손 나가면 어쩔 거야?"

"···그 정도로 엉망은 아니거든."

"그냥, 조금 더 조심하라는 거야. 디자이너는 손이 생명인데, 자긴 너무 조심성이 없어."

또 한 번 시작된 잔소리에 재희는 연실 알았다며 고개를 끄덕이고선 다음 화제로 넘어갔다.

"그리고 또. 청소도 열심히 할 거야."

"아. 청소 얘기 나와서 말인데, 우리 진짜 일하는 사람 쓰면 안 될까."

"···뭐야, 또 그 얘기야?"

"아니, 그게. 내가 생각해봤는데 집이 쓸데없이 넓어서 그런지, 손도 많이 가고 먼지도 금방 내려앉고. 한다고 하는데 깨끗이 하기가 좀 어렵잖아."

"그래서?"

"그래서 전문가에게 맡기자는 거지. 그럼 자기도 편하고, 나도 편하고."

"음··· 니 말도 맞는 말이긴 하네."

"그치?"

"응, 그러니까 말인데."

"어."

지훈이 기대에 부푼 얼굴을 하자 재희가 웃으며 말했다.

"우리 이사 갈래?"

"어?"

전혀 다른 방향의 제안에, 지훈이 어리둥절해 하자 재희가 술술 말을 이었다.

"니 말대로 단둘이 사는데 집이 좀 쓸데없이 크긴 해. 그냥 방 세 칸짜리 아파트 어때?"

"내가 그 집, 얼마나 노력해서 샀는지 알아?"

"니가 너무 넓어서 청소하기 힘들다며."

"아니, 그 말이 아니라 그냥 일하는 사람 쓰자는 거잖아."

지훈은 재희가 쓸데없이 고집을 부리는 거라 생각했지만, 그러는 데엔 재희 나름대로의 이유가 있었다.

"난 우리 단둘뿐인 공간에 다른 사람 손 타는 거 싫어."

"…어?"

"그러니까 그냥. 서툴고, 힘들어도 너랑 내가 했으면 좋겠어."

생각치도 못한 재희의 발언에 잠깐 동안 넋이 나가 있던 지훈은 이내 재희의 손을 꼭 잡으며 웃었다.

"진짜 우리 자기. 사람 감동시키는 데엔 뭐 있다니까."

바라보는 시선엔 때아닌 감동이 서려 있었다. 평소 재희가 바쁜 와중에 집안일을 조금씩 거들었던 걸 늘 불만스럽게 바라보았던 지훈은 이제야 편협했던 자신의 생각이 잘못되었다는 걸 알았다. 그런 생각으로, 그런 예쁜 짓을 했을 줄이야. 지훈은 새삼 재희와 결혼을 한 게 잘한 일이라 생각했다.

"그리고 집이 크다고 했는데, 아이 낳게 되면 애기가 틀려지지. 애들 크면 공부할 방 만들어주고, 놀이방 만들어주고. 침실 주고."

"애를 몇이나 낳을 생각인데, 그 집이 부족하다는 식으로 말해?"

"몇이라니, 내가 평소에 늘 셋이라고 노래를 부르고 다녔잖아."

"나야말로 몇 번을 말하는 거야? 싫다고 했지, 너무 많다고."

"왜? 셋이 딱 좋다니까. 봐봐."

지훈은 가만히 내려앉아 있던 왼손을 들며 하나둘씩 손가락을 접었다.

"첫째는 우리 자기 닮은 딸. 둘째는 우리 자기 닮은 아들. 셋째는 우리 자기 닮은 딸 하나 더."

"나 혼자 낳아? 어떻게 나만 닮아."

"내 바람이 그렇다는 거지."

"그리고, 왜 딸이 둘이야? 난 아들이 더 좋은데."

"아들 그거 크면 속 썩여. 난 딸이 좋아."

"누구 속을 썩인데, 난 아들이 좋다니까."

"그래, 그럼 아들 둘. 자기 닮은 아들."

재희의 투정에 너무나도 쉽게 자신의 뜻을 굽힌 지훈이 재희의 손등 위를 드문드문 문지르며 말했다.

"아들이든, 딸이든."

느릿느릿, 와 닿은 손길이.

"지금 여기서 생겼으면 좋겠는데."

웃고 있는 입술과 더해져 가슴 속 깊이 간지럽게 파고든다.

"그런 의미로 한 판 더?"

진중하기만 한 지훈의 짙은 시선에 재희가 서둘러 고개를 내저었다.

"싫어, 오늘은 그만해. 힘들다니까."

"체력 좀 길러. 난 멀쩡한데 자기만 힘들어하잖아."

"니가 너무……!"

"너무, 뭐."

"너무… 쓸데없이, 체, 체력이 좋은 거거든?"

주섬주섬. 부끄러운 듯 수줍게 내뱉어진 말에 지훈이 그만 크게 웃음을 터트리고야 말았다. 잔잔한 바다 위, 기분 좋게 울려 퍼지는 웃음소리에 재희는 금세 귀까지 발개져 있었다.

얼마나 시간이 지났을까, 수면이 높아진 건지 발가락 끝에 닿는 차가운 물살에 재희가 다리를 접어 위로 올리자 지훈이 옆쪽에서 무언가를 꺼내 재희에게 내밀었다.

"노래 들을래?"

"아까, 이거 가지러 간 거였어?"

"응."

지훈의 손에 들린 건 다름 아닌 MP3였다. 줄곧 지훈을 만나면서 단 한 번도 보지 못했던 물건에 재희가 의아해 하자, 그런 재희의 오른쪽 귓가에 이어폰을 꽂아주며 지훈이 말했다.

"이쪽으로 껴."

재희는 지훈의 어깨에 기대어 있는 왼쪽이 아닌 오른쪽에, 의문이 들었다.

"왜?"

"그래야 내 목소리가 더 잘 들리지."

나머지 한쪽을 자신의 귀에 꽂으며 지훈이 작게 웃었다.

"라이브 좋아하잖아."

불러줄, 생각인가보다.

지훈은 무사히 이어폰이 재희의 귀에 들어간 것을 확인하고선 MP3를 켜 뒤적였다.

"뭐, 들려주고 싶은 노래라도 있어?"

"응."

"……."

"기대해도 좋아. 내 가장 사적인 영역이거든."

사적인 영역이라… 지훈의 말대로 재희는 귀에 꽂힌 이어폰을 통해 평소 지훈에 대해서 알지 못했던 부분을 알게 될 것만 같은 기분이 들었다. 지훈이 어떤 노래를 듣는지, 좋아하는 지. 지극히 개인적인 취향에 대해선 그동안 알지 못했었으니까.

자그마한 MP3의 액정을 내려다보며 수많은 목록을 뒤적이던 지훈이 이내 노래를 틀었고, 그와 동시에 제법 잔잔한 반주소리가 재희의 귓가에 파고들었다.

"제목이 뭔데?"

"D'Sound의 Tattooed On My Mind."

그와 동시에 마주한 지훈의 짙은 눈동자에 재희는 가슴 한쪽이 저릿했다.

"너랑 헤어져 있던 동안에, 내가 가장 많이 들었던 거야."

그 말에, 이 노래가 지훈에게 어떤 의미였을지. 전부 듣지 않더라도 알 수 있을 것만 같았다.

지훈은 재희의 어깨에 팔을 두르고선 조금 더 자신의 쪽으로 끌어당겼다. 비어 있는 왼쪽 귀에 묵직하게 쏟아져 나오는 지훈의 숨결이 가까이 느껴졌다. 천천히 벌어지는 입술, 지훈은 눈을 감은 채 나지막하게 첫 노래를 불렀다.

"Maybe you soon forget about all or maybe you'll miss it like I do."

아마도 넌 글 모든 기억을 지우겠지. 어쩌면 너도 나처럼 그때를 그리워할지도 몰라.

"But one thing's for sure I'm all knocked out."

그렇지만 한 가지 내가 확신할 수 있는 건 나는 철저하게 무너져 내리고 있다는 거야.

spend too much time thinking of you. And I can't get you out of my dreams.

난 너무나도 많은 시간을 널 생각하며 보내. 난 내 꿈에서조차 널 벗어날 수가 없어.

Now I knoiw you're the dangerous kind.

이젠 알 것 같아. 넌 위험한 사람이야.

and your smile is tattooed on my mind. Cause I can't get you out of my dreams.

너의 미소는 내 뇌리에 각인되어버렸어. 그리고 난 꿈에서조차 널 벗어날 수 없게 되었어.

Don't wanna write. don't wanna call.

글 쓰고 싶지 않아, 전화하고 싶지 않아.

I would not know what to say.

뭐라고 말해야 할지 모르겠어.

It should be you, thats how I want it to be.

너여야만 해, 그게 내가 바라는 거야.

tell me you fell the same way.

너도 나와 같다고 얘기해줘.

And I can't get you out of my dreams.

난 내 꿈에서조차 널 벗어날 수가 없어.

Now I knoiw you're the dangerous kind

이젠 알 것 같아, 넌 위험한 사람이야.

and your smile is tattooed on my mind.

너의 미소는 내 뇌리에 각인되어버렸어.

And I can't get you out of my dreams.

그리고 난 꿈에서조차 널 벗어날 수 없게 되었어.

Oh, yesterday I was feeling safe.

이젠 내가 나아졌다고 생각했어.

All I do today is trying to be brave.

늘 내가 할 수 있던 일이라고는 아무렇지 않은 척 행동하는 것뿐.

And no melody can seem to soothe my mind.

음악도 더 이상 내 마음을 진정시켜주지 않아.

Now I curse you for being so sweet and so kind.

이제 난 너의 그 친절함과 달콤함을 저주하고 있어.

I can't get you out of my dreams.

난 내 꿈에서조차 널 벗어날 수가 없어.

now I know your the dangerous kind.

이젠 알 것 같아, 넌 위험한 사람이야.

and your face is tattooed on my mind.

너의 얼굴은 내 뇌리에 각인되어버렸어.

And I can't get you out of my dreams.

그리고 난 꿈에서조차 널 벗어날 수 없게 되었어.

Yes, I know your tattoo.

그래, 네가 새겨졌단 걸 알아.

on my mind your tattoo……

내 마음에 새겨졌단 걸…….

"느껴져?"

난 내 꿈에서조차.

"니가 없던 시간동안 내가 얼마나 괴로워했는지."

널 벗어날 수가 없었어.

"내가 널, 얼마나 사랑했는지."

그러질 못했어.

"이젠 나 그만 아프게 해."

지훈은 옅게 웃으며 내려와 재희의 한쪽 어깨에 얼굴을 기댔다. 고단하게 느껴지는 목소리가.

"이젠, 그만 괴로워하고 싶어."

어딘가 모르게 슬프기만 해, 재희는 결국 입술을 깨물며 소리 없이 울어야만 했다. 마주 잡은 손이 저릿할 정도로, 달이 파란 새벽이었다.

13. 평범한 일상

 매일 반복되어지는 하루, 우리가 그토록 평범하다고 말하는 일상이란 과연 무엇일까.

 연인들이 말하는 일상을 들여다보자면 그것은 목표의 도달하기 위해 거친 파도 위를 항해하는 배와 같다. 이리저리 흔들리는 배의 키를 곧추 잡고선, 원하는 방향으로 가기 위해 최선의 노력을 다하는 거다. 혼자가 아닌, 둘이 잡고선 말이지.

 "아, 나 너무 떨려. 어때? 나 괜찮아?"

 "응, 누나야 뭘 입든 예쁘지."

 지연은 가람을 향해 이곳저곳 몸을 돌리다가 이내 푹하고 한숨을 내몰아쉬었다. 오늘을 위해 머리부터 발끝까지 만반의 준비를 한 지연이었지만 어딘가 모르게 자꾸만 부족하게만 느껴졌다. 괜찮다는 가람의 말에도 안심할 수 없었는지 엘리베이터 한쪽에 크게 자리 잡은 거울로 몸 곳곳을 꼼꼼하게 살핀 지연은 긴장감으로 뭉쳐 있는 얼굴로 가장 자신 있는 미소를 지어보았다.

"뭐야, 표정연습 해?"

"어? 아, 응. 마인드 컨트롤 하는 거야."

"무슨 마인드 컨트롤?"

"너희 부모님은 카메라다, 이렇게. 그래야 웃는 얼굴로 앉아 있을 수 있을 것 같아. 나 지금 진짜 긴장되서, 심장이 막 발딱발딱 뛴다니까?"

"뭘 그렇게 긴장을 해, 저번 주에도 우리 부모님 뵙고 왔잖아."

"그거야, 오늘이랑 다르지."

첫 인사 때 지훈과 민호를 이용해 점수를 톡톡히 따둔 지연은 그 이후로부터 여러 차례, 가람의 집에 방문을 했었다. 어머니와 함께 저녁식사도 준비하고 식후엔 제법 조숙한 여자처럼 예쁘게 과일을 깎아 아버님께 대접을 했다. 가람은 지연이 먹음직스럽게 깎은 과일들을 바라보며 새삼 장족의 발전을 한 지연의 모습에 감탄을 해야만 했다.

탑 여배우라는 화려한 후광을 벗기 위해 그동안 뒤에서 남모르게 피나는 노력을 한 지연은 이제 더 이상 칼로 음식들을 난도질 하지 않았으며, 그동안 물 한 번 묻혀보지 않았던 손으로 생선 머리도 뎅강뎅강 잘 잘랐다. 배를 가르고 내장까지 깔끔하게 제거하는 모습을 어깨 너머로 본 가람은 날이 갈수록 승승장구하는 지연의 솜씨에 엄지를 치켜세우며 우리 누나 대단해를 외쳤었다.

그동안 지연의 노력으로 일궈내진 변화는, 바로 오늘.

"죄송해요, 저희가 좀 늦었죠."

"아니, 우리도 이제 막 왔어. 어서 앉으렴."

바로 이 자리, 결혼을 확정 지을 상견례를 위한 것이기도 했다.

원래는 각자의 부모님과 함께 자리에 나오는 게 정석이지만 그렇다면 더 떨릴 것 같다는 지연의 말에 가람이 생각해낸 방안이 따로 둘이 만나 약속 장소로 가는 것이었다. 이미 약속한 장소에 모두 앉아 있는 양가 부모님과 가족들을 바라보며 지연이 지훈의 옆으로 가 조심스럽게 앉았다.

"떨리냐?"

"그걸 말이라고 해?"

지훈의 물음에 작은 목소리로 대답을 한 지연은 손을 올려 연실 뜀박질하고 있는 가슴을 가만히 쓸어내렸다. 이미 한 번의 경험이 있는 지훈이 그런 지연을 바라보며 제법 선배처럼 말했다.

"무조건 웃어. 알았어?"

조언이랍시고 한다는 게, 그저 웃으란다. 그럼 웃을 수밖에. 지연은 엘리베이터에서 거울을 바라보며 외쳤던 마인드컨트롤을 연실 되새김질하며 가람의 부모님과 4명의 누나들을 향해 가장 자신 있는 미소로 환하게 웃었다. 저분들은 카메라다, 카메라다 하면서 말이다.

지훈은 가족의 명분으로 이 자리에 참석했지만 지연이 당부했던 부탁들을 떠올리며 누나들 넷을 맡았다. 시선으로 끊임없이 차례차례 바라봐주면서, 일일이 눈을 맞춰주고는. 또 지연과 마찬가지로 화사하게 웃어주었다.

"그런데, 지연아. 내가 늘 궁금했던 건데."

"에, 네?"

가람의 어머니가 묻자, 그와 동시에 당황했는지 지연의 입술 사이에선 제법 멍청한 소리가 흘러나왔다.

"지연이 정도면 부족함이 없을 텐데, 왜 우리 가람이랑 만나는 거니?"

"…네?"

"그렇잖니, 우리 가람이가 아직 영락없는 애라. 내가 보기엔 아직 부족한 것투성이인데 왜 지연이같이 괜찮은 여자가 우리 가람이를 만나는지 늘 궁금했거든. 능력 있는 남자들이 줄을 섰을 텐데, 그에 비해 우리 가람이는 아직 너무 모자라지."

인자한 웃음과 함께 흘러나온 말에 지연이 주먹을 꼬옥 움켜쥐며 힘차게 말했다.

"왜 능력 있는 남자를 만나요? 제가 능력 있는데."

그 말에, 지훈의 입술 사이에선 짧게 웃음이 터져 나왔다.

"아, 죄송합니다."

서둘러 입가를 가린 지훈이 말을 하자, 지연이 알 수 없다는 표정을 했다.

"왜? 아니에요? 그리고 가람이 저한테 안 모자라요. 넘쳐요, 넘쳐!"

지연이 팔을 쭉 뻗으며 이만큼요, 하자 가람의 어머니에게서 호호 거리는 기분 좋은 웃음소리가 흘러나왔다.

"아유, 모자란 저희 아들. 이렇게 좋아해주니 제가 다 몸 둘 바를 모르겠네요."

"저희 딸이, 가람이를 많이 좋아하는 모양이에요."

애써 웃음을 내비치며 상황을 수습한 지연의 어머니가 날카로운 눈동자로 지연을 꼬집었다. 지연은 그제야 반쯤 벌어져 있던 입술을 다물며 눈치를 살폈다. 너무나도 급했던 모양이다.

어젯밤, 어머니가 지연을 앉혀두고 누누이 일렀던 사안을 까마득하게 잊을 정도면 말이다.

좀 비싸게 굴어, 엄만 너 어디 내놔도 아깝지 않다고 생각하니까.

그 당부에 지연은 연실 고개를 끄덕거리며 알았다고 말했었지만, 정작 실전에선 그게 잘 되지 않았다.

"지연이가 워낙 예의가 바르고 해서 어떤 집안에서 자라왔나 궁금했는데. 두 분 다 교육을 하신다고……."

"네. 저는 어려서부터 아이들이 과학자나 의사 같은 직업을 가졌으면 했는데, 그게 마음대로 되질 않더라구요."

"자식들이 부모 뜻대로 되나요. 그래도 두 분의 좋은 유전자 물려받아서 지연이가 이렇게 예쁜가봐요."

"어머, 아닙니다. 저희야말로 가람이가 이렇게 대단한 집안의 자제인지 몰랐는 걸요. 사돈께서 국회의원으로 계신다고……."

"어허, 과찬이십니다."

오고가는 부모님들의 대화에 지연은 연실 웃는 얼굴로 딱딱하게 굳어 있었다. 그런 지연을 향해 가람이 테이블 위를 작게 두드리자 지연의 시선이 그 손끝에 박혔다가 올라갔다. 가람이 지연을 똑바로 바라보며, 작게 입을 움직여 말했다.

'누나.'

가만히, 그 입모양을 주의 깊게 바라보던 지연은 잠깐 동안 숨을 멈추었다. 그리고 보란 듯이 또박또박, 느리게 자신을 향해 쏟아진 말들에.

'떨지 마. 내가 있잖아.'

거짓말처럼, 잠깐 동안 지연의 가슴이 고요해졌다.

"애들 결혼식은 어떻게……."

"가장 좋은 날짜가 내년 봄이라고 생각돼요. 지연이 소속사 문제도 있고, 천천히 준비할 거 하려면……."

지연은 어느덧 귓가에 들려오는 결혼이라는 단어에 부푼 얼굴로 양쪽 부모님들을 바라보았다.

봄이라…….

지연은 그 따스한 계절을 떠올리며 연실 두근두근한 얼굴을 했다.

가람의 옆에서, 눈이 부신 새하얀 드레스를 입고. 지연은 5월의 신부가 될 예정이다.

연인들의 평범한 일상 둘, 어둡게 내려앉았던 먹구름이 가시고 잔잔한 파도 위를 항해하는 배는 지독한 고요함이 가득 찬 정적인 사태를 맞이하게 된다. 아무것도 확실할 것 없는 가장 애매한 순간이다. 방향키를 잡고, 항해는 하고 있지만 맞는 곳으로 가고 있는지. 언제쯤 도착하는지, 끝이 있기나 한 건지. 그 어떤 것도 장담할 수 없다.

"민호 씨, 여기요."

벤 안에서 갈아입을 의상을 챙긴 인영은 민호에게 옷을 건네주며 대본을 뒤적거렸다.

"그거 입으시고 메이크업 받으시면 돼요."

"응."

내년 4월에 개봉할 영화 촬영이 한창인 민호는 요즘 늘 야외에 나와 있었다. 이번 영화는 화려한 액션이 돋보이는 느와르 물이었는데, 그러다보니 부득이하게 촬영하는 곳이 늘 뒷골목 아니면 음침한 공사판이었다. 또 야외촬영은 한 번에 몰아서 찍기 때문에 장면도 수도 없이 바뀌었고, 그러다보니 인영이 챙겨야할 의상들 역시 많았다.

인영은 의자에 앉아 입고 있던 셔츠의 단추를 푸르고 있는 민호를 바라보며 작게 한숨을 내몰아쉬었다. 장소가 협소했기에 모든 건 늘 벤에서 이루어졌다. 벤에서 옷을 갈아 입고, 대본을 외우고. 쪽잠을 잔다.

이래서 배우들이 넓은 벤을 모는구나, 생각하며 인영은 민호가 편히 옷을 갈아입을 수 있도록 문을 열며 몸을 움직였다.

"그럼 갈아입고 나오세요. 저 밖에서 기다리고 있을게요."

"거기 있어."

그 말에, 놀란 인영이 몸을 멈추며 크게 눈을 뜨자 민호가 옅게 웃었다.

"뒤돌아 있으면 되잖아."

아, 그러니까. 그게… 인영이 도르륵 눈동자를 굴리다가 이내 잡고 있던 문에서 손을 떼었다.

"왜요? 저 있으면, 불편하잖아요."

"안 불편한데."

"……."

"심심해서. 옷 갈아입는 동안 말동무 좀 해줘."

하는 수 없이 몸을 문 쪽으로 틀어 앉은 인영은 초조함에 무릎 위로 내려 앉은 두 손을 꼼지락 거렸다. 보진 않는다고 하나, 그랬기에 청각이 평소보다 배로 예민해져 있었다. 안 그래도 방음 하나 잘되어 있는 벤 안에 있었기에 인영의 귓가엔 온통 민호가 움직이는 대로 피부 위로 쓸리는 옷의 적나라한 소리만 들려왔다.

사그작 거리는 그 소리에 지금 민호가 어떤 모습일지 절로 상상이 돼 인영은 순식간에 얼굴이 발갛게 달아올랐다.

아, 왜 이렇게 더워.

인영은 물씬 열이 오른 뺨을 손등으로 문지르며 고개를 푹 숙였다.

"너 어제 선봤다더라."

그 말에, 놀란 인영이 저도 모르게 고개를 뒤로 확 하고 돌렸다.

"네, 네?!"

"…보면 어떡해?"

아. 인영은 상의를 벗어 훤하게 드러난 민호의 가슴팍을 보며 냉큼 고개를 앞으로 돌렸다.

"아, 그게. 죄송해요!"

어쩔 줄 몰라 하는 인영의 뒷모습을 바라보며 민호가 느리게 말했다.

"보고 싶으면 봐."

두근두근.

"보여줄게."

심장이 터질 것만 같았다. 인영은 냉큼 고개를 내저으며 괜찮아요!를 외쳤다. 그러자 민호가 작게 웃으며 옷을 마저 갈아입었다.

"어제, 선본 거 아니야?"

그 질문에, 다시금 인영은 발갛게 달아오른 머릿속으로 어제 있었던 일을 떠올렸다. 도대체 언제까지 일을 할 거냐며 요 며칠 잔소리를 늘어놓던 어머니가 결국 인영의 의사와는 상관없이 일방적으로 평소 괜찮게 봐두었던 남자와 선 자리를 마련했다. 인영에겐 3일 전, 통보식으로 발표가 된 사안이었다.

S그룹에 걸맞게, 상대편 남자의 위치 또한 화려했다. 서로의 집안을 걸고 만나는 자리였기에 안 나갔다간 예의가 없다는 소리를 들을 것 같고, 하는 수 없이 울며 겨자 먹기로 식사자리에 나가 어머니가 극찬을 했던 남자와 밥을 먹어야 했던 인영이었다.

"누가, 그래요?"

그런데, 그 사적인 부분을 어떻게 민호가 알고 있는 건지. 인영이 궁금해 묻자 민호가 스스럼없이 대답했다.

"형이 그러던데."

아, 매니저 오빠.

인영은 며칠 전, 약속이 있다며 일을 좀 빼달라고 매니저에게 부탁했던 순간을 회상했다. 자꾸만 안 된다고 말을 하기에, 결국 인영은 자신의 개

인적인 속사정을 말해야만 했다.

선 자리 나가요.

아무런 생각 없이 한 그 말이 민호의 귀에까지 들어갈 줄이야. 인영은 절망하며 주섬주섬 입을 열었다.

"아, 그게……."

"기다리는 거 잘한다며."

"오해에요. 그냥! 엄마가 부탁해서 잠깐 나가서 밥만 먹은 거예요. 그 이후로 연락도 안 하고, 만나지도 않았어요."

민호가 자신을 어떻게 생각할지, 아직도 변함없는 자신의 마음을 의심이라도 하게 될까봐 다급하게 흘러나온 말에 민호가 웃으며 말했다.

"진짜?"

그 목소리에.

"믿어도 돼?"

인영은 마른침을 삼키며, 애써 두근거리는 심장을 억눌러야만 했다. 힘주어 고개를 끄덕거리자, 민호가 나지막하게 물었다.

"내가 너무 느리지."

"…아니에요, 저희 엄마가… 그런 거지. 전 괜찮아요."

아직.

어디까지나 인영은 짝사랑을 하는 입장이었다. 민호에게 자신의 마음을 솔직하게 고백을 하고 난 뒤로 꽤 많은 시간이 흘렀지만 평소와 마찬가지로 행동하는 민호의 모습에 인영은 한편으로 실망도 했었다.

그래도, 아직은 괜찮았다. 인영은 아직 더 기다릴 수 있었다. 이대로 기다린다고 하더라도 민호의 마음이 자신의 쪽으로 움직일지, 여전히 닿지 않은 채 멈춰 있을지 어느 것 하나 정해진 게 없었지만 이상하게도 인영은 불안하지가 않았다.

"못 기다리겠으면 말해."

그 이유는 간단해.

"조금 더 빨리 가볼게."

내가 사랑한 이 남자를, 믿지 않는다면야 그 어떤 것도 시작할 수 없으니까.

어느 것 하나 정해지지 않아도 좋아, 언제쯤 내가 원하는 곳에 도달할 수 있을까 알지 못한다고 하더라도 상관없어. 넓은 바다 위, 한가운데에 놓여 이리저리 표류해도 괜찮아.

나는 믿거든, 내 사랑의 끝이 결단코 아름답지 않을 리 없다는 걸. 내 사랑이 건재하고, 나의 너가 무사하다면야.

내 끝은 반드시 찬란할 거라 믿어.

긴 시간을 달려와도 괜찮아, 어쨌든 도착하게 될 거야. 넓은 바다를 지나, 변덕스러운 하늘 위 먹구름과 마주쳐 위험에 처하고 방향을 잃는다고 한들. 방향키를 잡고선 목적지를 향해 다시금 항해를 시작하면 되는 거야.

믿어, 의심하지 마. 배는 반드시, 목적지까지 무사히 너를 데려다 놓을 테니까. 지상의 끝이라 불리 우는 지평선 너머엔 눈부신 종착지가 있어. 그곳에 도착을 한 사람들은 그렇게 말을 하곤 해.

정말, 좋은 여행이었어.

"……."

정말, 좋은 여행이었던 것 같아.

재희는 샵에 있는 카페에 홀로 앉아 눈이 부신 창문 너머로의 햇살을 맞으며 가만히 앉아 있었다. 늘 피곤함을 물리치기 위해 마셨던 커피는 오늘만큼은 존재하지 않았다. 커피를 대신해 테이블 위엔 핸드폰이 덩그러니 놓여 있었다.

재희는 망설이듯 핸드폰으로 손을 뻗었다가 이내 잠깐 동안 주저했다. 그러다가 또 떨리는지 가느다란 숨을 토해내며 창문 너머로 시선을 옮겼다.

지금쯤, 지훈은 한창 촬영에 열을 올리고 있을 거다. 아침에 주고받았던 문자에서 이제 촬영에 들어간다고 했으니, 언제쯤 연락이 올지 미지수였다. 그런 지훈에게 문자를 확인하면 전화를 달라는 메시지만 남겨두고선 재희는 묵묵히 지훈을 기다리고 있었다.

"마실 거라도 드릴까요?"

"아니, 괜찮아요."

"…무슨 일 있는 거 아니시죠?"

긴 시간을 이곳에 홀로 앉아 있는 재희가 신경 쓰였는지 평소 친분이 있던 카페 직원이 다가와 걱정스럽게 물었다. 평소 같았으면 커피만 사들고 올라가 작업실에 틀어박혀 있던 재희가 오늘은 무슨 바람이 불었는지 카페에 앉아 있는 걸로도 모자라 자꾸만 한숨을 푹푹 내쉬곤 했다.

"일은, 아무것도 없어요. 그냥 좀 쉬는 거예요."

"뭐 필요한 거 있으면 말씀해 주세요."

"네, 그럴게요."

걱정 말라는 듯 재희가 화사하게 웃자 직원이 조금 걱정이 가신 표정으로 물러났다. 그때였다, 지이이잉. 테이블 위 길게 진동을 하는 핸드폰을 내려다보며 자희가 작게 눈동자를 떨었다. 우리 자기, 지훈이 저장해 놓은 이름이었다.

"여보세요."

차분하게, 숨을 내몰아쉬며 재희가 전화를 받자 지훈의 목소리가 들려왔다.

―미안. 문자를 지금 봤어. 전화는 왜, 갑자기 내 목소리 듣고 싶어졌어?

"응. 촬영은 잘하고 있어?"

―늘 똑같지 뭐. 아, 자기 보고 싶다.

투정처럼 흘러나오는 그 목소리에 재희가 살며시 웃으며 작게 입술을 머뭇거렸다. 두근두근, 심장이 벅차오른다.

―자기야?

그런 재희가 이상했는지, 지훈이 또 한 번 재희를 불렀고 그럼에도 대답이 없자 지훈이 또 말했다.

―우리 여보.

"……."

―내 색시.

"……."

―뭐야, 왜 말이 없어.

그 말에 재희는 눈을 꼭 감았다 뜨며 핸드폰을 든 손에 힘을 더했다.

지상의 끝이라 불리는 지평선 너머엔 눈부신 종착지가 있어. 그곳에 도착을 한 사람들은 이렇게 말을 하곤 해.

정말, 좋은 여행이었어.

험난했던 모든 시간들과 지독하리만치 고요했던 바다 위 음울하게 젖어 있던 기억들은 온데간데없이, 정말 좋았다고 말을 할 수 있는 거야. 왜냐하면 말이야.

"지훈아."

그곳엔, 네가 있거든.

그래서 난 너를 만나기 위해 온 이곳까지의 여정을, 감히 아름다웠다 말할 수 있어.

그리고 약속할게. 앞으로 그 어떤 여행길에 오른다고 한들.

"나 임신했어."

이 앞은 지금 우리가 걸어왔던 그 어떠한 길보다 더 찬란할 거라고.

왜냐하면 내 목적지엔, 항해의 끝엔. 늘 네가 있을 테니까.

그곳엔 네가 있어.

그 속엔, 네가 있다.

그래서 내 오늘 하루는, 지극히 평범하다.

14. 그들의 일상

엄마가 된다는 건 어떤 느낌일까, 단 한 번도 생각해보지 않았던 문제다. 뭘 하든 나보다 먼저 아이를 생각하게 될까. 모든 걸 다 내어주어도 아깝지 않을까. 정말 눈에 넣어도 아프지 않을까.

나와 최지훈을 반반씩 닮은 얼굴을 하고 있겠지. 좋은 것만 물려주고 싶다는데 내 못생긴 발가락만은 닮지 않았으면 했다. 최지훈의 소원대로 딸을 가지게 되었으니 아빠의 사랑은 독차지하고 자라게 될 거다.

날 보면서 엄마라고 부르겠지, 엄마. 그럼 난 뭐라고 해야 할까. 사랑하는 내 딸, 잘 잤니? 오늘은 뭐했니. 그곳은 갑갑하지 않니? 어서 나와서, 엄마 아빠 얼굴 봐야지.

별아. 네가 엄마 배 속에서 열 달을 채우고 나오려고 발버둥 치던 순간에 엄마는 너무 무서우면서도 두려웠고, 또 그만큼 설레게 했어. 너의 첫 울음소리를 듣는데 캄캄했던 눈앞이 새하얘지더니 아무것도 생각이 안 났어. 그건 엄마의 인생에서 두 번은 없을 찬란한 순간이었어.

"재희야……."

그리고 네 아빠는 울었어. 엄마의 이름을 부르면서, 아주 많이 울었던 걸로 기억해.

별이가 세상 밖으로 나온 날은 밤하늘에 별이 정말 예쁘게 떠 있었단다. 엄마 아빠가 아주 오래전, 함께 올려다보았던 밤하늘의 별처럼. 아빠가 엄마에게 졸업식 선물로 주었던 목걸이의 별처럼. 별이는 엄마 아빠에게로 와 빛이 되었고, 더 이상 우리에겐 어둠은 존재하지 않게 되었어.

네 아빠가 그러는데, 별이는 정말 엄마를 많이 닮았대. 그래서 너무 기뻤다고 그랬어. 아빠는 엄마를 무척 사랑해서 늘 버릇처럼 딸을 갖고 싶다고 말을 했었거든. 그리고 별이는 엄마를 꼭 닮고, 예쁜 여자아이로 태어났어. 아빠의 소원이 이루어진 거지.

그래서 아빠는 결심했대, 엄마에게 해준 것처럼 우리 별이에게 모든지 다 해주기로. 가장 예쁜 것과 가장 최고의 것들만 주고 그 누구보다 열심히 키울 거라고. 엄마 힘들게 안 할 거라고. 네 아빠가 그랬어, 별이야.

"아……."

그리고 아빤 지금도 그 약속을 지키고 있어.

재희는 작게 울리는 칭얼거림에 눈꺼풀을 떨었다. 고요함으로 무장된 어둠이 몇 시인지 시계를 보지 않아도 알 수 있었다. 새벽 그 어딘가에 울려 퍼지는 울음소리를 듣기 위해 선잠을 자는 건 이제 습관이 된 일들 중 하나였다.

"누워 있어. 내가 할게."

그리고 재희보다 그 습관에 익숙해져 있는 건 지훈이었다. 재희가 눈을 뜨기도 전에 먼저 몸을 일으킨 지훈이 마른 재희의 어깨를 가볍게 그러쥐고선 침대에서 내려갔다.

우리 별이, 깼어?

피곤할 텐디 이름을 부를 때만큼은 가장 듣기 좋은 목소리를 내려 노력을 한다.

재희는 애써 눈꺼풀을 밀어 올리며 자그마한 조명을 켰다. 어둠 속, 별이를 안고 다독이고 있는 지훈의 뒷모습이 보였다. 환해진 주변에 지훈이 고개를 비스듬히 틀며 재희를 향해 옅게 인상을 찡그렸다.

"내가 한다니까. 자기는 더 자."

"밥 먹일 때 됐어."

"우리 별이, 배고파?"

"아앙……."

"아, 귀여워."

심각하게 내려앉아 있던 눈썹이 또 하릴없이 풀어진다. 별이가 2개월 째 접어들면서 시작한 옹알이에 지훈은 그 누구보다 크게 동요했다. 아무런 생각 없이 웅얼대는 것일 텐데, 그게 저한테 무슨 말하는 것처럼 들리는지 표정을 풀고 웃기 바쁘다. 재희는 그런 지훈을 보며 힘없이 웃고선 베개를 받혀 몸을 기대어 앉았다.

"이리 줘."

"별이 맘마 먹을까? 엄마가 맘마 준대요."

재희는 지훈이 조심스럽게 건넨 별이를 안아들고선 짧게 웃음을 터트렸다.

"진짜, 적응 안 돼."

"뭐가?"

"니 입에서 그런 단어 나오는 거."

맘마부터 시작해서 온갖 귀여운 단어들이 별이가 태어난 뒤 지훈의 입에서 쉴 새 없이 등장했다. 이번에 곧 개봉을 앞둔 영화에서 감정이 없는 냉혈한 킬러 역을 맡는데 집에서의 지훈은 냉혈보다야 바보에 가까웠다. 그것도 딸바보.

"자기, 안 피곤해?"

젖을 먹고 있는 별이의 뺨을 톡하고 건드린 지훈이 재희의 옆에 앉아 목 뒤로 팔을 가져가 대주었다. 든든한 팔을 기대어 조금 더 편하게 자세를 잡은 재희가 눈꺼풀을 반쯤 내리며 한숨처럼 말했다.

"그래도 지금은 좀 살 만해. 먹는 시간이 좀 늘어났잖아."

산후 조리원에서 나와 한 달간은 정말 전쟁 같았다. 임신 중일 때, 육아에 대한 온갖 정보를 머리로 밀어 넣었지만 실전은 역시나도 천차만별로 달랐다. 2시간 간격으로 모유를 먹여야 했던 터라 늘 5분 대기조였고, 왜 우는지 이유조차 몰랐기 때문에 서투른 것 투성이었다.

그럴 때마다 힘이 돼 주었던 건 지훈이었는데, 처음에는 너무나도 작아 겁이 난다며 손도 못 대던 지훈이 재희의 어머니가 능숙하게 별이를 다루는 걸 옆에서 가만히 지켜본 이후부터 제법 전문가처럼 별이를 능숙하게 다뤘다. 연기를 해서 그런가, 습득력 하나는 참 빠른 것 같았다.

"우리 딸 잘 먹네."

"그러게."

지훈은 푸스스 웃으며 눈을 감은 채 앙증맞은 입술을 쪽쪽 움직이는 별이를 바라보았다.

엄마 젖을 먹고 있는 모습이 이렇게 예뻐도 되는 걸까.

지훈은 느리게 시선을 올려 별이를 내려다보고 있는 재희의 모습을 눈에 담았다.

"자기야."

그보다 더 예쁜 건, 이쪽.

나지막이 부르자 재희가 고개를 들어 올렸고 반쯤 흘러내려온 머리카락이 거추장스러웠는지 귀 뒤로 깔끔하게 넘기는 손가락 하나까지도 너무나도 예뻐서. 지훈은 옅게 인상을 구기며 재희를 향해 말했다.

"유부녀가 이렇게 예뻐도 돼?"

"…뭐? 갑자기 그게 무슨 말이야."

진중하게 말을 한 건데 농담처럼 들렸나보다. 재희가 옅게 웃음을 터트렸지만 지훈은 여전히 심각한 표정을 하고 있었다. 자꾸만 느껴지는 시선에 결국 재희가 고개를 돌려 지훈을 마주했고, 순간 저도 모르게 숨을 멈추고 말았다.

"자기야."

지훈의 짙은 눈동자가 흔들림 없이 재희 하나만을 바라보고 있었기 때문이다.

"너 이러고 있으니까 진짜 섹시하다."

흘러나온 목소리마저도 늦은 새벽에 어울리게 현저히 낮고 느렸다. 그 목소리에 작게 소름이 돋아나, 재희는 애써 입술을 끌어 올리며 웃었다.

"뭐가 그렇게 섹시해?"

"자다 일어나서 별이 젖 물리는 거."

"……."

재희의 목 뒤로 자리 잡은 지훈의 팔이 조심스럽게 움직이더니 손끝이 재희의 한쪽 뺨에 톡 하고 닿았다. 그 파동에 재희가 옅게 눈동자를 떨자 지훈이 몸을 움직여 조금 더 가까이 다가왔다.

"그게 이렇게 섹시한지 몰랐어."

재희의 귓가에 짧게 입맞춤 한 지훈이 그보다 더 아스라한 목소리로 작게 속삭였다.

"나. 흥분한 거 같아."

너무나도 아찔하게 쏟아져서, 재희는 저도 모르게 심장이 조금 빨리 뛰었다.

"지금, 무슨 말을 하는 거야? 애 밥 먹는데."

"그러니까 그게 너무 섹시하다고."

"아니, 너. 너 지금……."

재희가 당황스러움에 말을 더듬자 지훈이 커다란 손으로 재희의 뺨을 감싸고 자신의 쪽으로 돌렸다.

"응."

순식간에 따스한 감촉이 입술에 깊숙이 와 닿았다 살며시 떼어졌다.

"나 지금 뭐."

엷게 웃는 지훈의 얼굴에 재희가 힘없이 입술을 벌렸다. 결이 좋은 피부를 부드럽게 감싼 손끝이 미세하게 떨렸다. 짙은 숨을 내몰아쉬며 지훈이 재희를 향해 작게 말했다.

"키스만 할게."

참기 힘들다는 표정으로 말을 하는 그 속삭임을 어떻게 거부할 수 있을까. 재희는 파르르 떨리는 눈꺼풀을 내려감은 채 입술 사이를 파고들어오는 따뜻한 온기를 가득 머금었다. 잔잔한 파도처럼 입안에 밀려 들어오는 감각에 재희는 머리 위를 잠식해 있던 잠마저 밀려나가는 기분이 들었다.

부드럽게 얽매이는 감촉은 시간이 지나도 늘 다정하기만 하다. 어떻게 변하지 않을 수 있을까 묻는다면, 변하기엔 우린 어두운 터널을 너무나도 오랜 시간 지나왔다고 말하고 싶다.

아직도 가끔은 우리를 두르고 있는 이 모든 게 꿈처럼 느껴질 때가 있다.

지금 내 품에 있는 게 우리 아이인가, 이제 정말 가족이 된 건가.

그런 기분이 이렇게 셋이 함께 있을 때마다 불현듯 기분 좋게 밀려왔다. 가족, 이보다 더 아름답고 달콤한 말이 또 어디 있을까.

"아… 다, 다 먹었어."

치열 하나까지 훑는 다정함이 좋아 파릇 몸을 떨던 재희는 젖을 놓은 별이를 확인하고선 재빨리 몸을 뒤로 뺐다.

후으.

한가득 입안에만 쏟아지던 숨이 재희의 귓가에 숨김없이 토해졌다. 지훈은 애써 내려앉은 눈꺼풀을 밀어 올리며 별이를 향해 옅게 웃었다.

"우리 공주님, 밥 다 먹었어?"

"아…우."

"이리 줘. 내가 재울게."

재희가 버릇처럼 자세를 잡자 지훈이 먼저 손을 뻗었다. 조심스럽게 건네받은 별이를 품에 안은 지훈이 피곤함도 모른 채 침대에서 내려가 우뚝 섰다. 지금처럼 스킨십을 하다가도 아이가 최우선이 되는 상황들이 낯설면서도 한편으론 새롭기도 했다.

최지훈이 저렇게 아이에게 꿈뻑 죽는 남자가 될 줄은 어느 누가 짐작이나 했을까. 임신했을 때 정말 잘하겠다는 말이 거짓은 아니었나보다.

"안 힘들어? 내일 스케줄 있잖아."

"애 얼굴 보는데 뭐가 힘들어. 많이 못 자는 거에 익숙해, 괜찮아."

피곤하다고 투정부릴 만도 한데, 이럴 때 보면 정말 아빠처럼 듬직하기도 하고. 신혼의 달콤함을 느낄 새도 없이 임신을 했던 터라 연애할 때의 두근거림이 조금 멋었나 싶었더니 방금 전 키스는 조금 설레게 했다.

그것뿐만이 아니었다. 별이가 태어난 후부터 지훈이 보이는 모습들은 연애 때와는 다른 의미로 재희의 가슴을 이따금씩 설레게 했다. 재희는 두어 번 눈을 깜빡이며 지훈을 바라보았다. 너른 어깨 아래로 기대어 안겨 있는 별이는 새벽이라는 게 무색할 정도로 눈을 말똥하게 뜨고 있었다. 자신의 손보다 작은 가슴을 조심스럽게 손끝으로 두드려주며 지훈이 한숨처럼 말했다.

"이번엔 토하면 안 돼. 아빠 가슴 아파."

요 며칠 모유를 먹이고 난 뒤 게워내는 별이가 못내 마음에 걸렸나보다. 지훈의 얼굴이 별이에게 기울었다.

"엄마가 힘들게 먹인 거야. 알지?"

아, 큰일이다.

"아빠 속상하게 그러지 마."

또 반하겠다.

"아, 가람아. 이것 좀 봐. 완전 귀여워. 어쩌면 좋아."

"그러게, 진짜 눈이 재희랑 판박이네. 누가 지 딸 아니랄까봐."

저녁 8시쯤, 재희의 집에 방문한 가람과 지연은 들어오자마자 거실 한가운데에 누워 있는 별이를 보며 쭈그려 앉은 채 연신 감탄사를 내뱉고 있었다.

목욕을 하고 난 뒤라 기분이 좋은 건지 별이가 이따금씩 발길질을 했고 그럴 때마다 가람과 지연은 박수까지 치며 어쩔 줄 몰라 했다.

"언니, 뭐 드실래요?"

"어? 아니아니, 괜찮아."

"나 별이 안아봐도 돼?"

"그래. 손 먼저 닦고 와서."

"아, 맞다. 그렇지."

냉큼 자리에서 일어난 가람이 화장실로 향했고 그 뒤를 지연도 함께 따라갔다. 재희는 그 뒷모습을 보다가 이내 고개를 돌려 일하는 아주머니에게 수고했다는 말과 함께 그녀를 배웅했다.

초반에는 재희의 어머니가 와서 돌봐주었지만 하시는 일이 있기에 그것도 주말에 잠깐씩이었다. 이럴 때일수록 전문가의 손길을 빌려야한다는 지훈의 고집대로 사람을 쓴 지도 벌써 한 달이 넘어갔다. 덕분에 육아가 한결 수월했지만, 옷감에 둘러싸여 있을 때보다 더 힘이 드는 건 변함이 없었다.

워낙 작기단 해, 한시라도 눈을 뗄 수도 없었고 무엇 하나라도 잘못되기라도 할까 늘 조심스럽고 걱정이었다. 그런 재희의 마음을 아는 건지 별이는 다른 아이들에 비해 꽤 얌전한 편에 속했다. 지금처럼, 가람의 품에 안겨 있을 때에도 울기는커녕 눈이 마주치면 방긋 웃기도 했다.

"헐. 지금 나 보고 웃었어."

가람이 어여쁘게 휘어진 별이의 커다란 눈을 보며 반쯤 넋이 나간 목소리로 말을 하자 그 옆에 찰싹 달라붙은 지연이 깨물어 주고 싶다는 표정으로 바르르 몸을 떨었다.

"진짜, 너두 귀엽다. 완전 재희랑 똑같이 생겼어."

"그게 다행인 거지, 최지훈 닮았어봐."

"왜? 우리 지훈이 얼굴 못난 거 아니다, 너."

"그래도 딸은 엄마 닮아야지."

가람이가 별이를 보며 우쭈쭈, 소리를 내자 또 방싯 웃었다. 가람은 고개를 뒤로 젖히며 으으, 앓는 소리를 냈다.

"아, 진짜 애 키울 맛나겠다. 완전 귀여워."

"안 낳아서 그런 말 하는 거야, 너."

재희가 웃으며 말을 하자 가람이가 어깨를 으쓱였다.

"뭘 그렇게 힘든 소리를 해? 최지훈이 완전 잘하잖아. 너 애 낳을 때 기억나? 최지훈 아주 난리도 아니었던 거."

"애 낳을 때 무슨, 재희 임신했을 때부터 걘 제정신 아니었어."

지연이 몸을 뒤로 젖히며 쯧쯧, 혀를 찼다.

"난 걔 재희한테 잘하는 거 알았지만 임신 중일 땐 진짜 놀랐어."

"하긴, 나도 적응 좀 안 됐었지."

가람도 동조해 고개를 끄덕이자 재희는 멋쩍은 듯 괜스레 머리카락을 한 번 쓸어 넘겼다. 재희는 아직도 그 순간을 잊을 수 없었다. 처음 전화로 임신소식을 전했을 때 벅차올랐던 지훈의 목소리와 그 뒤로 들려왔던 나지막한 울음소리. 지훈은 주체할 수 없이 달뜬 목소리로 재희에게 정말 사랑한다는 얘길 몇 번이고 핸드폰 너머로 했었다.

임신소식을 전한 순간부터 지훈은 그야말로 180° 돌변했다. 원래 재희에게 잘하는 모습을 보여줬지만 임신 후의 재희에겐 그보다 더 극심했다. 뭐라도 잘못되진 않을까, 무슨 일이라도 생기진 않을까.

하나부터 열까지 재희에게 제 손길이 닿게 했고 스케줄이 끝나면 집에 부리나케 달려오는 걸로도 모자라 뭐든 먹고 싶은 것이 있으면 지구 끝까지라도 가서 구해올 것처럼 굴었다. 배 속에 있는 아이가 딸이라는 걸 알게 된 후부터는 이상한 취미가 하나 생겼는데, 집에 올 때마다 꼭 손에는 아기 용품을 한 보따리 들고 온다는 것이었다. 그건 지금도 마찬가지. 재희는 엷게 한숨을 내몰아쉬며 오늘도 집으로 배송된 육아 용품 박스를 심란하게 바라보았다.

"별이 용품 채워 넣는 걸로 방 두 개 쓰는 거 보면 몰라? 완전 정신 나갔지."

지연이 혀를 내두르던 걸 멈추고선 이내 가람을 향해 부드럽게 웃으며 물었다.

"그러지 말고 가람아, 우리도 애 빨리 가질까?"

그 말에 가람이가 놀란 듯 눈을 한 움큼 크게 뜨며 지연을 바라보았다.

"누나, 잠깐. 방금 그 말은 입장이 좀 바뀐 거 같은데."

"응? 뭐가?"

"누나 배우잖아. 배우가, 벌써부터 애 가질 생각을 해?"

가람이 놀란 것도 이해가 가지 않는 건 아니다.

곧 결혼을 앞둔 예비 신부가 일반인도 아니고 대한민국에서 최고라는 찬사를 받는 위치에 서 있는 배우인데, 그런 여배우에게서 먼저 애를 갖자는 얘기가 나오다니.

가람은 몸을 떨며 처음 결혼 소식이 발표되던 날을 회상했다.

배우 최지연, 내년 5월에 연하인 일반인 남성과 결혼. 그 기사 하나에 여러 방송사들은 최지연과 결혼하게 될 의문의 연하남을 특집으로 다뤘으며, 포털 사이트를 통틀어 신문에선 최지연의 결혼에 대해 대서특필로 기재했다.

많은 남성들이 오열을 하며 원망을 하는 건 당연지사 의문의 연하남이었는데, 이미 가람은 기자들에게 사생활까지 낱낱이 파헤쳐져 자신이 운영하고 있는 쇼핑몰 사이트를 한차례 지연의 팬들로 인해 테러를 받았다.

"누나… 연기 활동 계속해야지."

그런데 아직 결혼도 안 했는데, 아이 얘기를 꺼내다니.

가람의 머릿속엔 이미 최지연 임신 기사와 더불어 많은 남성들의 공격을 받는 자신의 모습이 그려져 암울해졌다.

그런 마음을 까마득하게 알지 못하는 지연은 입술을 삐죽이며 말을 이었다.

"난 빨리 가정 꾸리고 애기 갖고 싶어. 연기야 나중에 천천히 다시 복귀해도 되는 거고."

"아니, 누나. 우리 아직 결혼식도 안 올렸어."

"이런 문제는 원래 결혼 전에 해야 되는 거 몰라?!"

"그게……."

가람이 도르륵, 눈동자를 굴리자 지연이 억울하다는 듯이 입술을 확 구겼다.

"너 내가 이 얘기까진 안 하려고 했는데, 내 나이를 몰라서 그래? 더 늦으면 안 된다고!"

안 그래도 주변에서 자신보다 네 살 어린 가람을 연하남, 연하남 할 때마다 우울해 죽을 것 같았던 지연은 지금 이 순간 속이 바짝 타는 것만 같았다.

지금 가져도 살짝 위험할 판국에, 왜 자꾸 미루는 건데.

"누나… 울어?"

"안 울어!!"

말은 그렇게 했지만 금방이라도 울 것만 같은 지연의 얼굴에 당황한 재희가 그보다 더 놀란 얼굴을 한 가람을 대신해 어깨를 조심스럽게 만져주었다.

"언니, 진정 좀 하시구요."

"나, 화장실 좀 다녀올게."

지연이 자리를 박차고 일어나자 그걸 가만히 보고 있던 가람은 지연의 모습이 사라지고 나서야 작게 한숨을 내몰아쉬었다.

"아. 누나 또 저러네."

"뭐가? 니가 말을 좀 예쁘게 하면 좋았잖아."

재희가 가람에게 별이를 건네받으며 인상을 찡그리자 가람이 고개를 내저었다.

"말을 예쁘게 하고, 나쁘게 하고의 문제가 아니라. 결혼 준비하면서 누나 요즘 완전 가시야, 가시."

"왜?"

"엄청 예민하다고. 울다가도 웃고, 어제도 밥 먹다가 졸리다는 말 한 번 했다고 누나 울고불고 난리도 아니었어."

"어? 왜?"

"자긴 이렇게 밥 먹는 것도 좋은데 넌 졸리다는 얘기가 나오냐고."

아무 생각 없이 내뱉은 말에도 크게 동요할 만큼 요즘 지연의 상태는 썩 좋지 않았다.

지나가는 낙엽만 봐도 울게 되는 감수성을 가지게 된 걸까.

가람은 피곤하다는 듯이 손을 올려 얼굴을 쓸어내리며 한숨처럼 말했다.

"넌 결혼 준비 때 안 저런 거 같았는데."

"난, 그때 일하느라 거의 한 게 없잖아. 넌 언니랑 같이 준비하고 있고. 하나씩 맞춰가면서 부딪치는 거지."

"그런가."

"그리고 언니, 너도 알다시피 여배우야. 화려한 생활 다 내려놓고 너랑 결혼하는 건터 마음 뒤숭숭하겠지."

"하긴. 누나가 나랑 결혼하면서 내려놓는 게 좀 크지."

먼저 결혼을 하자고 얘기를 꺼낸 건 지연이었지만 그동안 가람이 생활해왔던 환경과 지연이 몸을 담구고 살아온 풍경은 현저히 달랐다. 그런 둘이 하나가 되는 과정에서 부딪치고 어긋나는 건 당연할 수밖에 없는 일이라 생각하며 가람은 조금 더 지연을 이해해보기로 마음먹고선 자리에서 일어났다.

"어디 가?"

"화장실. 누나 또 울고 있으면……."

"어, 가람아. 왜 일어나 있어?"

때마침 화장실에서 나온 지연이 가벼운 발걸음으로 다가왔다. 가람은 옅게 인상을 구기며 지연에게 물었다.

"누나 보러 가려고 했지, 괜찮아?"

"응? 뭐가. 아, 맞다. 재희야. 엄마가 이번 주 주말에 음식해 가지고 오신대."

"언니 결혼 준비로도 바쁘실 텐데, 뭘 또……."

"에이, 괜찮아. 너도 알다시피 우리 아빠가 너랑 별이 완전 열혈한 팬이잖아. 엄마한테 뭐 좀 먹여야 한다고 며칠 내내 잔소리하신 모양이야."

자리에서 일어나기 전과 달리 언제 그랬냐는 듯이 해맑아진 지연의 모습에 재희가 당황스런 얼굴을 했지만 가람은 익숙하다는 듯이 도로 바닥에 주저앉았다.

늘 이런 식이었다. 먹구름을 머리 위로 잔뜩 몰고 왔다가도 금세 해를 내리쬐게 만든다. 가람은 세우고 있던 무릎 위로 팔을 올려 턱을 괴고선 기분 좋게 웃고 있는 지연을 가만히 바라보았다.

"아무튼 이번 주말에 아빠도 오신다니ㄲ… 왜?"

그 시선을 느낀 건지 재희에게 향해 있던 지연의 고개가 돌아갔고, 마주한 얼굴에 가람은 괴고 있던 손을 내리며 옅게 웃었다.

"아니, 그냥."

내 태양.

"웃는 거 보기 좋아서."

오늘도 예쁘다.

지연은 그 웃음에 두어 번 눈을 깜빡인 뒤, 서둘러 몸을 돌려 리모컨을 집고선 TV를 틀었다.

"아, 최지훈 인터뷰 나올 시간이네. 재희 너도 알지? 몇 번이더라⋯⋯."

괜스레 가슴이 설렜기 때문이다. 언제부터였을까, 가람의 웃는 얼굴을 보는 것만으로도 지연은 얼굴 위로 감정을 숨길 수 없게 되었다.

지연이 핑계 삼아 켜놓은 TV에선 한 주간의 연예 소식이 흘러나오고 있었다. 지훈을 주연으로 한 영화가 곧 개봉을 앞둬 요 근래 홍보를 위해 이곳저곳에서 얼굴을 비추고 있었다. 이미 한 차례 열린 시사회에서 기자들평 역시 좋았기에 방송에선 영화를 기대작으로 소개시켰다.

"잠깐, 민호는 영화 개봉했지?"

"네. 벌써 4주차예요."

"이번에 완전 박빙으로 붙겠네."

"둘이 같이 또 영화 안 찍는데? 라이벌로 붙지 말고 그냥 같이 몰아서 찍지. 군대 가기 전에도 같이 찍은 영화 완전 대박쳤는데."

"그게 걔네 둘이 되는 문제니, 제작사가 좋다고 해야지."

"누나가 추진 좀 해봐, 아는 영화사 많잖아."

가람의 말에 지연이 작게 웃으며 그럴까? 말하자 그와 동시에 커다란 브라운관에 지훈의 모습이 보였다. 잠을 재우기 위해 별이를 안고 서 있던 재희는 몸을 돌리며 별이가 화면 가득 찬 지훈을 볼 수 있도록 해주었다.

"별이야, 아빠 나온다."

"별이가 뭐 보면 알아?"

가람이 묻자 재희가 작게 웃으며 대답했다.

"그래도, 지훈이가 요즘 자장가 많이 불러줘서 목소리는 아는 것 같아."

"노래 잘 부르는 거 그런 데다 써먹네. 음반 내라고 할 땐 귓등으로 듣더니."

지연이 또 한 번 혀를 차자 제법 입담이 좋은 리포터가 영화 주연들에게 차례대로 질문을 던지다가 이내 지훈에겐 영화와 관련 없는 질문을 했다.

[최지훈 씨, 요즘 집에 들어가서 아이 보는 맛이 쏠쏠하시겠어요?]

[그럼요. 지금도 빨리 집에 가고 싶은데요.]

의자에 편히 기대어 앉아 있던 지훈이 웃으며 말하자 리포터가 기분 좋은 목소리로 물었다.

[들리는 소문에 의하면 아주 딸바보가 따로 없다고 하던데.]

[바보 수준이 아니라 완전 멍청이 수준인데요.]

[네? 그 정도입니까?]

"진짜, 못산다……."

지연이 포기했다는 듯이 고개를 내저었지만 재희는 어쩐지 얼굴에 열이 오르는 것만 같았다.

[딸 이름이 뭐라고 했죠?]

[최별이요.]

[이름을 그렇게 짓게 된 이유라도 있습니까?]

[별다른 큰 이유는 없고 그냥 제 와이프가 별을 좋아하거든요.]

[아니, 아내분이 좋아하신다는 이유 하나만으로 이름을 그렇게 지으셨다면 별다른 이유가 없는 게 아닌데요.]

[그런가요.]

[아내분이 만약 별을 안 좋아했다면 이름 뭐로 지었을 것 같아요?]

그 물음에 ス훈이 한 치의 망설임 없이 대답했다.

[재희요.]

그 말에, 재희는 순간 숨이 한 번 멈추었다. 부드럽게 웃는 입술 사이로 말을 하는 게.

[제가 좋아하는 거거든요.]

자신이라서, 재희는 또 그런 지훈에게 설레고 말았다.

졸린 건지, 칭얼거리는 별이를 방 안으로 데려간 재희는 은은한 조명등 하나를 켜두고선 공간을 돌았다. 입에 물린 젖꼭지의 소리가 조금씩 멎어들고 숨소리도 고요해지고 나서야 재희는 조심스럽게 침대 위로 별이를 내려놓았다. 사근사근, 작기만 한 숨소리를 타고 오르고 내리는 가슴을 몇 번이고 두드려주고 나서야 방문을 나온 재희는 거실로 나가기 전, 벽에 기대어 지훈에게 전화를 걸었다.

—응, 자기야.

혹시라도 촬영 중인가 싶어 받지 않을 거란 생각도 하고 있었지만 조금 빠르다 싶을 정도로 목소리를 들려줘서 조금 당황스럽기도 했다. 재희가 내려앉은 입술을 끌어 올리며 지훈아, 라고 말하자 그보다 더 부드러운 목소리가 들려왔다.

―응, 여보야. 왜 전화했어요.

가끔씩 이렇게 장난처럼 존댓말을 하곤 했는데, 오늘따라 왜 이렇게 더 두근거리는지 모르겠다.

"언제 와?"

―한 시간 내로 갈 거 같은데. 왜, 별이가 힘들게 해?

"아니, 방금 재우고 나오는 길이야."

―오늘은 좀 일찍 자네. 이따가 또 새벽에 깨려고.

"새벽엔 무조건 두세 번은 일어나야 하는 거 알잖아."

―알지. 잠은 좀 잤어?

"응, 낮에 아주머니 와 계셔서 조금."

―좀 푹 자야 하는데 걱정이네.

"지금 집에 가람이랑 지연 언니 와 있어."

―걔넨 또 왜 거기 가 있어? 안 그래도 피곤한데 눈치 없대?

"별이 보러 온 거야."

―그걸 왜 너 피곤할 때 보러 오냐고.

언제 안 피곤한 날이 있었나. 그래도 짜증 섞인 목소리로 말을 할 정도로 걱정해줘서 조금 감동이긴 했다.

"아까 너 영화 인터뷰 한 거 봤어."

―아, 그게 오늘 나오는 것이었나.

"응."

―그래서.

"……."

―나한테 할 말 없어?

인터뷰를 보고 전화를 했다는 말에 지훈은 재희가 무슨 할 말이 있을 거라 확신을 했다. 재희는 살며시 입술을 깨물며 머뭇거렸다. 감동했다는 건, 알고 있겠지. 거기에 설렘까지 더해져 있다는 걸 아는지 모르겠다.

―그럼 내가 할래.

무슨 말을 꺼내야지 지금 이 마음이 전해질까, 고민을 하던 찰나에 지훈이 먼저 말을 했다.

―사랑해, 재희야.

그리고 흘러나온 말들에.

―내가 제일 좋아하는 거.

재희는 그만 부푼 가슴에 한가득 온기를 담아 대답했다.

"나도, 사랑해."

―어, 정말?

"그래."

―사랑하는 남편 지금 집에 가고 있으니까 조금만 기다려.

"응, 조심해서 와."

―네. 별이 엄마.

'별이 엄마…'라 재희는 그 말에 옅게 웃으며 전화를 끊었다.

기대어 있던 몸을 일으켜 거실로 향하자 가람과 지연이 현관으로 나가 누군가를 기다리고 있었다. 초인종조차 울리지 않았기에 의아했던 재희가 다가서자 이제 막 문을 열고 들어온 건 다름 아닌 민호였다.

"어, 민호야."

"내가 오라고 했어. 별이 깰까봐 벨 누르지 말고 문 앞에서 전화하라고 했지."

집으로 들어오기 위해 치밀한 계획들이 있었는지 재희가 방 안에 들어가 있던 사이 벌어진 일이었다. 재희가 조금 더 가까이 다가서자 구두를 벗은 민호가 안으로 들어서며 손을 뻗어 재희의 한쪽 뺨을 감쌌다.

"얼굴이 좀."

손안에서 전해지는 따뜻한 온기에 재희가 웃자 민호가 옅게 인상을 구기며 그보다 더 깊이 재희의 얼굴을 보듬었다.

"많이 상했네."

한 달 만에 보는 민호의 얼굴이었다.

"잘 먹고 있어?"

"그럼. 넌, 촬영 잘하고 온 거야?"

"응. 오자마자 너 보러 온 거야."

"왜?"

"걱정할까봐."

진중한 목소리였지만 이제는 저 말에 담긴 무게가 예전처럼 무겁게 느껴지진 않았다. 재희는 자신에게서 멀어진 민호를 바라보다 이내 걸음을 옮기며 소파로 향했다. 걱정할까봐 왔다는 것치곤 손에 들고 있는 게 많았다. 민호는 늘 그랬던 것처럼 재희와 가람 그리고 지연을 위해 사온 선물을 나눠주었다. 자리에 있지 않는 지훈의 것까지도. 지금 개봉해 있는 영화 촬영이 끝나자마자 곧바로 새 영화에 돌입했던 터라 민호는 그야말로 바쁜 생활을 보내고 있었다. 이번엔 홍콩을 주 무대로 한 영화였기에 한 달가량 외국에 나가 있어 마지막으로 본 건 재희가 출산 후 조리원에 있을 때였다. 그때에도 지금처럼 걱정스러운 얼굴로 고생했다는 말을 진중하게 했었다.

"별이 얼굴 보여주고 싶은데, 이제 막 잠들어서……."

"알아. 깨우긴 싫어."

"그래도… 얼굴 안 궁금해? 마지막으로 보았을 때보다 더 많이 컸는데."

재희가 아쉬운 듯 말하자 민호가 느리게 웃으며 말했다.

"너 닮았잖아. 괜찮아."

"……."

"당분간은 어디 나갈 예정 없어. 천천히 볼게."

민호는 아직도 내 아이를 보는 게 힘이 들까. 문득 그런 생각이 들었다.

"민호야, 고생 많았지. 이 잘생긴 얼굴 푸석해진 것 좀 봐."

지연이 맞은 편 소파로 와 앉으며 안쓰러운 얼굴을 하자 금세 민호가 부드럽게 웃었다.

"괜찮아요, 누나."

"인영인 이번에 너랑 안 갔다고 했나?"

"네."

"하긴, 걔 요즘 잘나가더라. 고맙단 인사하러 가야 하긴 하는데, 요즘 가람이가 걔한테 도움 좀 많이 받거든."

쇼핑몰을 운영하고 있던 터라 가람과 인영은 자연스럽게 친해졌다. 요즘 유행하는 아이콘이나 스타일을 가장 민감하게 알고 예측을 하는 것 또한 스타일리스트였고, 인영은 그중에서도 인지도가 높은 위치에 서 있었기에 가람이 조언을 구한다는 이유로 둘은 자주 만나 얘기를 나눴다. 재희가 임신을 해 일을 쉬게 되면서 가람이 인영에게 더욱더 의지한 것도 없지 않아 있었다.

"인영이 요즘 엄청 바빠, 저번에 나갔을 때에도 정신없어 보이더라."

하지만 그런다고 해서 민호의 스타일리스트를 관둔 건 아니었다. 함께 이동하면서 보조를 해주지 않을 뿐, 하나부터 열까지 민호가 입는 의상에 관한 건 인영이 관여를 했다.

이번 영화 촬영 때에도 장기간의 해외 체류라 인영이 함께하지 못했지만 의상 부분에 있어선 끝까지 책임을 다했다.

"근데, 인영이 집안이 좀 궁금해."

"뭐가?"

의미심장한 말에 재미있는 냄새를 맡았는지 지연이 바짝 가람의 쪽으로 몸을 기울였다.

"저번에 나 집에 갔는데, 그 아우라가 뭔가 장난 아니던데."

"오피스텔 사는데."

"아니, 거기 말고 본가. 엄청 화려한 단독 주택이던데."

민호가 살며시 인상을 구겼다. 민호가 차로 데려다주고 늘 봐왔던 건 고층 높이의 빌라였지 주택이 아니었다. 그러고 보니, 인영은 과할 정도로 자신의 사생활에 대해서 일절 오픈을 하지 않았었다.

하다못해 집안에 연관된 사람과 통화를 할 때에나 대화의 주제가 가족으로 넘어가게 되면 늘 눈치를 보며 밖으로 나가곤 했다. 무슨 사정이라도 있겠지 생각하며 넘어가려고 하는 민호와 달리 가람은 아닌 듯 보였다.

"뭔가 수상한 냄새가 난다니까. 재희 너도 뭐 인영이한테 들은 거 없었지?"

"응? 어, 응."

"우리 다, 아무도 인영이네 집이 뭐하는지 모르잖아."

생각해보니 그랬다. 이름과 사는 곳, 연락처를 제외한다면 인영은 늘 의문투성이었다. 하지만 그 집안이 평범할 거라는 생각도 들지 않는 게, 재희가 최율로 인해 사고를 당했을 때에도 인영은 경찰보다 빠르게 사건을 추적했었다.

믿을 수 있을 만한 검사라며 사건 담당자로 밀어 넣기도 했고. 보통, 평범한 집안에선 그런 것까지 관여할 수 없을 텐데.

"그리고 발이 좀 넓은 거 같아. 그 나이대에 할 수 없는 일들을 인맥 통해서 하는 것 같기도 하고."

재희 때문에 차마 사고에 관한 걸 말을 할 수 없었는지 가람이 대충 말을 흘렸다.

인영이 할 수 없는 일이라.

이제 와 생각해 본다면 재희의 사고 때 인영이 해주었던 일들은 일개 스타일리스트가 할 수 있는 일들이 아니었다. 인영의 배후엔 도대체 뭐가 있는 걸까.

"궁금해 하지 마. 숨긴다는 건 다 이유가 있겠지."

민호가 애써 머릿속을 가득 채운 의문들을 지우며 한숨과 함께 말을 하자 가람이 인상을 팩 하고 구겼다.

"야, 넌 니 스타일리스트인데 궁금하지도 않냐?"

"일만 잘하면 돼."

"친구로서, 궁금하지도 않냐고."

"친구니까 안 궁금한데."

"여자로 보여도 안 궁금할 거야?"

그 말에 순식간에 주변을 두르고 있던 공기의 무게가 묘해졌다. 민호는 비스듬히 고개를 틀어 가람을 향해 웃었다.

"내 여자?"

가람이 저도 모르게 마른침을 삼키자 민호가 느리게 대답했다.

"그런 거라면 궁금하지."

민호의 시선이 방향을 틀어 재희에게로 향했다. 잠깐 못 본 사이 수척해진 얼굴에 밀려오는 걱정은 늘 해일같이 거대했지만.

"근데 이젠 안 궁금해 하려고."

이젠 그러지 않을 생각이다. 얌전하게 내려놓을 거다. 친구로 돌아가기로, 마음먹었다. 힘든 시간이었지만 이젠 더 이상은 과거에 얽매여 보내지 않을 생각이었다.

"집들이 한다고 한 적 없는데. 다들 여기서 뭐하냐?"

그때였다. 현관문 쪽에서부터 미세하게 들려오는 슬리퍼 소리가 거실에서 우뚝 멈춰 섰다. 모두가 고개를 돌리자 그곳엔 지훈이 서 있었다.

"어떻게 벌써 왔어?"

"자기 보고 싶어서 엄청 밟았지."

놀라 반쯤 일어난 재희의 어깨를 부드럽게 감싸 누르며 앉힌 지훈이 민호에게로 시선을 옮겼다.

"왔냐? 얼굴 좋아 보인다?"

"나 외국물 체질이잖아."

"미친, 촬영은 잘했고?"

"응."

"나 이번에 영화 개봉하는데, 니 거 내려올 생각을 안 하더라."

"안 내려올 건데."

"내가 끌어내릴 건데?"

서로 웃으며 말을 하는 게, 이제는 조금씩 예전으로 돌아가고 있다고 느껴진다. 민호는 기분 좋은 웃음을 입가에 그리며 주변을 둘러보았다. 서로의 손을 잡고 앉아 있는 가람과 지연은 결혼을 일주일가량 앞두고 있었고, 안쪽 방엔 지훈과 재희의 아이가 잠들어 있다. 재희를 닮은 딸이다. 지훈이 그토록 원했던 것이었다.

"다들, 보기 좋다."

느리지만, 모두가 점점 제자리를 찾아가고 있다.

이제 나만 돌아가면 돼.

민호는 밥 먹고 가라는 지훈의 만류에도 불구하고 피곤해서 쉬고 싶다는 말로 집에서 나왔다. 한국 땅을 밟자마자 온 곳이라 집에 가서 해야 할 일이 많았다. 장시간의 비행이었던 터라 몸도 뻐근했다. 한 달 내내 촬영에 눈코 뜰 새 없이 바쁜 나날이었지만 이상하게도 민호는 그곳에서 자꾸만 인영의 빈자리를 느꼈었다. 함께 파리에 갔을 때, 에펠탑을 바라보며 나란히 마주 앉아 먹던 캔 맥주가 간절하게 떠올랐다. 그래서 무작정 전화를 했다.

"나랑 맥주 마실래?"

—…네?

민호의 첫마디가 의외였는지 인영의 목소리가 어렴풋하게 떨렸다.

"싫어?"

—아니, 그게… 한국 오셨어요?

"응."

—언제요?

"오늘."

—그러니까 몇 시요.

"마실 거야?"

—진짜 자꾸 말 돌릴래요?

"진짜. 나랑 안 마실래?"

인영이 말을 멈추자 민호가 밤기운에 내려앉은 목소리로 말을 했다.

"나 너랑 먹고 싶어서 전화했어."

그래서 인영은 차마 그 어떤 말도 전할 수가 없었다. 한참 동안 정적이 흐르자 민호가 어디냐고 물었다. 인영은 간신히 사무실이라고 말했고, 민호가 그쪽으로 가겠다고 말을 했다.

어디서 마실까.

아무 데나 갈 수 없는 신분이었기에 인영의 사무실이 적합하다고 생각했는데 안에 상태가 말이 아닌지 도착했다는 전화에 인영이 한걸음에 달려 나왔다. 민호는 주변에 인적이 없는 걸 확인하고선 차에서 나와 인영을 마주했다.

"어디 가서 마시게요?"

"너 사무실 상태 나빠?"

"네… 말도 말아요, 먼지 천지예요. 이번에 들어온 옷 아직 정리도 다 못했구요."

한 달 만에 보는 얼굴인데 참 변한 게 없다. 여전히 일에 치여 늦은 시간까지 사무실에 머물러 있고 며칠씩 밤을 새는 건지 눈 밑도 퀭했다.

아닌가, 좀 변했나.

민호는 인영을 바라보던 시선에 힘을 더하며 살며시 눈가를 구겼다.

"왜, 왜요?"

"아니, 그냥."

그 뜨거운 시선에 인영이 묻자 민호가 느리게 웃으며 말했다.

"좀 예뻐진 거 같아서."

인영은 저도 모르게 입술을 벌렸다가 이내 열이 오른 얼굴을 재빨리 아래로 숙였다. 그 모습이 의아했는지 민호가 물었다.

"왜?"

"아, 아니요. 그냥요. 아, 그럼 어디 가서 마실까요?"

"차에서 마셔도 괜찮으면 내 차타고 한강 가자."

"한강이요?"

"응. 넓은데 보면서 마시고 싶어."

"그래요, 그럼. 저 잠깐 사무실 문만 잠그고……."

인영이 몸을 돌려 다시금 건물 안으로 들어가려고 할 때였다. 샛노란 헤드라이트를 번득이며 건물 앞에 선 건 다름 아닌 값비싸 보이는 외제차였다.

"인영아."

인영은 자신을 부르는 목소리에 고개를 돌렸고 순간 눈이 확 하고 크게 뜨여졌다. 으길 어떻게…….

"외삼ㅊ… 아니, 저기……."

인영이 당황스러움에 말을 더듬자 문을 열고 나온 남자가 시원하게 웃으며 이쪽으로 다가왔다. 나이가 조금 들어 보이는 얼굴에, 민호가 느리게 입술을 열었다.

"아버님?"

"아니, 그게……."

"안녕하세요, 이민호입니다."

"어허, 자네가 인영이가 맡고 있는 배우구만. 박기원일세."

옆에서 인영이 어쩔 줄 몰라 했지만 민호는 남자가 내뱉은 이름을 속으로 곱씹고 있었다. 박기원, 박기원… 어디서 많이 들어본 듯한 이름에 민호가 조심스럽게 물었다.

"혹시. S기업 박기원 회장님 아니십니까?"

"그래, 맞네만."

기원의 대답에 민호의 시선이 느리게 흘러 인영에게로 닿았다. 인영은 차마 민호의 얼굴을 마주할 수가 없어 눈을 꼭 감으며 깊은 한숨을 내몰아 쉬었다.

아, 진짜 망했다.

인영이 오랫동안 숨기고 싶어 했던 사실이 이렇게 예상치도 못했던 순간에, 허무하게 드러날 줄은 꿈에도 몰랐었다. 그만큼 기원의 등장은 인영에게 당황스러웠고 그건 민호도 마찬가지였다.

S기업이라…….

민호는 불현듯 떠오른 가람의 말을 되짚어보았다. 인영의 집안 내력, 민호는 처음으로 인영과 연관되어 있는 사람을 실제로 보는 것이었다. 그리고 그 남자는 다름 아닌 대한민국에서 최고라 불리는 S기업 회장이었다.

"…여긴, 어쩐 일이세요?"

인영이 자포자기한 심정으로 힘없이 묻자 기원이 호탕하게 웃으며 대답했다.

"집에 가는 길게 이 근처에 네 사무실이 있다는 얘길 들어서 얼굴 좀 볼까 해서 왔지. 근데, 왜 나와 있는 게야?"

"아… 이제 곧 가려던 참이었어요."

인영은 차마 떨어지지 않는 입술을 움직여 말했다.

"…외삼촌."

생각했던 것보다, 훨씬 더 막대한 집안 배경이었다. 인영은 민호에게 잠깐만 있으라고 말한 뒤, 기원을 데리고 사무실로 올라갔다. 위에서 어떤 얘기를 주고받았는지는 몰라도 다시금 아래로 기원이 내려왔을 땐 더 이상 웃는 얼굴이 아니었다. 민호에게 악수를 건네며 말없이 민호의 어깨를 두드린 기원은 비서가 열어주는 차에 올라 머지않아 시야에서 사라졌다. 한참 뒤, 건물 밖으로 나온 인영은 불 꺼진 사무실 창문만큼이나 어두운 얼굴을 하고 있었다.

"이제 가면 돼?"

"…네?"

"맥주 마시기로 했잖아."

"……."

민호의 첫마디가 자신의 집안에 대해서 일거라고 예상했던 인영은 뜻밖의 말에 잠깐이나마 당황했다.

모르는 척 넘어가주려는 건가.

죄지은 사람처럼 축 처져 있던 인영의 어깨에 조금 힘이 실렸다. 걸음을 옮겨 운전석 문을 연 민호의 모습에 인영이 입술을 열어 물었다.

"왜, 아무것도 안 물어봐요?"

"안 궁금해 하려고."

그 말에 인영이 옅게 눈동자를 떨자 민호가 비스듬히 차문을 연 채 인영을 바라보았다.

"그냥 너 자체로 보려고 하는 중이야."

말을 하고도 대답이 없는 인영이 불안하기만 해, 민호는 살며시 인상을 구기며 반쯤 열린 차문을 미련 없이 닫았다. 지금 중요한 건 인영의 집안에 대해서가 아니었다. 그 사실을 알게 된 민호를 바라보는 인영의 시선이 조금 어긋나 있었다. 눈조차 마주치지 못하고, 어쩔 줄 몰라 하고. 당당하고 민호의 옆에서 늘 버팀목이 되어주겠다고 말했던 인영은 온데간데없고, 나약한 여자 한 명이 지금 눈앞에 서 있었다.

"너. 나 얼마나 더 기다려 줄 수 있어?"

그래서 불안해서 물었다. 목소리가 조금 떨렸던 것 같기도 하다. 여전히 인영은 대답이 없었고, 그 잠깐의 시간조차 참지 못해 다가간 건 민호였다. 다가오는 걸음만큼이나 순간순간 더 벅차게 뛰는 심장 때문에 인영은 앞에 서 있는 민호를 좀처럼 올려다볼 수가 없었다. 얼굴을 보면, 가득 차오른 감정들이 주체 없이 정말 흐를 것만 같았다.

"말해봐. 물었잖아."

흐르면 어쩌지.

"나 기다려준다며."

닿으면 어떻게 될까.

기다린다는 말에 인영은 억지로 고개를 들어 민호를 바라보았다. 그리고 일순간, 인영은 숨을 쉴 수가 없었다.

왜, 당신이 그런 표정을 짓고 있는 건데요.

인영은 다급해 보이는 표정을 한 민호의 얼굴은 지금 처음 보는 것이었다.

"대답 안 해줄 거야?"

"……."

"인영아."

"…네."

간신히 대답을 하자 그제야 민호가 옅게 웃으며 말했다.

"이번에 해외 가 있는 내내 너 생각나더라."

너무나도 허물없이 흘러나온 말에, 인영은 또 한 번 심장이 두근거리는 걸 느꼈다.

"그만 기다려."

지금 내뱉는 말들이.

"이젠 내가 더는 못 기다리겠어."

혹시 꿈은 아닐까, 생각한다.

민호는 그대로 손을 뻗어 인영의 손을 잡았다. 경직되어 있던 손가락이 민호의 온기에 녹아 하나둘씩 힘없이 벌어졌다. 인영은 처음 잡는 민호의 손에 문득 눈물이 날 것만 같았다.

"맥주 마시러 가자."

민호가 인영을 잡고 끌었다.

"너한테 하고 싶은 말이 많아."

불어오는 바람처럼, 따뜻한 온기로 다가온 목소리는 왜인지 모르게 오랫동안 인영의 마음속에 머물러 있을 것만 같은 기분이 들었다.

"해주고 싶은 얘기도 많아."

차문을 열고 인영을 태운 민호가 운전석에 오르며 시동을 걸었다. 부드럽게 돌아가는 핸들이 어디로 향할지는 알 수 없었지만 이상하게 인영은 목적지가 어디인지 궁금하지 않았다.

"잘됐네요."

인영은 민호의 옆모습을 바라보며 나지막이 웃었다.

"나도… 들려주고 싶은 얘기가 많아요."

그러자 민호가 작게 웃음을 터트리며 인영을 바라보았다.

"조인영에 대해서야?"

"네."

숨이 벅차오른다.

"이제, 숨기지 않으려구요."

가슴이 뛴다.

"숨기면 더 이상 가까워질 수 없잖아요."

사랑이라 그렇다.

서로의 마음을 확인하고, 소리 내 사랑한다는 말을 주고받는 연인들은 과연 얼마나 존재할까. 마음에 담아두기만 하면 그리움이 돼, 입 밖으로 꺼내야지 온전히 서로가 함께할 수 있는 거야. 영원하길 바라지만 끝이 정해져 있는 인생에서, 한 번쯤은 내 마음을 온전히 소리 내 말할 수 있는 사람이 있어야 하지 않겠어?

"다 울었어?"

"어? 아, 어."

재희는 발개진 눈가를 손끝으로 문지르는 지훈을 보며 짧게 웃음을 터트렸다.

"진짜 적응 안 돼서."

"뭐가?"

"그게, 그렇게 울 일이야?"

그 말에 지훈이 빨간 신호 앞에 브레이크를 잡으며 핸들을 꽉 움켜쥐었다.

"자긴 눈물도 안 나와? 우리 별이가 아프다고 그렇게 우는데?"

"예방접종이잖아. 우는 게 당연하지."

"그래도, 진짜… 아."

얘기를 하면서 또 울던 게 생각이 났는지 지훈이 구겨진 미간 사이를 손으로 꾹 누르며 심란한 얼굴을 했다.

예방접종을 하기 위해 함께 간 병원에서 별이를 품에 안고 있던 지훈은 주삿바늘에 소스라치게 엉엉 울던 별이를 달래기 위해 병원을 나와서도 계속 제 품에 별이를 꼭 안고만 있었다. 발개진 눈가를 닦아주고 괜찮다, 괜찮다 가슴을 다독여주다가 문득 고개를 푹 숙이고 있기에 왜 그런가 봤더니 지훈이 숨죽여 울고 있었다. 재희는 새삼 여러 번 마주하는 지훈의 눈물에 적응이 잘되지 않았지만 지훈은 그럴 수밖에 없다는 듯이 말했다.

"난 별이 울면 세상이 무너지는 거 같아."

"왜?"

"너랑 닮았잖아."

그 말에 재희가 살며시 눈가를 구기자 지훈이 앞을 바라보고 있던 시선을 옮겨 재희의 품에 안겨 있는 별이를 바라보았다. 아깐 그렇게 울더니 금세 순한 양이 되어 커다란 눈을 꿈뻑이는 모습에 지훈이 살며시 웃으며 부드러운 목소리로 말했다.

"난 별이가 이렇게 날 바라볼 때면."

주변을 두르고 있는 공기가 한없이 가벼워진다.

"꼭 어릴 때 니가 날 쳐다보는 거 같아서 좋아."

흘러나온 너의 말이.

"너의 처음을 마주하는 것 같아서 좋다고."

아름다워서 그렇다.

나는 그게 설레, 지훈아. 네가 나만큼이나 소중하게 우리 아이를 안고 있을 때. 나만큼이나 우리 아이를 사랑해줄 때. 나만큼이나 우리 아이로 하여금 눈물을 코일 때 있잖아.

"지훈아."

그럴 때마다 난 너에게.

"사랑해."

소리 내 말할 수 있는 사람이 되고 싶어.

서로가 함께이길 원하기 때문이야.

"나도 사랑해, 재희야."

그리고 내 마음을 온전히 소리 내 말할 수 있는 게 너라서, 정말 다행인 것 같아.

파랗게 바뀐 신호에 멈추었던 차들이 하나둘씩 움직인다. 지훈의 고개도 다시금 앞으로 향했다. 집에 가서 맛있는 음식을 해 먹자는 기분 좋은 목소

리가 틀어놓은 잔잔한 클래식과 엉켜 한없이 풍요로워진다. 재희는 창밖
으로 스쳐 지나가는 녹음과 푸른 하늘 아래에서 작게 웃었다.

　오늘은, 정말 사랑한다고 말하기 좋은 날이야.

“날씨 정말 좋다.”

　모두가 행복한 줄리엣이 되길 바라며.

　그대의 로미오가.

〈줄리엣의 로맨스를 위하여 완결〉

작가 후기

　'줄리엣의 로맨스를 위하여'를 쓰면서 제가 보여드리고 싶었던 건 설렘과 첫사랑입니다. 풋풋하고 아직 사랑을 잘 알지 못해 서투른 여자 주인공이 그 의미를 점차 알아가는 성장을 통해 독자님들의 기억 속 하나쯤 지워지지 않고 남아 있는 사랑의 두근거림을 함께 떠올렸으면 했습니다. '나에게 첫사랑이 있었을까' 혹은 '내 첫사랑은 누구였더라'와 같은 질문을 소설을 통해 던지고도 싶었습니다. 시간이 지날수록 처음은 무뎌지기 마련입니다. 한 번쯤은 그 의미를 되짚어보고 그때의 느낌이 어땠을까, 이 소설을 통해 기억을 더듬고 회상하며 잠깐이나마 추억에 잠겼기를 바랍니다. 비록 독자님의 사랑이 시간 앞에서 변질되더라도 아름다웠던 장면으로 오래도록 간직되길. 부디 이 책이 독자님들에게 언제라도 쉽게 손으로 펼쳐볼 수 있는 아련한 추억의 앨범이 되길 바라봅니다. 마지막으로 제 소설이 빛을 볼 수 있도록 도움을 주신 어울림 출판사에 감사 말씀 전합니다.

줄리엣의 로맨스를 위하여 3

지은이 | 안테
초판1쇄 펴냄 | 2015년 03월 19일

발행인 | 성열관

펴낸곳 | 도서출판 어울마당
출판등록 / 2009년 1월 23일 제 313-2009-12호
주소 / 서울시 마포구 서교동 395-64 회산빌딩 3층 302호
TEL / 02-337-0120
FAX / 02-337-0140
E-mail / 5ullim@hanmail.net

ISBN 979-11-85041-05-6 (04810)
ISBN 979-11-85041-02-5 (SET)

값 13,000원